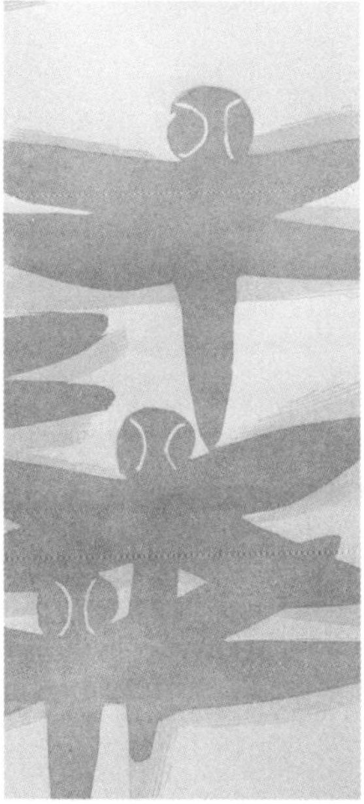

2015 中国散文排行榜

2015 ZHONGGUO SANWEN PAIHANGBANG

周　明 王宗仁◎主编

北京工业大学出版社

图书在版编目（CIP）数据

2015中国散文排行榜 / 周明，王宗仁主编 . —北京：北京工业大学出版社，2016.1

ISBN 978-7-5639-4587-0

Ⅰ. ①2… Ⅱ. ①周… ②王… Ⅲ. ①散文集—中国—当代 Ⅳ. ①I267

中国版本图书馆CIP数据核字(2015)第308472号

2015中国散文排行榜

策　　划： 文　欢
主　　编： 周　明　王宗仁
责任编辑： 石嫵飞
封面设计： 天下装帧设计
出版发行： 北京工业大学出版社
（北京市朝阳区平乐园100号　邮编：100124）
010-67391722（传真）bgdcbs@sina.com
出 版 人： 郝　勇
经　　销： 全国各地新华书店
印　　刷： 北京中印联印务有限公司
开　　本： 720毫米×1030毫米 1/16
印　　张： 24
字　　数： 312千字
版　　次： 2016年1月第1版
印　　次： 2016年1月第1次印刷
书　　号： ISBN 978-7-5639-4587-0
定　　价： 45.00元

目 录

中华文化为何长寿

——《中华读本》引论

余秋雨

一

我以三十多年的时间，系统地探索了中华文化。

探索的方式是，遗址考察、全球比照、典籍研究、跨国演讲。

探索的课题主要分四个方面——

空间意义上的中国；

时间意义上的中国；

人格意义上的中国；

审美意义上的中国。

围绕着这四方面的内容，我从已经出版的二十余卷《秋雨合集》中选出八本，作为《中华读本》，供广大读者参考。

为了不使体量太大，我犹豫再三，删去了一些本来也可以收入的著作。例如，在国外的古文化遗址对中华文化进行比照的考察纪录，以及对中华文化的专项学术研究。留下来的，就是一部比较纯粹又比较好读的中华文化简明读本了。

这部读本的主要部分，我都在国内外很多机构和大学演讲过。在国外演讲，常常发生这样的情况：我原定的题目是中华文化，而听众总要追着我询问中国最近遇到的国际舆论压力。他们的问题大多属于政治范畴，而我，则竭力把它们纳入文化。文化是一种悠久而稳定的集体人格，决定着很多复杂问题的最终选择。而且，从文化来谈，也符合我的身份。

大概在进入二十一世纪之后不久吧，“中国威胁论”和“中国崩溃论”这两种截然相反的论断同时在国际风传，一波又一波。很自然，这也成了我在国外经常遇到的话题。开始是在演讲结束后有听众站起来提问，后来渐渐变成了邀请者事先拟定的演讲主题。

要反驳这两论，既易又难。说易，是因为中国在历史上确实没有威胁过别国，也确实没有整体崩溃，可以启发听众从过去推知未来。说难，是因为历史并不是未来，所以必须挖出不威胁又不崩溃的文化根源。

从文化根源上反驳“中国威胁论”，这件事，我在二〇〇五年七月二十日联合国世界文明大会的主旨演讲中已经作了尝试。这个演讲的纪录很快就发表了，后来还收入多本书籍，社会反响不错，其中的论点和论据常常被各国要人引用。但是，我对“中国崩溃论”的反驳却一直没有系统发表。

没有发表的原因是我自己，因为我觉得这中间包含着一个重大学术课题，匆忙发表可惜了。

什么重大学术课题？那就是：“中华文化为何长寿”。

解决了这个学术课题，“中国崩溃论”也就迎刃而解了。

二

中华文化为何长寿？这个问题，可以成为我们研究中华文化的基点，其意义，远远大于反驳。

记得我冒着生命危险贴地考察巴比伦文化、埃及文化、希伯来文化、阿拉伯文化时，一路上都在默默对比着中华文化，心中一直藏着这个问题。在不必冒生命危险考察克里特文化、波斯文化、印度河文化、恒河文化时，也做着同样的对比，藏着同样的问题。

至此，我仍然觉得自己的考察还不完整，因此又认真走访了欧洲的九十六座城市。一路上，还是不断对比，不断自问。

考察回来后，发现自己变了一个人。我从中华文化的批判者，变成了中华文化的阐释者。当然还会批判，但以阐释为主。先在香港凤凰卫视开了一个《秋雨时分》的专栏，围绕着中华文化为何长寿的问题，讲了很长时间，但一直没有整理成文字。

现在，要出版《中华读本》了，显然不能把这个重大问题遗漏。抽不出时间整理完整的文稿，那就提纲挈领地罗列几点，作为整套读本的引论吧。

好，那就让我们郑重地面对这个题目。

中华文化的长寿，是一个不争的事实。

比长寿更重要的是，与人类其他古文化相比，它是唯一的长寿者。因为只有它，不中断地活到了今天。

唯一的长寿者——这是一个惊人的奇迹，就连一切不熟悉中华文明的人也无法否认的奇迹。

唯一的长寿者——这是一种横跨几千年的韧劲。不管承受何等风波依然健在，不管经历多少次“将亡”“濒死”依然重生，那就不存在任何侥幸和偶然了，而是由时间锻铸成了一种坚韧无比的必然。

唯一的长寿者——这又是一种体量庞大的覆盖。覆盖到大江南北、九州大地，而不是一隅一角的悠久。因此，不可限量的空间也就加持了不可思议的时间，构成一种举世无双的宏伟。

唯一的长寿者——这又是一个精彩不绝的盛典。也就是说，不是一种萎靡不振的时间拖延。在这个盛典中，挨个儿矗立着春秋战国、诸子百家、大秦大汉、大唐大宋、大明大清，挨个儿矗立着一排排先哲、诗人、明君、贤臣、良将、神医、巧匠，挨个儿矗立着浩如烟海的典籍、墨卷、名著、艺术……形成了至高等级的文明长廊。

唯一的长寿者——仅仅这个事实，就足以让这个民族的很多失意者、自卑者、忧郁者、绝望者突然在心底重新点燃火苗，下决心更好地活下去。对一般人来说，这个事实，更能隐隐地增添一份对生命的自我确认。

不错，中华文化也有很多弱点、盲点、污点，其中有一些还会让同胞痛心、国人愤恨，使他们一次次垂泪深夜、呐喊荒原。但是，即便如此，他们中的大多数，也很难断然割舍，彻底背叛。即便在最混乱的年代，汉奸，仍然为全民所不齿。这种现象，在其他文明中很难找到。

其他文化在地域对峙、教派纷争、军阀割据中也会产生不少人员的身份自叛、边界跨越。这会造成一时一地的喜怒，却不会引起太广泛的反应。中华文化则完全不同，非此即彼，非正即反，立场明晰，不容飘移。踏错一步就会直追人格、牵动远近、留迹历史。原因是，它的生命基座非常稳固。我在《文化之痛》一书中，就写到了中华文化在灾难中的坚贞守护。

从十九世纪开始，中华文化由于看不懂、赶不上新的世界格局，蒙受过很多失败和羞辱。我们的前辈在一次次忿恨之后也曾从外人的鄙视和嘲笑中吸取过很多有益的教训。但是，如果从更悠远、更广阔的眼光来看，那些人鄙视和嘲笑全人类唯一长寿的古文化，至少是轻薄的。

只要稍稍记起时间和空间的坐标，那些轻薄者也许会闭目自问，自己的鄙视和嘲笑所依凭的标准，起于何时，行于何时？而那时，中华文化已经承受过多少世代的磨炼，投入过多少血火深思？

三

中华文化长寿的原因，可以列出几十项。我看到不少学者也做过这件事，可惜他们引用的大量古文往往只是在说中华文明的优点，而不是在说长寿。而且，他们所说的那些优点，如果从古文翻译成外文，其他文明也大同小异，只是共性，而不是特性。

为此，我要从普通读者都能理解的国际可比性上来论述。仅仅选了八项，而且用最浅显的大白话，说得尽量简单。

中华文化长寿的第一因：体量自觉。

一种文化所占据的地理体量，从最原始的意义上决定着这种文化的能量。照理，小体量也能滋生出优秀文化的雏形，但当这种雏形要发育长大、伸腿展臂，小体量就会成为束缚。

中华文化的体量足够庞大。与它同时存世的其他古文明，体量就小得多了。即便把美索不达米亚文化、埃及文化、印度文化、希腊文化等所有发祥地的面积加在一起，也远远比不上中华文化的摇篮黄河流域。如果把长江流域、辽河流域、珠江流域的文化领地都标上，那就比其他古文化领地的面积总和大了几十倍。

不仅如此，中华文化的辽阔地域，从地形、地貌到气候、物产，都极为丰富，极多差异。永远山重水复，又永远柳暗花明。一旦踏入不同的领域，就像来到另外一个世界。相比之下，其他古文明的领地，在生态类别上都比较单调。

让人兴奋的是，中华文化的先祖们对于自己生存的环境体量很有感觉，颇为重视。虽然由于当时交通条件的限制，他们每一个个体还不可能抵达很多地方，却一直保持着宏观的视野。两千多年前的地理学著作《禹贡》《山海经》已经表达了对于文化体量的认知，而后来的多数中国文化人，不管置身何等冷僻、狭小的所在，一开口也总是“天下兴亡”“五湖四海”“三山五岳”，可谓气吞万里。这证明，中华文化从起点上就对自己的空间幅度有充分自觉，因此这种空间幅度也就转化成了心理幅度。

于是，一种根本上的强大形成了。

我把《山河之书》列于《中华读本》之首，就是要表明中华文化由空间幅度转化成心理幅度的过程。

在古代，文化的地理体量由边界来定。中华文化的巨大体量四周，还拥有让人惊惧的围墙和隔离带。一边是地球上最密集、最险峻的高峰和高原，一边是难以穿越的沙漠和针叶林，一边是古代航海技术无法战胜的茫茫大海，这就构成了一种内向的宏伟。

这种内向的宏伟，让各种互补的生态翻腾、流转、冲撞、互融。这边有了灾荒，那边却是丰年。一地有了战乱，可以多方迁徙。十年河东十年河西，沧海桑田未有穷尽。这种生生不息的运动状态，潜藏着可观的集体能量。

由地域体量转化为集体能量，其间主体当然是人。在古代，缺少可靠的人口统计，但是大家都知道自己生活在一个规模巨大的民众群体中。即便在《诗经》中，已经可以从字句间感受到浓郁而丰沛的“人气”。在这个巨大群体中，几乎所有的人都吃苦耐劳、积极谋生、长年不停。加在一起，集体能量无与伦比。

现代的研究条件，使我们已经有可能为先辈追补一些人口数字了。

就在这辽阔的土地上，先秦时期，人口就有两千多万；西汉末年，六千万；唐朝，八千万；北宋，破亿；明代万历年间，达到两亿；清代道光年间，达到四亿……这中间，经常也会因战乱而人口锐减，但总的来说，中国一直可称之为“大山大海中的人山人海”。

正是这一层层的地域体量和人群体量，把长寿的希望许给了中华文化。

中华文化长寿的第二因：自守自安。

地域体量、人群体量所转化成的巨大能量，本来极有可能变为睥睨世界的侵略力量。但是，中华文化没有作这种选择，这与文明的类型有关。

世界上各种文明由于地理、气候等宏观原因大体分成三大类型，即游牧文明、航海文明和农耕文明。中国虽然也拥有不小的草原和漫长的海岸线，但是核心部位却是由黄河、长江所灌溉的农耕文明，而且是“精耕细作”型的农耕文明。草原，是农耕文明“篱笆外”的空间，秦始皇还用砖石加固了那道篱笆，那就是万里长城。而海岸，由于缺少像地中海、波罗的海这样的“内海”，中华文化一直与之不亲。

游牧文明和航海文明都非常伟大，却都具有一种天然的侵略性。它们的马蹄，常常忘了起点在何处，又不知终点在哪里。它们的风帆，也许记得解缆于此岸，却不知何方是彼岸。不管是终点还是彼岸，总在远方，总是未知，当然，也总是免不了剑戟血火、占领奴役。与它们相反，农耕文明要完成从春种到秋收的一系列复杂生产程序，必须聚族而居，固守热土。这就是由文明类型而沉淀而成的“厚土意识”，成为中华文化的基本素质。因为“厚土”，当然会为了水源、田亩或更大的土地支配权而常常发生战争；但是，也因为“厚土”，他们都不会长离故地，千里远征。

很多年前，我为了研究中华民族的深层心理，曾经调查过历史上全国演得最多的是哪一出戏。结论是，《孟姜女》。为了反抗侵略，丈夫被拉去筑长城。但是，一个农民家的丈夫怎么可以离家远行呢？妻子不惜千里步行，前去寻找。找到一看，丈夫已死，她号啕大哭，竟把长城哭倒。这出戏，把“反侵略”和“反远行”合成一体，每场演出，上下齐哭。我知道，这触及了民族的深层心理。

二○○五年我在联合国世界文明大会上作主旨演讲时，还曾经说到了中国航海家郑和。我说，他先于哥伦布等西方航海家，到达世界上那么多地方，却从来没有产生过一丝一毫占取当地土地的念头。从郑和到每一个水手都没有，而且在心底里都没有。这就最雄辩地证明，中国文化没有外侵和远征的基因。

在古代世界，不外侵，不远征，也就避免了别人的毁灭性报复。纵观当时世界别处，多少辉煌的文明就在互相征战中逐一毁灭，而且各方都害怕对方死灰复燃，毁灭得非常残忍。反过来说，哪种文明即便一时战胜了，也只是军事上的战胜，而多数军事战胜恰恰是文明自杀。我曾经仔细分析过古希腊文明的代表亚里士多德的学生亚历山大远征的史迹，证明他的军事胜利带来了希腊文明的式微。文明被绑上了战车，成了武器，那还是文明吗？文明的传承者全都成了战士和将军，一批又一批地流血捐躯在异国他乡，文明还能延续吗？

因此，正是中华文化不外侵、不远征的基因，成了它不被毁灭的保证。当然，中国历史上也有很多内战，但那些内战打来打去都是为了争夺中华文化的主宰权，而不是为了毁灭中华文化。例如，“三国鏖兵”中的曹操、孔明、周瑜他们，对中华文化同样忠诚。即便是那位历来被视为“乱世奸雄”的曹操，若从诗作着眼，他肯定是中华文化在那个时代最重要的传承者。因此，不管在内战中谁败谁胜，对文化都不必过于担心。

把中华文化放到国际对比之中，我们看到了一种难能可贵的“自守自安”精神。沿着对比，我们可以遥想一下被希腊艺术家多次描写过的“希波战争”。波斯即现在的伊朗，与希腊实在不近。再想想那个时期埃及、巴比伦、以色列之间的战争，耶路撒冷和巴格达的任何文化遗址，都被远方的入侵者用水冲，用火烧，用犁翻，试图不留任何印痕。

中华文化长寿的第三因：力求统一。

大体量，最容易分裂。如果长期分裂，大体量所产生的大能量不仅无法构成合力，而且还会成为互相毁损的暴力。中国历史上虽然也出现过不少分裂的集团和分裂的时期，但总会有一股强劲的伟力把江山拉回统一的版图。相比之下，统一的伟力是历史的主调，远远超过分裂的暴力。中华文化的长寿，正与此有关。

照理，统一有统一的理由，分裂有分裂的理由，很难互相说服。真正说服我的，不是中国人，而是德国学者麦克斯•韦伯。他没有来过中国，却对中国有特别深入的研究。他说，中华文明的生态基础是黄河和长江，但是，这两条大河都流经很多省份，任何一个省份如果要坑害上游的省份或下游的省份，都轻而易举。因此，仅仅为了治河、管河，所有的省份都必须统一在同一个政府的统治之下。他不懂中文，但是来过中国的欧洲传教士告诉他，在中文中，统治的“治”和治水的“治”，是同一个字。这样，他也就为政治生态学找到了地理生态学上的理由，而且是难以反驳的理由。

其实，从秦始皇、韩非子、李斯这些古代政治家开始，已经订立种种规范，把统一当作一种无法改变的政治生态。其中最重要的规范，就是统一文字。文字统一了，这个方言林立的庞大国家也就具有了拒绝在文化上分裂的技术性可能。

在一般情况下，文字只是语言的纪录，而识字的人在古代只占人口的极小比例，因此，各个方言系统的自立就十分自然。但是，当文字统一了，一切官方文告、重要书契就让各个方言系统后退到附属的地位。更重要的是，当中华文化的“奠基性元典”《诗经》《尚书》《礼记》《周易》《春秋》等著作都凭着统一的文字树立了文明准则，中华文化也就有了统一的终极法令。

文化是一个大概念，远不仅仅是文字。因此，秦始皇他们在统一文字的同时，还实行了一整套与统一相关的系统工程，例如统一度量衡，统一车轨道路，甚至统一很多民风民俗。尤其重要的是，在政治上，又以九州一统的郡县制，取代了山头易立的分封制。这一切，看起来是一朝一帝的施政行为，其实是一种全方位的生态包围，让一切社会行为都很难脱离统一的安排，被韩非子称为“一匡天下”。

说实话，一个体量如此庞大的种族，一切局部和个人都无法从整体上感知统一天下的必要性和可能性，因此也就很可能成为条条裂纹的制造者而不自知。世界上其他文明的悲剧，正是从局部的裂纹逐渐扩大，终于导致解体的。因此，不能不佩服中华文化的早期设计者们，居然筹搭得如此周延，以致裂纹即便产生也难以迅速伸展，反而能从多方面获得修补。时间一长，广大民众对于统一的命题，也就从服从走向适应，最后沉淀为文化人类学意义上的“集体无意识”。也就是说，“力求统一”变成了人人心底的深层文化，而正是这种深层文化，反过来保全了中华文化的整体不易溃散，得享长寿。

中华文化长寿的第四因：惯于有序。

这些年，中国的旅游者到了国外，常常被批评为“不守秩序”。这会让一切熟悉历史的人士哑然失笑，因为中国人几千年来最具有“秩序归向”，现在反倒频频在远方“举止脱序”，可能是一种逆反式的自我反拨吧。

早在遥远的古代，当巴比伦人抬头在研究天文学和数学的时候，当埃及人在墓道里刻画生死图景的时候，当印度人在山间洞窟苦修的时候，中国人却花费极大精力在排练维系秩序的礼仪。孔子奔波大半辈子，主要目的也想恢复周礼，重建秩序。结果，多少年下来，从朝廷到家庭，从祭祀到节庆，处处都秩序森然，上下皈服。

秩序，哪一个文明的主宰者不焦渴向往呢？但是，他们之中，只有中国人把秩序的建设当作生涯要务。因此，其他文明一一都因失序而败亡，唯中国，明确让秩序成为社会经纬，结果，中华文化也因为有序而延寿。

所谓秩序，对外，是礼仪分际；对内，是心理程式。内外相加，组成一种明晰有度的生命节奏，一种可视可依的立体结构。有了秩序，不管是社会还是个人，都有了前后左右、上下尊卑。这就在很大程度上避免了无序所带来的巨大伤害。

秩序，有时也会让人感到一种必须时时顾盼周际的不自由，一种蜷曲于种种规则中的不舒畅，这就需要修正秩序或修正自己了。因此，长期生活在有序社会的人士，常常要区分什么是老秩序，什么是新秩序，什么是正秩序，什么是负秩序。他们几乎从来没有考虑过，完全无序将会如何？

无序，初看是一种解脱，其实是一种恐怖。只要回顾一下很多地方发生过的“群体踩踏事件”，就会明白从无序到恐怖的必然逻辑。

秩序的建立非常艰难，而无序的开始却非常简单。只需一处无序，就会全盘散架。我曾考察过南亚和西亚一些颇有历史的国家，常常看到大量人群站在几十年来未曾清除的垃圾堆上无所事事。当时想，如果有官员组织这些人弯下腰来清除脚下的这些垃圾，种上农作物，情况不就改变了吗？但再一想，农业秩序十分严密，如果垃圾清除了，土地空出来了，那么，种子在何方？农具在何方？水渠在何方？技术在何方？运输在何方？若要着手解决其中任何一个问题，又会连带出无数更多的问题。这层层叠叠的问题的逐一解决，才能建立粗浅的秩序，而这种粗浅的秩序又非常脆弱，只要一个环节不到位，前前后后都会顷刻塌陷。所以，我总是面对那些站满人群的垃圾堆长时间出神，默默感谢我家乡前辈的辛劳和守护。

永远都处理不了的垃圾堆，永远都无所事事的人群，这是所有的文明都会遇到的景象。我猜想，当年中华文化的创建者们也会像我一样站在路边看着，想着解决的办法。

世界上其他文明的思考者，也都会这样看，这样想。但他们，大多把目光从垃圾堆和人群离开了，抬起头来，思考浊世之上的神灵，地域之外的天堂。

中国人比他们实际，但态度也各不相同。道家潇洒，觉得这一切都很自然，不必用心整治。墨家却很上心，觉得应该照顾这些无所事事的平民，最好招引他们成为自己的徒众，离开垃圾堆去做几件大事……

儒家最为负责，觉得不能放过眼前的丑陋，也不能放走此地的民众。他们认为，要建立天下的秩序，先建立心中的秩序。但是这些站在垃圾堆上的民众心中，并没有天下，更加无法领略天下的秩序。因此，必须让他们从小处的体验开始。小处的体验就是对家庭的体验，儒家确信这是一切的起点。

家庭秩序由血缘、辈分、长幼、排行、婚嫁逐一设定，非常清晰。从这种秩序所派生的礼仪、规矩，也人所共知。那么，有没有可能把家庭秩序放大、外移、扩散，成为社会秩序和国家秩序呢?

这种构想使儒家学者非常兴奋。他们本来已经为家庭的亲情伦理做了太多的文章，如果能够扩而大之，那就把“齐家”的计划直接推向“治国、平天下”的大目标了。

而且，这完全可行。因为打理家庭秩序和血亲秩序的努力，早已深得人心，而且规范现成。

于是，一个以“私人空间秩序”比照“公共空间秩序”的工程启动了。这个工程的预想成果，可称为“家国同构”。

实际成果，显然是大大有利于社会秩序和国家秩序。这是因为，原来不让人感到亲切的社会秩序和国家秩序，经由“家国同构”，获得了通俗化的体认，容易被接纳了。而且，由于家庭秩序、血亲秩序是坚韧的，明确的，可长期持续的，这也使社会秩序和国家秩序变得坚韧、明确，可续了。

千年未溃的中国秩序，就是这么存在的。

当然，“家国同构”的工程，也存在很大问题。社会正义不能混同于家庭内规，政治理性不能出自于家长判断。明末清初的启蒙学者指出，广大民众没有理由像体谅自己父亲一样原谅朝廷君主，国家要提防滑到“家天下”的泥潭。我的看法更现代一点，认为“家国同构”中的“国”主要只是指朝廷，而很少考虑辽阔的公共空间，因此也考虑不到那些站在垃圾堆上无所事事的人群。中国儒家由于习惯于把朝廷视为天下，结果，公共空间的问题看似包括了却始终被排除在外。这个问题，反倒是后来的欧洲解决得更好。而直到今天，长寿的中华文化还经常在公共空间的问题上汗颜。本节开头所说的中国旅游者在国外“举止脱序”，也与此有关。

但是总的说来，我们还不能不为先人们在这方面的努力致敬。尽管纰漏多多，中国民众还是在几年间养成了“惯于有序”的心理沉淀。这种心理沉淀成了多数人的文化本能，成了中华文化的组成部分。

说到这里，我又想起了《周易》中有关秩序的构想：

有天地然后有万物，有万物然后有男女，有男女然后有夫妇，有夫妇然后有父子，有父子然后有君臣，有君臣然后有上下，有上下然后礼义有所错。

《周易·序卦传》

这种企图把天地万物都纳入秩序的构想，既是中华文化立身的起点，又是中华文化长寿的原因。

有序便有寿，无序便无生。只因时间有序，文化有序，生命有序，一旦无序就会剥蚀时间，剥蚀文化，剥蚀生命。

对比显而易见，教材并不遥远。想想那些永远密布着刀枪和贫困的千里沙原，那些永远交替着激愤和恐怖的拥挤广场，那些再也找不到文化遗迹的文明故地，那些再也找不回现代尊敬的古代圣城，我们会反过来更加读懂自己的文化。

好了，至此，我已经讲述了中华文化长寿的前四个原因，那就是“认知体量”“自守自安”“力求统一”“惯于有序”。这四点，都是中华文化紧贴大地的宏观选择。还有四个原因，更靠近文化本义，且让我逐一道来。

四

中华文化长寿的第五因：简易思维。

我的这一概括，一定会引起某种争议，因为很多学者喜欢把中国古代的那些奠基典籍说得非常复杂和艰深。正好那些典籍由于年代久远不易被今天的普通读者轻便解读，这种误导也就成立了。

其实，文化就像一个人，过多的营养，过厚的脂肪，过胖的肚腩，都不利于长寿。长寿的中华文化，从来不愿用自己的肩脖去撑起那些特别复杂的学理重担。它一直保持着精瘦瘦、乐呵呵的行者形象，从来未曾脑肥肠满，大腹便便。

为什么能够精瘦？因为中华文化一上来就抓住了命脉，随之也就知道什么东西可以省俭，什么东西可以舍弃了。中华文化的命脉就是“人文”，《周易》说：“观乎人文以化成天下。”因此，对鬼神传说，敬而远之；对万物珍奇，疏而避之；对高论玄谈，笑而过之。这与其他文明相比，不知省下了多少卷帙和口舌。

典籍之首，该数《周易》了吧？这个“易”字，第一含义就是“简易”，第二含义则是“变易”。连在一起，就是以“简易”的方式研究“变易”和“不易”。但这种研究又不付之于抽象，而只是排列卜筮的概率，形成框架。这与其他文明的开山之作一比，显得非常精简和直截。

诸子百家之首，该数老子了吧。然而且看老子的全部著作，只有那五千字，从内容到形式都在倡导“极简主义”。几年前，我在向北京大学的各系学生讲解中国文化史时曾经指出，老子是中国文化的“清道夫”。他那四个字、四个字如刀斩斧劈的简洁文句，呈示了中国哲学不肯多添一笔、多发一声的极致。由他白发白须又默默寡言地在前面走着，跟在后面的诸子百家，谁也不好意思把话讲多了，把书写长了。

“清道夫”的意义，在于把道路整干净。干净的道路方便走路，于是也可以走远了。走远，就是长寿。

再看最有名的孔子，他的传世著作《论语》，是一段段简短、随兴、通俗的谈话，一点儿也没有端出任何理论架势，呈现什么高深形态。

至于庄子，干脆是在写散文诗了。他以轻便而优美的寓言创作，不小心踏入了经典殿堂，受百世敬仰。

说到散文诗，不能不联想到《诗经》。那是地地道道的诗，而且多数是短诗，带着华北平原的波影和鸟鸣，居然也被尊之为“经”，成为中华文化的起点之一。

连端庄的儒家也反复表明，“艺”和“乐”是一种重要归结。为此，李泽厚先生曾以“实用理性和乐感文化”来阐述中华文化，颇有见地。我以一部《极品美学》，来响应。

确实，在根子上，中华文化是简易的，轻快的，朦胧的，优美的。这种特点使它便于接受，便于传诵，便于延续。长寿，显然与此有关。

在学术界，总有一些人士一直在抱怨中华文化缺少像亚里士多德、黑格尔、康德这样的深度和广度，这是以西方的学术标准，骚扰华夏风范。有人还说，唐代没有出现像样的哲学家，因此是一个没有重量的时代。这就更错了，唐代的文化重量举世少有，仅唐诗一项，就足以压坏历史的天平。如果一定要把唐诗和哲学作不伦不类的对比，那么我要说，唐诗比当时有可能出现的任何一种哲学都重要百倍。

宋明理学试图对一些抽象概念如“心”“性”“理”等作超验研究，虽有长篇宏论惊动学界，却未能在社会上真正产生影响。原因是，那种庞大的艰深方式，不符合中华文化的性格。事情到了王阳明又好了，他以“致良知”“知行合一”等省俭的话语，又让中华文化顺眼顺耳。可惜到了他的学生，那么一些“王门后学”，又不对了。

明代灭亡之后曾有不少学人痛批空泛、玄奥之学，顾炎武认为那种学风只能祸害神州社稷。朱舜水更是明确指出，明朝灭亡，实乃“中国士大夫之自取”（《中国阳九述略》）。

惯于轻装简从的中华文化，一旦被压上重重包袱，一定步履艰难，直至气息奄奄。因此，那些包袱即使藏着不少好东西，也只能是死亡之兆。幸好，中华文化有明智的自省，总能在受苦受累之后把包袱卸除，舒一口气，揉一揉肩。

大道至易至简，小道至密至繁，邪道至玄至晦。中华文化善择大道，故而轻松，故而得寿。

近年来，中华文化又被强加了一个更低劣的负荷，那就是不少人竭力夸大它的阴谋重量，并加以炫耀。无论是书籍、电视、讲座，总是密密层层的阴谋、陷阱、心计，却美其名曰智慧、高策、韬略。在国外经常遇到一些急于了解中华文化的人士，他们接触那些东西之后总是困惑：从皇上、宫女到平民都是浑身谋略，中国人怎么会阴险成这样？他们甚至说，目前流行于世的“中国威胁论”，一半来自不了解中国的政客，一半来自中国自己的传播。

对此，我总是这样回答他们：中国古代朝廷里确实会有不少阴谋，老是被下一代宫廷史官加油添醋、穿凿附会，但是这一切不管是真是假都与中国的广大民众无关。历史上广大民众多为文盲，连浏览一下这类记述都没有可能，因此不会受到影响。我说，中国人确实没有那么阴险，我自己早年长期在农村居住，深知中国农民几乎无人懂得阴谋，他们身上最常见的弊病，就是比较吝啬，不讲卫生，如此而已。农民占中国古代人口的绝大部分，因此也可推知多数中国人并没有负载那么沉重的阴谋文化。

对中华文化，不管是艰深化的加重还是阴谋化的加重，都是一种伪造，因为它不是那样。近年来，据说很多地方都举办了收费高昂的“总裁国学班”，开课时拉上厚厚的窗帘，神秘莫测。不知里边在讲什么，却可以肯定，一定与中华文化基本无关。如果中华文化成了厚厚的窗帘所遮掩的沉重阴谋，它就来日无多了。

死而体重，活而体轻。此间玄机，非独适合身体。这些年我在国内讲得最多的题目，是《为文化做减法》。我说，唯瘦身，方见筋骨；唯减重，方有生机。中华文化几千年走下来的生命脉络，切莫迷失了。为此，我特别写了一部《中国文脉》，希望能够带领读者穿过连篇累牍的文化赘余，去握住文化主脉。脉是生命所在，握住了，就能好好地活下去。

中华文化长寿的第六因：以德为帜。

中华文化始终崇德，这是大家都知道的。但是一般说来，崇德只关及文化的内容和品质，怎么会与长寿有关？

是的，有关。

我在《君子之道》一书中，解释了孔子、孟子所提倡的德是“与人为善”“成人之美”“四海之内皆兄弟”；我在《中国文脉》一书中，又把墨子所提倡的“兼爱、非攻、尚贤、尚同”也归入了德的范畴。这一些仁德标准，只需提起，就能让天下人眼睛一亮、心生温暖，极大地提升了人们对人类的信心，对生存的乐观，使大家活得更好、更久，也就是古语所说的“仁者寿”。我今天要进一步说明，中华文化也像人一样，由于崇德而长寿。

为了说明这个问题，我们不妨先作另类设想：中华文化如果不是以德为帜，会以什么替代？

韩非子在《五蠹》中说：“上古竞于道德，中世逐于智谋，当今争于气力。”也就是说，除了道德的旗帜，还可以有智谋的旗帜和气力的旗帜。韩非子认为，讲道德的年月已经过去，讲智慧的年月还在继续，眼下时兴的是讲气力，凭着气力追利益。

韩非子不同于孔子、孟子他们，并不特别看重道德。他认为古人讲道德，是因为那时人口很少，构不成竞争。后来人口一多，竞争不得不产生，只得讲智谋了。竞争得再激烈一点，讲智谋也来不及了，只能拼气力。这种历史观出于对人性的不信任，勾画了一个由善至恶的三级台阶，与历史事实并不符合。但是，他讲的这三面旗帜，三种价值，三类追求，却可成为我们透析中华文化的视角。

智谋，与前面提到过的阴谋不同，确实可以成为道德之外的另一种号召。当代有人分析，中华文化是一种“德性文化”，西方文化是一种“智性文化”。可见，早在诸子百家时代，中国哲人已经触及了德、智之间的艰难选择。

智性文化后来在西方发展成了科学思维，对人类进步作出了重大贡献，也折射出了中华文化的弱点。但是，文化的先进性和恒久性并不是一件事，文化的实用性和感召性也不是一件事。就一种文化的恒久性而言，德性文化的时间长度一定会超过智性文化。

智性文化的先进性和实用性虽然令人称道，却是相对的，往往只在一段时间内有效。当智性继续推进，原有的先进性和实用性必然会被超越而黯然失色。在这种情况下，智性只能催促人们继续低头探索，而不能像德性那样，吸引人们永远抬头仰望。至于韩非子所说的第三面旗帜——气力，那又降低了一个层次。把气力单独拉出来讲述，正说明它是一种摆脱道德、摆脱智谋后的存在。这种所谓气力，很像现在常说的“成功”，而且是不择手段的“成功”。这种气力，有可能让人惊惧，让人服从，却很难让人从心灵深处长久地佩服和尊敬。大家全都明白，气力的形成，往往是因为已经把他人比输，或即将把他人比输。这中间，极有可能带有道德瑕疵，也就是违背了“与人为善”“成人之美”“兼爱、非攻”的原则。

带有道德瑕疵的“成功”，很难持久。这是中华文化的基本常识，连普通人也懂得，只是不说出来罢了。祸福相依、凶吉互融、输赢无定的旋转，在几千年前就已经成为一种全民预测。只有一种因素的出现，才能让旋转停息。这个因素，就是德。也就是说，如果让气力服从于道德，让成功依附于大善，一切才可能改观，逆转才可能避免。用现在的话来说，那就是把气力和成功推入另一个价值系统，一个不以自身为目标的价值系统。

德，为什么能使逆转停息、生机长存？因为它显示了从“人禽之分”开始的对人类最高标准的追求。感谢儒家，把这个最高标准设定得那么明确：“止于至善”。你看，一切逆转，面对至善也就停止了。

如果要认真地阐释“止于至善”，那么，“止于”，提出了别无选择的精神终点，而“至善”，则提出了道德的终极标准。“至善”是“善良”的最高形态，面对整个天下，无所遗漏。后来，王阳明又为“至善”找到了每个人心底所埋藏的依据，那就是“良知”。这一来，由“至善”激发“良知”，由“良知”抵达“至善”，中华文化建立了一个比其他文化更明晰、更干净的道德构架，使中国人产生了长久的景仰、向往和追赶。历史的正能量，也都长久地朝着这个方向聚集。这是一个永远延续的过程，因此，中华文化的寿命也随之延续了。

有人指出，在日常生活中，中国人的道德水平还颇多污浊。这是确实的，但是对于这么庞大的群体而言，精神领域的“景深”会出现很多层面，终极标准和一般标准不可能合成一体。因此，以终极标准启迪一般标准的重任，需要很多文化人来长期承担。

如果从深处看，中华民族只要遇到大灾大难，总会突然发现，多数民众至善勃发、良知未泯，常常连自己也感到吃惊。文化的使命，就是要透视心灵地窖里的集体潜藏。

对于道德的终极标准，孔子觉得只有像北斗星这样的星辰才能比拟：永恒所在，且众星拱之。他在《论语•为政》中说：

为政以德，譬如北辰，居其所，而众星共之。

这让我想起了德国哲学家康德的一句话：

有两件事，让心灵永远仰望：一是天上的星辰，二是人间的道德。

孔子和康德，相距两千多年，各踞地球的另一半，语言系统差异极大，却以完全一样的比喻，说出了完全一样的意思。

这种巧合，一是说明人类历史上最优秀的思想者，都把道德看得不可动摇；二是说明不管时间和空间有多大的差异，道德的高度惊人一致。

因此，谁也不必在他们所说的道德前面再作别的分割和限定，例如时代的限定，国别的限定，地域的限定，阶级的限定，风尚的限定，等等。各种区别都会有，但在最高意义上，道德就是道德，星辰就是星辰，仰望就是仰望，永恒就是永恒。在这件崇高的大事上再动什么手脚，本身就很不道德。中华文化的守护者，不做这样的事；“止于至善”的皈属者，不做这样的事。

中华文化的守护者应该深感荣幸，由于从一开始就高高地举起了道德的旗帜，我们的文化靠近了星辰。

中华文化长寿的第七因：中庸为轴。

如果对中庸作最简单的解释，那么，中，是指中间值；庸，是指寻常态，因此也是指普通的延续态。

不要小看了，这是一种重要的思维选择。

往浅里说，这是一种办事方式。谋事，总要向前看；但要成事，则要回过头来看看比较正常的一般情形，设法找一条合适的路，恰当的路，可行的路，多数人能够接受的路。要做到这样，就不应该扮演激烈，哗众取宠。

往深里说，这是一种可喜的弹性哲学，一种灵活的松软状态，一种平静的两相妥协，一种灰色的世俗宽厚。

中庸，是中华文化几千年来的精神主轴和行动主轴。

对于中庸，历来总是有人赞赏，有人鄙弃，此处且不作深论；我此刻要在这里强调的，是中庸与时间的奇特姻缘。无数事实证明，有了中庸，就能拥有更多时间；反之，放弃中庸，则会让时间中断。

中国的历史那么长，遭遇的灾祸那么多，在很多时候似乎走不过去了，就像世界上其他伟大文明终于倒地不起一样。但是，中国却一次次走通了，越过了灾祸，越过了灭亡，踉踉跄跄地存活了下来。细察每一个生死关口就能发现，正是中庸，在其间发挥了重要作用。

中庸为何能避祸、避亡？原因是，它避开了在关键时刻最容易出现的各种极端主义。

极端主义极有魅力，可惜时间不愿意与它站在一起。极端主义的口号响亮爽利，令人感动；极端主义者就像站在悬崖峭壁边上的好汉，浑身散发着英雄的光辉。因此，总是拥有大量的追随者、崇拜者、死忠者，劝也劝不回。但是，对于广大民众来说，口号不是路标，好汉不是向导，悬崖不是大道。接下来的路，该怎么走呢？

其实已经无路，虽然还会闹腾一阵子，但事情已经结束，时间已经扭头。这就是响亮的短命，激烈的速朽。

极端主义者不仅割断时间，而且也割断空间。他们迟早连追随者的劝告、建言、修正也无法容忍，把这些伙伴当作叛逆者一一驱逐，孤苦伶仃地坚守着越来越局促的“原教旨主义”。于是，空间的局促又加剧了时间的短促，覆灭不可避免。

中庸与他们一比，总是那么平淡，那么家常，那么低调，引不来任何喝彩和欢呼。中庸只在轻脚慢步地四处探问，轻声慢语地商量劝说。但是，过不久，一条小路找到了，一种谅解达成了，一番口舌删掉了，一场恶斗让过了。看起来好像什么也没有发生，只不过大家都可以活下去了，而且是平顺、快乐地活下去了。

中华文化在整体上拒绝极端主义，信奉中庸。我在《君子之道》一书中介绍了古代经典在这个问题上的反复教导。这些教导深契大地人心，结果，即便是那些很容易陷入极端主义的外来宗教，一与中华文化接触便减去了杀伐之气，增添了圆融风范。中国也有一些时段、一些人物受到极端主义之蛊，言行狂悖，却无改全民数千年的集体选择。数千年的集体选择沉淀成了集体人格，结果，中庸不再是一种权宜之计，而成了一种文化本能。

为什么在各大文明间，只有中国能够全方位地实践中庸？说到底，这还是与农耕文明相关。农耕文明靠天吃饭，服从四季循环，深知世上难有真正的极端。冬天冷到极端，春色已开；夏天热到极端，秋风又起。这种“天人合一”的广泛体验经由《周易》提升，儒家总结，也就成为文化共识。《礼记》更是明确作出了“君子中庸，小人反中庸”的经典宣判，由此建立了中华文化的基本准则。世界上，其他宗教和哲学，也都有过“中道”的理论，但是，只有中国，让中庸在世俗生活中长久普及，成了一种谁也无法忽略的实践形态。

我作为一个曾经长期研究世界艺术的学者，不能不指出，中庸在美的领域未必总是超过极端，至少是各有利弊吧。例如，当我面对中国古代戏剧中“悲、欢、离、合”的中庸结构，再对照古希腊悲剧在生命边涯上的极端呼号，就会把审美的心理天平偏向后者。对于这个问题，我在《极品美学》一书的自序中作了说明。但是，对于安定百世社会，保存和延续中华文化的效能而言，中庸则利大于弊，而且肯定。

应该说明，中华文化选择中庸，倒不是仅仅为了选择者本身的安全和长寿，而是有更广泛的关照。它会把那些站在悬崖边上的好汉拉回来，顺便也挽救了大量追随者。正因为此，孔子把中庸说成是最高道德。他说：“中庸之为德也，其至矣乎！”（《论语·雍也》）

中庸的话题，也会遇到一种最常见的疑问。例如，那年我在哈佛大学演讲中国文化精神，就有一位中国留学生当场提问：“中庸避免了极端，寻找了可行，选择了安全，会不会阻碍了突破、创新和挑战，降低了文明的高度？”

我回答说，这是一个很好的问题，我想以登山来破解。中庸并不反对登高，只是在珠穆朗玛峰的险峻山道上，希望你尽量走到中间，把脚踏稳，而不要为了摄影，在悬崖边上摆弄姿态。当然，在登山前，如果身体不太适应，中庸的原则也会建议你选择另一项运动。因此，中庸不是退缩，不是窝囊，也不是无为，而是希望你在人生的攀缘中寻找最好的山道。

处于当代，世界上极端主义越演越烈。不少西方政客为了对付它们，采用的也往往是另一种极端主义即单边主义。结果，总是极端对极端，无休无止。在这种情况下，中华文化实行中庸、拒绝极端的千年本色，再度被唤醒。凭着这种千年本色，能不能说服极端主义？我信心不大；有信心的只有一项：中华文化的寿命，凭着越来越稀罕的中庸，还会长久延续。

中华文化长寿的第八因：特殊门径。

以上种种长寿的原因，都很重要，但在实际执行中，还必须落实在一个具体项目的操作上。这个具体项目，必须汇集各种导致长寿的原因，而且自己也颇为长寿，有时间陪着中华文化走过千年长途。

应该是一个什么样的项目呢？

终于知道了，这个项目，就是科举制度。

正是科举制度，使中华文化的长寿有了最实在的操作性保障。因此，这是通向长寿的一个特殊门径。

对于中国古代的科举制度，我曾写过长文《十万进士》，那就不在这里重复了。我今天只想让大家发出一种惊叹：这是谁想出来的好点子呀，在那么宏大的文化生命工程中，居然发挥得如此齐备，又如此神奇？

齐备到什么程度？神奇到什么程度？且听我略举几端。

其一，其他重要文明的溃灭，首先溃灭于社会乱局。因此，即使仅仅为了文化，也要选取足够的社会管理人才。科举制度，便由此而生。选拔的是各级社会管理人才，却保全了文化的土壤。

其二，其他重大文明也曾在一代雄主的带领下建立过良好的管理系统，但是由于地域大，方位多，各地的管理者容易自立格局，自选下属，时间一长，便产生近似“分封”的裂隙。而科举制度，则全国统一。以统一的标准、统一的机构完成统一的选拔，这就以文化的方式，堵塞了分裂的可能，反过来又保护了文化。

其三，其他重大文明在建立管理系统之后却没有建立逐代选拔机制。几代之后，全都出现了管理人才的短缺，文明天地的荒芜。科举制度保证每隔三年提供大量管理人才，源源不断。这是中华文化保持有序延续、有效延续的重要原因。

其四，源源不断的管理人才必须依靠丰沛的备考、应试资源。科举制对此创造了一个千年实践：在中国，不分地域，不分门庭，不分职业，不分贫富，只要是男性，都有资格参加选拔。在唐代，连外国人也能应试。这种全民动员，极大地强化了文化的整体生命力和号召力。

第五，社会上最容易产生焦躁动荡的群体，就是青年男子。科举制度让全国这一群体的很大部分，都成了极为用功的备考人员、应试人员，而且很多人屡败屡考，终身应试。这就让社会大幅度地提高了安全系数，而且安全在文化气氛中。

第六，如此规模的考试，所出试题必然会在很大程度上左右整个国家的文化选择。科举考试越到后来越明确，以儒家经典为主要考试范围。这一来，全国千千万万青年男子，也就为了做官而日夜诵读儒家经典，诵读到滚瓜烂熟，一年又一年，一代又一代。他们的初衷，只为个人前途，但结果是，那些儒家经典受到无数年轻生命的接力负载，变得生气勃勃。这可谓，经典滋养生命，生命滋养经典。后一种滋养，更是让经典永显青春血色，举世无双。

第七，这么多由诵读经典而终于为官的书生，有没有能力参加社会管理？正巧，他们为了应试而天天诵读的，不是旷世玄学，不是古奥经文，不是隐士秘籍，而是“修身、齐家、治国、平天下”的大道理。拿着这些大道理去做县令、太守，大致属于“专业对口”。于是，社会治理和文化传承相得益彰。

第八，科举考试并不看重天才勃发、奇思妙想，而总是安排刻板的格式，后来甚至限定了“八股”模式。这会让李白这样的稀世天才难以进入。但是，由于科举考试的目的只是为了选拔官员，而不是诗人，因此这样的安排并无大错。官员将来要做什么？在多数情况下，也就是在刻板的格式中规矩行事，有所创新也不失前后左右的基本关系。那么，科举考试就是对行政模式的预示。李白不适合从事管理，因此不能以他的缺席来非难科举。科举如果随兴而不刻板，那就长不了，结果也就无法辅佐中华文化走长路。

第九，科举考试总体上公平严格，却也会有一些作弊、造假，史称“科场案”。由于这种案件直击吏治命脉和文化命脉，每次都酷刑严罚，引起社会广泛关注。民众由此明白：为官的入场券只是文化，不能夹杂其他关系；而这种文化入场券却很难获得，因此要作弊、造假；但是，文化上的作弊、造假，必然会付出生命代价。这种系统认知，极大地提升了文化对于官场伦理的奠基性价值，这在其他文明中看不到。

……

仅此九端，已经足以说明科举制度的齐备和神奇了吧？已经足以说明它对中华文化的长寿所起到的举足轻重的作用了吧？

确实，我环视全世界，没有发现还有哪一种体制，能像科举制度那样发挥如此全面、有效、长续的文化守护功能。不必怀疑，它是中华文化长寿的归结之因。

但是，由于一些科举考试失败的文人写了不少批判作品行世，它的名声渐渐受污。在考试内容上，后来它确实也跟不上自然科学和国际政治的迅猛发展，成了一个备受攻击的对象。似乎，中国的落后，全是因为它。

一九〇五年，经袁世凯、张之洞等人的上奏，慈禧太后批准，科举制度在存世一千三百年之后彻底废止。废止之时，异议不多，但在废止之后，渐渐出现了不少反思的声音。有的声音中，还包含着深深的后悔。

梁启超说：

夫科举，非恶制也。　　此法实我先民千年前一大发明也。自此法行，我国贵族寒门之阶级消灭；自此法行，国民不待劝而竞于学。此法之造于我国也大矣。人方拾吾之唾余以自夸耀，我乃惩末流之弊，因噎以废食，其不智抑甚矣。吾故悍然曰：复科举便！

《管制与官规》（1910年）

孙中山说：

现在欧美各国的考试制度，差不多都是学英国的。穷流溯源，英国的考试制度原来还是从我们中国学过去的。所以，中国的考试制度，就是世界上用以拔取真才的最古最好的制度。

《五权宪法讲演录》（1921年）

钱穆说：

直到晚清，西方人还知采用此制度来弥缝他们政党选举之偏陷，而我们却对有过一千年以上根柢的考试制度，一口气吐弃了，不再重视，抑且不再留丝毫顾惜之余地。那真是一件可诧怪的事。

清末人一意想变法，把此制度也连根拔去。民国以来，政府用人，便全无标准，人事奔竞，派系倾轧，结党营私，偏枯偏荣，种种病象，指不胜屈。不可不说我们把历史看轻了，认为以前一切要不得，才聚九州铸成大错。

《中国历代政治得失》（1955年）

这些人都不是保守派、复古派，却都在叹息，科举考试的废止太草率了。钱穆先生明确认为这个制度足以弥补西方政党选举的偏陷；梁启超先生甚至还在呼吁恢复这个制度。这个问题，已经大到触及政体，这儿无法细论了。但我相信，读者已经从我的简要讲述中明白，中华文化确实曾经拥有一个极为称职的好帮手。好帮手走了，但文化的机体却留下了。这种机体，看上去有点慌乱，但身子骨依然健硕。

真该谢谢那个不知去了哪里的好帮手。

五

我总算把中华文化长寿的原因粗粗梳理了一遍。这中间一定有很多缺漏，而且，在讲述正面效应的时候也没有时间分析随之带来的负面效应。这种悖论，这种两难，正是学术思考的斧钺，我在《中国文脉》《文化之痛》等书籍中已经有过探索，相信会有很多年轻学者继续挖掘下去。

即使暂时省略了负面，那么，中华文化以往的正面业绩也无法让我们扬扬自得。相反，倒是成了检验今天一切作为的最严苛标准。或者说，伟大的昨天向今天发出了伟大的指令。因此，我希望有更多的人认识中国的昨天，以及它的世界意义。

我说过，由于近两百年文化之外的原因，中华文化的生命优势被掩盖了，甚至被曲解成了劣势。为此，我不能不一次次地呼唤国际上的学术良知，请他们重新读一读世界史，尤其是世界史中的中华文化史。

我这么说，并不是出于民族主义的诉求。几年前我在北京大学讲授中国文化史，曾经严肃质疑目前有些人在“国学”名义下“以国家主义实行排他主义”的倾向。这种质疑，大家可以从我的《北大授课》一书中读到。但是，我们今天遇到的，却是一个世界课题，只不过正好与中国的昨天有关。

无论如何，回到我们讲述的原点，明确肯定中华文化是人类历史上唯一不中断地延续到今天的文化奇迹，是必须的。

即使我不是中国人，也不会放弃这个“必须”。

接下来的“必须”，就是我目前着手在做的事情了：研究中华文化成为唯一奇迹的原因。

这项研究应该成为一项国际工程。如果经过很多人的努力，有了像样的成果，那就必须成为世界课本。

世界课本？是不是口气太大了一点？

我的回答是：不大。

请看世界上有多少发明、创造、突破进入了各国科教书而成了全人类的常识，又有多少战争、灾难、自救进入了各国教科书而成了全人类的常识，那么，明明活生生地存在着唯一长寿的文化奇迹，而且是包含着无数发明、创造、突破、战争、灾难、自救的文化奇迹，为什么都熟视无睹？

最善良的理由只有一个：研究还刚刚开始。

值得高兴的是，熟视无睹的时代已经过去。即便在遥远的地方，兴趣的目光也开始向中华文化集中。

二〇一三年十月十八日下午，我应邀在纽约联合国总部大厦发表演讲，讲题就是中国文化的特殊生命力。我还没有开口，奇怪的事情发生了。

像往常一样，这天联合国大厦在召开很多会议；也像往常一样，很多会议大厅里听的人很少，即使来了几个国家元首也依然冷冷清清。但是，在我的演讲厅里，却人头济济，人满为患，晚来的听众只能站在过道上听。我当然知道，这不是因为我的名字，而是因为我的讲题。

更有趣的是，那天的联合国总部网站，把我的演讲列为第一新闻。世界上正发生着那么多惊心动魄的事情，各国政要正飞来飞去忙着处理，那都是最重大的国际新闻，怎么会被一场文化演讲压住了？

原因只在于，讲的是中华文化，是大家都不太知道却又很想知道的中华文化。

那么多人，听得那么专注，那么安静，那么迫切。他们带有很多疑问，等待着解答。

时至今日，我们的中华文化已经逃不过关注、跟踪、等待、追问了。

逃不过就不逃。我，守在这里。

我相信会有更好的解答，很多超越我的解答。

那就不要着急。

一代代解答，一代代倾听。过后，又要有新的解答，新的倾听。

不管到哪一代，中华文化，总在。

（选自2015年第6期《美文》）

血光中的奋抗

——日军大轰炸时期的重庆人民抗战纪事

何建明

天空很晴朗。太阳突然被一群“飞鸟”掩住，然后就漫天下起黑色的“雨点”。那些密密的“雨点”在头顶变得越来越大，随后就是一声声的巨响，四周顿时火光冲天，整个街道在顷刻间炸裂，石头四处飞溅，大片的房屋瞬间冒出火焰……这就是重庆市民杨明辉在5岁时经历的一幕，那一天是1941年6月5日，他成了孤儿。

杨明辉一边哭着一边来到乡亲们躲藏的大隧道防空洞，却看到了更加惊悚的场景：数以千计的大人和孩子死在洞口内外，躺着的姿势像是在互相打架，各自的衣服全都撕得稀烂，血肉模糊，肤色青黑，一双双睁着的眼睛瞪着燃烧的天空……长大后，杨明辉才知道，就在他的家人被日本飞机炸死的当天，重庆发生了市民因躲避日军飞机轰炸而数千人窒息死亡的“六五”大隧道惨案。

“日军轰炸重庆，龟儿子恶啊！”几年前，杨明辉在谢世时只留下这句埋在心头一辈子的话。

74年后的今天，我来到“六五”惨案的“十八梯”隧道遗址前，凭吊那些因日军轰炸而惨死的同胞，心潮久久无法平静，我仿佛听到滚滚长江水依然在呜咽与哭泣。

一

1938年2月18日，这一天非同寻常。因为世界战争史学家认为，这一天日军对中国战时首都重庆开了一个极其恶劣的先河，这是世界战争史上第一次有计划、有预谋地对一个不设防的大城市和无数无辜平民进行长期的、大规模的轰炸。它比纳粹德国对伦敦的恐怖空袭还早了两年多。

从1938年2月开始，日军对重庆实施了长达6年多之久的无差别大轰炸。如果说在这之前，日军在南京犯下的臭名昭著的大屠杀是一种“农耕式的战争屠杀”的话，那么日军在重庆则制造了机械化的“工业式大杀戮”。这种赤裸裸的反人类血腥暴行令人发指，山城的每一块石头和交汇于山城的两条大江流淌的每一滴水，都记下了日本侵略者的笔笔血债……

当年有记者这样描述日军轰炸前后的重庆市景：“飞机去了，人声嚣浮起来，千百的人群熙熙攘攘地忙乱地走着、跑着、叫着，悲痛凄人的惨叫和失望无救的绝叫呵！此时，许多人已经像潮水一样把马路堵塞住了，时候已入暗夜，灯箱，手电筒，四处照射着。马路两旁山积的箱器、家用木器、锅盆，乱杂杂地全堆满了，男男女女、老老少少坐在马路上，成了无家可归的流民，小孩子睡在母亲怀里咿咿唔唔不知说些什么。一排排的房屋高楼横倒下来，瓦片伴着飞灰腾舞，火焰里燃烧着人类焦灼的骷髅，房屋的木架零乱地塌了下来，青葱的树木连根都拔倒了。仅存的那些歪歪斜斜的屋宇，被弹片打得零零落落……那些树木破碎的丫枝上，张挂着褴褛布片，血糜的肉块、破帽、断臂、花花绿绿的肚肠，天哪，这竟是人间的景象吗？是谁毁灭了这一切？……”

当然是日本法西斯！法西斯就是战争。到了1939年，曾经的“东亚共荣圈”等一切虚伪的假面具统统被撕破，剩下的只是赤裸裸的屠杀。一直到了1942年，中、美、英、苏、荷等26国发表联合声明：保证全力对轴心国作战，日本法西斯的丧钟才敲响。但其时轰炸仍然在进行。1942年“雾季”即将结束之时，重庆举办了日军空袭损害展览，民国政府宣布：从1938年至1941年，日军共空袭重庆117次，掷弹22312枚，我平民被炸死30140人，炸伤9141人。

这场从未有过的野蛮轰炸，最终以失败告终。历史严正地告诉我们：那些发动战争的刽子手永远也不能主宰战争的命运。只有爱好和平与坚持真理的人们，才是决定战争最后胜负的根本力量。

二

抗战史上的重庆大轰炸事件，值得今天的我们认真去思考与了解，它同时也让我们发现了中国共产党领导下的中国人民坚定的抗战意志和信仰——这是我们遭遇如此困厄而能不败不倒的内在原因。

当时的重庆处在国内外政治风云的风口浪尖，政治与外交的斗争复杂多变。中国共产党对重庆的关注与所倾注的力量非同一般，派出了以周恩来为代表的一批优秀领导干部长期“驻阵”重庆。后来又成立了以周恩来为书记的中共中央南方局。南方局既处在统一战线的第一线，又置身于国统区险恶斗争的旋涡之中。在这特殊的环境与多变的时局里，周恩来一方面坚定贯彻来自延安的党中央指示精神，另一方面根据重庆随时变化的情况，利用自己的智慧和高超的政治艺术，广泛团结和结盟各种社会力量，只要是有利于我国和我党抗日大局，哪怕仅仅只是一次偶得的机会，周恩来也从不放过。

那时恰逢美国作家海明威来到重庆，周恩来抓住了这一机会，于是有了下面这一不为人知的情景：

某日，在重庆的市场上，一位满头金发的荷兰女子，突然靠近正在市场上观光的美国作家海明威的新婚妻子玛莎，轻声对她说：“请问你和你的先生愿不愿意见见周恩来先生？”“周恩来是谁？”玛莎奇怪地反问。荷兰女子神秘一笑，说：“你回去原话告诉你的先生便是。”

玛莎如实报告了丈夫。“什么？是周恩来要见我？太好啦！他可是个了不起的人物！我要见！见！”海明威兴奋地抱起妻子，大声叫着。

翌日，在一间四壁密封、刷得雪白的地下室，海明威见到了周恩来。

“先生，全世界都在关心你们中国和中国共产党的抗日态度……”海明威从第一眼看到这位驻重庆的中共领袖后，便认定眼前的周恩来是一位“伟大的人物”。

“我要告诉先生，也请你转告全体美国人民和世界上一切爱好和平的国家与人民：我们中国共产党人将坚定不移地高高举起抗日旗帜，并相信胜利一定会属于我们！”

海明威感动了，他坚信中国会在周恩来等一批中国共产党人的领导下，取得抗战的最终胜利。事情必将如同他在《老人与海》中写的那样，“生活总是让我们遍体鳞伤，但到后来，那些受伤的地方一定会变成我们最强壮的地方”。

争取社会的中间力量，也是区别国共两大政治派别的一个关键所在。中共中央南方局利用日军对重庆大轰炸的血的现实，帮助中间派认清坚持抗战、抗战到底、抗战必胜的道理。一位民主党派的资深人士回忆当年在重庆抗战的经历时感慨万千：“那时重庆的中间力量头面人物，都愿意跟着共产党走，因为他们的抗战主张英明正确，而且坚持抗战始终不折不扣。我们跟周恩来本人的关系也特别融洽亲善，所以只要周恩来和‘红岩村’一声招呼，我们这些爱国人士就会积极响应。可以说，重庆抗战时期的中共统一战线工作做得最完美、最有成效，堪称经典。”

三

与大轰炸形成对照的是，重庆的文艺活动蓬勃开展起来，“雾季戏剧节”是英雄的重庆人民抗战精神最富创意的体现。有位重庆老人回忆当年的情景时这样说：“那几年日本飞机炸塌、炸烂了重庆城，甚至把我们的亲人都炸死了，许多人都一样没吃的、没住的，但我们坚持了下来。要我说，是街头的那些鼓舞人心的抗战好戏好节目，让我们安下了心、鼓足了劲，等到了日本投降的那一天……”

有人说，重庆大轰炸时期我国涌现的一批文学艺术作品是20世纪中国艺术的高峰，这话是有足够理由的。郭沫若的《棠棣之花》《屈原》、阳翰笙的《天国春秋》、夏衍的《上海屋檐下》、曹禺的《北京人》和吴祖光的《风雪夜归人》等作品，以及茅盾创作的《霜叶红似二月花》、老舍的《四世同堂》、沙汀的《播种者》，还有艾青、碧野、胡风、徐悲鸿等居住和来到重庆的文艺界名流们在此期间创作的诸多作品，都堪称经典。

有人会问：大轰炸时期的重庆，条件和环境最危险、最艰苦，为什么作家、艺术家们却创作出如此多的经典作品？我想至少有两点原因：一是那时的艺术家们心中燃烧着灼热的抗战激情，这种激情让他们不惜一切为抗战而活着、而创作；其二，活生生的现实生活激励着他们，深刻地影响与丰富了他们的创作。这便是为什么越是困苦的时候，越能产生伟大作品的原因所在。

四

不管日军怎么轰炸，重庆不死，重庆人民反抗侵略者的精神和意志也不死，他们反倒在困厄中变得更加强大。

因为，我们随处可以看到：

——当扔下炸弹的敌机刚刚呼啸而过，熊熊大火边就出现了一道道人墙，他们或是军人，或是小职员、商店小贩，甚至是刚刚失去家园的难民。他们有的用消防水枪向火焰喷射，有的拿着水桶，甚至还有人用吃饭的碗盛水灭火，连失去了亲人的孤儿也会过来帮着大人们送水提桶……燃烧的火焰不灭，这样的情景也便不消失。

——当敌人的炸弹在长江和嘉陵江上溅起无数冲天的水柱，运输战时物资的船工们却吆喝起响亮的号子：“哎哟——哎哟，龟儿子的炮弹没有炸着，我就往前走啊！哎哟——哎哟，前方的将士等着子弹和药包，后方的亲人等着粮食和面包，我们劈浪越峡往前走啊！”

——当敌人的炸弹还在头顶隆隆爆炸、山崩地裂时，隧道深处的兵工厂仍然机声隆隆、一颗颗刚出炉的子弹带着愤怒被送出洞外；纺织厂的女工哼着《摇篮曲》，一边催促怀中的婴儿入睡，一边双手织啊、缝啊，忙个不停……

呵，这就是重庆！这就是在侵略者疯狂大轰炸中炸不死、震不垮的重庆人民！

1944年初，远在大洋彼岸正指挥同盟军与希特勒法西斯进行殊死决战的美国总统罗斯福，被重庆人民的精神深深感动，他在轮椅上吃力地挪动疲倦的身子，用颤动的手写下这样的话：

“在此次战争中，给我国奋斗精神以最大的鼓励之事，非此一端，而其中之一即为重庆人民——无论成年男女或幼童——在长期封锁及屡受日军轰炸下所表现出的伟大勇气。这种勇气深印我们的脑海而不可磨灭。美国人民对于重庆市民坚毅不屈的精神，实不胜敬佩之至。

“我以美利坚合众国的名义致书重庆市，以表达我对英勇的重庆市民的敬意。还在世界人民了解恐怖袭击之前，贵市人民已在多次残暴的空袭面前，表现出了坚毅镇定、英勇不屈的精神。这光荣地证明：决心争取自由的人民，其意志决非暴力恐怖所能摧毁。你们对自由事业的忠诚将永远鼓励子孙后代。”

这位杰出的反法西斯斗士，在写下上述这些话后不久便与世长辞了。然而，中国人民抗战的烽火，此刻却越燃越烈，其中，饱受苦难的重庆人民及抗日统一战线的各界人士，以前仆后继的精神，投入抗日战争的最后战斗之中。

1945年8月15日，日本天皇发布投降的《终战诏书》。重庆的天空前所未有的晴朗，市民们仰望晴空，不再感到恐怖。

8月28日，毛泽东来到重庆。山城更加阳光明媚。

9月3日，举国同庆抗战胜利。

史无前例的第二次世界大战结束了，山城人民以血泪庆祝着这一伟大的胜利。

五

胜利之后的人们，在思考一个问题：人类到底能否避免战争？似乎谁也无法给出肯定的回答，然而战争却可以使我们有所警醒。

当年参加重庆大轰炸的日军“零式”战机驾驶员松井，在战后曾悔罪道：“卢沟桥事件后我就卷了进去。一开始我就在空军，我驾驶过各种飞机，轰炸过重庆。那个年代，不去不行。我的轰炸机被中国军队的地面部队击伤，回国后冷静思考了几十年……1942年我躲在东京的防空壕里，听着轰隆隆的美国飞机声、炸弹爆炸声，我就想我们去轰炸别人，所以别人才来轰炸我们……”

松井的反省，告诉我们一个简单的道理：那些制造战争的人与国，终将会背负着罪孽走向失败。而爱好和平者，以及用生命捍卫民族与国家之尊严与荣誉的人们，终会在苦难中崛起，会在火光中一次次涅槃与新生。

侵略者的炸弹炸不断山城的血脉与根筋，更炸不垮中华民族不屈不挠的奋战精神。眺望万家灯火、车水马龙的今日重庆，我感觉自己已无法用任何赞美的文字来表达对重庆人民乃至中国人民的敬仰之心。沧海桑田，相信爱好和平却又顽强不屈的中国人民，会在脚下的美好的土地上，书写新的华章！

（选自2015年7月2日《人民日报》）

死去活来七里槐

梁　衡

中华民族的三千年文明史是一部英雄史也是一部苦难史。如果要找一个记录了中华民族苦难的活的物证，那就得算河南三门峡的七里古槐了。

2014年11月，我到三门峡市出差，顺便问及当地有无可看的古迹。他们说，去看“七里古槐”，我却听成“奇离古怪”。我问：“怎么个怪法？”答曰：“不知何年生，也不知几回死，活得死去活来。”树位于陕县观音堂镇的七里村，以地得名。

一

槐树在北方农村无处不有，是村民乘凉、下棋、集会和夏天吃饭的好地方，已成民俗文化的一部分。在我的记忆中，那是一把绿色的大伞，是一个温馨的摇篮。小时我家院门外有大小两棵槐树，爬树、掏鸟、采槐花，是我们每天的功课。每当傍晚，炊烟袅袅，小村子里弥漫起柴火香时，大人们就此一声彼一声地呼喊着孩子们回家吃饭。这时我们就在高高的树枝上透过浓密的树叶，大声回答：“在这儿呢！”然后像猴子一样滑下树来。可以说我的童年是在槐树上度过的。印象中槐树的树身平整光滑，不糙不凹，每爬时必得以身贴树，搂紧臂，夹紧腿，快捯脚，才不会滑落。树枝是黛绿色的，光润可爱，表皮上星布着些细小的白点，像旧时秤杆上的金星。树性柔韧，农民常取其枝，以火煨弯，制扁担钩、镰刀把、筐子提手等物件，孩子们则用来制弹弓。

可是眼前的这棵槐树怎么也不敢让我相信它还是槐，这是一个成精的幽灵。它身重如山、干硬如铁，整棵树变形、扭曲、开裂、空洞、臃肿，无论如何，再也找不到我脑海里槐树的影子。它真是一怪，奇离古怪。

先说这树的大。古槐位于长安到洛阳古驿道旁的一处高坡上，树身遮住了半个蓝天，未进村先见树。据说当年唐开国大将尉迟恭在七里之外就见到这棵树。当你向树走去时，它就像一座大山正向你慢慢压来。等到爬上土坡，靠近树下，你又觉得这不是树，而是一堵墙，一座城堡，直逼得你喘不过气来。要像小时候那样，再搂着它爬是绝对不可能了。你倒是可以踩着不平的树身攀上去。为了测量树围，我们五个男人手拉着手，才勉强将它合抱。准确地说，这树围也是无法测量的，因为它的表面起起伏伏，如瀑布泻地，如山川纵横，早已不成树形，无法合围，只能大概地比画一下。这时你仰观树冠如乌云压顶，再退后几十米看，那主干在蓝天的背景下又成龙成凤，如狮如虎，张牙舞爪，尽人想象。四五里之外就是横跨欧亚大陆的陇海铁路，每有客车过时就特别广播，请大家注意看窗外的古槐。它已成中州大地上的一个地标。

奇怪之二，这树浑身上下布满了大大小小的疙瘩和深深浅浅的空洞。古树身上有几个疙瘩和洞不足为怪，这是它的骄傲，是年迈德高的标志。如老人手臂上的青筋、脸上的皱纹，是岁月的积累，时光的磨痕。但树生疙瘩如人生肿块，毕竟不是好事。况且这树也不是只有几处凸凹，而是全身堆满了疙瘩，根本看不出原来的树纹。我想试着数一下树身上到底有多少个疙瘩，大中套小，小又压大，似断又连，此起彼伏。你盯不到半分钟就眼花缭乱，面前是一片连绵的山峰，来去的云朵。你一时又像掉进了波涛翻滚的大海，或者乱石穿空的天坑。都说卢沟桥的狮子数不清，这槐树身上的疙瘩根本就无法数，永远也没有个数。而且树身是圆形的，你边走边数，转一圈回来，已经找不到起点，扑朔迷离，如在雾中。我们已坠入一个奇离古怪的方阵，一个从未经见过的时空系统。

二

这棵树所在的陕县，属中国最古老的地名。现在我们常说的陕，是指陕西省。就像豫指河南，晋指山西。其实，陕的溯源是现在河南三门峡市的陕县，古称陕塬，也就是现在这棵古槐的扎根之处。周成王登位之后，周、召二公帮他治理天下，两人分工以陕塬为界，周治陕之东，召治陕之西，并立石为界。现在陕县还存有这块“分陕石”。算来，这已是三千年前的事了。今天偌大的一个陕西省，20万平方千米，却是因为坐落在一块小石之西而得名。陕塬之西的西安是13朝古都，之东的洛阳是9朝古都。一部中国古代史几乎就是在这两个古都的连线上来回搬演。你看，这棵老槐一肩挑着两个古都，背靠三晋，左牵豫，右牵陕，老树聊发少年狂。它像一根定海神针，扎在了中国历史地理的关键穴位上。天下大势合久必分，分久必合，在这块古老的土地上，多少次的朝代更替，多少代的人来人去，黄河奔流东逝水，沧桑之变知几回。但是这棵老槐不死。上天把它留下来，就是要向后人叙说那些不该忘记的苦难。

老槐无言，但它自有记事的办法，这就是满身的疙瘩。古人在没有文字之前，最原始的办法是结绳记事。这棵古槐与中华民族共患难，不知经过了多少风雨，熬过了多少干旱，穿过了多少战乱。它每遭一次难就蹙一次眉、揪一下心，身上就努出一块疙瘩。

三

古槐生在唐朝，它遭的第一大难是“安史之乱”。

中国古代农民所受之苦，大致有两类。一是服兵役。不管哪个人上台，哪个朝代更替，都是用刀枪说话。“一将功成万骨枯”，一朝更替血漂杵。兵者，杀也。只要战事一起，就玉石俱焚。百姓或者被驱使杀人，或者被人杀。二是赋税徭役。统治者是靠人民供养的，农民要无偿地缴纳实物，无偿地贡献劳力。唐朝有“租庸调法”，“租”即缴粮，“庸”即缴布，“调”即服役。而战事频繁无疑加剧了赋税的征收与劳役的征召。兵役与徭役就像两扇磨盘，不停地碾磨着无辜的生命。

中国人以汉唐为自豪。唐强盛的顶点是开元之治，但接着就发生了天宝之乱，即“安史之乱”。有趣的是，这个大转折发生在同一个皇帝，即唐玄宗身上。开元、天宝都是唐玄宗的年号。他前期小心翼翼，励精图治，后期贪图安逸，纵容腐败，重用奸臣。中国封建社会2000年，是君主专权的天下，各朝由治到乱几乎都是同一个模式。祸乱先从掌权者自身开始，从他们的私事、家事甚至是婚事开始。唐玄宗鬼使神差地爱上了自己的儿媳妇杨玉环，先让她离婚、出家，然后又转内销，返娶为妃，就是史上著名的杨贵妃。玄宗与贵妃终日饮宴作乐，不理政事。白居易有诗为证：“春宵苦短日高起，从此君王不早朝。承欢侍宴无闲暇，春从春游夜专夜。”这时，地方上已藩镇割据，军阀坐大。其中最有势力有野心的是安禄山，杨贵妃又认安为干儿子，里勾外连，姑息养奸。这等下伤人伦，上毁朝纲，外乱吏治的胡作非为，让在长安以东刚刚长成不久的这棵槐树不觉皱眉咋舌，当时就起了一身鸡皮疙瘩。这恐怕就是这棵古槐最初长疙瘩的缘起。后来安禄山公开扯起反旗，公元756年在洛阳称帝，国号大燕。然后就顺着这条驿道从老槐树下一直打到长安。今陕县一带是叛军和政府军反复争夺的主战场。什么叫“祸国殃民”，当政者以国事为儿戏，以私乱国，招来横祸，又祸及百姓。内战一起，驿道上、黄河边就人头落地，血流成河。只西塬一战，20万唐军就全军覆没。而百姓，不是死于乱军中，就是被抓丁拉夫。家破人亡，痛不欲生。诗人杜甫亲历了这场大乱。离老槐树不远，有一个石壕村，杜甫在这里过夜，正遇上抓壮丁。房东老妇人出来说，连年打仗，家里早无男丁，要抓就把我抓去吧，别的不会，可以到军营里帮你们做做饭。来人就将老妇带走了。可见战争中人口锐减，民生凋敝到何种程度。虽已千年，这石壕村现在仍然沿用旧名。那天我去时，村口迎面的大墙正书着那首《石壕吏》。杜甫夜宿的窑洞还在，只是已坍塌过半。巧合的是这个千户大村，有一半人姓杜。村外的石壕古驿道在埋没多年后，最近又被重新发现，旅游部门正在维修，准备对外开放。我们试走了一回，那坚石上磨出的车辙，足有一尺之深，可见岁月的沧桑。当年杜甫就是从洛阳出发，踏着这条驿道过新安县、陕县、潼关回长安的，沿路所见，心酸不已。他边走边吟为我们留下了著名的"三吏"：《新安吏》《石壕吏》《潼关吏》和"三别"：《新婚别》《无家别》《垂老别》。"客行新安道，喧呼闻点兵。""暮投石壕村，有吏夜捉人。""哀哉桃林战，百万化鱼虫。"这连年的战乱，百姓何以生存！杜甫曾被叛军困在长安，战乱过后，他又目睹了这座当时世界名都的颓废荒凉："国破山河在，城春草木深。感时花溅泪，恨别鸟惊心。"与杜甫同困在长安的还有写了著名的《吊古战场文》的大散文家李华。他这样描写当时战争的残酷和百姓的从军之苦："万里奔走，连年暴露。""无贵无贱，同为枯骨。"这唐朝经安史之乱后就开始走下坡路。政治日渐腐败，吏治更加黑暗，社会贫富差别日益扩大。老槐之西靠近长安城，有一个阌乡县（今属灵宝市），缴不起租税的农民被关入大牢，不少人在牢中冻饿而死。白居易愤而向上写了一封《奏阌乡县禁囚状》，又写诗感叹道："朱轮车马客，红烛歌舞楼。欢酣促密坐，醉暖脱重裘……岂知阌乡狱，中有冻死囚。"面对这种腐败，这槐树俯首驿道，西望长安，只能以泪洗面了。日复一日，泪水冲刷着树身，皴裂开一道道的细缝，又侵蚀出一个个的空洞。它浑身的疙瘩高高低低又增加了不少。

唐之后，经过五代十国几个短命王朝的更替，直到公元960年赵匡胤重又统一天下，建立大宋。宋朝的首都还是定在河南。这中间又乱了200多年，再后是金人的入侵，宋、元、明、清的更替，社会激荡，兵连祸接，民不聊生。官道上："车辚辚，马萧萧，行人弓箭各在腰。爷娘妻子走相送，尘埃不见咸阳桥。"狼烟四起，尘埃滚滚，再加上兵匪在树下勒绳拴马，埋锅造饭，砍树斫枝，老槐树被折磨得喘不过气来，又不知几死几活。

四

历史进入到近代，封建王朝终于结束，迎来了民国。但这又是一个乱世。自1911年推翻皇帝到1949年建立新中国的38年间，外族入侵，兵连祸接，虽有一个国民政府，但全国从来没有真正统一过。河南这块中州大地，又成了逐鹿中原的战场。黄河泛滥的滩涂，成了水、旱、蝗灾肆虐的舞台，最是我民族苦海中的一个荒岛。老槐树又经历了一个最痛苦的时期。史学家李文海撰写的《中国近代十大灾害——万里赤地》中记载，民国十八年（1929年）北方大旱以河南为最，全省118个县，受灾面积112个，灾民3500万。而河南又以这棵老槐所在的豫西为最。连续两年颗粒不收，杨、柳、椿、榆、槐等树，叶被捋光，皮被剥尽。将树叶吃完后，灾民只好去吃细土，人即滞塞而死。大灾接连瘟疫，天灾引发匪患，民不聊生。陕县一带出现“僵尸盈路，死亡载道”。是年，上海《申报》文章载《豫灾惨状之一斑》：“一男子担两筐，内卧赤体小儿两个，污垢积体，不辨肤色，辗转筐内，咿呀求食。其男子见人即呼，愿以20串钱卖此二子，言之声泪俱下。”当时任河南省民政厅长、省赈务会主席的张钫（新中国成立后为全国政协委员）到南京向蒋介石面陈灾情。1930年到1931年间以张的名义发出的求救电文达50多件。1930年天津《益世报》载《中原风声鹤唳，张钫为民请命》。在这场大饥荒中古槐与饥民同为乱世所扰，烈日所烤，疫气所蒸。兵匪过其下，乌鸦噪其上，尘垢裹其身。灾民无奈，又再一次对老树捋叶剥皮。唐槐又一次地死去活来。

1938年，蒋介石为阻日军南侵，在花园口炸开了黄河。虽暂挫日军，但中州大地也顿成一片沙漠，之后年年旱灾、蝗灾不断。1942年又现史上少见之大灾。许多地方出现了“人相食”的惨状，一开始还是只吃死尸，后来杀食活人也屡见不鲜。但这并没有引起蒋介石政府对河南灾情的重视，并一味掩饰。2月初重庆《大公报》刊登了该报记者从河南灾区发回的关于大饥荒的报道，却遭到国民政府勒令停刊三天的严厉处罚。美国《时代》周刊驻华记者白修德闻讯后，即冲破阻力在当地传教士的帮助下到灾区采访。路旁、田野中一具具尸体随处可见，野狗任意啃咬。他拍了多幅照片，将这场大饥荒公布于世。这次大饥荒更甚于民国十八年，死亡人数达300万之多！这一切都发生在老槐树的脚下。树与人同难，已被捋叶剥皮的老槐，眼看树下死尸横陈，耳听远方哀鸿遍野，再一次地痛彻骨髓，死去活来。人活脸，树活皮，树木全靠表皮输送水分养分。天大旱地无水，水分何来？人饿疯又剥其皮，它还怎得生存？于是树内慢慢朽出大大小小的空洞，而主干上也只剩下了些横七竖八的枯枝。

更可怕的是在这老树下发生的不仅是天灾，更有人祸。1937年卢沟桥事变后，日军开始向中国腹地步步侵入。并且实行灭绝人性的“三光”政策，制造了无数惨案。近来纪念中国人民抗日战争暨世界反法西斯战争胜利70周年，许多史料又被重新发现。1944年春，日寇集中侵华战争以来的最大兵力，在中国战场发动了代号为“1号作战”的对中国豫湘桂正面战场的战略进攻，河南首当其冲。而这老槐树下的“灵（宝）陕（县）之战”又是河南战役中规模最大、最为残酷之战。河南文史资料载，1944年5月25日，日军截获大批逃难民众，便将河南大学、各中学女生及军队女眷500多人，赶到卢氏县外的洛河河滩上，在光天化日之下，强剥衣裤，裸卧沙滩，恣意蹂躏，然后又割乳、剖腹，全部杀死。凄厉哭号之声，惨不忍闻。史称“卢氏惨案”。这年夏天，日军又将中条山战役中俘虏的2000多名中国军人押到三门峡市北的会兴镇山西会馆内，取名为“豫西俘虏营”。日军不顾国际公约，肆无忌惮地折磨俘虏。每天每人只配给4两发霉的小米，强迫重体力劳动。如有伤病，就用刺刀捅死，扔进沟壑。只一次就逼迫400名丧失劳动力的俘虏，每人挖坑一个，然后推入坑内活埋。这次战役中国军队进行了英勇抵抗，第36集团军总司令兼第47军军长李家钰、57军第8师副师长王剑岳将军阵亡。（2014年9月1日，民政部第327号公告，公布了第一批300名著名抗日英烈名录，他们荣列其中。）老槐目睹了这一幕，青筋暴突，两眼冒火，恨不能拔拳相助，可它这时也已极度衰弱，只能陪我可怜的同胞忍受这空前的民族大耻辱。老泪横流，痛不欲生。

五

这老槐经历的最后一难是“文革”之乱。“文革”中最响的口号是“打倒刘、邓”。这两人又都与老槐有缘。

1938年11月，当这棵唐槐经历了千年的风雨，身心交瘁，孤守驿道时，眼前突然一亮，路上从西向东走过一个瘦高个的人，还有几个随从，都穿着过去从未见过的八路军的衣服。这人就是刘少奇，他从延安过来，要传达中共六届六中全会的精神，指导中共和八路军在河南的工作。他从树下走过，踏着这条千年古道，一直走进渑池八路军兵站，在这里召开了“中共豫西特委”扩大的干部会。更值得一提的是，他在这里写成了名著《论共产党员修养》，并办了两期特训班，进行讲授。当年这一带属卫立煌管的一战区，作为八路军副总司令的彭德怀常来往于途，与卫共商抗日大事。《彭德怀自述》里说“从西安乘车到洛阳，见了卫立煌，拜访了一些民主人士”，说的正是这一段路。那时正是国共合作时期，大家同仇敌忾打鬼子，老槐树也心有所慰，精神了许多。后来盼到了新中国成立，没有想到刘少奇当了国家主席，它十分惊喜。但是好景不长，“文革”风云一起，刘少奇就被打倒、批斗，百般受辱，被永远开除党籍，最后又送回河南囚禁而死。1995年老槐又见证了王光美重访此地，含着泪在一方红布上写下了刘少奇生前的最后一句话：“好在历史是人民写的。”

它虽然没有见过邓小平，但“文革”中批邓的鼓噪声震耳欲聋，在它浑身大大小小的树洞里嗡嗡回响，让它心烦意乱。1975年，曙光一现，邓小平复出，大抓整顿，全国气象为之一振。但不到一年又掀起了批邓反击“右倾”翻案风，邓再次被打倒。用文艺武器来搞政治本是江青的拿手好戏，“四人帮”决定拍一部批邓电影《反击》，外景地就选在这棵老槐树下。那天，老槐见一群红男绿女，扛着些长枪短炮类的家什，拿着些奇奇怪怪的道具，明明是城里的娇娃嫩女，却扮作些有皱纹的老农、举锤的工人、扛枪的战士，粉墨登场。他们围在树下，一声地高喊批邓。村民还有过路人都围在树下看热闹。突然，咔嚓一声一根大腿粗的老枝，从空断裂，扒在树上看热闹的一个外地人随之落地，口吐鲜血，不省人事。村民赶紧卸下一块门板，招呼人飞快地抬往附近医院。眼看要出人命，拍摄也就草草收场。不久“四人帮”垮台，这电影当然也再没有放映。这是那天下午现场采访时，几个老人比画着，给我讲的他们亲历的老槐树发怒的故事。据村民回忆，十年“文革”，老槐总是打不起精神，奄奄一息。自从这次树呼一何怒，“文革”就很快结束。老树又焕发了生机，如一只烈火中再生的凤凰。这就是我们在文章开头讲到的那郁郁葱葱的样子。三门峡，因黄河水流湍急、峡口水中有中流砥柱而闻名，而这棵七里古老槐真不愧为我中华民族历史长河中的中流砥柱。

这树下可考的名人，除前面说到的杜甫、白居易、刘少奇、彭德怀外，还有罗章龙、冯玉祥、鲁迅。20世纪二三十年代，观音堂镇是豫西重镇。陇海铁路只修到此为止，再往西无论人货运输，都是要换乘公路或黄河水路。人与物的滞留集散倒成就了这里的繁华。1921年11月陇海铁路工人大罢工，李大钊曾派罗章龙来这里组织领导。1924年7月鲁迅到西安讲学，在观音堂下车，改乘船走黄河水道，一周后才到达西安。1927年冯玉祥治豫，发誓要扫荡黑暗，7月曾亲临树下讲演。现在树下还存有他讲演内容的一块石碑，上面刻着五条：“我们是一定要将贪官污吏土豪劣绅打倒；我们是要建设极清廉的政府；我们要为人民除水害，兴水利，修道路；我们要教育人民，使人民能读书，能写字；我们要训练为人民利益的军队。”

六

胜利使人骄傲，苦难让人清醒。无论是对一个民族还是一个人，苦难永是一剂良药。一个没有经历过苦难的民族是不成熟的民族；一个经历过苦难而又不知道保存这份记忆的民族是短视的民族；只有经历了苦难而又能时时不忘，以史为镜，知耻而勇的民族才是最有希望的。

由于地理气候的关系和人为的原因，历史上中国大陆，特别是中原地区一向多灾。水、旱、蝗、黄、兵、疫、匪，七灾俱全。人和树都生活在这块黄土地上，一次次地克服苦难，死中求生，化险为夷。可惜，人的记忆常常是选择性的，在英雄与苦难、经验与教训、胜利与牺牲、光荣与屈辱之间，常记住了前者而忘记了后者，甚而是有意地回避。幸亏在这个国土上还有古树与我们同在，树不欺人亦不自欺。它与我们扎根在同一片土地上，同呼吸共命运。天灾，灾树亦灾人；人祸，祸人也祸树。树木在默默地记录着一切，而且远比人的记忆悠长。它有自己的语言，用宽窄不同的年轮、扭曲变化的形体、或枯或润的肤色、高高低低的肿块、深深浅浅的树洞来表达它的喜悦与愤怒，记录下了它所经历过的自然和人文的变迁。以铜为镜可正衣冠，以人为镜可知得失，以树为镜可还原本然。当我们心浮气躁时，踌躇满志时，或者将要受临大任之际，请找一棵起伏不平、虬劲桀骜、伤痕累累的古树来读一读吧，面对它沉思默想一会儿，你会顿然脚踏实地，心静如水。

那天采访完后正是日暮时分，夕阳压山，红霞满天，风停云驻，宿鸟归林。我终于能静下心来，以手抚树，一点一点地来研读一下这棵老槐。它五围之长，数丈之高的树干表面，展开后就是一幅巨大的历史画卷。中国传统文人的画多表现闲适题材，留下的著名长卷如写山水之美的《富春山居图》，写市井繁华的《清明上河图》，写人物飘逸的《十八神仙卷》，还有写这个古槐所在地古代贵族生活的《虢国夫人春游图》等，无不如此。而写现实生活苦难的几乎没有，只有近代蒋兆和的一幅《流民图》。人工不逮天工补，现在好了，我们有了这幅上讫唐代下到“文革”的《老槐说难图》。这是一幅老辣的焦墨山水人物画，那凝重枯涩的线条欲断还连，欲哭无泪；这是一幅毕加索的《格尔尼卡》，那立体图形的拼接，似像非像，似有似无，诉说着被撕裂、被蹂躏后的悲惨和痛苦；这又是一幅发愤图，树身上的疙瘩如拳如脚，如枪如戟。我耳边又响起在这树下殉国的李家钰将军的誓言：“男儿持剑出乡关，不灭倭寇誓不还。”这里面有历史，安史之乱、民国之乱、“文革”之乱等一个不少；有故事，战争、冤狱、天灾，应有尽有。这画中有人物，唐朝以胖为美，你看大团的线条组合与立体肿块的堆砌中，有雍容富态的杨贵妃，有风流倜傥的唐明皇，还有那个特别肥大的安禄山（传安禄山体壮如山，壮肥如鼓，刺客连刺三刀，未破其肚）。画中还有瘦弱多病的杜甫，才思奔涌的李华，忧国忧民的白居易，直到鲁迅、冯玉祥、刘少奇、彭德怀。在这个世界上，树和人是相通的，树中有人，人中有树。要不，毛泽东怎么在病危之际仍然要人给他读《枯树赋》呢？当读到“昔年种柳，依依汉南。今看摇落，凄怆江潭。树犹如此，人何以堪！”他不由得泪流满面。

往事越千年，满树疙瘩记苦难。树因水土气候的关系而生疙瘩，这很自然。但是因人文社会的变化而郁结于心，鼓为疙瘩，这有没有根据？陪我去采访的报社孟总讲了一个他亲身经历的故事。当年他们村里有一棵大杨树，浑身长满了疙瘩。疙瘩何来？都是从人身上来的。那些年缺医少药，村民得了病就请本村一个半医半巫的老人来治。治法也很简单，河边揪一把草药，熬了喝下，老者守在身边口中念念有词，同时伸手在病人身上一抓，向大杨树的方向甩去。病人就“涩然汗出，霍然病已”。那大杨树就代人受病去了。年长日久，杨树就长满了一身的疙瘩。又过了些年，村里搞基建，将这树伐掉，各家分了几块木板。孟家人多，正愁无床，就拿来做了铺板。结果凡睡上的人身上都起疙瘩。孟总浑身最多时起过42个。最后只好将这铺板移作别用，人身上的疙瘩也就慢慢消失。信不信由你，但确有其事。

树木有灵。村边一棵杨树能为全村人担灾，这千年古驿道旁的一棵老槐当然也要为我中华民族分担苦难。

（选自2015年第10期《中国作家·纪实》）

不能忘却的追忆

陈忠实

走进小岗村

至今依然记得，六年前的清明节刚刚过去，我随中国作家访问团走进安徽省小岗村时，心情很不平静。这个小小的小岗村，悬在我心里足足有三十年了，今日终于得着机缘走进来了。

我说小岗村悬在心中三十年，不是夸张。三十年前的一九七八年，秋末冬初，我从一场规模很大的修建“大寨田”的会战工地上下来，调进区文化馆这种比较轻闲也更显松散的文化单位，已经基本确定要把文学创作作为主业的人生志向。桌子上、枕头旁摊开着契诃夫和莫泊桑的书，而睡梦里常常冒出我在平整土地或是修筑防洪河堤工地上的这事那事，一时尚不能从我在人民公社(即今乡镇)工作过整整十年的感觉里调整到这安静的书桌上来。大约就是这个时候，我听到私下里窃窃议论着的一个小道消息，说安徽省已经在农村实施包产到户的“大包干”政策了。直白说来就是“分田到户”了，再透彻说来就是恢复到二十世纪五十年代农业合作化之前的单家独户种庄稼的形态了，习惯称呼为“单干”。这个小道消息不胫而走，不仅在农业这个系统工作的人议论纷纷，不仰仗土地吃饭的城里人也纷纷热议，对生活在公社体制下的农民的心理瓦解更是不言而喻的。我那时候尚不知道小岗村，窃窃私语发展到沸沸扬扬的小道消息，只是笼统地说着安徽，有的说正在搞“大包干——分田到户”的试验；有的说是农民自发搞“分田到户”，安徽省官方睁一只眼闭一只眼默许农民的越轨行为；还有的说法很夸张，安徽省已全面推行“分田到户”了……之后不过两三年，小道消息已经作为中央一号文件下达了，“农业生产责任制”在全国农村实行。我也曾作为落实“责任制”的工作组成员驻到渭河边一个村子里，让农民把生产队饲养室的骡马和黄牛牵回家去，把大块土地切割成一条一块划归一家一户……那时候，我记住了小岗村。这个向中国农村近三十年的集体化体制——从农业生产合作社到人民公社——发出挑战的小岗村，引发了随后被称作“农业生产责任制”的堪称翻天覆地的伟大改革。

在小岗村村外的田野上，我们一行来到一座别致的展览馆门前，上书“大包干展览馆”。我看到这个名称便怦然心跳了，及至走进展馆，在看到那幅被放大了的秘密盟约时，竟有一种屏息的感觉。秘密盟约仅有两三行文字，即要搞分田到户的“大包干”，上面有这个不足二十户人家的生产队的十八个干部和社员的签名，而且每人都按上了自己的指印。我反复默读着那几行简短的文字，久久凝视着那十八个签名和指印，心中涌起的是一种神圣的景仰。秘密盟约最后一行文字申明，如果此举暴露而招致某人坐牢或杀头，其子女由所有签名者共同帮助抚养到十八岁。这无疑是一个生死盟约。生死盟约的十八个结盟人，在签写自己的名字再按上手印的那一刻，都有了坐牢乃至杀头的心理准备。而能促使这个不足二十户的小村庄的十八户当家男人豁出命来要搞土地“大包干”，任谁都会想到他们的光景怎样难以为继……姑且不评说其精神和意义。

我的眼光最后停驻在“严俊昌”的名字上，他当时是小岗村的生产队长，秘密联盟是他一手策划的，由他亲自向各家各户的男主人征求意见，获得呼应，就形成了这个堪称共生死的约定。任谁都会想到，一旦“大包干”的秘密盟约暴露，首当问罪的肯定就是他严俊昌了。任谁也都会想到，小岗村一旦分田到户，土地分割成一块一绺，一家一户的男女主人在自家分得的田块里耕耙、播种、除草，与集体化的大帮人群劳动的场景相对照，不几天秘密盟约就会大白于天下，这是无法掩盖更无法保密的事。严俊昌难道连这样简单的事都会马虎吗?显然不会。这就让我想到，明知遮掩不住却仍然要做，就是冒死心态了。看着秘密盟约上严俊昌的名字，我的心里已经泛溢出伟大的感觉。

见到这位伟大的农民严俊昌，是在第二天的座谈会上。一张方正的脸，一双明澈的眼睛，还有尤为突出的大脑门，头顶是基本全白的头发，我便看到一个睿智却也更为坚实的形象。他已六十六岁，我看到他的服装，是质地不错的西装，当属今天的农民普及了的服饰，我在欣慰的同时，更多的是恍如隔世的感慨。

我们村的安徽菜贩

自进入小岗村，或许自下火车踏上安徽省的大地，我的脑海里便浮现出一个安徽人来。掐指算来，竟然是近五十年前的事了。

这是习惯上称作“三年困难时期”的头一年，即一九六○年。我正读高中一年级，某个星期六从学校回到家里，在村子里遇见一个挑着空筐的陌生人，看样子是刚刚在集市上卖完菜归来。我也不大在意，村子里有陌生男女过往是常有的事。而这个挑着空筐的陌生人连连和我的两三个乡党打招呼，而且是一种让我听来十分生涩的外地口音，让我难免好奇，便问和他说话的乡党，这是哪里来的菜贩子。乡党随口说是安徽人，又着重加一句，难民。

我随后就知道这是一个不远千里从安徽逃难来到我们村子的难民。据说他先找到我们村子的主事人——党支部书记和生产队长，想从我们生产队的蔬菜地里趸菜卖菜，书记和队长都同意了。据说俩人同意接纳这个安徽人的因由基本一致，于公事说，生产队每天可以少派一个赶集卖菜的劳力。顺便说明一事，自从实行农业合作社以来，我们村这个独立生产队就开辟了一块七八亩（1亩=100平方米）的蔬菜种植地，种植时令蔬菜，春夏有韭菜、菠菜、茄子、大葱、洋葱、豆角、西红柿、芹菜、辣椒、大蒜等，秋冬有白萝卜、红萝卜、白菜、冬葱、香菜等。少量给社员分配享用，主要是给生产队增加收入。我们村周边的河川和白鹿原上有三四个规模大小不等的集镇，几乎每天都有逢集的镇子可以销售蔬菜，生产队每天都要派出六七个甚至十多个社员挑着各种蔬菜上原或过灞河赶集去卖菜。这个安徽人从菜园里趸买了蔬菜，生产队每天就可以节省一个卖菜的劳动力了，但也不能不说我们生产队的当家人对这位安徽“难民”的恻隐之心。这个安徽人便在我们村住下来，每天傍晚从集镇上卖完菜回来，马不停蹄直接进入菜园，趸买两筐各种蔬菜，第二天一早就挑着菜筐赶集去了……他竟然在我们村子一住就是四五年。

我约略了解他，是在他到我们村不久的那年暑假。我从学校放暑假回到家中，几乎每天都能看到这个早上挑着装满蔬菜的竹筐出村、傍晚挑着空筐回村的安徽人。我家门前不过三五十步就有一面小坡坎，坡坎下有一孔年代久远的窑洞，曾经是我家隔壁一户人家的磨坊，一个圆形的石磨盘，两块同为圆形的磨石，曾经是村民磨麦子的好去处。不知何年何月窑洞的后壁发生坍塌，便没有人再进这孔危窑磨麦了。多年过去，尽管这孔危窑再没有发生坍塌，却也没人来磨麦了。这个安徽菜贩就住在这孔废弃的窑洞里，他每天出门卖菜、傍晚回来，都要经过我家门前。暑假里我可以参加生产队劳动挣工分了，每逢阴雨天不能出工，便有同村伙伴相约打扑克，往往选中这孔窑洞。阴雨天安徽菜贩也不能赶集卖菜，就只好待在窑里。我曾和他聊天，他尽管姿态很虔诚，却总是不多说一句话。我其实也就问一些无关痛痒的话，譬如，你跑这么远路到我们这儿来买菜卖菜，何不在自家村子做这买卖?

他大约支吾着说，他的老家生意不好做之类的话，搪塞一下。我大约也问过这样的事——你一年四季不在生产队出工劳动，生产队会允许你出门卖菜给自己挣钱吗?会不会扣下分给你的口粮?他依旧支吾着说他们那里的生产队管得不严，可以外出，不指望生产队分粮了。我之所以会问这些，是依着我们当地的政策戒律产生的疑问，当地的农业生产队不允许社员私自出门做任何为自己挣钱的事，如有违犯，就不给他乃至全家人分配口粮。我仍不死心，又把曾经听说他是逃难的“难民”的话题提出。他没有否认，却仍然支支吾吾着说是先遭旱灾又遭水灾，颗粒无收……我大体相信了他的说辞，那时不仅安徽省遭灾，整个中国已经陷入“三年困难时期”，自然灾害是一个重要原因，我们村子也陷入饥馑年月，瓜菜代食，谷糠充饥，且不赘述。

二十多年过去，这个早已被遗忘的安徽菜贩，突然在某一天从记忆深处浮现出来，竟让我惊讶半日。那是二十世纪八十年代初某日，我到区上开会，主题是学习和落实中共中央一号文件，即在全国农村实行“农业生产责任制”。会上放映了一部中国农村发展现状的资料纪录片，其中有一组镜头是拍摄“三年困难时期”安徽省某些村子的景象，整个村庄已人去村空，村子中的道路上长满荒草，一个特写镜头映现的是一户人家围墙里的杆状野草，竟然长到高过围墙高过围墙里的房子的窗户，快要接上房檐屋瓦了，这样荒芜的屋院连成一片……低沉的解说词告诉观众，村民全部逃荒要饭讨活路去了，尽管没有说饿死人的事，观众大约都会想到这是不可避免的。我在看着那一组令我惊诧的惨景时，突然想到毛泽东的两句诗——千村薜荔人遗矢，万户萧疏鬼唱歌。这是毛泽东在得知消灭了血吸虫病的喜报后乘兴写下的七律《送瘟神》中的两句。他老人家大约怎么也想不到，血吸虫病造成的那种惨不忍睹的景象，几年之后又在中国乡村出现了。自然灾害是一个因素，更重要更直接的因素当数大跃进和人民公社，这是乡村不识字的乡民都明白的事……我在看到安徽乡村村巷和屋院里的荒芜景象时，就想到那个安徽农民，甚至想象他也许就是纪录片中某个院子的主人……

我已不记得这个安徽农民的名和姓了，却还有他的粗略印象，大约四十出头，中等个头，扁平脸膛，光头，那双眼睛从来也未见过怒色。他和村子里的人碰面，点头说一句客气话便不停脚步地走过去了。他傍晚在菜园里选购几种蔬菜，需得淘洗的就在地头的水车井边淘洗干净，再挑回那孔窑洞，第二天早晨便挑着装满蔬菜的两只竹筐上原或过河赶集去了。他的这种营生持续了四五年，和我们这个不足五十户人家的小村子的男女老少都再熟悉不过了，却突然在某一段时日，村人发现这个安徽人不见了，似乎缺失了什么，互相打问他的去向。他是二十世纪六十年代中期某一天悄没声息离去的，据说是包括我们村子在内的地区即将开始搞“四清运动”的诸多传闻风声鹤唳，“三年困难时期”稍得宽松的农村政策又收紧了，阶级斗争的锋芒又显露了，安徽人胆怯了，溜走了……我和村人一样不大在意他的离去。现在在我看到纪录片上那些长满荒草的村巷和屋院时，不仅想到这个安徽菜贩，而且很自然地想到他的家庭，他的父母妻儿到哪里去了，我尽管不敢猜想他们的结局，却不由得心里发冷。

看着严俊昌领头搞的秘密盟约，及至第二天见到已着西装的严俊昌本人，我都想着那个安徽人。前者冒死联名密约分田到户，后者隐身逃难到千里之外的村子里贩菜谋生。他们在生存危机来临时各自选择了求生的途径，也让我加深了对他们的理解，尤其是对严俊昌这位伟大的农民。

惊天动地“万言书”

在我走进小岗村“大包干展览馆”，看到秘密盟约时，我的脑袋里还浮现着陕西户县农民杨伟名。严俊昌是一九七八年要搞分田到户的，采取的是秘密结盟的方式，盟约文字不过两三行。而杨伟名是公开地建议，把一份名曰《当前形势怀感》(亦称《一叶知秋》)的万言书投递给各级政府和相关领导，从最底层的人民公社直送到市、省以至中央，文章里不乏哲思色彩的辩证和具体建议。座谈会上见到严俊昌时，杨伟名因为那份“万言书”而被迫自杀的惨象浮现在我眼前。这一刻，我顿然悟到一个尤为关键的时间概念，即一九七八年这个非同寻常的年份。严俊昌们的幸运就在于秘密结盟在一九七八年，而杨伟名的悲剧概出于一九六二年这个特殊的年份，及至更不堪的随后发生“文化大革命”的一九六八年，他已陷入绝境，只好吞下毒药……

在走进小岗村之前的二〇〇五年岁末的寒冬时月，我曾到陕西户县寻访杨伟名这位被许多高人称为“伟大的农民思想家”的足迹。

此事发端于一九六二年春天。这是时称“三年困难时期”最困难的年月，且不赘述乡民吃糠咽菜甚至剥树皮撸树叶拔野草填腹充饥的惨景。杨伟名时任陕西省户县城关公社七一大队党支部委员，担任大队文书、会计和调解主任，在“三年困难时期”，他和支部书记贾生财、大队长赵振离多次交谈如何摆脱困境。他们尽管也相信中央关于造成“三年困难”的几条原因，却也有自己最直接的疑问。在水丰土厚的渭河流域的关中平原，除非百年才可能遇到的特大旱灾能够导致广泛的生存绝望，一般不会发生如此普遍且持久的饥荒，人们记忆里最近的一次旱灾，已经是近半个世纪之前的事了。况且在民间早就流传着“金周至银户县”的民谣，户县在关中平原都算得上白菜心的好地区，今年的旱灾虽有发生，但灾害程度根本比不得三十多年前那场连续三年滴雨未下的灾难。他们三人在商议如何尽快走出困境的时候，自觉或不自觉地都看到了公社体制的问题和弊端，尤其是“干活不计工分，吃饭(集体食堂)不要钱”的“共产主义”。几经交谈几经讨论，他们三人形成了走出困境的几条举措，决定由杨伟名写成文字稿。

这里对杨伟名做一点儿简要介绍：一九二二年农历年末出生在户县北街一个小磨坊家庭，十到十四岁先后在县城两家私塾馆就读，从《三字经》《幼学琼林》等读起，又熟习《四书》《五经》中的《书经》《诗经》等，生性聪慧，背记古文五十余篇，奠定了深厚的文字基础。即使因贫穷辍学，他也一边种庄稼一边借来邻居好友的高小、初中、师范和农业专科学校的课本自学。一九四六年七月，闻一多被国民党当局杀害，时为乡村邮递员的杨伟名在《陕西商报》发表悼念文章。一九四九年初加入中国共产党，西安解放后，党组织选派他到咸阳地干班学习培训，无疑是进入地方基层队伍的途径，却被妻子抱住双腿不得离家，随之脱离了党组织。新中国成立后，杨伟名积极参与并组建互助组和初级、高级农业生产合作社，一九五七年再次加入中国共产党。直到大跃进和农村实行人民公社化，他一直任会计、文书，后来当选支部委员。从互助组到人民公社，他都是积极参与并组织建设，而且把自家较为宽裕的房子腾出来，给村子里做食堂。在大跃进和人民公社体制开始出现许多问题时，他依然以负责任的姿态绝不盲从，写文章予以纠正。比如针对当时发生的不仅反科学也近乎不懂常识的“小麦密植”，他写下《谈谈小麦播种量》予以纠正。“三年困难时期”发生的“物资供应困难”，他写成七千余字的《关于处理目前“物资供应困难”问题的建议》，不仅提出良好意见，而且一针见血地指出造成困难的主要原因是“人为因素”。针对党政机关不重视人民来信来访的现象，他写成《致县委信》，指出作为“脑”的领导机构，应当重视作为“耳目”的基层干部和群众的意见。一九六二年四月写《目前农村工作十谈》时，他已经写下十余篇针对农村人民公社各种偏颇现象的建议文章。他的《目前农村工作十谈》刚写完三谈，便停止下来，开始写作《当前形势怀感》这篇近万言的文章，于五月十日完成。内有十三个小标题，分别为：前言、忆“撤退延安”、处方、腰带、改造与节制、恢复单干、进与退、走后门、市场管理、烦琐的哲学、双程轨道、提建议有感、后记。

麻烦和后来的自杀悲剧，概出于这篇《当前形势怀感》亦称《一叶知秋》的文章。

包括《当前形势怀感》以及杨伟名此前的十余篇文章，都收入社会科学文献出版社出版的《一叶知秋——杨伟名文存》一书中，我不必再赘述其全部内容，仅点出《怀感》一文中令我尤为感动到惊讶的两点。一是他竟然敢于提出“恢复单干”，即包田到户，这是任谁都知道碰刀刃的事，他却直白地呈报各级党政领导。联想到十六年后严俊昌秘密结盟的事，是做了杀头坐牢的精神准备的，杨伟名等三人却敢于把《怀感》送到从公社到中央的各级领导手中，难道没有考虑如严俊昌们的严重后果吗？再一点是，他关于二十世纪五十年代的认识，提出了“社会主义初期建设任务”的概念，也与今天科学论定的“社会主义初级阶段”相类似。

杨伟名把《怀感》寄出后，很快就引发了用今天的话说是“正能量”的积极反响。中共陕西省委办公厅在《人民来信来访反映》内刊上予以选载，陕西省委宣传部的机关刊物《宣传动态》也摘要刊登，无疑是给各级领导作为决策的参考。尤其值得一提的是，时任咸阳地区专员的王世俊很赞同《怀感》，亲自给杨伟名回信说“感谢你对国家大事的关怀”，告诉他“这封信连日前一封建议信一并印发各有关部门和同志，供他们研究问题时参考……”而且把《怀感》和附信印发给咸阳地区的几位领导参阅，破例把杨伟名这个农民聘为该地区政策研究室研究员。西北局第一书记刘澜涛也有非常举动，指示西北局办公厅主任陶信镛专门到户县和有关人士谈话，并聘请杨伟名为西北局机关刊物《西北建设》杂志通信员。由此可以判断，刘澜涛肯定读过《怀感》，尽管没有见到他的表态话语，也未能得知陶信镛和户县有关人士传达的刘澜涛书记的指示内容，但仅就聘请杨伟名为《西北建设》杂志通信员而猜测，起码是很重视杨伟名《怀感》的建议，也颇关心农民杨伟名这个人才。然而，恰恰是刘澜涛关于杨伟名《怀感》的相关资料，竟然在随后的“文化大革命”中导致另一个毫不相干的年轻人的灾难，也成为杨伟名的致命一击……

杨伟名和《怀感》的命运，不久就发生了逆转，不是一般的逆转，而是惊天动地的逆转。在《怀感》写成并寄出之后的同年八月，中共中央在北戴河召开中央工作会议，且不说会议的主旨，单说毛泽东主席的一段讲话，直接点到杨伟名的《怀感》。毛泽东以文章中有“一叶知秋，易地皆然”的话题说：“一叶知秋，也可以知冬，更重要的是知春、知夏……任何一个阶级都讲自己有希望。户县城关公社写信的同志也讲希望……”毛泽东主席又问对户县三个党员的来信回答了没有，并甚为郑重地申明“共产党员在这些问题上不能无动于衷”。我读到毛泽东这段讲话时，首先敏感于其中“任何一个阶级都讲自己有希望”这句致命的定性语言，这无疑是把杨伟名等三个党员的来信看成是另一个敌对阶级的声音了。有了毛泽东主席的指示，八月份的北戴河会议刚一结束，九月初就有处理此事的工作组进驻杨伟名所在的户县七一大队了，而且是一个由省、市、县、社四级党委负责人组成的工作组，对杨伟名等三名写信人开始教育纠正的工作。

一九六二年八月上旬，在北戴河参加中央会议的陕西省省长赵伯平给陕西省委打电话，询问杨伟名等三人《一叶知秋》的事，当属他亲自聆听了毛泽东主席讲话后的反应。

一九六二年八月十六日，省委办公厅《人民来信来访反映》随即全文刊登《怀感》，送省委常委阅读。前次该刊所作的《摘编》，是供各位领导克服“三年困难”决策的参考，此次全文刊登显然是供批判之用。

一九六二年九月七日，省委一位副秘书长和省委宣传部一位副部长，与咸阳专署一位副专员，以及户县县委书记四人一起和杨伟名等三人谈话，且有四次，指出《一叶知秋》的错误。

一九六二年九月十三日，中共户县县委将《一叶知秋》印发给县级机关和城关公社机关支部，明确在通知中指明其在“两条道路斗争”中的观点、立场是非常错误的。

在这样由省到县的连番谈话纠正错误的过程中，三人中最年轻的大队长据说没经历过如此严峻的大场面，最早表态认识错误了。支部书记贾生财起初尚想不通自己所犯的错误，在各级领导的连番谈话指明其错误的过程中，也表示知错认错了。杨伟名在最初一次谈话时，竟然神情自若且甚为自信地表示自己认识无错。工作组把杨伟名视为重点对象，不仅和他谈话，而且和村里的所有党员谈话，在普通社员中召开座谈会，指出单干的错误导向，党员和大多数社员一致表态集体化不能分解为“单干”，杨伟名陷入孤立。经过甚为艰难的思考，他写下了一纸检讨书，名曰《亲切的教导，深刻的一课》。

在三个写信人先后认识错误之后，接着便是程序化的关于这个事件处理意见的汇报。户县县委对地委、地委对省委宣传部、省委宣传部对省委、省委对西北局以及中央就三个写信人的处理意见，共同的观点是三个党员主张“恢复资本主义道路，是严重的政治立场错误”。之后，各级领导在各种会议上都有涉及这个事件的讲话，指出其错误是“退到资本主义道路”，最严厉的是省委第一书记在省委一次全会上说：“杨伟名们分田到户的观点是十分荒谬的，十分反动的。”就我能见到的各级文件和领导人的言论，这一句是最严厉且最严重的，即“荒谬”和“反动”，而且足足是“十分”。

在处理杨伟名等三人的最后结论形成时，从县委、地委到省委的监委会意见完全一致：“杨伟名等三名党员对自己的错误做了检讨，认识很好，且他们只是向组织反映情况，没有实际行动……党内不给纪律处分。”此事终算了结，支部书记贾生财调离七一大队，到竹器社任厂长；原大队长赵振离接任支部书记；杨伟名大约依旧做原来的文书、会计等工作。写到这里，我竟有一种感动，一封惊动毛泽东主席的户县三个党员的来信，也已被毛主席定性为“另一个敌对阶级的声音”，这个事件搞得从户县到咸阳专署到陕西省委再到西北局几乎“手忙脚乱”，况且有省委第一书记“十分荒谬十分反动”的定性，处理意见却是“不给党内纪律处分”。我感觉到一种温情，一种包容的温情，也应该是处于“三年困难”特殊时期各级党委和领导人对此前狂热的“大跃进”造成的灾难的反思的效应。

杨伟名从此再未写过一篇文章，尽管仍继续着读书看报的爱好，却不写字了，似可理解。他也再无出奇之举，平静地生活着，颇动兴致地为一张全家照赋诗一首：“一胎两女喜孪生，不幸离母襁褓中。居鳏孤楚难抚养，乳娘分忧感衷情。流水光阴匆匆过，双双各长十齿龄。今朝依傍欣合影，愁絮收敛露笑容。”这首诗大体体现着杨伟名此一时段的心情，前妻所生的孩子已长到十岁，他忽然动情赋诗，着意在不幸中遇到的后妻对孩子的“乳娘分忧感衷情”，“愁絮”表面是说丧妻后无人养育孩子的忧愁，内里显然也更有《一叶知秋》引来的麻烦到此时基本淡静，能够将“愁絮收敛”且可以“露笑容”了的宽慰。我揣测他能在这样短的时间里调整到可以“露笑容”的良好状态的因由，自然在于他本人的襟怀和自信，也在于他贤惠的妻子在此间尤为知心尤为小心的照料和关爱，然而，更关键的一点当在于各级党组织结论里的“不给党内纪律处分”的决定。

我在户县杨伟名的村子搜集他的素材时，人们讲了他的诸多趣事逸闻，仅述一例。某年他和队干部没收了一户社员的边角地，那位社员堵到他家门前破口大骂。杨伟名不仅既劝又压妻子的火气，而且别出心裁地端了一壶茶水送出门去放到骂人者面前，不言自明的意思是：你尽管骂吧，骂得口干舌燥了，喝口茶再接着骂……后来被一些高人誉为“农民思想家”的杨伟名，生活中是这样宽怀柔肠，也当是他能很快走出《一叶知秋》招致的麻烦的个性因素。

相对平静地过了四五年，“文化大革命”开始了，成为他无法逃躲的致命灾难，却是因为一桩他意料之外的事件。

绝望终未绝

“文革”伊始，贾生财和赵振离成为“走资派”，被批斗被夺权。而基本不在党政权力范畴内的杨伟名也未能幸免，就因为他的那份《一叶知秋》。他被造反派定性为修正主义分子，又升级为反革命分子，大门上被贴上办丧事才写的白纸对联：单干单干，才能发家致富；修正修正，赫鲁晓夫祖宗。被游街又被批斗，随之实行无产阶级专政，把他和“地富反坏右”排在一列的位置。在此大灾大难面前，杨伟名的心态如何，无疑是我顶关注的一点。他的儿子杨新民告诉我一件事，过春节时，杨伟名把造反派贴在他家大门两边的阴纸对联撕掉，清洗干净，写下鲁迅先生的“横眉冷对千夫指，俯首甘为孺子牛”诗句，自然用的是喜庆的红纸。不仅如此，他在大门两边的围墙上也贴出了他的“大字报”，南边是毛泽东主席的七律《送瘟神》，北边是自赋七绝一首：“砥柱触天立中流，时光如涛荡泥土。无私无畏即自由，真理在胸笑在手。”我钦佩杨伟名的情愫，概出于如此灾难性逆境中的“砥柱中流”的刚烈和胆魄，也就无须再猜想他面对游街、批斗和与“地富反坏右”五类敌对分子为伍的心情了。时过不久，造反派们把心思集中于夺权，一个农村生产大队的权已不能满足造反派们的胃口，目标转移向公社这个党政机关，更在乎户县这个地方性的大机关。顺便说一句，作为咸阳地区一把手的王世俊，已经被斗被整得死去活来，其中一条罪状就是支持杨伟名万言书建议的包产到户，是“为复辟资本主义大造舆论”等。此间，无权的杨伟名作为“五类分子”的“死老虎”，已不在造反派们心急火燎夺权的焦点之内，反倒被“冷清”地搁置一边去了。杨伟名冷眼观看，静观运动的态势，但他大约丝毫也预料不到的一件事发生了。一个造反派大学生找他来了，进而酿成两人撼天动地泣鬼神的悲剧。

这位大学生名叫刘景华，是西安冶金建筑学院的学生，也是“西安地区大专院校红卫兵统一指挥部”下的一个造反派成员。该组织授命他组建一个调查团，调查整理并形成对西北地区最大的走资本主义道路的当权派且有叛徒之说的刘澜涛的定罪材料。刘景华曾有文字坦言：“我出身于穷苦人家，是毛主席等老一辈无产阶级革命家打下了江山，我一个农民的儿子才得以上大学……我就无条件地站在以毛主席为首的无产阶级革命路线一边，一颗红心两只手，党叫干啥就干啥。党叫我领导红卫兵调查‘走资派’的罪行，是对我的信任，我坚决执行。”于是，他很快组建起十二人的调查团，来到西安南郊长安县（现为西安市长安区）细柳公社姜仁村，开始着手调查。姜仁村是一九六四年“四清运动”时刘澜涛选择的“蹲点村”，三年后的一九六七年九月，刘澜涛已被“军管会”拘押，且押到姜仁村接受造反派的调查。刘景华带领他的十二名团员赶到姜仁村来了，这个满怀“忠心”的红卫兵调查团领队刘景华，在翻阅了作为西北地区头号“走资派”兼叛徒的刘澜涛的揭露材料后，首先对刘澜涛最致命的叛徒问题产生了怀疑。尽管他未说明怀疑的具体事件，但是我推想，肯定是那些揭露材料多属“莫须有”和虚妄之作，缺失最基本的可靠性，也就缺失了可信性。他的怀疑成为一桩颇揪心的困惑，想找人交流却又不能，因为谁都会意识到这是为刘澜涛翻案的大忌讳，况且他的身份是调查团的团长。刘景华隐匿着不无痛楚的怀疑，继续翻阅刘澜涛的罪恶材料，其中有一条涉及包庇户县反革命分子杨伟名的事件。他得知刘澜涛不仅没有处分杨伟名，而且指派西北局办公厅主任陶信镛亲自到户县和有关人士谈话，不仅把杨伟名的《怀感》刊登在《西北建设》杂志上，还破例聘请杨伟名为该杂志的农民通信员。刘澜涛当年这种作为高级领导人尊重人才的美德和眼睛向下的良好作风曾经成为美谈，现在却成为罪恶。关键在于刘景华对此事发生极大兴趣，怀着已有的疑问，当即找到《怀感》阅读。他自述的读后感是这样的：“我认为这篇文章本质地分析了当时我国农村的经济形势，一针见血地指出了造成这种困难局面的原因，并提出了解决困难的办法……”刘景华就“决定去户县见见杨伟名”。几日前，在对刘澜涛的叛徒问题产生怀疑后，刘景华曾急于和人交谈辩白此事而不能，且郁闷郁结，随之看到杨伟名《怀感》事件也竟然牵涉到刘澜涛的罪证材料时，他终于遇到了一个可以交谈乃至倾吐衷情的对象。他肯定知道这是一个叛逆的决定和行为，不堪设想的后果也是明白在眼前的。我便尤为感动、感慨于这位难得的独立思考者——刘景华的大无畏精神，尤其是在“文革”最疯狂的夺权背景下。这是从陕西贫困山区走出且怀着感恩忠心的大学生刘景华的反叛，面对的是铺天盖地的“刘澜涛不投降就叫他灭亡”的叫嚣，他要去找杨伟名，这就注定了他年轻的生命别无选择亦无可逃遁的悲剧。

刘景华只身来到户县，两次找过杨伟名。第一次是在七一村的大队办公室里(此时的杨伟名是被判为“死老虎的五类分子”，何以会待在大队办公地，我猜大约是被看管)，刘景华和杨伟名竟然一见如故，有资料说“促膝相谈”(我猜想刘景华大约是以造反红卫兵的身份为伪装，才可能有与杨伟名谈话的机会)。两人“促膝相谈”一个上午还不能尽兴，杨伟名领着刘景华到他家吃了午饭又接着谈。第二次仍然是刘景华赶到杨伟名家里长谈。在第一次和第二次交谈的间歇，发生了一件大事，红卫兵造反组织正式给刘澜涛形成“叛徒走资派”的结论时，不仅专案组和造反头目意见完全一致，“中央文革”也已有了明确的表态，但刘景华竟然发言说“刘澜涛不是叛徒”。刘澜涛被定性为叛徒的材料上报中央，刘景华当时被严重警告。刘景华不服气，又到户县和杨伟名交谈倾诉。还是在他们两次会面的间隔期，两人还有多次通信交流，可见他们达到怎样相见恨晚水乳交融的状态。然而，他们谈话的内容只有他们自己知道，信件也在后来的灾变中被家人焚毁了。仅我能看到的资料，只笼统地说到杨伟名此时已不顾个人安危，公然指出“文革”是“盲人骑瞎马，夜半临深池”，说学习《毛选》的口号“急用先学、立竿见影”是教条主义，说“阶级斗争”“反修防修”和“文化大革命”是极“左”路线的极端发展。这是杨伟名和刘景华交谈和信件的只言片语，总算留下了一些见出杨伟名的思想锋芒的珍贵文字。我想杨、刘两人能如此投机，当属“英雄所见略同”，而对刘澜涛定性“叛徒”的反对意见，便是刘景华的思想导致的行动。他的这种行动仍不能倾泄义愤，竟而拍案而起，他把由刘澜涛莫须有的叛徒冤案引发的对“文革”的彻底否定和反对，写成十余张大字报，张贴到古城西安的钟楼上，这是西安的心脏部位。大字报引发惊天动地的反响，很快被公安人员揭走。刘景华被逮捕，判处死刑，但不知因何故没有立即执行。刘景华被囚整整八年，到粉碎“四人帮”后才获释平反。

由刘景华案的牵涉，杨伟名陷入灭顶之灾。原本他已不在造反派夺权焦点之内，甚至造反派懒得再批再斗这只“死老虎”。但刘景华被逮捕后，他和杨伟名来往和通信的事也露了底儿，以刘景华所在学校西安冶金建筑学院为主的造反派追到户县，联合户县的造反派，对杨伟名展开前所未有的“武斗”。造反派给杨伟名认定的罪名是“反革命分子刘景华的黑后台”，又是“杨刘反革命集团”。之前杨伟名被本地红卫兵批斗时，据说只有低头弯腰的惩罚措施，尚未动用武力。但这回被大学生造反派批斗时，由“文斗”兼加“武斗”了。批斗地点选定在城关公社院内，造反派质问并声讨他和刘景华的“反革命言论”，却不准许他回答，更不允许他申辩，干脆不容他开口。红卫兵造反派要他向毛主席下跪，他不跪。造反派扇他耳光，用拳头捶打他，用脚踢他，从背后踢到他膝盖弯里，他跌倒了也跪下了。杨伟名的妻子放心不下，又去不了批斗现场，只好让女儿杨新慧去。杨新慧不敢到批斗现场，偷偷躲在后窗，看到这样一幕：杨伟名膝盖跪着的竟是铡草的铡墩(底座)，而且垫着烧焦的煤渣。女儿看到乱拳乱脚乱打乱踢的景象，吓得逃走了。这样的批斗连续两场，时在一九六八年五月五日和五月六日。和批斗中被打罚跪等身体所受的折磨摧残相比，更致命的是杨伟名在造反派的叫嚣声中得知，刘景华已被逮捕，且判了死刑。

杨伟名和妻子当晚双双自杀，这是一九六八年五月六日夜发生的悲剧。

杨伟名的儿子杨新民和两个女儿至今清楚地记着当晚发生惨剧的过程和细节。杨新民告诉我，五月六日傍晚，被整整批斗了一天的父亲回到家中，吩咐他把两个出嫁的姐姐叫回来，却不说有何事。妻子已做好晚饭，杨伟名不吃。杨伟名夫妇和两个出嫁的女儿、儿子杨新民在一个简短的全家团圆见面之后，他便安排三个儿女到右边卧室休息睡觉，他们夫妇常住左边隔间卧室。杨伟名的女儿告诉我，弟弟新民尚未成年，父母让睡就睡着了。姊妹俩觉得蹊跷，根本无法入眠，随后听到厨房有拉风箱烧锅的响动，她俩便来到厨房，见母亲在灶下烧锅，问母亲天这么晚了烧锅干啥。母亲说烧开水。她俩更奇怪了，说电壶(暖水瓶)里有开水呀。母亲便不耐烦，让她俩少管闲事快去睡觉。姊妹俩也未再追问便回屋去了，却依旧难得入眠。不久又听到木楼上有响动，姊妹俩又问谁在楼上干啥。母亲说她取个东西，又催她俩睡觉。到半夜时分，刚刚入睡的姊妹俩被一阵很痛苦也很大的呻唤声惊醒，慌忙爬起来跑到父母卧室前，但是推门推不开，门闩反插着，煤油灯也被风吹灭了。大女儿杨彩英情急之下从后门出去爬上后窗，砸破窗玻璃进入屋内，闻见呛人的农药味，慌乱中点亮煤油灯，就看见父亲杨伟名和母亲刘淑贞并排躺在炕上，已无声息，两人的胳膊还挽在一起……我听到此，做记录的手抖得写不成字。

姊妹俩随后才明白，母亲烧水是为了净身，父母的卧室地面上还留着泼洒的水痕，父母都从内到外换穿了一身干净衣服。母亲上楼是取剧毒农药，木楼是作为生产队的保管室沿用着，既存有种子，也有杂物，还有杀虫除菌的剧毒农药。姊妹俩懊悔不迭，曾有疑心，却仍然粗心大意，没想到会发生这样的惨剧。从杨伟名被批斗完回家，到他和妻子双双烧水净身换干净衣服，再到他们夫妇喝下剧毒农药，整日整夜都下着雨。第二天，在某个公社造反派干部吆喝着“杨伟名是自绝于人民自绝于党”的声响里潦草下葬的时候，雨下得更大更猛了，真可谓天公垂泪。

在我理解，杨伟名的自杀选择，无疑是一种绝望，一种彻底的绝望。一纸补天济世的《怀感》，把自己弄到这种死不下活不旺的处境姑且不论，而且把一个从穷山沟里跨进高等学府的刘景华害苦了——不是一般的惩戒处罚，而是坐以待毙！杨伟名曾有对《怀感》理论坚持不改的精神自信，也有面对批斗乃至跪铡墩等忍受肉体折磨的刚强，却承受不了彻底的绝望，且不说以生命之躯对“文化大革命”的控诉……我在户县采访结束时，想去杨伟名的墓前致礼，掬一捧黄土撒上他的坟冢。杨新民无奈地告诉我，原本潦草埋葬的坟堆，后来被一家小工厂征地建厂时抹去了，连他也找不到准确位置了。我便退一步想到，把杨伟名的思想和品格以及由此发生的时代性悲剧形成文字，权且当作那一抔无处抛撒的黄土。

这是二〇〇五年岁末月初，已经是天寒地冻的隆冬时节。从户县回到西安，我便急于寻访刘景华。我多方打问，得知刘景华平反后一直在广州某高校任教，电话联系倒也未有周折。我说明前往拜访意图，他很爽快地应诺，只是时间稍微推后，他正忙于学生期末考试，还要阅卷。他说春节要回老家，到时可以见面，也免去我劳神费事跑远路的折腾。我便和他约定待他春节期间回来见面。我等待他的电话，想到他从远方归来，又是春节，亲朋好友难得一聚，但我怎么也想不到，农历大年初二晚上接到他打来的电话，竟然说他检查出肺癌。我一下惊呆了。他又缓缓地告诉我，已经做过手术，恢复尚好，只是回不了老家了。我哪儿还有“纠缠”他的心思，连连劝他专心养护身体，采访之事暂且不管。他说手术做得很成功，术后恢复很好，约我一月后去广州见面。

刘景华家住广州老城区一条窄巴的巷道里，临街两边全是卖各种生活品的小铺。几经打问，终于找到一幢平顶住宅楼房，抬头看见楼台上站着一位男子往街巷张望，看见我时便问是不是西安客人。我当即招手应声。我走到他站立的平台，握手问好之际，看见他满头稀疏花白的头发，胖瘦适中的脸上呈现着沉稳平和的气色。我依旧难以抑制激动的情绪。他领我走进他的屋子，住室很宽敞，家具摆饰不见豪华，质朴实用。我和他坐下交谈，他谈到往事，不仅神闲气静，而且更显得淡漠。我意识到不单是时移世易痛定之后的超然，更当属他对把整个民族和国家陷入灾难的“文化大革命”的蔑视。他说话断断续续，我已经不再提问，不忍心看他说话的艰难，也怕过细地谈到曾经遭受的折磨使他伤心动情，肯定会影响正在恢复的病体。我能见到他已经很荣幸。告别时握着他的手，再看着那稀疏花白的头发，脑海中又浮现出那个在西安钟楼张贴声讨“文化大革命”檄文的风华正茂的刘景华，竟有泪水涌出……

二〇一四年七月十九日二府庄

又及：近十年前，先后寻访了杨伟名和刘景华，原想写块稍大的东西，却终未成事。遗憾且不论，这两位陕西乡党的伟迹一直搁在心底，竟成一种纠结。近日发生自我宽宥心思，作退一步想，把就我所知的他们的事迹记述下来，既向他们致敬，也注入我的文字存留。

（选自2015年第1期《人民文学》）

父亲和母亲的写作

王安忆

母亲写作的旺盛期，发生在父亲人生走在下坡路阶段，从某种程度上说，是个悖论。时间在二十世纪五十年代末与六十年代初之间，中华人民共和国正处于社会主义建设的高潮。世界冷战的背景下，中国大陆独立自主势在必行，一个崭新的工农政权要求着符合自身初衷的精神价值，文学作为文化重构的方法和力量，归并意识形态，共同实现共和国的理想。如我的母亲和父亲，于流离失所投奔革命，接触中国式的共产主义理论，因而改变生活走向的写作者，难免对社会抱着激进的态度，更是自觉承担起使命，期望将一己之力，纳入全体，为他们誓言过的人类目标服务。奇异的是，具有同样背景与追求的两个人，却分别走向命运的两端。父亲其时为军中戏剧工作者，反右运动落马。我至今不能清楚地了解确切原因，似乎和人事有关；又似乎和父亲归侨身份有关，这身份先天就决定了非我族类；也似乎和父亲轻率的性格有关，总之，父亲被逐出军队，从官员到平民，我们家的生活水准便呈直线下降。

多少有着挽救家庭不使付之东流的缘故，因我母亲引用过这样的说法：扛着命运的大闸，看孩子们游戏，这孩子们指的就是我和姐姐。后来听母亲说，父亲降级降薪，当日就把我们领出收费昂贵的幼儿园，可这并不让我们尤其我沮丧，去幼儿园可说是我初尝人世之苦楚。这就是母亲扛起的大闸之下的孩子。同时，更可能是，母亲要用行动证明自己，也为父亲证明，他们的思想和精神真就属于那个集体共同的价值体系，母亲就在这时候，加倍积极地写作，收获颇丰。

然而文学写作却是一项奇特的劳动，非同于物质生产，不仅为共同的需要主宰，还相当程度地依赖于个体的经验、感情、认识。在我母亲，无论身世、遭际、性格、气质，都决定她是一名小资产阶级知识分子，于是，她的写作几乎从开始起，就面对处理一种紧张关系，个体与集体如何兼容并蓄，两相关照，而这胶着状态，最后却也形成唯她独有的——以“风格”论似有不足，说是“世界观”又太重大，或者是心境吧！而且我以为，父亲的遭际一定间离了母亲个体与集体的关系，使她在宏大历史中偏于一隅，不得不自我面对，因而在史诗性的战争题材中，攫取了纤细的人和事，写成得茅盾先生称赞，日后几十年里收录为中学生语文教本的短篇小说《百合花》，母亲的名字“茹志鹃”也被文学爱好者熟知，更重要的是，母亲她受鼓舞之下，开始成形自己的风格。然而，又一个悖论产生了，那就是她安身立命于写作的却正是最遭怀疑，甚至生出固定的词组：“家务事”“儿女情”。二十世纪八十年代，新时期文学的发轫阶段，母亲专以这批评为题目写作两篇小说：《家务事》和《儿女情》，是为自己平反，也是替“家务事，儿女情”正名。但其实，即便在那个严格规范私人情感的日子，母亲以及她的同辈人依然透露出专属他们自身拥有的表情，除去字里行间不经意的渗漏，亦有完整的篇幅，穿越主流落脚边缘，独立于时代的忽略之中。

至今尚记得那天晚上，母亲给我们讲故事，关于一个名叫也宝的小女孩，飞越孤儿院。我们追问之后怎样，母亲回答不知道，姐姐哭了。我没哭，但心里的难过久久萦绕，这就是母亲又一篇小说《逝去的夜》。听故事的时间仿佛在学龄前后，姐姐则在二、三年级之间，因记忆中父亲还未来到上海与我们团聚。后来搜索母亲留下的记录，见《逝去的夜》发表于《上海文学》1962年6月，比听故事的印象要晚近一年光景，所以，很可能母亲给我们讲的是构思中的雏形。受茅盾先生表扬的《百合花》发表于1958年3月，自此，母亲的写作进入特别顺畅流利的状态。1960、1961、1962，这三个年头可说是高峰：《高高的白杨树》《静静的产院》《三走严庄》《阿舒》——仅在1962上半年，就发表了《阿舒》的续篇《第二步》《给我一支枪》以及《逝去的夜》。对别人可能算不上什么，可母亲是个慢手，并且六十年代无论阅稿还是审查都远比今天严格，付梓印刷周期也长得多，文学期刊少之又少，总之，文字的吞吐量极有限，因此，称得上气象繁荣。我努力企图还原那个时间，在那个时间里，有一个名叫“也宝”的小姑娘浮出水面。之后，过去二十年，也就是我们一代登上文学舞台的八十年代，在母亲的长篇小说《她从那条路上来》，她将再次登场，这一回，母亲坦然亮出自传体小说的底牌。母亲去世以后，我找出《她从那条路上来》第二部的遗稿，整理成三万字篇幅，这三万字写的就是也宝在孤儿院的始末，大大扩容了《逝去的夜》，情节细节更多，人物面目更清晰，更重要的是，作为自传体小说，写作者的主体身份更为肯定了，而母亲的写作中，这一个体往往是隐蔽的。

1962的年景似乎不错，全国范围的大饥馑过去，父亲叫王啸平——应该承认这是一个陌生的名字，但在二十世纪三十年代的马华文学史上，出现的啸平、啸克、杨骚、王歌、蒲克、叶冰，就是他，此时，从南京调入上海人民艺术剧院，回到家庭生活固然很好，尤其难得的是重归导演老本行，想来之前已摘去右派帽子，彻底改正还需耐心等到二十年之后，为历史纠偏的时节。其时，母亲写作中那个紧张关系似乎得到舒解，呈现出缓和。《逝去的夜》，固然能以阶级观念解释为旧制度的不正义，但具体到也宝的处境，却是宗教的虚无与世俗生活的强烈对峙，贫困是贫困，可热辣辣的人间无论如何都是令人向往的，那一个泥娃娃，人称“大阿福”，被也宝抱在怀里逃出英国教会孤儿院的，就是人间的象征。《逝去的夜》的小说名如今看来似乎也含有隐喻，喻义时代灯火的阑珊处，规避了批判和讴歌的集体主题，偷渡出来私人生活。

从所存资料看，在相对松弛地书写了个人经验的《逝去的夜》，之后不久，母亲的写作又陷入紧张关系。接着，还是1962年，母亲发表的是小说《快三腿宋福裕》，与其说虚构，毋宁认为是一篇人物特写，写的是人民公社的劳动模范。下一年，母亲在郊区的乡村体验生活，“体验生活”的说法暗示着一个概念，那就是所谓“生活”是有所界定的，并不是所有的人和事，而只是为政权主体认可的一部分。这一年里，母亲的创造力相当稀薄，只有短篇《回头卒》，描写一个心怀私欲的农人精英，向来对母亲热情的批评界对此抱谨慎的冷淡。自此便是十数年的搁笔，直至1977年写作并发表短篇小说《出山》。文学开始新世纪，公共母题向个体表达开放空间，反过来说，则是个体表达长驱直入公共母题。也就在这时候，“儿女情”“家务事”的温情主义母亲，却显现出鲜见的尖锐，她写作的《剪辑错了的故事》，以“黑色幽默”讽刺了那段误会的历史中的误会的共和国，成为第三个悖论。

（选自2015年第1期《散文·海外版》）

母亲像一缕阳光

李云迪

母亲真的老了。有点像孩子般缠人。她每天都会打来电话，过去不是这样的。她耳朵有点背，电话里声音总是很大，我在这面听着有些震耳。其实她也没什么事，只是问我是否安好。在得到肯定的答复后，她就会高兴地把电话挂掉。每天如此，而且往往是在上午九时左右打过来，这个时候正是太阳升在头顶的时候。

这一天，母亲又来电话，除了问好外，还告诉我她去采了婆婆丁，母亲过去常用婆婆丁做蒸菜。婆婆丁一定要野生的，最好在打春时没有开花前去采，这时的婆婆丁新鲜。采回来后用开水淖一下，再放至阴凉处晾干，就能保持菜的青嫩，又可去掉菜中的苦涩。小时候我很爱吃母亲做的这个菜。我有些担心地告诫母亲，您都八十多岁了，千万不要去野外采野菜了，我会不放心的，母亲答应得很痛快。过了几天，天气很是炎热，正午时分有人叩门，打开门见是母亲立在门口，脸上汗水涔涔的，花白的头发也有些凌乱，我急忙把母亲扶进屋内，埋怨她为什么不打电话告诉我去接。可母亲不理会我的不满，喜滋滋地取出她做的拿手好菜，脸上看不出一丝疲倦。我见她的手青筋暴露，手上有结痂的血口子。她对我说快吃吧，是做好不久的，还温和着呢。我怎么也想不到，母亲为了让我吃到她做的菜，竟然沐着风雨去野外，顶着晨星点灶火，用一股爱焰把菜做熟，又顶着炎炎烈日，搭乘最便宜，没有空调的公共汽车，颠簸几个小时送到家来。在世上，凡是有母亲的地方就会有奇迹。

母亲在家住了几天，又突然不辞而别返回家中。我嗔怪她不打招呼就擅自回去，这么远的路，我无论如何也该找个车把老人送回去呀。母亲却像孩子似的呵呵笑了。她说也帮不上什么忙，又担心我会用公车送她回家。她说看到我挺好的，也就放心了。可仅隔一夜，第二天上午又照例打来电话，询问我是否还好。

母亲真的老了。当天的事她往往是记不住的，可过去的事情却记得很清晰。只要有人在她身边，她就会露出一脸灿烂回忆着往事。当天的事就像纸片浮在水面上，昨天的事却像刀子刻在脑子里。母亲也有青春，只是离今天很远。她曾把箱子里保存的一条长裙拿给我看，告诉我她就是穿着这条长裙和父亲在向日葵下相识的。那长裙还依旧如新，可裙子的主人却被时光洗老，腰弯了，头发白了，白得像一株蒲公英。母亲生在青川江边，成长在稻花乡里。母亲居住的老屋前有一条唱着歌的小溪，每当燕子呢喃着飞来的时候，桃花就开了，开着开着桃花就落了，花瓣落在溪水里打着旋流远了，就像流远的岁月。院子里种着两棵杏树，每当圆润的青杏结满枝头的时候，不等熟透她们就采下来吃，那味道酸酸的，就像那时辛酸的日子。夏夜无风的时候，母亲就和小姐妹们去抓萤火虫，那么多的萤火虫，提着绿纱灯，像夜中的精灵。她们抓着后就放在透明的瓶子里，装得多了瓶子就会发光，像闪烁的宝石一样。可萤火虫在瓶子里并不高兴，闪着泪光，她们又把萤火虫放回夜中，于是天上的星星又多了起来，夜空就更加绚烂。母亲在艰苦的岁月中学会了很多家务活，特别会一手好针线，成家后很是勤俭，用那根银针缝补着破旧衣裳一样的破旧岁月。从没有在困苦的生活中丧失信心，总是充实地送走每一个灿落的黄昏，迎接着每一个希望的早晨。父母一生很和睦，感情也很深。母亲一生很少生病，父亲却在知天命之年患了重疾，不久便瘫痪床上，母亲没有慌张，而是精心地守护着父亲，无怨无悔地伺候着父亲。在父亲病情恶化的时候，在军队的老叔将父亲接到省城军区总医院诊治，可父亲的病情已不可逆转，终于在异地离开了这个世界。老叔破例安排了一辆军车为父亲送行。父亲兄弟三人感情笃深，二叔在攻打四平时英勇牺牲，老叔又接替他走上战场，参加了解放战争和抗美援朝，没有父亲的支撑就不会有两个弟弟为国家的贡献。父亲走的那天，老天也为之动容，雨下个不停，母亲很刚强，没有掉下一滴眼泪，送走父亲回来后把自己关在屋里，一天一夜都没有出来，我听得见里面的啜泣声，像雨敲打着窗棂。当她走出屋子的时候，眼睛是红红的，可泪痕已擦净，她不想让我们看到她在流泪。她说你父亲是最不喜欢懦弱的。

母亲开始独自面对生活，我担心她孤寂，执意把她接到身边来，可她不肯，她说她能自理，也不想给我们增加麻烦。我又给她找了保姆，可没几天就被她打发回去了。她说自己还硬实，如果什么都靠别人去做，她就成了废人。她总是倔强地和命运挑战。后来她逐渐回到原有的生活中，每天晚上都去广场跳街舞，又在门前的院子里种了很多花草。我看到她很充实，适应了淡定的生活，暗自放下心来。

过了八十岁后，母亲开始有了些变化。最明显的表现就是爱唠叨了，经常沉缅于往事之中，只要我们在身边，她就常常回忆起过去的事来，而且记忆力异常惊人，甚至还记得借过谁家箩筐，赊过谁家的稻米这样的小事。她最幸福的时候就是我们能专心地听她讲述昨天，她失望的时候就是别人会打断她的回忆。之后不久，她就开始不停地给我打电话，电话里的问候都是不变的，有时也在电话里听她重复昨天的故事。有时我忙，经常会打断她的话，我听得出那边轻轻的叹声。

有两天没有接到母亲的电话了，我突然有种不祥之感。急忙把电话打了过去。接电话的是邻居大婶，她告诉我母亲得病了。我的头轰然一声，也没问清缘由，乘夜车就往家里赶。赶到家里时，母亲躺在床上，额头敷着毛巾。大婶告诉我，母亲发了两天烧，烧得重时不断念叨着我的名字。我埋怨她为什么不及时打电话给我，她仍然说不想影响我工作，我有些激怒了，母亲像犯了错误的孩子，目光有些怯怯的，似乎没有了底气，那一刻我的心蓦地又软了下来。母亲很快退烧了，我守候在母亲的床边，只有我们俩人，我用手紧攥着她那像树枝一样干瘪的手。母亲问我，你知道我最希望的事是什么吗？我摇摇头，她告诉我最希望的事是让我永远不会老，永远不得病，如果有可能让她代替我老，代替我得病她也乐意。就是走了也不想扰动我，一个人悄悄地走，去和你父亲做伴，她不想让我悲痛。希望我始终幸福着。我听着心像被针刺了一下，痛痛的，泪水像泉水一样涌了出来，黏黏的。我把脸紧紧贴在母亲的脸上，整个人似乎已经融化了。此时，我才知道，人活到八十岁的时候也是需要母亲的，母亲只有一个。只有母亲才会永远疼着我、爱着我，只有母亲才什么时候都不会生我的气，只有母亲什么时候都会原谅我的过错，只有母亲才会为我随时可以献出她的生命。这种有私且又无私的大爱，晴朗着人类的天空。我自责我曾经有过的疏忽，我恨我没有读懂我最可爱的母亲。

往后，我也有了些变化，每天上午九时左右，也就是太阳升在头顶的时候，我都先把电话打给母亲，问候她是否安好。我还会幸福地眯着眼睛，沐浴在清新的空气里，虔诚地半张着嘴，侧着耳朵凝神地听母亲讲着过去的故事，这个时候，我真的很温暖，母亲就是给我温暖的那一缕阳光……

（选自2015年第4期《散文百家》）

父亲如是说

荆淑敏

父亲有个口头禅，别人也许认为不雅，我听了几十年，父亲说了一辈子，这几个字是父亲留给我在世上最强的声音。

父亲说话带的口头禅，那么的柔和那么慢条斯理，说时嘴角还常常略带着微笑。

“妈个巴的，别再淘气了。”

父亲如是说我的时候，记忆多是童年。

一双长满老茧的大手，顺着我的那不守规矩的长发抹下去，拍拍我的后脑勺，鼻涕拉瞎的我，破涕为笑了。

七岁的那个夏天，老榆树开花的季节，一枝枝一串串香甜诱人的榆树钱，隔着老式木杆支起的窗户，躺在老家农村的土坯炕上，我远远地看见了。我流着口水，没有哥哥，没人替我爬上树去摘。我就提着鞋光着脚丫，跳过栅栏，偷偷溜到那棵根在岸上头却歪在十米深黄土沟的老榆树旁。不知道是那个年代饥肠辘辘的缘故，还是骨子里女孩少有的野性，我就爬上树干，榆树钱都长在枝头上，胳膊短我摘不到它，我就挪蹭到一个树杈上，侧旁的枝干被我压的直颤抖，我抓住挂满榆树钱的树枝，咔嚓撅断了整个树枝，掳了一把放在嘴里大嚼起来，好甜好香呀，坐在树杈上，我非常自豪，不自觉喊了起来，“老爹，你来呀，看我能够榆树钱了。”父亲没看见我，也没听见我喊，只是母亲从窗户里探出了头，她喊着“你等着，我来了”。“你下来，妈这里有饼干和糖。”我有点顶不住诱惑，饼干和糖那是过年的伙食。可是，我下不去了，那棵树枝颤得有点厉害，我掉过头倒栽葱一点一点往下挪。在妈妈指导下，爬了下来。还没等我站直，“啪啪”左右开弓两个大嘴巴，弄得我丈二和尚，接着就是掐我的脸蛋，“你可气死我了，你还敢不敢上树了？”我就出现开头的一幕，鼻涕一把泪一把，抽抽搭搭“我……再……也……不……去……了”。

父亲跑过来了，把母亲搡到一边，“算了，别打了，女孩不能打。”说完父亲就抱起我，摸摸我的头，如是地说：“妈个巴的，别再淘气了……”

妈个巴的，别再淘气了。

我理解就是，姑娘，你错了，挨揍疼吗？别再淘气了。

父亲这样说的时候大多数轻轻拍拍我的头，捋顺着我蓬乱的长发，有时候我被他那双老茧手上的刺剐起发丝抽得头皮微疼。看看父亲的眼神，眼睛是眯缝的，叼着一支手捻的蛤蟆头烟卷。还有点微笑。

好像我什么都没记住。

有时候还真的记住了。

我的老父亲一辈子没打过骂过我一次。无论你是惹天大的祸就是这一句“妈个巴的”，有的时候，父亲如果变换一下“妈了个巴子”我还能感觉出另一种含义。不过那个语气有点拉长，有点加重，有点沉思。

小时候，喜欢吃灶坑烧的雀儿，我是女儿的身，男孩的淘气。每当春天苞谷的种子沉睡在大地没有发芽或者已经绽绿的时候，便有说不出名字的各种鸟觅食在田野里或溪流的岸边。在玉米茬子里冬眠一冬的小虫开始苏醒，找个带虫眼儿的扒开，一定是个白胖鲜活蠕动的小虫，取之放在使用过青霉素的小瓶里，盖好盖，拿一把专用打鸟的夹子，放在地上，取土把夹子盖上，只露小虫在土上爬，小虫的中间部位拴着马尾般细细的线绳，一头连在夹子的机关处，然后往这个方向轰鸟，鸟来啄食夹子就犯了，这就是鸟为食亡最原始最真实的演绎。

这些都是在邻居家的大哥哥的带领下，我才能完成的打鸟的过程。

带着战利品回家，也一定被母亲呵斥，母亲是虔诚的佛教徒，我把打来的鸟偷偷塞到父亲的手里，父亲摸摸我的头，“妈了个巴子，又出去惹祸了”。完后就是用灶膛里燃烧的豆秆火给我烧雀儿吃，他把一只雀儿放进烘焙着，中间扒出来，摘净乳毛再次放进灶坑，我就蹲在灶坑旁急迫等待着雀儿肉早点熟。

好了，油汪汪黄灿灿的雀儿肉，父亲先是掰掉两条腿，我没来得及嚼几口就咽下去了，完后父亲又抠掉两块胸脯肉，待到吃心肝肺的时候，父亲忽然打个咳声，“妈了个巴子，鸟也有家的”。

我一愣，“那你是说它们也都有自己的孩子吗？”

“是呀，妈了个巴子，姑娘，以后别打鸟了，行吗？”

我噘起黑乎乎的嘴巴，嘴里嚼着雀儿肉，“嗯，嗯。”

我还真记住了父亲如是说的“妈了个巴子，以后别打鸟了”这句话。

我发现父亲如是地说“妈了个巴子”这五个字的时候，语气拉长的时候多，有商量之口吻，还有教育之说，更有那慈祥的父爱浸透其中。

“妈了个巴子，不吃雀儿肉了，我给你烧青麦子吃可以吗？”

“妈了个巴子，起床了，衣服都烤热乎了。快穿上。”

“妈了个巴子，来，上我的肩头我扛着你走。”

……

父亲如是地这样说过多少次，我记不清楚了。

但他说的对象就是小辈，更确切点，说的最多就是儿女，更近一点，父亲对几个孩子中最娇惯的我说得最多。所以，这几个字，我听得最多，感悟得也特深，长调的，短音的，表面的，深层的。

我还记得父亲把这个“妈”字前面加个“他”字，并且，“他”字发音是后面五个字发音总和的一倍长，发音又非常重的时候，一般都是自言自语的。

父亲如是地说：他妈了个巴子。

七十年代的初期，生活在农村的我挨过饿。

青黄不接的时候，我去摸土豆，这“摸”是有一种解释的。七月份不是马铃薯收获的季节，但是，在地里长得大一点的马铃薯可以先吃。一窝马铃薯一个根，但又不能把其他还可以继续长的马铃薯给刨出来，也不能伤根。于是乎，这个“摸”字就出现了，你要找大一点的马铃薯，在马铃薯的根部，就是蹲在地垄沟里，扒拉开马铃薯的秧，看看垄台上，哪里有涨破土的地方，哪里的马铃薯就可以挖出来。准是大个的。摸好一小筐土豆，父亲接过去洗好上锅坪，吃饭时候是土豆宴，父亲拿起一个土豆就着大葱蘸大酱，把唯一的一个玉米饼子留给我。自言自语说道，“他妈了个巴子”。低头的瞬间，我发现我父亲的眼圈红润了……

我在父亲慈爱的肩膀上长大，在父亲没有棍棒的诱导下成人，从父亲口头禅里我悟出厚厚的一摞哲理，人生的路上让我参悟着。

我日子好了，父亲老了。

每当春节带着丈夫儿子回老家，儿子总是给姥爷送上一份孝心，父亲用那双长满老茧的大手接过钱，摸摸我儿子的头说：“妈个巴子的，我有福了，萌萌，以后你长大了也要孝顺你妈妈，你妈妈把你二姨老姨带出去了，这个家都是你妈妈的功劳呀！”

小时候父亲如是说这几个字的时候，我感觉这几个字很好听很亲切，我最愿意趴在父亲的肩膀头上听；在我似懂非懂人生哲理的时候，父亲如是说这几个字的时候，我感觉这几个字很入耳很温馨，我愿意端着饭碗和父亲坐在一个饭桌上一边吃饭一边聆听；在我有家有儿子的时候，父亲如是说这几个字的时候，我感觉这几个字分量很重，我愿意端着洗脚盆给父亲洗脚蹲在父亲的膝下听。

“妈了个巴子”，老父亲最后如是说这几个字的时候是在临终。

几夜的昏迷，忽然清醒过来，他夹杂着手势：“姑娘，你辛苦了，为父母家为家付出这么多，妈了个巴子。”

我跪在父亲的床前，耳朵靠近父亲的嘴巴，希望最后再完整听一次父亲如是说。

这是我听见父亲说“妈了个巴子”拉得最长的音，还有长长的尾音和颤音未说完就闭上了眼睛。

长又多长？

我心里明白，但是我的文字苍白，我表达不出来。

（选自2015年第1期《燕赵文学》）

解读中国故事

贾平凹

几年前，我听到这样一句话：翻译就是世界文字。这话让我吃惊，可冷静一想，事情确实是这样的。没有翻译，从何谈世界文学呢？现在，中国政府、文学组织机构、中国作家对翻译的热情很高，希望要让中国作家的作品被更多地翻译出去，翻译得更好、更准、更丰满。而当下的中国，作家极其多，作品极其多。在这么庞大的作家群和作品堆里，怎么去识别哪些是有价值的作品，哪些是意义不大的作品，哪些作品值得被翻译出去，哪些作品是需要下功夫去重点翻译？我这样说着是容易的，其实做起来非常难。别说翻译家，就是中国的文学专业人员也难以做到。

虽然对于一部作品的优劣高低鉴别，是自有一种标准和感觉的，好的就是好的，不好就是不好，它会口口相传，产生出影响。但是当不可能把所有作品都读过或无法从整体上来把握时，具体到某一部作品，常常是各人有各人的解读。我的意思是，能多读些作品尽量去多读些作品，从中国文学的整体上去把握和掌控。当把豆子平放在一个大盘里，好的豆子和不好的豆子自然就发现了。要了解孔子，不仅要读孔子，还有必要读老子、荀子、韩非子等，这样更能了解孔子。在这种整体把握当下中国文学的基础上，就可以来分辨：中国之所以是中国，它的文学与西方文学有什么不同？与东方别的国家的文学有什么不同？它传达了当今中国什么样的生活？传达了当今中国什么样的精神气质？这些生活这些精神这些气质，在世界文学的格局里呈现了什么样的意义？

这样就可能遴选出一大批作品来。这些作品因作家的经历和个性不同、思想和审美不同，他们的故事和叙述方式就必然在形态、色彩、声响、味道上各异。如何进一步解读？我认为这就涉及两个问题，那就是了解中国的文化、了解中国的社会。这两个问题其实是老生常谈，但我还是把它提出来。虽然这是非常大的话题，不可能在这里说清说透，我只能从文学的角度上粗略地谈一下我的认识。

说到了解中国的文化，现在许多文学作品包括艺术作品中，有相当多的中国文化的表现。但那都是明清以后的东西，而明清是中国社会的衰败期，不是中国社会的鼎盛和强劲期。那些拳脚、灯笼、舞狮、吃饺子、演皮影等，那只是一些中国文化的元素，是浅薄的、零碎的、表面的东西。元素不是元典，中国文化一定要寻到中国文化的精髓上、根本上。比如，中国文化中太阳历和阴阳五行的建立，是关于中华民族对宇宙自然的看法、对生命的看法。这些看法如何形成了中华民族的思维方式和它的哲学观点？比如，中国的儒、释、道，道是讲天人合一，释是讲心的转化，儒是讲自身的修养和处世的中庸。这三教是如何影响着中国的社会构成和运行的？比如，除了儒释道外，中国民间又同时认为万物有灵，对天敬畏。中国文化中这些元典的东西、核心的东西，才形成了中国人的思维和性格。它重整体、重混沌、重象形、重道德、重关系、重秩序。深入了解这些，中国的社会才能看得懂，社会上发生的许多事情才能搞明白。中国人的这种思维性格、宗教和哲学，进而影响和左右着中国人的审美，形成了它的不同于西方的特点。我早年曾说过，我们的写作，要在作品的境界上向西方的文学学习，目光要盯住全人类的主流东西，而在作品的表现形式上又一定要是中华民族的东西。我举了个例子，当我们没有乘坐过飞机，我们认为天是阴晴的，月是圆缺的，云是聚散的，当我们乘坐了飞机，才发现云层之上都是阳光，穿过任何一朵云，无论这朵云是导致着下雨或是冰雹雷电，穿过去，都是阳光。如果把阳光比喻为人类共通的东西，我们的作品一定要穿过这些云朵直至阳光处。而同时，我们是存在于某一朵云下的，即使这云朵在下雨下冰雹，我们也不必从这朵云下跑去另一朵云下，就在这一朵云下努力穿过去到阳光处。这朵云是我们的生存环境，穿过，就是我们的表现形式。为了穿过我们的云层，我也曾经把我们的戏剧与西方的话剧做过比较，把我们的水墨画与西方的油画做过比较，把我们的中医与西医做过比较。戏剧更多的是写意，话剧更多的是写实，水墨画更多的是线条，油画更多的是色块，中医更多的是综合，西医更多的是分析。我讲这些，大致的意思是，在解读中国故事时，不仅要看到这个故事是否传奇、是否热闹、是否精彩，更要看到这个故事是怎么讲的，看它的思维、方法、语言是否是中国式的。

再说到了解中国的社会。中国是长期的农耕文明社会，又是长期的封建专制社会。农耕文明使中国人的小农经济意识根深蒂固，封建专制又是极强化秩序和统一的。几个世纪以来，中国人多地广，资源匮乏，又闭关锁国，加上外来的侵略和天灾人祸，积贫积弱，在政治、经济、军事、科技、法制等方面处于落后。这种积贫积弱的现实与文化的关系，使中国的精英们历来在救国方略上激烈争论。20世纪20年代，一种意见是现代西方文化为科学，中华文化为玄学，所以它落后，所以要批判和摒弃；另一种意见是中华民族并不是一开始就愚昧不堪，不是我们的文化不行，是我们做子孙的不行。这种争论至今并没有结束。中国改革开放以后，中国社会发生了巨大变化，在它的经济得以极快的发展后，中国社会长期积攒的各种矛盾集中爆发，社会处于大转型期，秩序松弛，人变得浮躁甚或极端。改革越深化，问题越转向了政治、文化和体制。在这个年代，中国是最有新闻的国家，每天都几乎有大新闻。所以，它的故事也最多，什么离奇的荒唐的故事都在发生。它的生活是那样的丰富，丰富性超出了人的想象力。可以说，中国的社会现象对人类的发展是有启示的，提供了多种可能的经验，也给了中国作家写作的丰厚土壤和活跃的舞台。

之所以说这两点，我的看法是：中国的故事，无论是什么样的故事，它都离不开这两点。故事的好与坏、精彩或简陋，就看这两个问题表现得充分不充分，饱满不饱满。

我还要说的就是从这两个问题引发的我另外的一些认识：一个是什么样的故事才可能是最富有中国特色的故事？再是从中国故事里可以看到政治，又如何在政治的故事里看到中国真正的文学？

在中国的古典长篇小说里，最著名的是《三国演义》《水浒传》《西游记》《红楼梦》。达到国人历来共识的，认为最能代表中国的，其文学性最高的是《红楼梦》。它是中国的百科全书，是体现中国文化的标本。它的人与事都写得丰富饱满，批判不露声色，叙述蕴藉从容，语言炉火纯青，最大限度地传导了中国人的精神和气息。从读者来看，社会的中下层人群是喜欢读《水浒》的，中上层人群尤其知识分子更喜欢读《红楼梦》。我在少年时第一次读《红楼梦》，大部分篇章是读不懂的；青年时再读，虽读得有兴趣，许多地方仍是跳着读；到了中年以后，《红楼梦》就读得满口留香。在中国现代文学中，中国人推崇鲁迅。鲁迅作品中充满了批判精神，而经历了“文化大革命”之后，中国人在推崇鲁迅外也推崇起了沈从文，喜欢他作品中的更浓的中国气氛和味道。从中国文学的历史上看，历来有两种流派，或者说有两种作家和作品。我不故意把它们分为什么主义。我打个比喻，把它们分为阳与阴，也就是火与水。火是奔放的、热烈的，它燃烧起来，火焰炙发，色彩夺目；而水是内敛的、柔软的，它流动起来，细波密纹，从容不迫，越流得深沉越显得平静。火给我们激情；水给我们幽思。火容易引人走近，为之兴奋；但一旦亲近水了，水更有诱惑，魅力久远。火与水的两种形态的文学，构成了整个中国文学史，它们分别都产生过伟大作品。从研究和阅读的角度看，当社会处于革命期，火一类的作品易于接受和欢迎，而社会革命期后，水一类的作品却得以长远流传。中华民族是阴柔的民族，它的文化使中国人思维象形化，讲究虚白空间化，使中国人的性格趋于含蓄、内敛、忍耐。所以说，水一类的作品更适宜体现中国的特色，仅从水一类文学作家总是文体家这一点，就可以证明，而历来也公认这一类作品的文学性要高一些。

基于中国的历史和现实，中国文学的批判精神历来是强烈的。就现在来看，先是“文化大革命”之后，批判“文化大革命”中和“文化大革命”以前政治的种种不人道的黑暗的残暴的东西，再是在改革开放发展经济之后，批判社会腐败、荒唐以及人性中的种种丑恶的东西。曾经长期以来，中国文学里的政治成分、宣传成分太多。当我们在挣扎着、反抗着、批判着这些东西时，我们又或多或少地以长期以来形成的思维模式来挣扎着反抗着批判着，从而影响了文学的品格品质。这种情况当然在改变着，中国国内的文学家和读者群也不满这种现象，在呼唤着、寻找着、努力创作着具有深刻的批判精神、从社会现实生活中萌生的接地气的有气味和温度的、具有文学品格的作品，不再欣赏一些从理念出发编选的故事。虽然那些故事离奇热闹，但它散发的是一种虚假和矫情。我的意思是，中国当代文学在这十几年里，几乎是全面学习着西方，甚或在模仿。而到了今天，这种学习甚至模仿可以说毕业了，它正在形成和圆满着自己的品格和形象。那么到现在，如果从一个外人的眼光看，是要看到中国故事中的政治成分、宣传成分，是要看到中国文学中被批判的那些黑暗的、落后的、凶残的、丑恶的东西，但更需要看到在这种政治的、宣传的、批判黑暗的、落后的、凶残的、丑恶之中，发现品鉴出真正属于文学的东西，真正具有文学品格的作家的作品。多年来，中国的文学作品被翻译了不少，包括中国人的电影、电视等艺术种类，也有相当多的作品被介绍出去，让世界更多人知道了中国、了解了中国、关注了中国。而我想，我们不但要让世界更多的人了解中国的政治、经济、历史、体制，更要让世界上更多的人了解和关注中国普通民众的日常生活，真实的中国社会基层的人是怎样的生存状态和精神状态，普通人在平凡的生活中干什么、想什么、向往什么。只有通过这样的作品，才能深入地细致地看清中国的文化和社会。在这样的作品里鉴别优秀的作品，它的故事足以体现真正的中国，体现出中国文学的高度和意义。

中国的主要民族是汉族。汉字如果用繁体字写，可以看出那是一个人身上捆绑了好几道绳索。这是说这个民族受的束缚多，说话常不用肯定语，但它的含义却在。

（选自2015年第4期《作家通讯》）

母亲的奖章

刘庆邦

母亲去县里参加劳动模范表彰大会，是1957年的春天。几十年过去了，母亲也已经去世十多年。时间如流水，这个时间我们兄弟姐妹之所以记得确凿无疑，是因为它有一个标记，或者说有一个帮助我们找回记忆的参照点。

母亲生前不止一次跟我们说过，她是抱着我弟弟去参加劳模大会的。弟弟那年还不满一周岁，正在吃奶，还不会走路。我们家离县城五六十里路，那时没有汽车可坐，母亲一路把弟弟抱到县城，开完劳模会后又把弟弟抱回。我说的参照点就是弟弟的生日，弟弟是1956年7月出生，母亲去参加劳模会可不就是1957年嘛。

从县里回来，母亲带回了一枚奖章，还有一张奖状，奖状和奖章是配套的。奖章上不刻名字，奖状上才会写名字，以证明母亲获得过这项荣誉。而我只对奖章有印象。或许因为我只对金属性质的奖章感兴趣，就把纸质的奖状忽略了。

那枚奖章相当精美，的确是一件不错的玩意儿。我们小时候主要是玩泥巴，没有什么像样的东西可玩。母亲的奖章，像是为我提供了一个终于可以拿得出手的玩具。母亲把奖章放在一只用牛皮做成的小皮箱里，小皮箱不上锁，我随时可以把奖章拿出来玩一玩。箱子里有母亲的银模梳、银手镯，还有选民证、工分什么的，我不玩别的东西，只愿意把奖章玩来玩去。

奖章拿在手里沉甸甸，恐怕把十片红薯片子加起来，都比不上奖章的分量重。奖章是五角星的形状，上面的图案有齿轮、麦穗儿什么的。麦穗儿很饱满，像是用手指头一捏，就能捡到一枝。奖章的颜色跟成熟的麦穗儿的颜色差不多，只不过，麦穗儿不会发光，奖章会发光。把奖章拿到太阳下面一照，奖章金光闪闪，好像变成了一个小太阳。整个奖章分三部分，上面是一个长条的金属板，金属板背面是别针。中间是红色的、丝织的绦带，绦带从一个金属卡子里穿过，把别针和下面的奖章联系起来。我没把奖章戴在身上试过。因没见母亲戴过，我不知把奖章戴在哪里。有一次，我竟把奖章挂在门口的石榴树上了，好像给石榴树戴了一个大大的耳坠儿一样，挺逗笑的。

我不仅自己喜欢玩奖章，别的小孩子到我们家玩耍，我还愿意把奖章拿出来向他们显摆，那意思是说：你们家有这个吗？没有吧！我只让他们看一看，不让他们摸。见哪个小孩子伸手想摸，我赶紧把奖章收了回来。

不知什么时候，奖章不见了。我一次又一次把小皮箱翻得底朝天，连奖章的一点影子都没找见。奖章没长翅膀，它却不声不响地“飞”走了。大姐二姐怀疑我把奖章拿到货郎担上换糖豆吃了。我平日里是比较嘴馋，看见地上有一颗羊屎蛋儿，都会误以为是一粒炒豆儿。可是，在奖章的事情上我敢打赌，我的确没拿母亲的奖章去换糖豆儿吃。如果真的换了糖豆儿，甜了嘴，我会留下深刻的印象。如果小时候怕挨吵，怕挨打，不敢说实话，现在都这么大岁数了，我不会再隐瞒下去。母亲奖章的丢失，对我们兄弟姐妹来说是一个谜，这个谜也许永远都解不开了。

倘若母亲的奖章继续存在着，那该有多好，每看到奖章，我们就会想起母亲，缅怀母亲勤劳而光荣的一生。然而，奖章不在了，奖章却进驻了我的心里。我放弃了对物质性的奖章的追寻，开始追寻奖章的精神意义。

应该说母亲能当上劳动模范是很不容易的。据说每个公社只有几个劳动模范的名额，不是每个大队都能推选出一个劳模。当劳模不是百里挑一，也不是千里挑一，而是万里挑一。那么，一个普普通通的农村妇女，怎么就当上劳动模范了呢？怎么就成了那个“万一”呢？既然模范是以劳动命名，恐怕就得从劳动上找原因。

听大姐二姐回忆说，母亲干起活儿来只有两个字，那就是要强。往地里挑粪，母亲的粪筐总是装得最满，走得最快。麦季在麦田里割麦，不用看，也不用问，那个冲在最前面的人一定是我们的母亲。有一种大轮子的水车，铁铸的大轮子两侧各有一个绞把，绞动大轮子，带动小齿轮，把水从井里抽出来。别的妇女绞水车时，都是一次上两个人。而母亲上阵时，坚持一个人绞一台水车。她低着头，塌着腰，头发飞，汗也飞，一个人就把水车绞得“哗哗”的，抽出的水，水头蹿得老高。

要知道，我们兄弟姐妹较多，母亲两三年就要生一个孩子。母亲下地劳动，都是在怀着孩子或奶着孩子的情况下进行的。怀孩子期间，从不影响母亲下地干活儿。直到不把孩子生下来不行了，她才匆匆从地里赶回家，把孩子生下来。母亲生孩子从不去医院，也不请接生婆接生，都是自己生，自己接。生完孩子，母亲稍事休息，又开始了新一轮劳动。

母亲的身材并不高，才一米五多一点。母亲的体重也不重，也就是百斤左右。

可是，母亲哪里来的那么大的力量呢？以前我不能理解，后来才慢慢理解了。母亲的力量源于她的强大的意志力，也就是我们那里的人所说的心劲儿。

我要是跟母亲说意志力，母亲肯定不懂。她不识字，不会给自己的力量命名，说不定还会说我跟她瞎拽文。我要是说心劲儿，估计母亲会认同。一个人的力量大不大，主要不在于体力，而是取决于心劲儿，也就是心上的力量。心上的力量大了，一个人才算真正有力量。体力再好，如果心劲儿不足，无论如何都称不上有力量。一个人心上的力量，说到底就是战胜自己的力量。只有能够战胜自己，才能战胜困难，战胜别人。倘若连自己都不能战胜，先败在自己手里，还指望能战胜谁呢！

与母亲相比，我的心劲儿差远了。说实话，小时候我是一个懒人。挑水做饭有大姐，烧锅刷碗有二姐，拾柴放羊有妹妹，我被说成是“空儿里人”，除了上学，几乎啥活都不用我干。时间长了，我几乎养成了好吃懒做的习惯。后来参加工作到煤矿，我才失去了对家庭的依赖。一个人孤身在外，由于环境的逼使，我不得不学着自己照顾自己。好在母亲勤劳的遗传基因很快在我身上发挥了作用，同时也是由于自尊、自立和成家的需要，我开始挖掘自身的劳动潜能，并在劳动中逐步认识劳动的意义。我知道了，劳动创造了人，人生来就是为劳动而来。或者说人只要活着，就得干活儿。只有不惜力气，不惜汗水，干活儿干得好，才会被人看得起，才能得到社会的尊重。在当工人期间，虽然我没当过劳动模范，但我觉得自己干活儿干得还可以，起码没有偷过懒，没有耍过滑，工友们评价我时，对我伸的是大拇指。

不过，我没想过要当劳动模范，从没有把劳动模范和自己联系起来。在很长一段时间，我几乎把母亲当过劳动模范的事忘记了。调到北京当上《中国煤炭报》的编辑、记者之后，我采访了全国煤矿不少劳动模范和劳动英雄，写了不少他们的事迹。我为他们的事迹所感动，所写的稿子块头也不小，但你是你，我是我，我把自己当成了一个局外人。我甚至认为，那个时期的劳模都是“老黄牛”型的，是“工具”性的，我尊重他们，并不一定愿意向他们学习。有一次，我和读者座谈，谈到我每年的大年初一早上还要起来写小说，有读者就问我：你是想当一个劳动模范吗？这本来是好话，可我没当好话听，好像还从中听出了一点揶揄的意味，我说过奖了，我可不想当什么劳动模范。

看来我的悟性还是不够强，觉悟还是不够高。直到现在，我才稍稍悟出来了，原来劳动不是别人强加给我们的，是生命的一种需要。我们劳动的过程，是修行的过程，也是不断自我完善的过程。如果人的一生还有点意义的话，其意义正是通过辛勤的劳动赋予的。从这个意义上讲，能当一名劳动模范是多么光荣！

人说闻道有先后，人的觉悟也有早晚。而我现在才对劳动模范重视起来，未免有点太晚了吧，恐怕再怎么努力，当劳动模范也没戏了！不晚不晚，没关系的。从现在起，我要好好向母亲学习，天天按劳动模范的标准要求自己，体力可以衰退，心劲儿永远上提。就算别人不评我当劳动模范，我自己评自己还不行吗？！

（选自2015年4月27日《人民日报》）

柳青的“于心不安”

何向阳

柳青以小说传世，散文不多。最近得到一本《柳青小说散文集》，其中一篇，教人耳目一新。

《建议改变陕北的土地经营方针》写于1972年。虽以散文入辑，不如说是一封“信”，这封“信”曾写于1955年，给了当时的中共陕西省委第一书记，第一书记未见，被转给当时的中共陕西省委农村工作部。1957年，作者问及第一书记本人查寻，原件已找不到。此后，柳青忙于写作，没有再写。直到他受审病重，“呻吟床第之余，又想起这件事情”。而真正的引子是，“陕北老家来此探亲的家属和亲友，谈起那些连年干旱所造成的集体经济困难和人民生活艰苦状况，我听了于心不安，促使我重新认真考虑这个建议”。

文章开宗明义，气候干旱，水利受限，地形零碎，机械受限，在“命脉”“出路”均呈劣势、不宜农业生产背景下，柳青提出了一个大胆的苹果产区计划，从土壤潮湿度、虫卵不能过冬、坡地通风透光三方面论述，并搬出中国农业科学院院长金善宝的日照长温差大糖分积累说支持，谈陕北作为苹果产区优于渤海胶东半岛、辽东半岛和辽西苹果产区的地方，并由此联系到产业移民、作业分配，在“直风梁”上植树养蚕，在沟谷种粮种菜植草，“坡地——梁地——谷地，果树——桑树——粮食，这就是陕北经营土地最理想的经济地理面貌”。其实直到现在，我都很难设想写出《创业史》的作家会这样事无巨细：“桑树更新下来的老枝，桑皮造纸制箱，装出口苹果，桑枝编筐，装内销苹果。在经济地理上两种经营这样和谐地全面衔接，也是世界上少有的”，这时的他，已是站在与法国南部地中海沿岸和加龙河下游的葡萄产区与美国西海岸加利福尼亚的苹果产区对比角度说着陕北。还不算，他进一步言说经济结构，从18世纪英国说起，他令人感动地勾画农业结构变化之后的延安、绥德、榆林三城市的工业前景，他说水电站——修三至五个，他说铁路——除运蚕丝产品到天津外，“先修最重要的一两条线与华北和关中相通，再修次重要的两条，还需修境内支线”，他说，“使得这个富饶地区的经济得以尽可能充分地发展和这个地区光荣的革命历史相辉映”。正是这最后一句，有一种教人动容的风骨。

又三四十年过去，陕北苹果基地远无纸上规模，西安往延安的铁路修通也在最近十年。这篇文字当然也远够不上名篇，作为柳青创作，更无法与《种谷记》《铜墙铁壁》《创业史》比肩，就是放在柳青散文里讲，也没有《一九五五年秋天在皇甫村》影响广泛，甚至从文辞角度要求，它可能在有些人眼里根本算不上散文，但是，它确实为我们打开了一个通向他创作的甬道。柳青之所以能写出《创业史》，不仅在于他切实地参与了农村发展的历史，不仅在于他在村子里一住就是许多年，还在于他的对于农民福祉的憧憬里真切的出发点，那个对贫穷与疾苦的乡村人的一个作家的“于心不安”。

了解了这个“于心不安”，也才能记住为给集体买稻种从渭河下游坐几百里火车却舍不得花两角钱住店的蛤蟆滩的小伙子，才会知道这个原型“王家斌”的梁生宝内心的热火里燃着柳青的那一份。

（选自2015年第7期《美文》）

黔北往事

王巨才

1915年。旧金山。巴拿马—太平洋国际博览会。由中国政府选送的陶瓷、漆器、珐琅彩、丝绣、编织等手工艺品吸引了众多参观者的眼球。人们流连在这些美轮美奂的展品前，以旖旎的想象揣度着这个古老而神秘的国度，跷起拇指，交口称奇。

而在人头攒动的农业馆，那排泥黄色的茅台酒瓶就显得灰头土脸，少有问津。中国参展团领队陈祺经过思量，认为如果将它放在食品加工陈列馆，应该是能引起关注的。就在工作人员移动展品时，一瓶茅台酒从展架上猛地掉了下来，随着一声冰裂的炸响，一股馥郁的浓香扑地而起，立即四溢开来，弥漫到整个大厅，人们于是调头回身，闻香寻迹，纷纷围拢过来……结果，这种以独特工艺酿造的白酒，在有41 国参与的博览会上，毫无争议地由高级评委会直接授予金奖。

对这段往事或许会有不同看法，但无论如何，自1915年在巴拿马博览会获得金奖，与法国白兰地、苏格兰威士忌一起被誉为世界三大蒸馏白酒，近百年来，茅台酒始终以其固有的品质和良好信誉，以及与中国革命和建设、内政和外交的许多重大事件、重要节点有过的密切关联，被尊之为“国酒”，当是不争的事实。

那天参加完酒厂的重阳祭酒大典，雨后的晚霞余晖中，我们来到红军四渡赤水的渡口。“四渡赤水”，这是毛泽东军事生涯中出神入化的得意之作，他硬是在险象环生的危急关头，运筹帷幄，指挥若定，巧妙调度，成功地将中央红军带出蒋介石的重重围困，创造了中外战争史上少有的奇观。

想起黄炎培先生那首不无诙谐的《茅台酒歌》：喧传有客过茅台，酿酒池中洗脚来；是假是真吾不管，天寒且饮两三杯。

我问讲解员真有洗脚一说吗，小姑娘笑笑，说完全是瞎编乱造。事实是，1935年3 月16日三渡赤水前夕，毛泽东和军委首长来到突击架好的浮桥上，边走边夸“工兵连有办法”，当时正有几名警卫员捎着从酒厂买来的竹筒散酒走来。毛泽东问，你们扛的么子？陈昌奉答，王连长搞了点酒，给大家搽搽腿脚，消消伤。毛泽东笑说，茅台出名酒，不过用来搽脚，太可惜了……

其实，我何尝不是明知故问！我当然没有提到黄先生的那首诗，也没有讲那首诗的由来。

1945年7月，黄炎培与其他几位国民参政员应邀访问延安，曾与毛泽东就如何走出“其兴也勃焉，其亡也忽焉”的“历史周期律”作了著名的“窑洞对”。这件事通过黄本人所写《延安归来》及此后大量文艺作品的征引，已广为流传。鲜为人知的是，就在那次访问期间，还有一段有关茅台酒的佳话。

黄炎培等到达延安次日，即与毛泽东在枣园会面。走进会客室，客人们赫然发现，窑洞墙壁上挂着一幅画，为沈钧儒先生的次子沈叔羊所作，上面画一个酒壶，上书“茅台”二字，旁有几个酒杯，而画上的题诗，正是黄炎培亲写的那首《茅台酒歌》。这幅作品作于1934年，正当国民党反动派大肆造谣滋事、掀起新的反共高潮之时，题诗中一个“喧”字，委婉地讥讽了谣言的荒诞与无聊，一个“客”字，又暗含对红军将士的信任与尊敬。黄先生见到这幅画，睹物度人，如遇良友，一种对共产党重情重义的知遇之感油然而生。

是日晚，毛泽东、周恩来等中央领导以茅台酒宴请黄炎培一行，宾主开诚布公，相谈甚欢。席间，陈毅看众人兴致正高，提议大家依黄先生酒歌原韵，联句为诗，以纪雅聚。于是公推毛泽东起首，他略作推让，随即吟道，“延安重逢饮茅台”。周恩来接句，“为有嘉宾陕北来”。黄炎培或是出于幽默，或是谦逊，仍用旧作原句，“是假是真我不管”。陈毅只好接应，“天寒且饮两三杯”。毛泽东见状，哈哈大笑，连连摆手说不算不算，随又换韵起句，其他人仍依次承接，重新联成一绝：赤水河畔清泉水，琼浆玉液酒之最。天涯此时共举杯，唯有茅台喜相随。

光阴似箭，时移势易，历史的逻辑正如毛泽东所言：“人间正道是沧桑。”7年之后，已是上海市市长的陈毅在南京招待政务院副总理黄炎培，两人抚今追昔，感慨尤深，遂又即席赋诗。陈毅吟道：金陵重逢饮茅台，万里长征洗脚来。深谢赋歌传韵事，雪压江南饮一杯。黄炎培和道：万人血泪雨花台，沧海桑田客去来。消灭江山龙虎气，为人服务共一杯……

江山有代谢，往来成古今。这些见诸正史和报刊的历史珍闻，苦乐交织，记载着来路的艰辛与人情的温暖。因缘和会，又总予人“执大象，天下往”的启迪与激励。

返回遵义时，按行程安排，是要顺道去一个叫“苟坝”的革命旧址参观。“苟坝”？这在众人的党史常识中显然十分陌生。陪同解释说，那里离茅台镇很近，景色又很好，非常值得一去。

果然是一个地势开阔而又风光秀美的小平原，在多山的贵州十分少见。四围青山隐隐，远近阡陌纵横，十多个村民小组散落在荞麦花、油菜花、格桑花盛开的原野间，相距都约里许。显然经过新农村建设的“打造”，民房崭然一新，皆为白墙黛瓦的小楼。村际小路多以水泥、石板铺就，路旁偶见供行人饮茶小憩的凉亭。时值晚秋，清风习习，漫步其间，游目畅怀，确是一处天高云淡远离尘嚣的休闲胜地。镇党委书记讲，自建成红色旅游观光点，每年至少接待50 万游客，村民人均收入已达9000多元。

旧址在远处的马鬃岭山脚下，为黔西一带传统的木结构大型四合院落。据遵义县委党史研究室主任杨生国介绍，没有在这里召开的军事会议，就不会有随后的三渡赤水、四渡赤水，中国革命的进程也许会是另一种样子。

——1935年1月的遵义会议上，毛泽东当选为中央政治局常委。2月，中央红军二渡赤水，再夺娄山关，取得突围转移以来首次重大胜利。3月4日，中央军委特设前敌司令部，朱德任司令员，毛泽东为政治委员。在胜利情绪鼓舞下，3月8日红军总政治部发出《为粉碎敌人新的围攻赤化全贵州告全党同志书》，此时，红军正集结在苟坝所在的枫香镇和鸭溪一带，寻找战机，待时而动。

3月10日1时，林彪从前线给军委发来“万急”电报，称驻守金沙县的敌军是我军手下败将王家烈部队，建议立即攻打县城打鼓新场，并拟定了具体的兵力部署和进军路线。朱德接到电报，认为攻打打鼓新场有利于中央红军西进开辟新的根据地，赞同林彪建议，而毛泽东则认为，金沙县城城坚濠深，易守难攻，且有敌人两个师的兵力守卫，贸然行动绝难取胜，故极力反对。前敌司令员和政委发生分歧，这真是给在中央负总责的张闻天和“对军事指挥下最后决心”的周恩来出了个不小的难题。

于是，张闻天立即在四合院堂屋召开有政治局成员、军委委员、军委局级干部20多人参加的会议，讨论林彪建议。会上，绝大多数同志和红军战斗员一样，迫切希望以新的胜利创建云贵川根据地，纷纷赞成“打”，只有毛泽东坚决反对。毛泽东在反复申述意见得不到认同的情况下，又犯了湖南人的犟脾气，竟以“这前敌政委我不干了”相“要挟”。对此，有人同样犯倔：“不干就不干，少数服从多数！”争论异常激烈，气氛益发紧张，最后只好付诸表决。结果可想而知，毛泽东不仅意见遭到否决，还丢掉了只当了6天的前敌政委的“官衔”。

回到住处，毛泽东神情黯然，“夜不能寐”。恰在此时，接到军委二局和三局送来的情报及敌军往来电报的破译稿，情况表明，蒋介石正在频繁调兵遣将，构筑防线，准备东西并进，南北夹击，一举歼灭红军主力。一场关乎3万红军命运的危机一触即发。毛泽东心急如焚，连忙提着马灯，摸着夜路，跌跌撞撞、气喘吁吁地敲开周恩来的房门。周恩来刚刚起草完准备明天一早便要下达各部队的作战命令，听了毛泽东的汇报，大吃一惊，遂与他一起来到朱德住处，经过商量，取得一致看法，于是再次召开会议，决定放弃“硬打”的计划，毛泽东刚刚被褫夺的前敌政委，又官复原职。

这戏剧性的一幕，在中共党史上或许未及详述，但在毛泽东记忆中从没有淡去。

1959年4月，中央在上海召开八届七中全会，毛泽东在讲到“工作方法”问题时就曾说过：“比如苟坝会议，我先还有三票，后头只有一票。我反对打打鼓新场，要到四川绕一圈，全场都反对我。散会之后，我同恩来讲，我说不行，危险，他就动摇了，睡了一个晚上，第二天开会，听了我的了。”

毛泽东此处所说的“要到四川绕一圈”，正是他知己知彼、避开强敌、在运动中消灭敌人的战略构思。

苟坝会议后，“运兵如神”的毛泽东即巧妙排兵布阵，挥师茅台，于3月16日、17日三渡赤水，继而调头，夺取遵义，又“分兵马鬃岭”，虚张声势，掩护主力红军南下，接连取得突破乌江、威逼贵阳、佯攻昆明、巧渡金沙的胜利，终于把3万多红军带出蒋介石40万大军的包围，踏上“万水千山只等闲”的新征程。

杨生国在述及这段历史时，以归结性的语气感叹：“看来真理有时真在少数人手里。”

好像有人说过这样的话：历史的最大教训就是人们忘记从历史中吸取教训。由此想到，即使像毛泽东这样一生追求真理的伟大的马克思主义者，在某种特定的境况下，阅人论事，审时度势，也难免判断失误和举措失当。

黔北之行，耳目一新。所见所闻，感触自多。今年便是遵义会议召开80周年和茅台酒巴拿马获奖100周年，能有机会身临其境温习历史记忆，体察时代脉动，也算一次收获不菲的远足，是以为幸。

（选自2015年3月4日《文艺报》）

读书读久了，你总会信仰些什么

白岩松

当我们翻开一本书，要在翻开的这本书里头寻找到什么呢？这个话题似乎要从我们刚刚出生来到这个世界上开始说起。当人生的这本书刚刚翻开，在未来漫长的岁月里，在这本书里，我们又要寻找到什么呢？也许两者的答案有很多是相似的。首先翻开一本书，我们希望知道自己是谁，我的家乡在哪里，而世界又在哪里。

如果我不打开书，我会以为世界就像我生活的这座城市一样，有草原，有森林，有很多和善的人们。但是当我打开书才知道，《上下五千年》里有那么多的历史；当我打开书的时候，我知道在《一千零一夜》里还有另外一个跟我们完全不一样的世界；当我打开书的时候才知道有好人、有坏人；当我打开书的时候才知道，北京、江苏、四川或者其他的地方怎么怎么样。了解的事情越来越多了，这个世界开始变得越来越大了，结果一个又一个少年该如同我一样，开始向往外面的世界。如果没有书，你不会知道世界是个什么概念，即便后来当你的年岁足够大了，当你来到一个又一个陌生的国度里，你竟然发现一切似乎没那么陌生，因为早在白纸黑字上，早在字里行间，早在曾经翻开的一本又一本书当中，你曾经如此亲密地靠近过它，世界变得不再那么遥远，也不再那么陌生了。

说起来真的有意思，总有很多人问我，对我影响最大的一本书是什么？我的答案永远是一样的，当然是《新华字典》了。如果要是没有《新华字典》，没有我从最简单的一个又一个汉字开始认识起，一直到后来，我怎么会有勇气、有能力翻开一本又一本或厚或薄的书呢？如果我不能翻开那些书，我的很多困惑、我的很多未知怎么能在我的面前陆续打开呢？成长是什么？成长不仅是年岁慢慢增长，更重要的是内心所累积的一个又一个问号慢慢地得到答案。

当你的答案越来越多，当你的问号开始慢慢地被抻直的时候，你就是在成长。最小的时候可能在读《十万个为什么》，获取一个又一个答案，如果没有那些书，答案不出现在你的面前，你就永远像是一个仰望星空的孩子。虽然在这一生当中葆有好奇，葆有问号，永远是一个最重要的事情，但是，在你成长的过程中，如果你的一个又一个问题不能得到解答的话，成长怎么可能变成现实呢？从你最初好奇的一加一等于二，到后来一加一等于二不再是一个简简单单的数学题，而是人生，是大的哲学，是你如何去捍卫常识；当别人因为自己的利益，能喊出一加一等于三，甚至等于四的时候，你还有勇气去坚持说一加一等于二。你想想我们走了多远的路程了。从最初只是一个最简单的小学的数学题到后来与常识、与正义、与真理有关，如果没有那一本又一本翻开的书，你怎么可能有这种成长呢？

总有人问我读书有什么好处。我说用几个“解”来回答你吧，它可以解惑，它可以解气，有的时候你有很多这种郁闷和生气，打开书看到有与你同样生活在这个世界上的人，或者古人甚至都提前把那种呐喊替你发泄出来，你就觉得挺解气的。

另外，还解决你的很多挣扎和困惑。翻开一本又一本书的时候，你看到答案，拥有了一种解决的方案，道路变得更加清晰了。当然千万别忘了，看书还有另外的功能，那就是有的时候还解闷。哪怕现在人们开玩笑连解手的时候，都需要有那些看起来不那么累的书能陪伴你度过人生当中永远不会没有的这种时光。一天总是琐碎的，但是累加在一起却可能会获取很多知识，因此，我觉得一个能提供这么多“解”的书，会帮助一个又一个人更好地走这样一个成长的道路。

在我们寻找的无数答案当中，最后一种答案可能非常的重要。它帮助我们寻找到平静和幸福，我们可能都记着这样的一句话，“华北之大，已经安放不下一张平静的书桌了”。那是一个屈辱的时代。但是现代在物质大潮快速奔涌而来的时候，这句话可以稍微地变一变了，变成什么呢？“中国之大，找到一颗平静的心简直太难了。”但是不平静又怎么可能幸福呢？我曾经有过这样的经历，周围是乱的，自己的心里也是乱的，当你打开书想在书里找到平静的时候，最初几页是很难的。但是当最初的几页慢慢读进去了，你就觉得好书真像是一堵又一堵的墙，开始慢慢地升腾起来，把外面的车水马龙还有那些喧嚣的声音都阻拦在了外面。这个时候，你觉得那颗躁动的心慢慢地安静下来，这个世界你似乎又可以在白纸黑字里闻得到花香，听得到鸟的声音，大自然仿佛又回到了你的身边。更重要的是没有平静怎么可能幸福呢？

那么，幸福与读书、与平静有什么关系吗？很有关系，幸福是由三个关键词构成的，那就是物质、情感和精神。只有物质基础、情感依靠、精神支柱这三种因素的分数都不错，加起来你的幸福指数才高。而读书与这三者紧密相关，“读书无用论”的论调早已经慢慢消散了，那个时代也结束了。

早有调查显示，人们读书和知识获取的水平和你的工资收入是成正比的，我想只有你的读书足够多了，你才会更有创意，才会更自信，你才会更有底气，才能获取更多的物质回报。但是这还不是最重要的。书读得多了，你在情感方面会是一个充沛的、获益很多的人，你的依靠会更充实，更重要的是在读书中会寻找到我们的信仰和精神支柱。中国人的信仰千百年来并不是仅仅靠宗教来支撑的，它就在唐诗宋词当中，在爷爷姥姥讲给你的故事里，在《三国演义》里，在《红楼梦》里，在《西游记》里，在无数的经典书籍当中，至今依然被文人用那种美丽的方块字写在字里行间。

读书读久了你总会信一些什么，信一些什么就有了敬，有了畏，因为信仰我认为最重要的是“敬畏”二字。有了敬，有了畏，知道什么是最好的我要去做，知道什么是不好的我不能逾越它，就如同社会这条奔腾的大河两边有了安全的河床，敬和畏这两个河床在，不管这条河流如何奔涌，总是安全的。我们现在正处在慢慢建两边河床的过程中。

因此，如果更多的中国人能够多读书，能够让自己的心平静下来，能在这里慢慢找到幸福感并且找到自己的话，中国就会变得更好。也许读书不能解决所有的问题，但是读书可以改变很多，可以让我们一个又一个人变得更好。

当我们一个又一个人变得更好的时候，你什么样，中国就什么样。

（选自2015年第7期《中关村》）

一个在校大学生该怎样练习写作

韩石山

有人从教科书里钻出来，你害怕吗

客气话不多说了，说多了你们会怀疑，是不是学校经费不足，请不来大牌作家，只好叫来这么个三流作家糊弄你们？

先作个小试验，要是你们用的教科书里写到的一个人，突然从书里钻出来，站在你们面前，你们害怕不害怕？有的同学眼里，显出惊喜的神色。对不起，可能我的表述不是很清楚。不会是鲁迅、茅盾这样的大作家，也不会是徐志摩、梁实秋这样的名作家，我说的是作为反面人物，低了几级的作家。中国人有个习惯，不管好坏，一上了书，定然不凡。

不必兜圈子了，我说的是我自己。我就是个上了你们教科书的人，我站在这儿，等于是从教科书里钻了出来。是不是这么回事，听我念一段话——

这种“棒杀”式的文章，不仅蔑视学理，而且常夹杂着格调低下的人身攻击。李初梨曾经直骂鲁迅是一个“战战兢兢的恐怖病者”，是在文坛乱舞的“老骑士”，其文章是“神经错乱”的“狂吠”。这样一种以谩骂讽刺代替批评的不良文风，在当代文坛上仍然有增无减。在二十世纪九十年代初，关于“人文精神”的讨论中，王蒙曾以“黑驹”指称论敌。谢冕重复选二十世纪文学经典，或许有不当之处，但韩石山却对之进行了人身攻击，不仅有失作为一位批评家的尊严，甚至有失文人风范。

这段话，见诸《文学批评学教程》第十一章第二节。此书是大学教科书，属于“21世纪中国语言文学系列教材”（该书封面用语），周忠厚主编，中国人民大学出版社出版。这种教学用书，叫统编教材，一般大学中文系，开设了文学批评学课程的，都会使用。

原来是这么回事呀，你们失望了。现在再看站在讲台上的这个人，没有那么凶吧？批评谢冕这事儿，不必在这儿说了。谢冕是北京大学的教授，现在还活着；我在学校的经历，不过是个吕梁山里的中学教师。这里，我要说说中国人民大学这个学校。

这个大学给我的感觉，可以说坏极了。出了这个事儿，我给他们写信，说编教科书是个极为严肃的事，没有弄清原委之前，不应当把我写进教科书，他们理也不理，摆出一副你能把中国人民大学怎么样的架势。我是说不动你们，可我能写文章。为此事，我写了篇批评文章，叫《我不配上中国人民大学的教科书》，后来编入我的《谁红跟谁急》一书。在《文前说明》里，说了很久以来我对这个大学的感觉。我是1965年考上大学的，那时就有人劝我报人大，我不报。为什么不报呢？是我觉得，它的名字，太不像个大学了。中国的大学里，以“人民”命名的，怕就它一个。中国人民解放军、中国人民银行、中国人民政治协商会议，这些叫人民的，确实有道理。一个大学怎么叫“人民”呢，莫非全中国就这么一个大学，其他大学都是它的分校？这样的名字给人的感觉，它是一所全国性的党政干部培训学校。

这样的学校，叫我去讲课，我是不会去的。——谢谢，你们的校名里，没有“人民”二字，不是中国人民大学的分校。

对当代文学的现状，应当有个大致了解

接待我的老师说，同学们里面，好多人爱写东西，个别人还发表过作品，有的是诗歌，有的是小说。要我多说说写作上的事。

这真难为我了。前面说过，我只是个三流作家。不是谦虚，是实情。我爱写毛笔字，请人刻过个闲章，印文就是“三流作家”。山西有个赵树理文学奖，奖金一万元，这么多年了，我也没有得过。一个山西作家，连本省这么个奖都没得上，不是个三流作家又是什么？不过，既然来了，又应着作家的名儿，谈好谈坏，还是要谈谈的。

想从事文学写作的同学，对中国当代文学的现状，应当有个大致的了解。不必多么详细，大的判断上，必须是准确的。这可不是种地，只要埋头苦干，春天种了，秋天准保有收成。没有大体准确的判断，极有可能，写了十年八年，还是盲人瞎马，不着边际，这个亏就吃大了。

前些年，人们都是只顾写，不怎么说中国当代文学的整体情形，这几年情况有所改变，开始作各式各样的判断了。最初是一个德国汉学家，叫顾彬的，说除了诗歌，中国的小说作品，全是垃圾。这话很让中国的作家们伤心。我们那样朝着现代潮流努力，你们竟这样的不认同，一时间，中国文坛上，颇有点小寡妇上坟的景象，“青天蓝天湛拉拉的天，老天爷杀人真可怜”。前不久，看到厦门大学教授谢泳先生一篇文章，谈到当代文学，用了“乏善可陈”这样的评价。比较一下这两种说法，不能不承认，顾彬的说法，是难听了点，还有一种痛惜之情在里面，而这位谢先生，则是一种冷漠。后来才知道，持这种态度的，不只谢先生一人，可说是所在多有。

前不久与一位朋友谈起这个话题，我刚开口，这老兄就说，老韩呀，你这么大年纪了，怎么还这么可爱呢，你想这个问题，本身就说明这不是个问题，是你有了问题。问为什么，说是明摆着的事儿，瞎子都能看得见的事儿，能叫个问题吗。

不顾对方的奚落，我还是说出我的感觉。我说，我觉得当代文学，很像是一群智商不高的人，在玩着一场高智商的游戏，浑然不觉而乐在其中。只有极具人道主义精神的人，才能看得下去。他那边听了，说道，不是高智商的游戏，是貌似高智商的游戏。貌似两字，咬得特别重。

这是我不能同意的。不管怎么说，仍得承认，文学是一场高智商的游戏。我还坚信，只要按照文学的游戏规则玩下去，终有一天，中国的文学会走上正途，玩出名堂来。至于眼下的不景气，原因嘛，是人都能说上几条，比如限制太多，国际交流不够，出版门槛低，等等等等。要叫我说，最主要的一点，是从业人员的素质太低。一个行业，从业人员的素质太低，这个行业，就难有大的成绩。例子不必举了，举了有人会说歧视劳动人民。

不过，作家队伍的组成上，我还是有发言资格的。二十世纪五十年代后期，我已上了中学，六十年代中期，已经上了大学，七十年代初期开始写作，八十年代已然是专业作家。可以说，是伴随着当代文学长大的，也是伴随着当代文学变老的。有句话，说了也许伤人，不说又憋得难受，想想还是说了吧。就是：几乎可以说，很长一个时期，中国的文学，是靠高考落榜生支撑的。借用鲁迅《“友邦惊诧”论》里的一个句式，就是，中国的文学真是怪，好像越是上不了大学的，越是有文学的天赋，越是上不了大学的，越能写出优秀的文学作品。

当然，这样说，也是昧心之论。中国的高考史上，很长一个时期，家庭出身不好的学生，很难跨进大学的门槛，而所谓出身不好的家庭，多半又是有文化的，这样一来，写作也就成了这些人家子弟跳出“农门”的唯一选择。延续到后来，好多下乡知青从事写作，大体也是这个道理。

写作这个行业，从业人员素质太低，从一些作家协会领导班子成员的构成上，也可看出一点端倪。中国的文学真是怪，好像越是学历低的，不光越是能写出好作品，也越是具有领导的才能。

现在人们常奇怪，二十世纪二三十年代的作家，一个个怎么都大有成就呢？除了时代社会的原因外，与他们各自的素养大有关系。说个笑话吧。大约是1915年吧，罗隆基、潘光旦都在清华念书，还住一个宿舍，有天罗写了一篇文章让潘看，潘看了不以为然，说不怎么样，罗说，我的文章怎么能不好，我父亲是举人。潘也火了，当即说，我父亲是进士。这还只是身世，至于他们各自的学历，就不必说了。当然，也有没有高校学历而天赋极高的，比如沈从文这样的人。

写作上，学历与成绩的关系是很复杂的，我这样说，肯定有不全面的地方。“诗有别裁，非关学也”，这道理我不会不懂。但是，从提高一个行业整体水平上说，我还是认为，其从业人员，在学历上应当有高的层次。具体到学校里，就是将第一流的学生，吸引到文学写作上来。没有第一流的学生加入，就不会有第一流的文学人才。没有第一流的人才，可以玩“貌似”高智商的游戏，玩不起真正的高智商游戏。文学，从来都是高智商的游戏。记得多年前，得知写《手机》的刘震云是北京大学毕业的，且是某年河南省的高考状元时，我很有感慨地对一位朋友说，王朔的时代过去了，刘震云的时代开始了。

还有一点，也要提一下，就是出身太苦的人，最好不要从事写作，可以写诗，不要写小说。什么道理，下面会谈到。

这些年，高考容易了，拼命写作的人少了。我仍要劝同学们，如果你是个真正喜爱写作的，还有点这方面的天赋，一定要坚持下去。

不急不躁，先练下平实叙事的本领

大学这几年，最好不要急于发表作品，而要练下扎实的功底。

你是说看书吧？不，看书只能说是本分，不是我说的功底。我说的功底，是文字的能力。记住，不管怎样的作品，都是写出来的。除非你想当个民间艺人，弹个三弦唱个曲子，坐在地铁口上，等人往你面前放钱。

那就写吧，写诗歌，写小说，一首一首又一首，一篇一篇又一篇。也不行。从我个人的经验上说，我是不主张在大学时代写这些东西的，玩玩可以，正经写了想发表，就没意思了。盲目地写下去，还有个危险，就是把手气写坏了，再改都难以改过来。写作不好说，说书法吧。有人指导年轻人，说要勤学苦练，我就不赞成，不读帖，不看前人写的书法书，光是练呀练的，最后是把错误固化了，怎么也改不过来。

还有的人，写上一篇小说，请这个提意见，请那个修改，这就更没有意思了。就是发表了，算谁的？算你的，还是算提了意见、帮助修改的人的？

项羽年轻时，是个有志气的人，他的叔父教他学剑，他学了几下不学了，说这是一人敌，就是只能杀一个人的本事，他要学万人敌，就是能战胜万人的本事。作品是写出来的，还得是自个写出来的。写上一篇，让人提意见，帮助修改，那是一人敌。有了扎实的文字功夫，写一篇是一篇，篇篇都能发表，这才叫万人敌。学本事，就要学这样的本事。

怎么才能练下这样的本事呢？我的经验是写日记。

不瞒同学们说，我就是写日记写出来的作家。从上高中开始，就开始写日记，写到上了大学。快毕业时，赶上“一打三反”运动，说我写反动日记，把日记全部抄走，住了学习班，上了批判会，差点没有毕业。毕业之前解脱了，啥事也没有，听了一位同学的劝告，将发还的日记全烧了。十好几本，密密麻麻，全是我的心血呀，烧的时候，差点没哭出来。此后十几年，怕惹事，没有再写。到了二十世纪八十年代，平安了，没事了，又开始写。每天做了什么事，写了什么文章，读了什么书，挣了多少钱，一笔一笔，全都写上。一年一本，三十年下来，总有二十好几本。

说到写日记，想起一个人。就是那个在密苏里号军舰上，代表中国政府在日本投降书上签字的将军。他是山西原平市人，当过军令部长，还当过陆军大学校长，叫徐永昌。最近我在写《徐永昌将军传》，集中时间读了他的全部日记。这个人可说是写了一辈子的日记。台湾近代史所，出了《徐永昌日记》十二大本，一个印刷页，影印四页手写日记，全书好几百万字。看过之后，非常佩服。写日记，可说是养成徐将军人格和事功的一种方式。

我们写日记，一个重要的作用，就是砥砺自己，不要懈怠，再一个好处，就是训练自己的文字能力，达到一个高的境界。这个高的境界的标志是什么呢？依我看，是平实的叙事能力，或者说平和的叙事能力。心平气静，不急不躁，是什么说什么，怎么做的怎么写。

有人会说，这不太容易了吗？说这话的人，太可爱了。一定要知道，这是极不容易的。一天接一天地写下去，先就不容易，再要一五一十地记下来，更不容易。

我练了几十年，都不敢说练成了，只能说略有所悟，受益匪浅。

有了这样的能力，写什么像什么，想达到什么样的效果，就能达到什么样的效果。写下的文章，没有发不了的。不光是为了表达，也是为了抵制，抵制虚骄的文风，抵制浮泛的社会风气。那种空洞的词语，就到不了你的笔下。这样的写作，无形中也提高了你的品格。看文章识人，就是在这上头识的。

本事有了，品格有了，心态平和了，写作对你来说，成了随身的手艺，不是你要不要出名的问题，而是你想不想出名的问题，是迟点好，还是早点好，是让人慢慢习惯了他们跟前有个名人，还是跟他们开个玩笑，一举成名，吓他们一大跳。

放下身段，学会自轻自贱

写作这个行当，初起步没什么，摸爬滚打劈八叉，怎么上场都可以。过了这一关，还想往高里走，就看你能不能放下身段，敢不敢自轻自贱，会不会自轻自贱。

在这上头，近世以来的作家里，数郁达夫做得最好。看他的作品，那个穷啊，那个苦啊，能把你心疼死。实际上，他一点也不穷，一点也不苦，可以说一辈子过的都是醇酒妇人的生活。家里有夫人，又娶了二夫人。最说不过去的是，他的二夫人，出轨没出轨还没弄清，就一顶一顶绿帽子往自己头上扣。还写了诗词发表，说苍天啊大地啊，我可成了个大王八，“欲返江东无面目，曳尾涂中当死”。当时不是正抗战嘛，他发誓要，“先逐寇，再驱雉”。二夫人一怒之下，别他而去，可就全傻了眼。后来客死异乡，与这次婚变大有关系。

世上有两种作家，一种是艺术成全人生，一种是人生成全艺术，郁先生绝对属于后者。这样的人，不让他当大作家，这世上就没有大作家了。

现在再来解释一下，我前面说，出身太苦的人，最好不要写作，可以写诗，不要写小说。这是为什么呢？诗要的是激情，要的是愤怒，出身苦的人，天生就有，稍有天赋，肯定能写好。小说可就不一样了，写到一定份上，还要看你能不能放下身段，敢不敢自轻自贱，会不会自轻自贱。出身太苦的人，得意之后，什么时候腰板都挺得直直的，难以放下身段，高傲还来不及哩，怎么舍得自轻自贱，这样一来，也就达不到转侧由人、俯仰自如的境界。路遥的《平凡的世界》，我的评价一直不很高，道理就在这儿。你说它是一部励志的书，我同意，但你说那是一部好的文学作品，我就不敢同意了。全是生硬的叙事，一点柔性的东西也没有，怎么能说是成功的文学作品呢？

什么叫柔性的东西呢？还得补充一下。

记得看过梁实秋写潘光旦的一篇文章，潘从清华学校出来，又去美国留学，英文之好，朋友中是公认的。潘说过，学英文学到什么程度，算是学好了呢？就是要有三分随便。我的理解，就跟中国人说普通话一样，说到什么程度算说好了呢？就是要有三分流气。我们平常说某人会说话，说得溜儿溜儿的，不光是个流利，还有那么一点点的流气，才叫真正的好。全正经了，没有流气，也就没有随便了。《平凡的世界》文学品位不高，就是缺少了这种柔性，太正经了。农村孩子喜欢看，不是没有道理。

记住，一个是认清当代文学的大势，一个是练下平实叙事的能力，别忘了还要有那么点流气。

2015年8月26日于潺湲室

（选自2015年第5期《文学自由谈》）

香　臭

荆　歌

有些东西，在香臭的判断上，完全南辕北辙。最典型的是榴梿。此物在我看来，是水果里最好吃的，简直是世上最美妙的东西。但是居然有很多人认为它臭，让我百思不得其解。在新加坡这个到处都是榴梿、连地标性的艺术馆建筑也是一只大榴梿的地方，竟然立法，不能将此物带上地铁、公交车，以及宾馆等。若违反此规定，将课以罚款，甚至鞭刑。这又是为什么呢？所以在新加坡，吃榴梿通常都是在马路边，水果铺外面放了一些椅子凳子，好这一口的各种肤色的男男女女，就坐在那里，满脸陶醉地吃着。但是这些人，在有的人眼里，就是逐臭之人吧！

在新加坡吃榴梿，有很多选择。产地不同，品种不同，价格自然也不同。店主会告诉你，哪一种榴梿是什么口味，哪种又是什么风格。说得明明白白，选择则在你自己。你可以同时选择几种，对比着吃，你就明白什么是好的，什么又是更好的，当然还有最好的。我最爱略带苦味的，肉色如玫瑰金。打开之后，肉的表面干干的，但入口却是糊糊的感觉。那是要令人欲仙欲死的。

但吃得最好，终生难忘的，却是在缅甸吃到的。在泰缅边境，彼时已经到了日落时分，边境已经只出不进。和边境工作人员纠缠半天，终于答应我们进去一小时。如果一小时内不能返回，将以非法入境论处。于是我们急匆匆穿进那些陌生小巷子里，也不知道自己究竟是要去干什么。也许是冥冥中有神灵指引吧，我们在一个水果摊前停住了脚步。来个榴梿吧！有个声音在空中响起。哎呀呀，这一趟真是值了！这只榴梿，已经完全不再是普通的榴梿。它的美味，完全无法形容。我只能说六宫粉黛无颜色。吃过了这只榴梿，其他皆为浮云！

看我们吃得忘乎所以，两位年轻的欧洲美女前来围观，好奇地看我们吃，问我们这是什么东西。于是给她们每人挖了一小勺送进她们嘴里。本以为她们会被电倒，惊呼Oh my god（哦，我的天哪）！谁料想，她们蛾眉紧蹙，竟做出要吐的样子。不禁感叹，这人世间，真是冤家易结，知音难觅啊！

芫荽也是这样。它名为香菜，许多人却不吃，觉得味道怪异。我家乡有人称它为“瘪虱菜”。瘪虱者，跳蚤也。跳蚤是什么味道，我也不知道。但我知道的是，肯定不是什么好味道。但喜欢香菜的人，却可以让此君在任何菜肴中出现。当然它通常只是配角，作为一些菜肴的点缀，增其香，亮其色。而我喜爱香菜，就常常要力捧其成为主角主唱。比如开水烫一下加糖醋凉拌。或者就是清炒猪肉丝，加红色尖干椒若干。红是红，绿是绿，白是白，煞是好看。当然更好吃。

香椿头也是。冠之以香，自然受到太多人的喜爱。但就是有人嫌它臭，说它一股橡皮味。与橡皮的气味，确实有点儿接近。但是，并不影响其香。好的葡萄酒，还有臭袜子味呢！其实忽然想到，香臭有时候并无明确界线，而是相互依存，并且能够悄然转换。奥妙就在转换。换好了百媚千娇，让人爱得死去活来；转得不好，难以下咽，避之唯恐不及。嫌香椿头臭的人才能领略其妙。

最后要说臭豆腐。此物不幸，臭字当头。世界上有没有人敢否认其臭？臭是定论，是明摆着的，是没有异议疑义的。闻起来臭，吃起来香，持这种观点的人，首先还是承认它是臭的。但是，这位臭先生，它受人民群众欢迎的程度，或许不亚于《中国好声音》啊！任何城市，随便哪条大街小巷，都能与之不期而遇。而且吧，臭风十里你不如，一闻到它，便忘记了所有的烦恼，逐臭而去。

苏州城里以前的臭豆腐，今天跑遍大江南北，寻遍苏州的小街深巷，再也觅不到其臭踪了！首先原料臭得酥松，油炸之后，外脆里嫩，外黄里白，臭得到位，臭得痛快，臭得恰到好处。此臭只应天堂有，人间能得几回闻！叫人好生怀旧哟，叫人一腔口水空长流！

（选自2015年9月11日《新民晚报》）

战争中没有“小孩”

石　英

我出生后不久，抗日战争爆发，我的生长基本上与战争同步。抗战末尾时，我已懂事。而解放战争整个期间，我虽然还是个“小孩”，但自觉不自觉间，已完全投入了这场神圣的人民革命战争。看来，真的是“战争中没有小孩”。我的命运和血与火的战争紧紧连在一起，无疑充满了风险，但也是一种特殊的幸运。因为战争淬炼了人，对一生的经历影响极大。我始终觉得：本人生长于一个承前启后的时代，战争、苦难与旭日、明天相衔接、相搏击，最终朝阳脱颖而出，对每个人的面孔与心灵都是一场非常的洗礼。战争曾经是残酷的，但永远不应忘记。从某种意义上说，没有残酷与痛苦的记忆绝非健全完整的人生。在这方面，我记忆中的东西很多，但却只能摘记一些片断。

童年的眼睛看抗战

“七七”事变发生时，我老家那片地方并没有马上沦陷，而是到第二年——1938年日本侵略军从西面的海港登陆后，抗战的声息才漫起于这山角海隅。

按照乡村的习俗，那时我虚岁四岁，但大变动的震响在我这个幼儿的脑海里也留下了片断的记忆。我当时虽还不知道害怕，但也感觉到不安了。一个模糊的影像终生难忘：母亲抱着我急急忙忙地去往同村姥姥家的南园，那里有不少的榆树、槐树和楸树，一些妇女们在树下七嘴八舌，相互传告日本飞机在南边山区扔炸弹，说有人在那里发现了抗日分子。当时，我半点也不明白她们为什么要在那里扎堆儿。后来回想起来，是不是觉得在这密集的树下能够找到一些安全感？也可能是考虑到榆树上的榆钱一嘟噜一串，真的兵荒马乱起来，食物来源出现问题，榆钱也能充饥。反正是，这个影像是我幼时有关抗战节段的第一幅形象的片断。

随后，在我的耳边嗡嗡得最多的就是“挖战壕”“号树”这几句话。“挖战壕”不必细说，“号树”就是乡镇保甲人员奉上司命令，看哪家的树长得好、觉得能修工事，就在树干上削块皮，而且编上号，表明随用随伐。好像做好准备真要跟日本鬼子大干一番了。然而，当鬼子的飞机一来、炸弹一响，那些虚张声势的国民党军队便撒丫子闻风而逃，什么路沟、战壕都白挖了，已伐倒的树都被不劳而获却胆大包天的痞子们扛着卖钱换酒喝了。在这当中，蒋介石迁怒于非嫡系的山东省主席韩复榘弃城弃地、擅自南撤不抗战，其实中央系的沈鸿烈之流同样也自鲁东等地逃之夭夭。

不久，在我们老家一带，各色各样的武装拉起来了。就是在那个时期，我第一次听到“游击队”这个词儿。各种各样的名号，什么“鲁东挺进纵队”、什么“联合抗日救国军”。但当日军一逼近县城，这类整天摊派百姓混吃混喝的无赖队伍就不知消散到啥洞窟里了。而只有一支队伍不一样，看上去破衣烂衫，武器杂七杂八，汉阳造、老套筒子，甚至土枪、“鸡捣食”等都有。他们跟先前的那些“游击队”大不一样，对老百姓和气，吃得也很差，好像也没怨言。后来才知道，这支队伍是在文登天福山起义经过牟平雷神庙战斗的山东人民抗日第三军。其实，一般老百姓也不知底细，我那走南闯北的叔伯二舅告诉我妈说他们是共产党的队伍。

后来，日寇和伪军虽然占领了县城和一些大的集镇港口、设立了据点，但我军以南部山区为根据地，仍然控制着广大农村。有的村子白天鬼子来，晚上八路就来。到我上小学时，我就听大人们说：“李村长白日进城去送钱，夜里赶着大车到南山去送粮食。”

在那种艰苦的条件下，抗日军民克服了重重困难，坚持斗争，发展和壮大自己。甭说别的，据说就连胶东区党委的机关报《大众报》和我解放区的银行“北海银行”也都是在我县东南区山沟沟里创建的。试想，所需机器、材料、内行人员等，困难可想而知。

我的整个童年时期听到和亲眼看到的浴血战斗就有多次。白天鬼子和伪军到田乡抢粮烧杀，经常看见半天空浓烟升起。晚上睡觉经常被端据点的爆炸声惊醒，窗纸甚至整个农舍都在抖动。久而久之，也就习以为常了。

太平洋战争爆发后，我随父亲到县城去赶集，看到墙上贴着的斜条标语“香港陷落”“新加坡陷落”，只认识字儿，却不详知是咋回事儿。那些标语提到英美时都加了“犭”的偏旁，后来大些时才明白。

血与火的民族战争使我这样的孩童的心灵也受到剧烈的撼动，促使思想上早熟。我第一次目睹革命战士的牺牲是在九星镇集市上，南山上的武工队趁群众赶集之机进行宣传演讲，遭到城里日伪军的突袭，一位年轻的武工队员身中数弹倒在一家药铺门前。我第一次为革命志士伤痛。鲜血并没有模糊了人们的眼睛，反而更激起了对敌的仇恨和抗敌的热情。记得就在这件事发生的第二天，我帮母亲在我家小南门的过道摘眉豆，基本上目不识丁的她突然对我说起“时势”来。她先在里面关上门，小声说：“日本鬼子和二鬼子公鸡拉屎头儿硬，现在不行了；八路真行，对老百姓好。”随后，她又嘱咐我：“在外面如果提到鬼子，就伸出小指代表；提到八路，就这样——”她张开拇指和食指比画着：“只要他们没完蛋，还是得防着点儿。”

一个夜晚跨越了一个时代

对于我个人和我们那个地区来说，一个不平常的夜晚仿佛跨越了一个时代。

那是1944年深秋，我在本村初级小学上学。记得当时刚刚收了秋庄稼，早晨已经有些凉意。这天，我照例背着书包出了家门，向东走一段路，再一拐弯，就来到村小学。就在必经之路上——李家街南北两侧的石灰墙上，我突然发现写满了大黑字的标语。这显然是昨天夜里写下的。每条标语后面的署名都是“县各救会”字样。当时我并不明白是什么意思，稍后我问过路懂行的大人，才知道这“各救会”就是“各界抗日救国会”的简称。由此推测，标语就是抗日政府宣传部门和武工队写的。这时县城仍为日伪所盘踞，这是抗战以来抗日民主政府第一次在距县城仅五里之遥的村庄亮出鲜明的旗帜。

我当时的心情只能用一个“惊喜”的词儿来形容，而且不是一般的惊喜，是真正的“非常惊喜”。却未敢“若狂”，只能是不声不响、一条一条地读下去。这完全出自一种本能，是从心底涌出来的激动的热流：长时间以来，自己和家庭所受到的欺侮和屈辱，仿佛都在这短暂的时间内得到了部分的宣泄，童心中蕴藏着的不平之气也借着这些标语得到了一定的伸张。

这些标语写的主要是——

苏联红军和英美盟军已打到德国边境，希特勒法西斯的末日就要来到了；

我八路军和新四军已展开了局部反抗，日本鬼子离最后完蛋的日子不远了；

各界爱国同胞团结起来，迎接大反攻的最后胜利；

……

我默念着这十几条标语，不知过了多少时间，估摸也有将近一个钟头吧。突然，心中不禁一震：那个被财主恶霸操纵的班主任“邢老头”，没事儿还净找我的茬儿，今天我这一误课迟到，他还不知要怎样处置我！但我一咬牙，豁出去了，我是准备狠挨一顿板子的。于是，我加快了脚步，跨进校门，直奔课堂！十几条标语给我的力量，就算揍个半死也值了！

然而，当我提着一颗心走进课堂，也怪了，正在堂上讲课的“邢老头”先在花镜片后面端详了我一眼，后一努嘴，示意我到自己的座位上去听课。看样子，预料难免挨一顿板子的体罚意外地被赦免了。

不但如此，而且就从那天开始，班里那些平时任意欺侮我的财主恶霸的恶少（包括校董“邢二爷”的儿子们），气焰明显有所收敛，而被他们唆使和威逼对我“格外垂青”的“邢老头”也变得沉默了些。他们好像嗅到了一种什么气息，感受到了一种不利于他们的气氛，无心也无暇拿我取乐了。

又过了一些日子，从大人们口中又断断续续听到：一些最有钱有势、平时作恶多端的地主恶霸，已暗暗将他们各自的少爷公子送到敌占的海港城市青岛，听说所雇的自行车“脚钱”每趟是一个“小宝”（一两黄金），四百多华里，需两天才能到达。

与此同时，我隐隐感到生命中的曙光即将到来。虽然，从表面上看，一个安分守己的中农之家与我自己什么变化都没有，我除了读书就是干活，但内心已燃起一种新的希望。

宣布攻克柏林，全场爆起掌声

1945年早春开学后，我升至五年级，但本村小学只有初小，上高小必须到南面两华里（一千米）的九星镇中心小学，而我心里还是眷恋着本村的小学。因为头年一个冬天的改组，学校已根本改观：原来的校长和老朽的教师俱已辞退，由本村首富的二公子、爱国进步青年张校长担纲，聚拢了多位思想进步、文化底蕴深厚的教师（后来才知道教《修身》课的女老师还是中共地下党员）；校风和教学内容焕然一新；各科的老师已能在课堂上讲毛泽东的故事，教唱进步歌曲，等等。我深受压抑的心灵一下子舒展开来，投入即将到来的新的生活。1944年冬天短短的几个月成为我少年时代黄金岁月的开端。

然而，我还是要离此而去往新的学校就读。到九星镇小学发现：这里的风气也还是不错的，孙校长领导很有魄力，曾在青岛洋行当过职员，见过大世面，看起来也很能跟上形势。

果然，一个世界性的大事件显示了孙校长的胆气和当机立断的作风。大约是

1945年5月14日这天，孙校长紧急召集全校同学，让大家都到四年级的教室去。因为全校的教室以四年级的最大。就是这样，也还是容纳不了，不少同学只能站着听。

尽管这时县城还没解放，尽管九星镇离县城才九华里、城里的日伪军偶尔还会出城袭扰，但孙校长严肃的面孔仍带着难以掩饰的喜悦。当他扫视全场后，见同学们已安静下来，便提高嗓门向大家宣布——

“同学们，现在让我告诉大家，就在五月八日那天，苏联红军已经攻克德国首都柏林，德国法西斯正式宣告灭亡。据初步证实，法西斯魔王希特勒已经自杀身亡。苏德战争取得了最后胜利，世界反法西斯战争取得了伟大胜利。”

校长宣布过后，稍稍停顿了一下，全场异样的肃静。我左右看看，又向后看了一眼，同学们都眼望前方，有的张大了嘴巴，却不出声。当我再次回头面对前方，心里不知从哪里借来的那么一股子勇气，似乎是下意识地，鼓起掌来。谁知这掌声如爆竹被点燃引信引动全场爆发出雷鸣般的掌声。

随后，好像是由教导主任战老师带头，唱起了前两个月就学会的革命歌曲，先是苏联歌曲《假如明天带来了战争》，接着是我们胶东的抗战歌曲《为了人民去打仗》——

“在雷神庙，在半壁店，在那烟青公路上，我们打仗为了人民，也为了人民去打仗！……”

德国法西斯的垮台、希特勒的一命呜呼，都使我高兴得心情久久难以平静。回到教室，上午没有课，我脑海里涌出四句话，是五言四句，打油诗式的吧。具体字句是什么现在忘记了，也算是我生平的第一首未发表的诗作吧。

记得当时我一口气写完后，悄悄去往教导处，孙校长问我什么事，我腼腆地小声说：“我写了这么四句，不知算不算是……诗。”校长看过后马上点头：“写得不错，不过不要随便给人看。你背下来记在心里。这张纸不要留，因为现在还不到时候。”

我点头答应，明白了他的意思。正要转身离去，校长把我叫住了，从抽屉里拿出他平时吸烟用的火柴，不容分说，将我抄“诗”的那张纸点着烧了，还细心地将纸灰收进纸篓里。

我并不觉得痛惜。因为在当时，的确如校长所言，我已经记在心里了。

第一次携带“危险品”

也就在半个月后，教导主任战老师把我和同村的田守仁同学叫到教导处，孙校长也在那里。战老师低声说：“交给你们一个任务，把南山根据地送来的胶东《大众报》和抗战刊物《胶东大众》带给本村小学的张校长。”夹带方式是绑在我腰间裤带上，外面用夹袄遮着，还不大显眼。孙校长又嘱咐我们：“走路时和平常一样，越自然越好。不遇到什么人也好，遇到了自管往前走就是，但千万不要大意。”

而当时我心想：未必能碰上鬼子和“二鬼子”。因为我知道，这时候城里的伪军，大部分都成了避猫鼠，躲在城里不敢出来，只怕中了八路军的埋伏；至于“真鬼子”（日军），这两年太平洋战场吃紧，陆陆续续都调走了，有人甚至说只剩下一个“指导官”和一个小队。倒是西面三十华里的龙口港，日军还有部分重兵在“确保”。

我正这样想着，出了九星镇北村头，但只走了半里地光景，糟糕，担心什么什么就真的来了。只见一个中队规模的伪军从麦田斜插着由西向东过来了，为首的显然是中队长，挎着盒子枪，随后是扛着“歪把子”的机枪手，气势汹汹，越过我们走的南北村路，奔向县城方向。

为首的那个贼眉鼠眼的中队长盯了我和守仁一眼，我因有心理准备，并未惊慌，只是放慢脚步，让他们统统过去。那伪军头目走过去后又回头打量着，我仍然什么事也没有似的，不去理会。就这样，万幸没有被他看出什么破绽。

我看这支队伍的气势，猜想八成是县保安中队的八中队。听孙校长说过，这一阵子只有八中队还敢出城骚扰抢掠，原因是：在驻城的伪军中，以八中队战斗力最强，中队长邢××凶悍残忍、死心塌地效忠主子。别看他个头不高、体型小巧，却不知怎的弄了个外号“邢大头”。

再往西望，夕阳下有几个村庄仍在冒着烟柱，显然是刚才那股“二鬼子”烧杀抢掠留下来的。看来，死期临近的恶狼也不会“收心”，垂死挣扎时更要狠咬几口。

我们到达本村后，先把报纸和刊物送交初小的张校长。他掂着手中的宣传品连连说：“不容易！不容易！东西虽轻，分量忒重啊。”

我和守仁相视一笑：任务完成了，心里确有说不出的欣慰。

抗战胜利了，欢庆中也有隐忧

日本投降的消息，即使在我县乡村中，也有人听到了“电闸子”“放送”。我村只有一百八十户人家，没有一家有“电闸子”。但消息灵通的马大哥听外村人说了，告诉我二舅曰润，曰润又告诉了我。过了两天，我在九星镇中心小学进门处的布告栏内读到了胶东《大众报》的号外，送到我们这儿多走了几天，老美第二颗原子弹爆炸（长崎爆炸）和苏联红军出兵东北的消息才刚刚披露出来。记得红字号外上面写的是——

苏联空军空降中国东北长春（伪满首都新京）、沈阳

俘获日军吉冈中将，伪满皇帝溥仪也已落网

几天以后，由本县各界抗日救国会组织的上万人庆祝抗战胜利的大游行在解放了的县城举行。我校挑选了十名同学参加，我和姐姐都在其列。由政治课李老师（女）带队，当时党组织虽不公开，但不知怎的许多人都知道她是党员。

游行队伍在县城中心大十字路口集合出发，向四关辐射，前导部分都是红旗、红布横幅和伟人像。我记得清楚的伟人像有马克思、列宁、斯大林、毛泽东、朱德。有否反法西斯盟国的领袖罗斯福和丘吉尔，至今记不清了。我想也许是由于李老师的推荐，斯大林的像被分派给我举着。这一点我绝对记得很准：像的下面三个字是史丹林（可能当时译名尚未完全统一）。对此，我内心是非常满意的。因为在当时，斯大林的威望在解放区人民群众的心目中是很高的。这与他领导苏联人民战胜了德国法西斯并最后参加对日作战关系极大。我总觉得是反法西斯战争的胜利改变了我的命运。这种认识可以说是刻骨铭心的。直到数十年后，首先在苏联国内掀起的否定斯大林的浪潮，好像也没有动摇我的这种信念。

当游行队伍行至西关外大街，路北高台阶这户人家是我大姨的儿子、儿媳等人。我看见了他们，他们也发现了我。他们冲着我笑，我也感到由衷的自豪。

然而，也出现了另一种气氛。当游行在西圩门外告一段落我们一行人正要返校时，蓦地从渤海方向飞来两架看上去呈黑蓝色的飞机，机翼下的白五星十分清晰，在我们的头顶上低飞盘旋。李老师说，这是从美国航母上起飞的海军侦察机。盘旋数周后，向东北方向逸去。虽无其他动作，却也给原本沉浸在胜利欢欣中的人们心头蒙上了另一种影子。

不久后，报载美国太平洋舰队赛托尔少将执意要在我解放了的烟台登陆，多经周折，我胶东军政方面坚持原则，拒绝了他们的无理要求。随后，又传来烟台美国救济总署的工作人员因拒付车费而打死了我们的车夫的消息……

接着又是胶济线上拉锯式的谈判，伪顽方面杀害了我方谈判代表，连自古以来“两军交战不斩来使”的规矩也不当一回事。接着，又是美国军舰和飞机帮助蒋介石加紧运送美械的军队抢占点线，不断蚕食解放区。在胶东，将李弥所部的第八军由云南空运至青岛、潍县，将阙汉骞所部的五十四军自广东海运至青岛，对胶东解放区展开“钳形攻势”。据说这些部队曾在滇缅边界腾冲等地参与对日作战，至今不少场合还可听到对其的赞颂声。但在我所处的少年时代，耳闻目睹他们的军纪败坏、残害占领区同胞的恶行。因我本人对这种种复杂现象缺乏专门研究，只能是实事求是地录其点滴。至今在我身边，仿佛还听到我村已故的老秀才李汉亭先生的无限感慨。抗战中，他对“中央军”如盼甘霖，对“蒋委员长”也崇敬有加。但当他亲身感受中央军侵占解放区后的所作所为后，曾对我痛心疾首地说“蒋先生不败天理难容”，意在民心之向背。

（选自2015年第8期《散文百家》）

相约仙游寺

周　明

海峡两岸开放以来，我曾六次访问台湾，走遍宝岛的东西南北，拜访和结识了诸多文化界知名人士，唯独无缘相见纪弦。

纪弦是台湾当代诗歌的奠基人，现代派诗歌发轫者之一，我国优秀的跨世纪诗人，被称誉为“不老的槟榔树”。

说是无缘却有缘。纪弦一九一三年出生于河北清苑，二〇一三年在美国加州家中去世，享年一百零一岁。对此，国内和海外报纸都曾经以醒目的标题报道。从报道中我才得知，纪弦的祖籍，原来就是我的家乡陕西省周至县。但他成长、奔波于扬州、南京、武汉、香港等地，一九四八年去宝岛台湾，一九七六年移居美国加州，却从未曾回过陕西。

纪弦原名路逾，他的二儿子路学恂二〇一四年回国探亲，才来到他的老家周至县终南镇。路学恂见过家族亲人，了却一桩心愿，然后经由陕西省文物局的朋友刘合心介绍，到北京来与我见面。他也是代表他哥哥弟弟和妹妹来的，专程参观中国现代文学馆。

中国现代文学馆的建筑，新颖别致，典雅恢宏；文学馆的收藏，琳琅满目，蕴含贵重。路学恂被吸引了，深为感动，热切希望能够把父亲的文物、文献捐赠过来，也列进这国家的文学殿堂。父亲的著作、手稿如能在这里收藏、展览，和读者见面，将是一件幸事。当时，正在西安市挂职副市长的吴义勤馆长知悉此事，表示大力支持。他认为：纪弦是一位有着爱祖国、爱家乡情怀的诗人，中国现代文学馆收藏纪弦的文献、文物，更充实了宝岛台湾的文学成果，是非常有意义的。

路学恂返回美国后，多次与我和梁海春副馆长电话联系，沟通情况和交换意见。征得家人赞同，他们决定捐赠，我们商定于二〇一五年在北京举行仪式。北京四月天，春暖花开，风光明媚。四月十五日“台湾诗人纪弦文物、文献资料捐赠仪式”在现代文学馆隆重举行。路学恂和他的夫人李剑年、他的妹妹珊珊及妹夫李发泉等祖孙三代八个人出席，他们在会上介绍了纪弦的生活与写作情况。文学馆馆长助理、作家李洱和诗评家北塔先后发言，高度评价纪弦诗歌的成就及在文坛的影响。李洱表示：随着这批文物、文献入藏现代文学馆，相信会有更多人关注并研究诗人纪弦的文学价值和意义。

此次捐赠的资料，有近千册重要书刊，有纪弦部分手稿和照片，有诗人用过的床、书桌、书柜、椅子、台灯等物品，有一百七十多封信札，包括纪弦与施蛰存、徐迟、邵燕祥、钟鼎文、余光中、痖弦、洛夫、张默、吴奔星、非马等友人来往的书信。

在捐赠仪式上，播放了纪弦在美国之华人聚会时朗诵的《还我钓鱼台》（大陆称钓鱼岛）的影像，引起与会者强烈共鸣。他在诗中呐喊：

“还我钓鱼台！还我钓鱼台！凡我中华之领土，每一寸都是神圣，不可侵犯不可侮！还我钓鱼台！黄帝子孙齐怒吼：我们先礼而后兵，一定把它拿回来！！！”

纪弦晚年，眼见日本安倍内阁肆无忌惮复辟军国主义，极为愤慨。在他患病住院期间，时常对儿子谈起从东海油田到曾母暗沙的话题。路学恂回忆：“我想，父亲是在提醒我，人虽然在海外，但不可忘了自己的国家，我们永远是华夏的子孙。父亲诗中，强调黄帝子孙先礼而后兵，他深知：若用礼行不通，不用兵如何能伸张正义？！”

除了这首诗，纪弦还给他钟爱的子孙们写过另一首深情叮嘱的诗：

“哦，孩子们，我的有志气的孩子们：等将来长大了，你们当了海军将士，一定要好好保卫我们神圣的领海，保卫东海、黄海、南海和台湾海峡，以及东沙、西沙、南沙、大大小小的海岛，不许任何国家任何人侵犯它们；还有那被偷走了的钓鱼岛，也要把它拿回来！”

按约定，在北京中国现代文学馆捐赠仪式后，我陪同路家的几位朋友前往西安，出席二十一日将在周至县仙游寺举行的“纪弦亭”揭幕仪式。

当初，我们和路学恂商议时，他提出一个愿望，即在周至县仙游寺能为其父建一座碑亭，让其父“叶落归根”“魂归故里”。缘由是他们路家的祖坟当年就在仙游寺旁，这里环境好，风光美，又是国家级文物保护单位，真真是风水宝地。这件事，我同当地有关部门的负责同志商议后，大家都认为是件好事，热情支持。

说起仙游寺，位于周至城南的黑水峪口，四山环抱，一水中流，峰峦叠翠，甘泉飞瀑，是一处融自然与人文于一体的优美景观。这座隋开皇十八年创建的古老寺院，具有灿烂的历史文化，流传着许多民间故事。相传秦穆公之女弄玉，自幼擅长吹箫，后与才华出众的萧史结为夫妻，就住在寺边的玉女洞。超凡脱俗的箫声引来祥龙瑞凤，双双结伴成仙而去，是为“乘龙快婿”典故的由来。

这里有历代文人墨客的逸闻遗迹，特别是唐代诗人白居易在周至任县尉时，在仙游寺写下了以李隆基和杨玉环爱情故事为主题的长诗《长恨歌》，成为千古绝唱。白居易在周至还写有《送王十八归山寄题仙游寺》：“曾于太白峰前住，数到仙游寺里来。黑水澄时潭底出，白云破处洞门开。林间暖酒烧红叶，石上题诗扫绿苔。惆怅旧游那复到，菊花时节羡君回。”

如今，这座《长恨歌》的诞生地，又迎来一位周至籍的当代著名诗人纪弦，岂不更加增光添彩！

纪弦一生在外游历，虽未回过陕西，却在他的诗篇中屡屡表露出深切的怀乡之情。他怀念终南山，怀念大秦岭，怀念家乡的山山水水。他在《梦终南山》一诗中，热情赞美：

“作为秦岭之一部分，而且又是最最有名的一部分，终南山啊，你多美啊！就在你的脚下，我的祖籍周山至水，如画如诗。而我却从未一睹你的山姿与水色，岂非生平一大遗憾乎？但我不是没有用我的两臂，把你抱得紧紧，如抱一个情人，在那梦中，在那哭醒了的梦中。”

就在这山上林木葱茏、山下流水潺潺的终南灵秀之地，一座庄重的“纪弦亭”巍然屹立。在碑亭揭幕仪式上，路学恂和家人面对如画如诗的美景，触景生情，激动地说：“父亲虽然没有来过家乡，但他经常提到自己梦见自己回到家乡而泪流满面。我想，我今天是代表父亲站在家乡土地上的，相信他在天上能看到这一切，他一定会很高兴的！”

此刻，我们站在仙游寺山峰上，遥望遐想，仿佛听到了纪弦朗诵《还我钓鱼台》那洪亮、激昂的正义之声！

纪弦回家了，回到他日思暮想梦绕魂牵的故乡了。

（选自2015年10月23日《中国文化报》）

巴斯和巴斯邮政博物馆（外一篇）

韩小蕙

中国人都知道英国的博物馆非常出名。一说起英国国家博物馆(中国人习惯称之为“大英博物馆”),去过没去过的人马上就会说,那是外国拥有咱们中国文物最多的博物馆,那些文物基本都是当年英帝国主义从咱们中国掠夺去的,那时中国积贫积弱太悲摧,现在,咱们可是有权利要求归还的!

我当然也慕名去了大英博物馆。的确为之震撼,因为它名副其实,真的是世界上馆藏文物最多的博物馆,丰富得就是一个汪洋大海,绝对可称之为“一部人类文明发展史的百科全书”。让我心仪而且大赞的还有它竟然不收门票,随便什么人都可以自由进入,一天里进出多少趟都行。这样,就大大方便了旅游者,有一小点儿时间就可以跑去看一个馆,累了出外吃点饭,回去再继续参观。这也极大方便了伦敦本地人,我看到很多小学教师都把课堂搬到展览现场,还有老人绘画班在那里就地临摹。它的开馆时间大概也是世界博物馆之最,一年之中只在元旦和圣诞节休息,一共闭馆4天。每天的开馆时间也长,周四、周五、周六还加夜场,到23点才闭馆。

而号称“世界三大博物馆”之另外两家都收门票,巴黎卢浮宫10欧元,美国大都会博物馆25美元。谁都知道当下英国国力远比不上富庶的美国,大英博物馆之所以一直坚持不收门票,跟它的来历有关：这家博物馆的建立源于汉斯•斯隆爵士（1660—1753年）的遗愿，这位老人家是皇家御医、博物馆家和收藏家，一生总共收藏了7.1万件物品，死后将所有收藏遗赠给英王乔治二世。正是在此基础上，1753年经英国国会法案批准，建立起英国国家博物馆。1759年大英博物馆正式对公众开放，特别规定所有“好学求知的人”都可免费进入参观。值得一提的是，该馆还以其图书馆的大量藏书著名，当年马克思撰写《资本论》时，这里是他收集资料和写作的主要场所，今天来自中国的许多参观者还纷纷寻找马克思当年常坐的座位……

侯门深似海。大英博物馆太过丰饶和深奥，也有太多高明的人去过、写过，因此，我自知写不出花儿来，所以只是在这里虚晃一枪，赶紧闪人。

我要说的是闻名世界的英国巴斯邮政博物馆——说来，我是第一个到访该馆的中国记者和作家。迄今为止，去过那里的中国游客也还只是个位数。

有必要先介绍一下巴斯：巴斯小城在伦敦以西160千米。在大不列颠排名前10、在欧洲有着极高声誉的英国顶尖名校——巴斯大学，就是以该城市命名的。巴斯被誉为英格兰最美的城市，是联合国教科文组织评定的“世界三大古迹之一”，也是英国唯一被列入世界文化遗产名录的城市。其城市建筑、城市风格的底色均是古罗马式的，这是因为该城为罗马人所建：公元1世纪凯撒大帝的铁骑横扫欧亚时，强大的罗马军团打到此地，被这里优美的自然风光和天然温泉所吸引，便驻足下来，修建了多座极其精美豪华的大浴场。其中最负盛名的古罗马大浴场一直完好地保存到今天，成为一座博物馆向公众开放，每年接待数十万来自世界各地的观光客。

这座大浴场为古罗马神庙式建筑，高大的罗马柱镶嵌在一池碧绿的泉水里，高举着头顶上哥特式的石筑宫殿。十多位两人多高的大理石名人雕像环绕着四周，据说包括罗马皇帝凯撒在内，可惜我一位也不认识，只是非常仰慕其雕刻风格，觉得他们与著名的“断臂维纳斯”相仿佛。宫殿的尖顶和巨大窗棂皆镂空浮雕，繁复而又精细的花饰彰显出当年罗马人的富足与傲视感，当然也标志着他们高大上的艺术审美标准。大浴场被称为“BATH”，以后这座城市都随着它叫作“BATH”——今天英文直译为“洗浴”之意，其实，完全不是这么简单，这里面还有个古老的传说：当年李尔王的父亲布拉杜德王子到雅典读书期间染上了麻风病，回国后被放逐到乡下牧羊。羊们经常到山脚下一处有着奇怪气味的泥塘里打滚，他就只好下泥塘去驱赶它们，然后在旁边的一眼温泉里洗浴。天长日久下来，温泉水竟然治好了他的麻风病，还使他的皮肤变得细滑光洁。后来，布拉杜德成为国王，不忘巴斯那个有着奇怪气味的温泉，派人去化验水质，发现水中富含硫黄等矿物质，对某些神经系统和皮肤的疾病很有疗效，便下令挖深井把温泉水从地下抽上来，蓄到石砌的巨池中。还大兴土木建起了沿袭古罗马风格的“国王的浴池”以及庙宇，每年都带着王公贵族来洗浴。岁月绵延，朝朝代代，“国王的浴池”一直为后人使用着。到了16世纪，当权者又在旁边建起了一座“王后的浴池”，专供女宾们使用。这传说很像民间故事，在咱们中国也到处都有民间故事和民间传说，比如“七仙女”“孙悟空”“哪吒闹海”“八仙过海”等。然而在巴斯古罗马大浴场，是有实物为证的，至今在热气腾腾的古老浴池旁，还保存有布拉杜德国王当年洗浴的“宝座”和他的石塑像……

经过了两千多年的风雨兼程，巴斯城得到不断的建设和完善，变得越来越漂亮，终至成为英国的骄傲、欧洲的经典。整座城市的颜色格调始终是蜂蜜黄（中国人叫米黄色），全部建筑都是三层四层的坡顶小楼，依起伏不停的地势而建造——这个“停”字属于文学感觉，说的是巴斯站在丘陵地片上，处于起起伏伏的“大波浪”中，连市中心的繁华商业街区也是一会儿高一会儿低，名副其实的“地无三尺平”。就旅游业来说，巴斯已成为仅次于伦敦的英国第二大旅游城市，有很多举世闻名的古迹和景点：比如乔治王时期的开古典建筑风气先河的圆形广场、由30幢楼房连缀而成的长长半月牙形的皇家新月楼、伦敦西斯敏斯特大教堂的姐妹建筑亚贝大教堂、《悲惨世界》里沙威探长跳桥自杀的雅文河普尔特里尼桥、简•奥斯汀写作《傲慢与偏见》的故居等。

不过，虽然名声这么大，其实巴斯的面积很小，都不够出租车跑起来的，我曾从城市这头步行到那头，用时30分钟。全城平时也只有9万常住人口，由于物价比较贵的缘故，居民基本都是中产以上的有钱人，文化水平也都比较高，他们居住在这里，追求的是滋养心灵，享受这个有文化内涵，用宗教、历史、哲学、文学、艺术慢慢积累起来的小城。

巴斯城里有着很多博物馆。除了前面说到的“古罗马浴场博物馆”外，还有全英闻名的“服饰博物馆”“皇家新月楼博物馆”“奥斯汀故居博物馆”以及大小不等的不知名的博物馆。有一天我在街上溜达，随便进了一家商店，孰料进去一看，根本不是什么商店，而是一家博物馆。里面杂陈着各国的陶器、瓷器、银器、兵器、珐琅、画像等非常多的展品。让我呆若木鸡的是，我居然在一个大大三四米见方的大玻璃展柜里，看见了一大套华丽的中国音乐俑！这是一支由十多个一二尺高的唐三彩音乐俑组成的乐队，前面有仪仗领队，中间是操着唢呐、胡琴、锣、鼓、镲、埙、箫等各种乐器的乐手，队尾还有断后的几人，非常完整，生动逼真。每个俑人表情不一，有的夸张炫耀，冲天狂吹；有的扬扬得意，忘情于野；有的一脸顽皮，斜肩歪笑；有的一本正经，忠于职守……像是一支民间的红白喜事乐队，但又具有某种王公贵族的阵势。当时我殊恨自己知识浅薄，不知其出处，这是我在中国以及世界上各大小博物馆、各种书籍图册上都没见过的一组中国唐三彩！我感觉，展出它们的那座博物馆也不知其详，因为它的文字介绍非常简单，只有“CHINA（中国）”。但显然他们知道这是非常珍贵的一组宝贝，故特意给予玻璃展柜的最高级别待遇。我倒抽了好几大口凉气，心说这大英的土地上，咱们中国的好宝贝还不知有多少呢！

巴斯城里最有文化内涵的博物馆，还属邮政博物馆。参观这座举世闻名的博物馆，可说是一次寻觅历史足迹的精神之旅。

为什么“举世闻名”呢？因为巴斯邮政博物馆在世界邮政史乃至人类文明史上，地位都十分重要。它是地球人现代邮政的滥觞：1840年5月2日，人类从这里寄出了世界上第一封贴有邮票的信。那枚不过2厘米见方的小邮票，即大名鼎鼎的英国维多利亚女王头像“黑便士”邮票。当年它的价值是1便士（当时1英镑=20先令=240便士），如今它的价值是2100多英镑——哇！我当年的数学成绩还是相当可以的，可现在，我觉得自己还是算不准它已经涨了多少倍！

今天，巴斯邮政博物馆里收藏有真品的黑便士邮票，但普通观众却只能看到它的放大照片悬挂在墙上。还有用它制作的明信片大照片，上面有这枚邮票的图案，在放大了的邮戳上，清晰地显示着“BATH MY 2 1840 D”（“巴斯 1840年5月2日 D”)的字样。明信片以每枚30P(相当于人民币3元)的价格向参观者出售。

此馆内容之丰富之深厚，又是一部《世界邮政史》。让人心生敬意，不由得放轻脚步，小心翼翼地阅读起来：

玻璃柜里，有几块煮粥锅一般大小的石头，灰白色，外表光滑，中间凹下去的部分，原来它们竟是4 000年前皇族密信使用的“信封”，凹下去的部分放入信件。信件当然不是纸质的，因为当时，现在被我们叫作“纸”的这种物质还没有发明出来。

几个似泥又似石的板型家伙，是公元前2000年巴比伦人使用的泥板邮件，它们的内容也密不可知，也许只有丹•布朗笔下的密码专家才能破译？

古埃及人的木纹纸信其实是书写在一种树叶上的，不过，这也是密信的专用品，重要文件写上去之后，再涂上一种神奇的药水，字迹就隐身了。信送到后，对方再用一把小刷子蘸上相应的“解药”，把遮蔽的字迹刷出来，真正神秘，令现代人自愧不如。

从16世纪开始，欧洲慢慢开始形成了相对独立的邮政系统，其形式有点类似今天的传销网络。在玻璃展柜里，摆放着两封信的真品，一封是1508年从威尼斯寄出的，还有一封是1528年从意大利寄出的。纸张还不算想象的那么黄和旧，字迹也还能看得很清楚，只不过上面写的是古体的意大利文，识不出内容是什么，也真难以想象这500年前的信是从哪儿寻觅来的！

17世纪和18世纪是欧洲工业革命兴起的世纪，其邮政事业也进入了快速发展时期。我看到了一个和真人大小差不多高的木雕Post Boy(邮童)，穿着红色的邮政服装，笑嘻嘻地站在那里。说是邮童，其实是个大小伙子，据说这样的木雕在世上仅存此一个了。当时邮童们送信，起初是骑马，后来换成了红色的邮车。说来英国邮政和中国邮政的绿色正相反，他们使用的基色是红色，邮车、邮筒、服装等都是红色的，一直沿用到今天。而当时邮童的出现，与其说是为了送信，不如说是为了收钱，因为先前所有的来信都是放在一个公共的地方，比如商店或酒吧里，由本人自己去取。取信时需要付邮费，很贵，或者可以说非常贵，比如当时一个工薪阶层的月工资是18便士，而一封信的价值是17便士。但由于很多人不知道有信来或者没钱取不起，就造成了许多悲剧性故事和大量的浪费现象。所以，后来才出现了邮童这个职业。而那时的邮筒则是放置在火车上的，由寄信人自己把信件送到火车站，投在邮筒里，然后就被火车带到远方。

到了19世纪20年代，纸张还特别珍贵，每张纸都要使用4次。所以现在我们看的一封信的页面上，其实是先后写下了四封信，第一封是从右往左写，第二封是从左往右写，第三封是从右上角斜着往左下角写，第四封是从左上角斜着往右下角写，看着可真叫人眼花缭乱的，唉，可怜的古人啊！

当时邮童的出现，还是没有彻底解决邮件的收费问题，大量的不取信件造成巨额的经济负担，令各国统治者糟心。1837年2月13日是个值得纪念的日子，有一位叫罗兰•希尔的发明人，先后向奥地利、希腊、瑞典等国政府提出使用邮票的建议，但可惜都没有被采纳。这位有创见的人即“黑便士”邮票的设计者，历史注定了要助推他一把，也注定了要把荣耀给予大英帝国、给予巴斯，于是在又延宕了1173天以后，终于从巴斯市的布劳德大街8号，寄出了世界上第一封贴邮票的信，人类邮政的历史新纪元，从此就揭开了辉煌的现代大幕……

在巴斯邮政博物馆里，还有众多按照历史年代的顺序，包罗万象地陈列着的与邮政业务有关的物品：羽毛蘸水笔、砚台、印章和印章盒、放大镜、天平秤、手铃、放邮票的珐琅盒、象牙的拆信刀、古老的邮政剪子、邮票打孔机、旧式英国货币、红色的邮筒、邮递马车、邮递铜号……

墙上有一幅阔大的油画，诙谐地展现出18—19世纪的英国，邮递马车来到一个小镇的情形：马车上的邮差在三千米以外就吹响了号角，邮号一共有六种音调，分别显示出“上车”“快行”“让路”“过关”“换马”等行进状态，以便让前方沿途的人们做好迎接的准备。果然，小镇上的人们听到号角，差不多都跑出家门迎接，小孩子和小狗们在趁机捣蛋，邮差则像救世主一样坐在高高的邮车上，居高临下地接受人们的欢呼。当时邮递马车的到来，把各地封闭、沉闷的生活连接了起来，因此就成为节日一样重要的精神大事。其所到之处，掀起一阵阵狂欢的旋风。

在世界文明史中，所有的故事都是由人来统领的，人物始终居于中心地位，可以说没有人、没有传奇人物，就没有波澜壮阔的历史。在巴斯邮政博物馆的《导览》小折页上，介绍了三位重要人物，印着他们的古装相片：

第一位是劳夫•艾伦，他1693年出生在英国的坎沃，14岁就开始经营其外祖母在哥伦布大街的邮局，到19岁时已经是巴斯邮政局的局长了。艾伦的重大贡献在于他改革了巴斯的邮政系统，过去，由于巴斯是归于布里斯托管辖，所以从巴斯寄往伦敦的邮件必须先往西送到布里斯托，然后再折返往东送到伦敦。这样不但耽误时间，邮费也贵了许多。艾伦建立了直接通往伦敦的邮政系统，这样就激活了巴斯及其附近地区的邮政市场，使业务量大增，也为以后巴斯在世界邮政史上的惊人之举埋下了伏笔。

第二位是约翰•帕玛，他是土生土长的巴斯人，于1784年策划运行了第一次邮政班车。这一活动取得了巨大成功，从此，邮政班车路线几乎延伸到了巴斯地区的每一个角落，大大提高了邮政快递的速度和效率。其实，这位帕玛并非邮政人员，据说他是巴斯一家剧院的经理，邮政班车的思想火花产生于接送演员的马车，真是无心插柳柳成荫啊，一不留神，竟成了名垂青史的人物。

第三位是汤姆斯•摩尔•马思葛雷夫，他在1833年至1854年当了21年的巴斯邮政局局长。没有功劳也有苦劳，历史对他这21年兢兢业业工作的回报是:1840年5月2日，就是他，成为世界上第一个给“黑便士”邮票盖戳的人。这位辞世在自己邮政工作岗位上的老人，亲手开启了一个邮政新时代，他是一个幸运儿。

顺便说一句，巴斯邮政博物馆的《导览》小折页一共有四种文字：英文、法文、中文、日文，这使我感到很惊喜也很欣慰。后来，我在很多博物馆和景点都看到，中文的导游小册子和导听电话都是几个语种中必备的，这说明中国游客很多，对英国来说，中国人已经是一支重要的旅游生力军了。

本文最后，我还要揭示一个底牌：别看这座巴斯邮政博物馆是如此的大名鼎鼎，它的展品这么珍贵，内容这么丰富多彩，可是，在商品经济大潮汹涌冲击的今天，它也已经由原来中央邮局后院的大街上，被挤到邮局的地下室，一个十分狭小、拥挤的空间。说博物馆是好听的，不好听的也可以说是一间带两个小小耳房的储藏室。而它原来的所在，现在是被一家世界知名的品牌连锁店租用，人家花了巨款重新堂皇包装，卖大价钱的商品了。看来，在巨大的商业“侵略”面前，全世界同理，什么文化、艺术、历史、哲学……都得统统让位给利润这只贪得无厌的怪兽，见怪不怪，马克思他老人家早就揭示出来了：“如果有10%的利润，资本就保证到处被使用；有20%的利润，资本就活跃起来；有50%的利润，资本就铤而走险；为了100%的利润，资本就敢践踏一切人间法律；有300%的利润，资本就敢犯任何罪行，甚至冒绞首的危险。”

所幸的是，金钱可以买到最好的地皮，却不可能买走人心。人类文明的希望也就在这里——在我们参观展览的整个过程中，都是白发苍苍的保罗老先生陪同，他不厌其烦地为我们介绍每个展品、每个历史细节，声音里充满了行业的激情，就像炫耀自己平生最重要的成就。我猜想，他是一位志愿者，退休之后自愿到这里来服务，为的是守护这些无比珍贵的展品，也是不能中断了巴斯邮政这根历史的血脉!

我向他投以极其敬佩的目光，并与他合影留念。我也为世界邮政事业庆幸，并为人类文明史骄傲：正是因为世界上还有这样纯粹的、为文明所必须珍视的某些事业无私献身的人士存在，文明的光芒才能代代不熄，薪火相传，神圣保留，恒久永远！

走进巴斯中央邮局

从地下室爬上高高的楼梯，走出巴斯邮政博物馆，重新来到地面上，抬望眼，蓝天澄澈，白云朵朵，面对着外面世界的鲜艳明亮，无限感慨！我信步绕到前门，进入巴斯中央邮局——这家顾客盈门的生动的现代邮局，是否就是当年那古老巴斯邮局的后嗣？

如果是，也都变了，焕然一新，带着21世纪大数据时代的蓬勃生气。只有红色的邮局基调未变，举目所见，凡柜台、邮筒、沙发、告示牌等，一片红，这已是英国几百年的传统了。顾客进了门，先在红色的打号机上取一个号，然后在放置着红色沙发的等候区域就座，等待叫号。除了语音之外，柜台上方有电子大屏幕显示号码，就像现今中国的银行里面一样。我看到，顾客们都很自觉，耐心而安静地等候，没有人大声说话干扰别人。

以北京邮局的眼光看，巴斯中央邮局的面积中等，一共有八个柜台。在每个柜台上，面对顾客方向，安置着一个刷卡机；台子下面还多出一块板子，是方便顾客放置提包、雨伞等的。八个柜台各种业务通办，所以叫号很快，不像中国的邮局，虽然柜台不少，但被切割成寄信、包裹、邮票、订报、开发票、售卡等各自为政的柜台，就造成忙的忙死，闲的闲死，大宗业务如寄信、汇款柜台永远拥挤永远排长队，而订阅报刊等柜台永远清闲，由此造成了人力成本和空间资源的极大浪费；当然同时，也给顾客造成了极大的不便，如果你想要办几项业务，对不起，你就得排几次队，直到把你排“死”，生一肚子气，怒火中烧地逃离。

英国邮局的营业员无论男女，年龄不限，以中年为主。他们在柜台里，坐在一把特制的高椅子上，那高度刚好和顾客站着的高度差不多，这样面对顾客时，从视觉上就和他们处在同一的水平线上，使双方更便于交流，互相的感觉也更直接因而更亲切些。我注意到，每位营业员都先对顾客报以一个笑容，顾客也礼貌地回报微笑，然后再开始进入业务。双方的音量都不大，相邻的柜台基本听不到，因此不会影响周边。每服务完一个顾客，双方都会以“谢谢”和“再见”告别。

一位妇女推着一个婴儿车进来了。婴儿只有三四个月大，咿咿呀呀的，有时还伴有唱歌一样嘹亮的哭声。我暗自想，邮局对这样的特殊顾客，应该有“特殊政策”吧？果然，一有前面的顾客办完，电子大屏幕马上就显示出另一系列上的号码，而这位妇女就推着婴儿车过去了，就像我们银行的金卡账户优先一样。只见她一手把婴儿抱在怀里，一手办着自己的业务。她的营业员是一位中年妇女，十分理解她的处境，一边微笑一边麻利地为她服务，很快就完成了。这时，又发生了一件令我完全想不到的事情：只见女营业员走下高椅，走出柜台，帮女顾客推着婴儿车，一直把她送出邮局的门外，然后才快步走回岗位，按响了自己的叫号机。这一切波澜不惊，既没有双方的客套，也没引起周边顾客的特殊目光，一切都自自然然，行云流水，使我明白了：哦，原来英国邮局的服务，还包括帮助特殊顾客平安离店，可真是人性化到家了！

这边正想着，那边又出现了一个西洋景：一个神态安详的老妇人驾驶着一辆小电瓶车，直接开到了柜台跟前。这种小车在英国随处可见，是专门提供给年高者和残疾人士用的，极其轻便灵活，好驾驶，可以在街道上、便道上、商店里、礼堂、博物馆、饭店等一切行人的所到之处使用；而且，不仅提供了肢体的服务，也提供心灵的尊严感，使残疾人士处处像正常人一样自由行动。果然，只见营业员像对待其他顾客一样的方式为老妇人办理，完了，也是一句“谢谢”和“再见”，接着就按响了下一个号码。这回她没有出来相送，这也是恰如其分，既然老妇人觉得她自己完全能行，那么，就让她觉得自己还是世人眼中的年轻姑娘吧，一个多么温馨的白日梦啊。

我走出邮局好久，心里还都温暖着。我想故我在。我做故我在。多数时候，温情的大环境是由人心造出来的，它并不一定需要多么现代化的设备和极尽堂皇的屋宇装修。在这里，套用我们中国人爱说的一句话：“人的因素是决定性的因素”——我想，人心的亲切度有多高，环境的温暖度就能达到多高，不是吗？

（选自2015年第10期《鸭绿江》）

于坚随笔

于　坚

二十四小时

我第一次去这家医院，不知道它有几道门，似乎每道门都车水马龙，看不出方向。

从第一道门走进去，才发现是后门。门口就是太平间。太平间门上贴着一个告示，二十四小时服务。死亡不是一小时或者十二小时，而是二十四小时。二十四小时其实是时时刻刻的另一说法。生命绝不会时时刻刻，生命就意味着它有限，会停止，在二十四小时以内。

二十四小时都不消停的，那是死亡。

我从后门进去，出去的时候走的是前门。很幸运啊，我没有从前门进去，从太平间那里出来。我在这家医院只待了一个小时。

我买了一台拍立得，这种照相机现在用的人很少。这种相机可以装进一沓相纸，照一次就出来一张照片。

在东京的时候，荒木经惟送了我一张，他拍的是捆绑着的裸女。那时候我还不知道拍立得的奥妙，这种相片的影像是有命的，它会变色、消失、死亡，变成白纸。就像生命一样。

你拍下一个人，然后他在照片上消失了。你像上帝一样，创造了。然后他死了。

而也许，这个被你拍的人还活着，只是一幅照片死了。

想到这里，后心有点凉，赶快找出荒木几年前送我的照片，它还没有死。

那位裸女被绑在一棵树上，微笑着。

手机断章

那种叫作手机的假肢已经安装在人类身体上，我们因此集体成为残疾人士。这幽灵如今像战争中士兵用来与敌人同归于尽的炸弹那样挂在腰间，藏于手袋、衣兜，有时离心脏只几厘米，须臾不离，就是用餐或方便也要带着。手机一响，一切中断。会议中断、恋人絮语中断，少有人敢不接听。一只戒指就是戴上二十年，依然潜伏着喜新厌旧的危机。手机却不会，它陪我们直到临终。

他丢失了手机。追命般地到处找，沙发下面、卫生间、厨房里、垃圾堆、鞋腔里、被窝里……他像是被绑匪脱光了扔在孤岛上那样绝望，一切的联系都中断了，像原始人一样一筹莫展。后来手机在一只袜子里闷闷地响起来，世界回来了。

秋天的傍晚，大雨滂沱。他在暴风雨中一边狂奔一边捂着手机接听来电，仿佛被割了一刀，耳朵就要掉下来的凡•高。闪电、暴雷，天神的愤怒也不能使他放下手机，或许电话就是天神本人打来的。无线网络在气候的干扰下乱套了，把电话接到了雷的嘴巴上。他无法放下手机，他听过那么多的喁喁细语，现在听见了风暴。

全世界都在谣传这条猪舌头从语言的胃部切割下来后，就一直在暗中囤积着什么。它一声不吭，它从语言的库房里盗走了数吨语词却一声不吭。冰箱般的在高温的夏天坚持硬化。这东西像视死如归的俘虏似的一声不吭，上帝的地址我知道，死神的地址我也知道，我还知道它们下台和上台的时间，但就是不能告诉你们。“你的手机已欠费。”

死神的电话号码我以为是“0”。拨了一个过去，响到第四声，它接了。传来一个经过严格训练升级换代已经僵硬的普通话女声：您拨打的电话号码是空号。

有时候也不一定就是“0”。88889999666之类的一长串吉祥如意颠鸾倒凤的数字拨出去，回答是：您拨打的电话号码不在服务区。您拨打的电话号码已关机。您拨打的电话号码是空号。

死亡也是姗姗来迟。等你从1拨到9，步步逼近，然后挂掉。

春天的第七日，我的手机响了。我听见翅膀拍打云彩的声音，听见数千只鸟的啼叫。于是我向天空走去，必须有翅膀才可进入的禁令现在取消了，我走进了天空。这不是童话或者虚构，我确实有过这样的体验，我走进了天空，当手机响起，我走向天空的时候，差点被一辆从云里驶来的卡车撞上。

《竹山堂连句》与真理

《颜真卿全集》有八本。不仅是所谓书法，也是文章。《放生池碑》说，皇帝好生之德，臣子应记录。“秦始皇暴虐之君李斯邪谄之臣犹刻金石垂于后代，况陛下巍巍功业”文字传诸后世，书家战战兢兢诚惶诚恐斤斤计较。博尔赫斯年轻时刊有《我的希望领域》一书，年稍长，后悔出版，走遍布宜诺斯艾利斯大街小巷收回并将它们付之一炬，“那是正直之举”。

晨临颜真卿，体会真。真者，不是真理。真是一种超越性的状态。“真，仙人变形而登天也。”（《说文》）“夫免乎外内之刑者，唯真人能之。”（《庄子•列御寇》）

真也可以说就是无。真实，就是有无。实，“实，富也。”（《说文》）“实，满也，塞也。”（《小尔雅》）“有者为实，故凡中质充满皆日实。”（《素问·调经论》）

真实，是有无相生的一种状态。并非只是实，也不是只有真，这是汉语的奥妙。有无相生的阴阳变化，就是真实。

真是无，理是有。理是真的总结，概念化。容易僵死，因此随时要返璞归真。真是无，因此要经常理之，理之，容易僵死，又要随时归真。真理，是一个真与理之间的阴阳变化，唯此方可把握真理。“故天下诱然皆生，而不知其所以生。”（《庄子》）

中国文化的世俗性也在此，理要在真里面才活泼泼的。

诗是一种不断地从真到理，从理返真的语言运动。

海德格尔说“存在之思”，“在通向语言的途中”，“把作为语言的语言带向语言”。洪堡说，“语言乃是永远自身复现着的精神活动”。

“把作为语言的语言带向语言”，就是命名不是完成而是永远在开始与完成之间。“作为语言的语言”是完成的语言，“带向语言”，就是返璞归真。是谓“永远自身复现着”。

就诗之思来说，如果诗是一种语言的真实，那么这个真就是从理（实）的遮蔽回到真的开始，从真的开始升华为理的归纳的阴阳轮回。在汉语中，回到开始并不像拉丁语言那般遥远，回到希腊什么的。回到真的路在汉语中从未被理彻底遮蔽，只是被遗忘了。真理，真先理后。在汉语中，理是第二位的，超越性的东西不是理而是真。这一点与西方不同，在西方，超越性的东西是结论、概念、道理。理式（柏拉图）那个真理是与假理相对的。“真”不是动词，状语，而是名词。在西方，真理是一个概念群。中国不同，“真，仙人变形而登天也。”从何处变形？从实，从有，从概念、观念中变形归真。“真理”这个词古代中国没有，只有真。“夫免乎外内之刑者，唯真人能之。”真是和人联系在一起的，真不是抽象超越于人的理。真必须在人身上呈现。但是，中国并非没有真理这种意思，“外内之刑”，就是福柯所谓的“理性就是酷刑”。

颜真卿是作者而不是书法家，他写字是在写作。竹山堂连句，临写中可以感受到诗意为写者带来的笔势。如果说理，竹山堂字是不合理的，不规范，如果以颜真卿曾经写过的来比较，可谓丑陋、笨拙、歪曲，但是真挚。竹山堂连句可看出颜真卿在书写的运动中返璞归真的喜悦。“归其真宅。”（《列子•天瑞》）

诗歌的斗争——
在东南亚、南亚、昆明作家论坛上的发言

童年时代，我总是朦朦胧胧听到天空下轰响着某种声音。在昆明城的外面，在风中，在高山峡谷之间，在落日的身后……这种声音令我有一种安全感，仿佛我是置身在某种孵化器发出的巨大轰鸣中，某种先于我生命的事物、声音存在着，包裹着我，我的生命因它而来，这是我在母亲黑暗的腹部里听到过的那种声音，模糊的、遥远的、温暖的、生长并死亡着的、庇护着的……

青年时代，我在云南高原漫游。有一次在横断山脉的某处，我终于明确地听到那个声音，它从峡谷底部传来，我循声来到一处滚满大石头的坡上，蓦然间，我看见了伏卧在峡谷深处的河流，它闪着青灰色的光芒，就像一头黑豹行走在荒野上被天光照亮的脊背，是它的声音传布到千山万谷之中。我顿悟这就是它，我在母亲腹中听到的那声音，并不是幻觉，不是虚构，这是大地的声音。这是我第一次看见澜沧江。那时我走不到它身边去，那儿到处是悬崖绝壁，河流没有创造抵达它的道路。另一天，我摸到了澜沧江的水，在保山地区的一座水泥大桥下，我由于用冰凉的河水洗脸而引发了高烧。

后来我一次次去澜沧江，我到过这河流在青藏高原上的发源地，也随着它走下高山峡谷，越过老挝的丛林、缅甸的山区、泰国的平原、柬埔寨的神殿、越南的稻田，最后我到达湄公河入海口。澜沧江湄公河的地理形态、气候、海拔各式各样，这河流不是一条直线，积雪、山峰、峡谷、坝子、丛林、平原，只要转过一个弯，大地就别开生面。它是一位伟大的长者，伟大的老师，它启示沿岸各民族以生活的真理。河流两岸，诸神、大地和人三位一体，每个地方依据自己的特点随物赋形，创造着自己的文明和生活世界。各民族、部落彼此安处，彼此尊重，各美其美、美美与共。我记得在澜沧江上游的茨中，从藏传佛教的玛尼堆可以望见天主教堂的十

字架，那是一个有着核桃树、流水以及蓝色雾霭的美丽村庄，盲人们在春天的石头上唱歌，澜沧江就在村子下面。

2008年，我完成了关于澜沧江、湄公河的长篇散文《众神之河》。

我热爱汉语里的大地、高原、峡谷、群峰、山冈、部落、荒原……这些语词，这些从数千年前流传到今天的古老语词总是给我的写作带来激情和思想。澜沧江、湄公河对于我，那就是神灵的名字。有一天在梅里雪山的群峰之下，我意识到，这些语词不是我们创造的，大地涌出来这些语词，作为诗人，我只是一次次召唤集合着它们。

有一次我跟随一个电视摄制组拍摄一部关于河流的纪录片，那是灾难性的一天。导演先生命令土著换掉她们放牧牦牛时穿的氇氆，换上新衣服。他认为那些牧羊女每天穿着劳动、生活的氇氆“不上镜”。他代表一个强大无比的话语机器。在他那些不经意，甚至自以为善意的指示中，我发现某种意识形态已经深入我们时代。大地已经当然地被视为患者，衰朽、肮脏，必须重新规划、接受改造和治疗，必须焕然一新以符合某份起源于西方的图纸，土著们的旧世界被武断地视为落后。十九世纪在西方兴起的未来主义已深入人心，《诗经》被遗忘了，荷马史诗被遗忘了，梅葛被遗忘了。一种可怕的力量正在生长，一个患着洁癖的热衷于将世界同质化的妖魔已经出现在大地上，它就像澜沧江湄公河各民族的史诗里描绘过的那种毒龙、妖怪，企图将所有的河流铲平，用统一的规划消灭它的原始海拔，消灭温差、细节、丰富性、地方性，将世界改造成一条便宜的、标准化的电梯般的直线，一个通过唯一的闸门控制流量的水库。由于它保证的经济适用，快捷省事，无休无止地满足人类黑洞般的物质欲望，这条毒龙受到盲目的欢呼。

人们纷纷抛弃那些曾经诞生了伟大史诗、民歌、舞蹈、绘画的众神狂欢、神人共舞的大地，投奔一个技术统治的未来。

各民族古老的文明危机四伏。

在那些最持久的中国思想中，道法自然是根基性的思想，大地不是敌人、改造对象，而是庇护者、导师、真理的起源和永恒的母亲。大地不是抽象的，而是一个个具体的地方。道法自然，才令各民族创造了依据各自不同的河流段的原生态创造的独特文明。古代中国世界最辉煌的部分无不是道法自然的结果。往日各民族史诗赞美的大地今天已经危机重重，道法自然的诗性哲学成为实用主义和拜物教的笑柄。

诗歌成为一种斗争。这种斗争的庄严在于，它是一种最后的使命，通过对母语的守护和创造，保存并复活民族记忆，保卫各民族古老的、独一无二的文明，保卫它的史诗、它的美学、它的地方性知识、它的世界观。诗的经验是，不朽之作所传递的总是大地的声音。《诗经》如此，古代中国的山水诗如此，荷马史诗如此，最近逝世的加西亚•马尔克斯也是如此。我青年时代读过加西亚•马尔克斯的小说，对他的作品心领神会。我甚至以为，也许除了他的家乡以及澜沧江两岸的地域，世界上再没有适合阅读他的作品的地方了。他并非超现实主义的作家，他小说里描绘的世界至今依然在我们的河流两岸存在，虽然危在旦夕。马尔克斯的魅力无不来自他故乡的地方性知识，来自黑暗的大地。二十年前，云南地区的作家和知识分子就在呼应马尔克斯的观点，云南作家一直在坚持一种地方性的写作。“这非同寻常的现实并非写在纸上，而是与我们共存的……永不枯竭的、充满不幸与美好事物的创作源泉。诗人和乞丐，音乐家和预言家，武士和恶棍，总之，我们，一切隶属于这个非同寻常的现实的人，很少需要求助于想象力。因为对我们最大的挑战，是我们没有足够的常规手段来让人们相信我们生活的现实。这就是我们感到孤独的症结所在。”我以为，他的这些话也适用于云南。

当我说到神的时候，我说的是风，我说的是云，我说的是琅勃拉邦的一位卖果汁的少女，我说的是没有灯的黑夜，我说的是湄公河深处的石头……

请让我用一首我多年前的诗来结束我的发言。

在我故乡的高山中有许多河流／它们在很深的峡谷中流过／它们很少看见天空／在那些河面上没有高扬的巨帆／也没有船歌引来大群的江鸥／要翻过千山万岭／你才听得见那河的声音／要乘着大树扎成的木筏／你才敢在那波涛上航行／有些地带永远没有人会知道／那里的自由只属于鹰／河水在雨季是粗暴的／高原的大风把巨石推下山谷／泥巴把河流染红／真像是大山流出来的血液／只有在宁静中／人才看见高原鼓起的血管／住在河两岸的人／也许永远都不会见面／但你走到我故乡的任何一个地方／都会听见人们谈论这些河／就像谈到他们的神

——《河流》（1983年）

树叶泡过的水

茶很慢。更讲究的还要选水，并非什么水都喝得茶的，古代为了喝茶远足去找水的不是没有。水沸，泡茶，茶叶慢慢地散，叶瓣一片片张开，像向下开放的树。

要等到茶色出来，水稍凉。品一口，而不是一口喝光。品有三个口。更慢的是，一杯两杯茶喝下去，身体没什么反应，舌尖上有点味道而已。什么道，非常道，说不出来，品吧。茶喝上十年，天天喝茶的结果是看不见的，也许你面色看上去很滋润，那也说不上与喝茶有关，大多数天天喝茶的人，脸色看上去也只是正常，天天喝水也是这个样子。但有一点，喝茶需要工夫、时间、经验，不是说喝就像喝可口可乐那样扭开盖子立马可得的，要有个过程，要等一等。喝茶的过程就像一个仪式，必须慢下来，心急喝不得热茶。有事情去找人，飞身赶到，人家说坐下来喝杯茶再说，那个意思是让你安了心，才好说事。喝茶要有个歇处，家里、阳台上、老树下、花园里……在路上奔波着的人是不喝茶的。以前人力车夫喝的大碗茶，那是解渴，用的都是草药，薄荷般的清凉什么的。为什么说茶是文化，不说喝水是文化？茶不是用来解渴，而是清心的。清心是很玄妙的事，无法衡量，你觉得清就是清，别人觉得你没清，你也说不清，清心是说不清楚的事。茶很具体，叶子、水、火、茶杯，舌头……心很玄乎，羚羊挂角，无迹可求。茶叶、水，是形而下，大地、自然、原始。茶是形而上，道法自然，天人合一，清心寡欲（寡做动词用）。喝水只有“天”，直接作用于身体，不养心。喝茶是“天”“人”的遇合，虽说茶水也是水，树叶泡过的水而已，但此水不是彼水，可以清心了。茶不是物，也不是心，它是天人合一的茶。茶这个字，只有中国有，它的意思绝不是英国人喝的红茶，也不是日本人的茶道，前者是唯物主义，后者是观念。

清心之人，必是在家之人，心安之人。心安才可以清。没有家，就没有安身立命之所，心不安，就谈不上清了。曾经看过一部阿富汗电影，有个镜头印象深刻，白发老者背井离乡到处奔波，因为喝不到水，路上肾结石发作，小便出不来，痛得死去活来。这个电影里面没有茶。有家才有茶，茶是“人闲桂花落”之类的东西。日本人悟出茶与道相关，茶里面有道。道是要靠心去体悟的，茶将道物化，你可以通过体验、经验去悟道。养心才可以悟道。喝茶是通向道的一条小路。道与真理不同，真理要追求、分析、学习，不喝茶也可以获得。道不行，需要体悟，道总是在当下，在世界人生的现场。中国文化讲究的是入世，“生，好物也；死，恶物也。好物，乐也；恶物，哀也。”（《左传•昭公二十五年》）茶则是对这种世界观的一种当下反拨、瞬间的疏远、叛离。树叶和水泡出来的诗意，一杯下去，超然物外，淡泊忘机。真理可以总结出来，脱离具体人生，广为传布，放之四海而皆准。道不可说，无法学习，只可体悟。喝茶不是学习，是生活，把玩，而道在其中。悟道的说不出来，只是品茶，再品茶。最好的茶泡出来没有多少颜色，看着是清水，喝起来有味道，这是茶的最高境界。日本人对茶诚惶诚恐，但升华为茶道，喝茶就成了对真理的追求，所以日本的茶道看上去，总是嫌做作。喝茶讲的是人皆可以清心，人皆可以为圣人嘛。每个人都可以泡，修敬无阶。茶道却将喝茶变成茶道大师的独家专利，学习什么茶道，像信教一样，还怎么喝?

咖啡是快的东西。希腊语中“Kaweh”的意思是“力量与热情”。咖啡激发的是入世的活力，一杯喝下去，马上精力回来，不再瞌睡。我在欧洲，因为时差关系，白天要不瞌睡，就得一杯一杯喝咖啡。咖啡是立竿见影，喝下去身体立刻有反应。所以咖啡最适合于带在路上用。另一部电影，里面有个镜头，一个昏昏欲睡的士兵在战壕里面泡杯咖啡仰头灌进喉咙，立即开枪。在战壕里茶是不可想象的。那位马拉松运动员跑得大汗淋漓，递给他一杯热气腾腾盛在青花瓷茶杯里的龙井？恐怕不行。

至于巴黎人将咖啡喝得像茶一样，小口小口地啜，一杯要啜一下午，咖啡因的刺激性被时间解构了，只剩下品味。也是道。

昙　花

我在夏天的一个晚上去马云家，取和成从昭通带来的火腿。下楼的时候，马云说，昙花开了。就看见他家楼下的小花园里，有一丛光。那花园并没有电灯，是昙花之光，它将整个小花园都照亮了。盛开的昙花很大，花瓣是长的，看起来像一群皎洁的鹤站在那里，或者月光聚拢来成为羽毛。有些悲伤，美好的事物都是悲伤的，因为暗含着转瞬即逝的意思，令人心里感动。昙花一现，一般也就三四个小时。如果不提醒，很快就消失了。要等一年它才会再开。马云说，这种花真是太伟大了，一年就开这么一下。

这是我一生中第一次看到昙花。我从来没有准备过看到昙花，我以为它是看不到的。神话、诗歌、形容词、神秘主义、浪漫主义等簇拥着它，瞧瞧这些名称：琼花、月下美人、昙华、月来美人、夜会草、鬼仔花、韦陀花……我以为它只是一种说法，没有真身。也许以前我也见到过，但没有见过它的人提醒，我也不认识。马云像个使者一样，说了一声“昙花开了”，我才看见。提醒，不只是寺院的责任，教堂的责任，世界人生，大家都在彼此提醒，没有人提醒你，你就永远睡着。

有一天在街上看见一个算命的，头发乱蓬蓬，看不出丝毫仙风道骨，他面前放着一张纸，上面仅飞着一行字：提醒久困英雄。我眼前一亮。他是否真的能够提醒某位英雄“是时候了”，就像刘备提醒诸葛亮，这不重要，重要的是“提醒”这两个字被他从茫茫辞海里面拎了出来，提醒了我。以前也知道“提醒”这个词，也在许多琐事上用过“提醒”。直到这个“提醒”出来，我才觉悟到“提醒”一词的真正重量。

“时间到就提醒我”，这个时间可以是熬一罐药的时间，上一堂课的时间，坐在某处等着某事的时间，也可以是昙花一现之际的时间，耶稣复活的时间……都是提醒，但要有“提醒”。生命总是在剥洋葱般的懵懂之中，这一层醒了，那一层还睡着。这一瓣亮了，那一瓣还在黑暗里。世界这个洋葱是不会自动提醒你的，它开了许多书店、图书馆，记录下无数知识、经验，但它绝不会在某章某节自动为你勾出红线，提醒你。书本上的警句你永远不以为然，太抽象了。但提醒不是，它来自生命的在场。迷途之际，有人提醒你，不能朝那边走！塌方了。他先来过。提醒往往来自具有教堂那种经验、威权的方面，提醒得借助他人的先觉，先知也就是那些知道“时间到了”“某事要发生了”的那些人。先知一般指的是神明。复活是哪一天，这只有上帝知道。昙花开了，马云先知，又告诉我，这也是提醒。对于人生，马云们的提醒更重要，这种提醒很日常，近在身边。他此前也提醒过我多次，昭通的梨花开了嘎！卖打口带的老刘的店搬到白云巷了嘎！走慢点儿，下雨，路滑呢！虽然琐屑，但有一种贴近人生的神性。他提醒了我，日常生活中微不足道的神旨。有一次在翠湖公园门口，遇见我的年轻朋友杨，半年多没见他，一碰见就惨叫一声，你的脸色太可怕了，赶紧去医院看看！杨震慑于我的提醒，立即去了医院，他已是晚期血癌，后来过世了。如果大家彼此都不提醒，世界就失去了神性。饭后你嘴角沾了一颗饭粒，一桌的人看着难受，都不提醒，那你就倒霉了。提醒总是在东窗事发之前。如果没有任何人敢提醒你，或者大家都懒得提醒你，你这个人基本上也就完蛋了。马云的昙花提醒是多年前的事，后来我再没见过昙花开放。要故意提醒昙花开放是不可能的，它不开，怎么提醒。如果马云知道我不喜欢花，他也不会提醒。提醒乃神圣之事，提醒者都是郑重的。提醒的也许不是好事，令人不快，但是提醒乃神谕的日常性出没，这种提醒不像寺庙的警示那样有偶像庇护着的合法性，那样大张旗鼓，而是在日常生活的泥沼中小声地此起彼伏，很轻微，有意无意，都来自神的指使。魔鬼从不提醒人们，它幸灾乐祸，喜欢搞突然袭击。

马云何时知道了昙花已开，谁提醒他的，已经无处根究了，总之，无数时间中，无数的人都提醒过，昙花因此得以在我们中间一直开着。经马云提醒，我也看见了昙花。我看了一阵就走了，也不能因为看见它不容易，就傻看下去。昙花一现，我看它的时间也是昙花一现。马云说，到明天它肯定谢了，我不相信，花开得那么灿烂，那么积极，那么投入，那么无畏，那么美好，那么圆满，地久天长的圆满。我不相信它只是那么一现，明天我再来看。

明天，昙花已经完全枯萎。白色的花瓣如液体垂下，悲惨地挂着。光华暗淡，令人黯然、永志。这花已不是那花。就像顿悟的高僧，即刻悟了，即刻也不再与不悟者发生什么关系。顿悟无法传授、复制、观看，顿悟是一种黑暗、秘密。觉悟就是转世。

马云提醒我，明年它还要开的。如果不是他提醒，我写不出这一篇。

（选自2015年第5期《散文》）

万里与九江长江大桥

万绍芬

滚滚长江水，日夜向东流。自古以来，长江就是一道限隔南北的天堑。江西、湖北、安徽三省，隔江相望，望水兴叹，在九江长江江面上架起一座桥梁，这是多少代人梦寐以求的祈愿啊！

九江长江大桥如今以雄健的姿态横跨南北，它在诉说着属于它的风流，也在诉说着关于《万里与九江长江大桥》万里同志与九江长江大桥的故事。万里同志虽已永远地离开了我们，但他对九江长江大桥恢复建设和建成所付出的心血，一直让我感动，终生难忘。

建桥梦缘

20世纪70年代，在中央领导同志的关怀下，有关部门多次勘察规划，准备在九江建造一座比南京长江大桥还长900多米的钢架铁路、公路桥。但是，伴随京九线的停建，这项工程随之下马。

1985年6月，我当选为中共江西省委书记。8月，我赴九江考察，特别对九江长江大桥和九江外贸港口两个项目认真作了调研。当时，九江长江大桥的施工单位大多已迁走，施工队伍也已解散，只留下了留守人员。江上的桥墩突兀地露在水面上，既不美观，又影响交通，此情此景，我甚为惋惜，当即要求九江市尽快提出一个复建九江长江大桥的方案。

我和省委领导班子认为，九江是江西的“北大门”，是唯一通向外埠的港口，作为贯通京九铁路线的一个关键，九江长江大桥的早日建成，对九江乃至江西的改革开放和国民经济发展有着举足轻重的作用。我们认识到，建设好九江长江大桥，仅靠江西一省之力难以完成，必须联合邻省安徽、湖北，尤其要取得国家支持。

为此，我联络了安徽、湖北两省的领导，他们表示愿意共同集资，促成这项利国利民工程。我又拜访了铁道部、国家计委等领导同志，向他汇报了九江长江大桥的事，希望国家能给予一定支持，帮助大桥恢复施工。

于是，有了复建九江长江大桥的梦缘!

“一言为定”

“说干就干！”1986年3月，我赴北京开会。会议期间，我向时任中共中央政治局委员、国务院副总理万里同志汇报了要求复建九江长江大桥的设想。他听完我的汇报，皱着眉头陷入了沉思。他记得，十几年前他担任铁道部部长时这座桥就开工了，怎么会拖了这么长时间？是啊，那些年，我们国家走了多少弯路，经历了多少磨难和挫折，这座大桥的命运也是这样。他答应向有关部门了解情况，过问这件事情。

万里同志是我敬仰的一位国家领导人。早在70年代他任铁道部长和安徽省委第一书记时，民间就流传着“铺铁路，万里长”“要吃米，找万里”的民谣。他深受老百姓的爱戴，是一位干实事的、走在改革开放前列的领导人。有他的直接过问，我深受鼓舞，坚信恢复九江长江大桥建设一定会有眉目。

当年11月6日，我再次进京。抵京后立即与万里同志通了电话，要求安排接见，汇报工作。

第二天上午10时30分，我应约带着秘书来到中南海万里副总理的住处。万里同志有外事活动尚未回家，他的夫人边涛大姐在院子里迎候我们。

10时40分，万里同志回到家中，一进院子，看到我们，便很高兴地招呼我们进屋去坐。

我们随他来到客厅。刚入座，万里同志便问：“你要办什么事呀？”

我说：“我来看看您呀……”

我还没来得及把下面的话说出来，万里同志就笑着说：“你哪里是来看我呀，你是有事来找我的。是为九江长江大桥，还是万安水电站，还是老区建设……”

我急忙解释：“万安水电站和老区建设这两件事已经有了眉目，今天我主要是向您汇报九江长江大桥的事。”

“好，你说说吧。”

我把关于九江长江大桥复建的若干问题向万里同志一一作了汇报。他认真听完后，点了点头，说：“九江长江大桥应该复建。”

我说：“我们还想邀请您视察江西，视察大桥工地。”

万里同志当即答应了我们的请求。得到他的承诺，我特别高兴。

中午，边涛大姐留我们吃午饭。在饭桌上，我仍然想着九江长江大桥的事。我虽然不会喝酒，却鼓起勇气举杯敬酒，说：“万里同志，我们在江西迎候您！”

他也举杯：“好！”

我紧接着说：“那就一言为定！”

万里同志爽朗地笑了起来，说：“好，好，一言为定！”这笑声飘得很远，这话语不是戏言，而是掷地有声的“定夺”。

额外收获

有了万里副总理的“一言为定”，接着就有了江西人的“驷马难追”。

1986年11月24日，江西省委接到通知：万里副总理于25日下午抵达上饶，晚上赶到景德镇，26日下午赴安徽视察。

25日，我赶到景德镇迎接万里同志一行。我一到，得知万里同志此行没有安排去九江的日程，十分着急，晚上汇报时，见他迟迟没有提起九江的事，便忍不住提醒他：

“您上次在北京答应了视察九江长江大桥工地，‘一言为定’的呀！”

万里同志想了想，点点头说：“是啊，我答应过的噢。”

他当即与随行人员商量，改变行程。万里同志如此守信，如此果断，使我深受感动。我懂得了“一言为定”的分量！

26日下午，万里同志一行在我们的陪同下，先抵达南昌。他顾不上休息，听取了省委的工作汇报，接着视察了南昌市容。中巴车驶到八一大桥时，正值下班高峰，桥面上人来车往，十分拥挤。保卫人员准备让警车开道，万里同志不让，走下车来。我和南昌市市委书记李爱荪同志、市长程安东同志等趁机“诉苦”：“八一大桥是50年代建造的，桥面狭窄，已经成了危桥，很不适应南昌市的经济发展。”

万里同志问：“这个江面就只有这一座桥吗？”

我们回答：“只有这座桥。如果能在那边（指赣江上游八一桥的右边）再造一座大桥，就能解决交通拥堵问题。南昌市早有规划，只是地方上没有这个财力。”

他顺着我们所指的方向望了望，对身边的秘书说：“你记一下。”又转过身对我们说：“你们拿出一个可行性方案的报告，派人送给我。”

在万里同志及国务院其他有关领导、有关部门的关心支持下，几年后，一座雄伟的南昌大桥在赣江上挺立起来。回想起来，万里副总理对八一大桥的视察促使南昌大桥得以顺利立项批复并建成，这是我们江西省的一个额外收获，也可说是对九江长江大桥复建的一个好兆头吧。

大桥复建

公元1986年11月27日，对于九江长江大桥来说，是一个值得载入史册的日子。

当日下午5时，万里副总理一行在我和副省长蒋祝平等同志的陪同下乘专机从南昌飞到九江马回岭机场。一下飞机，万里同志就对陪同人员说："先去看看九江长江大桥吧。"

车队直抵九江长江大桥南岸工地后，万里同志走下车，他望着眼前宽阔的江面上几个孤零零的桥墩，神情变得凝重起来。

我对工地上的工人们喊道："同志们，万里副总理看望大家来了！"

看到万里同志，大家惊喜地拥靠过来，他们高喊着："万里总理，您好！"

万里同志对大伙说："同志们，党中央和国务院领导十分重视九江长江大桥的建设，复建的问题一定会研究，请大家放心。"说着他转身问身边大桥指挥部的同志："你们最需要些什么？"

指挥部的同志回答："一个是资金，一个是特殊钢材。"

当时，天色已晚，我怕万里同志奔波一整天累了，便提议回去休息。面对工人们热情和渴盼的面孔，他有些依依不舍，说道："明天我会再来。"

回到宾馆后，万里同志自责地对陪同的同志们说："我们官僚主义啊，要早点来就好了。这座桥不建损失更大，一定要克服困难，争取早日建成。"

第二天，万里同志在大家的陪同下乘游艇，绕着大桥桥墩缓缓转了一周。

他边视察，边看图纸，边与指挥部工程技术人员以及九江市委书记江国镇等同志交谈。他感慨地说道："这座大桥确实应该复建！"

现场视察后，万里同志又与省、市负责人和大桥指挥部的同志们研究，详细询问了大桥工程需要多少投资，需要什么钢材，多少钢材，等等。有关同志一一作了回答。

谈到投资时，我汇报说："我们江西、湖北、安徽三省已协商好，共同筹集一部分资金。同时，我们建议公路桥和铁路钢架桥一并建成，以争取时间迎接京九线的上马铺通。"

我们的想法和措施得到了万里同志的赞同。他说："国家计委、铁道部、交通部、江西、安徽、湖北几家要共同努力，争取尽快复建，使南北交通早日多一条干线。”他又说：“你们的想法是对的。你们不是等、靠、要，是积极进取，主动想办法。你们到处奔波，到处联络，争取时间，为全局考虑，应该支持。要支持江西，支持你这位女省委书记。”

万里同志回京后不久，项目就得到了批准：九江长江大桥继续上马！

九江长江大桥的复建，为日后京九线的建成畅通争取了时间。

1987年4月4日，国家计委经国务院批准，发文决定恢复九江长江大桥建设。采取集资和国家补助的办法，由国家计委、铁道部、交通部和江西、湖北、安徽三省六家共同集资1.5亿元（后调整为2.16亿元）用于大桥复建。

这些钱像新鲜血液一样输进了大桥工程。大桥立即恢复了生命力，工程队伍从四面八方返回来了，重新相聚在浔阳江头。在他们心目中，没有什么比九江长江大桥复建更重要了。这年夏天，冷清了多年的九江长江大桥工地又有了“夏天”的温度——工地上重新热闹红火起来……

在万里同志的身上，使我读懂了什么叫作“效率”！

题名大桥

次年，我调中央工作。虽然离开了江西，但我时时挂念着九江长江大桥的建设。1991年8月14日，我因公务路过九江，来到了大桥工地。大桥指挥部的同志说：“过去您在我们最困难的时候来了，现在我们又遇到一些困难，您又来了，真是和我们心连心啊。请您回北京后再向万里同志汇报一声，请他继续过问一下九江长江大桥的事。还有，我们想请万里同志为大桥题词，请您向他说说，帮个忙。我们也向省委报告了。”

我回应说：“好，我回到北京后一定向万里同志汇报。不过，我现在只能是敲敲边鼓。”

回京后，我没有忘记九江长江大桥指挥部同志的嘱托，向万里同志作了汇报。万里同志这时已经担任全国人大常委会委员长了，他表示会继续对大桥建设给予关心。他告诉我，总理和副总理都很重视这个项目，请大家放心。

当我转告大桥指挥部请他为九江长江大桥题词一事时，万里同志说，江西省委也找过他，他欣然提笔写下了“九江长江大桥”六个大字。

万里同志的题词，伴随着九江长江大桥的建成与通车，为这段不平凡的建桥历史画上了圆满的句号。“九江长江大桥”这六个镏金大字悬刻在桥体上，向南来北往的人们挥洒着熠熠的光亮……

1993年夏，我途经江西时特地去九江，在大桥指挥部同志陪同下，登上大桥，怀着兴奋的心情，照了一些照片，还特地站在嵌有万里同志题字的地方照了相，留作纪念。回到北京后，我把几张照片送给了万里同志，并再一次转达了大桥建设者们对他和中央领导同志的感激之情。万里同志高兴地说："等京九线全线通车时，我们一同去九江长江大桥看看吧。"我说："我很希望能有这个机会！"遗憾的是，由于种种原因，我一直没有机会陪同他去看看建成后的九江长江大桥。

大桥建设者们不会忘记万里同志，江西人民不会忘记万里同志，正是他的关怀、支持和帮助，才促成了九江长江大桥工程的重新上马，并顺利建成。时至今日，如果你去参观九江长江大桥，讲解员往往会提起当年流传的一句话：大桥的重新上马，多亏了万里。

我懂得大家的心愿，我只是这座大桥复建的普通建议者与执行者。是万里同志对九江长江大桥的复建起到了重要的作用，万里同志为这座大桥复建所付出的心血与辛劳，将永远铭刻在大桥建设者和江西人民的心中，也深深地铭刻在我的心中！

因为，历史不是也不曾是健忘的老者！

（选自2015年7月27日《人民日报》）

服饰的活性和通达

葛水平

小巷里有一位吆喝爆米花的，风箱拉得紧，咕噜咕噜摇着，两分钟后黑色铁制的容器半截伸进一个修长的大口袋子里，他抬脚踩了一下机关，“啪”一声，弥漫着粮食香味的烟雾冲着行人的鼻子来了。爆米花男人穿一身西服，有点领不起来，显得很滑稽。他要是穿中式盘扣夹衣、缅裆裤就好了。一张灰扑扑的脸俯仰在天色里，身疲、力竭、憔悴、委顿，一堆杂乱的劣质烟头，他眺望，抽烟，指甲里藏了垢。我一下开始厌恶西装了，为什么现在成为国人最炫的行头，谁是罪魁祸首?

网上讲：民国年间，迁至北京不久的民国临时政府和参议院颁发了第一个服饰法令，即《服制》。该法令将西式服装大胆地引进中国，燕尾服被确定为大礼服，配有西式白衬衫、背心、黑领结、白手套及黑色高筒礼帽和黑色漆皮皮鞋。西装也是民国男子的半正式礼服，翻驳领，左胸开袋，衣身下方左右开袋，单排或双排纽扣，与背心、西裤构成三件套西装。学生服是西式改良服装，通常为立领。

不过，当时社会上最普遍衣着依旧是大襟右衽中装长袍和马褂。西装革履与长袍马褂在民国初年是并行于政治社交场合的。好像现在的人只有西装，中式服饰成为一种怪异的装束，穿了中式服饰的人被正统笑话成怪相。多年自卑的国人形成的思维定式，一旦纠正起来有多么不易。不稳妥，革新，坏变成好，癫狂着，太容易被外族文化侵蚀，政府像迷失的羔羊，在明白与无知的临界点上，盲目地引领着正能量去崇洋媚外。

想到民国的长袍马褂以及简化后的长衫，由知识分子们在迎宾、赴会或参加庆典活动时作为礼服我就很激动。有一张徐志摩着衣的照片，就这样的装束，一脸的妙趣横生，那骨子里却透着风流俏皮。长衫，马褂，只有中国男性文人才能穿出那股风神，那股异常绝望空虚的况味，民国的历史，一定要用民国长衫来演绎。

《孔乙己》里便说过：“只有穿长衫的，才踱进店面隔壁的房间里，要菜要酒，慢慢地坐喝。”鲁迅的著作是中国文化传统中一种鲜活的潜流，他小说的语言把他坚硬的思想变得温柔，他穿长衫写作，似乎他的生命就是一次永远得不到目标的朝圣历程。

我最怕官员穿名牌西装指手画脚说“传统如何”与“历史如何”。肚里没有墨水竟然大咧咧讲传统，朦胧概括的说法，大手一挥伪传统来了。如果我们的社会，从民国到现在这短短的100年间，就在政治、道德，乃至衣食住行方面发生了种种变化，他们有什么资格穿外国人西服讲中国式传统？

无法想象一个手艺人身后的日常，也不明白为什么一定要穿西装。见过我的本家三爷穿西装，他曾经是大队支书，六十多岁的时候去乡里开会，说是县里头脑要来参观，一定要穿西装。乡里主要领导的话一直是大队干部的“最高指示”。三爷穿西装背着手在村里转，一路挨门打招呼显摆，都不敢开腔。一个传说和他有一腿的妇女说：“快脱了你身上的洋装，鬼都不像。”他听了心里失落得很。为了挡住心慌，他在头上扣了一顶草帽，通往乡里的土路上，草帽颠儿颠儿的，三爷走起路来腿脚都被颠得不利索了。

正装普及到了民间，把民间“打造”得很虚荣。

有些领导干部穿西装，挺胸凸肚，有股子自命不凡的气势，身体远离任何人，就算有人要把手臂伸向他和他握手，他也笔挺着，无任何示好之意。周作人曾说：“我们于日用必需的东西以外，必须还有一点无用的游戏与享乐，生活才觉得有意思。”享乐也该包括心态和衣着。

有一次，加拿大来了一位外国老头，研究中国宗教，见他时他穿中装外套中式马甲，真好看。那天中午有领导请客，我们的领导都穿西装，独外国老头保守地穿中国文化。他认为来到中国就一定要穿中国的礼服。

沈从文的《中国古代服饰研究》，从“一个民族在长长的年份中，用一片颜色，一把线，一块青铜或一堆泥土，以及一组文字，加上自己生命做成的各种艺术，皆得了一个初步普遍的认识。由于这点初步知识，使一个以鉴赏人类生活与自然现象为生的乡下人，进而对人类智慧光辉的领会，发生了极宽泛而深切的兴味”。

时光回放，钱钟书就曾说过：“古往今来，多少哲人建筑的理论大厦都倾塌了，只有瓦砾堆里的零星材料还可以供人使用。”马王堆那幅不到一两重的纱衣，他不知说了多少次。刺绣用的金线原来是盲人用一把刀，全凭手感，就金箔上切割出来的。他说起时非常感动。

中国画里的中国元素，少有穿西装的。中国男人穿西装大多像老人松散的筋骨，缺少棱角、锋芒、姿势。偶尔笔挺一下，看上去不仅神气不自在还显得人肥腻。我偏好中国画里的疙瘩袄疙瘩裤，一见那样的人事，那样的画作，便觉一股俗世的泥土味顺风扑面而来。

宋美龄当年游说西方，假如她不是穿了中国旗袍，而是穿了小西装短裙，想不出来，她局部的细节和美好会在什么地方发出光芒。当年的罗斯福何等的老江湖，一件旗袍让江湖情动。

能够深入世界人民肺腑的民族风情，活泛并长久生长，一定是特有的民族元素征服了人心。我的阁楼里挂着两件女人出嫁时穿过的中式嫁妆，一红一蓝，在水泥墙面上，温婉得很。一个小角落里挂了两只铜锣，看上去有烟熏火燎的旧。我看见它们我就想到了女人出嫁时的排场。锣鼓家伙的喧嚣，女子在花轿里被颠得目酣神醉的痴笑，许多年，那一天的喜色，浓得化解不开，一想起，都会叫女人舒眉展眼。服饰的单调，无不透射出民族文化的低迷和苍凉。假如，有一天，一袭长袍马褂的男子在我的阁楼上，“呀嗨”一声出场开腔，我就会激动，会体验极乐的狂喜。就会想，我们丢失了多少生命的活性和通达。不记得在哪里看到过，鲁迅和茅盾曾受美国人伊罗生的委托，编写过一部名为《草鞋脚》的中国作家短篇小说集，美国人喜欢中国的什么？一定不喜欢中国洋化的东西，可我们中国人对我们的老土永远的不自信。画家里边有一位穿长衫，画《三毛流浪记》的张乐平，我的童年，三毛是我未来的情人。我跟我的情人去流浪，现在，好端端把流浪说成了旅游。

流浪是自由的身体放纵。现在不缺少浮躁，有些人喜欢把浮躁和激情混为一谈，走俏市场。

城市没有多少味道了，乡村的城镇化，建筑上不分彼此。多民族就是多色彩，穿什么样的服饰住什么样的屋子，是我有生之年最喜欢去发现的事情。一辈子说长也长，说短也短，人比起物而言，人应该是一个活物，活，一晃而过，能看在眼里的多，能入了心里的少。很多时候，西装是一个别扭的影块，不踏实，迎合，不能够自由自在，捂不住胸口那巴掌大的热气，稍稍拥肩靠膀，人就显得假模假样地虚。

我更喜欢中国丝绸做出来的中式服装。

女子的委屈，该是生怕不叫人识得。比如丝绸做下的旗袍，有勾人魂魄的东西，许多女子穿不出那份好来。闪露大腿的开衩处有女子的小性感，你说它是一件衣服，它是的，你说它不仅仅是一件衣服，它不是的。它是一点点开衩上去的，它不仅仅是为了遮蔽肉体，还有娇俏挑逗。那份好就来了，一股朦胧的潮气，把肉体的委屈渲染得淋漓尽致，是明媚的底色，也是不良的趣味。真叫个难敌风尘。

公元二世纪的希腊，有一位地志学家写中国的丝绸，他说丝是从蚕而出，文字里记载，蚕要养育四年，四年里蚕吃小米而不是谷子，到了第五年，蚕伤感地知道自己不能活了，它便开始吃新鲜的芦草。这位地质学家一定不知道蚕不吃小米。他如果来一次中国看看蚕是什么样子再去写就写好了，他是一个明白得很的字贼。丝绸古道上，西汉第六代国君汉武帝刘彻的功勋是无人敢否定的。不知道刘彻是否见过蚕？我小时候的乡村，蚕要喂两季，夏蚕和秋蚕。蚕怕冷，养秋蚕的山里人家，到了蚕织茧的时候屋子里都要生火。白白胖胖的蚕上了谷草，身子越来越小，自顾自地，仿佛从来没有哀愁。

我有一双黑绸子底色绣花鞋，有一次去澡堂里洗澡，出来时鞋丢了。我傻傻地看着裸体女人们，任何公众场合她们都强调着自己身体的优雅与美丽，唯独澡堂里，不生动，一个简单的动作都有可能败坏她们的优雅。澡堂里的拖鞋都是顺往一个方向，我穿着顺往一个方向的拖鞋唱着《红河谷》里的那支歌回家：“河对岸的草地上，姑娘的鞋子丢了，丢了就丢了吧，明天早晨再去买一双。”不知为什么我从来没有恨那个偷走我绣花鞋子的女人，我真想告诉她，除了鞋子之外，贴身内衣一定要穿丝绸，它对身体的爱护是隐而不露的。

不喜欢西装之外，还不喜欢人们穿皮草。我对所有穿皮草的人充满了仇恨。冬天来临，人间兴衰更迭、生死荣辱，在某种意义上棉麻更合适这个季节。动物的皮是靠捕杀和猎获得来，我看见穿皮衣的人会感觉有骨折的疼痛。冬天终归是寒冷的，可是，冷不好吗？冷让我听得见自己的心跳。我在冬天只穿一种样式的棉袄，笨拙的那种，盘扣，有点老气横秋。这些棉袄在大衣橱里搁置了夏秋，有玫瑰薰衣草樟脑的寒香。冬天，第一场雪开始穿着棉袄走在雪地里，我常常会想起尘世旧梦里的村姑。二十世纪七八十年代她们外罩小碎花罩衫，盛开如大地上的花儿朵朵。我对雨不激动，但是，第一场雪来，风雪搅得“周天寒彻”的样子，我在外面走一圈，然后回来温一壶黄酒，守着窗户，就着雪一口一口下咽，喝到一定的火候，我感觉空气改变了我做人的分量，我整个身体绸缎一样柔软无比，我开始哭，哭是我酒后十分活跃的心态。

有时候想，物质中之所以要诞生出精神，也许正是物质要通过精神来认识自身和肯定自身。雪让我保持一种年轻的心态，看到雪，第一件事情是笑口大开。雪，也许属于托尔斯泰的，或者更确切地说，是属于安娜•卡列尼娜，天空中的雪花，一片雾气弥漫的车站，一位身着俄罗斯服饰的女子，她从车厢里走出来时，她遇见了渥伦斯基。最性感的男人，总会在雪天出现。

冬天，世间便出奇的静，空旷，寂寥，悠远。一个身着红色棉袄的女子驮在驴脊上，一个牵着缰绳身着黑衣黑裤的汉子，天地间走来，任由着脚印踩过，萦绕又萦绕，带着宿命的美感，不依不饶刻在我脑海里。

我们真该从社会的关系部位找因果，当常识不能生效，常理变成无理，是宝贝的，就得学会守住。因为，衣着承接着历史，也指向了未来。

（选自2015年第3期《四川文学》）

协和医学告诉我十件事

冯　唐

30岁后，什么时候退休，是个大问题。回答这个问题的方式有很多种，比如，国家规定，现行是男性60岁退休、女性55岁退休，听说因为社会老龄化日趋严重，退休年龄要延长到男性65岁，女性60岁；再比如，挣到够花，马上回家，当然，现在够花是否将来够花，需要充分考虑通货膨胀和欲望膨胀；我还有一种针对自己的算法，我的工作年限至少要等同我的上学年限，否则觉得愧对社会，内心不安。我小学中学义务教育十二年，协和医科大学义务教育八年，美国MBA教育两年，也是拿了美国提供的奖学金。

2014年春夏之交，我受协和邀请，去协和医科大学近百年历史的小礼堂，给小我二十岁的师弟师妹讲协和传统，我使劲儿想，协和八年大学教育，我学到了什么。

我觉得我在协和学到了十件东西。

第一，系统的关于天、地、人的知识

在北京大学上医学预科，我学了6门化学，和北京大学生物系生物化学专业学的一样多。学了两门动物学，无脊椎动物学和有脊椎动物学。我第一次知道了鲍鱼的学名叫石决明，石头、明快、决断。学了一门被子植物学。还学了各种和医学似乎毫不相关的东西，包括微积分。在中国医学科学院基础所学基础医学，当时学了人体解剖、神经解剖、病理、药理等，从人体到组织到基因，从宏观到微观都过了一遍。在协和医院学临床，内外妇儿神都过了一遍。

我们去北京大学之前，还去了信阳陆军学院军训一年。军校期间，我看了11本英文原文的小说，包括一本是劳伦斯的《Lady Chatterley's Lover》。现在回想起军训、北大、基础、临床，我常常问一个问题，学这些东西有球用啊？第一点用途，在大尺度上了解人类，了解我们人类并不孤单，其实我们跟鱼、植物、甚至草履虫有很多相近的地方，人或如草木，人可以甚至应该偶尔犹如禽兽。第二点用途，所有学过的知识，哪怕基本都忘了，如果需要，我们知道去哪里找。因为我们学过，我们知道这些知识存在，我们不容易狭隘。不狭隘往往意味着不傻逼。第三点用途，是知道不一定所有东西都需要有用。比如当时学植物，我还记得汪劲武教授带着我们上蹿下跳，在燕园里面看所有的植物物种，后来我读过一句诗，“在一个春天的早上，第一件美好的事是，一朵小花告诉我它的名字”。

第二，知之为知之、不知为不知的求实务真的态度

先要承认自己的无知和无能。学西氏内科的时候，老师反复强调，80%的病不用管它，自然会好“nature cures”。这反而映衬了我们对很多疾病并不彻底知道成因，并不确定什么治疗方法如何有效，比如SARS，到现在也不清楚为什么会出现，为什么消失，也不确知明年会不会再次出现。其次，面对这么多的未知，我们还是要给病人相对笃定的建议。我们要给病人列出几个可选方案，要跟病人讲清楚不同方案的优劣，要给出我们推荐的优选方案。再次，不做假。不能说假话，不能作假数据。

我现在一直坚信，如果没有真的存在，所谓的善只能是伪善，所谓的美也只能是妄美。我记得在协和教过这句话，说哪怕再难听的真话，也比假话强。最后，要有天然的谦虚。因为你不知道，你做不到的太多了，你要永远保持谦和。导师郎景和讲过一个故事，有个妇科大夫曾对他说：“郎大夫，我做过很多妇科手术，我从来没有下不来台，没有一个病人死在我的手术台上。”郎大夫停了停，说：“尽管有些残忍，我还是要告诉你人生的真相。人生的真相是，你手术做得还不够多。”

第三，以苦为乐的精神

学医很苦，原来有个协和老教授说，原来的协和校训是“吃得苦中苦，方为人上人”。后来新中国成立了，新社会了，校训只剩前半句，“吃得苦中苦”。我做医学生的时候，那些大我三四十岁的老教授，早上7点之前，穿戴整齐站在病房里查房，我再贪酒、再好睡，都不好意思7点之后才到。二十世纪九十年代，协和门诊夏天没空调，教授们也是西装、领带、衬衫，从早上八点到下午三点，不吃饭，几乎不上厕所、不喝水，汗从脖子上流下来，流进衬衫。当时的协和不熄灯，教室在7、8楼，住宿在6楼，食堂在地下室，晚饭4点半开，从5点多开始看书，一直到深夜。从那时候起到四十多岁的现在，我没有在晚上12点之前睡过。

第四，快速学习一切陌生学科的能力

最开始学神经解剖的时候，协和内科主任以过来人的身份去给我们鼓劲儿，我问，颅底十个大孔，您还记得哪个是哪个吗？哪个都有哪根神经、哪根血管穿过吗？我估计当时那个内科大夫心里非常恨我。他当时的回答是："我虽然忘记了一切，但是我学习过，我清楚地知道怎么学习。"

第五，热爱实操

实操就是落实到底，把事儿办了。什么是临床？协和老教授讲，临床就是要临、床，就是医生要走到病人床边去，视、触、叩、听。书本永远是起点而已，永远难免苍白无力，一手资料永远、远远大于二手资料。

第六，追求第一

协和在东单三条方圆这几十亩地，每年几十个毕业生，最初的两百多床位，至今的近百年历史，就是一部中国现代医学史。没有协和，就没有中国现代医学。如果问协和门口的病人，为什么非要来协和，病人常常会说，来协和就死心了。病人和死亡之间，协和是最后一关和唯一一关，所以这一关必须是最好的、最牢固的。这是荣耀，也是责任和压力。

第七，项目管理

我在协和八年，尽管功课很忙，又忍不住看小说，我还是做了北京大学生物系的学生会副主席和协和的学生会主席。寒暑假基本没闲着，看小说之外，我都用来完成一个个"项目"。比如，在北京大学的第一个暑假，同四个同学一起，和植物学汪劲武教授去四川和甘肃，寻找一种非常少见的山竹。我完全忘了那种山竹的重要性在哪儿，似乎找到之后可以改写被子植物史或者呼唤神龙。我记得的是，师徒五人，漫游二十天，每天住旅店，每顿有荤有素，最后在有限的预算之内，找到了那种山竹。

第八，与人相处，与人分利

当时协和，一间宿舍，十平方米，放三张上下铺的床，住6个人。当时协和，一届一个班，一个班30人，一个班只有一个班花。这种环境，教给我如何在资源有限的情况下与人相处，与人分利。

第九，抓紧时间恋爱

大学期间，二十多岁，你会觉得时间永远静止，人永远不老。但是，这是幻觉。这段时间过得再慢，也会过去。大学的时候，班上的女同学是很美好的。奉劝各位男生，花开堪折直须折，莫待无花空折枝。协和往西不远，有东华门、筒子河、角楼、午门，傍晚牵了手走走，很好的清风朗月，从来不用一钱买。

第十，人都是要死的

我在协和八年，集中见了生老病死，深刻意识到，人终有一死。这似乎是个废话，但是，很少人在盛年认识到这点，更少人能够基于这个认识构建自己的世界观、人生观和价值观。因为人是要死的，所以，一个人能支配的有效时间非常有限，所以，要非常珍惜，每一餐、每一天都不要轻易给无聊的人或事。因为人是要死的，所以，人不要买自己用不上的房子，不必挣自己花不了的钱。像协和很多老教授一样，早上在医院食堂吃碗馄饨，上午救救人，下午泡泡图书馆，也很好，甚至更好。因为人是要死的，所以要常常叨念冯唐说的九字箴言：不着急，不害怕，不要脸。

（选自2015年2月19日《文学报》）

向死而生的7个学分

李开复

编者语：

“除去虚名和成就，你的人生还剩下什么？”这是创新工场创始人、“梦想导师”李开复经历癌症的病痛折磨之后，在6月27日首映的纪录片《筑梦者之李开复向死而生》的片尾对生活的追问和思考。

这部纪录片，以李开复罹患癌症之后的心路历程以及对人生的重新定位和思考为背景。片中，李开复自述了历经两个月确诊、六个月化疗、九个月休养的经历，并坦言“一度认为自己活不过100天”的绝望。李开复更是首度在片中披露了留学时期的家书，第一次哽咽说出欠已故父亲的一句道歉，第一次落泪谈及母子深情，第一次温柔细述对妻子与女儿的亏欠。

李开复除了创新工场创始人的身份，也是曾任职苹果、微软、谷歌三家上市公司的总裁级人物。在离职创办创新工场后，不仅在形式上对天使投资进行了创新，也借助着他的个人魅力，帮助创业者不断成长、成熟。而今，他又多了一个身份——癌症患者。

以下是李开复在首映礼中的演讲实录，略经编辑。

非常感谢今天各位嘉宾的到来。让我有这个机会跟大家分享一下我生病的心路路程。平时我工作的时候，非常热爱我的工作，包括今天，我从来没有想到，要面临死亡，面临癌症，我心中想过的每一个思念都和我的工作丝毫无关。有一个很著名的护士看护了很多临终病人，大部分的临终病人最大的遗憾就是没有和自己的家人在一起。

我们每个人都要临死才会想到这样的事情吗？我相信今天的纪录片和我出的书，能阐述我个人向死而生的过程。向死而生本身的意思，就是人在世俗里面很容易陷入今天的现实世界里面。而面对死亡，我们反而容易得到顿悟，了解生命的意义，让死亡成为生命旅程中无形的好友，温和提醒我们，好好珍惜我们的生命，不是只度过每一天的日子，也不是只是追求一个现实的名利目标。

第一个学分：健康无价

在我平时的生活中，我热爱美食，不爱睡眠，认为睡眠是浪费时间，每天起来回E-mail，给我员工证明我工作多努力。生病以后，才深深体会到，其实健康失去了，就什么都没有了，生命最重要，健康和生命是一样重要的。

如果我们要维护自己的健康和生命，很多人会认为说，如果你养生，就没有事业了，什么都不要了，过退休的生活，过慢日子吧。我领悟以后，和几位朋友交流以后，其实真的不是这样的。每一个人的健康，其实不是要放弃一切。我们的健康如果简单来说，其实就是我们的睡眠、压力、运动、饮食。如果这4点达到即可，对年轻人来说。你是可以努力工作的，一个礼拜拿三四个小时维护你的健康，我非常希望在这里告诉大家要爱惜自己的健康，不要等到有一天，像我这样几乎后悔，几乎来不及，才知道学会要爱惜自己的身体。

第二个学分：一切事物的发生都有它的理由

我们往往把发生在自己身体的事情，认为一定做错了才惩罚我身上。其实不见得如此，世界的玄妙我们只了解里面的千分之一，万分之一，也许每一件事情的发生都有它的理由。我们应该多思考当一件事发生以后，是不是有什么正面的启示或者正面的力量；发生一个灾难，是不是不要把它当成一个果，而是把它当成因，如果把它当成因，任何的灾难都是学习的机会。如果我们生病了，是让我们学会生活更健康；也许我们无助的时候，让我们接受无法改变的事情；也许我们面临死亡，才能教会我们分辨什么才是人生最重要的事情。

第三个学分：珍惜缘分，学会感恩和爱

一直面对死亡的时候，对于家人对我无私的爱，我当年是多么冷漠。虽然我告诉朋友说，我一放假就陪我的母亲，但是我们只有4周的假。陪母亲5天以后，我就认为我的任务完成了。一直到我自己面临死亡的时候，我才知道，我是多么冷漠，我是以多么敷衍的方式表达了人们口中的孝顺。

我觉得真正改变应该有三个层次。最基本的是别人对你好，你感觉到了这是感

恩；再稍微好一点的是别人对你好你要回报他；第三个层次就是主动不要求回报付出关怀，这才是最高的境界。这是我发现的，不知道过去做的什么好事，如果有上辈子，上辈子做了好事，有这样的家庭，我的父母、姐姐、妻子、女儿都是不要求回报的。无论我怎么对待他们，无论我是因为事业把家庭从美国搬来了中国又搬回美国，再搬回中国，又迁回台湾，整个过程对他们是多么煎熬，我只想做好我的事业。

有一句话，我觉得很有意义，每一次的相遇都是久别重逢，能和亲人在一起，他们能这样对我们，我们应该珍惜人生中的缘分和爱护。

我生病以后我就决定，要改变我的方式，每一周不但要陪我的妈妈，还要陪我的姐姐。我到了台湾，花更多的时间和我爱人在一起。我女儿要考大学，我帮她做各种准备。也许我对父母的爱可能很难直接给他们回报，但是至少对妻子女儿，过去的17个月，我做的一些事情，也学会如何感恩，如何爱，如何直接表达。

父亲节的时候，我发了一条微博，是我女儿亲我的照片，我鼓励更多的孩子亲他们的父亲。我看他们的留言，很多女孩子说这么大了，怎么好意思，父亲很威严。爱不是藏在心里的，是应该表达出来的，如果没有表达，以后没有机会的话会很后悔。

第四个学分：学会如何生活，活在当下

我的癌症是淋巴癌四期，我认为我的生命并不长了。当时我也想到，如果我的生命真的只有100天了，我会怎么样度过这个时间？我的结论和看护临终病人的护士是非常相似的。我的结论是说，我要让我的亲人知道我如何爱他们，我和他们在一起度过特别难忘的时光，无论是和妻子去我们蜜月的地方，或者和孩子去一个我们过去特别快乐的地方，怀念回忆过去的美好，去吃我们爱吃的东西，做我们爱做的事情，这才是活。我希望活的时候，能全心全意每一刻活着，不只是脑子不停想我的公司，想我的事情。开始看世界其实是充满了美好的东西的。

如果稍微偶尔慢一下，能活在当下，才能体验到这些美好，才能感觉自己没有白活。我活了50多岁，一直没有分清什么是桂花，什么是茉莉花等，我就知道它们都有香味。有一次我到朋友家，这是什么味？我说桂花，什么时候种的？他说种了很长时间了。慢下来的时候，才会感受世界的美好。这是美食，这是我们最爱的酒，最漂亮的衣服，留到哪一天才会穿。我鼓励你们，不要把所有事情都推到以后，别说将来，找机会，还有一天等特殊的日子，我希望我们都活在当下。我们今天为什么不能成为那个特殊的日子呢，让每一天都成为最特殊的一天。我觉得人生

如果这样活下去，不仅仅是最后的一百天，而是每一天都这样活下去，一定会非常圆满、丰富。

第五个学分：经得住名利的诱惑

我们小的时候，我父亲跟我们说，不要爱钱。对财富来讲，越多越好，但是不要贪婪到想得到更多。中国有一个通病，特别爱名。我父亲留给我10个字，有容则乃大，无求则更高。人死留名，我们希望做好的事情是对的，希望留名没有任何的必要，除了孔子以外，有哪个人被大家都记住了。我相信我们每一位50年以后都没有被别人记下来。

当你特别纠结自己名的时候，或许刻意，或者不刻意，都会让自己追求名成为一种方式。比如说之前我告诉年轻人追求自己的梦想，最大化自己的影响力，做最好的自己。这个话没有错，如果把最大化影响力这个词发挥到极致，每天机械化衡量影响力有没有提升，有没有人听我的演讲，成为我的粉丝。当我人生过去生病前的几年，5年到10年，慢慢越来越顺，越来越有更多人喜欢把我当成他们的导师，一方面出于善心的帮助年轻人，但是不可避免的，每天的追随希望有更大的影响力。

影响力是好的吗？要一点名没有关系，我和星云大师讨论这个事情的时候，他告诉我，其实人是禁不住诱惑的。你要影响力的目的就是让世界更好，不断做好事情，不断衡量，我和别人都做好事就够了，为什么算我卖了多少本书，有多少粉丝呢？如果特别机械化地追求效率，衡量每一天的结果，会让我们变得更冷漠无情。所以我发现，虽然我走的道路是正确的，但是过度追求名声，让我走偏了。

第六个学分：人人平等，善待每一个人

当你追求每一件事情影响力最大化的时候，你就想认识更多聪明的人。见创业者只见最顶尖的，一个青年人找你签字，如果是普通人，你就不考虑，你会见聪明人、成功人，把自己的一圈都变成社会的顶尖人士。但是我发现，如果真的再继续这么做的话，其实丧失了非常重要的一点，就是人人是平等的。当我得了癌症，发的第一条微博，癌症面前人人平等。

其实人人都是平等的，只要时间允许，我会秉承这样的理念，让我花更多的时间在网上和一些普通网友交流，每一周见一些想要见我的人，哪怕我们从来不认识，哪怕他们并没有特别光辉的履历。我建议大家，不要吝啬给别人爱的关怀。因为你对任何人的微笑，一个行为，都可能帮助别人，帮助生命。

第七个学分：我们的人生究竟是为什么

我认为我们不必强求把改变世界作为我们的要求。如果每天拼命改变世界，那是充满压力的。

我们有缘认识周围的人，好好体验人生，结交善缘，做事问心无愧，凭良心，做人真诚平等，让自己的每一天都能有学习、成长，其实那就足够了。

如果世界上每一个人都这么做，世界就会变得更好。如果过去我的哲学更多的是因为人生只有一次，所以要分秒必争，征求效率做最好的自己。现在我更觉得说，其实生命里很多东西，并没有办法用科学的方法解释，并没有办法每天衡量，比如说人与人之间的缘分。从现在开始，我不再看世界上很多的缺陷，批评他们，我相信每一个平等的生命都是来到这里不断学习、不断成长。人只有有缺陷才能学习成长，我们没有权利过分地批评别人，我们需要做的是怎么让自己成为一个更好更完善的人。

既然每个人都在持续成长，对于那些曾经伤害我、打击我，或者未来打击我的人，我不但宽恕他们，而且感谢他们，因为他们可能点醒我很多的不足。我相信人生的生命是与大宇宙连在一起的，我们有责任提升自己。我们的生命随着心跳停止也没关系，我们的人生只有一次，死去离开世界，如果这一生是体验、学习、提升，我相信也会让世界更美好，整个世界的群体意识也会变得更正向。

经过这七个教训，我认为珍贵的生命旅程，应该保持着初学者的心态，对世界有儿童一般的好奇心，好好体验人生，让每天的自己都比以前有进步、有成长，不要想着改变他人，做事问心无愧，多感恩和爱你周围的人。对人真诚、平等，这样就足够了。如果世界上每个人都能如此，世界就会更美好。谢谢。

（选自2015年7月23日《文学报》）

泥土哪里去了

南　帆

屋前的墙根下整理出一片巴掌大的空地，想到要种几株花，突然发现无处取土。邻居踅了过来笑了笑：可以打电话订购，但是价钱很贵。泥土也得花钱了吗？我不禁愕然。

花草的根系可怜地裸露着，四处找不到泥土。泥土和大地渐渐地撤出了我们的生活。现在，我们栖居在水泥、钢筋和塑料构筑的人工环境里。狭窄的居室和楼道，窗户用铁栅栏封住。街道上匆忙往来的汽车如同一个安装了轮子的移动密封舱。行政大楼的大厅一个弧形的问讯柜台，墙上各种金属牌子标出各个楼层众多机构的名称，一开一合的电梯是穿行于大楼内部的流水线。步履匆匆的员工如同各种型号的产品被及时地卸到某一个称之为办公室的固定方格。他们的大部分时间与电脑的液晶屏幕久久相对，偶尔抄起电话听一听机器里传来的说话声音。地平线上的城市就是各种人工制造物的集合体。水泥马路，桥梁，鳞次栉比的建筑，一些建筑的金属屋顶或者玻璃外壳时常在正午的阳光下发出灼亮的反光。据说这个城市四十层以上的建筑已经多达数千幢，巨大的重量压得城市的地皮持续下沉。那些黑黝黝的泥土在水泥和钢筋的重压之下吱吱乱叫，四散而逃，坚硬光滑的城市表皮再也留不住它们。

这个城市到处都会遇到工地，众多规划之中的大楼正在破土动工。挖掘机和铲车挥动铁臂在地面挖出一个大坑，十余台轰鸣的大卡车列队等待，轮流将这些泥土运走。我突然对泥土敏感了起来：这些泥土要运到哪儿去？它们被迫背井离乡，如同一些俘虏被押上了囚车，遣送到遥远的集中营。古往今来，这些泥土始终踞守在这里，它们的天命就是等待某些抛下的种子，接受它们，养育它们，使之扎根、开花、结果。现在，泥土被突然赶走，坚硬的钢筋、水泥蛮横地挤了进来，鹊巢鸠占。

一些人居然还能在这个没有泥土的城市里面栽种蔬菜。他们的蔬菜基地是公寓的阳台或者楼顶上。找来几个花盆，塞入一堆白色的泡沫，蔬菜栽种在泡沫之上。泡沫代替泥土贮存水分和肥料。可是，我常常觉得阳台或者楼顶上的蔬菜是塑料做的，泡沫生长出塑料才对。

泡沫代替泥土是科技时代的奇思妙想。物理学、化学、生物技术或者制造工业正在将生活安排得精确、精致、富有效率，可以果断地抛弃农耕文明残留的陋习。闹钟或者手机每一个早晨准时响起，还有什么必要等待黎明时分的报晓雄鸡？机械制造的药片严格地计算出剂量和服用时间，许多人不再信任砂锅里草药煎熬出的褐色汤汁。旷野上的一阵大风如同厚厚的布匹劈头呼地蒙下来，几乎令人窒息，然而，现在我们栖居于密闭的大楼内部，心安理得。大楼的每一个房间安装了完善的空调系统，没有人再为窗外的数九寒冬或者炎炎夏日发愁。只有当窗户的玻璃出现了斜斜的水纹，才会有人漫不经心地问一句：下雨了吗？

生活正在彻底改装。然而，这种生活是不是有些不自然？客厅的跑步机上一个小时的奔跑与林荫道上一个小时的奔跑肯定有些不同。人工设计的世界并没有什么错，只是我们再也嗅不到万物蓬勃的蒸腾气息。我想起了一条小河流。少年时代时常下河捕鱼摸虾，嬉戏游泳。沿着倾斜的河岸慢慢地踩到水里，脚掌试探着触到水底滑腻的河泥，偶尔会有一块瓦片或者一个鹅卵石硌得脚底一痛；河边漂浮的水草，浸泡已久的一截枯树上歇着一只鼓着眼睛的青蛙，一条水蛇划出长长的水纹疾速远去，几只蜻蜓在亮晃晃的阳光里俯冲下来，一群水黾摆动细细的长腿贴着水面滑行。脚掌下的河泥即将消失的时候，双腿用力一蹬哗地扑到了河流的中央，温暖的水流缓缓地淌过身躯……时至如今，这条河流只能汩汩地穿过我的记忆——现在我只能到游泳池去。游泳池里一泓蓝色的清水，如同一块清澈而乏味的大玻璃。池底的马赛克历历在目，消毒剂的氯气味道扑鼻而来。这种清水里面什么也没有，耗掉了足够的卡路里之后就立即上岸离开。

生活的确有些不自然。科技正在将我们从大地上连根拔起，重新安装在机器的逻辑轨道上。当然，这是一项旷世的秘密工程，我们所能察觉的症候仅仅是——泥土不见了。

出入于泥土的许多小动物也不见了。

我想了想，已经很久没有见到慵懒的蚯蚓，神经质的蚂蚱，鬼鬼祟祟的四脚蛇，纹丝不乱的蜗牛，浩浩荡荡的蚂蚁队列，还有拳头大的蛤蟆笨拙地跳过田埂。现今常常照面的只有蚊子和蟑螂。据说蚊子可以藏身于空调机里面，蟑螂的乐园是厨房里油腻腻的污水管道。总之，它们已经摆脱了农耕社会的泥土而适应了工业文明的钢铁和塑料。

十来岁的时候，父亲在天井里摆上一个大水缸，水缸内喂养了几条红白相间的金鱼。金鱼的理想饲料是生长在池塘或者湖水里的一种肉红色的小虫子。一块纱布缝的袋囊捆在竹竿的末端，这是自制的打捞器具。每隔一两天，我就要扛上这个玩意儿奔赴附近的几口池塘，夏天常常被晒得脱一层皮。养蚕似乎是那个年代所有少年的课余活动。黑色的蚕宝宝开始蠕动，蜕皮，吐丝，结茧，蚕蛾，产卵，这个循环的全程必须有充足的桑叶保证。附近所有的桑树都只剩下光秃秃的枝丫，我和一些小伙伴不得不冒险进入一个桑树园。匆匆地摘了一挎包的桑叶之后，看管人员大呼小叫地追来，小伙伴一哄而散，分头奔窜在茂密的桑树林中。少年时代我还喂养过几只猫，猫在发情期的尖厉嚎叫至今声犹在耳。猫的沙场点兵多半在瓦顶上。一群猫疾速地从瓦顶上奔驰而过，稀薄的瓦片惊心动魄地响过一阵之后，几缕阳光从蹬开的瓦片缝隙照射下来，一绺一绺灰尘悠然地飘浮在光柱里。养鸡似乎是年龄稍大一些的事情，包含着显而易见的经济企图。母鸡每日能生出一枚蛋，这个远景对于一个饥肠辘辘的少年产生了巨大的诱惑。但是，鸡的恶习是随地拉屎。一个人来人往的大杂院里，斑斑点点的鸡屎肯定是惹是生非的由头，这一场伙食自助运动很快就寿终正寝。

我想起来了，少年时代我和一批小伙伴还迷恋过寻找蜗牛。我们要的是指甲片大小的圆形蜗牛，有暗红色的、铁青色的或者花的，蜗牛壳上一圈一圈的螺纹最终归结到一个圆点上。我们利用这些蜗牛展开竞赛：两个人分别将两只蜗牛壳上圆点对在一起用力顶撞，直至其中一只蜗牛的外壳破碎凹陷，完好无损的蜗牛为胜者。那一只外壳最为坚硬的蜗牛将如同皇帝一般地供奉起来，没有人想知道那些外壳破碎的蜗牛是否还活得下去。不知道这种游戏从哪儿传来，但是，周围同龄的男孩子几乎都动员起来了。我们翻检所有的草丛、墙根、瓦砾堆、石缝，所有的蜗牛被搜索一空。传说遭受重压的蜗牛外壳尤为坚硬，石块底下铁青色的蜗牛成为众人抢夺的对象。我忘了这种游戏什么时候不再流行。总之，有那么一天，我们突然觉得这些游戏既幼稚又不卫生，于是起身拍了拍身上的尘土，开始忙碌一些另外的事情。

“大地”是一个沉稳的词，“大地”隐喻的是宽厚、阔大、质朴和不尽的生机。山脉起伏，河流蜿蜒，树木葱茏，湖泊的水面映照出闪亮的落日余晖。我突然想到，已经很久没有接触到所谓的“大地”了——这一幅景象多半是从飞机的舷窗上看到的。

相当长的时间里，人类奔波在大地上，春种秋收，打猎捕鱼，皮肤被太阳晒得黝黑发亮。然而，历史肯定存在一个神秘的拐点——某一天开始，人们之间的社会关系超过了人们与大地的自然关系。社会制度，社会组织，货币与经济，行政机构与意识形态，艺术与美学……这些概念愈来愈密集地分布在周围，大地一步一步地退却，逐渐面目模糊。

“天苍苍，野茫茫，风吹草低见牛羊”，大地似乎曾经生动地保存在古人的视野之中，即使闭门辞谢也绕不开——王安石有诗句曰：“两山排闼送青来。”书法史上有一则著名的逸事。怀素曾经与颜真卿切磋书法。颜真卿询问怀素有什么心得？怀素说：吾观夏云多奇峰，辄常师之，其痛快处如飞鸟出林、惊蛇入草。又遇坼壁之路，一一自然。颜真卿说：你觉得屋漏痕怎么样？怀素起身握住颜真卿的手说：得到真谛了。谈论纸上的笔墨线条，念念不忘师法自然，各种大地的意象是他们挥毫泼墨的灵感来源。栖身于天地之间，古人不时以植物的自况，伸出根系扎入泥土，牢牢地抓住大地是立身之本。汉语之中，“根本”是一个重要的词汇。众多带“根”的成语表明了古人对于大地的敬畏，例如“根深蒂固”“落地生根”“寻根究底”“游谈无根”，如此等等。可是，现在还有多少人匀出心情想到泥土和大地？我们要么上电影院，逛服装店，寻觅佳肴美味，要么坐在玻璃幕墙背后的办公室里，精心地算计某一个官职或者某一笔款项，只有iPhone6、股票涨停、房价波动或者微博上疯传的明星绯闻才能带来少许的骚动。大地的退却从未让我们惊惶失措。退却的大地不是仍然待在某个地方，支撑着万事万物吗？谁还会担心，哪一天我们的城市会失去大地悬挂在半空中？闲常的日子里，我们对于大地仅仅剩下象征性的牵挂：庭院的角落摆两个盆景，阳台的栅栏上种几簇花——遥远的大地仅仅是花盆里的一小撮泥土。

（选自2015年6月1日《文艺报》）

林冲的“走”

——小说内部的逻辑与反逻辑

毕飞宇

一

大家都会走路，可以说，走路是日常生活里最常见的一个动态。那我们就来看一看，这个最常见的动态在小说的内部是如何被描述的，它是如何被用来塑造人物并呈现小说逻辑的。为了把事情说清楚，我今天特地选择了我们最为熟悉的作品，谈谈《水浒传》的局部。

我们看林冲。用金圣叹的说法：“林冲自然是上上人物，写得只是太狠。看他算得到，熬得住，把得牢，做得彻，都使人怕。”金圣叹也评价过“上上人物”李逵，说“李逵一片天真烂漫到底”。“一片天真烂漫到底”，这句话道出了李逵的先天气质，他是不会被外部世界所左右的，他要做他自己。在小说的内部，李逵一路纵横，他大步流星，酣畅淋漓。为什么会这样？因为李逵“天真烂漫”，他是天生的英雄、天然的豪杰、天才的土匪。林冲却不是，林冲属于日常，他的业务突出，他的心却是普通人的，这颗普通的心只想靠自己的业务在体制里头混得体面一些，再加上一个美满的家庭，齐了。

林冲和李逵是两个极端，李逵体现的是自然性，林冲体现的则是社会性。和李逵相反，林冲一直没能也不敢做他自己，他始终处在两难之中。因为纠结，他的心中积压了太多的负能量，所以，林冲是黑色的、畸形的、变态的，金圣叹说他“都使人怕”，是真的。我个人一点都不喜欢林冲。但是，作为一个职业作家，我要说，林冲这个人物写得实在是好。李逵和林冲这两个人物的写作难度是极高的，在《水浒传》当中，最难写的其实就是这两个人——写李逵考验的是一个作家的单纯、天真、旷放和力比多，它考验的是放；写林冲考验的则是一个作家的积累、社会认知、内心的深度和复杂性，它考验的是收。施耐庵能在一部小说当中同时完成这两个人物，我敢说，哪怕施耐庵算不上伟大，最起码也是一流。

林冲在本质上是一个怕事的人，作为一个出色的技术干部，他后来的一切都是被社会环境所逼的，也就是我们常说的那个“逼上梁山”。我所关心的问题是，从一个技术干部变成一个土匪骨干，他一路是怎么“走”的？施耐庵又是如何去描写他的这个“走”的？我想告诉你们的是，施耐庵在林冲的身上体现出了一位一流小说家强大的逻辑能力。这个逻辑能力就是生活的必然性。如果说，在林冲的落草之路上有一样东西是偶然的，那么，我们马上就可以宣布，林冲这个人被写坏了。

林冲的噩运从他太太一出场实际上就已经降临了，这个噩运就是社会性，就是权贵，就是利益集团——高太尉、高衙内、富安、陆虞侯。应当说，在经历了误入白虎堂、刺配沧州道等一系列的欺压之后，林冲的人生已彻底崩溃，这个在座的每个人都知道。我要指出的是，即使林冲的人生崩溃了，这个怕事的男人依然没有落草的打算。他唯一的愿望是什么？是做一个好囚犯，积极改造，重新回到主流社会。可林冲怎么就“走”上梁山了呢？两样东西出现了，一个是风，一个是雪。

我们先来说雪。从逻辑上说，雪的作用有两个，第一，正因为有雪，林冲才会烤火，林冲才会生火，林冲在离开房间之前才会仔细地处理火。施耐庵在这个地方的描写是细致入微的，这样细致的描写给我们证明了两件事：A，林冲早就接受了他的噩运，他是一个好犯人，一直在积极地、配合地改造他自己；B，这同时也证明了另一件事情，草料场的大火和林冲一点关系都没有，有人想陷害林冲，严格地说，不是陷害他，是一定要他死。第二，正因为有雪，雪把房子压塌了，林冲才无处藏身，林冲才能离开草料场。某种意义上说，雪在刁难林冲，雪也在挽救林冲，没有雪，林冲的故事将戛然而止。这是不可想象的。

我们再来谈风。风的作用要更大一些。第一，如果没有风，草料场的大火也许就有救，只要大火被扑灭了，林冲也许就还有生路。但是，这不是关键，关键的是第二，如果没有风，林冲在山神庙里关门的动作就不一样了。对林冲来说，如何关门才是重中之重。我们先来看小说里头是如何描写林冲关门的：

入得庙门，(林冲)再把门掩上，旁边有一块大石头，掇将过来，靠了门。

林冲其实已经将门掩上了，但是不行，风太大了，关不严实。怎么办？正好旁边有一块大石头，林冲的力气又大，几乎都不用思索，林冲就把那块大石头搬过来了，靠在了门后。不要小看了这一“靠”，这一靠，小说精彩了，一块大石头突然将小说引向了高潮。为什么？因为陆虞侯、富安是不可以和林冲见面的，如果见了，陆虞侯他们就不会说那样的话，林冲就不可能了解到真相。换句话说，小说顿时就会失去它的张力，更会失去它的爆发力。是什么阻挡他们见面的呢？毫无疑问，是门。门为什么打不开呢？门后有一块大石头。门后面为什么要有一块大石头呢？因为有风。你看看，其实是风把陆虞侯与林冲隔离开来了。

现在，这块大石头不再是石头，它是麦克风，它向林冲现场直播了陆虞侯和富安的惊天阴谋。这块大石头不只是将庙外的世界和庙内的世界阻挡开来了，同时，这块大石头也将庙外的世界和庙内的世界联系起来了。它让林冲真正了解了自己的处境，他其实是死无葬身之地的。我们来看一看这里头的逻辑关系：林冲杀人——为什么杀人？林冲知道了真相，暴怒——为什么暴怒？陆虞侯、富安肆无忌惮地实话实说——为什么实话实说？陆虞侯、富安没能与林冲见面——为什么不能见面？门打不开——为什么打不开？门后有块大石头——为什么需要大石头？风太大。这里的逻辑无限地缜密，密不透风。

二

那好，问题来了，雪和风并没有社会性，它们是纯天然、纯自然的，自然性难道不是偶然的吗？

这个问题虽然是我自己提出来的，我还是要说，这是一个好问题。我想说，在这里，雪和风都不是自然的，更不是偶然的。

即将证明这个观点的不是我，是小说里的一个人物，他叫李小二，也就是在东京偷了东西被林冲搭救的那个小京漂。因为开酒馆，小京漂在他的小酒馆里看见了两个鬼鬼祟祟的“尴尬人”，因为“尴尬”，李小二在第一时间把这个消息报告了林冲，林冲一听就知道那个三十来岁的男人就是陆虞侯，为此，林冲还特地到街上去买了一把尖刀，街前街后找了三五日。

问题出在第六日，施耐庵明确地告诉我们，是第六日。第六日，林冲的工作突然被调动了，他被上级部门由牢城营内调到了草料场。林冲刚刚抵达草料场，作者施耐庵几乎是急不可耐地交代了一件大事，那就是气象，作者写道：

“正是严冬天气，彤云密布，朔风渐起，却早纷纷扬扬下了一天大雪来。”

在小说里头，我们把这样的文字叫作环境描写。现在我反过来要问你们一个问题了，作者在这个地方为什么要来一段环境描写？对，通过这样的环境描写，联系到上下文，我们知道了一件事，在过去的六天里头，被李小二发现的那两个“尴尬人”其实一直都藏在暗处，他们在做一件大事，那就是等待。等什么？等风和雪。他们不傻，大风不来，他们是不会放火的，没有大风，草料场就不会被烧光，他们就不能将林冲置于死地。你说说，两个心怀鬼胎、周密策划、等了六天才等来的大风雪是自然的吗？是偶然的吗？当然不是。风来了，雪来了，林冲的工作被调动了，一切都是按计划走的，一切都是必然。

别林斯基说：“偶然性在悲剧中是没有一席之地的。”这句话说到点子上了。

草料场被烧了，林冲知道真相了，林冲也把陆虞侯和富安都杀了。事到如此，除了自我了断，林冲其实只剩下上梁山这一条道可以走了。如果是我来写，我会在林冲酣畅淋漓地杀了陆虞侯、富安、差拔之后，立马描写林冲的行走动态，立马安排林冲去寻找革命队伍。这样写是很好的，这样写小说会更紧凑，小说的气韵也会更加生动。但是，施耐庵没这么写，他是这么写的——

(林冲)将尖刀插了，将三个人的头发结做一处，提入庙里来，都摆在山神面前供桌上，再穿了白布衫，系了胳膊，把毡笠子带上，将葫芦里冷酒都吃尽了。被与葫芦都丢了不要，提了枪，便出庙门东头去。

这一段写得好极了，动感十足，豪气冲天，却又不失冷静，是林冲特有的、令人窒息的冷静。这段文字好就好在对林冲步行动态的具体交代：提了枪，便出庙门东去。我想说，这句话很容易被我们的眼睛滑落过去，一个不会读小说的人是体会不到这句话的妙处的。

林冲为什么要向东走？道理很简单，草料场在城东。如果向西走，等于进城，等于自投罗网。这句话反过来告诉我们一件事，林冲这个人太“可怕”了，简直就是变态，太变态了。虽然处在激情之中，一连杀了三个人，林冲却不是激情杀人。他的内心一点都没有乱，按部就班的：先用仇人的脑袋做了祭祀，再换衣服，再把酒葫芦扔了，在他扔掉酒葫芦之前，他甚至还没有遗忘那点残余的冷酒。“可怕”吧？一个如此变态、如此冷静的人会怎么“走”呢？当然是向东“走”，必然是向东“走”。小说到了这样的地步，即使是施耐庵也改变不了林冲向东走的行为。小说写到作者都无法改变的地步，作者会很舒服的。

在这里，林冲这个人物形象就是靠“东”这个词支撑起来的。所谓“算得到、熬得住、把得牢、做得彻”，这四点在这个“东”字上全都有所体现。我们常说文学是有分类的，一种叫纯文学，一种叫通俗文学。这里的差异固然可以通过题材去区分，但是，最大的区分还是小说的语言。《水浒传》是一部打打杀杀的小说，但是，它不是通俗小说和类型小说，它是真正的文学。只有文学的语言才能带来文学的小说。那种一门心思只顾了编制小说情节的小说，都不能抵达文学的高度。没有语言上的修养、训练和天分，哪怕你把“纯文学作家”这五个字刻在你的脑门上，那也是白搭。

说到这里我想做一个小结，我们都喜欢文学作品的思想性，我想说的是，思想性这个东西时常靠不住。思想性的传递需要作家的思想，其实更需要作家的艺术才能。没有艺术才能，一切都是空话。在美学上，说空话有一个专业的名词，叫“席勒化”，把思想性落实到艺术性上，也有一个专业名词，叫“莎士比亚化”。联系到林冲这个人物来说，如果施耐庵只是拍案而起、满腔热忱地“安排”林冲“走”上梁山，我们说，这就叫“席勒化”，“席勒化”有一个标志，那就是这样的作家都可以去组织部。相反，由白虎堂、野猪林、牢城营、草料场、雪、风、石头、逃亡的失败、再到柴进指路，林冲一步一步地、按照小说的内部逻辑、自己“走”到梁山上去了。这才叫“莎士比亚化”。在“莎士比亚化”的进程当中，作家有时候都说不上话。

（选自2015年第4期《钟山》）

感　念

王充闾

一年一度的法兰克福国际书展，金秋十月应时召开，2008年刚好是第六十届。由于我的散文集《北方乡梦》被译成英文与阿拉伯文，这次，有关部门也安排我到场。

书展全程是五天，头三天集中开展洽谈和各项专业活动。我国由于两个月前刚刚举办过北京奥运会，进一步扩大了国际影响，洽谈中，外国客商往往把这作为首要的话题。一位美国书商对我说："你的书里说到中国北方有'三多'，皇帝多，军阀多，土匪多，我很想实际了解一下。如果早些时候读过你的书，参加过奥运会之后，我会直接前去踏访的。"我说，那些都是六十年前的往事了，你即便去，也看不到什么，莫如坐在屋里读《乡梦》这本书。他听了，高高地竖起了大拇指，说："你真会给书做广告。"

借助后两天"公众开放日"，我抓紧浏览了整个展区的各个分馆。最后又回到坐落在六号分馆的中国展区，一则是太累了，歇歇脚；二则重点翻翻台湾、香港两个展台的图书。大出意外的是，在这里竟然邂逅了一位久别的乡亲。

我正低着头看台版图书，突然听人喊了一声："王先生，王叔叔！"抬头一看，是位中年女士，觉得面熟，细一端详才认得出来："你是雅萍啊！"

我们已近二十年没有见面了。她的父亲是我在沈阳的大学同学，供职于财税部门。旧事依稀，如烟似梦，唯一印象深的，是这位老同学特别喜欢喝酒。我奉调到了省城之后，他把我拉到家里，说是要用酒把我灌饱，他不说"灌醉"，而是说"灌饱"。结果，一瓶酒开封后，我只喝上三小盅，其余的都进了他的肚子。那时，雅萍还在大学读书，我曾在她就读的中文系讲过课，在她家里也见过面，标致，漂亮，我夸她像清水芙蓉。她爸爸顺杆爬上，当即托我在文学界给物色个对象。雅萍要娇地双手蒙上爸爸的眼睛，说："你又喝多了！"毕业后，她被分配到出版社当编辑；后来，听说出国了，同一个留学德国的青年结婚。由于妈妈去世早，爸爸后来也不在了，她便很少回国，我们也便再没有联系过。

……

听我介绍了来意，她说，王叔，咱们出去吃饭，慢慢地向您汇报。

对于法兰克福，雅萍也不算太熟，她住在德国南部城市慕尼黑，这次是专门来看书展的。好在德语精通，找中餐馆，特别顺利。坐定之后，我们点了水饺，几样菜，还有啤酒。她说，德国的啤酒饮誉世界，慕尼黑所在的巴伐利亚州，有一千多家啤酒厂，啤酒是家家必备的饮料。我笑说，“良弓之子，必能善射”，凭你爸爸的酒量，你肯定也不是“善茬子”（辽宁土语，意为别人对付不了）。她笑着摇头，转身又点了一大盘绿色蘸汁和煮熟的马铃薯，说这是法兰克福的特色美食，大文豪歌德所青睐的。

我们就这样，边吃边谈，开始了名副其实的漫话——

雅萍跟随丈夫到了德国，先是做过一段华人家庭教师，后来到一家出版社供职。丈夫一直做律师，女儿、儿子都在念中学。

她连续喝了两杯啤酒，显得有点兴奋，突然问了一句：“王叔，你当客座教授时，认识不认识哲学系的赵老师？”

“知名教授，谁不认识！不过，我接触的主要是中文系教授，同他联系不多。”

“人生的悲剧性，在于年轻时期盲目性大，常常感情用事，像没头苍蝇似的乱闯；待到阅历日深，情感稳定下来，却又像浅水浮花，波澜不兴，再也没有当年闯关夺隘、异想天开的锐气了。”她的这番话，听起来，显然蕴含着过来人的领悟。

这时的雅萍，仿佛又回到二十年前的青春岁月，下意识地用右手梳理了一下头发，细眯着一双漂亮的眼睛，像是自言自语地说：

“赵老师，复旦的高才生，后来又在南京大学读了博士。学问棒，文笔好，谈吐风雅，表达能力强，修长的身材，架着一副宽边眼镜，风度翩翩，很招同学们喜欢。我虽然就读中文系，但十分爱好哲学。您知道，中学生喜欢哪门课程，往往和老师讲得出色有关联，大学生也不例外。我课外读了一些西方哲学著作，最喜欢的是罗素的《西方哲学史》和《西方的智慧》。”

这时，我本想插上一句，其实，也不单是你，连爱因斯坦都曾赞扬过罗素，说：“阅读这个人的作品，使我度过了一生中最快乐的时光。”但是，为了不扰乱她的思绪，我缄口不言。

“我常常就一些哲学问题向赵老师请教。记得我曾问过，为什么叔本华和尼采都讨厌女人？尼采强烈地反对男女平等，鼓吹要把妇女当作奴隶对待。是封建意识使然，还是出自一种自觉的价值判断？对我每次的问询，赵老师都耐心地予以解答。当时，我记了厚厚的一大本。后来，我又大着胆子给他写信，除了探讨学问，还曾请他谈谈个人、家庭情况。赵老师说，他有个幸福和谐的家庭，女儿很聪明，中学快毕业了；妻子聪慧大方，是典型的东方式的贤妻良母，在一所中学当教导主任。说到他自己，记得有这样一番话：我原本是学习中国古代哲学的，西方哲学是后来补的课。也许是由于整天同孔孟、老庄打交道的缘故吧，写起文章来，也是老古板，年届不惑，老气横秋。我在同龄人中，属于保守、持重的那种类型。”

我看她嗓子有些嘶哑，便递给她一杯茶水。她点头称谢，轻轻地呷了一口，又继续说下去：

“我那时还是年轻，缺乏理智，没有深思熟虑，任凭一时感情冲动，相信一条心丝足以把所有的门拨开，竟然一厢情愿地暗恋着他。整天盼着同他见面，可是，待到课堂上相见了，却又心在狂跳，眼在期待，经常走神儿，根本听不清楚他都讲些什么，往往是听着听着，便进入一种迷茫状态，坠入虚幻的童话王国里，连续多少夜晚失眠。可是，又没个人可以诉说，我不敢告诉爸爸；心里实在憋得难受，放学后，我便搭乘大巴到郊区的姑妈家去。姑妈在我小时候，就特别怜爱我，见我去了，喜出望外。上下打量了一通儿，说宝贝儿累瘦了，功课太紧吧？马上挽起袖子，炖鸡、烙饼，做了各种好吃的款待我。可是，我却一点也没有胃口，眼睛盯着喷香的肉菜，泪珠儿不听话，竟滴滴滚落下来。姑妈惊呆了，硬是用话来套拢。我吞吞吐吐模模糊糊，告诉她几句。一听说是有妇之夫，姑妈断然表示反对。我说，你可以不支持我，但绝不能向我爸爸告密，当‘甫志高’！

“赵老师已经有所警觉，我几次写信，他也不作答复。但是，一直挂念着我，担心我的身心健康和学业受到影响，便在一个星期日找我谈话。我原想，一不做二不休，索性当面挑明了，打开窗子说亮话；但当看到他的端庄肃穆的神态，给人一种凛然不可侵犯的感觉，我便连一个‘爱’字也说不出口了。只是说，老师是我终生崇拜的人，我愿在老师的直接引导下，走上人生的幸福之路。老师说，偶像崇拜是靠不住的，何况你还年轻，远没有成熟，处于一种盲目状态！你还不晓得幸福之星挂在哪一棵树梢上，也不懂得怎样走上自己幸福的征途。现在，你的唯一使命就是煞下心来读书上进，走出虚幻，走出迷茫，走出自己绘制的海市蜃楼。须知，这里没有停车的位置；要揣着梦想上路，踏出满地风光。听得出来，他的每句话，都是作正面引导，又句句有针对性。

“过了一会儿，我嗫嚅地说，我正在苦恋着一位长者。老师问，长者？他没有家室吗？我说，有了。他说，这可是胡来！凡属这类情况，十个有十个——要记住，我说的是十个有十个，而不是十个有九个——必然落个悲剧下场。接着，老师给我讲了他的表妹的遭遇：哈工大毕业后，她分配到一个科研单位，半年过去，爱上了她的所长。所长大她二十岁，已经是两个孩子的爸爸了。这些她都知道，但由于涉世未深，天真烂漫，盲目崇拜名人，不懂得世间的复杂事态，更不知如何驾驭情感这匹烈马，结果，一经陷入，便难以拔出腿来。而所长是一位知名度很高的党外专家，又是全国人大代表，单位的学术带头人。他清正自持，爱惜羽毛，洁身自好，更不肯仳离原配，结果空自苦了我那个纯真的表妹。现在，已经三十七八岁了，仍然处于独身。许多亲属都给她介绍男朋友，她却觉得哪个也不是意中人，或者严词峻拒，或者婉言谢绝，最后一无所成。曾经沧海难为水，除却巫山不是云，是挂在她嘴边的两句诗。这个教训是无比深刻的。在这场大错铸成中，板子应该打谁呢？小妹她有爱的权利，要说错，是在对象选择上；所长当然负有一定责任，姑念其属于被动受过——楚人无罪，怀璧其罪，最终尚能善于自处，可加原谅。只是，我那可怜的小表妹，却因一念之差，酿成了终生的悔憾。

“说到这里，老师问我一句，那个长者，他持什么态度？我说，冰冰的，冷冷的，不愿意理睬我，拒人于千里之外。老师问，那你理解他的苦心吗？我说，我理解不了，心头只是恨怨。老师一听，笑了。我心说，人家是黄连炖苦胆——苦上加苦，你可倒好，还在一旁轻松地笑！我立刻把嘴噘了起来。老师接下来给我讲了农民运动杰出领导者彭湃的一则逸事：1929年8月，他和杨殷在上海龙华刑场就义，激昂慷慨，气贯长虹。他将宝贵的生命献给了人民解放事业，献给了工农劳苦大众。可是，在被押解游街示众时，一路上观者如堵，当时不少群众受反动宣传蒙蔽，不知他是一位革命者，更不知他为谁而死。看热闹的人群中不时爆发出讪笑声，他们既不同情，更不理解。彭湃同志感慨之下，口占了一首诗：急雨渡江东，狂风入大海。生死总为君，可怜君不解（粤语读解为改）！当然，这只是暂时的，过后，人们便完全理解了。同样，对于你所说的那位长者，日后你也肯定会理解的，知道他这样做完全是为你着想。当你从迷梦中醒来，进入清醒状态，特别是选择到真正理想的感情客体，过上幸福美满的家庭生活之后，回思既往，你会无限感念这位‘不通情理’的长者，你会给他下一个正确的结论：‘这是一个正派的人，是一个以德报德、对人负责、令人终生感佩的人。’

“老师还说，其实，是否理解，倒不重要；关键在于你必须迅速走出他的阴影，从迷恋状态中解脱出来。盲目地死抱住一个虚幻而永远无法把握的目标，空耗精力还在其次，最大的负面影响，是会形成一种既定的观念。因为人是有记忆的，人是在过去的经验中继续积累新的经验的，过去的痴情爱恋，可能为未来的情感生活罩上一层荫翳与晤影。‘唯一’的爱，这种最真挚最投入纯然以感情作基础的爱的破解，很有可能使一个人一生中再次、多次的爱，都相应地贬值，甚至变得不屑一顾。我的表妹就正是这样。这种后果是不堪设想的。所以，你必须毅然决然尽快地挣脱出来。我愿意赠送你四句话：宜急莫缓，快快收缆，迟之一日，悔之已晚。

“分手时，老师说，我一百个相信，像你这样纯真、聪慧、正直的青年才女，肯定能够获得美满的爱情，过上真正的幸福生活的。”

雅萍正要接着说下去，突然，手机铃声大作。她看了看，说：“是我的先生。”一阵欢快的对话，虽然里面不时地夹杂几句德语，但我大致听得出来，先生是问什么时候“打道回府”，他好到火车站去接她。

放下手机，雅萍带着微笑，说：“被他给打断了，对不起。王叔，我再接着向您汇报：

“这次师生谈话之后，我备感痛苦，一个人悄悄地躲在公园的僻静地方，号啕大哭一场。好多天，茶饭无思，颓靡不振，但是，逐渐地头脑觉得清醒了一些。恰巧，这时又收到了姑妈的一封信。里面是一首字迹工整的诗。姑妈退休前，是高中语文教师，旧体诗词写得很好，这一首却是白话的新诗，读来明白晓畅，朗朗上口，至今我还能够一字不差地背诵出来：

聪明的萍儿，你好糊涂

绿了，黄了，红了——果实日渐成熟
明确代替了模糊
加减变作了乘除
姑姑我看得出
姑姑是神，你瞒不住

你刚刚经历一场
冲破岩层的感情喷突
不，你正陷入痛苦的魔窟

萍儿，你不要嗔怪姑姑
原谅我搞一次破坏性的短路

那是萤光、虹影、水月、露珠
看着还在，扑去却无
诚然，其间确有情感的大厦
真诚的船坞
但绝非理想的归宿

因为，一个是安琪儿——自由天使
一个却是戴着礼法荆冠
锁着家庭镣铐的刑徒
一个是健翮凌空的小鸟
一个是积年困锁的碌碡

也许还不如刑徒
刑徒没有礼法的重负
也许还不如碌碡
碌碡没有观念的束缚
聪明的萍儿，你好糊涂

世间唯有情难诉
只怕你为情所累，误入迷途
贪恋短暂欢娱，酿成终生痛苦
姑姑期望着你幸福
日夜馨香默祝

“我真是净遇见贵人了。姑姑对我也是这么关心！我这个老公便是经她引荐搭桥，我们相识、相知、相爱的。”

“后来，你和赵教授通过信吗？”我问。

“通信很少。但我奉他为人生的导师，终生谨记他的教诲，不忘他的恩泽。出国之后，几乎断了联系，只是‘中心藏之’。前年他六十大寿，我寄去一张亲手制作的贺卡，上面只写了两个字：感念。”

雅萍结过了账，一看时间还早，便又陪我回到了六号展馆。我们在台湾展台，一边翻看着图书，一边随便谈些共同关心的国内国外的事。她说，已经和丈夫商定了，待到女儿考取大学，他们便领着儿子回国；困难在于儿子的汉语基础太差，现在，父母每天都帮他突击补课。

正说着，她拿起一本台湾立绪文化公司出版的《21世纪的儒道》，翻了翻，顺手买下。她说，王邦雄的这本哲学著作，赵老师也许能感兴趣。随后，她又下楼在香港展台买下了李泽厚的《浮生论学》，委托我一并带给她的老师，笑着说：“秀才人情纸半张啊！”

（选自2015年第2/3期《黄河文学》）

乡愁的模样

凸 凹

故 乡 眼

回望故乡，它的存在，依托于几个老物件：一口古井、一盘石碾、一棵老柳树和老柳树身上悬挂的钟。

这些故乡的标志，对故乡人来说，那时与今天，所蕴含的意义有大不同。因为不同，所以故乡永在。

那口古井，是村里的唯一水源，因为年代久远，村里的老人也无人能讲得清它的来历。好像它是个天然的存在。即便是古井，也不长青苔，也不深，一人多高，清澈见底。一些怨妇也不在此寻短见，因为它清浅，不存留死亡。所以这口井，始终纯净。

在平常年份，虽供奉全村人畜的饮用，也不见水位下降，好像它用之不竭。只有到了大旱之年，人们才对它有了深刻记忆，才觉得它是人畜的生命之源。持续的干旱，使井水干涸，人们取水，要下到井底。井底有一凹陷，是水眼，洇着一汪水，只能容得下一把瓢，舀过一瓢之后，要等待片刻，等到它重新盈满，才能再舀。这么一个小小的凹陷，人们总担心它会被舀干了，有危悬一线的恐惧。但它总是不能被舀断，舀过又汪上，不让人绝望。古井就是这样维系着全村人的生存，让人惊惧着也感恩着。

到了平原，到了水量丰沛的地方，人们回望，不禁感慨：故乡的井才真的是井呢，它让人感到水的存在，懂得珍惜。

故乡的石碾与古井一样，也久远的不知来历。也因为是唯一，它要昼夜碾动。石碾的背后，是一堵石头花茬的墙，在墙缝里从上到下依次插着一把一把的笤帚，这是村人约定俗成的秩序证明。张三碾完了谷物，就把代表自己的那把笤帚取走，把下边那把移上来，意思是该你李四了。其实各家各户的笤帚都有相同的形状，上眼看去，并没有绝对的区别。然而，先后的秩序却从来都没乱过。

现在看来，故乡的石碾规定了本分的重量，提醒人们，和谐的生活，不是靠外在的法典和制约而形成的，关键的是每个人都自觉地养成和谐的信念，守信、守诚。故乡人对我说，“慧”字是“心”字上边有个向里的笤帚，这就形象地告诫人们，生活的智慧，源于时时能够清扫自己心灵的杂质，是自我的修炼，方使生活和事业都能双双有丰硕所得。

说到故乡的老柳树，也不是一个固定不变的概念。儿时的那棵老柳树遭过一次雷劈，后来就朽了。但是从它的侧畔，又萌发了新芽，多年之后，也壮大、也老，延续了原来的地标形状。村里也不做严格的区分，认为它从来就是“本来”的那株。如此一来，就乡情凝聚，即便是游子归来，也能找到过去的来路。

至于老柳树上的那口钟，其实也不是严格意义上的钟，它只是一块铸铁，能敲出钟声。对这口钟，人们特别留恋。因为在过去的日子，它既带来公平，也激活了勤勉。无论尊幼、无论贫富、无论男女，只要它一响，你就得起床出工，不能懒。村里发生了事情，它一旦响过，就代表着对众人的召唤，不能缺席地参与论辩。统一意志、辨明是非、警示行为——它让村里人有“整体”的概念，不能游离其外，各行其是。

现在再看那口钟，不禁生出化不开的忧伤。过去的钟，天天要经受敲打，所以钟的表面闪闪发光、伤痕累累。但是，它不疼，因为被击打，它所以欢快，而欢快的响声给人的生活带来警醒，让人活得清明。而今天的钟被闲置了，锈迹斑斑，不过是一块废铁。所以我感到，它特别疼。因为死痂的下面，往往是不流通的血脉，预示着肌体的败腐。不被敲响的钟，意味着它已心死，是更深刻的疼痛。

而没有钟声响起的日子，常常是死寂、慵懒、昏聩这类东西无声登场。

所以我想，在生活中，怎么能够容忍没有钟声敲响的时光？

杌凳情缘

看见眼前这只杌凳，我内心温柔。

这只杌凳，出自先父之手。儿时家里打家具，锯下碎板木条，父亲怜惜材料，自制了几只杌凳。他做得认真，挖榫楔钉，一丝不苟，便做得很牢固，用它抛击野狗，也摔不坏。直让人觉得，只要人敦厚，器具也随之敦厚。

那年我娶妻，带新人回家省亲。因为女眷既貌美如花，又善解人意，让父亲喜不自胜。正好下来当年核桃，父亲就稳坐在杌凳上，给新人砸食。新核桃口感好，新人极喜，几乎是父亲砸一颗，她吃一颗。父女情浓，让人感动。临走时就要了那只杌凳，一则以纪念，一则以砥砺我们的爱情，让父辈放心。

后来，父亲病逝。抱骨灰盒时，我让三弟随身携带这只杌凳。依山里的习俗，抬起来的棺材就不能放下，就不能在中途沾土，抬重的人如果欲歇，就要在棺材底下支上两张条凳。骨灰盒是浓缩的棺木，自然要有小小的杌凳相匹配。骨灰送至祖坟要走百里山路，无论是乘车，还是步行，一旦身累，就把骨灰放在杌凳上。大礼完毕，我又把杌凳带回来。虽说殡仪用具，依乡俗或陪葬或烧毁，以免带回鬼魂；但父子情重，且他生前我已竭尽孝道，即便是有魂跟来，也是英魂，定会护佑我。我真正的用意，是要留下想念，以便睹物思人。

后来我有了一定的文名，便有文学女青年前来拜会。书房之内，我们或高谈阔论，或喁喁低语，还杂以笑。情境中的人，知道这笑声纯然发自会心与共鸣；但局外人门外听之，许就听出了暧昧的味道。女眷心忧，携杌凳悄然而进，一屁股坐在杌凳上，对愣在那里的交谈者说：你们尽管谈，因为我也爱文学，我也听听。如此这般，虽然我与文学女青年或女作家、女诗人多有交往，但都止于文学。细想起来，女眷并无促狭之心，她只是出于本能，因为她一直觉得，文友为轻，家庭与生活为重，无论如何，也不能让轻浮的迷雾罩了沉实的本质。她也知道那只杌凳的分量，那是先父给她的依托，一旦登场，就有不言而喻的庄严。

因为有了正常的文学生活，那只杌凳就从属于我的读写活动。书架高大，要想拿到最上一层的书籍，就要踩在杌凳之上；而最下层的书册则低近脚面，查找翻阅时，又离不开杌凳之坐。一踩一坐之间，竟有了近二十年的时光，即便是偶尔换用的铁杌凳也终于散架、变形，而它依旧结构坚实、不晃不动。它好像是对你无声地发出一个宣言：我从山中来，带着认真、诚实与周正，有着不变的品质，你尽管用。

它的确丑陋：凳面乌黑，不见本来底色；凳脚因匝以复榫，鼓鼓凸凸，毫无秀气模样。因此在女眷的眼里，即便是经久耐用，也不过是一个卑贱的物件，所以她并不敬重——买来排骨，把案板放在它身上，用力剁；享受干果，譬如核桃、杏核、松榛，就以其做砧木，用力砸。以至于乌黑凳面又添了累累伤痕，凸凹不平，愈加丑。

我终于不可承受，对她说，这可不是一个普通的杌凳，它承载着记忆，有父亲，有我。

她说，屁，那是你们自作多情。

我又说，物件也有人格、也有灵性，你没听说，木头戳在那里，一年不烂是木头，十年不烂是魂灵，百年不烂是神圣，人就该跪拜了。

她说，你可别吓唬我。

在五十岁生日那天(前年)，对杌凳这只老物件的感情，在心里突然盈满起来——我找来一块砂布，仔细擦拭它身上的疤痕，不仅抚平，还见了原木的颜色，它居然还散发出淡淡的香味——一切都对应着故乡那不老的土地。

不知为什么，我突然掉下了眼泪。

或许这就是乡愁。

这只杌凳，真是皮实：生与死、雅与俗、珍重与轻贱，它都默默地承受，不似人，还有不平，还有感慨。因而它比人有肚量，也比人持重。我便更把这只杌凳放进心里。

所以我对女眷说，从今往后，你对它就像对我，不要在它身上乱砸乱剁。

（选自2015年10月6日《人民日报》）

花间那壶酒

车延高

当年的月还在,照着当年的花丛。当年的李白走了,忘了花间那壶酒。如今,醉倒过一群脚印的地方长出了沉稳老到的树根，酒的醇香被时间酿成一年一度的花香，依旧恋恋不舍,坐在听惯了诗人吟诵的枝头。

那些来来往往的风，偶尔会碰醒在这里居住的眼睛。朦胧中，花瓣席地，树叶吟风，酒香坐在会呼吸的花影里。这时一位隐匿于他世的大诗人会于记忆的那厢掀帘，面色酡红，从一首脍炙人口的诗句里走出来，走得仙风道骨，狂傲不羁。这是一种气质都要叹服的气质，玉树临风，冠盖京华，如横空出世的一段历史风骨，俯仰小天地，笑傲皆文章。

此刻，月亮别无选择，必须铺排大唐盛世的恢宏气度：幕天席地，纵意所如，银光泻地，一统江山。让一代诗仙故地重游，有一种醒来顿感乾坤大、壶中悟得日月长的超现实主义感受。然后把酒向天，重温“举杯邀明月，对影成三人”的优美幻景。到了此时，我也会“开琼宴以坐花，飞羽觞而醉月”，嘴里喊着“感情深一口闷，感情铁喝出血”的新酒令，与一代酒仙推杯换盏，把酒言欢，直喝到：一段豪肠，对酒当歌九成醉；满身风骨，玉树临风七尺白。

酒只喝到九成醉，我给自己留下一成清醒，是想在这前世未遇、今世难逢的奇异幻象中有一种新发现。我想用凡胎肉眼认真看看，顶戴了诗仙、酒仙双重桂冠的李太白，一旦喝到了酒酣“诗”胆尚开张的忘我境界，是否真能“三杯通大道”“斗酒诗百篇”。

结果是让我大跌眼镜，满世界地找了一次碎地为银的玻璃。我真没有想到与我对酒当歌的李白并没有他在《将进酒》中标榜的那种“斗酒十千恣欢谑”“会须一饮三百杯”的英雄海量。我们“一杯一杯复一杯”的酒盅只有五钱的量，大约腾空了27个二两装的小酒瓶。他就把自己喝成了“红颜”，用现在流行的说法是喝高了。他先举着古怪的眼神说我身后的墙在走，然后由沉默不语的状态逐步过渡到酩酊大醉。其间全不见郑谷所描绘的那种“高吟大醉三百首，留着人间伴明月”的儒雅风范。至于其间的许多细节，无论是出于对诗人隐私的保护，还是碍于诗人已在百姓心头扎根的文星和酒星形象我都不能披露。在这里只把扶他返璞归真之后，我为遇到的另一个醉酒之人所作的小诗奉上。你可以由此及彼去展开联想，用你自己的思维去思考，当一个人喝酒喝到花看半开、酒饮微醺之后，究竟是才思泉涌，“飞流直下三千尺”；还是失态忘形，“醉里忘却巴陵道”。看吧，这首诗歌是我给大家用以对照的一面镜子。

又喝醉了，醉在方寸之外
脸色酡红，也算表演前的化妆
看吧，他正被一条手臂扶着走
摇摇摆摆，一个劲儿埋怨世界高低不平
果然，平坦的马路把他绊倒了
他趴在那里，仿佛是拥抱地球
吐了，把酒足饭饱和胸中的郁闷都吐出来
吐在那段和他过不去的路面上
感觉轻了，人在飘
轿车前，他本能地掏出六神无主的钥匙
一只清醒的手伸过来，夺走了它
几个平常对他毕恭毕敬的人，现在
公然违背他的意志
把他强行塞进副驾位
微醺中，他依然有一种酒仙的霸气
双手在方向盘的部位抡了几把
嘴里蹦出一句酒精都会被惊醒的话
“搞邪了，谁这么大胆
连我的方向盘都敢偷！”

不过你看完这首诗，开始在心里为李白画像前，我也要老老实实向你作个交代。我给李白喝的是山东产特制的琅玡台酒，李白只知道这是酒，不知它有71度。

这可不怪我，要怪就怪历史，是历史让酒的度数与时俱进了。另外我用的壶是特制的鸳鸯壶，是名人政要的护身壶，里边有机关，给李白倒出的是酒，给我倒出的是水。特过瘾，李白喝得临趴下之前，还拍了我一把，大着舌头说：哥们儿！你、你、真英雄海量，老、老老李我服了。

我之所以坦白，是想让你于对照中思辨时心里有一杆秤，能找出一个让自己真正信服和认定的准确答案。因为历史走过的路太长。时间像一块抹布，在擦亮一些东西的同时，也擦去了许多东西。久而久之，人云亦云的以讹传讹和弄巧成拙的历史误会就成了同谋，它们既扩充了野史的编外储量，也增加了野史的编内水分，给人一种“烟笼寒水月笼纱”的朦胧感，让人不敢不信，又不敢全信。

就以李白和酒的关系而论，从浩如烟海的史料和典籍中钩沉记忆，真说不清是李白神话了酒，还是酒神话了李白。给我的感觉是，李白与酒恰如兵器中的长矛与盾，互为因果，相得益彰。我草略归纳了一下，大约有以下几种颇有影响的说法：

酒是李白的诗胆，有诗为证：“天子呼来不上船，自称臣是酒中仙。”酒酣诗“胆”尚开张的李白此刻一身傲骨，有一种“安能摧眉折腰事权贵，使我不得开心颜”的凛然正气。

酒是李白的灵感，有诗为证：“飞流直下三千尺，疑是银河落九天。”酒后的李白“兴酣笔落摇五岳，诗成笑傲凌沧州”，每每有超人想象的绝世之句，如：“且就洞庭赊月色，将船买酒白云边。”这是神仙才有资格吟诵的句子。李白写出来了。就因为灵感让其才华在腹内不停地回肠荡气，他才有“黄河之水天上来,奔流到海不复回”等更多的千古绝句。

酒是李白的自信，有诗为证：“古来圣贤皆寂寞，唯有饮者留其名。”三杯热酒下肚，“举杯消愁愁更愁”就扔到了夜郎西。在他眼里“天生我材必有用，千斤散尽还复来”。这时可以把自己兀自放大，不管是谁，都敢平起平坐，“呼儿将出换美酒，与尔同销万古愁”。

酒是李白的知己，有诗为证：“唯愿当歌对酒时，月光常照金樽里。”酒和月是李白诗歌里使用频率最多的两个字。如果说月是李白的诗魂，那么酒就是李白一生不弃不离的知己。“会须一饮三百杯”，“径须沽取对君酌”。追在一段摄人魂魄的酒香身后，我们可以看见飘飘若仙的李太白于抑扬顿挫的平平仄仄间行吟，把约会的脚步走成歪歪扭扭的诗行。

酒是李白的至爱，有诗为证：“钟鼓馔玉不足贵，但愿长醉不愿醒。”私下里，诗人围炉对酒，促膝夜话。聚会时，诗人公开宣布自己的爱酒宣言：“天若不爱酒，酒星不在天。地若不爱酒，地应无酒泉。天地既爱酒，爱酒不愧天。”真可谓酣畅淋漓，直言不讳。

酒是李白的傲骨，有诗为证：“黄金白璧买歌笑，一醉累月轻王侯。”不管是酒壮英雄胆，还是借酒装疯。总之，有一种不受羁绊的洒脱与豁达，因此笔下的句子也就不同凡响。如：“我且为君槌碎黄鹤楼，君亦为我倒却鹦鹉洲”让人读了惊得舌头打战。再如：“两人对酌山花开，一杯一杯复一杯”如若出自他人笔下，定会被斥责为太出格，太离经叛道。但这样的句子李白敢写，因为他的骨头不同，文化叫它傲骨。

若依我个人一孔之见，我还认为酒是李白身边伪装成朋友的敌人。

首先，这个敌人借诗人“将进酒，杯莫停”的豪饮，如一条大河波浪宽，淹没了本该属于李白的更多的惊世骇俗的灵感和创意。

我们知道，诗人是需要灵感的，灵感是天分的影子。有了灵感，诗人的笔就能化腐朽为神奇，就能让一块石头睁开眼睛说话，让一朵花开出九十九种颜色。但灵感不会凭空产生，灵感一定有自己横空出世的根基和土壤。那就是厚重的生活积累和对生活细致入微的观察。灵感从不青睐守株待兔的人，灵感要靠你用细致的眼睛和细致的心灵挤进时间和空间的体内去酝酿，那样才会有临宫受孕和其后的十月怀胎，才有那剪断脐带的嘹亮一啼。

从这个意义上讲，灵感是风从生活和承载生活的土地上吹来的神奇种子，是诗人生活积累达到一定厚度时的一种情感和文学修养的发酵。而酒只是一种可以刺激脑丘，使人进入快速兴奋的液体，一旦喝过了量，它就成为一种麻醉剂，使人的兴奋急转直下，进入意识的空白地带，进而瘫软为一摊烂泥。这时灵感和才气是千呼万唤无知觉的。你指望他“笔落惊风雨，诗成泣鬼神”真个是白日做梦了。按理说文人墨客相聚，把酒言欢，吟诗诵赋，是碰撞智慧，激发灵感，生发名言、绝句的天赐良机。可关键时刻李白被他的敌人——不动声色的酒精，悄然放倒。吐出来的不是诗，是和诗毫无关联的另一种物质。

有人会说这是因为李白彻底醉了，但酒有微醺之时。似醉非醉，物我一体，“雨后飞花知底数，醉来赢得自由身”，这恰恰是迸发灵感的绝佳时刻，要不何有杜甫的“李白斗酒诗百篇”一说。猛一听有理，细思量无力。理由有两点：

其一，“李白斗酒诗百篇”看来是把李白置于前，将酒置于后。但重心是酒，给人的感觉是酒比李白有才，夸大了酒的作用，好像李白只有斗酒之后才能赋诗百篇，使杜甫有了文人相轻、明褒暗贬之嫌。

其二，大凡喝过酒的人都清楚，宾朋相会，酒逢知己，你酌我饮，我饮你酌，势如长鲸吸百川，谁还容得了你把微醺铺陈为一段不许侵犯的特定场景，然后孤灯独照，端坐在那里捻几根诗歌的胡须。即便有人极有定力，一酌一笑一赋诗。但斗酒入腹之后，当酒精的作用长驱直入，诗人的肝脏会派出酶列阵迎敌，双方交锋，杀声四起，诗人不知不觉进入了亢奋状态，轻言细语被豪言壮语所取代，恐怕也要兴酣而起，扶醉而吟了。

以此推论，我就斗胆而为，在杜甫的千古绝句里塞一个字——吟。

实际上古人和现代人喝酒有许多相像，就像李白一句诗里所刻画的“今人不见古时月，今月曾经照古人”。就过程看：酌酒，对饮，浅酌，痛饮，豪干，海灌，狂饮，纵酒；就结果看：微醉，浅醉，半醉，沉醉，稀醉，烂醉，醉倒，醉塌，醉瘫；就表现看：面红，言多，舌大，重复，眼直，傻笑，悲戚，不语，腿软。

只要进入了以上三种状态的初级阶段，“静如处子”就和诗人告别了，豪健开朗、热烈狂放的氛围容不得你骑在时间的马上苦思冥想，搜肠刮肚。这时最需要的是发泄和释放，就像我们今天的人，酒足饭饱之后要去KTV包房吼歌、蹦迪一样。只是古人没有这个条件，于是把各自写好或背好的诗词拿出来吟诵，以抒发情怀，营造气氛。如此看杜甫的名句就应该改为——李白斗酒“吟”诗百篇。

其次，这个敌人借李白逞强好胜的心理曲意逢迎，让李白在满足虚荣的过程中用自己的失态行为不断地自己给自己进谗言。这样的例子太多了，只举一例：几碗酒把头喝大了，他就敢把自己放大，放大，再放大，让高力士给他脱靴，这种境况下其他的王公大臣怎么想，能容了你“子系中山狼”，未得志就猖狂？所以李白一辈子混到头，除了凭借真才实学获取翰林待诏之外，基本没有什么新进步，其后还不断遭贬，“随风直到夜郎西”。最终呢，“闲来垂钓碧溪上”成为现实，“直挂云帆济沧海”化作泡影。不是青莲居士无才，根本问题在于敌友不辨，恃“酒”傲物。

另外，这个敌人借了李白的偏激，让你近处有所得，长远有所失。我只从两个方面谈点儿拙见：

一是，酒在捧杀中让李白陶醉，使其诗歌的表现手法由多元化滑入了单一化。以至于今天的专家学者一尽地把李白归为豪放派的浪漫主义诗人。其实李白是一个文学素养和修养极其全面的诗人。浪漫主义，现实主义，婉约派和豪放派的表现手法他都应用自如，游刃有余。他既有浪漫主义作品，也有现实主义作品；既可以婉约，也可以豪放。你细读他的《长干行》《静夜思》《丁都护歌》《子夜吴歌》等诗，就会发现其表现手法是多元交融的。但一味地嗜酒、酗酒使诗人多了豪气，少了静气，一味地崇尚飘逸浪漫，在挖掘现实的深度上输给了杜甫和白居易。

二是，酒在给予李白某些生理和心理满足的同时暗藏了无数杀机。“风吹柳花满店香，吴姬压酒劝客尝”是何等的风光旖旎，酒色俱佳。有这样的情景交融来滋养性情，不需撩动石榴裙，也不消暗香盈袖，诗人怕已经兀自销魂西厢了。似这般日复一日、年复一年地放荡下去，结局就不是“酒肉穿肠过，佛祖心中留”了。很可能要把醉死梦生反过来写，写成梦生醉死。我这么说不是谶语，是诗人用自己62岁的生命长度验证的一个事实。只是这位诗仙兼酒仙至死不知自己是因慢性酒精中毒而患“腐肌肋”，死于自己视为挚友的那个敌人。因为这一病症在当时还无法诊断，这一病称是今天的考古学家和医学专家共同研究出来的新成果。所以李白这一生于酒、于死都是糊涂的，以至于后人把李白与酒的关系看得比李白的死还重要。在他驾鹤西去以后，仍有许多文人骚客呕心沥血，硬是为他编出个醉酒之后，于采石矶入水捉月而死的动人传说。本想塑造一个风流倜傥、飘然而逝的谪仙人形象，却不想还是被酒这个宿敌给他画了个句号。写到这里我啼笑皆非，发自骨头地为李白而悲。

一代诗圣，一世爱酒，结果爱了一个一生没有看破的敌人。我还能说什么，我只能用他脍炙人口的《蜀道难》前三个字作结尾：

噫吁戏！

（选自2015年第8期《黄河文学》）

废村里的生命

余继聪

去年春天以来，我们村委会的几个村社开始拆迁。先是蔡家冲村、谢家河村拆迁，接着是我们汪家屯村和袁戍桥。至去年年底，蔡家冲村全部拆迁完，袁戍桥村基本拆迁完。这两个我从童年开始就很熟悉的村庄消失了。这两个村里有我们家的很多亲戚。以前，宁静的每天早晨和傍晚，临近的这两个村里人的讲话声、母亲唤儿回家声、牛哞犬吠声、公鸡鸣叫声、母鸡下蛋歌、村人唤鸡唤狗声等声音，都会随风传到我们村来。现在，他们分别搬到远处的其他地方租房子住去了，要见到他们，很不容易了。

去年年底至今，我们汪家屯村开始拆迁。因为我们几个村都修通了笔直宽阔的公路，东二环路“东升路”，路边竖起了两排密密麻麻的街灯，因为几个村子拆迁，因为几个村子的农民已经“农转非”，村委会改为了社区。

去年秋冬时节，蔡家冲村拆迁得所剩无几以后，他们村里的狗和猫，就流浪到我们村里，他们村那边的鸟类，麻雀、布谷鸟、喜鹊、乌鸦等，都搬迁、流浪、聚集到了我们村。

现在，我们村又拆迁得只剩下村子西北头山坡上的六七家了，大半个村子已经被拆推倒了，变成了一大片瓦砾砖头堆。我舍不得老家院子里那些高大的枇杷树、石榴树、雪梨树、无花果树，还有那几蓬葡萄，迟迟不愿意签下同意拆迁的合同，几乎影响了村庄的拆迁进程，甚至影响了老家城市化的进程，成了“钉子户”。我老家院子里的这些果树，前几年就已经开花结果极多了。初春雪白的梨花、绿莹莹的葡萄花盛开，初夏火红的石榴花盛开，还有乳白的枇杷花一串串盛开时节，我家的小院子极其美丽，溢满花香，时时可见蜂蝶翩翩飞舞着翻越院墙进来。炎热的盛夏，家人坐在院子里乘凉，寒冷的冬天的午后，陪父母亲和侄儿在院子里，是何等幸福惬意！果子成熟时节，一串串或绿或紫的葡萄，一枚枚或绿或紫的无花果，一颗颗硕大红艳美丽的石榴，一个个莹白剔透的雪梨，一枚枚橘黄色的枇杷，都极其美丽香甜。

现在，无论是白天还是深夜里，都让无家可归的它们茫然无措，找不到父母，也找不到安乐舒适的巢穴家园。村里村外，一棵棵粗壮高大的树纷纷被油锯锯倒，几分钟，它们就轰然倒下了，而成长起来，它们花了数十年甚至是数百年。它们曾经与村里一辈又一辈人相伴，成为一辈又一辈鸟儿的聚居地、家园。我看见落下的猫头鹰幼雏的废墟堆，原来曾经有几株古老高大的麻栗树，苍劲盎然，遮天蔽日，浓荫匝地。秋冬的傍晚，这几株古树遮风保暖，夏秋的午后和晚上，这几株古树下凉爽宜人，一年三百六十五天，村人们都喜欢聚坐在树下闲谈。而猫头鹰们则喜欢筑巢定居在树顶枝叶间。在废墟乱砖头堆里，我还看见了一窝可怜的小猫咪，半睁着清纯可爱的眼睛，胆怯地看着倒塌碎乱成一片废墟的世界。它们还不明白，失却了温暖的窝巢，对它们来说即将意味着什么。

如今，树倒窝巢散，猫头鹰家族妻离子散，而我们村也散了。聚居于此地数百年的生命，一朝散了，都伤筋动骨一般难受。虽然四散到附近深山中各村或者城里去租房子住了，村里人还是舍不得远离这一片曾经的家园土地，每天都不辞辛劳，不嫌路远，或者骑摩托车，或者走路，担着扛着背着农具，回来种菜种庄稼。虽然村里早已经卖了土地，签了土地转让协议，据说很快就不准种了，但是村里人都还在执着地盘着种着。我母亲，已经被我们接进城里一起生活，但是她每天还是要坐公交车回去，去拆倒成一片废墟、继而被清理得片瓦荡然无存的老家村庄去盘菜种菜，一如既往地应着一个个节气种菜种庄稼。比如，雨季要来前，我母亲就会在路边播种下一塘塘南瓜子、葵花籽、苞谷种子，或者撒下一小片辣椒秧，等到几场雨落地，美丽的南瓜藤蔓就会爬满路边或者山坡，美丽的葵花就会像村姑们灿烂的脸庞骄傲地擎起在乡间，或者就会有一株株青翠欲滴的苞谷亭亭玉立在蓝天下，或者就会有女孩子手指一般细长的青青红红辣椒长在路边……现在，我母亲她们回去，我弟妹他们回去盘菜盘庄稼，都找不到一棵树乘凉了，都找不到一个屋檐避雨了。她们都在一片废墟边忙碌着，口干舌燥，烘烤辣日，一会儿晒，一会儿风雨的，她们很辛苦。

至于从一株株树上跌落在废墟里的那些鸟儿们，我本想把它们捧送回山林里，但是它们也难舍家园，我一捉，它们就钻进了瓦砾废墟堆里。还有那些虫虫们，大概也如此。

几天后，拆倒的砖木瓦砾已经被清理干净，一大个村庄荡然无存，很快又被挖掘机、推土机推平，平平整整，干干净净。

拆迁前，为了获得更多迁补偿费，很多人家都四处借钱盖房，几乎是把所有可能借到钱的亲朋好友家都求了，家家都建盖了新房子，本来是很快就要拆迁的村子，却很快建盖得密密麻麻，到处是一幢幢高大簇新漂亮的砖房，有些人家甚至是在丈量拍照以前几天还在深更半夜偷偷建盖，院子里建盖得密密麻麻水泄不通。每家都得到了一大笔拆迁补偿费，我的亲人们从来没见过这么多钱，全村人都很欢喜，但是也全都心里很痛很痛，打断筋骨、割断血脉一样的心痛。

至于我，内心虽然偶尔有一丝欣喜，但是久久萦绕不去的是忧伤惆怅，找不着发泄对象的深深恨意。

（选自2015年第9期《四川文学》）

水，生命之源

张守仁

水，生命之源。人的一切生命活动，都离不开水。水不仅是生命存在的基本条件，还是生命结构的主要元素。水在人体中所占的比重约为70%。人体一旦缺水，血流不畅，血液干涸，细胞干瘪，机体就会瘫痪。人从生到死，实际上是一个脱水的过程。据公众健康饮用水研究所调查，全国有九成人喝水量不够。多数人不能像定时吃饭那样定时喝水，只在口渴时才喝，这说明目前“水盲”远比文盲要多。

中文是世界上最奇妙、最丰富、最精微的语言。人的舌头上有水，就“活”了。饮食饮食，先“饮”后“食”，是说喝水比吃饭还重要。人可以七八天不吃饭，但不能七八天不喝水。七八天不喝水，生命就会枯竭，故人们常说：“民以食为天，食以水为先。”

养成定时喝水的习惯，人就有可能长寿。我的家乡在长江口的崇明岛。岛上河沟纵横，池塘遍布，到处是水。我小时候听我母亲说：“儿啊，我家穷，但水不穷。用水不花钱，就要学会勤洗、勤喝水。”她老人家一生坚持早晚都喝一大杯水，结果活到101岁（我母亲张汪氏生于1909年2月20日，去世于2009年3月11日）。故乡间有个说法：“早晚一杯水，阎王不来催。”

每个成年人每天需要1500至2000毫升水。水是人体最重要、最基本的营养物质，而且像蛋白质、脂肪、矿物质、维生素、碳水化合物等营养素的生理功能，必须在水的参与下才能完成，才能由血液把它们的营养输送到全身。多喝水，既可帮助消化、洗涤肠胃、排泄秽物，还可稀释血液，降低黏稠度，预防高血压、高血脂、高胆固醇等“三高”病。

需要着重说明的是，这里所说的水，是指好水、优质水、天然矿泉水，而坏水、污染水、不洁水，喝了就会生病。

水还有奇妙的医疗功能。李时珍的《本草纲目》，记载了一千八百多种药物，却把水的神奇疗效放在首位。他论述了水有四十多种医疗作用，并对“露水”“节气水”“甘泉”的疗效作了详细论述。他认为，水是没有副作用的“百药之王”。如今国内外城市里行人能看到有的铺面商店挂有SPA的招牌，实际上就是指水疗。古今中外典籍里，有许多以水治病的记载。孔子的《论语》里说：“暮春者，春服既成，冠者五六人，童者六七人，浴乎沂，风乎舞雩，咏而归。”这里说“浴乎沂”，意即在曲阜东南方的沂水里浸泡温泉，保体去病。可见孔夫子是中国水疗法最早的倡导者与实践者之一。相传秦始皇也在骊山脚下的汤泉（即后来的华清池）沐浴洗涤，以治疗他的疥疮。古罗马人修了许多大澡堂，引来矿泉水洗澡，并把这一爱好带到他们所征服的西欧诸国和英伦三岛。16世纪，法国国王亨利三世常用海水治疗他的皮肤病。

我国历代古籍对矿泉水能治病的记载很多。北魏地理学家郦道元在《水经注》里说：“鲁山皇女汤，饮之愈百病。”唐代碑刻《醴泉铭》曰：“醴泉出京师，饮之者痼疾皆愈。”我国医学典籍还记载说：“人之有脚，犹似树之有根。树枯根先竭，人老脚先衰。”故提倡热水泡脚以防病、治病。民谚曰：“热水泡脚，胜吃补药。”清代有位官吏的养生秘诀是“早起三百步，睡前一盆汤”。他坚持每天早晨走三百步，睡前用热水泡脚、搓脚，结果活到92岁高寿才去世。人最好的医生不是别人，而是你自己。聪明人要懂得自我医疗、自我保健，这样，长寿就会与你相伴。

以上说的是饮食、治疗方面，就是文艺领域，也是无水就无生气。画家们有句行话，说“有水三分活”。一幅画有了水面，就会柔波潋滟，生机盎然。你看印象派之父莫奈，如果他笔下的名篇《睡莲》《日出•印象》，无水衬托，那不枯燥无味了吗？不仅绘画如此，一切文学艺术，有水才活，有水才有气魄，有水才显得波澜壮阔、光影缤纷。你看普希金的诗篇《致大海》、梭罗的散文集《瓦尔登湖》、冼星海和光未然的《黄河大合唱》、阿炳的二胡曲《二泉映月》、肖洛霍夫的长篇小说《静静的顿河》，不都是因有了水元素的存在，而变得自由不羁、气势壮阔、幽美无比，从而成为世界级的经典作品吗？有空请你欣赏邓丽君的《在水一方》，那是何等情深、何等曼妙、何等动听！

水是生命的摇篮。最早的生命大约出现于四十亿年前的海水之中。之后从单细胞藻类，渐渐进化为原始水母、海绵、三叶虫……大约四亿年前海洋里出现了鱼类。大约两亿年前，出现了爬行类、两栖类、鸟类。大约三百万年前，才出现了有智慧的人类。

水啊，你是万类生命之母。我们人类怎能不感恩于你，怎能不赞颂你，怎能不像珍惜泪珠那样，珍惜每一滴圣水！

（选自2015年第1期《散文百家》）

人生与电视的“一年级”

张颐武

“福建长汀被曝买卖儿童成风”的新闻引发震动，让人痛心！因为每一个儿童被拐卖的背后，都连着至少三个以上家庭的悲欢离合，甚至一生的苦痛与悲伤。多数公众认为，除了应该采取“买家也入刑”的重罚措施，才能斩断拐卖儿童的利益链条之外，少年儿童的家长，甚至少年儿童本人，都能够从小接受防拐教育，培养防拐意识，也非常有必要。湖南卫视引起轰动的真人秀节目——《一年级》，将在本周播出的节目中进行的一个防拐情景测试，就实拍到一年级小朋友马皓轩自来熟，因玩iPad被拐走。防拐，防患于未然，在日常教学和生活中，进行少年儿童防拐知识的教育和尝试，实在是大有裨益。

从本周的节目反观作为“真人秀” 的《一年级》，就很有启发。最近一些年，中国的电视“真人秀”成为主导电视发展的重要节目类型，几乎所有电视台的综艺节目都受到了巨大的影响。而湖南卫视的《一年级》则另辟蹊径，从中国的儿童教育出发，从人生的“一年级”开始，关注点放到了儿童的成长和中国教育的主题上。这其实是真正“接地气”的主题，也是中国普通大众关注的焦点。孩子的成长，特别是独生子女的教育，是中国千家万户生活的最核心的内容，也是一个孩子牵动了六个家长的家庭中的最大的焦点。孩子的成长，对于有着深厚传统儒家背景的中国的家长和社会都是最大的主题。中国人从古到今都注重教育，关注下一代的未来的发展。这其实既是华人社会的全球的竞争力和发展的内在动力的关键的部分，也是中西文化比较的经久不衰的话题。中国的孩子，是家长自己的生命的寄托，家长也期望在孩子身上延续生命的血脉和精神，从而获得整个社会的发展。这样的家庭的焦点也辐射向社会变成社会的真正的焦点。《一年级》就是抓住了当下的孩子最初进入社会的那一瞬间的林林总总，在真实地记录他们的生活的同时，用宋佳和陈学冬两个明星来串联一年级的这些事，给我们提供了饶有兴味的真切的记录，也引发了深入的思考和真心的感动。

《爸爸去哪儿》关注的是父子情，关注的是还未上学的孩子和父亲的互动中产生的生活情致。《一年级》可以说是《爸爸去哪儿》的最佳续篇。这是孩子在“一年级”——最初进入一个有竞争、与人相处的现实生活，有社会关系的状况之中，他们开始学习、适应老师和他人，这是他们开始成长的第一个真正的台阶。这是人进入社会的起点，也是人开始“社会化”的最重要的进程的起点。这里的孩子们在学校的生活其实是中国的家庭和社会链接的最重要的“点”。这个节目的真实感和现场感，就来自孩子们的生活状态的“原生态”的展示，通过这展示既让我们看到了家庭、社会对孩子的影响，也看到了中国的传统教育方式和新的生活形态之间的碰撞，也涉及了所谓中西教育理念的碰撞。我们一般认为所谓中西教育理念的差异在于西式的教育更注重发展孩子的天性，而中式的教育更重视规训和管理中让孩子更快地社会化。其实这样的两分法显然是简单化的，也是泛泛而论的。但现实的矛盾其实比理念的差异更为复杂和微妙。

孩子的率真，往往被理解为天真可爱，其实也有天真造成了更加表现出未经社会化的简单和粗率。真，一方面是美好天性的流露，但另一方面也有人类的负面因素的展现。其实中西文化都需要让孩子经过“社会化”的过程，最终能够更好地进入社会。这一方面是学习“硬” 的知识，如语文数学等，让孩子未来能能够通过这样的学习对于社会有用。另一方面则学习“软”知识，就是适应社会和人交往的能力，树立积极正向的价值观等。这些都是“社会化”的一部分。《一年级》的呈现，首先就是让孩子的多面的天性得以呈现，也让家长和老师在教化过程中的复杂矛盾得以呈现。

这里有太丰富的真材实料，显示出独生子女的现实的问题。一是生活自理能力的严重不足，家庭的过度关爱妨碍了人的正常的“社会化”；二是传统中过度简化的成才观造成的急切的“望子成龙”的观念造成的影响，让家长对孩子现实的评估有所扭曲。往往家长对孩子一面是过度溺爱，一面是过度期望，一面是认为自己的孩子就是个“天才”，一面又不忍心让他独立和受到磨炼。同时学校的教育往往过度强调成绩来迎合社会的趣味，又不敢让孩子独立来回应家长的担心和溺爱。其实我们的教育理念和现实要求都难免陷入了自我矛盾。我们常常把自己认为的西式教育的发挥天性和我们的溺爱对接；而又把我们想象的传统的望子成龙的期望和我们过度对于成绩的追求对接。这形成了复杂的，难以理清的纠结和矛盾，构成了反差和落差，这些反差和落差造成了中国当下儿童健康成长的困扰。

其实，我们对于西式教育和中式教育都有幻想和扭曲。这使得一些中国父母做出的选择其实相当的天真和盲目。如幻想西式教育就不讲成绩，只是自由没有苦练就能让孩子成才，很早把孩子送到国外，最后的结果常常是很不理想的。也有简单地理解传统的教育，居然让孩子很小就脱离国民教育的体系，而进入不学数理化的片面理解的“国学”之中的。这些怪象其实是中国的在封闭环境中长大的父母对于外部世界和自己真实生活缺少理解和认知的幼稚和盲目的体现。他们想象的西式教育和中式教育其实都是简单化的。《一年级》里很生动地表现了这些复杂的状况。唯其真实，才有力量。如陈学冬向家长“道歉”引发的郭敬明的网上吐槽，其实就是这个现实矛盾的真实反映。这里有各种矛盾的叠加。陈学冬的管理和道歉反映了当下学校的两难处境，而家长的强势其实也有其简单理解了孩子人格的方面，郭敬明的吐槽其实投射了对问题的另一面的理解，也值得参照。

这个节目鲜活生动，通过感性的、让人难以一句话说清的细节让人思考和探究，让中国的家长、学校、社会和孩子本身都有一个反观自己的真实的机会。这其实是“真人秀”节目的社会责任和公民义务的体现，那些生动的细节由于有了这种对于正确教育观的追求和对于现实的反思力而具有了强大的生命力。这说明“真人秀”绝不仅仅是娱乐，它受到欢迎和认可还来自生动性和严肃性的有机结合。《一年级》是“真人秀”节目向上提升的标志性的作品。它的意义和价值会凸现出来。

（选自2015年第1期《海淀文艺》）

兵种胎记：用左手的是步兵

李钢林

我有一帮老兵朋友，各军兵种出身的都有，这些年陆续退休了，常聚聚。大家见面就爱抬杠，谁也不服谁，脸红脖子粗。于是就赌：您是一个什么兵？步兵？炮兵？装甲兵？海军空军等，看看像不像您自己所说的那个军兵种的兵。

自己说自己是什么兵，这不算；会唱《我是一个兵》，这也没用；也不看您穿的什么颜色的军装；更不看您扛着多大的牌牌。

凭什么呢？就凭自己身上的习惯动作，这是兵种的胎记。每个兵身上都有兵种胎记的。依此就能基本判定：您，是不是您自己所说的那个兵种的兵。

不信？可以赌。一赌就看出来了：您到底是一个什么兵？真的假的？八九不离十。

兵身上的兵种胎记，是一个刚性标志，装是装不了的，不服也不行。

如果您身上没有兵种胎记，很遗憾，您必须为饭局买单。兵，不像您所属那个兵种的兵，这很丢人，吹什么吹？打什么仗？

友人们都是老兵，不畏挑战，容不得假。于是，这种饭局，至少要比不赌香百分之五十一，大家乐此不疲。快感，当然也来自老兵们对各自不同军兵种生活的亲身感受：当战士时养成的习惯动作，刻骨铭心；兵种胎记，伴随终生。

身上没有兵种胎记，还说自己所有军兵种通吃——天底下有这样的事?！于是，原来脖子粗的，一赌就不粗了；脸红也罢，不脸红也罢，都必须埋单。

于是，就有了下面的故事。如果不认同，当然也可以赌。

一

一看你用哪只手尿尿，就能基本判定：你是不是步兵出身。

不信？现在就可以赌。

那天，王三跟我并排站着尿尿，他突然问我：“你尿尿用左手？还是用右手？”

“我俩手都会，随便，特殊条件下，不用手也行。”注意到他瞥了又瞥，我很不自在。再说，男人尿尿用哪只手，这还是个问题吗?!

我问他：“这跟前列腺有什么关系吗？”

“没关系。但是，这跟是不是真正的步兵有关系！你肯定不是步兵出身！”他断言。

“我本来就不是步兵出身。你们步兵尿尿用哪只手还有规定吗？”

“当然！只能用左手！”王三举起右手，在我眼前晃晃，说：“用左手尿尿的才是真正的步兵！这是步兵的兵种胎记。”我看一眼，他的左手是在下边。

“真的假的？”我完全不屑。

“不信？”王三在挑战。

“当然不信！步兵必须用左手尿尿？你以为我是烧饼（shabi）。”

“赌？！”

“当然要赌！”我应了——这能不赌吗？我就不信天底下没有讲理的地方。

王三举起右手要跟我击掌，我没空——我的右手还占着呢。

事毕，我们回席上去。王三执意要走在我后面，我回头看他。王三与我保持两步距离，正头向前方，摆动双臂，虎口向前，走齐步；他一脸正经，一声不吭，那感觉就像是押着一个战俘。

我当然是有感觉的。王三是有预谋、按计划实施的。那天是他招呼的聚会：老队伍，老地方，老赌局。到场后他非要坐在我旁边；我一起身，他也起身；我去上厕所，他也跟着我去上厕所；还跟我并排站着尿；我尿尿的时候是面壁直视，他是斜眼往下看我；然后又突然问我尿尿是用哪只手，然后，就要跟我赌步兵用左手——这显然是在设局。

我当然懂的——王三挑事，是想翻盘。一年前，王三与我赌过一局，赌局是：什么是步兵？

事儿是他挑起来的，他自己就是步兵出身，结果他输了。为此，他埋了一年多的单。

二

我们几个老兵朋友经常聚。有时间，见见面，说说话，手上还有资源的，做个东。那些年，就是这样。

王三来了，就赌起来了，于是，聚会照旧，输者埋单。

王三，二十世纪六十年代的兵，步兵出身，上过陆军学院。他一辈子在野战部队，从战士干起，一级没落下，一直干到一个不是很大，也不是很小的官，到龄退休后回到北京，成了我们这伙儿的一员。我们早年就认识，我拉他参加的。他中等个，左腿有点跛，不是很明显。

我们这伙儿都是老兵，都不是一般战士：各军兵种出身的都有，总部的有，科研院校的也有，大官有，教授专家也有。老兵们聚聚，为的是聊聊，话题多是“形而上”的：海阔天空，战争战略，古今中外，世界大事，最新科技，预测未来等，反正都是高大上的，就是一个Party。

北京是首都。王三刚来时，很恭谦的样子；说得少，听得多，他也插不上嘴。大家都是军人出身，也还融洽。

但几个月后，王三发飙了。一次又聚，王三指着电视问我：“你说他是一个什么兵？步兵？炮兵？装甲兵？……”

“不知道，这怎么能够看得出来呢？”我说。

王三问我：“你是什么兵出身？”

“你看呢？”

“我看你什么兵都不是，跟电视上的一样。”

王三说这话，当然叫人烦。我对王三说：“关于军兵种，属于‘军事儿科’。‘百度’上有个‘知道’，你去点一下‘知道’，一点就知道。”我耐着性子。

“‘知道’顶屁用，你就点‘知道’去打仗？！”王三一脸不屑。

我跟王三说，我们这儿都是总部，专家级的，高层次的，知道什么叫“形而上”吗？

“什么‘形而上’？听不懂。哪个军兵种的兵都分不清，还装！”王三有点蔑视的样子。

“你能看出来他是一个什么兵吗？”我指着电视。

“当然能。不用点‘知道’，也不管他穿没穿军装；也不用看他扛多大的牌牌，更不听他自己怎么吹，他往那儿一站，一眼就能够看出来——跟你一样，啥玩意儿都不是。”王三说。

“凭什么？”

“就凭习惯动作。这叫兵种胎记。自己吹自己是什么兵，没用！”王三牛哄哄地说。

三

我感觉到了，遇到王三这么一个二货，没法聊了，理念不同。

王三的理念是：“知道”管屁用！兵是用来打仗的，不是用来摆样子，表演吹牛X的。

我的理念是：“知道”了，就当是做到了；说得漂亮，就当是干得漂亮；说完了，就当是做完了。

当今，网媒消费是一个时髦。视频上演得出彩，说得惊人就当是干得圆满，当然，其中也包括消费当兵的。

席上很沉闷，大家也不好意思说他。只有赌了——要不，这顿饭吃不下去。

“你就说自己，凭你身上的哪一个习惯动作，你所谓的兵种胎记，就能证明你是一个步兵？这里都是老兵，忽悠是要埋单的。”我说。

王三边吃黄瓜，边琢磨。

然后王三说了一大堆：你以为你穿着军装就是一个兵吗？你点个“知道”你就会打枪吗？一个兵，必须会熟练使用你的兵器，打枪也罢，开坦克也罢，要不你算干什么的兵？怎么打仗？使用的兵器不同就会养成不同的习惯动作。这个习惯动作就是兵种胎记，每个兵的兵种胎记都不一样。

他还说，如果上面把当兵的当正事，如果你自己也把当兵当正事，至少要在基层连队经过两三年的摔打；再加上自己的刻苦努力，起码能够熟练使用某一种兵器，起码要亲身感受到：你这个兵种的兵，应该是什么样。

他还说，经历了这个过程，你身上自然就会生成一种与使用某种兵器相适应的、特殊的行为习惯，这个兵种胎记会伴随终生，云云。

我打断了他：“甭废话，你自己身上的步兵胎记是什么？在哪儿呢？摆出来啊！”

王三当场卡住了，他的脸上写上一个“囧”字。

卡了一会儿，我跟王三说：“你先喝，边喝边吃，喝好吃好，然后去埋单。”

于是，大家都很开心，微露幸灾乐祸的表情。于是，席上恢复了正常。酒也喝下去了，饭也吃下去了，也聊开了。

那天的单，王三主动去埋的，没人拦他。这也没什么可说的——他王三跟我一样，也是嘴上的功夫，还没有说过我。须知，忽悠也是分档次的，档次不够，埋单，是必须的。

那天的那顿饭，跟以往的感觉完全不一样，至少要比不赌香了百分之五十一。大家都很兴奋。当然，王三除外。

有鉴于此，大家当场商定了一个规矩：以后每次聚会，就赌：“您是一个什么兵？”如步兵，炮兵，装甲兵，空军，海军等，哪个军兵种的兵都可以赌，就按王三的标准来：直接把兵种胎记摆出来！都是老兵，多数认同就算，少数服从多数，输者埋单。王三也说行。

这当然好玩了：兵，有从基层连队出来的，也有从“百度”上出来的，还有从电视里蹦出来的，外国的，中国的等。真货，假货？A货，B货？看看兵种胎记，一赌露真容。

于是，一致通过：这个可以赌；不赌钱，赌饭吃；争取把这一辈子的饭都赌出来。从此，大家聚会的积极性提高了百分之百。

任何一个老兵聚会，总是要找一个软柿子让大家捏一捏，否则，再高档次的餐馆，再好的酒菜，都不香。从此，王三就成了我们的软柿子。每次聚，大家都叫上他，不过，捏捏没意思，而是青砖红砖大板砖，一起拍：王三！说呀，你身上的步兵胎记呢？

王三一直都摆不出来，于是，一拍就瘪，一拍就灵。于是，王三就去埋单。

以前也没看出王三这么倔。我跟王三抢过单，友人也跟他抢过单，他坚决不肯。

我劝过他，老兵聚会，哈拉哈拉，图个乐子，Party，懂吗？都是老兵朋友，认TM什么真呐。王三不语。瞪眼，憋气，拉屎攥拳头，直到那一天在厕所里非要跟我赌：用左手尿尿的才是步兵，用右手尿尿的就不是；用双手尿尿的更不是；不用手尿尿的，倒可能是。

届时，他已经埋了一年多的单了。

四

回到席上，王三要我说，我才不说呢——“形而下”的段子，我说不出口——吃饭呢。

于是，王三就一本正经地问大家：“你们尿尿是用左手啊？还是用右手啊？”然后就逼着每个人都得回答。于是，全体一头雾水，然后，哄堂大笑。

王三一根筋，正颜挨个追着问。

大家被逼无奈。于是，有的回答说是用左手；有的说是用右手；有的说是用双手；有的说不确定，随机；也有的拒绝回答，说这是个人隐私，不文明，没素质，要是女兵怎么办呢，云云。

有人问王三："你说不用手尿尿的，可能是步兵，为什么呀？"

"打仗的时候就顾不上了，尿裤子正常，不分男女。"王三一本正经。

一片哗然，众人爆笑。

那天，席上多是步兵出身的老兵。反正我是炮兵出身，反正我们炮兵尿尿随便用哪只手，没规定，跟我没关系。我看热闹。我倒看看，他们那些步兵出身的，哪个非得用左手尿尿，用右手就尿不出来；我倒要看看，王三怎么把左手尿尿，跟步兵的胎记扯上关系。

那天，在场十人，最后，只有两人说尿尿多是用左手，他们也是步兵出身。

最后，王三说："用左手尿尿的才是真正的步兵！你们两个算，加我三个，其他的都不算。"

全场大哗：王三埋单！加酒！加菜！反正不止我一个人起哄。当场就有人说他们也是步兵出身，有人证在场，但尿尿不用左手，于是就跟王三抬杠。

席上有点乱。我跟王三说："关于尿尿用哪只手的事，咱们饭后再讨论行不行？吃饭要讲文明，不搞'形而下'的段子。你换个题目我陪你赌。"

王三一愣，想了一下，说："不赌尿尿用哪只手也行。那就赌：大门钥匙放在哪个兜里？"

"怎么赌？"我问。

"你们每人坐好，别动。每人把左裤兜里的所有东西都掏出来，放在面前的桌面上，包括上衣左兜的，一件不能少！注意，只掏左裤兜里的，右裤兜里的不管。"说完，王三自己带头掏。

又是一桶雾水浇下来，狂晕，全懵，然后就掏吧。于是，大家就把左裤兜里的，也有上衣左兜里的都掏出来放在面前了，什么都有：大门钥匙，车钥匙，烟，打火机，零用钱，卡，等等。

王三的面前，是一串门钥匙。王三挨个点验，然后问大家："你们的大门钥匙通常是放在哪边的裤兜里？"

又是雾水一头，无人应答。

王三又问："你们用哪只手掏钥匙开门？每人都得说。"

还是一头雾水，大家面面相觑，还是无人接茬。我反问王三："你的钥匙放在哪个裤兜里，用哪只手掏钥匙开门啊？"

"我的钥匙只放在左裤兜里，当然是用左手掏钥匙开门。"

最后，王三指着那两个面前有大门钥匙的人，说：“你们两个是步兵出身，包括我，一共三人。其他的都不是。”

于是，全傻。巧了，面前放着大门钥匙的那两人，就是那两个说自己用左手尿尿的老步兵。

最后，王三郑重其事地，一字一句地说：“用左手尿尿的，通常把大门钥匙放在左裤兜里的，并且用左手掏钥匙开门的，就是步兵。”

大家笑疯了。

五

遇到这么个二货，算是没地儿讲理去了——看人家是不是步兵？先看人家用哪只手尿尿？天下奇葩呀！

“要是女兵怎么办呢？”我问。

“女人没步兵！”王三眼睛一瞪。

我一想，也是，确实没见过女人当步兵的。

马上就有几人说他们都是步兵出身，现场有人证明。王三问他们是哪年的兵，在哪个部队，在连队干了几年，在班里当过战士没有，背的是什么枪，然后断言：“你们都是水货！要么当初就是一个混混儿，步兵基础不行；要么后来当官了，不下部队，忘本了，是个串串。反正以后你们不许说自己是步兵出身，说是哪个兵种的兵都可以，就是不许说是步兵！你们身上没有步兵的胎记！”

于是，席上翻天了。

我按着王三的肩头，说：“别激动。今天我埋单。你埋了一年多的单了，非常好，大家都很满意。”

王三一把甩开我的手，大声喊：“不行！你必须认输。凡是用左手尿尿的，凡是把大门钥匙放左裤兜里，并用左手掏钥匙开门的，才是步兵；用右手尿尿的，把大门钥匙放在右裤兜里的，并用右手掏钥匙开门的，就不是步兵！假货！混混！”王三憋红了脸，急红眼，大气吹皱了杯中的酒。

“反正不能用右手，是吧？”我说。

“绝对不行！”

“你们步兵用哪只手拿筷子吃饭啊？”我问王三。

王三一愣，然后说：“吃饭随便，但尿尿不行。”

笑声爆棚。见过二货，但没见过像王三这样的二货。

那天，最后是我去埋的单，因为我输了。统计的结果是：多数都认同王三的说法，我是极少数，少数服从多数。

步兵怎么会有这么个胎记呢？王三，奇葩啊！

六

那天在场的绝大多数都是二十世纪六十年代入伍的老步兵。他们都认同王三的说法：当年的步兵，是有这个习惯动作：左手尿尿；通常把钥匙放在左裤兜里，并习惯用左手掏钥匙开门。他们也认同：这个习惯动作，比较典型，可以作为那个年代步兵的兵种胎记。

那两个被王三认同的步兵也证实：他们虽然与王三不是同一个野战军，但也有这种习惯动作。他们说，那时，只要在野战部队的步兵连队当过两三年的战士，也没谁教，就会养成这种习惯，并伴随一生。

他们说，不说不觉得，王三挑明了，当年的步兵还真有这么个兵种胎记。

那几个说自己也是步兵出身，但不被王三认同的，说，离开步兵连队多年了，随便了，忘了；承认自己当年的步兵基础不牢，在基层连队待的时间短；回想当年步兵连队的生活，是有这个习惯，是在连队生活和训练中养成的，也认同王三的说法。

他们还讲了很多关于当年步兵为什么用左手尿尿，为什么钥匙放在左裤兜里并用左手开门的故事，说，没当过步兵的，或者当了步兵，但没好好在野战部队干过几年的，不懂。

他们认为王三关于步兵用左手尿尿的理由是充分的。

那天是一边倒，我是少数，于是，我就去埋了单。我没当过步兵。但我是从那个年代过来的，感觉王三的说法似乎也说得通，那时候一根筋的人多，叫用左手尿就用左手尿，不问，只做。倒是也像那个年代的故事。

但我心里并不服：当年的步兵怎么会这样？再说，解放军大了，王三，包括认同他的老兵，都是出自北方部队的，一个部队一个作风，这个步兵胎记未必典型。

王三那天很开心，很得意，对我说：“不跟你来点‘形而下’的，你就不知道‘形而上’的到底是从哪儿来。你以为我跟你讲黄段子啊？！”还说我是“水货”。

从此以后，王三就不是他了，那感觉比此前牛百分之五十一。开口闭口“我们左手尿尿的”，还笑话我是吹牛不上税的那伙儿……

很抱歉，这个故事暂时只能讲到这里。关于为什么当年的步兵用左手尿尿，包括大门钥匙通常放在左裤兜里，并用左手开门的理由，现在我还不能说：我得守约。因为我们那天有约定：底牌严格保密！不许外传。

大家觉得，这个赌局至少可以吃一年，一年之后再翻盘也不迟，大家可以天南海北再去赌。谁泄露了要罚谁埋一年的单，于是，皆大欢喜，一致通过。这等好事，我当然同意，但说实话，光凭少数服从多数，我也是不服的。

散席的时候，我拉住王二，说：“步兵用左手尿尿，小儿科，一二一的二。你以为我不知道步兵为什么用左手尿尿吗？！你就是一个二货，用右手尿一泡尿，就不行？！解放军大了，你等着！”

我被分配去广州赌，是刘四让我去广州的。

七

这里有一个微信，是友人发来的，同样内容的有多个，例一：“你为什么开篇要讲步兵？太老气了。什么时代了，还讲步兵？现在海、空军是前导，信息是先导，需要改变的就是大陆军，包括步兵。”

我回了个微信：“我们各个军兵种的兵都赌了，还将继续赌，后面接着讲。”

但近代中国军兵种的故事从哪里开篇？想来想去还是得从步兵开篇，要是讲关于美军的故事，那就从海空军开篇了。因为一八四〇年之后的中国，没有现代大工业，现代技术兵种的创立和发展缺乏现代大工业支持，自然不好讲，也不是历史事实。近代中国屡遭侵略，大战和大战威胁不断，战争临头，只能靠步兵，别无选择。陆权是基础，陆权都不保，何谈制空和海权？

中国各军兵种的现代化进程，是1949年新中国成立之后开始大规模创建现代大工业之时，才逐步开篇的。中国兵是一个勇敢的追梦人，当然渴望讲好自己现代军兵种的故事。一百七十余年曲折颠簸，风雨征程，直到今天，还在追。但如果要问，近代中国兵的精神世界是什么样的，只有步兵是一个典型的标本：坚韧，强悍，东方智慧。中国兵的精神头，都在其中了。

还有一个微信：“步兵的故事不好看，靠人多，没技术含量，猴赛雷的NO（不）。”

我没回，转发给王三了。王三回：“‘猴赛雷’什么意思？”

“好像是日语。”我回。

八

刘四说，王三有一个战友在广州，叫小兵，跟王三同年兵，同一个步兵连队的，去问问他，步兵用左手尿尿，真的假的？再说，地分东西南北中，人分精和傻，王三比较二。

刘四说，王三这小子也鬼，也不是省油的灯。步兵只许用左手尿尿？大门钥匙只能放在左裤兜里？还只能左手掏钥匙开门？用右手就不行？哪有这样的事儿！

刘四要我留个心眼，王三要是忽悠我们，他得埋单。到广州去赌，反正输赢都有人埋单。小兵是土豪，有钱。

刘四，我们的军事理论家，外号“云知道”，爱电脑，喜搜索；总是低头看手机，所以，古今中外，无所不知，无所不晓。克劳塞维茨的星座他都知道。他是说理由的专家，假如西洋人吃臭豆腐，他都能给你讲出一万个理由来，绕你三天。但是，你要叫他说一个Yes（是）or No（否），那就是要他的命。他从来不会输，当然也谈不上赢。这一点，他不如王三。

小兵我认识。于是，我就给小兵打了一个电话，问：“你尿尿是用左手，还是右手啊？”

小兵一愣，有点懵，问：“这跟做生意有什么关系吗？”

“当然有关系！大买卖！”

“那你们就快来吧，我给你们订房，我亲自去机场接你们。”

“好，王三和刘四和我三人，住哪啊？”我问。

“花园大酒店，五星级的。每人一个商套，我安排，不谈钱。”土豪人性，一试就灵。

事先我跟王三说好了：不许他提步兵用左手尿尿的事情，不许他与小兵勾结，只我一张嘴说。王三应了。

于是，我们三人就飞广州了。

见了面，小兵问我，在哪儿吃啊？我说，就在花园大酒店里面，那里厕所大。

我叫他多叫几个老步兵朋友来：六十年代入伍的，南方部队的，但必须是步兵出身的，野战军的。就是喝酒吃饭，聊天，有正事，不要问。

我跟小兵说，尽管我们有打土豪的传统，但这次不打了，来一个既有文化的，又有酒喝，还有饭吃，还有人埋单的问答题：什么是步兵？大体相当于新兵第一年的水平。

小兵说："猴赛雷！"

王三就问小兵："猴赛雷"是哪国外语？小兵说，不是外语，是广东话：好厉害，很牛X的意思。

王三叫小兵"排长"。小兵在连队时比王三进步快，当过王三的排长，尽管他们是同年兵。小兵在连队干了约十年，他会搞伙食，干到副连长，后来非要转业回广州。

小兵是广州的坐地户，下海后赚了不少钱，于是被我们列入土豪之列。同时也是吃货一个。小兵厚道，重朋友，喜热闹。广州是美食天堂，战友来了，就张罗吃喝，他埋单。

那天到场十三人。有的认识，有的是第一次见面。小兵说，一水儿的老步兵。

我跟小兵说，先喝啤酒，不许单独上厕所，最后一起上厕所，回来再喝白的。没有为什么，就这么规定了。

于是就开喝。

那时，正值我经历的中国现代史上吃喝最疯狂的年代。那种感觉，就是天上掉生猛海鲜，噼里啪啦地往下掉，直接掉到酒席上；天天都有喝不完的酒，吃不完的饭；一切问题都在舌尖上解决，正所谓"舌尖上的中国"。

几轮下来，大家都憋得够呛，喊着要上厕所。于是，就全体一起上厕所。

花园大酒店的厕所大，五星级的大厕所，前面九个人一字排开尿，小兵、王三、刘四和我暂时憋着没上。我叫小兵去查，刘四复查，王三见证，我是总监：看看到底是用左手还是用右手，各几人。

查毕，小兵报告：五人用左手，两人用右手，两人用双手，我们四人除外。

刘四证实：核查结果准确无误。

王三用左手张开五个手指，用右手竖起两根指头，跟我显摆。

然后，我们四人尿，我亲自查了：小兵尿尿用双手，王三左手，刘四右手，我就免了。

小兵问我："尿尿用哪只手跟个人酒量有什么关系吗？"

我说："这里不说，回席上去，王三作总结。"

九

回到席上，王三说："多年没见面了，很想念大家，很怀念步兵。今天主要是见见面，顺便检查一下，看看我们步兵的老传统保持得怎么样，丢了没有，丢了多少，还剩多少。检查结果是，大多数同志都保持了老步兵的传统，个别的同志丢了。年纪大了，用双手尿尿的同志要注意呢，可能前列腺有问题了，要去检查。讲评完毕。”

大家都瞪眼望着王三，萌萌的样子——全傻。

小兵问我：“你怎么不问啊？什么是步兵？这里都是老步兵。”

王三插上来：“都回答了，为什么还问！”然后，王三向我眨巴左眼，示意：我什么也没说呀，你懂的。现在网上有一个国产英语单词，前缀是拼音，后缀是英文，词根同义，很准确地表达了王三当时的状态：Zhuangbility（装逼的中式英语写法）。

我感觉大家也没什么情绪波动，既没有着急的，也没有不着急的，跟听传达报告的场面差不多，完全摸不着头脑，完全无动于衷。

然后，王三就跟我嘚瑟：“你输了，今天你埋单！少废话。”

热热闹闹一顿饭，啤酒加洋酒加白酒，生猛海鲜，顶级水平。王三满处张罗，一副他是土豪他做东的派头。直到大多人说话都不太利索了。王三向我眨巴左眼，说：“你该去埋单了吧！”

小兵不让，说他做东，我们是客人。王三拦着，跟我说，没见过吧？长见识吧！“广东”人民解放军的步兵，也是左手！然后跟小兵说，他必须，他乐意。

输了就是输了，我当然不能软，于是，我就去把单埋了。要面子的感觉就这样！心也疼，因为很大的单：五星级的大馆子；啤酒，洋酒，白酒，生猛海鲜；十三个人。

小兵问我是怎么回事儿，我把北京的赌局说了一遍，小兵笑疯了，笑得说不出话来，说我是烧饼（shabi）。王三在一旁看戏一般。

饭后，小兵请我仨人去洗桑拿。穿着洗浴服，小兵用左手摸着左兜跟我说：“以前没在意，你看，我的衣柜钥匙，烟，打火机，手机也是习惯放在左兜里，换成洗浴服，也是放在左兜里，开衣柜也习惯用左手。当年在步兵连队就养成这种习惯了：右手要背枪，枪不下肩，只有左手办其他的事，习以为常。今天王三不说还没意识到。”

小兵还说，他现在用双手尿尿，可能前列腺有问题了，王三说得有道理，得去检查一下，酒喝多了有后果。

我说：“没想到啊，你们广东人民解放军的步兵也是左手尿尿啊！王三有才啊，猴赛雷！”

“你上当了。王三左手尿尿是天生的，我们是当步兵之后训练养成的，不一样。”小兵说。

“为什么？”

“他是左撇子。他没当步兵之前就是用左手尿尿，我们是发小。”小兵笑喷了。

“啊？！王三是左撇子？！这个骗子！”我大叫一声。

王三就在旁边，当场脸就红了，喊：“我不是左撇子！”

这真把我气疯了，我抓住王三的左手腕，质问他：“你居然是一个左撇子。你以为你会左手尿尿你就是步兵吗？你说！”当时，我掐死王三的心都有。

王三绷着嘴，梗着脖子，就是不说，一副坚贞不屈的样子。

我捏紧他的左手腕往他的外侧撇，非要扳倒他不行。王三跟我较劲，把手扳到他胸前，我们脸对脸，眼对眼：“你是不是左撇子？”他就不说。

我说：“我是哪个军出来的，你知道吧！”

“知道。”

“知道就好。”我说。

王三一翻眼，说：“我是哪个军出来的，你也知道吧。”

“那好。咱俩甭废话了，来简单的，咱们直接动手。如果你打赢了，这事就算过去了，我认倒霉，下一局再说。如果我打赢了，你在花园大酒店再摆一场，重来！你必须埋单。”我跟王三说。

“我不是左撇子！左手尿尿的就是步兵！”王三还嘴硬。

气死我了！要不是那天小兵和刘四拉着我，我非跟王三干一仗不可。

拉扯之中，王三甩开我的手，怒火冲着小兵去了。他狠劲推了小兵一把，恶狠狠地瞪着小兵，然后大骂小兵是坏人，欠抽，凶恶之态如庙中的金刚。

小兵吓得跟孙子似的，耗子见了猫一般。

王三敢打他的排长？小兵怕王三？这我没想到。

转眼，小兵就消失了。

（选自2015年第10期《解放军文艺》）

我的习书历程

白　描

我的家乡出过一个人物：于右任。于右任的老家斗口于村，距我家手巾白村5里地，孩提时，在秋日的风雨过后，我们村一帮孩子，常去斗口于村捡拾落果。那里有一片很大的果园，早年于右任在家乡搞农业改良试验，建了斗口农事试验场，果园那时就有了，引进了多种优良品种的苹果。新中国成立后斗口农场成了国有农场，那是我们孩子的向往之地，买果子要花钱，但捡拾地上的落果却不用，苹果有黄元帅、国光等，虽然落果大都跌破或有腐烂，却是不花钱的解馋吃物，收获不会很多，但足以让我们兴高采烈。

我们两个村子，地处泾阳和三原两县交界处，早先归三原县辖，新中国成立后一会儿归三原，一会儿归泾阳，归属几经变动，现在属于泾阳地面。有人说于右任是三原人，那是老话，确切地说应该是泾阳人。泾阳地处三秦大地腹地，被誉为关中平原的“白菜心”，中华人民共和国大地原点就在离我家10里外的一处高地上。县西50里是唐太宗李世民的陵寝九嵕山，形同笔架，人们叫它笔架山，县北30里是嵯峨山，五峰并峙，也形同笔架，人们叫它北笔架山。两架笔架拱抱泾阳，于是有了说道：此地必出文曲星。后来仅现当代便出了于右任、吴宓、冯润璋、李若冰、雷抒雁等。

于右任早年在家乡致力于办学兴教，我的父亲曾在他开办的小学念过书。父亲曾回忆：于先生让人把桌子在操场一字排开，学生们写字，他逐一察看，见写得好的，便当众夸奖。父亲说，他的毛笔字曾受到于先生的表扬。于右任的鼓励，让父亲好不得意，后来他虽做了农民，刨挖土地终其一生，但对笔墨依然心存眷恋，我刚识得几个字，他便把毛笔塞到我手中，说字是一个人的脸面，字不行，便颜面无光。他告诉我，于先生说过：“写好飞凤家，天下人人夸。”飞、凤、家三字最难写，他写了这三字，让我照着写。在我慢慢对写字有了兴趣后，家里泥皮墙上，到处都是我用锅墨写的“飞凤家”，还有一些类似口号的涂鸦。庄户人家里少不了麻袋、口袋类盛粮物具，村人拿来让父亲在上边写名字，以作标记免得丢失，后来遇到这样的事，父亲就让我代笔。我很喜欢在口袋上写字，这是一种颀长袋子，用粗棉线编制而成，能装百十斤粮食。毛笔落在棉织物上，比涂在土墙上的感觉要好得多。

古来家乡人便崇文重教，农民里，毛笔字写得好的人多不胜数。“文革”后“清理阶级队伍”，大队举办审查对象学习班，我刚返乡做了农民，便让我去做记录。审查对象里有个老地主，腰间挂一只粗布小袋，让他写交代材料，他便从腰间解下袋子，打开，拿出一方黄铜墨盒，一支细管毛笔，满把老茧的粗手却写得一手漂亮的蝇头小楷，直叫人心里不由得赞叹。他的字我是喜欢得不得了，百读不厌，在我看来无异于法帖。学习班结束时，我偷藏了两份老地主的交代材料，一直保留在手边。

于右任已作古，父亲已作古，老地主已作古，但故乡的传统没有丢。故乡的书法家层出不穷，他们很牛，别人问：“你临谁的帖？”答曰：“没临过帖。”问者吃惊：“没临过帖字写得这么好？”再答：“我临碑哩。”西安有碑林，那是闻名于世的书法宝库，临碑比临帖听去更唬人。虽有吹牛的嫌疑，但得条件便利，可常去碑林接受浸礼，也非诳语。记不清我去过碑林多少次，上大学时5分钱门票，我不吃不喝在里边从早上开馆待到晚上清场闭馆。米芾讲：“石刻不可学，但自书使人刻之，已非己书也。故必须真迹观之，乃得趣。”也许米芾的话自有道理，但在我感觉里，碑刻的汉字艺术，读来更能使人心旌摇荡。

我常感叹天下字写得好的人是那么多，《三希堂法帖》32册，收录自魏、晋至明134位书法家的作品，只是乾隆年间内府所藏之精要，历朝历代官方民间还有多少书家可为法式楷模，那是一个说不清的数字。走到各地城市大街上，最吸引我眼球的是店铺牌匾，我一直固执地认为牌匾上的题刻，是一个城市文化底蕴的代表性符号，父亲说字是人的脸面，我以为牌匾是城市的脸面，一个城市的水有多深，看看大街上的牌匾，心里便大概有了数。有些匾额，字写得颇有气象，看署款，闻所未闻，让人心里直感叹散落在民间不知有多少高人。

字，本是一种实用书写符号，但汉字的魅力就在于可以独立成为一门艺术。古人解释：仓颉之初作书，盖依类象形，故谓之文，其后形声相益，即谓之字。汉字创造之初，形是第一要素，这形在数千年发展演进中，出落得活色生香，摇曳多姿。字因人异，不同的书家会有不同的书体，这便构成了书法艺术的恣肆汪洋。

我之习书，皆因兴趣，沉浸在翰墨书香中，实属人生之大乐趣。南朝书法家王僧虔讲："书之妙道，神采为上，形质次之，兼之者方可绍于古人。"神采最难得。我一向认为，从汉字脱颖出来的书法艺术，不同书体不同造诣不仅给人不同的视觉印象，而且给人不同的审美感受。在这黑白对比的审美感受里，首要的是书法意蕴提供给观者的审美愉悦。激活这愉悦感觉的酵母就是神采。我一直向往自己笔下有鲜活神采，也一直为之努力，但所得不多。每每看到别人字写得那么好，自己便沮丧得很，好在汉代赵壹一番话聊可自我安慰。赵壹讲："凡人各殊气血，异筋骨，心有疏密，手有巧拙，书之好丑，在心与手，可强为哉？"喜欢，投入，就行了。

（选自2015年8月7日《文艺报》）

女大校那一天抹了红指甲

红　孩

阿里于我的童年是陌生的。等我在中国地图青藏高原橙黄色的板块上看到她时，我已经快二十岁。那一年，我在一本文学刊物上看到毕淑敏写的中篇小说《昆仑殇》，再后来，因为地委书记孔繁森的殉职，使我对阿里充满了无限的想象和真诚的敬意。

这些年，在内地人热衷于房产、保健、减肥、股市时，我的目光一点也没舍得离开西部。特别是一九九六年七月，我跟随解放军总后勤部的部分作家到青藏线采访后，我的心灵告诉我，记住那里的美丽风景吧，记住那些满脸高原红的兵吧。

我接触过许多从高原下来的官兵。二〇〇二年十月，我和作家石英到济南开会。第二天，我们在去泰山的路上，开车送我们的司机在听我们聊天的过程中，得知我去过青藏线，他插话说，他就是从青藏线复员回来的兵。我侧过身，看了看他的脸，显然已经没有了高原红。我问，你复员几年了？他回答，快五年了。或许因为我们都有高原情结，一路上我们说了很多的话，都是关于雪域高原的话题。

我告诉司机师傅，我的老师军旅作家王宗仁，就是从青藏线走出来的作家。他曾经一百余次翻越唐古拉山，从事文学创作五十多年，大部分写的都是青藏线题材。司机师傅说，他知道王宗仁老师，不光他知道，青藏线的很多官兵都知道，他们经常说王老师如何如何，仿佛王老师就生活在他们中间。从山东回到北京后，我把司机师傅的话转告给王宗仁老师，他笑着问我，你没问问那个战士叫什么名字？他从高原上下来身体是否适应？我不好意思地说，聊着聊着时间就过去了，给忘了。

多年以后，我再去济南，过去接待我的朋友已经退休。我问他昔日送我们去泰山的那个司机怎样？朋友说，他已经去世了，肝癌。我没问那个司机师傅生病的原因，我知道，长期在高原生活的人，由于气候和营养问题，很多人都患有癌症。那一天，我很难过。

前年底，某个寒冷的冬夜，一个来自阿里的电话把我从梦中惊醒。看着陌生的电话，我心想这该是谁呢？不等我先说话，一个轻柔的女声传过来：你是红老师吗？我是阿里军分区的汪瑞。汪瑞？我并不知道这个名字。我说，你好，我是红孩，有什么事吗？汪瑞说，我刚出版了散文集《当兵走阿里》，总政艺术局的李干事让我给您邮寄一本，说您是散文家，想让您看看，帮助指点一下。我一听书名，就引起我极大的兴趣。二十年来，由于工作关系，我经常到部队，跟很多部队作家成了要好的朋友。其中不乏女将军、女大校，至于小女兵就更多了。在我的朋友圈子里，没有人不相信我曾在军营生活过。记得有一年，我到总后开文学创作会，当介绍到我时，一位首长开玩笑说，红孩不是外人，他是我们总后未来的女婿。

我让汪瑞把书马上邮给我。她这时才想到时差问题，歉意地说，对不起红老师，现在是晚上十一点，在北京该是深夜了，可我们这里才相当于九点钟。我说，我理解，你只要想给我打电话，几点都可以。

几天后，一本崭新的《当兵走阿里》由解放军文艺出版社邮来。封面是汪瑞穿着军装、背着药箱，骑马穿行在阿里雪域高原的照片。再看内文，十几篇写高原军人生活的散文映在散着墨香的纸上，我迫不及待地读起来。

汪瑞生于二十世纪六十年代，父母都是军人，她十七岁参军，现在是研究生毕业，军衔为大校，曾当选为全国人大代表。十五年前，她曾在大军区医院工作，一次偶然的机会，她毅然报名下基层到阿里军分区的一家医疗机构，从事官兵的心理咨询工作。

我见到汪瑞是在去年春天，她到北京的鲁迅文学院学习期间。记得第一次我们相见时，她没有穿军装，而是上身着一件乳白色的羽绒服，个子高高的，齐耳短发，戴着近视眼镜，说话细声细语的，跟电话里和书里的那个女大校判若两人。我送给汪瑞一本我和铁凝共同完成的《铁凝散文精品赏析》一书，并对她玩笑道，哪天你见到铁凝主席，你让她在扉页上也签个名，这样你这本书就有故事了。

由于正逢全国两会期间，我问汪瑞这次为什么没去开会。她告诉我，这届她已经不再担任全国人大代表了，不过她到代表驻地去拜访了上一届的代表朋友。我问她当代表的最大感受是什么，汪瑞说，她从西部边陲到大都市开会，感觉自己是那样的孤独与陌生，她记得第一次在代表小组讨论时，当人们大谈房价物价车改时，她想到的却是高原军人的生存问题。

这就是都市与边疆的差异。汪瑞缓缓地说。

那一刻，我感到浑身一阵的战栗。这么多年来，我们每天为这为那地奔忙，可我们真正地想到过那些高原红吗？记得有一次，在某个文人相聚的场合，一个从国外回来的作家说，看看外边的世界，想想那些在边疆站岗的兵们，真是不值得啊！我听后再也不能容忍，愤怒地吼道：请你闭嘴！你对边疆军人究竟了解多少，竟敢在这里胡说八道！我不管你多么有名气，国外多么宠你，可现在我非常鄙视你！

一个月后，第六届全国冰心散文奖开始评选。在参评的作品中，有四部是写青藏高原题材的。其中有个女作家曾经独自开车到青藏线去了十五天，回来后她写了一本书。这个女作家和我认识多年，她知道我主要负责冰心散文奖，就打电话给我，希望我关注她。如果说这次没有汪瑞的《当兵走阿里》，我肯定要力挺她的。可是，汪瑞出现了，我该怎么办？经过几次内心的纠结后，我对那个女作家说，你虽然去得很辛苦，写得也很辛苦，可是我现在不得不告诉你，有一个女大校，她在阿里生活了十五年，她不幸得了绒癌，她用生命完成了一本书，不论从哪个角度，我的票都要投给她。如果不投给她，我从感情上做不到。听罢我的话，女作家沉默了一会儿，说：我理解了，如果我是评委，我也会把票投给女大校。

过了六月，汪瑞他们这期鲁院研修班就该结业了。她打电话给我，说在离开北京前我们要见一面，她似乎有很多话要说。我们约定在鲁院路南的一家四川火锅店见面。我是提前十分钟到的，在我低头玩手机时，汪瑞悄然来到我对面，她今天特意打扮了一下，通身穿着白底蓝花旗袍，脚上踩着高跟鞋，简直可以用亭亭玉立来形容。我冲她戏谑道，你是来相亲的吗？汪瑞略带羞涩地问：你觉得我漂亮吗？我说漂亮，非常漂亮。汪瑞在我对面坐下，我觉得她这身打扮要是不坐在热气腾腾的火锅面前或许更合适，可是既然已经来了，只可顺其自然。

在和汪瑞聊天时，我注意到。她的手指全都抹了红指甲。我知道，按部队规定，女兵是不可以染发、抹红指甲的。汪瑞见我好奇，她得意地把红指甲在我面前晃，我能感觉到，她很珍惜现在的自由，无拘无束。再过一个星期，她又该回到阿里，在那里，她必须长年穿着军装，由于她的军衔和军分区司令员一样高，因此，她每到一处，人们都把她看作是首长。我对汪瑞说，既然你喜欢成为自由的女人，那你为什么不转业呢？汪瑞看了看我，坚定地说，不，我绝不离开部队，我喜欢雪域高原，我离不开那些战友！

好一个女大校！从她的身上我看到了共和国女兵的力量。转眼汪瑞离开北京已经一年多了，这期间我们经常发短信通电话，有一阵，她一直没有音讯，我真担心她出了什么意外。后来，她告诉我，她代表我军参加和某外国军队的定期会晤去了。我想，在外国军队面前，英姿飒爽的汪瑞一定会给外国军人一个惊喜。在我的心里，一直坚信汪瑞是最棒的。

（选自2015年9月16日《中国文化报》）

东 洋 镇

任林举

从齐齐哈尔出发，沿嫩江逆水行去200里，便到了东洋镇。

原本沙岸泥底的河床，延宕至这里，遂被坚硬的石槽所取代，江水倏地就变得清冽起来，而一直平阔、舒缓的江岸，却被陡然闪现的石崖石壁当头一声断喝，活生生拦住了去路，眼看着一江柔媚的春水就那么渺渺然归了两岸的青山。

过了山口再向前，举目已一片苍茫，汹涌的峰峦之间，唯有那道浩荡大江可称作最平坦、柔软的“路”。在江上行走的人并不在意水从哪里流出，又归属于谁，江风起处，心里的强弱顺逆之界早已变得模糊，他们能够把握的或最在意的只是能否将自己的“路”走通走好。当船行至平原与山地的交接处，他们并不想，也没情致发出更多感慨，只是本能地给船加大了马力。他们知道，越是行至水清处，越要面对更多的曲折和艰险，也就越需要多加小心，多付力气。

自古以来，东洋镇的人就在这山地与平原、崎岖与开敞的交错处讨生活，进也奇绝，退也坦荡，两种截然不同的境界，对于他们来说，进出只在一念之间。

在这样一个水陆交通要塞，人们最看重的就是交通工具，而水上的船、陆路的车以及灵巧、便捷的马匹，是中国自千年以前一直延续到二十世纪中期三种主要形式。住在镇东的石家，是东洋镇有名的木匠世家，自从有了东洋镇似乎就有了石家的木匠铺，至于这木匠铺到底有多老，石家的人似乎并没有时间和兴趣去追述，只是自顾自地埋下头，乒乒乓乓地忙着忙不过来的活计。

最早，石家是光打车不“排”船的。那时，行走在东洋镇街路上的车，半数以上出自石家木匠铺。石家的车，轮子平滑圆润，车轴与轴承的间隙恰到好处，运行起来自有一番悦耳动听的节奏和音效，懂“行”的人，不用看，只需听一听车子在行走时的响声，就知道那车是不是出自石家木匠铺。木匠铺传到了石木匠手上时，无论眼界、志趣和业务类型都发生了很大变化。他们不单是做车，也“排”起了船。至于石家的船后来也成为东洋镇一带最好和最出名的船，那是理所当然的事情，自不必说。单说石木匠那个嗜马如命的癖好，曾让东洋镇的人大惑不解了好一阵子。一个木匠铺子却不间断地饲养着以各种渠道和方式搜罗而来的良马。一个阔气的大马厩里，马儿随进随出，却很少有人知道它们来龙去脉和底细，但石家从不以马盈利却是众所皆知的。不管是谁与石木匠谈马论价，他都会断然拒绝："我们不做马匹生意。"到底图个啥呢？不顶吃，不顶喝，好草好料地供着，还专门雇着好人当祖宗一样伺候着？

石木匠已经逼近50岁的年龄，膝下仍然无儿无女，看样子"无后"已基本成了他并不情愿的宿命。于是，他干脆就放下儿女的念想，把心思转移到了养马上，像调教自己孩子一样调教、呵护起他的马，尤其是他那匹心爱的黄骠马，干脆就送它个昵称"姑娘"。

相人看门风，相马看槽头。说的是，看一匹马到底好不好，就跟看谁家的孩子将来会不会有出息一样，不仅要看其平时的举止言谈，还要看其家庭环境、兄弟姐妹的状态以及饮食起居、站立行走的姿态、吃相等细节。石木匠对他的马，可是爱而不"溺"，严爱相济，心可以软，但手却从来不软。只是几年的工夫，就把那匹心爱的马调教成了风姿优雅、颈项挺直的"美女"。

大约只有马才真正懂得马的美。看一看镇上的马接近"姑娘"时的反应，你就知道"姑娘"身上的魅力了。"姑娘"迈开它优雅的四蹄，晃动着紧致光滑的屁股走过大街，大街立即如一盆静水被一只有力的手搅起翻腾的水花。几乎所有适龄的"儿马"看到它，都会踢腿刨地、引颈嘶鸣，一派骚动不安。但石木匠从来不让他的"姑娘"乱来，只要"姑娘"的脚步稍有迟疑，石木匠立即狠狠地抖动手中的缰绳。在他眼里，镇上的那些马没有一匹能够配得上他的"姑娘"，他可不允许一个草率的交合之后，家里多出一匹毛头毛尾"歪瓜裂枣"的衰马，他可没有心情和精力为一个偶尔的失误付出那么大代价。如果真有与"姑娘"相配的"白马王子"，也许石木匠是可以考虑的，他必须为"姑娘"把住这个婚配关，他要维持石家的马血统纯正高贵。

几十年以前的东洋镇，毕竟格局很小，风从西边的街口跑到东边的街口，也就是一颗烟的"工夫"，每天都有大大小小的风，来来往往地穿过镇上的房舍和街道，把人们听得懂或听不懂的信息传播到各处。有一段时间，黄骠马的耳朵里不知道被风注入了什么信息，突然就懒动草料，烦躁不宁起来。它精美的头仍一如既往地高昂着，但四蹄间显然多出了很多踢踏的动作，偶尔一声低沉而又有节制的嘶鸣，仿佛它正面临着什么不可见的危险。能是什么样的危险呢？那时正是“草色遥看近却无”的初春时节，想必就是那春风本身，它可是所有生命最体己的朋友和最危险的敌人。它只凭借着极其轻柔的一记吹拂，就能够造就最难平复的瓦解和重构：土地开裂，青嫩而又所向披靡的草便纷纷探出细嫩的芽尖；树苞起处，柔软而有力的叶片便刺破枝条，从树的内部向外张开……石木匠意味深长地拍了拍黄骠马，大约知道了它生命里最底有什么在悄然无声地膨胀或慢慢地撕开裂隙，是什么造成了它的痛苦和不安。于是，他把黄骠马牵到了野地里去掉缰绳，让它自由自在地在草地上伫立或奔跑。他就远远地坐在一棵树下，心情复杂地看着那幅美丽而又令人感伤的图画：一匹发情的母马辗转于初春空旷的原野之上，举目无朋，只有风一直追逐着它，仿佛转着圈儿从头到尾地将它梳理，让它俊美且忧郁得如思春的少女。

两天后，突然有一个八路军的骑兵连像被特意编导了似的，来到了东洋镇。骑兵连的连长小高，现在已经没有人记得清他叫什么名字，夜晚被安排在石木匠家里借宿。

高连长的坐骑是一匹毛色纯黑的公马，头小颈直，高大英俊，一双乌溜溜的眼睛机警有神。也许是战场上纵横驰骋和出生入死的非凡经历使然，也许是天生的雄性气场使然，一搭眼就能感觉出那黑马要比黄骠马多出几分刚烈、英武之气。两匹马一见面，就开始了热烈的交流，以期待的眼神、以粗重的气息、以喉咙里发出的模糊声音、以四蹄间不断变换的动作。还没等主人搭话、寒暄，它们之间似乎就已经找到了非同寻常的感觉，如果是两个青年男女，是不是可以叫一见钟情或一见如故呢？

高连长自然是一个相马的行家，他与石木匠之间最主要的话题也是谈马，谈如何识马与养马。他告诉石木匠，那匹黄骠马是乌珠穆沁马与俄罗斯奥尔洛夫马的杂交，而他的黑战马则是伊犁马与三河马的串种，都是质地优良的骑乘品种。

夜渐深，高连长与石木匠分别沉沉睡去，而马厩那边却不断地传来了各种轻微的响声，看来，对于两匹马来说，那注定是一个难以平静的夜晚。直到第二天清晨，人们才知道昨夜到底发生了什么。原来，黑战马在深夜里挣脱了缰绳，跑到了马厩里与“姑娘”成就了春风一度或数度的好事儿。当高连长的警卫员来牵它离开时，两匹马还处于依依不舍的情绪里。

其实，夜里黑战马挣脱缰绳时，警卫已经发觉了，但那个小伙子并没有声张和制止。反正马也没有出院子，不会跑掉，并且让他一个人去管束一匹发了情的战马可能也不是件容易的事情。另外，在那样一个春风荡漾的美妙夜晚，大约所有的生命经那夹杂着泥土芬芳的风儿一吹，心头都会生出一些软软的温情吧。当时，那警卫员的年龄与高连长上下相仿，正是情窦初开的美好年华，如果有幸赶上一个没有战乱的年代，他们也许都在花前月下与心上人卿卿我我呢。设想，在那遥远的故乡或某一转战停留之地，真有一位姑娘在牵动着他深深的思念，那夜，不正是他触景生情，心怀感念的时刻嘛！那他就更有理由可怜并成全了那两个被情欲充满的生灵啦。若从生命平等的角度说，他们还是出生入死、并肩战斗的战友呢。

第二天清早，高连长的部队就离开了东洋镇，“开拔”到了新的战场。热闹了一小阵子的东洋镇很快如落过一颗石子后复而微波不兴的静湖，看不出曾经有涟漪泛动，也看不出今天与昨夜或昨夜之前有什么变化，一切秘密和细节都被如水的时间严严实实地掩埋起来。石木匠也还是如往常一样，把一小部分时间用来照料木匠铺，把一大部分时间花在他的“姑娘”身上。然而，“姑娘”却一天天在发生着变化，神情渐渐显现出平静与安然，腹部却一天比一天更加膨胀。秉性精怪的石木匠早已看出他的黄骠马已经从“姑娘”变成了少妇，就要做妈妈了，但令他百思不得其解的是，它到底是什么时候怀上了谁的孩子呢？数月后，“姑娘”临产，生下了一匹纯黑的小公马，他顿时恍然大悟，原来那一夜激情竟然留下了果实。从此，石木匠便用他有限的话语不断地追述起那个只有一面之缘的高连长和那匹与高连长一样英俊的黑战马，赞美之词溢于言表，仿佛那梦境般一闪而逝的过客原是他血脉相连的亲人。

“两岁口”的小黑马，体魄上的高大已经超过它的母亲，其威武英俊似乎也在父母双亲之上。经过石木匠两年多精心调教，它已如草丛中一棵鹤立鸡群的青槁，挺拔而水灵，浑身上下透着蒸腾的朝气。当小黑马在野地里撒起欢，它飞快的脚步就会如雨点儿一般，一阵阵洒落在翠绿的草地上，而飞速掠过的身影更如一缕黑色的旋风，搅起了蹄边青草、野花的芬芳以及天空里翻卷的白云。石木匠总是站在远处眯起眼，微仰着头，像当年看“姑娘”时一样，一动不动地欣赏着眼前这幅图画，仿佛沉浸于阵阵扑鼻而来的花香之中难以自拔。

三年后，高连长的部队再一次路过东洋镇。这一次，高连长还是住在石木匠家，但这次，高连长的骑乘已经不再是那匹黑战马了。数日盘桓之间，石木匠清晰地感觉出高连长不同以往的“老成”和神情中的灰暗，也断续弄清了高连长的部队性质以及黑战马“牺牲”的经过。只是不知那可怜的“姑娘”，是否懂得什么叫作牺牲，是否知道它曾经的爱侣永远也不会再回到它身边？几天来，从院门进进出出的高连长，是否会激起它美好的记忆，是否让它更加想念起那匹帅气多情的黑战马以及与黑战马共同度过的那个情深义重的夜晚？

从见到小黑马那一刻起，高连长就认出并喜欢上了它，在东洋镇逗留的几天里，高连长几乎天天把时间花在它身上，端详、接近、爱抚，也许还有一阵阵拥有的冲动。显然，他是把小黑马当成了他的黑战马。最后，他还是下定决心对石木匠说出了自己的想法和意图。他说，只要让他把小黑马带走，什么条件他都接受，马队里的马随石木匠挑选，三匹或五匹他都愿意交换。可这边，石木匠死活就是不答应。石木匠也有自己的想法和坚持的理由，石木匠说："好马谁不喜爱？别说你三匹五匹，就是一个马队我也不稀罕，小黑马是我的命根子，没有小黑马，我养那么多的东西又有什么意义？"

良久，石木匠突然说："你认我做干爹吧，我就把小黑马给你。"

高连长沉思了片刻，响亮地应了一声"好！"便在石木匠眼前跪下，响响地叩了三个头，叫一声爹，这门亲就算结了。

接下来，高连长命令连队原地休整三天，他自己要在这三天里尽一个儿子的义务。三天里，他和石木匠寸步不离，为石木匠做了一切儿子应该做的事情，提鞋、倒水、敬饭、扶门……并把他二十几年人生的种种苦涩和非凡经历对石木匠进行了细细的交托。原来，高连长从小父母双亡，13岁时跟上了八路军的队伍，就一直在部队里摸爬滚打。

临别，高连长把一个祖传的小玉马留给了石木匠，说一声："儿不能在身边尽孝，爹多保重！"这时，石木匠已经叫手下人事先把小黑马打扮了一番，并亲手将缰绳交到了高连长手里。石木匠说："这么好的马放在我手里有什么用呢？儿，我已经把它驯熟，你可以直接把它骑走。这马生性机灵，体力、脚力又好，肯定能保我儿战场上顺利、平安！"

事情就这样成了。从此后，东洋镇上的人都知道石木匠有一个当兵的儿子。当有人问起石木匠："你儿子有没有信？"石木匠便答："快了，我儿捎信说，这段任务结束就回来看我。"可是，时光就那么无声无息没有内容地流过，高连长和他的部队一直也没在东洋镇上出现过。石木匠有时就把那匹小玉马拿出来瞧瞧，那也是一匹很漂亮的马，但就是不会跑也不会叫。也许无声更好，因为石木匠也是无声的。镇上的人更加琢磨不透石木匠的心思了，似乎沉默已经成为唯一与他相称的注解。

又三年。

一日，石木匠家门前突然飞来了几骑人马。

来人问清了石木匠的姓名后，齐刷刷给石木匠敬了一个军礼。其中一个领头的人说："高连长已经牺牲了。组织上根据高连长生前的信息和掌握的情况，认定您是他唯一的亲人，所以就把他的遗物转交给您……"

所谓的遗物，无非是几件褪了色的衣服、一条腰带和几样日用的杂物，另外还有两张立功奖状和一沓薄薄的纸币。两张奖状一张是高连长的，一张是小黑马的，奖状上简单罗列了他们的战功和受奖级别。但石木匠那天什么也没看清，只闷闷地叫了一声："我的儿啊！"汹涌的泪水就弥漫了他那沟壑纵横的脸。

从此，东洋镇就像丢了魂魄似的，变得心事重重，而嫩江流至此处时，却显得呜咽凝滞，如一声长长的叹息。

（选自2015年第5期《海燕》）

昏迷的炮弹

宁新路

密集的炮弹打到这个地方，却出现了无法解释的奇事，一发未爆。那是13发功效强大的迫击炮弹，连连落地却都“昏迷”了过去。不是昏迷，而是死昏，到如今已死昏70多年，仍在昏迷。这些死昏的炮弹被风雨吹打得皮开肉绽，应是永远昏死在这里了。这是河南省鹿邑县老子成仙飞升之地的老君台一景。这狰狞的炮弹，这死昏的东西，成了钉在高洁殿堂上遭世人耻笑的小丑，也成了难以解开的谜。这谜，让世人对老子添了更多的想象和敬意。

那是1938年初夏，日军在攻占鹿邑县时，把古柏楼台的老君台误为中国军队的抗战工事，下令炮击。炮弹雨点般射过去，但见老君台上鸟飞尘扬，却听不到弹炸声，也不见殿堂倒塌。日军炮兵纳闷，炮弹分明打在老君台，为何有去无声？日军炮兵怀疑炮弹有鬼，又用同样的弹打到老君台以外地方，却发发炸得震天响。日军炮兵又向老君台连打几发，却还是不炸。他们总共向老君台打了13发炮弹，都哑了。这勾起日军的好奇心，即派侦探察看究竟。日探看到实情后大为惊讶，打到老君台大殿东墙、后墙和台上柏树等地的炮弹，要么落在房顶，要么插在墙里，要么被夹树杈，要么头栽地上，发发竟成死弹。

打到台殿的炮弹怎么偏偏成了哑弹？！日军官不解。侦察兵说，是殿堂神灵作怪。日军官怒斥侦察兵在说鬼话，便带队伍去看究竟。他们冲进明道宫，爬上老君台，望远镜里把耗子洞也看得一清二楚：打到大殿的炮弹都头栽墙里和树上睡觉了，那大殿太上老君高高在上，而殿堂任何无损。

太上老君那硕大的眼睛除了深邃，还透着神威，在怒视日军。这神威像无声雷电，足以吓得强盗魂魄颠倒。“神灵不容冒犯啊！”日军官颤抖地高叫。没人给他们下跪拜命令，可他们却“唰——”地跪在大殿门前，并大声请求老君爷宽恕他们开炮的罪行，更请求老君爷保佑他们平安回国。至于太上老君是否原谅他们的罪行，能不能保佑他们平安回国，他们心里没底。他们当即收起武器，撤离了老君台。可事实是，日军操炮手梅川太郎九死一生，战后活着回国。他说这是他忏悔及时，老子神灵保了他的命。

好险的炮弹。炮弹长了眼了。老君台大殿后的老君炼丹房存满了中国军队的炸药，13发炮弹如有一发爆炸，也会引爆那些炸药，那千年的老君台会顷刻化为焦土。

射到老君台的炮弹为何都成哑弹？是假弹，是偶然，还是神力？日军炮兵操炮手梅川太郎毫不怀疑那13发炮弹的效力，因他发射到他处的炮弹可是落到哪炸到哪，唯独打到老君台上的炮弹成了哑弹。他清楚记得，他们向老君台发了好几发不炸，再发，不炸；再发，还是不炸。打去的炮弹连连昏死过去，他和炮手们目瞪口呆的同时腿也软了，再不敢往老君台上发射炮弹，继而掉转了炮头。

老君台上13发哑弹的奇事，使当时操炮的梅川太郎非常不解，他的唯一理解是，老子的神力让炮弹失去作用。说他领教了老子的威力有多大，他从此记住了老子的神力大无边。

从战场上死里逃生回到日本的梅川太郎，抱着自己活着回来是太上老君保佑了他的想法，敬奉起老子。他找来老子《道德经》，一字一句地读品，他被老子灵魂所折服。这位东方圣贤的“无为无不为”“正复为奇，善复为妖”“祸兮福之所倚，福兮祸之所伏”和“善者，吾善之；不善者，吾亦善之”等浩瀚智慧穿透了他的心。他写文章说，日本没有老子这样伟大的思想家，更没有这样大智慧的人；日本人应当谦虚地向老子智慧学习，向这个文化巨人学习。

面对老子博大精深的思想，梅川太郎对他们曾经的无耻侵略行径越发羞愧，他渴望有一天在老子面前再次忏悔赎罪并求获得原谅和解脱，好找回自己丢失在那里的灵魂。

那13枚射落即昏死的炮弹和日军侵略失败的悲惨下场，让梅川太郎思考了几十年，他从老子的思想里，悟出这样一些问题：中国是蕴藏着超常智慧的地方，更是睡狮，看上去病态无力，实是猛狮。难道不是吗？八国联军列强没能吞下这大象，小岛上的日本想殖民这样的民族，真是蚍蜉撼树般狂妄可笑……

透彻地明白了侵略战争是自欺欺人的梅川太郎，随着年岁的增大，愈加有种罪恶感缠绕在心头，他决意到老君台向老子和中国人谢罪。眼看59年过去了，他已入古稀，他感到远行谢罪的愿望再不能拖了，那年初秋，他再次踏上了鹿邑的土地。

满脸悔罪感的梅川太郎，带来一块碑，他请求把它立在老君台前，鹿邑人满足了他的心愿。他把立碑的地方，选择在老君台下。他立下的日式“和平碑”上，用中日文字写着：我们祝愿世界人类的和平。庄严立碑，真心道歉，敞心赎罪的梅川太郎，虽老态龙钟，而内疚和惭愧却溢于言表，他请求神和中国人原谅他曾经的罪过。

他是日本人中有羞愧和懊悔之心的人，鹿邑人没有理由不原谅他这样的人。鹿邑人热情迎接了他的到来，也热情地招待和送走了他。

老君台上每天游人如织，人们来拜望老子，也感受这圣地的独特风光，而昏迷的炮弹是一景，梅川太郎的碑也成一景。来到这高大的殿台上的人们，膜拜光芒万丈的老子，老子那醒世箴言的出世是谜，当年日军炮击老君台13发未炸炮弹也是谜。那被卡在老君雕像的腋下、大殿梁架和柏树杈上昏迷的炮弹，好像在证明老子的智慧和无边的神力，让人对老子的神圣产生奇妙的猜想。

这些深扎在老君台大殿的墙和柏树上的炮弹，仍在那里昏迷，或许早已昏死过去，再也不会醒来。只要这殿堂永在，只要这雄树不倒，那这些昏死的炮弹，便会一直昏死在这里。也好，让这些昏死的炮弹，与这老君台在一起吧，让更多日本人去想老子的智慧和老子的神力吧，这片产生了东方圣人的土地，这片古老而高深莫测的土地，是不可欺占的。

（选自2015年5月8日《中国国防报》）

白求恩文学作品二题

白求恩

编者按：白求恩，在中国家喻户晓的人物。“二战”期间的1938年，他不远万里来到中国，加入八路军，从事救死扶伤的医疗工作。1939年，在一次为伤员实施急救手术时受感染，11月12日在河北唐县不幸逝世。他在生命的最后时刻，仍怀着崇敬的心情，想念着毛泽东主席。毛主席得知白求恩牺牲的消息后，非常悲痛。12月1日为延安各界追悼白求恩的大会，亲笔写了挽词：“学习白求恩同志的国际精神，学习他的牺牲精神，责任心与工作热忱。”12月21日，毛主席为八路军政治部、卫生部于1940年出版的《诺尔曼•白求恩纪念册》撰写《学习白求恩》一文(新中国成立后编入《毛泽东选集》第二卷时，题目改为《纪念白求恩》)，高度赞扬了白求恩的共产主义、国际主义精神，号召每一个共产党员向他学习。然而，人们不曾想到的是，在繁忙的工作之余，白求恩于1938年12月20日完成了一篇7000字的“特种外科医院”章程，详细地规定了医院工作人员的权利、义务、责任，包括病人和与之有关的委员会。1938年12月28日，它获得医院临时党委会的批准。更加令人惊讶的是，他竟然还能挤出时间创作出充满激情的抗战文学作品《哑弹》和《创伤》。《哑弹》和《创伤》大约都是在1938年12月完成，1939年发表在美国和加拿大左翼刊物上。今天，经过多方寻找，我们终于找到这两篇作品，在中国人民抗日战争暨世界反法西斯战争胜利七十周年到来之际，本报发表它，就是为了一种追思，一种纪念。

哑　弹

“哎呀”，老人低声嘟哝着，双手撑着锄头，把背直了起来。他的脸已被晒成了深褐色，皱纹从双眼周围一直延伸到扁平的嘴角。他赤裸着上身，下身穿着一件打满补丁、褪了色的蓝布裤子，赤脚，头上裹着一块毛巾，毛巾的边缘下面现出白发。他依然健壮而精力旺盛。

头上，太阳像一个铜球在蓝色的天空中闪闪发亮。脚下，干裂的褐色土地犹如反光镜一样将阳光反射到他坚定的脸上。

天气很热，老人浑身是汗。

这是河北平原保定市外5月的一个上午。田埂上长满了垂柳，青翠的玉米苗就像长毛绒一样覆盖在田野里，田野一直延伸到不远处高高耸立的城墙边。

他看见日本哨兵正拿着步枪站在城门口，蓝色的松鸦在阳光中展开它们带条纹的白色翅膀，发出刺耳的叫声，使人觉得更加炎热。

“唉!”老人叹了口气。生活异常艰难，他吃了许多苦。首先是他的咳嗽从来不见好转，随后他的独生儿子离开家去参加了游击队，家里除了他和他的女婿再也没有人能够种地了。

再就是残忍的日本兵不付一分钱就拿走了他一半的庄稼，还不断地来骚扰他，问他的儿子去哪了，有没有写信回来，说了些什么？他们甚至威胁要枪毙他，但是老人装傻，什么也不愿告诉他们。

还有就是杂草。杂草到处都是，谁能赶上它们的生长？今天除掉它们，一夜以后他们又如雨后春笋般冒了出来。对于老人而言，生活就是同他的敌人——杂草进行的一场永不停止的斗争。世上肯定有一个长着10万个头的草魔，它有100万条生命，永远不死、坚持不懈、又善于模仿。

老人已经同“敌人”作了70年的斗争，但令人气愤的是，杂草永远都是那么强壮，那么傲慢，那么不可战胜。对他而言，生命中所有困难都是各种各样的杂草，咳嗽是杂草，必须劳作是杂草，儿子离家出走是杂草，日本人也是杂草，而且是最大的杂草。

想到杂草，老人脑中浮现出一幅图画：一片广袤的绿色田野，那是中国。对于他而言，整个中国就像一个巨大的农场，一块巨大的肥沃的土地。他看到，在这块广袤田野上，泛滥成灾的杂草窒息了年幼的禾苗的生命，当他用锄头使劲地锄掉一棵巨大、顽固的杂草时，他自言自语道：“日本鬼子，铲死你”，说着将它挖了出来，扔在一边，结束了它的生命。

太阳升高了，老人继续干着活儿，来到地头，他突然好奇地停了下来。池边有个古怪的洞，洞中赫然竖着一个黑东西，看起来像是削掉头的大萝卜。

他想了一会儿，也没明白那是什么。突然，他想起来了，是的，肯定就是那东西!炮弹!他曾在城里看见过许多炮弹像木头一样堆在一起，是日本兵用火车从北平运来的。有一次，他还被拉去卸过车呢!他看见敌人将炮弹装进长如扁担、圆如陶罐的炮膛当中，随着一声巨响，炮弹飞出。百米以外甚至更远处看不见的人，都能被它打中。

他也曾经和邻居谈起过大炮：大炮有多么可怕，敌人有多少炮弹，可惜的是，我们的军队没有炮弹。

但实际上，我们也有一门炮，只是一门，那是在一个月前的一次突袭中缴获的。他记得儿子曾偷偷地回家一次，告诉他一些关于大炮的事：游击队对于拥有一门炮是多么自豪，一门炮值多少钱，他们缺少炮弹，必须十分注意节省炮弹。

这枚炮弹是游击队的还是敌人的呢?它指向城市，一定是城市发射的，发射过程中突然落下来的。毫无疑问，这是游击队的。

“啊，啊，”老人嘟哝着，“这可不就是年轻人干的好事吗？他们随便就把一枚珍贵的炮弹扔在这里。唉，让人讨厌！年轻人就是好浪费。”

老人盯着炮弹越看越愤怒，心里盘算出一个计划。他抬起头，既兴奋又生气地向另外一块地指着炮弹说：“看看它，这就是我们的年轻人想打胜仗的法子。他们有多少炮弹，可以随意浪费？这样做不管用。”他讽刺道：“这就是我儿子的工作，他肯定该负责，他一直都很浪费。你还记得上次他花了一元钱，整整一元钱买了一本书吗?和这次一样不用脑子。如果他在这里，我一定要教训教训他。”他看着这枚炮弹，愤怒地提高了声音。

但是年轻人并没有注意到他，他好奇而高兴地叫了一声，然后跪在地上，试图将炮弹从土中挖出来。很快，他就挖出来了。“爹，快看，是铁的，这尖头还是铜的呢！我们现在可以买一个新的犁头了。哎！这炮弹至少值10块钱。捡到宝贝了！我们走运了！”他轻轻地举起炮弹，像抱着婴儿一样轻轻摇着它，自豪欢乐地看着它，用他粗糙又灵活的大手抚摸着它发亮的铜头和光滑的黑背，眼中仿佛看见了用它做成的犁头和铜灯。他兴奋地叫道：“我们发财了!”

但老人却不这么想。“不!”他很坚决地说：“我们必须还给他们，不能浪费，它还能用。”老人不顾女婿的反对，让他牵过驴子，将炮弹装在一只柳条筐里，用树叶掩住，另一只筐里装上土以保持平衡。然后，赶着毛驴朝着与城市相反的方向走去。他踏上一条长长的满是尘土的路，希望能找到他的儿子。

巨大的绿色平原一直延伸到遥远的地平线，蓝铃花和粉红的夹竹桃花在沿路的草丛中开放，纵横交错的灌溉渠里浑黄的水几乎不动，白杨树和柳树屹立在路旁，各自撑起一把把绿色的大伞，一动不动地耸入蓝天。

老毛驴慢慢地走着，老人紧跟其后，他们很快就被淹没在由脚步带起的尘土之中。细小的尘土粘着他们的皮肤，填满了他们的耳朵、鼻孔和眼睛。汗水流过老人的脸，在面颊上形成一条条小沟，他烦躁地用毛巾不停擦着。

天非常热。整个空气明显地颤动起来，灰尘在热浪中飞舞，太阳在他头上就像一顶巨大的铜锅。遥远的地平线在他眼前轻轻地上下移动。这是正午，其他农夫正躺在树下午睡，但是老人却不停地赶路，决心找到儿子发泄心中的不满。

他像挑选珠宝那样想出一些严厉责骂儿子的词语，他觉得只有最尖刻、最严厉的话语才能奏效。“我会告诉年轻人我是怎么看他们的。”他要完成一个使命，做成一件事，因此他感到坚强、自豪而又骄傲。

他赶着毛驴走了一里又一里，他们俩一生都没有走过这么远的路。“唉，我一定走了50里了。”老人嘟哝着。他们走过了一村又一村，以前他只知道这些村庄的名字，活了70岁从未见过它们。当别人问他从哪里来时，他就回答，“从东边来。”别人问他去哪儿，他都含糊地回答：“到西边去。”

他不知道究竟在哪里才能找到儿子，儿子从未告诉他游击队在什么地方。“爹，”他说，“我们游击队员从不在一个地方待很长时间，我们打一枪换一个地方，今天在这儿，明天就在百里之外了。我们就像高空的鸟，像老鹰一样猛打猛扑敌人之后马上离开。我们像深水中的鱼，从岩石底下冲到水面，然后飞快地游走。”

老人找儿子的任务看来很难完成，事实上也是如此。没有人知道上哪儿找游击队，即使他们知道也不会告诉他的。只是碰巧快到傍晚时，他在一个村子里认出一个年轻的街坊。他知道这位街坊同他儿子在同一个游击队，因此他儿子应该就在附近。

他们像老朋友一样寒暄了几句。年轻人对于老人离开家这么远表示惊讶，“大爷，您在这干吗？您也加入游击队了吗？”他开玩笑似的问道。老人却很严肃，这不是说笑的时候。

“我儿子在哪儿？”他问道，“我有些话要告诉这个粗心的小子，还要给他点东西。”他很神秘地补充道。“他离这里不远，”街坊回答，“我带你去找他吧。”他们很快找到了游击队。他们大约有100人，在村子的一条街上团团围住了老人和他的驴子。他们中绝大部分老人都见过，有很多还知道他们的名字，他们也都认识他，他们和他一样也曾是农民。

他们热烈地与老人打招呼。然而，虽然他们是老邻居，但是不知何故他们似乎有点陌生了，他们好像都变了。也许是因为他们脱掉了农民的蓝裤子与上衣，换上了晋察冀军区的绿色制服吧？他们的脸也变了样，风吹、日晒和雨淋使之变成了褐色，显示出一种决心和毅力。他们看起来更加严肃，同时也更加快乐。他们走路更快，说话更果断了。这些变化令老人异常迷惑。

也许是由于每个人都挎着新的日本枪，也许是由于他们腰中别着黄色的手榴弹，老人突然觉得他们成了陌生人，甚至连自己的儿子也都变了。他一部分愤怒和绝大部分的自信都消失了，他觉得自己低人一等：他们已经不再只是他的老朋友了，而变成了有些神秘、独立和有些令人敬畏的集体——八路军了。而他自己只是一个普通的老百姓。

老人忽然忘记了搜肠刮肚想出的尖刻而轻蔑的话，他看着他们刚毅的脸，已不再愤怒。当他开口时，声音竟轻柔得连他自己都感到惊讶，只有那长辈的权威在支持着他，因为所有人都认可这是他的权利。他对儿子说："娃呀，我给你带来点东西。"

"太好了！"他们欢呼道："是什么？香烟吗？我们想抽烟。"他们簇拥着老人。翻开筐子中的树叶。"不，是你们的一个东西。"老人说着弯腰拿起那个炮弹。"看，是你们的，不是吗？好了，同志们！"他声音很轻，几乎像在道歉。"我在田里发现了这个，它没有爆炸，你们一定是发射错了。我给你们送回来了，还能用的。"

人群中一片沉寂之后，突然发出一阵哄笑，他们的叫声使整条街都震动起来。老人一言不发，惊奇地看着他们，他一脸的不解，犹如阴云掠过天空。他看看这个，看看那个，仍然不知所以。

他疑惑地皱皱眉毛，摇了摇花白的头，对眼前的事情无能为力。

他觉得他们都疯了，又突然感到自己是一个迟暮的老人。他机械地将炮弹重新放回驴背上的筐子里，除了回家他别无选择，他已经浪费了一整天的时间。他伤心地看着战士们和自己的儿子，目光中有点责备。但是他们却都相互拍打着后背，一个个前仰后合，笑得说不出话来。老人只好驾好驴子，准备回家。

他的儿子第一个反应过来，他抓住老人的袖子说："不！爹，你不能走。"

他说着转向众人。背朝着老人向人们暗示应该支持他父亲。他说道："同志们，我们都应该感谢我爹，他帮了我们一个大忙。"他说着，朝一两个忍不住想笑的人使了使眼色。

"是啊，是啊。"他们叫道。最终理解了老人的错误，并希望他能被哄住。"是，你已经是一个真正的战士了，我们感谢你。"他们围住老人，赞扬他，"我们还会再用的。”他们说着善良的谎言。

慢慢地，笑容又爬上了老人布满皱纹的脸，他又觉得自己挺重要了。他认为自己是他们中的一员，又高大起来，有了威信，他的自信就像潮水一样回来了。他们以前犯了错误，但是现在他们已经知道他是对的了，“孩子，千万不要再犯错了。”

“行，行，”所有人都真诚地喊道，“对不起，是我们错了。今后我们一定会多加小心，我们向您保证将来不会再出现这样的事了。”

老人高兴起来。那天，他连根拔起了一棵大杂草，为保护禾苗在中国田野上茁壮成长，做了一件了不起的事。

创　　伤

头顶上煤油灯像白炽的蜂房，嗡嗡作响。土墙，土地，土炕，白纸窗户。屋内弥漫着血腥味和三氯甲烷味。天气很冷。

在华北地区的灵丘附近，12月1日凌晨3点与八路军在一起。

负伤的人们。

伤口就像干涸的小池塘，结成了一块黑褐色的土，伤口边缘裂开，四周有一些黑色的蛆了；整洁的伤口的深处隐藏着脓肿，脓肿就像一条决堤的河，在坚硬的大块肌肉中奔流，像一条温泉，在肌肉周围和中间流淌；伤口向外扩大，把令人恐怖的肉质兰花和麝香石竹分别腐蚀和碾碎。黑色的血块从伤口中喷出，混杂着令人恶心的气泡，在二次大出血造成的血流中飘浮。

凝固的血把又旧又脏的绷带黏在皮肤上，小心点，最好先将它弄湿。从腿后边过去，把腿抬高点。整条腿为什么会软得像一个包，像一个扯松的红色长筒袜？什么样的长筒袜？是圣诞节为孩子装礼物的那种长筒袜。那个坚硬的细骨枝在哪里？它被打成了许多碎片。用你的手指把它们拣出来。它们白得像狗牙，尖利而又参差不齐。好了，摸一下，还留下碎片了吗?

喔，这里有。全都取出来了？是的。不，这里还有一个。这儿的肌肉坏死了吗？刺刺它。是的，它坏死了。切除它。那它怎么愈合呀？这些肌肉曾经如此强壮，而现在是这样的破损和腐烂，它们怎样才能恢复以往的强韧呢？拉，放松，拉，放松，多么有趣呀！现在完成了，好了，做完了。现在，我们已经被毁灭了，我们自己可怎么办呀?

下一个。一个未成年人，17岁！子弹穿腹而过。三氯甲烷准备好了吗？恶臭从敞开的腹膜孔中扑面而来，是粪便的气味。一圈圈的肠子肿得呈粉红色，上面有4个穿孔。把它们缝合起来，把结实的缝线收拢，用海绵吸骨盆。试管，3个试管。很难缝合。给他保温。怎么保温？把这些砖放到热水里去。

蛆是一种狡猾的爬行动物。这人还活着吗？是的，他还活着。用学术用语来说，他还活着。给他输液，也许他身体无数细小的细胞将能回忆，它们可能回忆起那火热咸味的海，它们的祖宅和第一份食物；它们有着一百万年的记忆，可能会记起其他的潮汐，其他的海洋和由海洋和太阳孕育的生物。这可以使它们抬起疲倦的头，深深地吸一口气，努力地复苏。这是可能的。

这一位。再次秋收时，他还能在路上一边赶着骡子跑，一边欢快地叫喊吗？不，那个人不再会跑了，一条腿的人怎么能跑呢？那他怎么办哪？他只能坐着看别的孩子跑动。他在想什么呢？他在想你我所想。可怜有什么用呢？不要可怜他？可怜会贬低他所做的牺牲，他这样做是为了保卫中国。帮帮他吧，把他从桌上移开，把他抱在怀里，他轻得像个孩子。是的，他就是你的孩子，是我的孩子。

多美的身体呀，各个部分都那么完美，动起来时是那么灵巧、那么柔顺、那么有生气和强壮，但是一旦它们伤残了，又是多么可怕。微弱的生命之光越来越弱，就像蜡烛一样摇曳了一下熄灭了，静静地，轻轻地。熄灭时它做了反抗，然后屈服了，它有权利说话，最后还是沉默了。

还有吗？四个日本战俘。带他们进来，在这个痛苦的群体中没有敌我之分，切开那带血的制服，给他们止血，把他们平放在其他伤员旁边。哎呀，他们像弟兄一样！这些士兵都是职业杀手吗？不是，他们只是业余的士兵。劳动者的手，他们是穿着军装的地道的劳动者。

没有新的伤员了。早晨6点。天哪！屋里真冷。打开门，远方青山如黛。东方开始泛白了，再过一个小时太阳就会升起。上床睡觉吧。

但是，没有睡意。这种残忍，这种愚蠢的原因是什么呢？一百万工人从日本来屠杀、残害成千上万的中国人，为什么日本工人要攻击他的中国工人兄弟、迫使他们不得不奋起自卫呢？中国人的死对日本工人有好处吗？没有，他们怎么会有所收获呢？那么，上帝呀，谁将获利呢？谁又应该对派日本工人来中国执行这种杀戮使命负责呢？谁将从中牟利？怎么可能劝说日本工人来攻击中国工人——他们贫苦生活中的兄弟，痛苦中的同伴啊？

一小部分富人，一个人数不多的阶层有没有可能劝说一百万穷人进攻并试图毁灭一百万像他们自己一样贫穷的人、以便富人更加富有呢？这是一个可怕的想法！

他们是如何劝说这些穷人来到中国的？告诉他们真相吗？没有，假如他们知道真相，绝对不会来到中国的。这些富人敢告诉工人们他们只是想得到廉价原料、更大的市场和更多的利润吗？不，他们只是告诉工人们这场战争是为了“种族命运”、是为了“天皇的荣耀”和“国家的荣誉”，是为了他们的“天皇与国家”。

荒谬！绝对的荒谬！

这样一场战争的代理人一定得像其他犯罪如杀人犯的代理人一样，必须从可能获利的人中挑选出来。8000万日本工人、贫困的农民和失业的工人会从中获利吗?从西班牙侵略墨西哥、英格兰侵略印度到意大利侵占埃塞俄比亚，在整个侵略战争史上，这些所谓的“胜利”国家的工人得到过好处了吗？没有，他们从来没有从战争中获得过利益。

日本工人从本国的自然资源、黄金、白银、铁、煤和油中就获得利益吗？很久以前，他们就不再拥有自然资源了。因为，它们是属于富人、统治阶级的，成百上千的矿工们仍生活在贫困之中。那么，他们又怎么可能通过武装掠夺中国的金、银、铁、煤和油而获利呢？难道一个国家的富人不是为了自己的利益才占有其他国家的财富？难道他们不一直这样做吗?

日本军国主义者和资产阶级是唯一可能通过大屠杀和经过授权的疯狂行为而获利的阶级，这一点似乎是不可避免的。正是这些假神圣的刽子手，那些统治阶级从这场战争中获得了利益，但是却让整个国家受到指控。

那么，侵略战争和征服殖民地的战争只是件“大生意”吗？是的，看起来如此。但是，这些民族罪犯中许多为非作歹者都试图把他们的真实目的藏在高度抽象和理想的旗帜下，通过谋杀或制造战争来抢夺市场，通过劫掠来得到原料。他们发现，偷比交换更廉价，屠杀比交易更容易，这是这场战争的秘密，也是所有战争的秘密——利润、生意、带血的钱。

这一切后面，存在着那个令人恐怖和欲望难填的“生意与血腥”瘟神，它的名字就叫“利润”。金钱就像一个无法满足的摩洛克神，要求利润与回报，它为了满足贪欲而为所欲为，甚至不惜杀害几百万人。在日本军队后面站着军国主义者，在军国主义者后面站着金融资本和资本家。他们是血脉兄弟，是同谋。

这些人类敌人像什么呢?他们会在前额上贴上一个标记，让人们轻易就能辨认出他们，躲避他们，骂他们是罪犯吗？不！相反，他们是受人尊敬的人物，他们荣誉在身，有绅士称号，他们也自称为绅士。多么滑稽的名字！绅士？他们是国家、社会和教会的支柱，他们从过多的财富中拿出一部分来支持公共和私人的慈善事业，他们向机构捐赠。在私生活中，他们善良而体贴。他们遵纪守法，遵守的是保护他们的法律——财产法。但是，有一个迹象可以辨认出这些持枪的绅士：只要威胁说要减少他们的钱所带来的利润，他们就会像猛兽一样咆哮着醒来，像野人一样无情、像疯子一样残忍、像刽子手一样残暴。如果人类想要存在，这些人必须消失，只要他们活着，世界上就不会有持久的和平。允许他们存在的那个人类社会的组织必须废除。

正是这些人造成了创伤。

（选自2015年5月8日《中国文化报》）

瞭望孔里的八廓街

王宗仁

拉萨不缺阳光，从久远的年代起她就有“日光城”的美称。可是1959年西藏的春天在叛匪罪恶的枪声里枯萎，拉萨丰盈的阳光遭到痉挛。那是西藏分裂分子在帝国主义和国外反动势力的支持下，悍然发动分裂祖国、破坏西藏社会稳定的武装叛乱，他们妄图在西藏永远保持黑暗腐朽的农奴制度。那年3月，我所在的汽车团驻扎在八廓街一侧的布达拉宫广场，严阵以待。人民解放军严格奉行一个原则：绝不开第一枪。但是叛匪瞄准布达拉宫扣动扳机后，我们会以正义的枪声十倍地还击。那是平叛的枪声还没响起的那些日子，我在哨所瞭望孔里看到的今生今世也难以忘记的情景：

进出拉萨的每条路口，都有叛军挖好的壕沟或堆砌的障碍物。就连一些树杈间也冷不防地伸出杈子枪黑洞洞的枪口。有几个忙忙碌碌到处滋事的、身穿便衣却背着枪的人，不时地让路人停下搜身。八廓街上每天都有一些狂徒叫着“汉人滚出西藏！”……呜咽的拉萨河在拐弯抹角地提醒人们：魔爪正疯狂地扬起了尘埃，日光城顷刻会变得昏暗吗？

同样是在藏人之间，我在瞭望孔里看到的是另一种情景形成的对比。在一些人咬牙切齿诅咒把白天变成暗夜的时候，另外一些人则虔诚地用额头叩磕着大地，企求日月星辰永久辉耀人间。他们就是藏地的朝观者，三三两两地分散在通往市区的路上，一步一叩首，三步一碰额，涌向大昭寺、八廓街、布达拉宫。他们把自己交给了神圣的远方，不在乎山的背后还有另一座山，也不设想那条冰河的对面是否还有另一条冰河。不好！我从瞭望孔里看到了一个在我此后的日子里每每回想起来心都要破碎的惨景：一个骑着高头大马的藏兵飞奔而来，不偏不倚地踩在了一个朝观少年身上。霎时，马蹄落处鲜血飞溅，少年撕肝裂肺地惨叫一声，就不动了……一个年幼的生命就这样没有任何提防地在朝圣半途中停止了跳动。他的死没有归处，他的生也不见来路。一个一心追盼幸福的娃娃，却没有见到他梦想的幸福。溅血的马蹄下囚禁了他的理想。

这时，一位朝观的老牧民，扔掉背上沉沉的行当，回身抱起少年的尸体，无助地望着远去的飞骑呼叫，痛哭……我能觉出，这位看似冰冷的老人，其实内心堆满了火焰！

后来，我以那次所见所感写了一篇小故事《瞭望孔里的拉萨》，刊登在我们部队的油印小报《高原快报》上。

笼罩着拉萨的阴霾，随着解放军平息叛乱的枪声被驱散。随之实行的民主改革扫荡了西藏的千年农奴制度。部队设在市里的岗哨相继撤销了，我们这些汽车兵又开始在青藏、川藏公路上奔驰，为新生的西藏运送着太阳的温暖和力量。哨所消失了，那块曾经砌着瞭望孔的地方并没有荒芜。八廓街在拉萨人和从内地来西藏的人们匆忙而喜乐的脚步声中，从窄小走向宽阔、敞亮。站在哨所遗址不远处大昭寺前当年文成公主亲手栽下的那棵唐柳，千百年来没挪一步，见证着八廓街日新月异的变化。对一个军人而言，毕生最该刻骨铭心的地方莫过于曾经荷枪实弹的“弹丸之地”。我关注拉萨的变化时，目光总是离不开八廓街。

“八廓”在藏语中是“中圈”的意思，是指环绕大昭寺三条转经道路中的中间一条。它随着大昭寺的建成而出现，又随着大昭寺朝拜活动的兴盛而日益繁华。距今已有1400年历史。八廓街弥漫着浓厚的宗教气息，也张扬着藏地的建筑风格。古街两旁有29处文物古迹、54处古代民宅和院落。它曾经是旧西藏的行政衙门和上层贵族聚居之地，有松赞干布的行宫，黄教创始人宗喀巴的佛学辩经场遗址，藏文创始人桑布扎的宅邸，以及六世达赖喇嘛暂居处等。

平叛后的第三年，我执勤路过拉萨，专程来到八廓街重温昔日的生活。从大昭寺前一转弯我就看见在哨所的旧址上撑起了一顶伞状的遮阳棚。路人告诉我那是一个酥油茶摊点，摊主巧手煮茶，热心待客，生意蛮红火。酥油茶是藏地群众生活必需的一种饮料，充饥又解渴。正宗的做法是把煮好的浓茶滤掉茶叶，再加入酥油和适量的盐，搅拌使之融为一体，然后旺火加热，即可食用。令我难忘的是那次我不仅喝了美味爽心的酥油茶，还意外地收集到了卷在那顶伞状遮阳棚里一个流传在八廓街的故事。原来，两年前茶摊是由藏家两姐妹合办的，两个扎着一束束小辫子的年轻女娃商商量量达成一个心愿：要让那些来八廓街旅游的客人，特别是内地来西藏的人，一踏进古街就尝到西藏的味道。阿姐搅茶，阿妹煮奶，两个女娃也是一台戏啊！果真是这样。每天茶摊前顾客来了又去，去了又来，赞声不绝。喝一碗酥油茶，听一曲藏女的歌，开心爽口地去游览八廓街。事有不测，其实很美。不久，阿姐索郎旺姆跟着新婚老公到日喀则跑生意去了，只留下阿妹德吉达娃守摊点。累是累点，但是实在忙不开时阿妈帮一把也就过去了。更多的时候还是阿妹一个人在忙前跑后地经营酥油茶。每天从太阳在八廓街投下第一缕阳光她踩着搅拌机忙碌，直到夜里街上的行人散尽，她才回家。德吉达娃一点儿也不觉得累，总觉得美好的时光很短。说话时她照例会看着那顶遮阳棚，甚至还要不由自主地伸手抚摸一下。原来那凉棚是阿姐当初用他们姐妹俩的两件旧氆氇裙拼凑而成的，却浆洗得干干净净。红色裙是阿姐穿过的，蓝色的是她的。那时家里太穷，只能这样将就。现在手头宽裕了，德吉达娃也不想摆阔。姐妹的情分常在，干起活来忙得快乐。多色的凉棚绝不是茶摊的招牌，而是在展示八廓街一个美丽的藏家姑娘的故事！

时间在汽车兵的飞轮下不断翻新，通往拉萨的路越走越宽，幸福也越来越多。当我再次来到八廓街已经换了人间，我估摸着找到当年那个酥油茶摊点消失了的地方，看到的是一长溜临街的店铺门面，一个一个彩绘着藏家图案的方块式商店，把古街装扮得繁花似锦，一眼不透的藏饰品：卡垫、松耳石佩链、耳坠、手镯、藏靴、藏帽、银佩、转经筒、藏刀……春天挤满每个小店。我看到了这样一个镜头：几个从内地来拉萨旅游的女大学生，用藏袍、藏靴、藏帽装扮自己，在镜子前扭来转去地照着。此刻我觉得这些西藏最古老的衣饰也会变得最现代！与此同时，几个磕着三步等身长头的藏胞朝圣者正掺夹在人群中，不受任何干扰地做着自己的事。

世代居住在八廓街的人群，虽然以藏族为主体，却融合和包容了相当多的汉族和回族。这里的集贸市场自然以藏货为主，却也不乏从内地来的现代服装以及来自印度、尼泊尔的洋货。一言以蔽之，在八廓街，所有来自天南地北的东西都能和谐共存。

前不久，我再次来到拉萨，刚步入布达拉宫广场，就听见一声声清亮的召唤：“欢迎大家免费乘坐观光车，游览参观八廓街！”我这才发现不远处停着一辆崭新的乳白色电动车，车厢上绘有西藏特有的吉祥图案。观光车14座，从八廓街到布达拉宫广场，全程只需10分钟。我上了车后，车子就开动了，讲解员是一位年轻的藏族女孩，她对游客们介绍道：“我们的观光车是电动车，不用燃油，低碳、环保，对拉萨的环境没有破坏。”接着她就讲起八廓街的故事，往昔，新貌。车速很慢，时速也就30码，这是为了方便乘客拍照。过了布达拉宫广场，上车的人渐渐多了起来。车子一驶进八廓街，乘客就纷纷拿出“长枪短炮”，寻找各自有兴趣的画面，有的镜头对着摇转经筒的阿妈，有的对着走路极快的小喇嘛，有的对着神采飞扬的康巴汉子，还有的左顾右盼寻找藏族少女……灯光闪个不停。八廓街满是靓丽的风景，谁都想拍出几张好照片留个永久纪念。

一个磕长头的藏族少年出现于我面前，手脚伸展匍匐在地上。我忙举起相机，却没有力气按下快门。瞬间，我不由得想起了那年在哨所瞭望孔里看到藏骑践踏八廓街的凄惨一幕……

（选自2015年7月11日《中国财经报》）

香火人间

董 华

正月中饮酒

一席正月中饮酒，担当着家族里再酿和谐的大义，同时，也是一次认真修正自己品行的契机。

饮酒，能够敞开性情，引出十足劲儿的真心实语，你且记住：那场合不是与自己家人，也不是跟酒席场儿朋友，而是在老家农村与本家族的哥们儿相聚。

这需要一个前提：系一个大家族，叔伯兄弟众多，且彼此若干年未发生过大的分歧。值春节年禧，人意和顺之机，就有一热诚人儿发起，邀请各支系兄弟，以家庭酒宴招待，共享欢娱，便谁也不能够推脱，如约而去。

这一茬儿弟兄，溯源，先人都在同一个坟地，然因支系不同，而致关联有远有近。总的讲，为一个高祖的玄孙，俱在“五服”之内。

应邀者，有的少小离家，平时难得一见，有的膝下已得孙子承欢，皆是上了一把年纪之人。每个人的生活境遇也不得一样，有的财势不倒，有的流年不利，有的早期辉煌，而今衰退，还有的时运皆背，连个媳妇还未讨上。但就因了这层血缘，俱有觉悟，一声召唤，便不论贫富高低，而心怡地凑在一起。

平素难得碰面，于今得了机会，旧日的童年情义重现。互致寒暄，互相打趣儿，我笑你添了皱纹，你乐我白了胡须，尊一声“大哥”“二哥”，称一句“三弟”“四弟”，炽热就热到了心里去。

宗法观念是起作用的。一干人入座，上首居中位置，必为“大排行”兄长之席。围绕他，两侧鳞次展开，谁也不用拉不用拽，按年龄长幼顺序就位。人员坐满，圈儿大人薄，将一张大圆桌围拢得严实。

七碟子八碗儿，冷荤热炒陆续上齐。斟第一轮酒，是由筹办者兄弟开始，从长至幼，给大家斟齐。酒满心实，每一个杯都满满的。这时刻，家族兄长就要说话了，他言语不多，可句句儿情重、语热，显示了众望所归的魅力。

进行到第二轮酒，秩序尚良好。起身敬酒的人，挨个儿彬彬有礼；受敬的人，也面容和悦，端坐如笑眼佛。然而自第三杯酒下肚以后，遂开始乱哄哄炸了营。有用“先干为敬”激将法劝酒的，就有不甘示弱的，大大咧咧端起酒杯，豪迈的回一言“不就是拒马河的小水子嘛”，一仰脖儿掫了下去。一个酒瓶儿，你抢我夺，乘着酒劲儿，个个出语也渐渐鲁莽起来。一声声“清坑”乱了营，一句句“干杯”吵一起，直将气氛推向了高峰。

接下来的饮酒，杯中物下降速度转缓，而言论占了大部分格局。腾出了空儿的嘴巴，施展自己的口才。有擅言者，滔滔不绝，手擎着酒杯，酒在杯子里边迸激，几次做出饮酒的样儿，就是不沾唇。

席面上，再不夸主家“四嫂”或“四弟媳”菜炒得好、鱼炖得香，“四喜丸子”不见动箸儿，大鱼大肉剩了半席，而花生米、萝卜皮儿、菜缨儿、白菜心儿，倒成了较酒的上品。菜盘子凌乱，满桌儿尽听一个人说话，这个手伸向了一块萝卜皮，那个下手抓一把花生米，只是下意识的动作，而心思全扑在了接话茬儿和抢话题上。意绪纵横，言语争锋。有抢着发言的哥们儿，站立其身，一条“本命年”系的红腰带，也甩在了裤腰外边，露出了一大截儿。当兄长的一时不像了兄，当弟弟的也一时不像了弟。

追随至酒场的三五个女眷，先是倚着沙发悠闲地嗑瓜子儿，说体己话，见此时自家男人与别家兄弟俱面红耳赤争论，却谁也不加以阻拦，只是旁观，嘻嘻地乐。

酒在酣畅时，人皆为半癫，酒量不知了多大，说话不知了深浅，男人间全不顾忌女眷在旁，总要谈论到其他女人，诚如“做过贼十年，不打自招”一般。那平素看起来很守规矩的哥们儿，没想到也有风流韵事，他“扒了人皮讲话”的真诚，将以往埋藏很深的行为道出来。对于他敢于袒露自己的姿态，博得大家倾慕。众人品味了，不觉他灵魂有何污染，反倒觉得那过失里面也有缕缕的真情。

众哥们儿都是从一个大院儿分离出去的，孩童时的情景，大家历历在目。就有人谈一块儿弹玻璃球儿的乐趣，就有人提一块儿捉弄邻家老头儿时的淘气。聊着，聊着，席上就有一个年纪较轻的弟弟站起，眼睛里噙着泪花，动情地讲：当年他有错处，将挨爷爷打，是自己的大哥用身体挡了过去，替他挨了巴掌……大家听了，跟着他一起受感动，那被表述的大哥，此时却一脸憨相，像是听着别人的故事。

这种重情重义的饮酒场合，肯定会有一两位超量者。席上的弟兄就争相着，将醉了酒的哥们儿搀扶起来，小心地扶进卧室，回转身，各自检讨，不该让他喝得多、喝得急。

与家族内的叔伯弟兄们一同饮酒，是人生最值得享受、最值得回味的境遇。这里边没有物欲，没有龌龊，没有鄙视，没有心机，没有像讲究尊卑秩序的场合那样儿，装扮温驯。这里讲求平等，讲求坦诚，讲求血浓于水的礼义。大家信守血缘，共同渴望两小无猜的情景回归，渴望着将此份感情变为永久。即便是席间某位兄弟说了过头话，然言者与闻者，皆以“臭嘴不臭心”平衡心态。当哥哥的要能够听得懂弟弟慷慨陈词的起因，当弟弟的也要能够领会哥哥苦语劝解里的衷心。

一席正月中饮酒，担当着家族里再酿和谐的大义，同时，也是一次认真修正自己品行的契机！

农宅插曲儿

农宅就是农宅呀！宅门里有植物动物的衍息，那才算得上圆满农宅。

祖父母在世时，举家为九口人。岁月不居，年华如流。于今，余等四胞兄弟亦自立门户，现今这一大家庭，有二十口人之众。兄友弟恭，妻贤子孝；老母亲将届九秩，享受着四世同堂的融融乐意。

农宅里，这一为人间增辉的景象，竟熏染了其他物种，坚持饲养的几种小动物，也颇得明德人家的欣喜。

养了两只小狗，一只是黄色，另一只也是黄色。只不过入家门，分为了先后。

第一只小狗，为东北房客老两口儿留下的念物。他们搬离时，小狗刚出生，于是，就领走了大狗，留下了幼崽。——大黄即于农家院里一天天长大。

哥儿弟兄不长居老家，常住者，为安徽人的小张及其家眷。小张在村里为运输户开汽车，小张一家长期镇守老宅，总会提供出新情况，使我对“大黄”刮目相待。

他说：家里养了大鹅之后，到了产卵期，院处不见鹅蛋。几经疑惑，细作观察，他发现是被大黄“得”了去。那大鹅伸长脖子涨红了脸，要下蛋了，这小狗就在一旁等待。鹅蛋刚落地儿，小狗就将鹅赶走；它像站立行走的企鹅那样儿，用两只前爪捧起了鹅蛋，摇摇摆摆，而又急速地撤离。如果一时不吃，它还会刨坑儿，将鹅蛋掩埋进土里。它神不知、鬼不觉地屡屡得逞，误使家里人以为养了一只不会生蛋的鹅!

“二黄”的出现，始于我家重修老宅之际。余临近花甲，众弟兄决心光复老宅。雇用的工匠中，有个当小工的“小徐”，三十几岁了，还未成婚。出于怜悯，家里老少对他都很关心。他生病了，自己舍不得花钱去医院，俺家就买回药剂，帮助他在家里打“点滴”。他在俺家干活儿很快活，搬砖运灰十分卖力，腰里别着一个手机，终日播放流行歌曲。

即将入冻了，工匠们要撤离。就在某一天，小徐将一只从铁路边捡到的狗崽，抱进了我家。这是“二黄”。

“二黄”与“大黄”混在一起，也生趣味。表面上看，二者关系很好，一块儿逗，一块儿耍，可到了家人吃饭，料定将有封赏的关键时候，大黄不让二黄进屋。那一种“先入为主”的优越感，让人又是气，又是乐!

在享食上不讲友爱，而在对敌上它俩却保持着合力。这两只狗儿，身材都小，单打独斗，谁都不能保证胜利。然而它俩不管哪个在外遇上敌手，绝不恋战，而先跑回家，将另一个唤出，一起去退敌。这一种不计前嫌而同仇敌忾的精神，让做人者都心生敬意。

乡间有老理儿，什么人家养什么物，什么人得什么趣儿。我就觉得这两只小柴狗配柴门草舍，很相宜。高档人家可以养“松狮”，养“藏獒”，养“腊肠”，养“沙皮”，咱家不敢与之攀比。在饥里寒里生，在泥里土里长，而两只小犬这般地仁义，直让农宅游子热在心里。

咱家的猫，也非高贵血统，与庄户人家的档次也搭配。这只自寻来家的猫，多得小张呵护。它的本事，迥异于其类。

小张嗜酒。他每次在家饮酒时，都将猫儿揽在怀里。开始，他是用筷子头儿蘸酒逗猫，慢慢地，猫适应了辣性，并产生了酒瘾，一次能饮下少半杯。有一回，它在醉意中，攀上了瓜架，踞于角瓜上进行“军演”，结果使得头戴金盔的“角瓜武士”摔破了身体。

猫醉酒，并非轻易发生。常态下，是猫狗同欢。常常地，小猫踡卧在北房的台阶上，晒太阳，睡着了。这时，大黄或者二黄，就故意地不让其休息，或抬爪勾勾它的毛，或用嘴叼一叼它的尾，将它弄醒，一同在院子里你折我滚，追逐嬉戏。

猫狗之间的亲和，给寻常农宅提供了和睦相处的范例。“牛马比君子，畜生也是人。”皆为胎生，这话不由你不信。

除此，俺宅门里还养鸡，还养鹅呢。俺家专门制作了宽敞的两层竹木结构的笼舍。鸡能够跳能够飞，养在了上边；鹅唯其体大肚子蠢，即给它在下一层作舍。

栅栏之外，是几畦瓜菜，也有豆角秧爬上了界墙。鸡们可高兴了，它们能跨步在菜畦里边啄虫，能跳在竹篱笆上晒太阳，鸡所策演的自由度，与画地为牢的鹅，形成了鲜明的对比。畦里的几棵茄子，被鸡叨光了叶儿，留待秋后的苤蓝，一时成了光秃秃的绿疙瘩。最惹人“生气”的，是它不顾忌主人脸面，大摊大摊的鸡屎，不管任何地儿都撒。你去追打它，它或者跳上石头圆桌，或者飞上枣树，还冲着你“喔喔”地啼。

农宅就是农宅呀！宅门里有植物动物的衍息，那才算得上圆满农宅。过去，农家院儿里白天跑黄鼠狼，有蛇、刺猬、蛤蟆、蚯蚓。早晨，枝头上有“黎鸡儿”叫；夏夜，有萤火虫儿绕院飞。燕子飞去飞回了，树木和菜畦，一茬茬绿。一日三次缭绕房顶的炊烟，一天三遍大人呼喊孩子回家吃饭的声音。倘再得见小儿郎挎书包由农家门进进出出，就愈显人境有散不完的生机。

而今，农村城市化成为大趋势。干净了，也舒适了，然而原生态种类，好像除了蚂蚁以外，其他活物都已绝迹。感谢自己家还留有这一块儿乐土，没能让城市化“拔了根”，使我还能感受农宅里的“古典式”欢乐，真是一件幸事！

一块槌布石

槌布石的命运以及在它上面生发的故事，怕真的要终结了。

一块槌布石，沉甸甸搁心里多年。

槌布石青白色，坚硬，正方形，厚约半拃，边长一尺余。平顶中间微微凸起，底部略凹，下底有矮矮四足。

这种石材，我村没有，它应该来自五十里地以外。是爷爷当年赶牲口驮灰驮煤捎回家的？还是旁人相送？说不清。

乡下，农家离不开的物什。

旧社会，农人活茬苦，灰土渗进了布丝，光靠手洗，是洗不净的，必须用棒槌在槌布石上敲打，方可将污渍挤出去。其外，手工做的鞋帮、鞋底，针脚密，邦邦硬，若将它弄“伏实”、柔软一些，也离不得在槌布石上捶。

奶奶当年如何使用它，我似乎未见。母亲年龄长我两轮，奶奶又长母亲两轮，同为属“兔”。我出世时，想必槌布石已移交给吾母之手。我就曾见，院落里母亲坐板凳儿，挽着袖子，从洗衣盆中捞出旧衣，扬起棒捶，一下下捶。难洗的衣服，冒了汗，她不时把垂下的发绺儿撩上去。

于槌布石旁，奶奶还有“早起三光，晚起三慌”的教诲。

长大啦，我们结婚了，将母亲从槌布石边解脱出来，再不用为我们洗衣裳了。

发生椎心泣血之恸，是我看到了槌布石的最终用场：奶奶去世，家里穷，连一块蒙脸布也买不起。给奶奶蒙面，爷爷用高丽纸衔接。这纸有韧性，爷爷用小锤儿在槌布石上沿连接的纸边儿处一下下击打，砸出了一个一个坑儿，纸就黏上了。我爷爷是非常刚强的人，有时对奶奶也无好言语，可那一刻，他竟那么专注、耐心。

三年之后，爷爷也去了。槌布石于我们家无有用途，将它遗弃在了庄户老宅。后来，老宅住了房客，有人用它当垫儿劈木柴，嗑下去一个角儿。

重修老宅，盖新房了，槌布石重新被家人发现。三弟媳说：多碍事，把它扔了吧。我不允，将之搬到了一边。妻子向弟媳解谜——此为奶奶的物品。弟媳们闻听，一阵咯咯笑，眼光投向我，不无奚落地说：瞧咱二哥呀！

房子建妥了，我将槌布石放置更安全的角落。挨着豆角架，挨着倭瓜秧儿。让有生命的农家瓜菜陪伴，想必是奶奶认可的地方。

闲下，不时看一眼，槌布石虽然蒙上了灰尘，但它温润还在。四个角磨秃了，那是岁月着痕，是由山乡走来的奶奶，一心一意抚摁而成。奶奶天性乐观，于其上似乎看到了奶奶弯起嘴角的笑纹。只那个断角儿，让我心痛，想到奶奶一生辛苦劳碌，没过一天像今天的舒心日子，太对不起她啦。

世事变迁，听说我们这个八百年的京西古镇也要搬迁了。为了评估多做价钱，多得补偿，乡亲们正起劲盖新房。为此，我很惆怅，有朝一日老家真要迁移，这块槌布石归于何地？跟着上楼吗？我尚在世，槌布石即难保安全，我的同代人视其为“废物”，下一代人会像我一样看得金贵吗？

我不能定。

槌布石的命运以及在它上面生发的故事，怕真的要终结了。

（选自2015年6月12日《光明日报》）

仙侣

武向春

缘起

1927年的春天，郁达夫在朋友孙百刚家中初遇王映霞。那年的王映霞年方19岁，肌肤胜雪，山是眉峰聚，水是眼波横，正是岁月似锦、容颜如花的好年华。她穿着一件大花纹旗袍，娇艳且清新，孙百刚若干年后回想起那日的她,说她像是夏天晨光熹微中一朵盛开的荷花。

那年的郁达夫已过而立之年，早就与富阳女子孙荃生儿育女。那日，他身上穿着孙荃从北平寄来的羊皮袍子，温暖柔软，足以抵挡料峭的春寒，然而他却满心揣着都是王映霞，他痴迷于她的美貌，亦痴迷于她的飞扬的性情。那种情愫，是幽微的，隐晦的，像是春天里的油菜花，先是零零落落一朵两朵试探性地绽放，再悄无声息地蔓延成一大片，终于将整个春天点燃。

富春江上神仙侣

翌年初春，郁达夫终是如愿以偿与王映霞举行了婚礼。郁达夫的名士风范及王映霞的美貌，暗合了中国才子配佳人传统心理定式，他们的爱情成了人们争相传颂的传奇，柳亚子专此赋诗，称他们是“富春江上神仙侣”。无数名流纷至沓来，王映霞由此得以进入上层社会。日本历史学家增井经夫回忆：“王映霞漂亮得简直像个电影明星，她在席上以主人的身份频频敬酒，看得出来她长于交际，她那深绿色翡翠耳环和手镯，在灯光下摇曳闪烁的情景，至今还很清晰地如在眼前。想起来，那个时候大概是郁先生最幸福的时期吧。”

婚后，那段明亮的爱情生活依然在延续，像灌浆的麦穗，抑或是初夏的晴雨，又白又硬的雨点砸在生尘的地面，饱满而热烈。他们日日痴坐洞房。从斜阳影里，知道一天即将结束；从窗外偶尔吹进春风里，知道春天已然到来；从秋风里飞来的落叶，知道寒冬将至。他们租住的房子在一个小小的弄堂里，房子没有天井，光线黯淡，家里的家具都是租来的，电灯也没有，夜里只能点蜡烛。在屋里待闷了，他们就踱到附近人行道散步，电车丁零零驶过，公墓上小安琪的雕像张着小翅膀看上去甜美异常。他们亦爱到附近的兆丰公园散步，沿路一花一草，一事一物，都会令王映霞新奇万分，她像个小孩子一样向郁达夫盘根问底，而郁达夫就像宠溺她的父亲，不厌其烦地仔细讲解。王映霞腹中有尚未诞生的小生命，虽然日子清贫节俭，还欠了外债，王映霞将母亲陪嫁的金银首饰一样样地卖掉以弥补家用及还债，那些日子忧愁而又动人，更有着些微的甜蜜。

那年的王映霞年方22岁，穿件简单的袍子，愈朴素愈显其美。郁达夫爱美食，虽囊中羞涩却常倾其所有带王映霞尝遍各式美食，王映霞却要将日子过得清俭而丰盛。她认真学习烹饪之术，她制作的茄鲞，虽然不及红楼梦中那般繁复，但那种精心，只有存了把日子过得有滋有味心思的人才能做到：精心挑选又长又白的鲜鱼，腌后，与茄丝合烧，茄子选外皮淡紫色的，则口感更软更糯。

跟随郁达夫，王映霞见识过许多大人物。例如胡适，在王映霞眼中不过尔尔，她评述道："胡适因出名过早，而膺誉过降，过于自负，在文学创作上，始终是门外汉，然而他的门户之见很森严。"

她与陈立夫亦是故交，半个世纪以后，当他们在台湾重逢，时至耄耋之年的陈立夫甩掉拐棍趋步上前作揖。回忆起他们第一次相见，那还是在1933年秋天的一个黄昏，满街飘着桂花甜蜜的香气，胡健中在西湖孤山南麓的"楼外楼"为陈立夫洗尘，邀请了郁达夫、王映霞夫妇作陪。那日的情景虽然没有影像封存，记忆中景致也随着光阴的轮替渐次黯淡，然而最美的秋天景象依然保留在岁月深处。

风雨茅庐

诗人汪静之与王映霞相识几十年，他曾经白描式地还原彼时王映霞的生活状态："王映霞最爱郁达夫带她去认识所有的朋友，专门同人家交际。"

这样的生活对王映霞来说是"车如流水马如龙，花月正春风"，却与郁达夫的"偕隐名山誓白头"意愿全然不符。或许，顺从王映霞心意，离开上海移居杭州也许是郁达夫一生中最错误的决定。

爱情渐次露出峥嵘、斑驳的底色。无论它曾经如何光芒万丈，最终还是在琐碎的生活面前败下阵来，化为灰烬。

杭州新居风雨茅庐建成后，孙百刚来访，在他眼中，风雨茅庐气派不凡：两扇豪华铁门洞开，正阳三间卧室。当中是客厅，开间宽阔有后轩，家壁挂字画镜屏。小院点缀山石，几盆荷花摇曳，朝南的花厅是郁达夫书房，三面落地书架。王映霞引他四处参观，依然是张致地介绍："地皮之外，再加木匠、泥水、花匠，石匠、装修、家具等总有两万光景。还有不少东西都是别人送的，两扇大铁门和各处种的花木是周市长送的。"接下去报了一串长的送礼名单，所说的人均是时任官吏或社会名流。

那段时期想必也是王映霞最光辉的岁月，郁达夫将他恋上王映霞后写的日记编成《日记九种》，由书局推出，开创了新文学作家出版日记的先例。《日记九种》出版后轰动一时，加上其他稿费收入，经济渐有起色。那时王映霞还年轻，遇有喜事有想要告诉天下的轻狂，她说：每月开支为银洋200元，折合白米二十多石，可说是中等以上家庭了。其中100元用之于吃。物价便宜，银洋1元可以买一只大甲鱼，也可以买60个鸡蛋，最后，她心满意足地总结："我家比鲁迅家吃得好。"

她甚至突兀地取出一束信来给孙百刚看。孙百刚抽读了两三封。原来都是许绍棣(时任浙江省教育厅厅长)写给她的信，大致说些战事的发展，前途的推测，杭州的空袭，机关的疏散等同时，倒无越轨笔致，孙百刚却心生疑惑：许绍棣负一省教育行政之责，当此国难临头之际，何以会有如此闲情逸致，对一个朋友的夫人，写这种娓娓清谈，叙话家常的信?

郁母过生日，郁氏夫妇赶去富阳祝寿，王映霞要借杭州市长的汽车，彼时的市长是周象贤，他的汽车是浙字第一号，郁达夫对此不以为然，认为她爱慕虚荣。

明代袁宏道写的《大堤女》读来清新可喜，王映霞不过就是诗中这样一个女子："文窗斜对木香蓠，胡粉薄施细作眉，贪向墙头看马车，不知裙着刺花儿。"

在年少时，谁不曾贪恋过一切美与富丽的人与物?谁又不曾有过这样新奇的打量与热切的盼望?却不知她的"贪向墙头看马车"，在中年的郁达夫眼中却是虚荣的罪愆，他的猜疑与嫉恨就像带刺的花一样深深地扎在她的裙裾。

郁达夫的才情不再令人欣喜，虽然他笔下的风致是如此的明媚迷人："杏红衫子白罗巾，高髻长眉解笑颦。公子缠头随手掷，买花原为卖花人。"那样的公子风情原本就是属于书卷里的。当她在郁达夫的诗作中出现，郁达夫将她比拟成苏轼的朝云，或是白居易的樊素。侍妾的身份无疑是王映霞心中的隐痛。薄命怜卿甘做妾，已然是文明时代不再提倡的感情式样，又何况如王映霞这般心高气傲的新式女子?

郁达夫的粗粝令王映霞痛苦不堪，内心却唤起了一种对过往流逝青春的叹惋及对爱情更加狂热追求，那一刻仿佛有神的意旨，王映霞决意要去寻找新的幸福。而郁达夫却满怀怨怼，不依不饶。

先是郁达夫发现了许绍棣写给王映霞的三封信，他将这些信批量影印，声称是“打官司的凭证”，并请了郭沫若来查看“现场”，并在报上大登侮辱性的启事，一时间满城风雨。

在朋友们的调解下，王映霞写下了不公布的“悔过书”，郁达夫再次登报声明这次事件是自己“精神失常”所致的误会，以保全她的声名。

郁达夫屈辱让步，使王映霞回归到家庭，然而他终是难以释怀：他爱她——像爱恋某些阴暗的事物，秘密地，介于阴影和灵魂之间。

对王映霞情事的揣想，是横亘在他们之间挥之不去的阴影：“映霞亦似曾与许君交涉了许久，许君似不肯正式行结婚手续，所以过了两天，映霞终于挥泪别了许君，和我一起上了武汉。”

这种揣测，使得郁达夫对王映霞存有一种不洁感，他爱她，亦憎恶她，在他眼中，曾经那个热情、纯洁、对未来充满美好幻想的少女不复存在，她变得虚荣、贪婪、充满欲望、为虚幻的爱情而偏执。宛如在冰雪消融的高原，从蝠蛾身体里长出的虫草，带着始终无法消除丑陋印记。

王映霞亦满心委屈，在他的描绘中，她是如此的不堪：“姬企慕官职，以厅长为最大荣名，自对人自称厅长夫人，予以取乐。”而他在她离家出走之后的纱衫上题的字更是她一生耻辱的烙印：“下堂妾王氏改嫁前之遗留品。”

他们的婚姻虽勉强维系，那段感情早已风华褪尽，已成了岁月中貌似坚固实则不堪一击的废墟，没有重建的可能，任何的失去分寸的用力，都造成废墟的提前崩塌。

这正是中年男女的悲哀：多年夫妻，激情早已消退，与子偕老的契阔之感却尚未生发，那种刻骨铭心的匮乏感，像一个巨大的黑洞，需要余生用巨大的能量去弥补。而郁达夫却缺乏这种能量，对人性和自我悲凉彻骨的认知，犹如深扎于心中的芒刺，不停地刺痛着他，使得他更加放纵不羁，醉酒之后的清醒，灵魂中最深的孤独，伴随着清醒而来。他的内心既软弱又强悍，他对生活怀有热切的渴望，却轻而易举地毁掉所有的幸福。

郁达夫去了福建就职，他常常写信给王映霞，书短意长，他期待她变成更好的人。在那些书信中，爱的岁月以记忆和文字为载体永远存在，哪怕是凿木取火般的光芒，余下的依旧是深沉的黑暗。

然而对王映霞来说，那些爱意汹涌的话语，再心潮澎湃，终不是杯水微澜，象牙微雕。她已然对他失望，当她停止爱他的时候，他就在她心中慢慢死去。

多年以后，郁达夫在福建省政府的同事、后来曾长期担任省主席陈仪秘书的蒋授谦回忆，郁达夫“移家杭州之后，适戴笠来杭养病，常到达夫家中作不速之客，偶一留饭，赏赐服务人员特别优厚，而达夫则惮于应酬，因此动南游之兴。”而当时的郁家没有用人，这个被戴笠“赏赐”的“服务人员”只能是王映霞，郁达夫之所以如此佯称，可能是羞于言戴笠厚赠王映霞的缘故，抑或是心里埋藏着更深的恐惧。

半个世纪以后，诗人汪静之却将一段往事公之于众：他与郁达夫是好友，他的妻子符竹因是王映霞的同学，两家过从甚密。台儿庄大捷后，郁达夫随政府慰劳团到前线劳军，汪静之则应王映霞之请，冒充丈夫陪她作了流产手术。隔些时日，汪静之到郁家探望，却发现王映霞彻夜未归，翌日，汪静之再去探望，王映霞仿似一个不谙世事的女孩，她向汪静之细细描绘戴笠家花园洋房是如何的富丽堂皇，神情欣羡。汪静之猜到她夜不归宿及为何要选择郁达夫外出时去流产的原因。考虑到戴笠手段强硬，杀人如麻，汪静之选择了沉默。

在人们眼中，王映霞就是《包法利夫人》中那个虚荣漂亮的爱玛的缩影：喜欢舞会，喜欢漂亮衣服，喜欢跻身上流社会。却不知作者福楼拜曾感慨地说：“包法利夫人，就是我，包法利夫人代表的是不甘命运的我们，觉得生活应该有奇迹，虽然命运的浪头一次次地把她抛起来，再推回去，而她还在奋力地游着。”

王映霞一切的张致，皆因相信生活仍有奇迹，无论她的人生如何跌宕起伏，在与命运的对峙中，她终是略占上风。沾沾自喜的我们，临水照花的我们，谁又不曾是那包法利夫人？

缘　灭

最后一次的风波发生在新加坡。

郁达夫带王映霞只身来到新加坡生活，郁达夫对她说：“这是一个新的所在，你没有什么人认识，我要和你在这里终老。”

继杭州梦碎之后，以梦为马的骑士要将新加坡当作他“偕隐名山誓白头”的终老之地，而那时的王映霞依然迷恋着“朱粉深深匀，闲花淡淡春”社交名媛生活，心里怀揣着一份不甘，平凡琐碎的生活对普通人来说是福，可对她来说，却是一种永远无法释怀的痛。

年轻的她不会明白，只有岁月才会慢慢教会她成长：再飞扬的女子，她的棱角就像是清泉里的鹅卵石，总要被岁月的水流不动声色地打磨殆尽，当经历了许多人，经历了许多事，繁华落尽，人生从绚烂归于平静，我们终于会知道：只有温暖的布衣，清淡的菜根才是我们最后的归宿。

王映霞让郁达夫给她找工作，郁达夫则说："你既然觉得太闲空，不会找些白米来数数？"遥想起当年郁达夫在追求王映霞时，曾写过一封信给她，信中写道："人生只有一次婚姻……你情愿做一个家庭奴隶吗，还是做一个自由的女王？你的生活，可以独立，你的自由，绝不应该就这样轻轻抛去"。这封信写得如此蛊惑人心，有着不可辩驳的说服力。然而这终是成了一句空言。爱情渺小，抬眼望去，满目都是疮的生活。婚姻成了一片吞噬活力的巨大泥潭，而生活则成了一条贪婪的蛇，自噬其尾，错误循环往复，痛苦却日日常伴。

歌德说过：永恒的女性，引我们飞升。对郁达夫来说，他需要他的命运女神，带领他穿越混沌走向澄明，像贝阿特丽斯引导但丁，杜西妮亚成就堂吉诃德。然而王映霞未适逢其时，她还年轻，还没有修炼到如水照缁衣般的人情练达，更没有对万事万物都温柔相待的耐心与悲悯。而郁达夫热力四射的炽热背后则是清教徒式的苛刻与自虐。

一切的一切，都终将决定他们的命运：最初的迷恋、欲望和疯狂想念，曾经的拥有、陪伴和相知相惜，最终还是在光阴中溃不成军。

事前几乎毫无征兆，郁达夫在《星洲日报》发表了他的《毁家诗纪》，并对诗词进行了详细的解读，那些难以启齿的隐私——在他诗中呈现：王映霞以例假为由拒绝与郁达夫同房，不日却与许绍棣夜奔碧湖同居。

无从复原彼时郁达夫发表《毁家诗纪》的感受，那种尖锐的、令人窒息的，掺杂着强烈的痛苦，亦不乏快意恩仇后兴奋感。而王映霞无意间看到那些诗时，恐惧从日复一日疲惫的生活中生发而来，仿若是城市废墟中幢幢的暗影，萧瑟旷野中长驱直入的寒风，令她又冷又惧。

倘若郁达夫所说的一切都是真实，坐实了人们对王映霞的猜想，她就是《包法利夫人》中的爱玛，然而她既不圣洁也绝不淫荡，她对他身体上的抗拒，玛格丽特·杜拉斯借《情人》也说出过类似的话语："我已经死了，我对你没有欲望。不爱的人，我的身体不再会想。"在王映霞看似羞耻的丑闻的背后，呈现出清晰的道德观：终其一生，她都在寻觅一个能够给予她迷人情意的人，她要把握爱和自由的方向，而不是将一段情事沦为菟丝花一般的纠缠与匍匐。

昔日富春江上的神仙侣恩情不再，他们互相公开攻讦对方，王映霞在报纸上发表了一封致郁君的公开信，信的末尾署名是：不肯吃亏的映霞。

一切如初识般陌生却又令人憎恶无比。婚姻的真相也许就是这样，双方将最美妙的样子呈现给对方，然后渐渐懈怠下来，露出面具之后的狰狞，却还要求对方保持着最初的美好。

小簟轻衾各自寒，那年之后的过来人，薄衾暖裘，锦衣纻服，自是殊途不同归。他们的分离，于他而言，是“曾是寂寥金烬暗，断无消息石榴红”，他的旧日就藏在这些微妙的情绪里，怀揣着无边无际的怀想。而对她来说，是“从此山水不相逢，莫道彼此长和短”的悲伤，更是“锦水汤汤，与君长决绝”的离去。

1940年，他们彻底分道扬镳。

昔日我曾苍老　如今才风华正茂

1943年，郁达夫在苏门答腊与当地土著女子何莲有结婚。他化名赵廉，并将“何莲有”改为“何丽有”，意在“何丽之有”。虽说名字只是个标记和符号，然而那简明扼要的名字似乎也凸显了他删繁就简的心态。

何丽有长得不美，然而她却性情温和，她不介意郁达夫在人前喊她婆陀（马来语，傻瓜），亦不介意郁达夫将她比作丑女“无盐”，哪怕是在众人哄笑中有人详详细细地将典故解说给她听，她只是不信。

她的愚钝，给郁达夫带来了一生中最安定的时分。南洋气候炎热，阳光亮炽，热力四射，像一匹劣性子的马，任性、恣肆。郁达夫蓄起了胡须，过起了一丝不苟的生活。他不再爱一个女人爱得死去活来，梦萦魂牵。虽然他深知自己是俗世男子，最爱的是娇媚美人。但他更知道，所谓爱情，就如雨后恣意攀爬的藤蔓，那一枝一叶的缠绵，终是无人去追寻它草蛇灰线伏延千里的蜿蜒，逃不过光阴的侵袭，逃不过自荣自枯的命运。只能记来的，只是丝缕微茫，在黑暗一隅，兀自照亮，而时光徒然流过，毫不留意。

当他抱着与何丽有共同的儿子郁大雅在墙角下照相，那时已年近半百，衰老似一个不速之客，无从驱赶，无时无刻，它都在以一种坠落的速度，不顾一切地老去。他的面容平静，目光温和，眉目中再也寻觅不到当年“曾因酒醉鞭名马，唯恐情多误美人”的疏狂，像任何一个步入中年的男人一样，梦想渐行渐远，失落的时间与情意再也无从寻觅。

为了在日本宪兵面前掩饰身份，他开设了一家酒厂，只出产两种酒，他分别命名为“双清”“初恋”。他不再写作，也滴酒不沾，闲来只是打麻将，何丽有一直不知道他的职业，只是满屋的书，让何丽有认为他还是个“读书匠”。或许，只有他厕身于书房，厕身于那个充满了爱、生死和疯狂的虚拟世界，才能暂时躲过他卑微的痛苦——故国和往事，不堪回首月明中。

他的才情还在，虽然再也不见“那斜风细雨中的绿叶红花，多采多姿的辞藻”（司马长风评《沉沦》），他的才情只是借了销量甚好的酒名微弱地发散，只是什么样的酒才配得上“初恋”这个名称！那给酒命名时那细腻的心思，犹如诗人科恩的歌声，沧桑中透着迷人的性感，那种性感，是面容哀戚的潘金莲出现在武大郎的葬礼，白色的孝袍下却单单着了一双桃红色的绣花鞋。疾驰瞥过，是无从忘怀的惊艳与诧异。

1945年，郁达夫在印尼苏门答腊失踪，那年他四十九岁。8月29日，他正在家中与人聊天，有土著青年将他叫出，他穿着睡衣和木屐消失在茫茫在夜幕中，从此再也没有回来。到现在关于他的死因依然没有定论，通论是日本宪兵为了掩饰他们的战犯行为而秘密暗杀了他。

死亡像刍狗，像落入最深处尘埃，像干涸的河床，像自天际陨落的星辰……它用幽暗的手斩断了万事万物的去路，亦在虚空中指明了更一个遥远的方向。

尾　声

当王映霞再次结婚时，她已洗净铅华，她说：既不要名士，也不要达官，只希望一个老老实实，没有家室，身体健康，能以正式原配夫人之礼待她的男子。那句感叹，简单又深邃，饱满亦萧索。

王映霞再次回到杭州，那是她的故乡，亦是她的终老之乡。她将风雨茅庐卖掉，虽然那院落里的一砖一瓦，一草一木见证了她的青涩与曼妙的年少岁光，亦见证了他们的悲欢离合。她已然老去，满头银发，却依然爱穿华美的衣裳，当她的儿女们推着推车，带她在西子湖畔漫步，依然会引来无数人的惊叹：这么美的老太太！

柔媚的西子湖畔，在江南温暖的节气时，即便是到了冬天，湖水也不会结冰；湖畔的杨柳依然绿意盎然，如女人的长发一般丝丝缕缕；行道上种满了鹅掌楸，秋季叶子变得金黄，每一片叶子都仿佛是一件裁剪精美的小衣衫，它开的花又大又美。还有那桂花，香得如同一个莽撞的孩童，出门就撞上鼻子，满街甜蜜蜜的桂花香如同湖水一般，而满街稠密的人像鱼游在水中。

在湖畔，她再也不会遇见郁达夫，与她劈面相逢的只是纷纷扰扰的往事。

她开始回首往事，她终于抛开一切恩怨，平缓地说："如果没有前一个他(郁达夫)，也许没有人知道我的名字，没有人会对我的生活感兴趣；如果没有后一个他(钟贤道)，我的后半生也许仍漂泊不定。历史长河的流逝，淌平了我心头的爱和恨，留下的只是深深的怀念。"

再绵长的爱情，终究是转瞬成空，让我们无从辨认，连同我们青春的容颜。许多年过去，人们总以为陈年旧事会被湮灭在记忆的沙尘中，然而她终于明白这是错的，因为往事像落下去又自行爬上来的半轮月亮。

当她萧瑟的风中拢起衣领，在某个月夜，回忆像满天的星斗，排列成行——潜回到她身旁。

那一刻，她仿佛还是那个初谙世事的少女，任性得如一个被宠溺坏的孩子——在他的迷人情意中。

（选自2015年第6期《花城》）

大厂流年

曲 静

二十世纪中叶，东北，广阔的田畴村舍间，平地拔起的一处建筑群，一个被无形的栅栏隔出的特别地域：大厂。自此一个功能齐全的小型社会有了雏形，并有来不及养成的人文地理附着其上。随后，培养出了逐渐繁茂逐渐庞杂的气象，于岁岁年年中，枯荣更迭。

有个名字，叫双吉。

东北老国企前世今生的命运遭际从此在这里展开，叠印着一个国家行进的脚步。

随着岁月流逝，随着一个时代的渐渐走远，大厂轮廓依旧，凋敝必然。出出入入的大厂人，面容上的改变最为具体，是再也回不去的从容坦荡和豁朗。

碰巧就生长在这里，并在这里一点点长大成人，大厂和小镇便成了记忆里挥之不去的印迹，无论行多少路，走多远，这个地方总会时不时跳出来晃动记忆。

将大厂作为背景描摹，杂且碎，大厂雄浑，苍茫，在背景里无言。

厂 宅

大厂人是一个杂糅的群体，建厂伊始，各个城市的熟练的产业工人被征调于此，各个地区的适龄青年被光荣遴选至此，如此集结，南下北上的，操着南腔北调。城乡混杂着的，免不了文明与粗鄙并行；拖家带口的，安顿下来便煮饭烧菜。日子在哪里都需要筋道地过，于是有了铺有木地板，烧暖气，三家共用一厨一卫的单元房，计十几栋如同孪生的三层红砖小楼。这是最初的家属区家属楼。

单身男女好办些，速成几座楼紧赶慢赶地全都装进去了，趁着秋寒乍袭还能挺得住时。楼的腰身处还用水泥抹上几个字：1959年10月，7天建成的卫星楼。那真是大干快上的年代，多快好省地疾行着。

之后，大厂的生活区建设开始调整步幅，由大步快跑变小步慢跑，年年岁岁零打碎敲地打造着。

一方面，大厂在基建方面似乎始终未停下脚步，一方面造人运动突飞猛进，即使逢上了独生子女政策，但经年陈欠搞得还是供低于求，以至于在公有住房大行其道的日子，能挤进分房的队伍多么折损能量呵，几乎每个人都削尖了脑袋往前冲，极尽能事。关于房子的故事也是一抓一大把的，悲情悲喜地渲染。不乏软磨硬泡，苦情陈情，横的愣的不要命的。安身才能立命，身无处可安，谈何立命？据说某个车间的一骨干男，几代同居一室，狭小逼仄的环境，日复一日的小心，愣是把个爷们儿挤兑得性压抑了……难言之隐憋在心里，积攒到一定时候自然喷泻，忍不住在分房领导面前呜呜地哭出了声，那份委屈，是生理心理都被扭曲后的流露，差不多是控诉了。

应对的唯一有效的方法就是加紧盖房子。

大厂在盖房子方面的表现堪称天才，设计并建造出的家属区宿舍，五花八门，很是别致，方案不知是不是经过多方审议并评定后拍板的，建筑资质如何也不得而知，至于材质更不好妄加猜测，反正就是一层层一栋栋地建起，收纳着不断增加的大厂新生人口。印象中好多家属女工就是参战的主力军，她们因为迁徙因为生养丢了原本的工作，后来便以临时工的身份加入大厂基建中，男人一样打预制板，男人一样筛沙子运水泥，男人一样将大厂的根基一点点铸稳建牢。老了的时候，一直困扰着的没工作没收入导致的没地位，竟也因为曾经的临时工经历，享受了国家给予的一点补助，月入七八百块钱，那已经令她们相当地满足了，不仅限于那几张红票子的鲜亮，更体现出对她们身份的认同，对她们付出的认可，对这一群体浮出水面的接受。可是，狂喜还是来得太晚，很多人刚刚到手的实惠还没来得及细细品味就因贫病辞世，烧旧物时，那一件件的简朴和破败竟有让人不忍卒读的心酸和难过。

但房子还在，里程碑一样矗立在大厂厂区，提示着、点醒着、存在着的过往。

只是更加的沧桑了，不同年代形成的风格特色集结，构成了一个微型房屋博览，一簇簇的，体现着年代审美和年代经济结构的高度契合，尽管因其功能指向具体，不具备强烈的形式感，但穿行其间，仍能从楼体的外形中触摸到时代的梯阶式变化。有时十几栋成一个风格，那是建厂初期大批建造的；有时是三五栋、一两栋一个样式，那是大厂进入飞速的发展期，有心无力顾及不到，就实验式地做了几栋，样式上很是突破，房间结构也很超常发挥，面积开间朝向什么的，一律率性潦草得出乎意料，少有参照性。比如有的户型就俗称“两间半”——一左一右两间卧室，中间又夹了个小厨房及小得只能放一张床一张小学生课桌的半间小屋，三个平方左右。那半间的功能很简单，为没结婚的子女备下的临时住所。那是20世纪80年代中期，大厂的子弟们迎来了第一波婚嫁期，为让他们的婚房与父母弟妹们的居住不构成冲突，就急就章地超常发挥了，创意很是彰显人性。此后这样微型小屋大多被辟成储物间，住人实在难为，半扇窗的日光月光简约到吝啬。

也有过停滞，修修补补小打小闹，比如在两栋楼间加修了一栋，使两楼连体成一排，加塞的这个就叫“加固楼”。

令人莞尔的，是于80年代中期，大厂在某处闲置地建起两栋小别墅样的二层小楼，一户一楼一底，也就有那么七八户人家吧，看作是跃层也无不可，面积并没大到哪儿去，甚至因设计草率，里面的布局尚显局促，只是房前屋后有个小菜园，几棵果树、一畦花草等，显得更为清幽些。住户是厂级领导，及做过厂级领导的老红军，资格资历深厚，被厚待并非不合情理，但如此凸显特权还是太惹眼，太挑战凡人的神经，尤其在那个年代，几代同堂同处陋室还普遍存在。

后来的后来，有的人搬走了，或升迁或落败，在别处另扎营盘，富贵与否不干别人的事；有的人归西了，或留下遗孀子女没能守成的，只能困顿在此，别人早换了新式的窗门，小小园田红是红绿是绿，依然有与众不同的神韵傲立在众人眼底，像擦了胭脂的旧妇般风姿绰约，唯独有一户还是破旧的原装货始终如一，陈旧的糊窗缝的纸还不合时宜地黏在木窗框上，挤在几个光鲜的门脸前，臊眉耷眼的。原本有围墙罩着来着，后来不知刮什么风，大厂把除了生产区外的所有的围墙都拆除了，把这领导的居处也暴露在了老百姓的眼皮子底下，神还在，密没了。

除了楼房，还有平房区，按方向命名为东平房、西平房。

那平房是典型东北民居，红砖起脊的外形，只是内里却是被大改良了。一块平地上摆积木似的排着两列共十七八栋平房，每栋一长溜均是坐南朝北的户型，共有十几户人家肩挨肩地住着，每户人家都是由南至北顺长的一条，先是一眼窗开在南面，窗下是炕，顺着房间搭的，南北向（迥异于东北民居的东西向），依次是里屋门，厨房，外屋门。后来为增加面积，又不约而同地在外屋门外搭了个门斗，成了储物间，加门。还不止，继续扩充，又拦出个小院，多了道院门，里面放自行车之类的大物件。人要想进到里面得开四道门，一格一格的。这种设计的好处是，能尽可量地挤入更多的人口，坏处是，只有朝南的一间卧室能采光，其余的地方只能靠灯照明。且因为有效扩充，前后两趟房间的间距很小，能容身而过就不错了。

没有上下水，没有冲水公厕，不便和不卫生使其最早被拆迁，现在上面又种上一群新楼了，一层还带上了车库，与城里算是接上了轨。只是在大厂厂区，一辆自行车就可搞定，断不可用四个轮子去量。此时回望，旧时的景象不合时宜地跳出来：一群十四五岁的半大孩子，寒冬腊月的，在冰封着的压水井旁挑水回家，扭歪着脖子和肩，两手紧抓扁担钩以求平衡，水桶仍摇，一路趔趔趄趄，淋淋漓漓……

永远的色香味

大厂有着自己的色香味，别于其他。

大厂积聚了东西南北各地的人，真正是从五湖四海为了一个共同的革命目标走到一起来的，于是各自携带着与生俱来的饮食习惯和饮食风格，后来的后来，随着在这一处生活年限的增长，以往食材的断档，又不得不完成了对当地饮食文化的融合和再造，贡献出糅合着各地风格的特殊风味，当然，基本基于有限的花样翻新上，毕竟大家都是从饿着肚子的年代一同滚过来的，吃饱从来都大于吃好。

胃也是有阶级的，它对油水的辨认程度要比测谎仪更真实些。捏着鼻子吃忆苦饭的年代，人们为了表现进步可能会有意控制表情，但胃不一定会给予很好的配合，一不留神就被它给出卖了，快速的神经反应令人猝不及防，伪装不好很容易露馅。资产阶级的胃要想彻底地改造成无产阶级的胃，假以时日是必需的，与世界观联着呢!

胃也是有记忆的，任多少年的时光翻过，某种滋味仍会奇迹般地封存，一旦与以往一道中意的佳肴狭路相逢，那幽幽而至的色香味，立刻通过味蕾把人带到从前，于是过去的一切也不可遏制地一并掀开，种种温暖的惬意的生动的碎片，齐齐聚到眼前。

大厂曾是系统里的龙头老大，在计划经济年代，吸纳过不少的人才，更输出过更多的骨干，在系统里分流，遍及全国各地，以至于这分期分批的吞吐，如活水一般将大厂的血液滤得氧饱和度极高，相当新鲜。大厂人的习性也捎带着一改再改，也总有改不去的诸种，潜伏在记忆深处，轻易不去动。

某年某月，不知什么人通过什么途径将一卡车从外地调运来的南方蔬菜拉进厂区，甫一开卖，立刻就围拢上来一群南方籍贯的主妇。莴笋茭白莲藕榨菜之类，好像菜已不是菜，乡情乡音全浓缩在里面了，免不了地一顿哄抢。搞得北方人也忍不住加入其中，一通抢购后，拿到手中的一些青绿黄白，却不知怎么做出成品菜肴，着实是稀罕物呢。那一个晚上，大厂的主妇们各自在厨房亮出绝活，炒勺翻飞，上下颠动，油火欢跃，嗞啦声里是满满的欢喜，感染得不怎么在行的厨娘也生龙活虎地加入，权当作一场有意思的竞技了。至于菜品样式，由着各自发挥，传帮带是必须的——这应是20世纪70年代末80年代初的事了，不然不会那么紧俏，而有了紧俏，才会有相关内容发生发展的可能。

大厂里的家属楼在设计上主要考虑了怎么能尽量纳入更多的人口，于是在厨卫方面则能简陋就简陋，要多节省有多节省，于是常常是几家各出一二人在同一厨房里忙活，葱花爆锅的鲜香和辣椒炝锅的辛香交融，急时你递我一个酱油瓶子我挖你一勺盐，很有相亲相爱大家庭的意思，包了饺子也不忘送过去一碗尝鲜，芳邻们下次一定也会回敬一盘好吃的，彼此都能从中咂出其乐融融的滋味。至于小孩子，就是觉得别人家的饭菜比自家的香，于是忍不住总垂涎别人家的盘碗，吃到嘴的是好的，吃不到嘴的是更好的。公共厨房私密性差，彼此总是擦身而过，基本无遮无拦，这样的近距离也容易生出嫌隙，小来小去不好说出口的一些芝麻绿豆般的琐事，悄悄酵成一缸醋，酸酸的倒牙。好在这些闲气怄过一阵后，又自然而然地消弭，谈不上伤筋动骨。

那时人们都不太富裕，各家的菜品基本上大同小异，偶有些富贵的人家，总有荤腥撩惹人的嗅觉乃至味觉和视觉，不得不偷偷摸摸鬼鬼祟祟做贼一样，以免闪得别人难受。公共厨房其实也藏不住隐私，太穷太富都得藏着掖着，不然会伤着人家的自尊。

那时有一景，在每天早晨上班的人群中，能看到许多人都用网兜拎个铝饭盒往厂大门里走，那不是带的中午饭。大厂还是不够大，中午没必要在单位吃，都回家现做，所带的饭盒是为了到厂里蒸饭。饭盒一块砖大小，里面装着生米，到厂里后用水淘好将其放到专门的汽锅里蒸，下班时带回家满满的一盒熟饭，热热的，省时省力还省能源，便捷得很呢！尤其蒸很是费火的苞米糙子饭更是合算，那东西在家想煮得烂熟也不容易，没几个小时都不行。图省事的，连带着将菜也蒸上，蒸蛋蒸茄子土豆蒸地瓜南瓜什么的。蒸土豆片时，将生土豆切片码好，放上油盐葱花一些水，若另加些蒜片口感更好，统统放到汽锅里蒸，单等到了时间取出打开，一样喷香可口：土豆糯软，汤水有滋有味。一盒饭一盒菜热腾腾地摆上，再佐上一些爽口小菜，很是经济便捷实惠的一餐饭。百姓人家，寻常的光景，细水长流的生活，日子的千姿百态在精打细算中一点点铺平展开，地道也淳厚，源远流长。

多少年后的今天，家里老人在收拾旧家底时，看到大大小小的铝饭盒，劳苦功高地记载着过往岁月里有关汤汤水水的具体情节，烟火气十足的一切便很亲近地推送到眼前，由不得人不心生感慨。

大厂唯其大，有着自己的农场，员工也是由没有固定工作的大厂家属担当，算是大厂里的农民和菜民，且女工远多于男工，多为人近中年的棒劳力。在几年一届的大厂运动会上，农场女队的拔河项目，总是稳居第一。体力耐力的养成赖于素日的积累，与大厂职工相比，他们算是第三世界了，比有车间厂房上班的综合厂家属工更不如，风吹雨淋的，看似没啥技术含量，都是出苦力下蛮力的活儿。他们种水稻种玉米种蔬菜也养鸡养鱼，泥水一身地吃辛苦，好在劳动不白付出，逢上一些日子，农场的车将他们摘下的瓜果蔬菜，宰杀的畜禽，一样样拉到固有的店面出售，他们的价值也就很是显明了，在20世纪七八十年代，这绝对是不可小觑的供应，大大地弥补着市面上副食品的供应不足，杯水车薪也是意义，面子大于里子，很是让大厂人追捧。民以食为天，谁都不能免俗。再后来这种关于吃食的紧缺和不足成为历史，农场的使命基本终结，但依然有鱼塘鸡舍保存着，节假日时，鸡鱼蛋类充当了工厂的福利发放。于是就存下这样一幅场景印在大厂的大事记中：在邻近国庆节的某天，汹涌的下班路上，差不多人手一份，均提着两条两三斤重的大鱼一路腥味弥漫地穿街过巷，让没有资格得到这种福利的人很有置身于外的羡慕，那是大厂所剩不多的优越性了。尽管这东西也没几个钱，农贸市场上称上一些算是小菜一碟。

时光流转，餐桌上的内容益发丰富，恰值饭口，若在临街的哪座楼前经过，锅碗瓢勺的交响辅以各种火爆的声效，鼻子自会捕捉“油焖大虾”“干煸茧蛹”“孜然牛肉”“红烧大排”等味厚香浓的硬菜，免不了地口角生津，腹饥难耐，于是脚下步伐随之加快，忙不迭地往家赶，是惦着自家餐桌上的一份上好嚼咕呢。家，原本就是吃和睡的地方，解决着食色所需。

不是说留住男人的胃便留住男人的心了吗？可见男人从骨子里说也就是个吃货，被女人饲养好了也就相当于套上了笼头，任由牵着骑着驱使着。

主妇们年复一年地围着锅台转，苦劳大于功劳。一餐一饭里有经济实惠有营养搭配有省时省力省银子，有浑不懔的模范饲养的意思，是粗放式的。即便有心心念念的什么“妈妈菜”，那也是良家妇女般，低眉顺眼中规中矩不出大格不登大雅之堂的那种。当家的若是着了道，才会将小小的餐台当舞台，当秀场，票友一般客串个大角，走的是不鸣则已一鸣惊人的路数。此处的掌声很必要。

老军工信奉“工完、料净、场地清”，多年养成的素质。知道外科医生的良好习惯吗，就是做好手术一定得检查手术器具什么的，多一样少一样都不行。咱大厂里的军工也是给大型军械做修理的，干完活讲究的也是“一样不能多一样不能少”的严格规矩，否则到时吃瘪事小，真弄成战场上哑弹臭子废物点心，是要人命的，犯的可是该枪毙的罪。这一套严谨搬到家中，兴之所至在厨房里操起十八般兵器，还不是闹着玩似的？像不像做比成样。爱心洋溢时，八级工匠的粗手大脚琢磨起女孩们爱吃的酸甜口味的菜式，“拔丝地瓜”“锅包肉”“糖醋排骨”之类，每一道工序都是考验都有陷阱，差之毫厘，谬以千里，好歹到了最后一个步骤——摆盘传菜上桌，极具形式感的招式里，洋溢的是老爸的爱意老公的情意老家伙偶尔为之的显摆铺排自鸣得意。

拔得头筹的当属心灵手巧的钳工，那就是一双绣花姑娘的化腐朽为神奇的妙手，自己弄模具打制出的小巧银耳饰，不比首饰店里卖的经典样式差，掂对油盐酱醋茶还不跟玩儿一样？当然，手艺好孬是一回事，用不用心思是另一回事。

饮食文化也是文化，与地域相关，有传统有传承；饮食文化还体现着文明和开明，里面注满了老饕们为了口腹积攒的各式经典，不乏立足于色香味基础上的钻研和求真。那一道道哪怕是家常的菜式，历过多少年时光的修正、多少个胃口的检验，才得以炉火纯青，借以流传。就说大厂，当年开的第一家知青商店就叫“广灵”，第一家知青饭店就叫“远芳”，多么有文化！如今商店已转为网吧，而“远芳”还一直迎门纳客，招牌菜较比地留人，也算是有些历练的老店面了，不过经营者倒了多少手已不详。

近几年，大厂的地面上雨过春笋般冒出许多小馆子小铺面，以处于大厂中央地带、原国营商店国营饭店的旧址处的夜市一条街最是火爆，白天相对地吃客寥寥，黄昏过后才开始粉墨登场。老商店老饭店的房舍，原本的功能结束了，残破地立于原地，撑了几十年了，破败是显然的，但小店店主们极尽能事地在牌匾上下功夫，又饰以灯光音响，多少使得门面光鲜些，就又再生利用了。毕竟那里占有地利之先，而且，出租这些屋舍多少还为供养着当年国营饭店国营商店里退休的老职工出些力，几锭银子不多也聊胜于无，好歹蚂蚱也是肉。甭管怎么说，店主们明火旺油地颠动翻炒，肢体显现着表演般地夸张，另配上足够火辣的招徕，以及让人老远就能嗅出的辛辣鲜香四下迸散一路蜿蜒，人造的红火里满是小康日子里的小知足大满意，弄得大小爷们儿们在家里吃过了也情不自禁地坐到这里的小桌前，吱吱地来上几杯，喝上几瓶，就着烤串香锅、爆炒海鲜、家常小吃、清水涮，小镇大厂的夜生活算是就此拉开序幕。水嫩的妞儿们的身影也不乏，间杂其间，遂成风景。暗香缥缈，游来荡去。远远望去，油烟蒸腾，热气氤氲，人影浮动，人声嘈杂，大排档的活色生香令厂区夜色生动无比，星月都黯淡无光似的。那是在家里没有的气氛，是生活必要的补充和补偿，现如今谁还为吃饱动心思？一应的工作生活之外，想有属于自己的交际，简单的吃喝中，有雅好有知足有闲情逸致，有释放有舒解有痛浇块垒，世道人心里埋着社会转型的焦虑和焦灼，几人小坐在露天下的路边小店里，于廉价吃食的大快朵颐中，体会直接的通泰和间接的满足，不也是种乐子？

而店主与吃客的身份像是被故意忽略了似的。其实怎可忽略？或许不久之前还同为工友呢，这一刻就主雇同欢地互敬起来……下岗分流闹的，福祸相倚。

这一景，这一份热闹，作为不可或缺的画面，有必要被录进大厂发展史，并成为编年史上的重要一页。

只有吃，才精彩地诠释：活着或者活过。

（选自2014年第11期《作家》）

向西的河流

杨献平

1

2005年5月的祁连山，无花只有寒。我和几个朋友从张掖而民乐,穿过扁都口,去到青海祁连县。这一条道路，是隋炀帝杨广西巡张掖时走过的。扁都口是甘肃和青海一个交界点,时称大斗拔谷,为丝绸之路吐谷浑道与河西道的一个重要交汇处。唐时郭元振、王忠嗣、夫蒙灵察、哥舒翰等人先后为河西节度使，因扁都口处在吐蕃和唐帝国的边疆,曾派重兵把守。由民乐县炒面庄之后，扑面而来的扁都口奇崛而俊美，俨然庞大雪峰之间张开的一张优雅的小嘴巴。

风如巨雷,满川乱吼。斜坡上牦牛和羊群在枯草与岩石上寂寞而又乐天知命。同车的朋友说，1936年，西路军牺牲的主要将领董振堂、杨克明的头颅,便是经由此地被送往西宁的。把这些联系在一起，陡然就有一种悲壮而纵深的感觉。隔着车窗,蓦然发现水是向东南方向流的。这使我惊奇。有一种时光倒悬、大地秩序被打乱的感觉。当地的一位朋友说，这确实是一个奇怪的现象，或许在河流看来，无视人们惯常认知，是它的本性，也是自然规律。

祁连县很小，坐落在次第隆起的山川之间，县城四周遍长龙鳞大白杨和青海云杉。对面的猪心山不高,以长壁高悬如刀切的形式,扇子一样耸立在县城对面。这里是青海的北大门，最先的居民是羌族，隋唐之间，为吐蕃领地。猪心山下有一条不大但很湍急浑浊的河流。河滩上有诸多树木，还有一些田地。当地人说，河的名字叫八宝河，是甘肃境内黑河的源头。至此我才恍然大悟，多年以来，我在巴丹吉林沙漠饮用的水，便出自此地。

黑河由祁连山中段莺落峡而出，至甘肃武威，与石羊河相接。它应当向东而去，但却转道向西，途径张掖、高台、酒泉，与疏勒河、讨赖河比邻之后，又转而向北，进入金塔盆地，越过巴丹吉林沙漠，注入今内蒙古自治区额济纳的噶顺淖尔，停顿之后，就成了著名的居延海。更神奇的是，黑河在金塔县天仓乡与巴丹吉林沙漠之间，又称为弱水河。《海内十洲记·凤麟洲》中说："麟洲，在西海之中央，地方一千五百里，洲四面有弱水绕之，鸿毛不浮，不可越也。"《史记·夏本纪》载："弱水至于合黎，余波入于流沙。"所谓的"流沙"，就是今天的巴丹吉林沙漠。

面对八宝河，想起如此记载，忽然有一种悠远与沧桑的感觉，好像这一条河流，承载了太多的历史和文明。事实上也是。祁连山中段乃至青海大部地区，曾是羌人和吐谷浑人的故地。尤其羌人，在历史的黎明时期，他们就和匈奴、大月氏、东胡、楼烦、丁零、乌孙、白羊等长期游牧于蒙古高原、青藏高原、西伯利亚、河西走廊和今之新疆境内自相雄长，足迹甚至跨越里海和咸海，共同构成了早期游牧民族的壮丽景观。由祁连县八宝河翻越祁连山进入河西走廊的黑河水，其混血成分是巨大的。沿途的自然和人文奇妙而反复。武威曾作五凉王朝的国度，也是卢水胡出身的沮渠蒙逊的故乡；山丹曾是匈奴的主要驻牧地以及历代皇家马场；张掖位于河西走廊的南段部位，紧靠祁连山，曾是乌孙驻地，后被大月氏攻占，继而又被匈奴置于统治之下。

这一连串的历史变迁，使得黑河也有了诸多的文化色彩与历史痕迹。尤其是公元前121年，霍去病驱逐匈奴，将敦煌以南地区开拓为西汉王朝疆域之后，这一地带便作为历代王朝通往西域乃至欧亚大陆的不二通道。特别是中央帝国强盛的两汉和隋唐时期之丝绸之路，使得河西走廊风云际会，满载文明和物质，思想与兵戈，至今气韵弥散，遗迹遍布。作为贯通河西走廊近大部地区并衔接回鹘道的黑河，也是其中一部分。因为，河流是贯穿人肉身的一种自然存在，是人赖以生存的软物质与生命必需品。从某种程度上，人的历史也是河流的历史，而河流的历史，更是人类历史和文明、文化的基本"营养"和必然要素。

2

夜晚的祁连县静谧得让人有些身心错位。空气湿润而清冽，犹如江南。我们住宿的小旅店内，也一片恬静。紧靠的山坡上云杉静穆，在满是星子的黑夜，似乎一张随时都可以撩开的巨大幕布。喝酒，唱歌，聊天，直到沉沉睡去。早上醒来，觉得身体很轻，轻到了无所挂碍的地步。同伴也说有这样的感觉。太阳于东边的山顶好像一个窥探秘密的红脸妇女，端庄而又羞涩。租车去一个回民村。沿途河流之间，新草萌发，沙枣树和红柳树遍地散开，新生的叶芽懵懂如婴儿。

河流越来越大，也越来越宽阔。抬头之间，可以看到，两边山涧不断有瀑布或者溪流加入。那些悬挂的水呈银白色，大处犹如匹练，小处宛如白色丝绸。溪流则更像是一个年幼而勇敢的孩子，自高坡密林之中慢跑而来。令人不解的是，那座回民村却处在一面荒草不生的黄土坡上，民居寥落、破败。满村子之间，大致有四五棵核桃树。正值春时，还都没有发芽。行走其间，有一股浓郁的黄土腥气，混杂着骡马牛粪和羊膻的味道。村子背后，是一座巨大的黄土山，好像一面斜放的门板，窄长而壁立。

村子下方，靠近河边的地方，草木众多，树木也紧密成林。荒滩上的荆棘和荒草茂密到了无从下脚的地步。一地而两种或更多种地形地貌，在祁连山内。这种情况很多。大自然在自我调整时，总是深藏玄机。近河，河流滚滚，巨石横陈。当地人说，这里有很多的玉石，也是他们的主要经济来源之一。总有一些外地人来这个村子买玉石。回去加工成玉器销售。祁连玉大都为黄花石，与岫岩玉雷同。玉石上多脏点。但八宝河里的玉石多为青黑色，好像是夜光杯的原料。王翰《凉州词》一诗，使得“夜光杯”成为河西走廊，尤其是酒泉一带延续至今的特产。

有不少当地人开着拖拉机和铲车在河里挖运玉石。这可能是河水浑浊的主要原因。站在河边，看着滔滔流水，逝者如斯夫的感慨是必然的。但我更多想到，水是世界上最伟大的事物，它们对人持续浇灌、冲刷，从形体到灵魂。相比较其他的河流，八宝河乃至萌发并长驱千里的黑河可能更为伟大。因为，黑河不仅是中国三大内陆河之一，而且它抛开既定规则，转向西流，再向北，穿越沙漠，这样的河流在西北地区极少。特别是对于长期生活在瀚海之地的我来说，看到滋养自己的河流之源，心情激动在所难免，而且还有一种感恩与怜爱的感觉充盈不休。

溯河而上，远山积雪，令人心怀圣洁。正午时候，忽然刮起大风，黄尘横飞。几个人打了一台出租车狼狈回到县城，既而沿着原路回返。在祁连县的阿柔乡，老远就看到一座金碧辉煌的大寺，坐落在一面开阔的、枯草如黄金的草原上。经幡纷扬，风马旗高擎，红衣喇嘛庄重而优雅。我忍不住赞叹，信仰是令人永生的精神药剂，神灵是所有生命的“金顶”与“暖衣”。从当地人口中得知，黑河由祁连山发源之后，首先进入的是甘肃肃南裕固族自治县。那是一片崎岖的山地牧场。隋唐时期，一部分回鹘留在甘州（张掖），史称甘州回鹘。现在肃南境内的裕固族民众自称尧熬尔，风俗与蒙古族基本一致。这里的散文家和裕固族文史学家铁穆尔，多年来就他们民族的渊源进行了不懈的考察与研究。

尽管去过多次，我还是建议朋友们再去一次肃南。肃南藏在祁连山中段，由扁都口向南，沿着斜坡就可以到达。但没有道路，只能从张掖市绕进去。从地理和文化角度说，肃南是河西走廊一个隐秘所在，一万多裕固族民族偏居一隅，但却拥有辽阔、崎岖的大片牧场与异于河西走廊多数地区的信仰和风俗，至为难得。进入，要翻越数道海拔在400到1200米的山峰。县城坐落在两山之间，其中，南面的山坡寸草不生，颜色犹如水泥，整个山体也是由凝结的砂石构威。而西北面的山坡则是原始森林，草木葳蕤。我们没有惊动铁穆尔等当地朋友，找了一个地方住下来，吃饭，喝酒，然后趁着月光，沿着横穿县城的巨大河流行走。月光如滚动的银河，河水轰隆如地下连续之雷霆。

3

老虎沟、大岔牧场我先后去过。老虎沟是一个丰茂所在，山下是无尽青草。一道流水从山深处叮咚而来。掬之而饮，甘甜如加了蜂蜜。有一个夜晚，我曾在这里喝酒唱歌到深夜。睡在帐篷里，可以听到山上森林里的狼嚎与其他动物的声音。早上雨后，太阳复又出现，世界崭新。草地上白蝴蝶成群翻飞。那是我在草原上度过的最美好的时光。天地干净而安闲，俗世的喧嚣与烦琐都淡如云烟。斯时我才明白，人群和社会是一种庞杂的淹没与裹挟，个人只是一粒沙子，常常以为自己很重要，但在其他人和某个群体之间，其实一点都不重要。

大岔牧场在县城最深处，迎面是山。诸多的牦牛在山坡上为自己吃草，为人们提供皮毛和骨肉。山上羽毛草、金露梅众多，狼窟赫然，荆棘密密匝匝，沿着高陡的山向上匍匐。诸多的溪流从数道沟岔里不作声响地汇集，于更低处以河流的形式，结队行进。那条河也是黑河的一部分，当地人称为肃南河和大岔河。那一夜，我们在河边走了大约一个小时，朗月洗心，谈起遥远的匈奴浑邪王和休屠王，西羌、唐帝国的甘凉道、甘州回鹘、西夏、蒙古，也想起铁穆尔擎酒时候的歌喉和他多篇书写裕固族民族历史的散文长卷。

对于一个变迁频繁的民族来说，拥有自己固定的牧场是一桩幸事。但在越来越趋于大同的全球化语境中，如何保持自己的民族习性和信仰，这个课题似乎更为艰难。第二天一大早，我们发现，这座县城还像前些年那样窄小，每一条街道都有坡度。日光新鲜，不多的人坐在牛肉面馆里吃早餐。见到我们这些外来人，眼神有异而又若无其事。租车沿着大岔河向内行走，坡度越来越大，道路也越来越凶险。深涧之中，有不少采挖金沙石的各种装备。

早些年，当地人在大岔河采挖出不少金子。这一高贵的庸俗之物，一边通向庸俗的制高点，一边涌向深不可测的人心人性。河水依旧湍急而庞大，这些积雪的化身，或者说自保圣洁失败后的溃散者，冰凉刺骨，有着与人世隔绝的内心与体温。到一片巨大的森林里之后，我发现，肃南这个地方至今还是一片处女地。远离河西走廊交通动脉，高寒深陡的地理位置，使得它避免了某种生猛的开发与利用。但在物质主义时代，肃南也因此而显得与时代格格不入，甚至脱节。这是一个矛盾，但对于自然本身来说，也是一个幸运。我们沿坡上爬，松树多数百年以上，但不够峭直和挺拔，多数扭曲，散开生长。也难怪，在这样一个高海拔地区，树也不得不委曲求全。

在一处山坳里，我们发现两眼清泉，在一面小石崖之下，像是裕固族女子的眼睛，更像突如其来的神意。惊叹之余，也忽然觉得，大地之所以令我们感恩铭刻，是它的付出、蕴藏、包纳与收缴、陈列、转换、催发、兼容，它本身有一套神奇的运作系统，虽然一时无法觉察，但它一直在自我调适。就像那两眼泉水，不仅是两股出自山体的清水，而且是汹涌浩荡的河流。黑河乃至世界上所有的河流，单个的泉水和雨雪是它们的前身和母体，最小的水滴也有无尽的梦想和奔流力量。

下午转到焉支山，匈奴古歌“失我祁连山，使我六畜不蕃息；失我焉支山，使我嫁妇无颜色”便在心中回响。史前时期，焉支山不仅是乌孙、大月氏、匈奴的天然牧场和军事重地，也是这些民族妇女们化妆品胭脂花(“红蓝”)的主要产地。单于的阏氏和贵族的妻妾乃至普通奴隶的配偶，都以这种花的“花黄”涂脸蛋、染指甲。西汉至明清，焉支山一直是著名的皇家马场。这里出产的山丹马个子虽小，但耐力持久，成吉思汗远征欧洲时候，就有大量的山丹马。

在焉支山，所有的山都像乳房，所有的草地都是镜子。草地绵密，草质细腻，完全可以与人造地毯媲美。我对同行朋友玩笑说，在焉支山草地做爱，都不用任何铺垫，也不会伤到身体。他们笑我淫邪。我则想，人在大地之上，美景不可辜负；大美之中，人应当效仿自然，不要再有任何的虚饰和遮掩。从没想到焉支山竟有如此韵致，是那种平坦的起伏和性感的低纵，叫人心神悠然又暗自蓬勃。几个人在草地上躺下来，天空之蓝，蓝得让人肉身洁净，灵魂忽然就有了使命感。在一条小溪边，看到很多羊粪和牛粪，还有已经绿叶丰满的马兰草。水在草地上无声无息，若不是靠近，人断难找到。只有牲畜和飞禽，才能以灵敏的嗅觉找到隐秘的生命所需。

4

与焉支山相连的是临松山，即沮渠蒙逊故乡，时称卢水胡。马蹄寺依山而建，石窟逼仄而佛像安然。寺外一块巨石上，刻有一个马蹄印，传说是玄奘所乘之马留下的，还有一说是康熙的御马所踏。山下地形持续走低，有一条小河，从山根而起，沿着草甸和山坡，犹如闲散的女子，飘然下滑。马蹄寺建于北魏时期。鲜卑，这个东胡后裔分支，不遗余力的汉文化皈依者，作为一度入主农耕区域的游牧民族，北魏的历史短暂却异常丰饶，尤其在西北，这个王朝的宗教信仰痕迹依旧清晰而深刻。只不过，马蹄寺现为藏传佛教在河西地区的一个圣地，这一改变，大抵是与唐安史之乱后，吐蕃王朝一度成为河西地区主要统治者的历史有关。

时至傍晚，落日在西边雪峰之上拼尽全力燃烧，火焰如血，弄得大地也一片悲怆。冷风乍起之时，回头仰望，只见马蹄寺最高处，一个红衣喇嘛衣袂翻飞，庄严而又飘逸，让人心生敬慕。我对朋友说，这幅场景与焉支山上群马奔腾、尘烟飞扬的景象相比较，俨然两种境界。一个庄严，让人心境澄明；一个热烈张扬，让人心生纵横与侠义，还有勇士的远征梦想。这也可以引申为男人的两个极端，一方面渴望拥有无上的清凉智慧，一方面又渴望在尘世中横刀立马。

只可惜，那样的时代一去不复返。就像我们追寻的黑河。回程路过皇城草原和倪家营子。2006年夏天，我曾经深入其中，在接近祁连山中段主峰的原始森林里消磨了大半天时光。那里植被丰厚，流水之多，山境之幽雅，大致是河西走廊一带绝无仅有的。倪家营子是西路军失利之地，曾有数百将士血染祁连外围的黄土坡。附近有著名的祁连丹霞山，我也曾去过，其色斑斓，恍如梦幻，置身其中，有一种奇异的感觉。其中几座丹霞，如煌煌宫殿遗址，如昂然而起的阳具。其间多有野生锁阳，这种生长在戈壁沙漠地带的奇异菌类植物，其形状，也宛如男人生殖器，根部还有两个睾丸一样的连生物。

张掖市，这个古丝绸之路上的重镇，游牧与农耕混血成分严重的地方，现在却只是剩下了浓郁的农耕气息。这里是黑河的中游地区。这条河，从张掖外围绕道而行，且形成了一片湿地，使得这一座城市，有了“金张掖，银武威”的赞誉。城外皆是田地，玉米正在拔节，新麦爆发绿意，棉花也挣脱地膜，自由成长。沿着黑河，我们穿越了黑水国遗址之后，到临泽，再高台骆驼城。沿途，村庄和城镇都坐落在这条河两边，河畔牲畜鸣叫，树木蔚然。可惜的是，黑河没再经过高台的骆驼城，这个唐时的军镇，段业宣布为王、沮渠蒙逊夺之的沧桑老城，现在却只能在时间的风沙与烈日下听任天命了。

站在老城之上，隐约可见残存在戈壁和村庄外围的老长城。这一古老的防御工事，多半建于明代，还有一些为汉代、两晋时所筑。长城乃至一切防御，其实都是形式上的，最强大的是一个国家和民族文化及其精神。河西走廊多少政权和军阀盘踞，最终都如西天流云，除了他们的文化创造及其遗存，一切都被时间没收了。到清水镇吃饭，再沿着黑河去往金塔县。这个地方，是河西走廊与巴丹吉林沙漠的过度和缓冲。县城南有鸳鸯池，与县城西北方向的胡杨林同是黑河停顿之地。每一条河流在人居的地方都有故事和传说，而且那传说肯定是人与河流合作的产物。如鸳鸯池，当地人说，很久以前，这里有两个男女相爱了，却遭到家庭反对，绝望之中，两人投河而死，化作一对鸳鸯。

那片胡杨林也是，这一古老的柳科树种，在史前年代，一直从地中海绵延至今之内蒙古额济纳境内。而气候变化和地理环境的自行调整，这一以坚韧和不朽著称的树种已然濒临灭绝，目前仅新疆伊犁河流域和黑河——弱水河流域残存数百棵。胡杨苟延至今，当然是黑河的功绩。河流总是在滋养和培育，这一种深刻的渗透，是对泥土之上所有生命的无尽恩惠。正如我所在的巴丹吉林沙漠，倘若没有黑河水的持续注入，断然不会有大禹治水、周穆公西巡而在斋桑泊(瑶池)与西王母幽会、老子骑青牛出函谷关而没入流沙、玄奘在弱水河得遇猪悟能等难以考证但却美妙而神奇的诸多传说。

5

流沙，我觉得这个名字实在太好。就像黑河自金塔县天仓村至额济纳境内之前叫弱水河一样。对于地名，古人所用之词便是一首诗。至少比当代的诗歌胜出千筹。流沙，富有动感，而且诗意，充盈着一种曼妙的音律感，形象具体而又高渺。关于这片沙漠，我居住并实地漫游了很多地方，也曾在黄沙包围的小戈壁之间工作了七八年。沙漠于我而言，是一种生命与精神的放逐，是灵魂的一种袒露与扩展。记得刚到沙漠那年春天，我和单位同事骑着自行车，进入弱水河。那时候的弱水尚还滔滔，宽阔处车马难行。过河时，我先把自己的自行车扛过去，再回去帮助几位女同事。背女同事过河，那种体验是奇妙的。从生理上说，一个刚刚成年的男人，背负一个女子涉水，从里到外都是旖旎的，激越而又无可言状。再者，以身体第一次碰触弱水河，感觉到它的冰冷与柔韧，还有一种说不清的沉溺与无力感，也真切感到古人所说“(弱水)鸿毛不浮”之深刻与恰切。从那时候开始，我就觉得，弱水河乃至发源它的祁连山，不仅是河西走廊古往今来人和万物的生命之源，也是巴丹吉林沙漠乃至其中的额济纳、阿拉善高原甚至蒙古国的一个奇迹，使得沙漠之中的人和万物在风沙吞噬之中得以生存和衍传。

公元前100年，年轻的李陵便是沿着弱水河，从酒泉出发，和他的五千荆楚弟子、奇才剑客进入漠北，寻击匈奴主力，为在漠南地区受到匈奴围困的李广利大军争取回撤的时间。尽管李陵几乎全军覆没，也投降匈奴，至死都没有回到李家发祥地成纪。从李陵的勇气和决死之心，受匈奴之恩而不兵戈故主，也不为单于出谋划策等实际作为来看，他绝对千古第一伤心将军。

每当我想到或者看到弱水这两个汉字，李陵就跃然而出，心情也随之悲伤起来。对英雄和勇士的想慕应当成为一个自觉的品质，尤其男人和军人。再后来，我惊异于沙漠之中的绿洲，一个鼎新，一个额济纳。也常想，这样的一个不毛之地，倘若没有弱水河，断然不会有循着河流连绵而起的汉代烽燧，还有诸多的侯官府，这些建筑，大致是西汉时期路博德修建的。十里一座，与弱水河一道，深入今蒙古国各地。20世纪30年代，科学家在弱水河流域发掘出大量汉简，使之与敦煌遗书、安阳甲骨文成为当时东方最引人注目的文化发现。

天仓村后一处荒山之中，有一眼洞窟，其中绘有彭祖御女的壁画。当地人说，“文革”时被铲除，现在只剩下几片釉彩与线条。这说明，性学鼻祖彭铿也曾在弱水河畔修行或者实践他的某种长生理念。今天的酒泉卫星发射中心一侧，弱水河流经之地，也有数十棵胡杨树，红柳和沙枣树丛也异常茂密。河里有诸多五彩缤纷、奇形怪状的石头，还有金子和玉石。沿着弱水河向下，我发现河流在沙漠之地有着刀刃和斧凿的力量和气度，它在沙漠之中斗折蛇行，天长日久，便凿出一条类似巨蟒的河道。河边芦苇众多，荒草密集。而其他地方，则是平沙漠漠，黄尘满天。

再向北，是黑城。这个名字的由来，大抵与黑河有关。原为西汉居延官衙所在地，废弃后，又成为回鹘在漠北地区建造的公主城之一，后成为西夏的一个重要军镇。明初，将军冯胜带兵围剿西北之蒙古残部，黑城守将伯颜帖木儿据城顽守。双方僵持数月。冯胜下令改道弱水河，黑城井枯，人死大半。伯颜帖木儿将城中金银珠宝填埋于枯井，突围被杀。自此，黑城废弃。直到20世纪初，斯坦因、科兹洛夫等人在此发掘了大量的汉简和西夏文物。

改道的弱水河进入额济纳之后，称为额济纳河，注入居延海，即王维写作“大漠孤烟直，长河落日圆”的地方。汉代至唐代的额济纳水光潋滟，居延海波光粼粼，芦苇丛茂盛，胡杨林庞大，是两个朝代的屯田区。唐后期，额济纳一度成为唐帝国去向西域的唯一通道，称回鹘道（时称合罗川）。因为距离近，我曾经多次去到额济纳，策克口岸、东西居延海、二道桥胡杨林等处，额济纳每一个地方，都留下了我的足迹。秋天胡杨林灿若梦境，置身其中，犹如匈奴之黄金甲帐，弱水在河道里安静停泊，虽然少而浅，也使得这一干燥之地有了湿润的气息与生命延续的诸多可能。

居延海可能是黑河——弱水——额济纳河的终点。山上风吹流沙浮土，山中却是碧蓝湖水，天鹅和叶芽临空而飞，淡水鱼成群结队。站在湖心的小山顶上，大水泱泱，风吹波纹，感觉眩晕，却又心怀浩茫。天空如井，上下相映，感觉似乎不在沙漠中了，而是一个奇特而又无与伦比的仙境。

（选自2015年第10期《鸭绿江》）

带着女儿行走沙家浜

赵日超

暑假，和刚读高一的女儿一起收看了中央电视台播放的现代京剧《沙家浜》。当看到阿庆嫂的那段唱词儿“垒起七星灶，铜壶煮三江。摆开八仙桌，招待十六方。来的都是客，全凭嘴一张。相逢开口笑，过后不思量。人一走，茶就凉……有什么周详不周详”时，女儿问我：“爸爸，人走茶凉出自何处？是不是出自现代京剧《沙家浜》？

“用过的铜壶现在还在吗？能不能带我去看一看阿庆嫂奶奶用过的那把铜壶？”

女儿虽然知道电视与书本里《沙家浜》的这个故事，但社会是个大舞台，并不明白唱词儿的真正意思。为了让女儿过个真正意义上的假日，我于是带着女儿从新安旅行团发源地——淮安来到了沙家浜。

1940年前后，江南新四军部分伤病员来到沙家浜养伤。新四军36名伤病员在10多名医护人员的护送下，乘着小渔船进入沙家浜地区的芦苇荡里，利用一眼望不到边的青青芦苇，躲避日伪军的追捕。据出生于1923年，曾参与火烧日寇侵占虹桥机场的吴志勤老前辈回忆，大部队西撤后，沙家浜地区处于日、伪、顽和当地土匪恶霸的四面包围之下，环境极为艰苦。小小的渔船，既是医疗室，也是“交通艇”，还是伤病员们的家。

如今硝烟散尽，以郭建光和阿庆嫂形象创作的大型雕塑屹立于沙家浜革命历史纪念馆广场中央，形态各异、象征新四军伤病员的18根柱雕围绕周围，两组细腻生动的锻铜人物形象浮雕置于两边。《沙家浜》中的36个伤病员大部分已经在抗日战争、解放战争和抗美援朝战争中牺牲或在新中国成立后过世。

进入沙家浜红色景区，映入眼帘的是一栋普通的建筑，在建筑物门脸的上方是“沙家浜革命历史纪念馆”几个鎏金大字。纪念馆门口有一处雄赳赳的革命英雄儿女的塑像，在塑像的下方是用花草点缀的五星红旗的标志。纪念馆里的图片再现了老区军民当年英勇斗争的场景，有缴获的日军战刀及其他相关的战斗物资，馆内陈列着先烈们曾用过的各种机枪、手枪等物品，还有帽子、手套、茶壶。看到那些锈迹斑斑的物件，女儿问我："爸爸，这个铜壶是不是当年阿庆嫂奶奶用过的铜壶？"

"这就是阿庆嫂当年用过的铜壶。"导游详细的讲解，灌输着革命历史，吸引了不少中小学生，那段艰苦的岁月，让他们幼小的心田，深深地埋下了革命的火种。我告诉女儿，当年日本鬼子惨无人道地实施"三光"政策，犯下了滔天罪行，罄竹难书。在1935年一个细雨蒙蒙的秋日，新安小学校长汪达之带着14名学生组成的"新安旅行团"，当年团员中最大的17岁，最小的12岁，手拿着"江苏淮安新安旅行团"字样的三角小旗，为了宣传孙中山先生"必须唤起民众共同赴国难"的遗嘱，实践陶行知先生的教育思想，"新旅"的孩子们从淮安县城北门大街向西出发，在古运河码头登上了南下的小轮船，穿行在芦苇荡中，从秋天走向冬天，从冬天走向春天，从春天走向夏天，从夏天走向秋天，传播"芦荡火种"。他们走遍了大半个中国，历时18年，行程5万余里。国难当头，每位优秀的中华儿女挺身而出，我们淮安的"新旅"少年们用稚嫩的嗓音宣传抗日，用真诚的行动唤醒民众，用高昂的热情鼓舞人心，他们将"天下兴亡、匹夫有责"传递给每一位民众。

展柜里陈设了刁德一和胡传魁们平时享用的仿真菜品，荤素搭配，还有酒盅、碗筷，这与革命战士清贫的食谱形成了鲜明的对比。这些陈设触动了孩子们的内心。刁德一等人与日本人狼狈为奸，鱼肉百姓，认贼作父，阴险狡诈的丑恶嘴脸最终被钉在了历史的耻辱柱上。行走场馆，我内心的潮水依然久久不能平静。芦苇荡的神秘，沙家浜的恬静，让我和孩子们领略到当年新四军与敌人周旋的风采，子弟兵的大恨与大爱。

沙家浜路的两岸，原本是茂密的芦苇荡，如今开阔了许多。微风吹过，芦苇起舞，构成一幅完美的画面。小船载着孩子们不时从水面上穿行，我的心情又一次行走在历史与现实之间。游船在芦苇丛中行游，当人哼起当年人们最爱的样板戏《沙家浜》，我又想起刁德一的唱词儿"新四军久在沙家浜，这棵大树有阴凉，你与他们常来往，想必是安排照应更周详！"瞬间我能感觉到阿庆嫂的"开茶馆，盼兴望",与唱词儿"来的都是客，全凭嘴一张。相逢开口笑，过后不思量。人一走，茶就凉……有什么周详不周详"的那段进入交锋的智斗。"人走茶凉"原本出自《明代嫖经》与《青楼韵语》。原句是：来的都是客，全凭钱一囊，相逢开口笑，过后不思量，人一走，茶就凉。意指娼妓与嫖客都是假情假意，势利有加，不会对恩客付出真心。如今，用“人走茶凉”喻世的，多指那些当官而退职或退休的，他们在位时因权力在手，可以在一个单位里呼风唤雨。一旦退职或退休了，以前那种威风就过时了，随着时间的流逝淡出人们的视线。也多指势利小人私欲膨胀后的趋炎附势。

游人穿行在桥上桥下，游走在花草之间。当年，新四军和革命群众利用茫茫的芦荡这道天然屏障，把日寇、伪军，搞得晕头转向。如今京剧《沙家浜》的那段唱词儿带动了一个使当地经济全面发展的“朝阳产业”——旅游业，而名扬海内外。

沙家浜镇原名横泾公社。自从京剧《沙家浜》在全国唱红后，这里的农民就自发办起了横泾地区抗日斗争展览。20世纪80年代初，许多新四军老战士带着自己的孩子来到沙家浜，寻访当年的足迹。为了方便游客，当地村干部带领村里的小伙从乡供销社“抢”来了紧俏的18根毛竹，连夜动手铺筑起了一座进入芦苇荡的便桥。有年夏天，当地中小学教室、空置的厂房、附近村庄的民房都成了临时旅社，最多一天竟接待了1.73万人次。上海《新民晚报》惊呼：“大上海挤垮了沙家浜！”如今，沙家浜已发展成为占地2500多亩、闻名遐迩的旅游名胜区。一些游客在竹林中漫步，还有游客泛舟芦苇荡，船娘的歌声清脆迷人，却少了对孩子们的爱国教育。

导游介绍，2005年，沙家浜影视基地建成后，当地农民又有了一个“风光”的就业机会——上电视。电视连续剧《沙家浜》开拍后需要大量群众演员，报酬是每天20元。当地妇女兴奋不已，翻出了压在箱底的土布衣服、围兜、头巾，过了把电视瘾。据统计，当地有1115人次参加了《沙家浜》的拍摄，却少了孩子们抗日宣传的身影。

沙家浜风景区占地6400多亩，是全国百家红色旅游经典景区、国家4A级旅游区、全国爱国主义教育示范基地，名列全国30条红色旅游精品线和全国123个红色旅游经典景区名录。沙家浜有个沙奶奶酒家，老板娘是沙家浜的外来媳妇。前几年，景区非常冷清，她执意在那里投资租下景区最大的酒家。随着各景点的日益完善，北区逐渐热闹起来，喝茶就餐的客人越来越多。一到秋天，酒家能同时接待500人。2001年6月，被中宣部命名为第二批全国爱国主义教育示范基地后，沙家浜人充分利用独特的自然资源，从“红色游”延伸开来，发展了体味芦苇荡、江南田野风光的“绿色游”和赏金秋风光、品阳澄湖大闸蟹的休闲美食“金色游”。

穿梭于沙家浜水道弯弯的芦苇丛中，登上抗战时的烽火碉堡，观望水边巨大的风车，我与女儿感受到沙家浜浓浓的人文气息，沉醉于沙家浜芦苇荡日复一日、年复一年，生生不息，青纱绿水的天然意境之中。女儿迟迟驻足不前，不忍离去，如今硝烟散尽，人们或许已淡忘了日军掠夺和奴役我们14年之久，给中国人民带来的深重灾难，忽略了在我们的周边国家依然硝烟四起，对军国主义复活更应警惕与铭记。我们的孩子们缺少的就是机智勇敢这一课。

（选自2015年第45期《新周刊》）

坊中田间三十年

简　默

一

我重新站到了它面前。

隔着三十多年烟云，这个黔南高原上的小山村，前后大不相同。譬如，有些我熟识的人永远地走了；田与田、塘与塘之间，不再是黄泥田埂，而铺成了弯弯水泥路，在烈日下蒸发着坚硬的白光；路越拓越宽，田和塘越升越高，已经与路齐平了，抬腿即可迈入；过去的那条黔桂铁路改路了，拆掉铁轨和枕木，一路撒满碎石子，两边盖起房屋，延伸向远方……

磨坊也老成了一本旧日历。

那时我的父母亲在一个叫东方机床厂的三线工厂上班，忙碌一天后，傍晚他们总会带着我和弟弟到田野散步。我们出了家门，沿着高高的围墙，走到头向左拐，一直蜿蜒向前，尽头是一座磨坊。磨坊前有一小片水泥地，靠里边站着几条木凳，上头搭着一根根竹竿，竿上晾着新鲜的面条，天黑时主人就将面条挑进屋里。

听父母亲说，早在他们来到这儿前，就已经有了这磨坊，所以它至少比出生于此的我年龄大。它是一溜儿两间平房，红砖砌就，前后都留了门窗，鱼鳞似的黑瓦次第排列覆顶，在两边绿树的掩映下，显得古朴而周正。我们跑着跑着就进到里头，机器正扯开嗓子轰鸣，有人站在高台上，将簸箕里的麦子一点一点地倒入磨面机的漏斗，随着机声隆隆，漏斗中的麦子缓缓降落。长方形的水泥池子里浮出个人，用木桶接住流出的面粉半成品，提起递给台上的人，再磨就出来了面粉。机器歇息，屋内安静，台上的人下来，池里的人上去，他们的头上、脸上、眉毛上、胡子上、衣服上，都悄悄地落了一层面粉，像一对雪人，站在太阳底下，却总也晒不化。从头发和眉眼依稀辨出是一男一女。这是一对夫妻，都三十岁出头，家住这个叫小庄的村庄，被村里安排来看守磨坊。

东方机床厂的人来自天南地北，其中以北方人居多。这些北方人的脾胃习惯了面食，来到南方正愁吃不惯米饭，就有一座磨坊在这儿等着他们，仿佛它未卜先知有一天他们要来，专为在异乡慰藉他们的胃口。他们肩扛手提着麦子和面粉，一趟又一趟地出入磨坊，扛走面粉，提回面条。他们都从心底感激这磨坊，也感激磨坊的看守人小覃和他的妻子。

二

分田到户几年了，小覃夫妻俩领着三个孩子分到了四点五亩田地，其中水田一点八亩，剩下的都是旱地。每年小覃小心地从谷缸里捧出一捧又一捧稻种，自己播种、育苗。初春时节秧苗育好了，沐着斜风细雨，听着布谷鸟的鸣叫，他和妻子一起，赤脚踩入刺骨的稻田，仿佛要将汩汩涌上来的寒冷重新踩到地下，挥鞭吆喝着水牛扶犁蹚开水田，泥土闪烁着油汪汪的截面，向两边翻去。他俩弯腰站在水中，头也不回地从身后的背篓里扯出秧苗，手臂翻飞、脚步挪移，已将一丛一丛的秧苗插入水中。他俩都是插秧的好把式，不仅插得均匀和整齐，举手划过的弧度还洋溢着美感。

磨坊离小覃的稻田不远。他在磨坊一有空闲，就往田里跑，挽起裤腿下到田里拔稗草。没草可拔了，他像一块岩石蹲在田埂上，大口大口地吸着自种自烤的旱烟，盯着面前的稻田和水稻，田中放养着一尾尾鱼儿，他是它们真正的主人。他的目光清澈而忧伤，那儿仿佛有水，也生长得出水稻。

夏夜，月光漂白了一切，夜晚变成了披着黑斗篷的白天，四下蛙鼓和虫鸣争相跃出。他躺在田埂上，黄土很松很软，晒了一天的太阳，保持着恰到好处的体温。水稻正在拔节，这是水稻们在柔韧地伸长身体，积攒力量，好像一个人的关节和骨头在迅猛生长一样。他的双手交叠枕在头下，静静地谛听，他听得到这声音，好似在打雷，惊天动地。不久就静谧了，水稻开始抽穗了，新生命在孕育中总是宁静的，一束束嫩黄的谷舌挣脱出来，吸纳着躁动的太阳的精血，等待着壮籽。

终于，一穗穗饱满的稻谷，向着土地谦逊地低头弯腰，被磨得锃亮如水的镰刀撞响。开镰了！一簇簇稻穗被各种各样的手拢在怀中，躺在地下。小覃这些男人们，手攥一大把捆扎好的稻穗，分站到禾桶四边，将稻穗高扬过头顶，狠狠地摔打在桶壁上，然后轻轻地敲抖两三下，黄莹莹的稻粒应声飞翔在禾桶上空，悉数落入桶中。他们同仇敌忾似的对付着稻穗，身上的每一块肌肉都在激情舞蹈，汗珠在烈日下绽放如花朵，直至颗粒落定，夕阳回家，肩背酸麻。

三

我站在磨坊前，往事纷至沓来……磨坊外墙的红砖历经风雨剥蚀已褪变成灰红色。如今两扇斑驳陆离的木门，各贴着一张鲜艳的门神。木头门框的四面抹着水泥，颜色深浅不一，一看就不是一次抹的。磨坊前的空地都打成了水泥地，由于怕风大刮倒木凳，一排排木凳下都坠着各种沉甸甸的重物，凳间横着的竹竿上正晒着面条，好像三十多年前那样。

走进屋里，中央摆放着磨面机和压面条机等机械。它们可能已经是沙镇上最古老的此类设备，所有的缝隙都藏着面粉，木头案板也被染成了白色，看不出最初的纹理和色彩了。昔日的小覃已变成今天的老覃，败了顶，愈显额头亮亮的，两边稀疏地生着些短短的白发，密匝匝的短白胡子，体形胖胖的，古铜的肤色，身穿式样老旧的短袖白衬衣，浅灰色的裤子。

他当然不记得三十多年前的我了，那时我只是一个淘气的孩童。我跟他拉起从前的记忆，他嘿嘿地笑着。问他现在还种田吗，他干脆地答："种。"不光种着自己的水田，还种着大儿子一家的水田，加起来有四亩多地。大儿子一家都去东莞打工了，名下的二亩多水田分散而零碎，流转不出去，本想一撂了之，听任稗草疯长，可老覃心疼那田，硬是说服大儿子接手了过来。他和老伴一年又一年地耕耘和收获着。谁都知道，在这山区，这样种田仅能基本维持吃饭问题，逢上孩子读书、老人看病和各种人情消费大笔开支，是远远不够的。只有那些和他俩一样上了年纪的老人理解他俩，有时还搭手帮一把。一年早晚两季水稻，每一季对他俩都是一次考验，大块集中的田地可以使用机械，那一块块分散而零碎的田地机械进不去，只好靠传统方式来耕种和收获了。每到这时他俩就成了小庄的一景，夫妻双双相依追随，气喘吁吁地劳作在田地里。每季下来他俩都累得茶饭不思。唯一能帮助他俩的是，现代化的收割机能够开到田里一次性完成收割和脱粒，再通过传送带装入袋中，直接运回家，即使那些收割机进不去的田地，人工收割后的稻穗也能完全交给机械去脱粒。他抬起手指敲了敲面前的东西，说："它也用不上喽。"我才发现这是一只禾桶。我听说在乡村收割机彻底替代了禾桶，没人再用笨重的它了，也没人愿意占用地方保管它了，劈了烧火嫌费劲，就将它抛弃在野外，任凭风吹日晒雨淋，一天一天地走向腐朽。老覃舍不得它，也不落忍让它这样，将它搬入了磨坊，每天用目光上下擦拭着它，每年动手一遍遍地给它刷上黄亮亮的桐油。

十几年前，老覃从村里买下了这磨坊，成为它真正的主人。如今大家专拣那些包装精美、概念繁多的成把面条买，老覃仍旧坚守着，自己张罗着收了麦子，依照传统方式磨成面粉，压成面条，自然晒干。有相当一部分人说他家的面粉好吃，蒸出的馒头和压出的面条像过去一样有饭味儿，他们口耳相传地替他广而告之，也的确吸引来了一些新顾客，生意渐渐地红火起来。但操劳一年下来，啪啪打着算盘算算账，除去各项支出，却所赚不多。他每年收获的稻谷也是这样，碾出了米粒，省去了抛光，瞧着颜色泛黑，煮出饭来却香气四溢。他俩吃不了多少，除留够口粮外，剩下的都便宜卖给了周围的几所学校。有人表示不理解，说抛抛光就能卖个好价钱，可他说娃娃吃还是这样好。

有人看上了老覃的水田，找到他说要流转了搞养殖，许以钱和稻谷，算下来比他自己种还多一些，至少也不用吃苦受累了。可他梗着脖子说："你给我的钱不经花，给我的稻谷不经吃，还是我自己种秤砣落地，心里踏实。"老覃不是保守，譬如他就将自己的几亩旱地流转给了别人种大棚西瓜。他只是恋着这块水田，担心流转了出去，深挖成了鱼塘，就没法恢复了。

老覃领着我去看他的稻田。阳光下，一丛丛水稻茁壮生长，颜色亮绿像涂了油；间或游弋的鲫鱼欢快地泼剌有声。他仍沿袭着在水田中放养鱼儿的传统，似乎在以此无声地证明，鱼儿活得好好的稻田上产出的米还有啥不放心的。他蹲下身子，探手轻轻地抚摸着一丛水稻，说："一蔸水稻就是一个家啊。"我看见了他双眼潮起的烟雾。他的大儿子一家远在东莞，小儿子和女儿都考上了大学，在贵阳工作和安家了，一家散到了三个地方。只有水稻还紧紧地抓住脚下的土地，热辣辣地拥抱成一团，带给老覃对家庭的形象联想。

火烧云说来就来，顷刻间红彤彤地笼罩着大地，磨坊仿佛被"烧"着了，镀上了金灿灿的光芒，空气中弥漫着水稻清新芬芳的味道。老覃就坐在这火烧云里，想起了他背后的水田，想象着未来……

（选自2015年6月17日《人民日报》）

最美的路

白阿莹

报上有一天别出心裁要选拔“最美的路”，我一时无事，便定定地坐在书桌前，搜寻存留在脑海里的路了。

我的思绪飞起来，飞到过去，渐渐定格在那条路上。那是一条斜在西安东郊幸福林带上的小路，有二三千米长，一头连到我家街坊边上，一头在父亲工作的厂门口。这条小路是人们有意抄近道踩出来的，在纵横的阡陌间斜斜地插过去，使得上班的人们能省却几分钟时间。我记得周边的村民并不想要这条路的，每每被犁成了庄稼地撒上了种子，然而过不了多久，就要被走捷径的人踩成了单人行走的小道，硬硬实实的，略略有点曲折，任是什么庄稼也长不出来了。而且到了夏天，那细细的小道就成了可以拉架子车的小路了，连那横在小路上的条条垄埂也似被谁铲去了，变得平坦起来。

但这条路，上下班以外的时间行人寥寥，我也很少光顾的。但那年父亲被戴上了恐怖的白袖章，母亲每天叫我去送午饭，用最短的时间把热饭送到父亲手上，应该是我义不容辞的责任。我提着盛满面的搪瓷碗，再盖上个菜碟，用毛巾系好就提到手上出门了。那时我才发现这条小路的重要，大约可以省去七八分钟时间，当我一边擦着满脖子热汗，一边把热乎乎的面条送到父亲手上，圪蹴在厂房外边吃饭的工人们都在朝我打量，使得我如芒在背，不等父亲吃完便空手匆匆返回去了。

回去我还是要走那条小路的，只是一踏进那条细细的小路，父亲低头吃饭的可怜样我瞬间就忘了，眼里满是绿绿的温馨，那路边麦田已长到齐腰深，黄腾腾地铺向远方，远方是一排整齐的梧桐树，像一道屏障围护着麦田。我走着，唱着，跳着，时常会发现三两只蜻蜓悄悄盘旋过来，好像要有意挑逗我的定力。我把拴钥匙的线绳解下来，一剥为三连成长线，然后系上一节粗麦穗，便诱惑地追着蜻蜓缓缓地转起来，一旦有蜻蜓在空中踩住麦穗，便缓缓下落到地上，我猛地上前一把捏住，然后夹到手指间，进了街坊便把手举起来，故意向伙伴们炫耀着战利品。

等那秋天地里长出了玉米，那条小路就隐在了绿绿的青纱帐里，成了孩子们藏匿秘密的地方。有时候我钻进闷闷的玉米地，想捉几只好斗的蟋蟀，就悄悄蹲在里边东瞅西瞅，即使热得汗流浃背也不敢响动，一旦发现蟋蟀露头，就手掌弓着猛扣上去。如果没能扣住，第二下第三下就手忙脚乱扣起来，等到终于有了收获，就小心地塞到旧信封里，回到小路边再装进一只玻璃罐头瓶里。有趣的是那些小动物进了“牢笼”却不失灵性，很快便熟悉了新环境，昂起了乌亮的头颅，头上两只长须威风凛凛地抖动起来，遇到对手便是一阵殊死搏杀。其实，那个时刻父亲依旧在牛棚里受熬煎呢，而我在小路上却忘乎所以了。

这条没名字的小路从此便成了我时时怀念的地方，以至我住到南郊后，每每路过幸福林带，常常会隔着车窗朝那已经竖起一片楼宇的地方望去，尽管那条小路已经被压在坚硬的钢筋水泥下了，悠远的童趣却常常在我心田播云撒雨，让我能获得片刻的轻松。如今，那宽阔的幸福林带已在重新修葺，将来一定会有小路蜿蜒其中的，可以想象那些小路会更精致更舒适，却依旧抹不去我永远的乡愁。

是啊，我那最美的童年的路啊。

我的思绪终于从荒唐的童年拉回来，眼前浮现出一条苍茫沉郁的路。那条路横卧在陕北起起伏伏的荒野上，和煦的阳光下柏油路面波光粼粼，似有层水雾飘浮在上面，如巨蟒般在黄沙绿蔓中向前游动，仿佛想藏进浓浓淡淡的藤草里爬向遥远。临近傍晚，那蓝蓝的天际便像被烧红了似的，连风吹到身上也感觉火辣辣的，我开着一辆墨绿色的越野车，一会儿轻踩油门，一会儿轻踩刹车，悠悠荡荡地向着太阳低悬的地方缓缓滑过去，耳畔便荡起久远的歌儿。

那是去榆林古城的一条公路，好像与之平行的是两千多年前那条威震西域的秦直道，至今还隐约可见昔日大致轮廓，随风飘拂的尘埃更掺杂着浓重的历史味道。我驾车行驶在古人奔波的大道旁很容易就想到，大秦帝国的勇士们冰河铁马般的冲锋之后，刀光剑影隐去了，号角声呐喊声马蹄声平息了，将军与士兵终于休憩在水草丰茂的海子边，四周都静下来，静得只听见风吹旌旗的哗哗声，大家遥望着大道的尽头，唱起思乡的歌，悠情满怀，长泪沾甲，混沌的歌儿便渗和到一呼一吸的气息里了。

那条路如今依然非常安静，静得天像罩在瓦蓝瓦蓝的玻璃里，静得不时有闲云野鹤悠然飞过，静得像天底下只有这一条路，也只有我这一辆车在漫无目标前进着。经年久月的风沙在磨砺远古的记忆，我驾车每走一阵儿会在一处残迹旁停住，下车朝那古道痕迹走上几步，时常会捡到刻有纹饰的瓦砾和残损的箭镞，精美的神秘的历史信息便顽强地表现出来，似乎还裹挟着倾诉不尽的故事，尤其那东边的胡杨、西边的土丘、遥远的地平线会紧紧攫住我的目光，咬住我的神经，指挥我放慢车速，再放慢车速……

猛然间，你便完全跌进了厚厚的历史，感受到时光在飞速倒流，你会像一位将军在亘古的大道上检阅兵阵，那千军万马整装束发列队示意，密密麻麻的刀矛覆盖了道路周围，你驾着车慢慢往前走，锋刃便哗哗地分开来，让开一条礼仪车道。这时你尽管是坐在车里，依然可以清晰听到兵器碰撞的当当声，你的内心当然会一下一下鼓胀起来，所有的虚荣在这里都得到了满足。终于，榆林古城冒出了地平线，耳畔便有野性的信天游奔驰起来，任谁也会陶醉地闭上眼睛。

呵呵，最美是古道。

我的目光又从一条条日新月异的道路上掠过，最后久久停留在那条回家的路上了。那是一条从西安东二环出来伸入密集楼宇的双行道，街坊的人习惯称其为剪子路，一头在秦襄公陵下，一头便融进繁忙的干道了。那可是我回家的必经之路，有两车道宽，两公里长，两边是浓密的枫树，树下则是熙熙攘攘的小摊贩，卖水果的、卖蔬菜的、卖点心的、卖杂货的、卖衣服的，几乎百姓生活应有尽有，把道路挤占得蔚为壮观。若到星期天，在路的北头还会出现鸟市，雀儿在跳，鸽子在飞，鹦鹉在学舌，还有那叫不上名的花花鸟儿在简陋的竹笼里扑腾着，谁走到这儿都会忍不住多待一会儿，即使不买也会忘掉烦恼寻找一点乐趣。若是春节临近，还会有卖鞭炮卖春联的，把偌大的集市装扮得分外喜庆。

平日里那些摊贩们一家紧挨一家，连插脚的地方也没有，各种声调的叫卖声此起彼伏，人们摩肩接踵，挤到东挤到西，好像这儿的东西便宜得不要钱似的。我回家开车走到这里，须在路头下来混入人流慢慢往家走，迎面会有厂里的老工友、老同学和那叫叔叫姨的长辈们热情打招呼，于是那矜持的回应和夸张的吆喝就笼罩了小路，即使走出很远都能听到乱乱的喧嚣。

然而，走进小路尽管繁闹嘈杂，心情反而会轻松很多。我常常会在途中停下来，要给父母买点什么时令蔬果，且与小贩们讨价还价充满了艺术，常常会为一二角钱争论不休，扭扭捏捏互不谦让，又常常为买到便宜愉悦好一阵儿。有时我在拥挤的人群里见到年迈的母亲西瞄东瞅，便急忙殷勤地挤上去，接过菜篮子陪她老人家采买什么，只要母亲眼光在哪堆菜摊前停住，我就会毫不犹豫地上去砍价，你来我往几个回合就掏出钱来，母亲耳背也听不清楚，只是皱着眉头盯着秤怕我上当了。而且每次我都会买很多的西红柿、黄瓜、豇豆角和芹菜，直到买得菜篮子盛不下了，才扶着颤巍巍的母亲往家挪步。好多邻居们迎面过来问候，母亲脸上的笑就渗到骨子里了，连密密的皱纹黑斑都透出神采来。

回到家我故意把菜价报得很低，一大家人便喜滋滋地围上来，家长里短地从东扯到西，最后把几十年前的菜品菜价都扯出来，扯得你耳膜都快磨出茧了，居然连九旬多的父亲也要凑上来撂几句蹩脚的玩笑，一家人便似懂非懂地啃着西红柿笑开了。其实，真正的快乐就是这么简单的。

所以，最美的还是回家的路吧。

（选自2015年3月4日《中国文化报》）

面对燃烧的灵魂

杨俊文

当蜿蜒于森林与沼泽的密西西比河流经汉尼拔镇，它奔跑的脚步舒缓得近乎停歇下来。河水刚刚脱身于上游的苍茫和幽暗，覆满了春日正午的光线，变得明亮而宽阔。那艘“保罗•琼斯”号汽轮和“宾夕法尼亚”号快艇，早已消逝在19世纪的风雨之中，而装点肃穆的“马克•吐温”号游轮，惯常用长短不一的汽笛声，在它们曾经行驶过的这段河道上，为矗立在河畔赏河公园里的一尊青铜塑像，送上所有乘船人的景仰与思慕。

马克•吐温当然不会想到，在这条河上领航后饱受困苦的浸淫最终成为美国“黑色幽默”的引领者，而1839年的汉尼拔人目睹跟在来自佛罗里达贫穷律师身后的四岁孩童，同样不会意识到这个岑寂的河畔小村，因为有了他到此之后13个春秋的生活会显得溢彩流光，以至每年有近30万国内外游客和文学朝圣者纷至沓来。

在他的目光里找寻

从马克•吐温生平展馆出来，向南通过二十几米铺满树荫的甬路，便可推开一个小小的后门，由纪念品商店向左拐入马克•吐温的故居。此时，一道时光之桥倏然间从历史的深处铺架至眼前，马克•吐温近在咫尺。无法辨认房间里陈设的物品是否是他的遗物，木椅、书桌、衣挂、餐柜……还有沉默的钢琴和斑驳的墙壁上停摆的老钟，它们究竟嵌入了多少岁月的纹理并不重要。因为它们已经有了属于马克•吐温的气息与温度，并且时刻在为它们的主人做出某个细节的诠释。厚厚的玻璃几乎封护了每个房间里的所有物品，仿佛阻隔了一个世纪的光阴。

我的目光按照虔心的旨意穿过一个个透明的屏障，悄然无声地轻抚了这里的一切，然后在走廊里透进几缕阳光的窗前静神敛息。此时，一种声音——从一则看不见的笔记中轻轻发出的声音，动情得颤抖而又清晰：“最终，汉尼拔所有的事情都发生了变化。但是，当我到达第三和第四条街时，顷刻间潸然泪下，因为我能认出这里的泥土，至少它还是跟原来一样——是过去的一样的泥土。”如今的每一个造访者当然不会就这方土地的今昔作出面貌上的差异性描述，但有一点会轻而易举地作出准确判断：之所以“是过去的一样的泥土”，一定是马克•吐温儿时的记忆之舟始终在这里停泊。他俯身于脚下的泥土不住流淌的泪水，绝不仅是感恩于这方土地的自然属性对他自身骨肉的滋养，而是源于浓缩在这里的人间百态和冷暖饥寒，为他的心灵打开了一扇幽默与揶揄之窗，并为此后的文学创作铺就了一段金光四射的起始之路。

然而，令人费解的是故居中塑像的重复。几乎每一个房间都有马克•吐温的塑像，虽然站与坐的姿态迥异，但塑像捕捉的年龄和面部神情是那样的相同相似。唇上方密密的髭须漫过了嘴角，与直挺挺的鼻子交汇在一起，形成一个倒置的中国古代兵器的样式。每个塑像的表情一样的严肃而沉重，紧锁的眉峰似乎告诉人们，还有满腹的故事和怒怨石头般地积压在心头。也许是与之有关的缘由，给他的心脏带来了过重的负荷，使这颗巨星陨落在康涅狄格州的雷定。再看他的眼睛，没有透出一丝的幽默。其实时至今日，众多的美国人仍然把马克•吐温看作一个幽默家而不是讽刺家。既然如此，可以想象为他定格在世人面前的嘴角或是髭须，至少有一端要微微翘起，即使不需要这样表现他的诙谐，起码在形体与容貌上也要攫取个性，以展现他的与众不同。但是雕塑师所想的问题并没有停留在一个直白的具象。马克•吐温终究是19世纪后期美国批判现实主义文学的代表，他“在幽默中又含着哀怨，含着讽刺，则是不甘于这样的生活的缘故”。这种不甘应当包括印刷所学徒、报童、排字工人、水手、淘金工人甚至记者的所有生涯，当然也不甘于他所处的社会的邪恶与黑暗。所以塑像上那双眼睛不仅要放射出光芒，而且要让这样的光芒显现穿透风雨、直抵人性的深邃与犀利。如果这样去揣测雕塑师的创意则无可挑剔和质疑。至于塑像的数量，包括在其后面都有的马克•吐温笔下的寥寥数语，为人生的真谛和人性的特质亮起火把，显然是为了陈列效果的浓重做出的渲染。

在马克•吐温故居里驻足，忽然萌生一种冲动，竟然要借助他的一双眼睛，从遥远的时空里搜寻让他迸溅创作灵感的地方。但只有马克•吐温自己知道，被他视为天堂的伯父约翰•阿夸尔斯的农庄给他带来了什么。他一直记得“黎明时分庄严而肃穆的色彩与神秘的气氛笼罩着树林”，“树林深处早起的啄木鸟勤奋地啄着树木，野鸡也低沉地叫起来，受到惊吓的野物霎时消失得无影无踪”。尽管他已经有了九次掉入水中又都被救起的经历，还是要和伙伴们避开大人们的视线跑到池塘里游泳。也许是他常常望见被果园高高的围篱分割开来的那些黑人奴隶，愿意和他们打交道并结下友谊，才深深地喜欢上了他们的种族精神。但当他听到纺车的纺轮上下翻飞时的声音，却像是黑奴们发出的呜咽，在他的心中吹奏起世界上最忧伤的曲子。很难想象，在农庄冬日的黄昏里，他是怎么拿出冻苹果、苹果酒、胡桃，诱使大人们讲出那些令人入迷的古老的故事。这些人中的黑奴丹尼尔后来竟成了他作品里的“吉姆”，有时就是丹尼尔。长盛不衰的《汤姆•索亚历险记》和《哈克贝利•费恩历险记》，无论其人物置身的背景是怎样被移植到了阿肯色州，作品的内容都艺术地再现了马克•吐温在汉尼拔和他叔父的农庄里的生活经历。

密西西比河的上空悠然飘着几朵白云，一会儿又被风吹向对岸森林的尽头。转过身来再看马克•吐温的目光，已经漫过了我绞尽脑汁的想象，正在更深更远处凝望，让人更加感到不可企及。看来那些只有在《马克•吐温自传》中找寻到的细枝末节，绝不至于让他的灵感之火熊熊不息。马克•吐温始终坚信：一个人的生活经历就是一本书，从来没有无聊的人生。只是他的经历非凡得让人惊叹不已，喜剧掺和着悲剧交替上演，似乎世界上所有意想不到的事情，都要等他看到才会发生，而且又是发生在童年时本就好奇的眼里。游民被烧死在村子的牢房里；黑奴被人用铁渣饼活活打死；老人中弹倒在正午的大街上；十几个男女黑人被铁链拴在一起，水泥地上躺成一堆，等着运到奴隶市场；可怜的寡妇面对黑夜里偷袭的恶人，举枪射出一道火光，那个人的胸膛已经满是窟窿，甚至寡妇事先发出警告的呼喊等，诸多悲剧的场景，都因为他的亲眼所见而使他的心情无比的沉痛，以至每一个夜晚都充满了死亡的阴影，同时成了他记忆宝库中的一大笔财富。如果不是尘封百年的马克•吐温晚年自述得以披露，怕是不会有人知道岁月在他心上刻下的一道道伤痕。毫无疑问，马克•吐温正是从目睹的那些接连上演的悲剧中，真切地看到了人性的贪婪与丑恶，待到后来成为一名“仗义执剑的勇猛骑士”，当年的惶悚一定变成了蓄满双眼的怒火，而握紧的笔每一次向纸的触及都会荡起愤世嫉俗的强音。

谁也不会忘记马克•吐温的幽默。在他生前享有幽默作家盛名的漫长而曲折的40年间，与他同行的美国著名幽默作家有78位之多，但他们成名发迹之后很快淡出了文坛和公众视线，而马克•吐温始终以“幽默绝对不能以教训人者或布道者自居，则必须两者兼备”的清醒，成为幽默的一棵常青树。从《吉姆•沃尔夫和猫》之后几乎所有作品里的语言，总是一如既往地带着幽默与讥诮的声音，让人笑得捧腹之后又不知不觉地陷入思索的深池。但他的幽默现身之前，始终在他一贯古怪而严苛的身后藏匿着，很难被人马上察觉。当年的骨相师在马克•吐温的头部丝毫没有看出象征幽默感的骨形，竟然断言他没有一点幽默感。众多的手相师包括纽约最有名的手相术高手，也都纷纷重蹈覆辙，毫无悬念地否定了他具有幽默的性格。难怪在他的塑像上依然找不到幽默的影子。眼前的马克•吐温只能以凝固无语的方式，带给人们无尽的追怀与遐想。

但是，马克•吐温的眼睛已经由一种雕塑的形态，俨然成为他明亮的灵魂之窗。

当真实的生活走进文学

在1982年4月24日的密西西比河畔，一位83岁的老人凝望着静流的河水，然后缓慢地向前挪动身体，忽然单膝跪在一丛稀疏的青草上，将一只手颤抖着伸进河水里，泪水顿时顺着他苍老的脸颊流淌下来。他就是被誉为“南美洲的卡夫卡”的阿根廷作家博尔赫斯。马克•吐温博物馆的馆长Henry Sweets先生讲述这一幕时依然为之动容。他说博尔赫斯来到汉尼拔的第一个愿望，就是触摸密西西比河水。

这条北美大陆流经十个州长达6000多千米的第一长河，滋润着美国大陆41%的国土。古老的航道上一如往昔有大小的船只相向驶过，偶尔的汽笛声浑厚而悠长，像是对逝去岁月深沉的呼唤，禁不住勾起人们对老人河遥远的想象与追忆。奔流的河水并没有将岁月的悲欢带进大西洋，船上和两岸留下的故事却化作一条流淌不竭的文学之河。马克•吐温和远在他身后的福克纳多数作品的背景，都是他们故乡的密西西比河流域。但是，马克•吐温没有像福克纳那样，在密西西比河畔虚构出约克纳帕塔法之类的地理，他也许以为密西西比河连同它的一切永远真实不虚，而且始终为他的文学承载起创作之舟。看来博尔赫斯流淌的泪水，无疑是对马克•吐温灵魂的祭拜和灵感的触摸。

马克•吐温和他的不朽之作被仰望，是他的生活以真实的身姿走进了文学。他说《哈克贝利•费恩历险记》中的哈克贝利及他的醉汉父亲，都是按照生活的原型进行的“丝毫不差”的描绘。要不是马克•吐温自己坦露，谁也不会想到《汤姆•索亚历险记》中的汤姆•索亚，更多地反映了马克•吐温的童年生活，其作品中的原型还包括他的母亲、弟弟甚至家中的猫。给那只叫彼得的猫吃止痛片，就是他自己导演过的一出恶作剧。《镀金时代》中具有夸张性的人物塞勒斯上校的表现就是他的亲眼所见，其创作的原型则是他的叔叔詹姆斯•兰普顿，每一个细节也都是忠实的再现。

这样的场景让人即刻想到汤姆•索亚。一道长五米高不足两米的围栏，与比它低矮的一段围栏连在一起，从马克•吐温故居的墙角延伸至东侧的拱形门。围栏是用一条条竖起的木板制作的，涂满了白色的灰浆，下面摆放着一只装有长木柄刷子的小小木桶。尽管《汤姆•索亚历险记》中所描述的栅栏的规模远比此大得多，具体位置也很难考究，但只是眼前的一个象征物却使作品中的人物再现出来。似乎汤姆带着从他的伙伴手里巧取的一笔“财富”，从围栏前刚刚离去，并正在遭受波莉姨妈无可奈何的数落。站在汤姆离开的位置，时光仿佛是永远不会流动的固体而又不可触摸，汤姆，确切地说是马克•吐温自己和身边人的身影连同他们的声音，还是如他记忆中那般鲜活和清晰，以致偶尔看到一个奔跑的孩童，也会觉得是顽皮可爱的汤姆或哈克贝利。

许多文学爱好者来到汉尼拔，希望探寻是什么赋予马克•吐温创作的灵感。“自己用心灵摄下了千千万万张视像，只有早年那张最清晰、轮廓最分明地留了下来。”马克•吐温所指的最清晰的视像，应该是在汉尼拔的生活和那一时期所熟悉的人和事物。这给他尘垢未染的心灵持久的潜润和强烈的触碰与刺痛，而两部历险记的内容正是摄取了作家童年深深的印记。在此弗洛伊德的话又一次得到观照：无论童年记忆在当时便很重要，还是后来受事件的影响才变得重要，留在记忆中的童年生活都是最有意义的因素。在马克•吐温的笔下，将早年的视像再现成读者身边的故事，并使那些故事始终跟随着岁月的脚步，给人以不变的温暖的陪伴，无疑是深蕴于生活和生命中的本真的力量。

每个作家都懂得，文学的真实绝不等同于原本生活的真实。但对马克•吐温个人经历和作品相比较，发现两者之间似乎只是一种视觉的差异。作为生活的观察家，让朴实无华的人生经历走进文学，犹如把富有生命的种子播撒进温润的土地，而他的作品又像是籽粒饱满的果实，给了生活以忠诚的回报。当他用独特的语言真实地叙述生活，使读者在品味个中滋味时常常觉得，那就是自己的所作所为或所见所闻，生活便因此而永驻并充满了无穷的回味。在与汉尼拔人的交谈中，有人会把历险记中的人物与童年的马克•吐温混淆起来，一会儿介绍的是汤姆忽而又转为马克•吐温，就连作品中汤姆的恋人贝琪•撒切尔的住所，也会说成是马克•吐温初恋女友住过的地方。

在马克•吐温故居附近一座不高的山腰上，一尊塑像常常引来孩子们好奇的目光。塑像是两个并肩行走的少年，左侧的男孩看着就要离家远去的伙伴，流露出不舍的神情。初升的太阳为他们披上了淡淡的霞光，仿佛他们刚刚晨起后正走在即将分手的路口。正在踟蹰之际，见有一男一女向自己走近，便凑过去主动搭讪。他们是当地晨练的夫妻，男人像是看出陌生人对这尊塑像的兴趣，边手指塑像边急忙解释说："哦！左侧的是哈克贝利，右侧的是汤姆。"然后又提高了声调："汤姆——马克•吐温！"

也许是在文学大师的故土上生活的缘故，他们眼里的马克•吐温已经和他作品中的人物与事件重合到一起，并且和他们的日常生活相映成趣。这险些模糊了生活与艺术的边界。不过仔细一想，生动丰富的现实生活经过文学细雨的润泽，变得既朦朦胧胧而又活脱可见，不仅显示出文学的深刻力量，而且蕴含着艺术与生活的紧密关系，恰恰说明真实的生活为文学的真实提供了强烈的感染与震撼。汉尼拔人更清楚，马克•吐温描写童年生活涉及的场景，诸如故居、街道、河流、森林、洞穴和船只，都可以在这里找到实物实景。任何一位造访者，都可以对照马克•吐温对童年生活的描写，感受到这些场景给他的笔端带来怎样畅快的墨痕。

距离汉尼拔两英里的洞穴位于密西西比河畔，马克•吐温和他的伙伴们多次来到洞中玩耍，并在他的作品中成为少儿的乐园和探险之地。走进洞穴看其形貌，和马克•吐温作品中的描述毫无二致——"每隔几步就有其他高高的而且更狭窄的岩缝从主要道路两边岔开去，洞窟只是一个由许多弯曲的小道交织而成的巨大的迷宫，石窟的四壁由许多奇形怪状的柱子支撑着，这些柱子都是由巨大的钟乳石和石笋上下相连而成的。"唯一没有看到的是成千上万只蝙蝠在洞中翻飞的场面。这在当时人迹罕至的地方，有这样的场面不会是笔下的虚构。

当文学吸储生活的光和热再将生活照亮，原本现实中支离着的人与事开始有序地组合，进而把生活演绎得更像生活。马克•吐温不是在刻意地演绎生活，而是对生活做着行云流水般的客观的描述，描述得能让你真切地看见其中的人物，听到他们发出的任何声音。迷宫般的洞穴中为游人的脚下亮起灯火，让人联想到汤姆和贝琪在一片漆黑中手秉蜡烛，睁着几倍于今人的好奇的眼睛，仿佛他们惊恐的对话从未知的方向传来。此时最想看见的是，他们学着别人的样子，在一块突兀的岩石上用烛烟熏上的自己的名字。那些岩石上看似烟熏的标记，也许有一处就是他们在洞中迷失方向时留下的。据介绍，截至1972年，遍布洞中各个角落的签名已有25万多处。横七竖八的字迹中有的是游人到此的日期以及名人名言和通信地址。但直到马克•吐温晚年重返这里时，也没有在洞中的岩壁上留下属于自己的纪念。讲解员说他拒绝在此留下字迹是出于对洞穴自然面貌的保护。这是否马克•吐温的初衷无法考证。马克•吐温也许会认为：汤姆的签名就是他的手迹！

马克•吐温当然不是在复制自己的生活，他以超凡的想象和幽默的基调，把他和伙伴们的经历供奉在读者的心头，使人因似曾相识或感同身受忘记了那原本是一种艺术的再现。或许艺术的真实达到宛若真实的生活，或许真实的生活宛若艺术的折射，那么文学才是抵达了最高的境界，并能携起读者之手走进精神家园且又让人陶醉其中。

在汉尼拔的一些节假日可以看到马克•吐温的身影。63岁的Jim Waddell先生作为当地的一名自由职业者，扮演马克•吐温已整整20年。他穿一身马克•吐温最喜欢穿的白色西装，髭须又与其酷似。他说自己非常喜欢文学，也在密西西比河的船上干过杂务，很早就熟读马克•吐温的两部历险记，小的时候就经常跑去那个洞穴游玩。他可以任意选出关于描写汤姆或哈克贝利的章节，绘声绘色地讲述和表演出来，引来观众一片掌声。许多人直呼他“马克•吐温”。“汤姆、哈克贝利还有吉姆的身影一直在汉尼拔和密西西比河一带。我一讲述他们的故事，观众就以为我把他们带到了现场。实际上只有马克•吐温随时让他们在这里出现。”他说。“我扮演马克•吐温，直到像马克•吐温那样彻底倒下为止。”还有一位90岁的老人也扮演马克•吐温，在周边一些城市举行表演活动。他们在表现作品的同时，也像是在展现自己和身边人的生活。

以他的名义想象与纪念

“所有的一切！”

当问到“马克•吐温给汉尼拔带来了什么”时，这位游轮上的中年女售货员回答得眉飞色舞。这块19世纪中叶只有三千人口的凋敝之地，如今已有近两万人在此安逸快乐地生活。当文学描绘的生活之光照亮生活，生活便因文学而美好。汉尼拔人更加感恩于马克•吐温，感恩作家那不衰的盛名普照现实的繁丰。在街道、商场、学校、公园、餐厅随处可以看到马克•吐温的画像、照片、格言或纪念性的图案。《汤姆•索亚历险记》《哈克贝利•费恩历险记》以及《密西西比河上的生活》是汉尼拔人的骄傲，他们时常根据小说和故事中的描写，以模仿的方式去释放天性，并表达对马克•吐温的纪念。

汉尼拔人总会以对马克•吐温作品内容的演示，度过每年7月4日美国独立纪念日。汤姆和哈克贝利一贯充当这一天的主角。孩子们穿着仿制作品中汤姆和哈克贝利的服装。哈克贝利始终穿着大人遗弃的旧衣服，穿着看似破旧服装的孩子一定是哈克贝利的扮演者。他们从四面八方成群结队来到马克•吐温故居或学校操场进行表演。刷墙比赛当然是首选项目，而青蛙比赛会引来更多的人观看。孩子们把自家的青蛙带到现场，逗引青蛙接连跳三跳，以远近定胜负。这显然是在演示《卡拉维拉斯县驰名的跳蛙》中的情节，但所不同的是马克•吐温笔下的跳蛙能在半空里打转或翻着跟斗，且又不是生长于汉尼拔镇。当地旅游局的助理Megan女士介绍，在一些节假日里，许多祖父、祖母辈分的人带着孩子一起，在马克•吐温故居前学着汤姆等人的样子玩耍。其间没有孩子父母的陪伴和监护，他们可以尽情“傻傻”地快乐。不过他们要是一同去看表演，听到关于黑奴吉姆被任意贩卖的讲述，又会同时落下泪来。

为了作品的纪念已经由单一的表演活动上升到普及性阅读和学术性研究。汉尼拔每年夏天都要举办马克•吐温作品研讨会，届时至少有来自十个州以上的学生到这里参加培训。培训结束后要推选出学生代表参加作品演讲比赛。学生到了初中要读《汤姆•索亚历险记》，而《哈克贝利•费恩历险记》是高中生的必读书目。原以为学校作出这样的安排，只是为了培养学生的文学兴趣，没想到要通过阅读去催生他们的故乡情结，长大后无论走到哪里，都不会忘记马克•吐温所描绘的河山风物就是故乡真实的容颜。

Hill街的一端铺满了红色的地砖。每块砖都是大小相等的长方形，上面刻着不同内容的字迹。过世亲人的名字和情侣结婚纪念日都在其中，也有一部分刻着小孩的名字。阳光洒落在上面，地砖的红色变得有些炫目。在与Megan女士的交谈中了解到，汉尼拔人通过对马克•吐温故居等场所修缮的捐赠获得了这样的纪念。这与千人榜、万人碑等中国式的青史留名有些不同。他们没有把马克•吐温奉为神祇，只是将他作为一位值得崇拜的人，并愿意将自己最关心的一切置于因他才感到特殊温暖的地方。家长将孩子的名字刻在这里，是希望孩子保持像汤姆一样快乐的天性。本来在1935年马克•吐温100周年诞辰之际，政府要完成一个以展示马克•吐温作品为主题的雕塑计划，遗憾的是由于当时美国经济的大萧条而没有筹集到100万美元的资金，使这一大型雕塑最终变成了一个雕塑的模型。而现在看到的一座54英尺高的灯塔，在那一年矗立在Cardiff山巅之上，则是对马克•吐温诞辰百年的纪念。

对马克•吐温的标志性纪念还有马克•吐温博物馆。该馆坐落在汉尼拔镇的中心位置，周边是商业店铺和银行。建馆时的37年前，这里还是一块清静之地。博物馆的面积不足1000平方米，每年要迎接来自六七十个国家的四万名以上的参观者。其中有相当一部分属于文学爱好者或是作家，当然不乏中国的作家。馆长先生显得很抱歉，因为他没有记下哪位到访的中国作家的名字。

马克•吐温的心里却有极其深刻的中国印记，包括作家在内的所有中国人应该感激他对中国命运的关注和呐喊。馆长先生很快找到一本1969年加州大学出版的《马克•吐温在旧金山〈早安•你好〉时的生活》一书，作者Edgar记述了1864年马克•吐温在旧金山记者生涯中，遇见的一起欺辱和殴打华人的事件。街头的屠夫让狗去撕咬经过门前的一名华人，而且用砖头打掉华人的牙齿，警察对此竟然袖手旁观。马克•吐温以人道主义的情感如实地揭露了这起事件。《早安•你好》报对此却只用几行文字不了了之。由此引起马克•吐温的强烈不满，以致后来成了他离开这家报纸的主要原因。但正如作者所说，“只要马克•吐温在旧金山生活，他就会持续、强烈地关注中国人受到的侮辱和侵扰”。他的同情“在中国人民一边”，并写出了大量关于揭露华人受到警察欺辱等不公平待遇的报道，还在公开演说中呼吁把侵略者赶出中国。

在博物馆里正睹物思人，展柜中一个洁净如雪看似石膏做的儿童面膜，会让你即刻停下脚步。面膜清晰地复制出马克·吐温的儿子圆圆的脸庞，未满两岁的生命永远定格在紧闭的双眼。马克·吐温委托雕塑师用这具面膜为夭折的儿子制作了一尊塑像。塑像远在纽约州埃尔迈拉市Arnot艺术博物馆里。他和妻子就是在这个城市举行的婚礼。眼前只能看到三个女儿围坐在马克·吐温夫妇身旁的一张全家合影，不免让人想起那个不幸的孩子，甚至会恍惚看到马克•吐温哀伤的眼神、隐藏的温情和妻子欧丽维亚满脸的泪痕。这会让每一个参观者的心情变得复杂而沉重。

一弯上弦月高悬在汉尼拔的夜空，引来满天闪烁的星斗。马克•吐温故居的Hill街道没有街灯亮起，四周阒静无声。与故居比邻的门楣上方，一盏瓦数不高的水银灯显得有些清冷，但能分明地映照出普通门牌上的“206”字样。在故居的每一扇窗前，有烛光般的光亮，像被微风吹拂似的轻轻闪动。

随着密西西比河不远处一声汽笛的低鸣，一道洁白的光束沿着某个拐点形成的弧度，从夜幕的底角跃然而起，将星空下汉尼拔的影子倏地托向了天际。此时看到夜色中闪现出任何光的形态，都很容易让人联想起神话般随马克·吐温出生与死亡同现的哈雷彗星。但它夺目的瞬间只是贡献给了1985年美国那张小小的首日封。马克·吐温历经岁月磨砺沉淀的文字却永远放射着比哈雷彗星更加耀眼的光芒，不仅照亮了密西西比河畔的一方故土，而且照亮了美国乃至世界文学的天空。

马克·吐温已经入睡。他的灵魂正在燃烧！

（选自2015年8月《作家》）

三撼冲天溪

谢德才

车子快到冲天溪村时，我不再想什么了，也不敢东张西望，我怕辜负了眼前的美景，也怕对不住我自己。

坐车入村，只见“冲天溪”这醒目的红字，镌刻在一块光滑而又高大的石头上，令人过目不忘。车子仍在前行，眼前却如中了遁术一般，浮现着“冲天溪”三个字的幻影。车身起伏，我下意识地赶紧捂住心脏，好像一不小心它就会蹦了出来。

冲天溪，挂在天耳边的一条溪，蜿蜒而下！

目睹此景，我的心灵受到一次震撼！

冲天溪，在湖南桑植的廖家村镇。前人用一个溪的名字，命名了这个山村，代表着山里人的刚毅，也象征着山里人的豪迈。

这溪里的水，一年四季都不干涸。小流域土地整治项目，让溪水变得缓流而温顺，再也不践踏这里的庄稼。微风一吹，溪面生起涟漪。它们经过雨水的滋养,呈现出一潭又一潭的经典绿色。我饶有兴致地站在溪岸上，情不自禁地欣赏起眼前的风景。看,一群群的小鸟，忽然从我的不远处飞过，叽叽喳喳，齐飞宽阔溪的对岸；一条条鱼儿在水里游来游去，忽而跃出水面，自由自在；几只鸭子欢快而漫不经心地此起彼伏地发出“嘎嘎嘎”叫唤声，悠闲惬意；溪面上，还有几只小船在水面上悠悠地划行，不时还有歌声陪伴，真令人羡慕它们优哉游哉的日子；一排排的柳树和松柏树错落有致地站在溪的两旁，勾勒出一幅幅生意盎然的画卷，它们如亭亭玉立的姑娘，争宠一般，逗得溪水兴奋得差点大喊。

冲天溪，醉人心田的不仅有秀水，还有一看就想跪下来叩拜的青山。

这里的山，称美女山。一眼望去，像一尊尊丰满的乳房，性感、挺拔、迷人、心醉……哦，它们不是在与幽静的山涧比美吗？这，恐怕也是人们爱来这里的缘由吧？难怪有人说：“很久以前，从外地来的一个小伙恋上这山，便一次又一次猴子般地爬到山顶上，一坐就是好几个钟头。后来，他索性在这山里搭上一个小屋，住了下来……”

冲天溪，竟让人如此留恋！

深山林间，走来一位老奶奶。她，银发苍苍，却梳理得利利索索。她拄着拐棍，操着一口浓浓的乡音，清脆地说：“你，从哪里来呀？别看咱村是一个旮旯村，可它的来头很大呢。这村子，还是省里美丽的新农村……”

我在心底思索：“冲天溪，当真这么霸气吗？”

随着她的指引，深一脚，浅一脚，有说有笑，我们来到千亩土地流转基地。土垅交错，整齐有序。这，又是一次心灵的震撼！

我赶紧掏出手机，从多个角度拍上几张照片，迅速地传上微信，没想到，这像是头条新闻般的刺激，很快就被朋友们转载和频频点赞，纷纷询问这是在哪里。看样子，这冲天溪，在震撼我的同时，也震撼了我的朋友。

虽然，我也是山里人出身，耕种过多多少少的梯田小块，却从没见过如此大规模的土地风景。放眼望去，各式各样的蔬菜，齐刷刷地布满田野。一棚又一棚的菜苗，像一个个愣头的小子，叶尖上，挂着晶莹剔透的水珠，我似乎听到了它们“嗞嗞嗞”的生长声。这时，一位菜农老头走近我，他乐呵呵地说：“这菜啊，可带劲了，一天一个样！过了今晚，明天再看，又会长高一大截。”听着听着，我的脸上也露出了喜悦。老人还说：“这里，可是一片净土啊！这地啊，好多的农家肥都埋在地下，而且，靠啥子生物农药，再也不用毒性的农药啦！这菜，吃起来，香脆脆的、甜丝丝的，你们城里人只管放心吃。”

现已如斯，往昔勿忘。过去，这里“面朝黄土背朝天”的村里人，种种田，耕耕地，下下秧苗，锄锄杂草，看起来，不是很忙碌，实际上，累得要命。不算上累，有时，遇上光景不好，一年到头，还要赔本。村民们过日子，两眼紧盯的是秤砣，秤砣一沉，整个心也跟着往下沉了。而今，实行规模化的种植，村民们的日子好过多了，他们坐在家中都能赚钱，闲暇时，还可以在村子里和镇上打打小工呢。坐在屋门口的张伯，跷个二郎腿，娴熟地点上旱烟，吧唧吧唧地抽着，一脸的喜色，说：“桑植民歌里唱的‘活神仙’，估计过的就是这种舒坦的日子吧？”

如今，这地，活了。人，也“活”了。人“活”了，想法也就慢慢地多了起来。这村里，大鲵养殖基地也建了起来，突出“工农一体化”的经营模式，盘活了村子里的集体经济。

有了钱，冲天溪人自然跟以前大不一样了。设计新颖的砖房，像林子一样快速成长，一幢一幢，漂亮、大方、宽敞，把整个村子都装扮得秀丽无比。行走中，一位热情的村民拉着我的手："走，到我家坐一坐，喝杯茶去！"在他的带领下，我发现公路两边到处悬挂着"村庄是我家，卫生靠大家"的标语，农户家大都贴上了"清洁"字样。这，污染少了，空气好多了！一些房屋的门前，停的大车小车像模像样；窗台的衣架上，挂满了亮色的衣裳；墙壁上，结满了绿绿的丝瓜；竹竿上，吊满了弯如月牙的豆荚；凉台上，开满了五颜六色的鲜花。这山村，多么幽美、多么恬静、多么清雅！

流连之际，村支书兴冲冲地跑过来："冲天溪，变化可大啦！这里，家家户户都有了自来水。"原来，冲天溪有一个大泉洞。洞内，可置几张桌子。洞口的瀑布，有的飞流直下，有的一波三折，有的如帘似幕疾垂而落，有的像雪花四处飞溅，有的像女人的秀发飘然而至。一逢夏日，乘凉的人不约相聚在这岩洞。在这里，垂钓，画画，说说笑话，拉拉家常，俨然成了人们的天然"快乐大本营"。村支两委将洞内的水引进了村民家里，村民们都喝上了干干净净的"神仙水"。

我不禁再一震：冲天溪，你真的变了！

这冲天溪，一到晚上，像西江的千户苗寨，灯光如一串串的玛瑙。村里的水泥路边，路灯一盏挨着一盏，农户的房前屋后都安装了大灯和小灯，整个村子亮亮堂堂，老远望去，如镶嵌在山林里的一颗颗璀璨的夜明珠。

冲天溪的夜，一点也不冷清。村民们几口饭一扒，饭碗一扔，三步并作两步，一个个从家里奔到了水泥塔上，唱起桑植民歌来，跳起民族舞蹈来。他们唱的是"春季花儿开，花开是一朵来，一对哪地个阳雀儿哟嗬嗬，飞呀过的山儿来，飞呀啧啧啧飞呀啧啧啧，飞过山来看哪，满山哪个桃花儿开呀……"跳的是"我向你走来，你向我走来已经很久了，虽然，我们相会之前，谁也不知道对方的存在……"唱啊唱，跳啊跳，不到几分钟，横队、纵队、圈子队，男队、女队、男女混合队在美丽的歌舞声中诞生了。从城里赶来的我们，也不由自主地加入了他们的队伍，一起沐浴在纯净的大自然里，沉浸在迷人的山水之中，自由地跳，狂欢地跳，跳出了欢乐，也跳出了一片又一片的欢声笑语！

冲天溪，明天的你，又会给我们带来怎样的内心震撼呢？

（选自2015年第9期《红豆》）

沾一身夜色

李登建

古街还未完全修复，街筒子里游人已成团成簇。其实再现古街原貌，还原Q州明末清初的市井风情，只是一个响亮的口号，街两边的布庄、茶庄、糕点铺，齐笔、红丝砚及花样繁多的工艺品商铺，和在别处见到的大同小异，并无什么特色，而且门面都太新，缺少那种“旧”的味道。历史已经走远，它不可能回到原地，刻意仿造，多是费力不讨好。我们看了几家就没了兴致，不再挨家店铺逛，有的干脆一家也不进了，站在街上看风景。

街上还真有一道风景颇可玩味：隔不多远就有一座或立或蹲的铜像。铜像塑的都不是什么大人物，而全属引车卖浆者流——剃头匠、磨刀人、卖糖葫芦串的老头儿、跟着爷爷卖唱的小女孩……这类塑像容易出特点、个性，活起来，它们无不生动而传神。面部那烟熏火燎的污痕，不仅与生活中这些人物的身份极为吻合，还透着苍苍岁月的颜色，增添了艺术感染力。大家被铜像吸引——已忽略主体的真实身份——一个个跑过去照相——A女士在压得驼了背的轿夫铜像前摆各种优雅的姿势，B女士在一脸愁容的乞讨农妇的铜像旁笑成了花，C男也上前摇挑担串乡汉子手里的拨浪鼓……

这，也许正是古街开发设计者想要的效果。在这里，铜像不过是古街的点缀，是“戏里”的道具。我们当然不能要求设计者赋予铜像崇高的成分，对底层百姓有更多的尊重，但有意无意地省却社会背景，淡化他们生存的艰辛，把不了解他们的人的认识导向了另一个方向。游客娱乐着别人的痛苦，倒是玩得很开心，可如果熟悉他们，如我者，却觉得别扭。

我接触过一些这样的底层百姓。小时候，记得交了腊月，尤其是到年根儿，胡同里就有了“爆米花了——”的叫卖声。央求母亲许可挖半瓢子棒子粒儿追出来，那戴着一顶扇着“翅膀”的棉帽子、穿着辨不清布料到底是什么颜色的破棉袄、走路一瘸一拐的汉子就收住步，在土墙下安好爆花机。腿脚有毛病，手却特利索，转眼间生着火，左手呼嗒呼嗒拉风箱，右手咕噜咕噜转那炸弹模样的黑家伙——它吞到肚子里半瓢棒子粒儿。火苗一窜一窜，黑家伙转一圈又一圈儿。在我和姐姐一遍遍催促下，汉子把鱼鳞口袋套在黑家伙头上，那只孬脚荡荡悠悠找到“机关”，踩下去，“嘭”一声，伴随爆好的米花出炉，空气里飘散一股很好闻的粮食的香味，他也得胜般地咧开嘴笑了，龇着很长的牙齿。是这响声传遍了小村，还是好闻的粮食的香味弥漫开来，孩子们从四面聚到这里，有的带着棒子粒儿，有的空着手来看热闹，哄抢几粒迸出口袋的米花儿。这是那个年代馈赠我们的糖果。我们快乐着，围着他玩一下午也不厌倦，有时候还跟着他浩浩荡荡、示威一样从这条胡同“拐”到那条胡同。大人谁把他当碟咸菜？远远地招呼“哎，爆米花的瘸子，来这儿！”我们不，他几乎是所有孩子心中的英雄。“嘭——”“炸弹”爆炸，放出一团烟雾，我们吓得抱头鼠窜，他却岿然不动——我们怎能不着迷？

深冬，往往傍晚起风，太阳落山后天冷了许多。这时人们躲在屋子里，偎向炕炉，手里再端一碗热粥。爆米花的瘸子叔却还待在胡同口，添煤，加料，慢慢地转那个黑家伙。除了主顾等着取米花，围观的孩子们都被大人喊回家吃饭了，他身边冷冷清清，寒风就越发凶猛地扑来。他不嫌冷？他一瘸一拐的什么时候才能回到家？他就不怕漆黑的路上有鬼？爆一罐才一毛钱，他为什么这么贪图多爆一罐？不知道。小小的火苗仍柔柔地舔着黑夜，“嘭——”一声响的时候，他亮亮的牙齿仍然在夜色里一闪……

夏天就不见爆米花瘸叔的影儿了，常来村里转悠的是一个扛着一条长凳的磨刀人。可是不像革命现代京剧《红灯记》里磨刀人那样身材高大、挺拔，这是一个佝偻着腰的瘦瘦的老头儿；他也不够机警，动作笨拙、迟缓。把凳子放在街心大槐树下，他看看天，倒背着手，遛来遛去，哼着《红灯记》的唱词“为访亲人我四下瞧。红灯高挂迎头照，我吆喝一声‘磨剪子来抢菜刀！’”这后一句是真喊的。然后踅回，解下和凳子腿绑在一起的磨石。不一霎儿，收工早的女人回村了，有人拿来用钝了的菜刀。他撸撸衣袖，两只手掌“沙沙”地搓一搓，摘下挂在另一条凳子腿上的瓶子，从瓶盖的眼儿里往磨石上淋一点水。磨石一头顶住凳子面上的铁钉，另一头被左脚蹬紧的绳子勒住，手扶着刀把，放平两臂用力推，“噻噻——”看这架势，你才知道这个干巴老头儿的臂力还是蛮大的，而且臂膀上还有壮年人的肌块。只八九下，磨石上就出了“油”，黑黑的，稠稠的。用水冲掉黑油，再磨。这样重复几次，他便眯起眼“瞄”刀刃，用大拇指试一试，又放回磨石。最后，他从头上削下一绺头发，这把刀就完成了，这时他会把刚才断了的《红灯记》唱段重新“叼”在嘴上。

人们陆陆续续收工回村，看见他，这家的菜刀，那家的剪子，都要磨，按先后顺序放在地上，你尽管回家吃饭，吃完饭来拿，乡间习惯了这样。面对涌上来的买卖，磨刀人心里像有什么东西在鼓荡，可是天却近黄昏了，他的家在北乡，六七里路远。门口的王奶奶替他着急：“儿子娶不上媳妇，你也不能这么干呀！”他口中应着：“快完了，快完了！”手上却仍不紧不慢，一丝不苟。暮色一层层织密，把他裹成一个大包，他躲着黑暗，凳子挪到那泻出灯光的窗下。如果只剩一两把，他则干脆不予理会，就摸黑磨，他摸黑磨出的刀也不卷刃。所以人们都认他磨的刀，刀不快了人们就念叨：磨刀的刘二麻子咋还不来？……

这天下午，小区大门一侧坐着一位老者，从他锈色的衣襟、他夹烟的锈色的手指，我就知道他是个磨刀人。像是去我们村转悠的那一个，又好像不是。我在城市定居已经三十多年，三十多年没遇到他们了，忍不住上前搭讪。真是“三句话不离本行”，老者很快就把话题引到刀上，夸耀他与刀打了大半辈子交道，把刀吃透了：好磨的刀使不住，不好磨的刀能使住；不好看的刀好使，好看的刀不好使。当年张铁匠打的刀黑乎郎神，可削铁如泥；如今大工厂生产的不锈钢刀，花拳绣腿。怪了，城里人就喜欢锃明瓦亮，专用这类刀。说话间，有顾客来，拎的正是一把不锈钢刀。磨刀人掂一掂，撇撇嘴：“看这刀，刀背刀口一样厚，哪有刃啊？”接下来，他捻灭烟头，运运劲儿，不再说话，全力来对付这把刀——有点如临大敌的样子——先是猛摇砂轮斜着打刀口，火花、铁末四溅；又用抢子抢，铁屑纷纷脱落。那吃铁的抢子真够厉害的，可这也需要力气，这道工序下来，额头就冒出了汗珠子，他抽下搭在凳掌子上的锈色的毛巾一抹，转入了“正题”：在磨石上磨。最后以发试刀，无声地削下一绺头发——这个环节千篇一律，好像这是磨刀人的徽记。

“明天我再来。”磨刀人起身——没站稳，险些摔倒——扑打着身上的粉尘说。实在太晚了，城里人饭后“遛弯”都回来了，虽说路灯永远伴陪着，可不巧家里有件急事要办。不得不把还没磨的刀“寄存”在门卫室，长长地叹口气——心存不甘，他哪会儿丢过到了嘴边的食？可是第二天他没有来——昨晚城郊出了一场车祸，听说是一个磨刀人被汽车撞死了。

多数人就像对待一个街头新闻，传过就算了，我却好几天老想这件事，想磨刀人的模样，那些到乡间爆米花、赊小鸡、打铁、锔缸的都挤到眼前，他们都沾着一身夜色——贪图多做一点活，多串一条街，天不黑不往家赶。我不寒而栗，近年开车我深有感触，晚间路上车流滚滚，一个行人简直像一只蚂蚁一样极易被忽略。有一次，纷乱刺眼的强光中，前面飘飘忽忽似有一物，车过后我吓得心怦怦直跳——那是很大一捆柴，柴捆下压着一个很“小”的人！而时时扯疼心肝的是，我哥哥就是一个早出晚归的串乡人——为了帮城里的儿子买套楼房，六十多岁的他天天顶风冒雨、走街串巷去卖暖瓶。甲壳虫一样的“小三轮”，装满货晃晃悠悠，一条干硬的深车辙就能将它“绊”倒。然而我那哥哥却逞能，好“钻”南山里没人去的村庄。可想在那疙疙瘩瘩的羊肠山道上，哥哥是怎样抖抖瑟瑟地前行。十有八九是满天星了才回到家，也不清楚哥哥那光线微弱的车灯是怎样穿透厚厚的黑夜的！

很难想象，“驻扎”在大华超市门台角落里的这个磨刀人，是两年前在小区门口磨刀、回家路上死于车祸的那位老人的儿子——这种苦差事竟也子承父业，代代相传——俗语说“龙生龙，凤生凤，老鼠生的会打洞”。实质是现实社会里，父贵子亦贵，父贱子难尊，都想改变命运，可穷苦人的命运好改变吗？无异于登天！

和他父亲不同的是，这是个少言寡语的厚道人，他就那一句话：“总得活，别的不会，就会这手艺。”但他大大拓展了父辈的业务范围：磨石旁边摆着两把待磨的菜刀，一把掉了“眼圈儿”的剪子；补鞋机旁是一双待修的皮鞋，一摞胶垫；斗子车车把上挂一木牌，黄漆写着“修拉锁”三字；车架子上搁着一台电子配匙仪，盒子里有一串匙坯；工具箱里锤子、钳子、扳手、木锉、螺丝刀、“哥俩好”强力胶……应有尽有，这都证明他是一个无所不能的“杂家”，你有什么问题，到他这里都会迎刃而解，或者说他样样通，不愁没活干。可是，他备下的那四五只马扎子却常常空着，倒是一个在家闷得慌的退休工人、他的棋友，见缝插针，来和他排兵布阵，“杀一盘”。

不管怎样，他一天都不落地来这里“上班”——新区开发，占据了他们的村子，大华超市的地盘正是他家的责任田。没地种的他便“赖”在这里摆摊，城管也睁一只眼闭一只眼——他以这种方式成为“市民”。他做活很实在，一只鞋“捧”在手里，琢磨从哪里下针，反过来正过去瞅；换拉链，尼龙线得跑两遭。当然收费也不含糊，分厘不让，用他一枚小钉子也要你俩“钢镚儿”。可能与此有关，他在这里“混”得不好，来来往往的人都面熟，可没有谁跟他打个招呼，好像他是一块石头。而姑娘少妇们，为了“哄”他把活做细，少收钱，甜言蜜语，大哥长，大哥圆，活一干完就变了，冷着脸，远远地扔过一张票子。他并不很在乎这些，早已习以为常。真正叫他忍受不了的是，碰上不走运，半天不来一个顾客，他手闲得发痒，摸这不是摸那不是，呆呆地坐着，一个上午白白浪费，他狠狠地骂自己：“今天没挣出饭钱，你就扎住嘴巴吧！”

吃过晚饭，我出去散步，又来到他对面的马路上。职业养成的习惯，每路过大华超市我总要“观察”他一番。我隔着马路注视着他——我为什么不走近他，而要保持这段距离？——我看见华灯初上的时候，他为一个年轻人修好自行车，送走这最后的主顾，开始收拾工具，一样样地装在斗子车上，又打扫场地，把散落的废料碎屑捡进垃圾箱。我注意到，这个健壮的汉子也就四十岁出头，背却挺不直，站起来也留着劳作时的弯度。按说他的工作并不需要付出多大的体力，可看上去他疲顿不堪。再没有什么可收拾，他才恋恋不舍地推起车子往家走，脚步显得有些沉，不像一个满怀收获的喜悦的人，而像是扛着太多太重的愁绪。他踽踽而行，背影慢慢变小，最后消失在茫茫夜色中……

那一刻，我怔怔地盯着远方的“黑点”，我不能不纪实地说，这个过程，自始至终是他独自一人，没有谁亲近他，亲热地拉住他的手，更没有谁跑上来和他合影——且不说这样想荒唐不荒唐，我要问：此时人们都到哪儿去了？

（选自2015年第4期《时代文学》）

做个会做鞋的女子

魏丽饶

心生这个想法已经很久了，时至今日，甚至有点迫不及待成为一名会做鞋的女子。

第一次思考起做鞋的事，是去年入秋时。随着天气逐渐转凉，急需添置一双秋冬穿的鞋子。逛了许多店，试了许多款，终于众里挑一选中一双卡其色的漆皮单鞋。颜色百搭，款式漂亮，尺码合适，又是坡跟牛筋底，各方面都比较中意。唯一的不妥，就是右脚小趾外侧处稍有点挤。不过犹豫再三，最终还是决定买下了。然而事实上，这双鞋却是每穿必伤。几次尝试下来，不得不放弃，将崭新的鞋子束之高阁。挫败之际，怀念起母亲做的布鞋。小时候，日子苦，全家人几乎都是穿母亲做的鞋。春秋穿懒汉鞋、方口鞋，夏天穿布凉鞋，冬天穿高帮的气眼鞋。当然，在那个年代里，穿自家做的布鞋并不稀奇。男人走南闯北，在外打拼穿布鞋，女人锅头灶尾，操持家务也是穿布鞋。一双鞋穿在脚上，往往就成了这家女主人的面子。

母亲虽性急，但她做起鞋来却总是慢条斯理。每到农闲时，母亲就把箱子里的碎布包袱拿出来，选个太阳好的日子，熬上半砂锅糨糊，打褙子。把案板搬到院儿里，底朝天放在石桌上，先均匀地抹上一层薄糨糊，再铺上碎布块。挑碎布块是个细致活儿，要尽量选容易黏附的棉布，而且形状也要留意，拼贴在一块要整齐、紧凑，不能重叠，也不能有漏缺。如有不妥帖处，要作修剪。稍晾一会儿，待花花绿绿的碎布凝在案板上时，再抹一层糨糊，再铺碎布。两层碎布之间要适当错位压住缝隙，使其形成一体。如此叠上四五层，在太阳底下晒得干透，褙子就做成了。褙子是做鞋底的基料。根据纸样在褙子上画出鞋底的形状，裁剪下来，用白布压了边儿。将这样的两三层叠加起来，用细麻绳密密麻麻纳过去，就是鞋底子。在麻糊村，没有哪家的女人不会纳鞋底，然真正纳得好的却寥寥无几。以前柳奶奶是村里手最巧的，她走了以后，就只有母亲和巧映娘纳的鞋底还算拿得出手。好的鞋底子，平整光滑不变形，针脚也匀溜。不消见着人，单单从一双底子，就能看出纳鞋底的定是个秀外慧中的好女子。

纳好的鞋底子铺在炕垫下面压着，再着手张罗鞋帮。选较薄的褙子做底料，表层贴上好看耐磨的面料，这个面料通常是母亲在集上买的新布，冬天用灯芯绒，春秋用料子布、呢绒布。男人通常穿藏青的、黑的，女人穿麻灰、卡其蓝或深棕等暗色的，孩子们就花哨了，五颜六色任意挑，想穿哪样就哪样。我一直觉得，鞋帮的纸样子是个很奇妙的东西。看上去尺寸、款式都差不多的两幅纸样，照着做出来的鞋子就是有差别，有的好看有的丑。也有时候，见着别人的样子好，自个儿也比照誊一幅，可真做成鞋子时就走了形儿。然而，再拿人家的原样裁了鞋帮重做一双，就又能做出好模样了。偶尔也有人仿着剪出一幅新的，经几次试用，就又被捧为争抢的对象。剪好的鞋帮糊好鞋面后，同样要放到炕垫下面压几日再拿出来，用白色布条把外沿整圈沿上边。

待鞋帮和鞋底都准备好，下一步就是纳鞋。这是聚在董家麦场拉家常的女人们手里最常见的活计。那时候不兴用袋子提，将纳鞋用到的锥子、顶针通通塞进鞋子里，用穿了根钢针的麻绳把鞋口缠起来，往腋下一夹，就都沿着沟沟道道的村路往董家麦场赶来了。女人们弓起身围坐在老槐树底下的长石凳上，鞋子竖着卡在两膝之间。先把鞋帮和鞋底仔细对齐、捉紧，再瞄准位置用针锥从上到下将鞋帮鞋底通体扎个眼儿，然后把系着麻绳头的钢针穿进去，用力拉紧。这样一针针走上一圈，鞋帮被牢牢地固定在鞋底上，一双鞋子就算是做好了。

刚做好的新鞋子，硬，硌人，是不能马上穿上脚的。还需要一个后处理的程序，就是用木头做的鞋楦子撑两三天。听常做鞋的女人们说，最好的鞋楦子是柳木做的。质硬、耐潮，用久了滑溜溜的，活像一只真人的脚。撑过的鞋子，内壁光滑熨帖，鞋帮鼓鼓的，让人一看就忍不住想伸脚进去试穿一下。母亲却不依了。在家里，只有父亲可以在一个季节穿几双鞋子，出门时穿新的，下地干活穿旧的，配中山装穿黑的，配浅色衣裤穿藏青的。其他人都是穿烂了一双旧的，母亲才许换新的。当然，也有时候是姐姐穿小了给我穿，我穿小了再换妹妹穿。

记忆中，母亲冬日里窝在太阳圪崂做鞋的样子是最迷人的。暖暖的阳光越过后山坡，泼辣辣地照在母亲身上，像是镀了一层金。母亲的前额、发际、耳郭、后背，还有她的双膝和夹在膝间的鞋子，全都变成了金色。那细细的麻绳在母亲面前飞舞着，也闪烁着丝丝金光。许多次，父亲从外面回来，一见母亲在专心致志地做鞋，他便不自觉地放慢步子，变得轻手轻脚，生怕扰了母亲。也有时候，父亲干脆停在原地，远远地看着母亲一针一线为他做鞋。像是静心欣赏，又像是沉醉其中。

就是在这样的画面里，我第一次对“羡慕”这个词有了深刻的领悟。羡慕父亲，有个愿意一辈子死心塌地为他做鞋的女子。更羡慕母亲，可以尽情地发挥自己的巧手匠心，为她心爱的人做鞋。

每当身心疲惫时，我就向往，向往成为一个会做鞋的女子，全身心沉醉在糨糊碎布细麻绳里，剪样、纳底、贴帮子。做懒汉鞋，方口鞋，绣花鞋，气眼鞋。也做自己设计的，但叫不出名的各种各样的鞋子。当然，更要紧的是，还得有一名肯穿布鞋的男子。他可以，而且也愿意，穿着我做的布鞋走南闯北，走累了，再让脚上的鞋子带他回家。就在他走进家门的一刻，他的满面倦容竟能令我瞬间心生灵感，又想到一款新式的鞋子，不仅携带了时下流行的元素，而且涵盖了他独特的气质，两者结合，相得益彰，将他的个性魅力全都缝缀在那一双鞋子上。这样的一双鞋，穿得合脚，穿得舒心。想必也只有他，才能穿出这双鞋本该有的味道，哪怕，我一生的心血都这样被他踩在脚下，也心甘情愿。

能看书，会做鞋，养一畦露水，种一方花草，静盼时光爬上我的脸庞，将我的容颜雕琢成做鞋女子的模样。如母亲那般，坐在温煦的阳光里，埋头纳鞋，任暖暖的太阳光将我包裹。

（选自2015年第5期《海外文摘》）

心　愿

辛　茜

临街的一片不大的园子里，有一棵丁香，五月开花，一直到六月。树上的花朵很繁很密，也很香，诱来了许多的蜂，也招来了一些不懂事的孩子，围着它转。我恐怕这棵树被糟蹋了，远远地躲在角落里，盯着跑来跑去的孩子。

我站的位置，正好是个送风的地方，风慢慢一动，花的香气就飘了过来，实在是惬意得很。

但是后来，一个小女孩，打乱了我的兴致，我把眼光投在她的身上。这是一个最多七八岁的女孩，她已经在这棵丁香树下站了很久。起初，我以为她的父亲或者母亲会带她回家，但是，过了很长时间，也不见有人来接她。

小女孩一直踮着脚尖，在树下细细地张望，不知在寻找什么。

又等了一会儿，还是弄不清楚这个小女孩的意思。于是我轻轻地走过去，在女孩身边蹲下。

女孩子的脸，长得蛮精致的，薄薄的嘴唇微微翘着，纤细的手指间捧着几小朵丁香的花瓣，放出亮光的眼睛还在紧紧地盯着眼前的丁香树。我问她，“小姑娘，你在找什么呀？”她放下踮起的脚尖，看着我，“我在找六瓣的花朵，可难找了！”听了女孩的话，我也把好奇的目光盯在了树上，真的呀，以前从来没注意过，丁香花的花瓣都是四瓣的呢，好多好多四瓣的小花朵组成一大簇花，一大簇一大簇的花，才成了遮蔽着树冠的繁花。

“如果找到六瓣的丁香花，就可以许一个愿。”小女孩有点神秘地对我说。

我也开始寻找，从最接近视线的一大簇花开始。当然，因为我的高度，我的视野要比小女孩的视力范围大得多，可以从容不迫地慢慢选择我的幸运之花。但是，我目力所及的所有的小花都是四瓣的，我发现我有点心慌，倒不是因为丁香的花瓣确实以四瓣居多，而是，我很在意女孩子的话，那份渴盼幸运降临的心情太强烈了。可是就在我失望得快没有信心的时候，突然惊奇地发现，在我右手很容易够得着的地方，有一朵六瓣的花朵，我高兴地叫出声来。女孩也替我高兴，她像大人似的告诉我，“你可以把它摘下来，那是你的幸运花。”哦，我的心里甜蜜了一下，然后，小小心心地摘了下来。这样，我的手心里，真的躺了一朵六瓣的丁香花。我使劲地闻了闻，端详着六个洁净的花瓣，相信，真会有吉祥的幸运之神来到我的身边。

小女孩凑过来，羡慕地看着我手心上的花瓣。我问女孩：“如果你找到了六瓣的花朵，会许什么愿呢？”小女孩不假思索地说，“我有个心愿，希望我妈妈的病快好起来！”“怎么，你妈妈病了吗？”“是的，”小女孩说，“我的妈妈得了重病，躺在医院里，我想让我的妈妈快快好起来！”我低下头，看着女孩，嗓子眼里堵起了一大团东西，眼睛也酸了。沉默了一会儿，我尽量用平淡的语气对女孩说：“让我把你抱起来吧，好像越往高处，六瓣的花越多。”女孩仰起脸，她的眼睛还是那么明亮，只是有一种期待的表情流露出来，叫人看着心疼。

女孩在我的臂弯里挺直身子，用粉嫩的手指在花丛里拨动着。我不知道，她是从哪里得来的这种许愿的方式。女孩是想通过自己柔弱的努力，让自己的母亲早日恢复健康。

小女孩找了很久，胳膊酸痛了，才停住了小手，而且，那个时候，天色已暗，渐渐看不清眼前的东西了。

有人来了。是女孩的祖母，把她从我的怀里接走了。

分别的时候，我们说好了，明天还要来的，一起寻找六瓣的花朵，许一个愿……

可是，第二天的傍晚，小女孩没有来。此后，我在同样的时间又去了几次，还是没见到那个可爱的，有点早熟的孩子。

不知为何，我会常常想起那个为妈妈祈祷的女孩子。当时，我太自私了，只想到让自己幸运。如果那天，我让她摘了那朵六瓣的丁香花该有多好！

（选自2015年5月16日《新民晚报》）

德艺双馨满天霞

——写给我军第一代歌词女作家刘薇

石　祥

“彩霞飞舞红旗扬，风吹树叶哗哗响。我们的步伐多雄壮，歌声（那个）嘹亮走向练兵场……”

一队战士从我面前走过，他们高唱着刘薇1979年5月创作于河北驻军连队的这首歌曲。至今，唱歌的战士已换了好几代，此歌仍久唱不衰。而该词作者刘薇大约在2004年之后辨识力已逐年衰退，后来竟连自己几个子女的名字也混淆不清了。其间，我曾几次前去探望，逐渐她也不认识我了。2013年春节我去给她拜年，她已躺在床上不省人事，生活不能自理，几乎已回到了那个混沌未开的童年世界。尽管她今年已逾九秩高寿，但我还一直为她祈祷，像她这样经过炮火硝烟、风风雨雨的人，是有顽强的恒久生命力的。

刘薇于1922年生在北京，原名刘彩凤。在北京女一中就读时，接受中共地下党的引导，于1940年2月一个漆黑的夜晚，只身潜出京城，投奔了当时活跃在保定一带的“抗日联大”。她告诉过我，当时“联大”处于敌占区，夜里女同志站岗腰里掖着手榴弹，随时准备与敌人同归于尽。1942年参加八路军后，她跟着抗日队伍，钻山沟、转山头，打游击战。那时边行军、边战斗、边演出。吃野菜拌“胡麻油”，弄得晕头转向，记忆力减退（最后得了重病、躺倒不省人事可能与此有关）。其间，她参演过京剧《逼上梁山》扮过扈三娘，能武打、做“卧鱼”动作，也演过《兄妹开荒》等街头剧。她业余创作的唱词《骂阎锡山》，被唐诃谱曲后在解放区广为流传。1955年，她带着身孕和唐诃一起到解放一江山岛的前线深入生活，谱写了《红旗插上一江山岛》等歌曲。1958年调入战友文工团后，她创作的歌词《毛主席窗前一盏灯》，经王引龙、晨耕谱曲后，由贾世骏演唱，曾轰动一时。后改编部队业余作者杨元其的歌词《两个小伙一般高》，经晨耕谱曲，由马国光演唱，成为诙谐、有趣的战士表演唱。1964年我从基层连队调到战友文工团后，她就带我一起下部队深入生活，一起到河北邯郸农村参加“四清”运动，一起搞歌词创作。当时她患有眼疾，一侧瞳孔放大，不能长时间看东西，我就给她读书报，合作歌词时争相出句由我誊写。她有战争年代的亲身经历，又有演唱经验，为我们的歌词创作增添了文学性和音乐性，弥补了我没写过歌词的不足。20年的亲密合作，创作了歌词数百首，由上海文艺出版社出版了我国第一部歌词集《战斗的歌》。其中有马玉涛演唱的《老房东查铺》、贾世骏演唱的《战士想的是什么》、马国光演唱的《一壶水》、耿莲凤和张振富男女声二重唱演唱的《祖国一片新面貌》等。刘薇是与我合作时间最长的师长，是我身边最亲的大姐，我的夫人、军医王淑琴就是她托友人介绍的。刘薇是影响我人生和歌词创作最重要的人物之一。

刘薇给我印象最深的是下基层深入连队生活的“背包精神”。每次她带我下连队，都要亲自背上背包，一竿子插到团队，和战士一起行军，一起演练。战士们知道背后有一位女首长跟在后面，精神特别振奋，目不斜视，士气高昂，行军不敢掉队，在靶场不就近“解手”。刘薇采访，总是“打破砂锅问到底”，甚至连队的一日作息时刻表和战士的生平、爱好、有没有对象等都详细地记录在采访本里。特别是战士的语言，如“一天不摸枪，我手指就发痒；一枪没瞄好，我吃饭都不香；苦练巧练，铆足劲儿练哪，我们的本领强，嘿！才能打胜仗。”写在《走上练兵场》里的这段歌词，显然是来自战士的生活语言。刘薇与我合作的《连队生活歌曲》：早操歌、打靶歌、刺杀歌、投弹歌、擦枪歌、夜行军歌，是和战士一起摸爬滚打创作出来的，好多歌词是战士的原话。这组歌将连队一日生活、训练“歌曲化”。

歌为战士写，曲为战士唱，这是刘薇的口头禅。她以母亲情怀，与很多战士成了忘年交，关心战士、爱护战士。有的新兵怕苦怕累，她就偷偷地塞给人家一块糖，鼓励“下定决心，不怕牺牲，排除万难，去争取胜利”。有的战士家庭困难，她就寄钱、粮票给战士老家。她成了官兵的知心人，大家有什么辛酸苦辣的事都愿意找她去说。我们写出的歌词，她逢人就请教，有意见必改。特别是请领导审查，哪一级她都愉快服从。后来她儿子王晓岭当战友歌舞团团长时，她创作了歌词后照样按规定送审。她经常问连队官兵，你们需要写什么歌？她晚年的歌词创作，勇于创新，更上一层楼。她虚心向新人新作学习，积极与青年作曲家合作。她古稀之年仍主动与参战部队官兵一起坐“闷罐车”到南疆前线战地采访；离休后年近八旬还要求跟慰问演出队到内蒙古呼伦贝尔边防部队深入生活。她依然满怀激情地登上满洲里的哨塔，穿过加格达奇的白桦林，为值勤在额尔古纳河上的边防巡逻艇大队写了艇歌。这是她一生为诸多军师旅团创作歌曲的压轴之作。为了培养歌词新人鼓励出新作，刘薇连续3次捐出多年的稿酬，于1986年设立了首个“中国青年歌词创作奖”，经过十几年多届评选，推出了一大批当今已活跃在词坛的青年实力派歌词作家。

刘薇朴实、善良、谦和、稳重，是我国词坛公认的“老大姐”。她说话带笑，低调做人。她的丈夫、作曲家王引龙任战友歌舞团团长近二十年，刘薇从不干扰团里的工作，坚守一个普通创作人员的本分。谁家有了困难，她就为人家争取救济、补助；哪里有哭声，她也去陪人家连劝带哭。开会她不愿上主席台，领奖她总不靠前站。她经常对我说，搞创作主要是做人，当普通一兵，只有了解和理解了战士才能为战士写好歌。

刘薇于1984年作词、羊鸣作曲，由著名女高音演员王霞在央视唱响的《我幸福，我生在中国》，道出了刘薇的由衷之情。她18岁投笔从戎，至今已寿逾90高龄。在六七十年的戎马生涯中，一直献身于我国的军旅文化事业。她的一生本身就是一首呕心沥血、层出不穷、此起彼伏、永远不落的歌。同时，她闪光的足迹也铸成了一座不朽的丰碑。

自我于1984年离开战友文工团调到北京军区政治部文艺创作室后，刘薇老当益壮，她迎来歌词创作的第二个春天，相继出版了刘薇歌词专集《彩霞飞舞》和《刘薇作词歌曲选》，成为名副其实的著作等身的词坛名家。她是我军第一代歌词女作家，曾蝉联数届中国音乐文学学会副主席，国家一级编剧，专业技术3级，享受政府特殊贡献津贴。曾被选为北京市第八、第九、第十连续三届人大代表，被评为全国妇女先进个人、全国三八红旗手等荣誉称号。

2002年春节，我曾书写了一个条幅赠给刘薇大姐：“党的女儿女词家，火中凤凰蔷薇花。巾帼三八红旗手，人大代表誉中华。歌如其人真善美，德艺双馨满天霞。”

军歌嘹亮、辉煌永恒。刘薇，一位与时俱进的巾帼词家，永远行进在战士的歌声中。

（选自2015年2月14日《解放军报》）

壶中日月长

刘 创

他不在了，满地凄凉

若问曹秀清，这辈子记忆最深的事是什么，一件应该是与丈夫的生离死别，另一件就是当年蒋介石借给她500美元。

堂堂徐州剿总副总司令兼第二兵团司令杜聿明的家属，向国民政府借钱，这是否有点讲笑话的味道？

国民党军退到台湾后，杜夫人曹秀清把一对儿女送去美国读书。后来实在无力承担学费，她犹豫再三，打了报告给当局，请求看在丈夫当年立下赫赫战功的份上，资助杜家子女完成学业。意外的是，总统府只批了1000美元，还要分两年支付。

世态炎凉，曹秀清唏嘘着，把钱寄给了儿子杜致仁。谁知，和父亲同样性情刚烈的杜致仁，伤心之下居然吞药自尽，临死前连个告别电话都没有。

再过几天就是丈夫52岁生日，却和儿子的祭日撞在一起。默默安顿了儿子的丧事，曹秀清对着丈夫的衣冠冢念叨：“你死得早，我一介女流，连孩子都照顾不好，列祖列宗会让我进祖坟吗？”

衣冠冢立了6年了，足够让丰韵美妇沦为老朽妇人。曹秀清按惯例，靠着墓碑坐下，取出几碟小菜、一瓶陕西老家的太白酒。斟满酒，放在坟前，手指颤巍巍地去摸丈夫冰冷的照片。“你这辈子啥爱好没有，就是好喝两口。这酒，是我托人从几千里外带来的，你不是常说‘壶中日月长’吗？你能不能告诉我，这壶中的日月到底有多长啊？”

北京，那儿有真正的团圆

半年后，丧子之痛未消，婆母又过世。出殡当天，没想到蒋介石亲自出席了，相比分期借款时的冷漠，简直判若两人。

寒暄之后，蒋介石说明来意。原来杜聿明的女婿杨振宁拿了诺贝尔物理学奖，当时的台湾正值大力发展阶段，缺少人才，蒋介石想借助曹秀清，让杨振宁定居台湾。

曹秀清说，可以试着劝劝，但“兹事体大，杨振宁没到过台湾，不是一封信一个电话能说清楚的，我想去美国面谈”。

她顺利成行。在美国，她通过女婿的关系打听到，自己的丈夫在淮海战场被俘后，一直活着。他在抗日战场上的英勇表现得到了全国人民的认可，他还在积极撰写回忆录。

“妈，你真打算劝我们去台湾？别忘了哥哥是怎么死的。”

曹秀清望着女儿杜致礼的眼睛，坚定地说：“放心，我不过是找个借口出来。我就没打算再回台湾。我们回北京，找你爹去。在那里才能真正团圆。”

1963年，曹秀清终于拿到了去北京的机票，鬓发花白的她热泪纵横：“北京，等我。”

决胜局，赢的是爱情

俗话说“女大两岁，非显即贵”，看了媒人递上的八字，又找了同村的先生算过，1923年8月，曹万滋把女儿嫁到了杜家。

那年杜聿明19岁，即将从榆林中学毕业，听说广东黄埔军校招生，正跃跃欲试要投军报国。得知家里擅自给自己定亲，杜聿明说啥也不答应。

泼辣的曹家姑娘也反对父亲的决定，仅凭出生年月，就把自己的终生托付给了算命先生。也许是怀春之情，也许只是好奇，得知杜聿明喜欢下棋，曹秀清和小姐妹偷跑到杜家村，在村口槐树下摆上了围棋，声称十个铜钱一局。

这是杜聿明上学必经之路。太阳落山时，杜聿明打此经过，一个妙龄少女的棋局吸引了他的目光。手谈两局，居然一胜一负。求胜心切的杜聿明急着再下一局决胜，曹秀清却收了棋子，说：“天太晚了，路上不安全，我得走了。”

曹秀清的欲擒故纵之计果然见效，杜聿明涨红了脸，居然伸手拉她的袖子：“不行，定要决了胜负才放你走。”

一句话惹得曹秀清大笑：“着什么急，明天你放学，我还在这里等你。”

第二天，杜聿明急匆匆来到老槐树下，曹秀清已经摆好了棋盘，还冲了茶，说：“不急，先擦擦汗，就知道你一定渴了。”

少年讪讪地笑，从书包里抠啊抠，抠出草纸包得里三层外三层的烧饼：“吃吧，刚在路上买的，都这时候了，你一定饿了。棋还要下很久。”

他的细心让曹秀清面露红晕，像挂在老槐树枝头欲落未落的夕阳。那晚的决胜局，最终谁胜谁负已不重要，反正，两个人都赢得了爱情。

枝枝蔓蔓，壶中日月长

一边是双方父母捏着八字，苦劝孩子相亲结婚，另一边则是两个调皮的孩子瞒着父母，玩起了自由恋爱。

这时，邻家小姐妹已经不陪曹秀清来下棋了。怀春少女和钟情少年的故事里，只要有一棵沉默不语的老槐树陪伴就足够。

每晚月亮初升时，杜聿明送曹秀清回家。那条曲曲弯弯的三里小路不知走了多少回。杜聿明说家里定了亲，可他打算为国效力，哪有心情结婚。曹秀清停下脚步，望着他的眼睛。

“女家叫曹秀清吧？邻村的？”

“嗯，你怎么知道？”

“因为我就是曹秀清。”

半年后，杜聿明顺利考入黄埔军校。有同乡陕西靖国军总司令于右任的推荐，杜聿明一路顺风顺水，成为东征军中的一员猛将。老长官张治中称他和黄埔同学陈赓为“杜陈之佐，天下大成”。

军营条件太苦，书生出身的杜聿明患了严重的皮肤病，不得不脱离东征军，回家养病。此时，曹秀清已升入榆林女子师范学校，加入中国共产党，成了中共米脂县党委书记。

孙中山去世，陈炯明叛乱，北伐，随后蒋介石下野，张治中为避风头以考察的名义出走国外，杜聿明随之失业，带着妻儿老小，靠黄埔同学会每月20元的津贴勉强度日。

铁了心为国尽忠的中校团长成了无业游民，那是杜聿明最灰暗的一段日子。妻子也被开除中共党籍，二人成了没头苍蝇。

曹秀清在后院开了块地，带着蹒跚学步的孩子侍弄那些枝枝蔓蔓。晚上做好饭，她再烫一壶酒，对怔怔发呆的丈夫说：“早晚会有东山再起之日。有酒且图一醉。”

一年之后，张治中回国任第二师师长，重新启用杜聿明出任第二十五师副师长，家属可随军。驻守南京时，杜聿明挑了有庭院的小楼做官邸——他喜欢吃妻子亲手种的小菜。每晚他会在桌边坐好，笑容满面地喊：“来，秀清，喝一口，壶中日月长。”

此后，又是无数动荡的日子。

1949年1月，淮海战场上，杜聿明被俘。1959年12月，只差几天就是11年。拿到特赦通知书的杜聿明回头望了望身后的高墙，想努力站成标准的军姿。北京的阳光很好，远在台湾的秀清，你和孩子们，也还好吗？

特赦前，政府问他还有什么要求。老将军说：“帮我联系台湾的妻儿吧，我想吃她亲手烧的家乡菜。”

1963年7月，曹秀清终于飞到北京。1981年5月，杜聿明逝世。1984年5月，曹秀清跟随而去。

（选自2015年第21期《读者》）

雁石坪下有韩滩

梅　尔

这是个真实的故事，发生在六十年前修筑青藏公路的途中，是一个驮工和将军的故事……

一

韩娃子要掉队了，其实韩娃子两天前就要掉队了，虽然他很不甘心掉队，但他羸弱的身体根本无法跟叔叔哥哥们较劲，也无法跟这恶劣的高原气候相抗衡，于是他便越走越慢，越走越跟不上队伍了……

韩娃子再有四个月就十七岁了，四个月后也就过年了，他的生日正好是大年初二，是个村里人走亲访友的日子。一晃眼从家里出来已经快一年了，虽然这一年里几乎所有事情他都是听从大家的安排进行的，但他还是觉得自己已经长大了，有了很多的见识，也就是说见了不少世面。等公路修通后回到家，他一定要把这几年的见识讲给大家听，到那时他一定是村子里最年轻的见过世面的人。当然，他也是村子里最年轻的见过大官的人。村里的干部一年也就见两次乡上的干部，县上的干部几年也见不到一次。可他见过将军，那可是能指挥千军万马的人，说出来一定会吓死他们。每次想到这个，韩娃子就不敢掉队，也不想掉队，就咬着牙喘着粗气坚持着往前走。

他听驼队的伯伯说过，明年夏天这条路肯定能修到拉萨，到那时他们一定会带着大红花牵着各自的骆驼走进拉萨城。当然骆驼也会带上大红花，虽是牲口，可和他们一样吃苦耐劳地辛苦了近一年，四个蹄子别说脱皮，就是趾肚子都已经磨没了，有的骆驼骨头都已经白森森地露到外面了。与筑路大军一样，它们同样也是英雄。自从那个伯伯说完之后，韩娃子好几个晚上都没睡着觉，一直在想自己戴上大红花走进拉萨城时该是何等的英武，虽然自己瘦弱的就像落秧的黄瓜一样没长开，可他依然是驼队中的一员，而且是年龄最小的一员。他相信他要戴的大红花一定是最大的，大的能把他的整个胸膛遮住，大的能映红他的整个面孔。何况，能走到拉萨城里的骆驼有多少谁也不知道，他们出发时的几万峰骆驼现在已经不到一半了，并且还在迅速减少。他是听驼队的伯伯这么说的，骆驼正在迅速减少，每天要死几峰乃至十几峰骆驼。它们在行走的途中突然倒地，然后就没了气息，当然，有的也是慢慢卧倒，挣扎几下后便放弃了爬起来的企图，并且很快将自己放松下来，彻底地将自己的信念和肌肉放松下来，在寒风冷气中开始等待，忍受着饥饿和寒冷等待，等待，直到慢慢闭上眼睛，停止呼吸……韩娃子不知道骆驼在最后的等待中有没有思维，想不想它生长过的地方那娇媚的阳光，那丰美的水草……

他的骆驼还在，每天都能正常驮着货物前进，虽然脚力已经慢了下来，但走到拉萨应该没什么问题。他早就想好了，他要和骆驼一起昂首挺胸地走进拉萨城，并且要和骆驼一起戴着大红花。

韩娃子断断续续地想着这些，感觉自己的呼吸变得越来越困难，胸腔里的憋闷也越来越明显。他只好每走两步就停下来大口地喘气，然后再坚持往前走。

二

韩娃子是宁夏人，十六岁还不到就跟着一个表叔出来了，牵出了家里的两峰骆驼。当然，如果是让他自己牵出家里的骆驼母亲肯定不答应，可有表叔在。何况他们又不是私自出来参加驼队的，而是由政府征集的。听说国家要修一条通往西藏拉萨的公路，政府征集的驼队是专门给修路队和西藏运送物资的。这样一来母亲就放心多了，自从父亲死了以后，这两峰骆驼似乎就没有了多少用处，母亲原想也跟着父亲的一些熟人去参加驼队，可家里的孩子没人管，最小的妹妹才刚刚断奶，要撂在家里就太不放心了。把骆驼卖掉吧，又有些舍不得，总觉得全家人以后还要靠这两峰骆驼讨生活。只好先养在家中，打算等韩娃子再长一年了找个可靠的人带着去跑驼队。不想就在这个时候，政府来他们家乡征集骆驼，同时还征集赶骆驼的人。韩娃子的母亲便急忙给家中的两峰骆驼和韩娃子报了名。虽然登记的人对韩娃子家赶来的两峰骆驼极为满意，可对面黄肌瘦的韩娃子有些不太满意，犹豫了大半天后方才磨磨叽叽地给他报了名。当然这主要还有赖于陪他来登记的母亲站在旁边给工作人员说了大半天的好话。他母亲说了，孩子虽然长得瘦弱，但劲儿可不小，都快要赶上一个大人了。要是私人驼队她也不放心让孩子跟了去，可这是政府的驼队，她自然愿意让孩子跟了去，也愿意把自家的骆驼赶了来。一是要支持祖国建设，二是给骆驼和孩子找口饭吃。这些要求在新中国成立初期似乎再合理不过的了，加上说好话的女人又是孤儿寡母，他们自然也不好回绝人家，只好犹豫了半天后勉勉强强地答应了。韩娃子就这么成了青藏公路运输队中的一名驮工，并且是最年轻的一名驮工。

十六岁的韩娃子在整个运输队中很是显眼，虽然大家的日子过得都很苦，一个个都神情倦怠，可人家毕竟比他大，大多数都已经是成年人了，唯独他才满十六岁，加上由于营养不良而显得面黄肌瘦，所以在整个运输队中就显得格外显眼。

韩娃子知道自己年龄小，又从来没出过远门，对于外面的世界虽然充满向往，但因为没有任何外出经验，无论干什么都要跟在表叔的后面，吃饭、睡觉、行路，甚至连上厕所都要跟在表叔的后面。在他心里，表叔就是他的主心骨。可表叔在上个月得急病死了，死得特别突然，都没来得及跟他说一句话。他清楚地记得表叔死的那天，天冷得出奇，风雪就像是被惹恼的泼妇一样漫天漫地地胡乱飞舞，整个驼队就像蜗牛一样在风雪弥漫的高原行走着，行走着。忽然他表叔在风雪中发出了猛烈的一阵咳嗽，然后身子就像是没放好的麦捆一样慢慢地歪向一边，同时脑袋也耷拉了下来。好几个人朝表叔围了过去，他听到他们在呼喊他表叔的名字，并且听到一个长者说了一句“又走了一个”。刹那间他的心就像是被马蜂蜇了一下一样猛猛地疼了起来，并且很快便没了知觉。然后整个心脏就像是被冰裹住了一样不能舒展……

懵懵懂懂中处理完了表叔的后事，懵懵懂懂中跟着驼队继续往前走。他知道他的表叔走了，永远地走了，再也回不来了。从此之后整个驼队就没有了他至亲至爱的人了，他要跟其他队员一样了，一样地吃饭，一样地睡觉，一样地照顾好自己……

他这算长大了吗？或者说独立了？那他以后就是一个真正的男子汉了。如果只有表叔的死才能督促自己长大，那他情愿一直停留在长大前的那一段时间里，情愿一直是一个懵懂少年。情愿一直跟在表叔的后面。可这一切已经不可能了，表叔以后再也不可能庇护他了，他需要独立自主地去完成他的工作，完成一个驮工需要完成的一切任务。

韩娃子一边懵懵懂懂地想着他的表叔，一边赶着他的骆驼往前走。

三

大半年前，也就是韩娃子从家里走出来几个月后，他们来到了格尔木，一个有树木有水草的地方。驼队通知他们就地休整，好好睡觉，好好调养，然后就一鼓作气走进拉萨。

听很多人说，去拉萨的路要难走得多，不仅荒无人烟，还高寒缺氧，以及野兽的攻击。这些随时都有可能要了人的命。总之，后面的路要比前面难走得多，无论是天气还是行程，他们都会遇到意想不到的困难。为了能顺利走到拉萨去，所有的人都必须要休整好自己的身体。

韩娃子和他的表叔根据通知做了仔细而认真的准备，并且还写了一封信发给了家里。他们在信中写了他们出来这半年多的一些经历，还写了他们要即将踏上的征程，他们为要去拉萨而自豪着，而兴奋着……

出发那天早晨，阳光格外明媚，大家站在和暖的晨光中，等待着将军的出现。韩娃子站在最前面，左顾右盼着四周，想象着将军的模样。在韩娃子的记忆中，他见过的最大的官也就是村支部书记，因为村支部书记是村子里穿戴最整齐的人。在全村人中，也只有他经常比较悠闲地迈着八字步行走在村子里。像将军这么大的官，他别说见过，就是听也还是第一次。他曾经问表叔将军应该是多大的一个官？表叔想了半天后告诉他，将军应该比他们的县长还要大！韩娃子听了后乐坏了，他做梦也没有想到自己会见到这么大的官。这次跟表叔出来，可算是见了大世面了。就在韩娃子胡思乱想时，一个身材伟岸、面容淡定的中年男人走了过来，路过韩娃子身边时，他扭头看了看韩娃子问："多大了？""十八。""周岁还是虚岁？""虚岁。"韩娃子傻傻地看着这个人，声音怯怯地说。韩娃子不知道这个人是谁，但他感觉这个人应该是个领导，一个很大的领导。这个人听了韩娃子的回话后走过来帮他整了整衣领，和蔼地说："小伙子，往拉萨的路可不好走啊，要穿暖和了，注意身体！"说完，这个人朝前面的一个高台走去。这时候，韩娃子听后面有人悄悄议论说："这就是慕将军，是要和我们一起出发的……"韩娃子一听愣了，心开始"怦怦怦"地跳起来，激动得顿然间没了思维，后面的人在议论什么他一点儿都没听进去，慕将军站在那个高台上说什么了他也一点儿都没听进去，只觉得四周掌声一片，夹杂着此起彼伏的欢呼声。队伍在喧闹一片的掌声和欢呼声中出发了，韩娃子随着人流踏上了拉萨的征程……

四

寒风呼呼地，钻进衣缝里犹如刀子一般刺疼。整个队伍犹如蜗牛一样迎着寒风缓慢地向前移动着，移动着。在白茫茫的风雪中犹如一队艰难前行的蚂蚁，一点点地往前移动着。

夹在队伍中间的韩娃子脚步越来越沉重，眼皮也越来越沉重，头疼在不断加剧，整个脑袋像要裂开了一样地疼痛。但他没有告诉任何人，依然机械地迈动着双腿往前赶。他知道队伍还没有到休息的时间，他们还得赶完当天预计的一段路程。等到了晚上，队伍休息了，他才能好好地睡一觉。他觉得他好像在发烧，浑身冷得直打战，也有可能是穿得太薄了。总之，他感觉他的身体从里到外都是冷冰冰的，连身上的棉衣都是冷冰冰的。此时的韩娃子非常想家，想妈妈，想那面只铺了一条破羊毛毡的热炕，还想死去不久的表叔……

就在韩娃子胡思乱想这些事情的时候，忽觉眼前一黑，一头栽倒在了地上。

不知过了多久，韩娃子感觉自己好像有点清醒，不，应该说有点意识。他感觉自己好像躺在一个人的怀里，一个特别温暖特别温暖的怀里。这个人的面容黝黑饱满，好像在哪里见过，可在哪里见过呢？他却一点儿都想不起来，于是他便拼了命地在想，想家乡，想亲戚，想村子，想一路走来的一些驮友，可怎么想也想不起来这个人是谁。直到意识又慢慢模糊起来时他忽然想了起来，原来这个人是将军，就是那个在格尔木出发时给他整理衣服领子的慕将军。此时的慕将军紧紧地抱着韩娃子，将自己黝黑饱满的面孔贴在韩娃子的脸上，尽量想让他感觉温暖一些。韩娃子一时激动起来，他很想对将军说什么，可喉咙就像是被人勒住了一样什么话也说不出来，只好张了张嘴后将头歪进了将军的怀里。迷迷糊糊中他听到将军说：“我本来想等到拉萨时，亲手给你戴上大红花，可谁能想到你没能走到拉萨就倒下了。你才十七岁，连个名字都没有留下，从宁夏大老远地出来到这里，已经很勇敢了。今天我把你埋在这里，以后这里就是你的家。这片荒滩至今还没有名字，我就以你的姓氏为名，把它叫作韩滩。”韩娃子觉得将军说这些话时哽咽了起来，几颗泪珠接二连三地滴在了他的脸上，感觉冰凉冰凉。韩娃子的意识在这一瞬间便完全模糊了。

第二天，当太阳懒洋洋地从山背后出来时，雁石坪下面的那片荒滩上便有了一座孤零零的坟，坟前插了两块木板，一块木板上写着“宁夏韩娃子之墓”，另一块木板上写着“韩滩”两个大字。进藏的队伍已经出发了，他们迎着太阳继续前行，井然有序地从韩滩穿过，很多人都不由自主地朝这块墓碑行注目礼，有的忍不住会深深地鞠上一躬。

（选自2015年第10期《青海湖》）

抬头仰望

朱以撒

来到电梯口，已经有很多人在等待电梯的下来——这个高耸的写字楼人员密集，六部电梯还是显得不足。一位年轻人嗒嗒嗒地用食指点击着按钮，好像他这个急切的动作能使电梯早点下来。在这个充满人情味的社会里，唯有机器是没有人情味的，它行于所当行，止于所当止，按照设计好的程序运行，毫不理会焦急的人们。反而是他的这个动作，越发引人焦躁起来，目不转睛地仰望门上数字的变化，希望早点在自己的面前，敞开怀抱。

一架电梯问世以来，始终在做着直上直下的运动，反复无休，哪怕是承载一个孩童，也毫不懈怠。它不同于人们行路时常常要婉曲迂回，而是把距离拉成一条直线——再也没有比这种行走更为便捷的了。这也使许多人乐意等待。等待耗费的时间，上了电梯就补回来了。

好容易电梯来到了面前，随着门开，等不及里边的人出来，缺乏耐心的等待者已经拥了进去——这个小空间霎时比监狱还要拥挤，远远超出了规定的重量。于是电梯发出尖锐的声响——不愿意额外地给予负担。在里边的人的催促下，门边的两个胖子悻悻地退了出去。此时，重量在设计的数字之内，于是两扇门缓缓闭合，开始升空。电梯除了是个升降器之外，还是一个衡器，可以接纳更多骨感型的人，而对于杨贵妃，不会因为她是美女而丧失衡量的标准。我们对于机器的认可，就基于它的不偏不倚，无群无党。

几十个数字顺序排列开来，数字在此时显示了自己的力量——每一个人都必须记住自己去的楼层，按下、等待。所谓数字化，在这里与深奥的数学毫无干系，只是掌握生活中必备的几个数字而已。如果数字记错了，它就成了一个迷宫，让人迷失在这个层次分明的空间里，不知何所往。数字看起来十分单调乏味，只是它便于应用，一个人认识了简单的数字后，进入电梯，心头上就有底了。有一些在想心事的人随大流也走了出来，等到发现有异，电梯已离他而去，只好再次等待。这很像一个人的过程，有的很顺利，青云直上，有的则中途出错，此后就一直落人一程，再也追赶不上。这也使人乘电梯时不敢分心，抬头看数，从而顺利地到达目的地。记得清人金圣叹说过：“如众水之毕赴大海，如群真之咸会天阙，如万方捷书齐到甘泉，如五夜火符亲会流珠。”金圣叹那个时节没有坐过电梯，但他描写这么一种趋势，都是对目的地的强烈渴望，这和乘坐电梯没有什么两样。

先进来的一位时尚女郎，香水的气味瞬间弥漫了轿厢。接着又进来一位中年男子，正在一嘴轻一嘴重地啃着一个热气腾腾的韭菜饼子。韭菜的气味不甘示弱，一下子就和香水味搅成一团，让里边的人饱享了两种气味的巧妙结合。在这个城市，卖小吃的在一条街，化妆品在另一条街，气味各有界限，如今融在一起，没有人吭声，心里总是觉得奇妙。再说，他们自己携带的汗水、喘息，还有疲惫的呵欠、怨艾的情绪，也渐渐释放了出来。每一个人都把自己当成匆匆过客，也就不计较短长，静静地站着，毫无表情地看着变动的数字。每个人在写字楼里都守着自己的一摊忙碌，见面最多点头，从不打听，几年过去，他们成了一群非常熟悉的陌生人。

不少剧情是在电梯里展开的。通过这个上下浮动的空间制造惊险和浪漫。电梯的产生给影视剧多了一个道具——如果是旧日楼梯绝没有这般曲折的效果。追踪和寻觅是常见的情节——一个赶不上电梯的警员心急如焚，便沿着九曲回肠般的楼梯狂奔，与直线的电梯比速度。到了相应楼层，嫌疑人已不见踪影，于是拔枪搜寻。把剧情放在电梯里展开是有理由的，它从地下车库一直贯串到顶楼，电梯两边是千百个房间，房门紧闭。随着电梯运行，时间和空间同时展开，构成一个庞大的立体世界。一个人藏匿其中，若沧海一鱼，在电梯的变数中游移无定。这个剧情就复杂和有趣起来了。一无所获——往往是如此，那个嫌疑人已经逃之夭夭，捕捉者劳而无功，只好乘电梯落到实处，收队。如果没有电梯，只能在低矮的平房里展开，画面肯定乏味得很，平面的描述，总不及立体交叉更多刺激，是电梯实现了人在高处表演的可能。

电梯惊魂的事不时传来。一个人利用电梯，不是想快上，就是想快下，省去步履的辛劳。许多人千万次地上下，安然无事，有的人却被困在空中。偶然——我们往往会如此言说人生中的某些不确定性。事先毫无征兆，忽地发生，猝不及防。人悬浮在空中，仰望数字早已熄灭，内心就慌乱起来，许多不好的预感云集而来，在黑暗中失神失色。回想一个人站在南方潮湿而坚实的地面上，安详而平静。我喜欢赤足而行，地面所有的气息和凹凸，都由足底而上，爬满我的全身，一个人的体验和幻想，多是在地面上萌生的，因为此时心事懈怠、松弛，万象萌生。地面上的日子让一个人的底气增长了不少，被阳光照彻，说着很豪气的话语，做着高调的事。而现在悬于空中，虚的成分上升了，连呼救的声调里都带着长长的哭腔。人发明了飞行器，从实地飞升到了空中，说起来是人衍生出了翅膀。和一只鸟不同的是，翅膀不是生在两胁的，更不是靠自己调节的，那些从空中坠落到地面的人或物，都以开花的状态迸溅出来，这使我进入高空时都有一种不测的念头。电梯次飞行器一等，它稍稍使一些脾性，让进入它腹中的人们，在这个俗常的日子里变得格外不快。

在我常乘坐的一架电梯里，每隔一段时间，营销员就会来换上新的广告。我猜度这是小区物业赚取外快的一个门径——商机就是如此，连一个狭小的空间也钻了进来。由于空间小，广告就显得十分浓缩，以最简的方式来表达复杂的意思，让广告上的几根线条、几句话，进入乘坐者的脑海。电梯里的时间很短，也很无聊，于是阅读广告以排遣。这和乘飞机相似，行程无聊，就读航空杂志。人被空间限制了，就显得很无奈。电梯里的广告越发多了起来，甚至黏满壁上，使人进入之后，视觉上嘈杂起来。我喜欢毫无装饰的空间，色调柔和、质朴，不必有意添加。我相信有很多人，也如此，却无法阻挡越来越多的浓艳色调，人在电梯里，如在色谱中。浓艳之色比素淡更有力量——这是对视觉而言，它们勾走了人们的眼神，只要瞟上一眼，广告的目的也就达到了。素色往往隐藏在常人熟视无睹的事物当中，不会跳出来召唤。眼神的这种趋向不禁使我有些忧愁，素色中那些隐喻、暗示、象征，都被巧色直截了当地遮埋了。清雅的、阴柔的、冷清的，这些因素渐渐让人失去了关注，如同一个吃惯了浓酽食材的人，面对清淡，已经不能品味出它的鲜美。清人刘开曾说："藻绘沸腾，朱紫夸耀，虫小而多异响，木弱而有繁枝。"想一想电梯小空间，也就是世界大空间的缩影。

不少人有住在顶楼的乐趣。如果顶楼买不到，就向下推，希望在高楼能够远离尘嚣，看到地面上看不到的景致。这和我的想法正好相反，我大致选择在六楼与七楼，这个高度可以让我清晰地看到春日里枝条上新生的细芽，可以清晰地看到草坪的青绿。如果有兴致，我就不乘电梯，一溜小跑下去，或者轻松地走了上来。电梯的出现削弱了每一个人的脚力，以至于健走者少了，神行太保更是难觅。住顶楼的人，每日使用电梯的时间最长，对它的关注也就越明显——高层建筑成为发展趋势之后，电梯的品质就受到了挑战。就像一群马拉松选手，出发之前看不出善跑与否，直到跑了一个小时后，慢慢就显现出来。衡量电梯的品质就是让它作长时间的线性奔跑，最终那些品质不佳者理所当然退出市场。我们在衡量人与物时，通常就是以时间的长度和空间的广度。“道远知骥”——这句老话虽然没有什么新意了，还是可以作为真理的。电梯的一生就是奔走，就像行者徐霞客，一直要到双足俱废，才让人抬走。

旧日小区在设计时没有把电梯纳入其中，当时并没有意识不妥。人渐老迈，只好望地面而兴叹。即便勉强下来了，再返回楼上已全无能力。如果有电梯，坐在手推车上，轻易就到达地面，让朝阳的光明照遍迟暮的身躯。有好事者召集各楼商讨，让没有电梯的日子成为过去。出资的计算是很有技巧的，一楼二楼不同于三楼四楼，顶楼就更为不同了。计算不纯是数学的公式，还有许多生活因素被吸纳进来。电梯的进入改变了楼层的经济价值，有的提高了，有的降低了，尤其是高层，在买卖上显示了明显的优势。每个人都是生活上的数学家，几轮商讨下来，有人赞同，有人则坚决反对，以为原先状态最好。大凡一件事情没有全面规划停当，就像老僧碎补衲衣、医士合成汤药，生出许多败笔来。电梯显示了一种新的生活速度，还有这种速度带来的美感，譬如秩序、力度、数量，使人们在进入它的内部时，有一种解释的轻松。由于每一个数字的跃动都需要力度的提拔，这一笔开支就多出来了。对于经济拮据的家庭来说，电梯就是一个耗钱的主，不装也罢。那些住在低矮平房的人家，终日屡于平地。没有电梯，借助双足的慢行，双臂随之协调起来，美感生焉。日子里少了一种机械的依赖，也就持有了更多的旧日痕迹。

“一人得道，鸡犬升天”——这个关于淮南王刘安的事件，说明一个人有了上升的机会，决不会一人独往。一个住在高层的人家，他具有的乘坐电梯的权利，使他把一些和自己有关的品类，也一股脑儿携带上来，让它们面对幽深的下方，都呈现出一种俯视的角度。爱犬开始有些不惯，它灵敏的嗅觉来自滋润的土地，使遥远处的气味、声响，一一为它接纳，作出判断。它们在广大的土地上奔跑扑咬，一路尘埃漫起，然后各自回家。土狗的生活大多是散漫无羁的，生存在乡野的底层，也就浑身乡土气味，该叫就叫，不该叫也叫。高楼宠物很有一些是名品，金贵稀罕，每隔一段就要花钱做一番护理。本来就不实用，高楼上久了，对于气息、动静的察觉，似有若无。它们的祖辈凶猛骁勇，到如今渐渐转为畏缩、柔软，甚至见了人就退缩、失声。一条狗是凭借世上的气味回到记忆的，气味复活了它们以前的那个世界，现在它们回不去了。一些需要汲取地气的植物也跟着来到高层。主人一家去欧洲游玩，门窗闭合，待回来时已见一地落叶。当初它们在老家华滋的天井里是何等恣肆，枝条延展，绿叶婆娑。夏日来了，长势上还带了一点野性。升高的空间意味着远离地面的气息、温度、湿度，远离已是惯常的身心生活，这也使动物、植物的感受极不确定，渐渐苟且。事实是，即便飞鸟，也是适宜地面生长的，地面上有适宜生长的一切。只因为有了电梯这个神奇之物，让它们流连于高空。“高处不胜寒”，当年只是东坡居士的一个联想，现在，有过电梯经历的人，可以解说得更为细腻。

时光在上下之间悄然而逝。一部服役到期的电梯，不能自主去留。往往因为管理者的松懈，会让它继续运行一些时日。但是终了，肯定要换上一部新的。这很像一个春风得意几十年的人，还是要从高处退下来，落实在平地上，不再被人抬头仰望。

（选自2015年第9期《红豆》）

干娘在天堂

姚化勤

1

梦见了干娘，依然生前的模样，左腋夹本圣经，右臂抱个娃娃，身后跟着只带羔的奶羊。是去村西的小河边放牧吗？见了我，露出几多兴奋的神色，说：“孩子，你终于来了。走，先随我找个歇脚的地方。”

说完，转身沿着一弯小溪走去。履乱石，钻葛藤，穿过一孔岩洞，眼前豁然开阔，现出一片偌大的园林来。里面一树树的桃呀、杏呀、红枣呀……压弯了枝柯；浓郁的香气把落日也熏成了红脸醉汉。

采果的男女归家了，三三两两，隐入不远处的几多篱笆小院。而村口葡萄架下的一对老人，仍“车”啊“炮”啊，“将军”个没完。莫非要催他们早点儿收兵？忽然下田的老牛“哞”的一声，领唱得犬吠巷中，鸡鸣树巅，令人油然想起《桃花源记》的意境来。

然而，这不是诗人笔下的桃花源。干娘明确地告诉我：“孩子，天堂到了。喏，俺就住在村西头的小桥边。”顺着她手指的方向看去，我不禁惊讶得睁大了眼睛：那不是干娘生前的家吗？何时搬到了天堂？不！天堂应该是琼楼玉宇，是嫦娥起舞，是桂酒芬芳……怎么可能是眼前的景象呢？我迷惘了，环顾四周，咋也辨不清处身的地方。就有桥头木桩上的大字提醒了我：伊甸园。哦，原来我们走进了伊甸园！我猛地一激动，醒了。醒了的我再无睡意，眼前总晃动着干娘的影子。

2

干娘是我们村最早信仰基督的人，且信得真，信得纯，信得自己的言行如同圣经里的汉字，一笔一画全都周周正正。但她的命运却那样地惨！在我的记忆里，她几乎没过过一天好日子。年轻时，赶上勒着肚子“大跃进”的年头。三十出头，干爹便连病带饿，撒手人寰了。撇下两双儿女，大的才报名上学，小的正蹒跚学步，孤儿寡母的艰难已经可想而知了，何况又常常揭不开锅呢？或许，冥冥中真有神的护佑，干娘竟然拉扯着孩子走过来了——当然是从刀刃上走过来的。不过，她却走出了恐怕只有虔诚的基督徒才会有的感恩心。见了你，往往开口的第一句话：感谢主，让俺经住了“试炼”。她所经历的灾难不叫灾难，叫作“试炼”，是“主”对她的格外眷顾和考验。于是，她一步一感恩，“主”也一步一试炼，这样一步步，一直走到生命的尽头。

在她辞世前的那年春节，我回乡探亲，给她拜年。那时，改革已经过了24个年头，我的以茅草房、篱笆墙为标志的古老村落，早被新崭崭的红砖绿瓦取代了。彩电、四轮车也开始入驻一个个农户小院。但是干娘家仍然面貌依旧——三间黑黢黢的土墩瓦屋里，东间是干娘的卧室吧？一张铺满麦秸的地炕上躺着两个娃娃，炕前放着一口盛粮的大缸，缸盖上乱七八糟，堆着孩子们灰土土的衣裳。西间住着干弟两口子，和他们做伴的还有只怀胎的山羊。不能说没有丁点的现代化气息，屋中间吊着一只25瓦的电灯呢！不能说家徒四壁，屋里所有的家产变卖了，足够买只贵妇人的耳环呢！

干娘正和学会了烧锅的大孙女一起做饭，听到了我的声音，急急钻出烟腾腾的厨房，随手搬的凳子刚放下，床上的娃娃喊：“奶奶，尿——”她又慌忙转身奔向了孩子，却被门槛儿绊住了脚，一个趔趄，差点儿跌倒。目睹此景，我真的抑不住心头发酸，甚至蓦地想起了尼采的名言，也脱口骂了一句：上帝死了！否则，据说是万能的、主宰一切的神，会瞧着多少人间恶魔尽享荣华，反而让自己忠实的信众——我的干娘饱受磨难吗？要知道，她可是年近八旬的老人了啊！

然而，干娘对“主”的感情仍然火样的炽烈着。忙完娃娃，坐下和我唠话了：“孩子，啥时到家的？害你久等了。你兄弟不着调，一大早领着傻媳妇慌年去了，连羊都没顾得牵出屋。唉，不指望他们了。感谢主的恩典，赐给俺个大孙女能给俺帮手了。主爱着我们哩！孩子，可别淡了对主的信心。只要一心跟主走，将来准能走进天堂里……”说着，干娘一脸的幸福和憧憬，叠满皱纹的眼角间绽开了缕缕笑意，仿佛此刻她已置身于天堂中了。

3

我为干娘感到悲哀，疑心她是否患了“幻想症”，一直生活在虚无缥缈的梦中？因为，依我看来，干娘正由于信主信过了头，才导致了她的黄连一生。

譬如《圣经》里有条诫命：不许奸淫。她则更进一步，心似井水，连改嫁的念头也微波不兴。否则，干爹走后，她完全有条件赘夫入门，另组个家庭。那样，命运该是别一番景象吧？

即使这属于传统的为夫守节，在老一辈女性中算不上罕见，那么后来对待儿女的婚姻，她若不过于恪守"主"的道理，起码也不会像今天，耄耋残年了还穷着、累着、操劳着。

干娘千辛万苦，终于熬到了儿女们谈婚论嫁的年龄。幸亏大儿子、大女儿订婚时尚且大集体，乡村人家都穷得叮当响，很难分出个门户高低，他们也就享受到了婚龄青年的平等待遇。

到了二儿子，情况变了。随着分田到户和"万元户"的出现，姑娘们找对象开始挑肥拣瘦"相婆家"了，索要彩礼的风气也悄然兴起。因此，一些不够富的男方家庭，便东邻借台缝纫机，西舍推辆自行车，放在家里，专等女孩"相"时壮门面。善意的造假谁能指责呢？可那在干娘眼里无异于作假见证啊，违背了"主"的教诲，万万使不得！她对人总以实言相告，结果几个媒茬"泡汤"了。二儿子逐渐浪荡起来，三十好几才寻了个只会要吃要喝的傻媳妇。傻媳妇却一连生了三个并不傻的胖娃娃。于是，干娘又责无旁贷地做起了孙儿的"母亲"，刮屎洗尿，抱大搂小，还要牧羊挤奶喂孩子。可这又怨得了谁呢？

小女儿订婚时该接受教训了吧？然而，不！干娘的小女儿遗传了干娘的基因，漂亮、温柔，颇有古代淑女的风范，自然不乏追求的"君子"们，完全有条件待价而沽，捞一笔彩礼。可真正的信徒真的与众不同，干娘才不图人家的东西呢！她分文未收，帮女儿订了个家庭一贫如洗的高中生。男孩倒挺优秀，不久参了军，接着又上了军校提了干。哪料到提了干的他随之也提出了解除婚约！听到消息，连我都非常气愤，找到干娘，说："告他个陈世美去！妹妹等了他几年，误了订婚的时机，让他赔青春费。"要知道，当时"文革"刚刚结束，人们正清算形形色色的背叛行为，只要去部队反映一下情况，那个背信弃义者肯定会受到处罚，他要想保住声誉，继续攀升，咱提多少赔偿他敢不答应呢？而干娘却回答道："咱信主哩，还是祷告他悔改吧。庄户家的孩子，做官不易哩。"

干娘，我的有着耶稣般悲悯情怀的干娘，对谁都充满了同情，怎么就不想想自己的处境呢？谁可怜你了呢？——包括上帝！

4

也许，人有灵和肉两部分组成吧？像水，可以分解成氢和氧。干娘的灵魂一定从肉体中分解出来了，独立成别一种境界。她仿佛伊甸园中人，而且抗住了蛇的蛊惑，因此压根儿不懂得忧愁和烦恼，生活艰难到如此的地步，还照样开心着。她把传播主的福音、拯救人的灵魂当作自己的使命。

对于我这个干儿子的灵魂归宿，干娘当然更加关心。每每见面，总要再三叮嘱："孩子，醒悟吧……"可能如同我认为干娘生活在梦中一样，干娘也把我看作了"梦中人"。她哪儿知道，其实我一直醒着呢！而且，不曾忘记她早年给我讲过的基督的故事。可是，在一个崇尚"唯物"以至于物欲横流的社会里，作为"公家人"，不随从大众怎么行得通呢？而正是目睹了干娘的遭遇，我对主和他许诺的天堂也产生了疑问：主在哪里呢？为什么总"美人如花隔云端"，任凭蛇们为非作歹却不加惩罚；看着善良的人，尤其干娘一样的信徒饱受磨难又袖手旁观呢？生前的幸福不见踪影，身后的天堂岂不更加虚幻？

人生如梦，干娘和我都生活在各自的梦中。

5

今天，干娘又领我梦游了天国，是要我解脱烦恼，从此真心做个上帝的儿子吧？那么，我不应该再怨恨耶稣对干娘的不公了。

人生的天堂不就体现在"幸福感"上吗？金钱、地位、美色未必一定会赢得心灵的愉悦。可干娘却一直快乐着。这不能不说基督是真正的救世主了，他拯救了一个个信徒的灵魂，在干娘们心灵深处播下了信仰，也播下了真和善的种子，使她们在不管多么艰难的条件下，胸怀都充满着信仰的阳光，所以才能够终身向善，笑对人生。比起某些人前风光、背后流泪的贵妇富婆们，干娘走的的确是条通往天堂的路啊！

干娘辞世时，我没能在场。听说乡里教会给她做了安魂弥撒。她静静地躺在灵床上，面露笑容，神态安详。突然，远处传来隐隐的管弦乐声，她微微闭上了眼睛，像极了祷告结束时喊"阿门"的模样。人们传讲，那一刻，她被主迎进了天堂。

是的，干娘在天堂，我梦中的情景可以作证。

（选自2015年9月30日《周口日报》）

妹妹刘华北

王 飞

1941年初夏的某天，一个女婴诞生在太行山区老乡家的驴圈。

面对这个新生命，一对青年夫妇却怎么也高兴不起来。“百团大战”后，侵华日军对根据地进行报复性“扫荡”和推行“治安强化运动”，太行根据地进入了极其困难的时期。

“国难家愁，女儿生不逢时啊！”身穿灰色八路军装的男青年，高个子、文质彬彬，目光睿智而坚毅。“那怎么办？孩子太小了，经不起奔波啊！”孩子母亲问。夫妻俩商量后，给孩子起名“刘华北”，并决定把孩子寄养在八路军总部所在地附近一个麻池滩的小村。

麻池滩是个只有几十户人家的山村，刘华北被安排在彭双贵家里，女主人叫武巧凤。虽然他们已有一个4岁的男孩，但这对夫妻一直把刘华北当成亲闺女精心养育。

“当时我只有四五岁，有好多事都很模糊，但有关妹妹刘华北的事我还是能记些。”75岁的华北奶哥彭云生回忆，“华北活泼可爱，就像我的亲妹妹，我父母也非常疼爱她，有时我与妹妹争食吃时，母亲总是向着她。有一次鬼子来‘扫荡’，父亲牵着驮粮食的牲口走在前面，我背着华北妹妹在中间，母亲背着衣物走在最后。我走的太累了，身子一抖，妹妹从背上摔了下来，被树枝划破了皮。因为这，母亲可把我打坏了……”

1944年冬，很冷，天空还飘着雪花。这天，彭双贵、武巧凤夫妇起得特早，张罗着小华北的行李。早饭后，两位八路军战士带来一匹高头大白马，刘华北骑在上面，穿着奶娘做的红花小棉袄，眼里含着泪花。彭双贵安慰说：“华华不哭，我们等着你回来。”不善言表的武巧凤流着泪，把两个热鸡蛋塞进华华的小手里。“妹妹，你别走！”彭云生哭着跑出家门，使劲去追那匹白马，眼瞅着妹妹渐渐消失在风雪中……

刘华北被八路军129师司令部来人接走后，就再也没有回来过。

养育过她的奶娘武巧凤、奶爹彭双贵，只是默默地等待、等待，没想这一等就是半个世纪过去了。

为什么刘华北一走就是几十年，到底哪里去了？等得实在心焦了，彭双贵夫妇就写信给刘华北的亲生父亲刘伯承。收到回信，一个惊天霹雳迎面炸响——他们的华华“不在世了”！

彭双贵叔叔：

我叫刘雁翎，是华北姐姐最小的妹妹，你们给我爸我妈的信收到了，相片也收到了，望放心。爸爸妈妈年纪大了，身体又不好，他们住院了，我近来工作比较忙。妈妈让我替她写一封信给你们，她说华北姐姐虽然不在世了，但在那抗日战争的艰苦岁月里，你们帮忙照顾她，是很尽心的，很辛苦的，非常感激你们二老，今寄去20元钱，你们买些吃穿用的，以表我们不忘你们之心！收到钱后，请回信！祝你们全家安好！

华北的妹妹：刘雁翎

1978.3.12

这是刘伯承的三女儿刘雁翎代刘伯承夫妇写给彭双贵夫妇的信。闻讯后，武巧凤老泪纵横，多少次在梦里喊着“华华”醒来。

在刘华北被接走后的日子里，刘伯承夫妇一直记着太行老区人民，记着刘华北的奶爹奶娘，他们通过去信、寄钱、寄物等形式表达感激之情。但对于华北究竟是“怎么不在的”，他们始终没有给出明确的答案。毕竟，这是一个深深的伤痛，他们不想再去刺激亲人的心。

1981年武巧凤去世，1989年彭双贵去世。临终前，两个人留下相同的遗嘱：“一定要打听着华华是怎么不在的。”

1945年8月18日，只有六岁的刘华北在延安托儿所不幸被敌人暗害。

多年后，知道真相的彭云生，在父母坟头大哭了一场。

眼前的彭云生老人，满脸沧桑如同刀劈斧砍大山的褶纹那般，岁月的久远并没有冲淡他在心底深处对一个毫无血缘关系的亲人的怀念。一听到刘华北这个名字，他就下意识地念叨：妹妹，妹妹……

如今，老人时常徘徊在清漳河边，像在漫步又似乎是在寻找着什么：妹妹那一年是骑着大白马过的河，过了河我就再也没见过妹妹了……

（选自2015年9月3日《西安晚报》）

岁月河流上的码头

彭 程

一年的日子，仿佛是一条长长的河流，缓缓地、平静地流淌。每个季节，便是河流上不同的河段。自春徂夏，经秋涉冬，便是河水由上游至中游再到下游，次第流淌不息。水上风光，四时各异，春天活泼骀荡，夏天喧嚣匆遽，秋天静谧澄澈，冬天皑皑白雪覆盖了冰封的河面。

但这样说未免还是浮泛了些。须知天下的季节都是一样的，赤道南北，半球东西，当岁月之河从某一片土地上流过时，是什么使得它和其他地方的河流不同？是船上的风帆，是波涛的颜色，还是飘荡在水面上的歌声？

对于这一片古老的被称为华夏的我祖先的土地，时光有着许多呈现自己的方式。其中之一，便是借助一系列独特的民俗节日。这样的日子，镶嵌在一年三百六十多天里，使得原本混沌迷离难以辨识的一切，显现出区域和轮廓，产生了节奏和韵律。因为它们的存在，日子不再是物理意义上单调枯燥的数字，而变得生动、温暖，充满了情感和韵致。

被称为中国人三大节日的春节、端午节和中秋节，我们已经耳熟能详，且不去说。其他节日，名气虽然不如它们，但每一个也都有着丰厚的内涵和独特的魅力。让我们从时光河流的上游，解缆泛舟，漂向若干个这样的节日码头。

正月的背影刚刚遁去，煮元宵的香甜糯软尚在回味之中，便走近了又一个节日：二月二。“二月二日新雨晴，草芽菜甲一时生”，这个时节，阳气萌发，气温升高，降雨增多，土地变得润泽松软，适宜播种。对于一个有着悠久农耕文明传统的国度，这个日子无疑是重要的。“二月二，龙抬头，大仓满，小仓流”，许多地方都把这一天当作龙的生日，加以祭祀，期盼雨水丰沛。龙是中国人的图腾，龙降甘霖，昭示着丰收的希望。歌谣反映了先民对于自然力量的敬畏。那是一个天地无间、人神共处的时代，现实与想象相互交融，浑然一片。

顺流而下，河面渐渐变得宽阔，水流湍急。当岸边蒲苇繁茂、草木飘香时，时令就接近了七夕节（又名乞巧节或女儿节）。牛郎织女的传说，将农历七月七这天，装扮得温柔旖旎。这个晚上，未嫁的女儿家，要向织女乞求赐以聪慧的心灵、灵巧的双手以及美满的姻缘。依稀记得童年的夏夜，在姑姑家院子的丝瓜架下，表姐和邻居的姐妹们指点着，高远晴朗的天穹上，横亘南北的白茫茫的银河两岸，哪是牵牛星，哪是织女星，一串轻轻的笑声。正值怀春年龄的农家少女，该是被古老的传说逗惹出了某种迷离的情怀。这是中国人的情人节。一个浪漫美丽的日子，让人知道在这片以所谓实用理性著称的土地上，也有着那样的湿润、空灵、深邃和悠远。“两情若是久长时，又岂在朝朝暮暮”，它让人们知道了什么是忠贞的爱情，什么是生死以之、海枯石烂。

“独在异乡为异客，每逢佳节倍思亲。遥知兄弟登高处，遍插茱萸少一人。”吟诵着王维的诗句，菊花的清香在幻觉中徐徐飘拂过来，九九重阳节来临了。时为仲秋，天空晴朗高远，空气清冽干爽，让人心思沉静笃定。移舟近岸，将船缆系于丹桂树粗壮的树干上，拾级上岸，青石的台阶上足音跫然。这一天，要登临高处，插茱萸，簪菊花，饮菊花酒。遥想故土山水佳胜之地，定是亲朋团聚，言笑晏晏，唯独自己天涯羁旅，孑然一身，思之能不黯然？亲情惘惘，思念依依，诵之成诗。这其间的深情厚谊，岂是电子邮件、手机短信能够表达和传递的？现代高科技的利器，已经将窖藏百年的“佳酿”，稀释成了一盏薄酒。

继续泛舟漂流，渐渐木叶脱尽，霜雪时作，江天寥廓。然而尽管风景萧索，空气里却悄悄酝酿着一种欢欣，传递出一种暖意。腊八节，正在前方守候，依稀能够望见村庄里家家灶台的火光。古代庆祝丰收、感谢祖先和神灵、驱逐瘟疫的祭祀仪式，在农历十二月初八这一天，欢快登场。一年将尽，一度轮回，春节已经伫立在不远处了，但似乎担心人们一时无法消受那个盛大的庆典，便安排下一次预演，作为铺垫。腊八粥用多种粮食和果实熬制而成，糯米、桂圆、红豆、花生、薏米、松仁、莲子、核桃……这些大地出产的精微之物，鲜明生动地寓意了丰收。每年这时候，母亲都要自制腊八蒜，挑选个既大又匀称的蒜瓣，放进盛满醋的阔口瓶子里，等到春节时，蒜瓣已经被浸泡得碧绿仿若翡翠。除夕夜吃饺子时，打开瓶盖，浓郁的香辣味道扑鼻而来，让人垂涎。

清明节、中元节、冬至节……古老的民俗节日还有很多，它们的起源，都和土地、和农耕时代的生活、和先民朴素的梦想有关。在形成和流传的过程中，又渐次衍生出更为丰富的内容，仿佛村口一棵百年的榕树，向四周伸展出众多气根和分枝，独木成材，几乎遮蔽了数条街巷。这些节日，内涵丰富，意味深长，在计量时间的功能之外，还负载了灵魂的喜悦和哀伤，蒙披了一层温润柔和的光辉，仿佛月光笼罩下的一切。四季递嬗，岁月轮回，它们在时间的缓缓流动中闪现，使大地上飘荡着渺远的诗意。

如果说，岁月的积累形成了历史，那么，这样的日子的反复叠加，就是在参与一个种族、一种文化的构建。当它们千百年来，被这块土地上一辈辈的子民们，经由文字的或口头的方式代代传递，而逐渐累积成为一种公共记忆时，便也是在铸造某种民族的精神和文化的基因，使人产生集体的身份认同和共同的历史归属感。这是一种不露声色的渗透，润物无声，在我们懵懂无知的童年，已经潜移默化地进入血脉，左右了我们的思维行动的方式和路径。

今天，地球已经成为一簇簇的村落，被飞机、轮船、网络紧密地编织为一体，同样的汽车奔驰在不同大陆的道路上，同样的香水润泽着不同肤色的女性，电视荧屏上闪现的面孔，总是那几位走红的国际影视或体育明星。到处都是一样的东西，固然容易令人产生某种万物皆备于我的虚幻感觉，但同时又是乏味的。希望在习俗、风尚都日趋统一化和标准化的今天，每一片土地，每一个族群，都能够保持自己的某种特性。这是一种源于灵魂深处的祈求，有着人性的强大依据。

罗密欧手持玫瑰，在朱丽叶的窗下，用歌声呼唤心上人，固然深情款款，而张生、崔莺莺的绣帕题诗，暗诉倾慕，不也有着一份入骨的缠绵？正是这样独特的地方，让我们确立了自身存在的真实感。即使远离家国，置身于不同肤色、语言的人群中，在某个特定的日子，对于赛龙舟、包粽子、饮雄黄酒的共同的记忆和理解，会让我们相视一笑，莫逆于心。放眼望去，到处都能够发现相似的情形，在证实着一个个朴素的真理。犹太民族的总人数并不多，且散布在世界的各个地区，能够历经数千年的劫难而存留下来，并且为人类生活的众多领域作出了巨大贡献，与保持了本民族文化血统的纯粹性有密切的关系。安息日、赎罪日、逾越节、五旬节等，每个日子背后都连接着这个古老民族的悠久历史，应和了千万颗灵魂的跳动，涌动着一股强大的生命力量。

正是无数这样的事物的存在和汇合，使得世界丰富多彩。纪念它们，既是寻找每个民族自己的根系，承传文化的血脉，也是向人类文化的浩瀚宝库，贡献一份特色鲜明的藏品。

上元节、寒食节、灶神节……泛舟时光的河流上，每走过一段距离，船都要停靠一个景色别致的码头，加入一次风格独特的庆典。它们让旅人得到暂时的憩息，心中贮满诗意的沉醉，对于天空和大地、山河和岁月、生活和命运，生发出种种感悟。船在水面上轻轻摇晃，他因此而感到从容、安适，感到一种和这条河流、这片土地的脐带般牢固的维系，仿佛在记忆尚未形成的生命之初，在混沌的梦境里，安睡在母亲温暖的怀抱中……

（选自2015年第6期《黄河文学》）

麦收的味道与记忆

王　宁

麦收季节的味道

6月份的一个中午,站在办公室窗前,看着窗外被白炽灯一样刺眼的阳光照射着的马路,微风轻轻吹过摇摆不停的白杨树叶,似曾相识。想起小时候收麦的情景。

那天也是中午,毒辣的太阳在头顶烘烤着。独自蹲在麦田里,用铲子一点一点费力地抢着麦子。

突然意识到麦田里异常安静。艰难地站起来,舒展一下早已蹲得酸麻的双腿。环视四周,发现麦田里已经空无一人。心底突然涌起一股莫名地恐惧,之后一阵心悸。

在这广袤、空寂的天地之间,望着一望无际的、几乎要把自己淹没了的齐胸深的麦田,顿感渺小。

天与地像个扣得严丝合缝的巨大蒸笼,热浪蒸腾。满地熟透了的麦子,密密地挺立着,纹丝不动。时间,像凝固了。

偶有一丝热风掠过,麦浪随之摆动,发出沙沙的、刺耳的声响。

突然,一股含有泥土气息、混合着成熟小麦味道的热浪,从地面升腾而起,席卷而来,使人眩晕。

孤寂地站在田头,望着满眼焦黄的麦子,愁苦无助。不知自家的这块麦田什么时候才能收完。即使正在收割的这几垄,也不敢想什么时候才能到头。

陷入深深地绝望之中。

在麦田的那一头,有棵小小的歪脖子梧桐树。它的绿色,存在于满眼的焦黄之外,可以稍稍调剂一下视觉疲劳。它的阴凉,曾是坚持下去的唯一动力。

随着姊妹们一个个外出上学,家里的耕地越来越少。后来,父母也搬到县城居住,最后仅剩的两三亩耕地托付给邻居耕种,这才完全解脱。

但之后好多年,每到麦收季节,无论身在何处,都会在没有任何征兆的情况下,突然感到一股含有泥土气息和成熟小麦味道的热浪扑面而来,提醒着自己,麦收的季节又到了。

再后来,离家人、离故乡越来越远,这味道便感受不到了,即使到了麦收季节也茫然不知。

此时,这股带有泥土气息和成熟小麦味道的热浪再次袭来。于是明白,这热浪,即使不再经常想起,也永远不会忘记。它已经深深烙在心底,成为永远无法抹去的印记。经过时间的沉淀,已经升腾为麦收季节特有的味道,升腾为已有些陌生的故乡的气息。它就静静地蛰伏在心底,等你毫无防备的时候向你袭来。

麦收的一天

麦季是个过分沉重的季节。收麦是一年中最苦、最累的农活儿。即便是地道的农民,每年麦收也要脱几层皮、掉几斤肉。

对平时很少干活的学生来说,一个麦季下来,就像在炼狱里走了一遭。

那时,每到农忙,学校都会放麦假和秋假,家在农村的学生便回家帮父母干农活。

虽然没多大力气,又不会干,但,在收获季节,不管能干多少,都可以减轻点儿家人的负担。

在学生还没放假、麦子还未熟透之前,大人们就早早地把麦铲、镰刀之类的收割工具找出来,磨得雪亮锋利。待麦子熟透了,全家人,无论老人还是孩子,全部投入战斗。

五六点钟,天还没亮,孩子们就被家人叫了起来,睡意蒙眬地用凉水洗把脸,便迷迷糊糊地跟在大人屁股后面下地干活了。

渐渐地天色泛出些光亮。

火红的太阳慢慢从地平线温暖升起。

橘黄的太阳开始有些燥热。

一直到九点多,妈妈终于出现在地头,送来早饭。

这是盼望已久的时刻。此前已悄悄向村口张望了好多次。

看见妈妈的身影,我和妹妹们立刻扔掉手中的工具,雀跃着奔了过去,抢过饭篮。

其实,这种迫不及待并非完全因为饥饿,更多的是终于可以喘口气、借机休息一下了。

阳光在树叶间欢快地跳跃,全家人围坐在一起,说笑着,大口吞咽着刚出锅的馒头、窝窝,或者香喷喷的豆面锅饼、咸卷儿之类。这是一天中最愉快的时光。

吃饭的时间并不能耽搁太长。刚一吃完,妈就催促着起身。她说一会儿天就热,趁不热的时候尽量多干点儿。

果然,不大一会儿,白炽的太阳便开始吐出炙热的气息。日头说热就热。

中午的太阳更是毒辣。麦收时最痛苦、最让人无法忍受的就是中午毒辣的太阳。

刚下地时,收麦的速度还很快,渐渐地,麦铲钝了,双腿麻了,手掌发红发痒,人也渐渐疲乏,太阳更加毒辣起来。

天热时总是尽量低着头,把后脑勺留给太阳暴晒。

实在累了,坚持不住了,便站起来,伸展一下四肢。但一站起来,脸和胳膊就完全暴露在太阳底下。被太阳暴晒的滋味更不好受,又立刻蹲下。

渐渐地,蹲着的耐受时间越来越短,蹲下与站起的频率越来越高,心里的痛苦指数直线飙升。

被太阳烘烤着,极其痛苦地坚持着,一点点向前挪动着。等发现一望无际的麦地里空无一人,意志力瞬间崩溃。

午饭时间,可以稍微喘口气。但很快,马路上陆续出现拿着农具下地的村民。见有人出门了,妈开始催着出发。

从下午两三点,一直干到天黑透了、什么都看不清了才肯收工。等回到家里往往已是八九点钟。

虽然极其疲乏,但到家后并不能立刻休息。

爸爸坐在小凳子上,一下一下有节奏地在磨刀石上磨着白天用钝了的农具。妈妈则忙着做饭。

妈做饭虽不像她做衣服那样手艺精湛,当时可吃的东西也不多,但,她还是尽量变些花样,让筋疲力尽的家人多吃点东西,以保持体力,不至于麦季还没结束就被累垮。而烫碗炒面、炒锅花生,就是麦季的特别犒劳。

即使已经累得东倒西歪,我们也不能立刻上床睡觉,还要帮着烧火做饭。但等不到饭好,已经困得睁不开眼。坐在灶火旁,一边往灶台里填柴火,一边瞌睡得摇头晃脑。

饭做好了,被妈叫醒起来吃饭,这才发现,不知道什么时候躺在柴垛旁睡着了。

等睡眼惺忪地跨出厨房的门槛,深一脚、浅一脚地穿过整洁、宽敞的院子,走进黑漆漆的堂屋,摸索到床边,终于可以心安理得、踏踏实实地睡觉时,已是10点多了。

此时的村庄,没有了白天的喧嚣,显得异常静谧。全村笼罩在漆黑、沉重的夜幕中,沉沉入睡。

勇敢者的游戏

麦收,就是人们和老天爷进行的一场力量悬殊的抢夺赛。

收麦季节紧张而繁重,辛苦又漫长。从成熟收割,一直到打好场、麦子晒干拉回家,前后需要个把月时间。

整个麦季,收割的任务最艰巨,也最紧要。

家里真正的劳力只有父母和二姐三个人,自己顶多算半个劳力,妹妹们更难以指望。

三个半劳力,用最原始的方式,收割10多亩小麦,劳累程度可想而知。

麦子一旦成熟,就要抓紧时间争分夺秒地抢收,不敢有丝毫懈怠。

麦收的几天,如果一直是大晴天,麦子很快就焦了,稍微一碰,麦籽就会掉落在地。如果遭遇一场风雨,麦秆倒伏,麦籽沤在地里,这一年的辛苦基本上算是白费了。阴而无雨是理想天气,但概率很小。偶尔遇到一天,像中了奖一样高兴,一边抓紧时间干活,一边祈祷老天爷等麦子收完再下雨。

刚分到责任田的农民,个个爱地如命,惜地如金,辛苦种的庄稼舍不得抛撒一颗一粒,收麦基本都是用麦铲抢,因为麦铲比镰刀收得干净,地面没有麦茬,有掉下的麦粒和麦穗收拾起来比较容易。只是这种收割方式最慢最辛苦。

用麦铲抢,双腿要一前一后地蹲着,左手臂揽一垄麦秆在怀里,右手紧握麦铲把儿,麦铲贴着地面用力向前推,然后向前挪动一步,再顺势把抢下的麦子放在身后。这样一揽、一推、一挪、一放,便完成了一个完整的收麦动作。

整个麦季,都是这样机械不停地、成千上万遍地重复着这套动作,枯燥而劳累。

麦子一把、一把地抢下来,然后一抱、一抱地码到架子车上,再一车、一车地拉到麦场。

把麦子装到车上并不累,但也同样令人畏惧。装车时,针尖一样的麦芒扎进被晒得黑红黑红的胳膊上,刺疼。汗水淌过,更是痛痒难忍。用水一洗,马上留下密密麻麻的小红点儿,好长时间消不下去。

送到麦场的麦子,还要碾下麦籽、晒干、装进布袋,再一车车拉回家,才算完成任务。

麦子拉到场里后,小孩子们可以松口气了,因为麦场里大多是技术活和更加繁重的体力劳动,要以大人们为主了。

此时如果一直是晴天,麦子晒上一两天就可以碾场。若运气不好,碰到下雨,还要再重新垛起来。

然而，这样一垛一摊,又平添了许多繁重的工作量。

参加中考的那一年,学校没有放假,没能回家收麦。一场大雨,把爸爸累到住院。

麦子晒干后,妈便去请邻居帮忙碾场。那时是用驴子拉着石墩来碾,家里没牲口,只有找人借。

碾场时,碾场人——驴的主人站在齐腰深的一大片摊开的麦子中间,腰里系根绳子。绳子另一端系在驴脖子上,碾场人一手牵着绳子,指挥着牲口从里到外、从外到里,一圈一圈、不紧不慢、吱吱呀呀地转悠,一手高高地举着鞭子,时不时地在半空中画着圈儿,打出清脆的声响,告诉驴子:要老老实实拉套,否则鞭子就会抽到身上。

碾下麦籽后,用耙子扒去上面被碾碎的麦秆,用木锨把地上的麦粒收拢成堆,便开始扬场。

扬场是力气活,也是个技术活,里面有技巧,要使巧劲。扬场时要顺着风势,一锨、一锨地把麦籽高高扬起,抛出弧线,麦壳随风飘去,麦籽缤纷落下。如果此时天公作美,起点微风,扬场就会轻松许多,也会扬得很干净。扬场是爸爸的专利,至今仍记得一丝微风吹来时爸爸那喜悦的表情。

扬净的麦籽不能立刻拉回家,还要在麦场里晒上一两天,待麦籽彻底晒干、晒透了,再装到比自己还要高很多的长长的布袋里,一车车拉回家。

有时在路边,或者收过的麦地里,碰到撒落的麦穗儿、麦籽,就像发现了宝贝似的,立刻把它们收起来。回家后,用手掌搓去麦皮儿,用筛子筛去尘土,捡去土坷垃、煤渣等杂物。相对来说,因为收拾得不太干净,人们便叫它“脏麦”。

麦收后,妈妈会跟其他人家一样,盛瓢“脏麦”,让我和妹妹拿到街上,跟炸油条的人家换些油条,一家人高高兴兴地吃了。

村里多是回民,回民像过节一样,家家户户都要炸油香(油饼),还要挨家挨户地送,分享收获的喜悦。

吃油条,是犒赏,也是庆贺。吃完油条,一年的麦收才算真正画上句号。

（选自2015年6月19日《新华每日电讯·草地》）

华阴老腔

邢小俊

这一群人，似乎刚刚从田地里疲惫归来，在自家的院落里放稳锄头，把牛儿拴牢在槽上，身上分明还沾满了泥土的新鲜和芬芳。

他们静默地在那里歇息，或蹲或站，横七竖八，像一群姿势各异的泥塑，神情沉稳。身后，是大片的玉米地，更远处是连绵的像馒头一样的黄色土丘，丘与太阳平行，中间是死一样静寂。

“繁花似锦地，八水把城绕！”猛地，似乎天上滚过一声惊雷！一人啸起，满世界帮腔。

这些人像忽然惊醒的兵马俑，全都充满力量地扭动起来。从无到有，之间没有一点迹象，从无到盛，之间没有一点过渡——这小小的场地瞬间就蒸腾起巨大的势能，静谧的空气也立即变得燥热不安起来，先前困倦的世界突然变得亢奋异常，浑圆连绵的黄土沟壑似乎也被激活了，黄尘漫天……

吼叫中，扭动中，他们成了当年汉唐帝国的子民。青布裹头，悬汉罐烹调，独尊儒术，吼老腔自娱，显古国的荣耀和自信。

定睛看，他们手中分明操着家伙——自制的板胡、大号、手锣、勾锣、铰子、梆子、铃铃等乐器，粗糙、简易，却有力。那个精瘦的老头，没有乐器，却坐在那条四尺长的四腿木板凳上舞动着他的铜烟袋，像指挥着他的千军万马。

“太阳圆月亮弯都在天上，男人笑女人哭都在炕上……他大舅他二舅都是他舅，高桌子低板凳都是木头……天在上地在下你娃甭牛……”说不尽生活的简洁而厚重，命运的斑驳与苍凉。

“一颗明珠卧沧海，浮云遮盖栋梁才。灵芝反叫蓬蒿盖，聚宝盆千年土里埋……”说不尽的英雄落魄，明珠暗投。

“将令一声镇山川，人披盔甲马上鞍，大小三军齐呐喊，催动人马到阵前，头戴束发冠，身穿玉链环，胸前狮子扣，腰上跨龙泉……”一声吼尽千古事，双手对舞百万兵。紧锣密鼓的敲击，恍惚间髯口黑面的将军上了阵，刹那间，重现了金戈铁马的古战场，剑戟撞击，马蹄踏踏，尘烟弥漫，人喊马嘶。

你看，这些歌者，他们无一例外地全投入进去，容不得羁绊，容不得压抑，容不得委屈，容不得平庸！

人喊马嘶，眼光凛凛，气势汹汹，热汗纷扬……

他们似乎忘情了，发狠了，没命了！

他们似乎要挣脱、要撕破、要撞开！

所有人都在表现，所有人都是主角！

观者无不惊愕！小小的心胸无不被强烈激荡和震撼着。被俗世生活压迫而变得逼仄窄狭的心胸，瞬间开阔舒坦，英雄之气喷薄而出，恨不得挥刀催马与贼厮杀！

此时，领首者情绪愈发激烈，他仰天长啸，唱词激昂，豪迈奔放，像在倾诉，似在号哭。受到感应，那位蹲坐在板凳上的精瘦老人猛地跳将起来，疯了一样抄起板凳，抡过头顶，举起，举起，再举起，像竭力要用四腿长凳撑起天。板凳再放下来时，一手狠狠地摁着，腾出来另一只手，抓起一块惊木狠狠地击打板凳面，那令人惊诧的哐哐响声不啻惊雷轰鸣，围观者、帮腔者齐声吼叫。

拉坡号子冲破天，枣木一击鬼神惊！

观者的眼睛睁大了，头发竖起来了，额上的青筋跳蹦，视觉、听觉都在经受着最大的冲击和撕扯！

轰隆隆，轰隆隆，轰隆隆，千里的乌云万里的闪电，千军万马冲撞与撕咬，嚎叫，乞求，呻吟，大笑，哭诉，痛苦抑或快乐，悲欣抑或麻木，世界在战栗着……你已听不到了唱腔，你已看不见了人，你只感觉一团躁动的热量和能量在呼啸，在聚集，在奔突，在疯狂而执拗地寻找某一个出口……

不知过了多长时间，不知天底下发生了什么事情——像一阵狂风骤雨猛地刹住了阵脚，说停，它就戛然停止了，似乎什么也不曾发生过。

在它戛然而止的时候，世界出奇的静！

世界似乎毁灭过了，又似乎重生过了！

“姓姚，家住桃园桃花坞，人面桃花相映红……”

一耄耋老翁分开众人，走到人前，穿青衣，面容清秀，身材精瘦，吱吱呀呀，唱词寥寥几句，简洁而意味深长。

他描述的家在渭、洛、黄河交汇处，这里曾是重要的水路码头，千帆竞进，逆水行舟，千百纤夫，光膀赤脚，拉纤曳船，叩舷而歌——这些来自生活最本源的歌吟，散发出黄土地的激情、淳厚、豪迈。

人如蝼蚁，河流滔滔！他们世世代代站在这厚土上呐喊、啸叫，直起直落、宽音大嗓，这中国古代酣畅淋漓充满阳气的“摇滚”啊——好一个华阴老腔！

朝代更迭，人事兴覆！他们一茬茬出生、茁壮、老去，重归泥土，好一个黄天厚土啊——好一个华阴老腔！

大地却总是默然无语！以沉睡的姿态，吞噬一切，悲欣交集！

（选自2015年9月5日《人民日报》）

我和丈夫的饮食战争

王小丫

俗话说“民以食为天”，食物供养着我们的生命，给我们以力量，让我们走完各自的一生，一日三餐，我们不能不吃，不敢不吃，不忍心不吃，平常的日子要吃，人是铁饭是钢嘛，逢年过节，遇有重大喜庆日子，更是大吃特吃隆重地吃来宣泄自己喜悦的心情，即使悲伤时，也会有特定的食品来让我们寄托哀思，比如说粽子。我们一口接一口地吃过了五千年，修炼得越来越能吃，越来越会吃，于是吃出了博大精深的饮食文化，吃出了川鲁苏粤四大菜系，中国菜出落得人见人爱名满天下。不是有句名言吗——天堂里一定是中国人在做饭。

可茫茫十六亿神州，人才济济，各路英豪藏匿其中，偏偏有那么一小撮人，他们蔑视食物，粗暴地对待它们，把做饭当成一件恼人的苦差事，能把一切食材都做得很难吃。大文豪托尔斯泰曾说：幸福的家庭都相似，不幸的家庭各有各自的不幸。我认为这句话在这里可以改成：好吃的菜都相似，难吃的菜各有各自的难吃之处。我家老魏就是那种善于把各种饭菜都做得难吃无比的人。我认为这也是一种技艺，我把这种技艺权且称为：神奇的厨艺。

我早婚，想当年我十八岁奉病母之命嫁给老魏时，只知他面白如玉，笑带春风，并不知他还身怀此等绝技。我在和老魏结婚的前一天，还是一个跟男孩子比跳远，跟女孩子比扔包儿，没事儿能把狗追得像跳墙高手的疯丫头，对厨房里的事所知甚少。婚后长住娘家，偶尔在婆家小住几天，回娘家时，必会饿得眼放蓝光，翻箱倒柜寻找一切能吃的东西。我母亲心疼地问，难道你婆婆不管你饭吃？我心虚地支吾道：“怎么会，我可是他们的掌中宝。”

其实，我真吃不饱，我发现他们全家都不会做饭！我的婆婆大人，是一位事业型的强人，不会做饭似乎很说得过去。有一次，我俩煮最简单的面条，发现家里葱姜蒜皆无（这才正常)，我自告奋勇要去买，我婆婆说用不着那么麻烦，只见她从容走进自家菜地，摘下一只老茄子，麻利地撕下几条茄肉儿丢进油锅里，完成了她的炝锅仪式。婆婆大人只知道做某种饭的程序，并不去想为什么要这么做，这么做的目的是什么。煮出的面条味道可想而知。

婆婆不会做饭，公公只好热爱厨房，一家饮食全靠他打理。公公是个怀旧的人，一辈子买来的菜都是他从市场上精挑细选来的本地蔬菜（外地蔬菜从来不买），他牢记自己是汉族，从不吃牛羊肉，他只吃他小时候在父母家吃过的饭，没吃过的从来不吃，以免吃坏肚子，损害健康。他很喜欢我这个儿媳妇，用施展厨艺来表示对我的欢迎。公公是个走路如风，声音如钟，干事麻利的人，每个动作都带着一定的节奏，看起来特带劲。他做花卷时，面一般都发得很好，只见老爷子擀面，撒盐，刷油，叠面，剁面，再轻轻拧一下，整套动作流畅优美，透着劳动人民的勤劳质朴，让人感动。糟糕的是，拧完一下之后，他总是意犹未尽地再拧再揉再拍，据说这套手法也是他家祖传的。祖传手法蒸出来的花卷，死塌塌的，既不见花，也不见卷儿，样子很奇怪。

还有他老人家烙的大饼，吃时连嘴唇算上永远只有三层，吃着这样的大饼会感觉时光倒流，仿佛重新长出了尾巴，正坐在原始森林的树杈上啃着一枚坚果；还有我婆婆炸的肉丸子，我婆婆炸的肉丸子，永远像她的性格一样刚强坚硬，可以塞进枪膛，向敌人射击。大饼花卷肉丸子被我尊称为魏家三宝。后来我经常怀疑，如果老魏不是从小就吃着这么奇怪的东西长大，也许他的身高不会到一米七就停滞不前，也许能长到一米八也未可知。

我从此痛下决心，我一定要让我家的厨房四季飘香，让我的后代在美食的陪伴下茁壮成长。我复仇般地学会了很多菜式，包括母亲传给我的私房菜，从菜谱上学到的各种名菜，以及走亲访友时，用软磨硬泡威逼利诱等手段从各路人马处淘到的经典实用招数。我从此在厨房里变得得心应手，淋漓尽致，被我女儿奉为王大御厨，并经常无限感激地说，幸亏我生在你们家。

而我的丈夫老魏，他对饮食的态度依旧麻木不仁，宠辱不惊。每天一顿满汉全席不会让他感动，一连三天都吃清水挂面他也绝无怨言。对于老魏来说，上现成的班，干现成的活，守着现成的老婆吃现成的饭，过八百年如一日的安稳日子，就是他理想中的天堂，此生足矣。至于每天吃什么什么好吃有营养的问题可以忽略不计。而我是个好奇心旺盛，求知欲强烈，能从一片花瓣嗅出整个春天，浪漫到骨头里的人，如果按照老魏的章法过下去，无异于被他活埋。

年复一年，有两种场景会在我们家真实地上演。其一，我问老魏，今天给你包饺子吧，你想吃什么馅儿的？是呀，想吃什么馅的，这可真是个重大问题，老魏每次都要很认真地想上五分钟，然后一脸茫然地问我，现在这个季节都有什么菜？拜托老魏，现在四季不分，想吃什么有什么！老魏最后总是大手一挥，大度地说你看着办吧。说实话，每当此时，我都想自杀。其二，某日，我忽然心情大好，不辞劳苦地变出一桌好饭菜献给全家（我并不指望会得到老魏的赞赏，只希望全家能吃得痛快开心），这时老魏就会紧锁双眉一脸严肃地说，弄这么多花样儿干什么，有一个菜吃就行了，真是浪费！

我无语，想老魏这样的人，也许永远不会懂得吃的乐趣也是人生的一大乐趣之一。老魏你何时才能懂得，人生的许多事全在于享受过程之美，就像男女相爱并不全是为了繁衍后代一样？望着老魏不解风情的脸，我不禁产生了一个恶毒的设想——据说，每个人都会在人生的最后几天，忽然强烈地想吃某种东西，我想如果到那一天，老魏史无前例地用虚弱的声音跟我点饭，比如说吃饺子，到那时，我会把我有生以来最温存的笑容挂在脸上，然后用我有生以来最体贴的语气告诉他“亲爱的，饺子是没有了，只有剩饭，还是长了毛毛的，您就凑合着吃点儿吧”。我要让他从此牢记教训，看他下辈子还敢这么蔑视神圣的食物不！

我和老魏的战争在所难免。

初战有如初恋，不一定销魂，却一定难忘。那时年轻不免贪睡，某个周日清晨醒来，发现日已三竿，老魏在旁犹自酣睡，不免惊叫着下床，徐策跑城一般一路如风奔向厨房。因为我知道老魏虽然对吃很含糊，对吃饭的时间却毫不含糊。他说一个正经人家，就应该按部就班，有板有眼，到什么时候干什么事，就如同他年年毫无意外地当选为劳模一样。饭毕，已近十点，老魏刷牙洗脸刮胡子，剔完牙缝子又火急火燎地吩咐我做午饭。我强调刚吃完早饭才一小时，这么快又吃饭无异于受刑。老魏大怒，说什么时候不干什么事，这是什么人家？言下之意我若不照办，我就是败类，不在正常人之列。我望着老魏那张劳动模范的脸，忽然吓出一身冷汗——我怎么竟和这样的人混在了一起？我一时泪眼蒙蒙。不过，好女不吃眼前亏，明摆着老魏的四肢相当于我的八肢，他只需爱怜地在我脑门上来一个小小的栗凿，就够我足足疼上三天的。我还是委曲求全低眉顺眼地做好午饭，并举案齐眉很夸张地送到老魏面前。但我从此厌食，闻见饭味就恶心呕吐。那段时间，我像林黛玉一般倒在床上，每日里昏昏欲睡，喃喃自语。我觉得我的婚姻如同梦幻，老魏如同梦中巫婆。想到这样的人生还很漫长，我开始拿着刀片在自己的手腕上寻找动脉。又想，身体发肤受之父母，我怎能轻易下手？但又不能往老魏的碗里埋砒霜，因此只能净饿，我打算绝食到底。

在我绝食到第五天时，老魏的思想开始像春日阳光下的雪堆，渐酥渐软。他驱车一百多里，跑到一家很有名的烤肉店，买来十只我平时最爱吃的穆斯林烤羊腿，也同样举羊腿齐眉很夸张地递到我面前，脸上表情似哭似笑。我本已饿得连耻笑他的力气都没有，这时却挣扎着坐起，拿过纸笔，与老魏签下了我们婚姻生活中的第一份条约——《烤羊腿条约》。条约内容如下：一，在王小丫不想做或认为不该做饭时，任何人不得违背其意志，强行命她做饭。二，以后只要老魏在家，王小丫只管做饭不管刷锅，厨房卫生也归老魏一手打理。

我把《烤羊腿条约》钉在灶前的墙上，这样老魏在每次刷锅时都可认真阅读，以便不断加深印象。

两年之后的冬天，我被一场来势凶猛的流感袭倒，病势沉重，身体虚弱得要命，却偏偏饮食不周，我脆弱的胃需要吃松软的东西，老魏颠前跑后天天给我做鸡蛋，吃得整个人都快变成鸡蛋了。我想吃发面的菜包子，而家里没人会做，我又不想吃外面卖的，只好打发女儿出去要饭（是真要饭），从她姑姑家弄来两只白菜包子。我的亲人们在床边环绕着我，我一一看去，我粉嫩的女儿还不会做饭，我年迈的老母亲自从二十年前得过一场癌症之后，就逐渐退化，早已不会骑自行车更不会做饭了，只有老魏可以依靠，而老魏基本上什么饭都不会做。我端详着要来的菜包子，不禁悲从中来，放声痛哭。老魏忽然良心发现，扬言明天中午给全家包饺子。

第二天，全家都兴奋地期待着。也不知过了多长时间，在我们饿得欲仙欲死，灵魂即将出窍之际，老魏的饺子终于闪亮登场，我把一只白胖的水饺丢进嘴里，登时咸出两朵泪花儿……

老魏的良心再一次受到震撼，第二天驱车三百里，从古城保定运来一只传说中的宫廷烤乳猪，企图冲淡他失败的饺子。老魏永远都不会知道，我都病到这般田地，怎能吃得下这么油腻的东西。不过我还是一阵狂喜，趁热打铁乘胜追击，与老魏又签下了我们婚姻生活中的第二个条约《烤乳猪条约》。条约内容如下：一，老魏必须在一年之内学会十种最基本的家常饭，以保证王小丫生病时不至于活活饿死。二，以后打扫房间和院子由老魏负责，王小丫不再插手。

日子就这么过了下来。后来在我们连续不断的战争中，我们又陆续签订了《清蒸黄花鱼条约》《麻婆豆腐条约》以及《红烧海底松条约》和《凉拌海蜇皮条约》等，老魏在战争中被逼成才，竟也能做熟几种简单的饭，不过味道依旧不敢恭维。

现在我们都老了，人到中年的我们变得面庞柔和，脾气柔和，战争也柔和。最近女儿提议全家减肥，我想，老魏神奇的厨艺终于可以派上用场了。

这天午后，我轻移莲步，悄悄靠近老魏，彼时，老魏正两眼放光地观看意大利足球甲级联赛，时不时猛拍一下大腿，表示喝彩或惋惜，全然进入了自己的世界。我用手轻抚老魏多毛的大腿，柔情似水地说出了自己的心事，老魏正看到妙处，生怕打扰，听都没听就大手一挥说“行行，包在我身上”。

此后，老魏一直认为不留神中了我的奸计。因此，每当他怀着悔恨的心情做饭时，做出的东西就益发难吃，减肥效果就益发良好，一个月下来，我们都瘦了好几圈儿，包括宠物狗球球。现在我们有种身轻如燕的感觉，好像张开双臂，随时可以乘风归去。这天，我怀着感恩的心情总结了老魏的两大功劳：第一，可以节省时间。吃老魏的饭，你永远都不会产生流连饭桌的错误思想，既不会因为少吃了一口饭而遗憾，也不会因为多吃了一口菜而悔恨，人生苦短，我们可以节省出大量的时间来干许多更有意义的事。第二，老魏勤俭持家，饭菜以素为主，而且绝不提供任何零食，这样不仅节省了开支，还节省了资源，符合低碳环保的时代大潮流，为全家健康地奔向一百岁打下了坚实的基础，实乃全家之恩人也。

老魏对我的评价不置一词，过后抚摸着球球日渐缩小的狗头，不怀好意地说“真不愧是王小丫养出来的狗啊”。老球子忍不住一阵愤怒的低吼，老魏落荒而逃。

一个月下来，胖起来的只有老魏——他每天都要对付剩饭。

由于减得太快，我几近营养不良，脑瓜时常短路。一日晨起，见穿衣镜中立一妇人，眉清目秀，风姿绰约，大有似曾相识之感，仿佛她曾是我姐妹，或将来会是我姐妹。我对她嫣然一笑，她对我一笑嫣然，我俩眉目传情，对视良久，忽然同时悟到——我们是一个人呀！我顿时晕倒。

醒来已在老魏怀中。老魏说要不是我你早就没命啦 。我偎在老魏肥厚宽阔的肩膀，新仇旧恨苦辣甜酸一齐涌上心头，一时间竟无语凝噎。我在心中暗自叹道：“老魏，我彻底服了你。”

（选自2015年第8期《中华风采》）

坝 美 村

郭 伟

从云南坝美村回到北海已经二个多月了。而坝美那绝美秀丽的景色却总在我的眼前浮现,坝美那世外桃源般的风景,唤醒着我对她的记忆……

四月春暖花开的季节,朋友与我相约去云南看风景,在朋友发给我前往的地名中我第一次发现了“坝美”。云南虽说我没有去过,但我知道一些著名的景点,如:大理,丽江,香格里拉，苍山与洱海，等等。坝美村却不知是什么?一个村子能有什么名?却在前往的地名里。据朋友说:坝美是一个非常静谧美丽的“世外桃源”。然而我却心生疑惑,半信半疑。

早晨从广西百色出发,到坝美村时已是下午四时多,车在一处用铁丝网围住的停车场前停了下来,停车场边有处小木屋,小木屋的窗口挂着一个牌子写着“售票处”三个字。我用疑惑的眼睛盯着这个小木屋及房边的停车场,难道这就是“坝美村”?朋友却心中有数地从车后厢中取着旅行箱。购了票后随朋友朝坝美景区走去,没走几步就看见不远处停着几辆马车在等客。我们走到马车前,赶车人验完票后示意我们上车,马车的车厢说是车厢其实就是一个架子。我记忆中小时候随便坐过的马车都要比它好,从现代化的小汽车,一步又到马车,让我又重新体验到时光的倒流。虽说车厢不怎么样,而马却高大威武,马脖子上还挂着铜铃,马在碎石路上哒哒哒地走着,马脖子上发出的悦耳的铃声随着哒哒哒的马蹄声前行。

虽说路不好走,但沿途的景色却怡人,茂盛的绿色植物随处可见。突然就看见右手边一处小溪沿着我们前行的路蜿蜒着。从马车上望去,溪水清澈透亮,溪边上长满着五颜六色的花,不时有彩色的蝴蝶在花朵边翩飞,使欢快奔流的小溪更加迷人。马车在前行,越往前走风景越美,眼前不时能看见各种奇花异草及没有见过的绿色植物及树冠。正在观望就看见右手处小溪奔流的前方一处瀑布挂在我的眼前。我急忙从马车上蹦了下来,随行上海的朋友也忙和我照了相,只听深圳的朋友对我俩说：这些风景还不是很美,美景还在后面呢！会让你们拍个够。果不其然,再向前走去就看见了一处汪洋的小湖坝，湖坝上边是一座植被茂盛的大山,郁郁葱葱,和这个小湖坝遥相对应。小湖坝其实不是湖而是一个坝。从坝上望去,耸在眼前的山中大自然巧夺天工，鬼斧神工地雕塑出一处洞口,那洞口极像女人身体的某处器官,洞口处绿草丛生,从那洞中流泻出清澈的溪流。那些永远也流不尽的清澈的溪流是孕育生命的吗?我相信一定是的!

望着这一汪碧蓝色的小湖坝让我浮想联翩，我真是惊叹大自然的神奇妙笔。一些小舟泊在小湖上，工作人员走了过来，在查验了我们的票后一叶小舟划了过来。我和朋友鱼贯而入，小心地坐在了小舟上，小舟很窄只能一顺坐六人。我们刚坐稳小舟就划动了，站在小舟后撑船的是位青年人，头顶上还戴着一个灯套。小舟哗哗地在湖上划行，那汪清澈透亮的湖水随着小舟前行而远去。不多时小舟就划进了那个山洞中，洞中流水潺潺，不时有造型各异的奇石呈现在眼前，洞内静极了，只听见哗哗哗的划桨声及潺潺的流水声。小舟越往前划越黑，慢慢地没有了光线，这时从撑船的青年头顶上射出一束光来，不多时小舟在一处洞壁旁的雕塑前停了下来。撑船的青年问我们：你们猜这个雕塑像什么?我们向这个石雕望去，看到一人坐着，头戴一顶草帽，手拿一个鱼竿。我们问：这不是“姜子牙”在钓鱼吗？撑船的小伙子应声对答：是“姜子牙”在钓鱼。正在这时我看到从对面射来一束束光，远处听到对面划船的声音和说话声，不多时，从对面划过来几只小船。小舟继续向前划着，除了桨声、水声，还有我们的呼吸和心跳声，我从没有过乘一叶小舟在溶洞中划行的经历。小舟划行着，慢慢地我看见了一丝光线，这亮光离我们越来越近，越来越近。

当小舟划出洞口的一瞬间，我被眼前的美景惊呆了。我无从考证陶渊明笔下的世外桃源是什么样的，但呈现在我眼前的风景绝对是现代版的世外桃源。从洞口向外望去，一个自然的绝对不是人工雕塑的田园风光展现在我眼前，一处被大山围了一圈的山村，一幅大自然手中的巨幅山水画进入了我的眼帘。这处景色有山，有水，有小桥，有田野,有绿色，有青山,有古树、有翠竹，有碧水，有人家，真正是一处江南迷人的风景，大片的田野里一片金黄，一条清澈的溪流环绕在田野间，远处的山上绿树层叠，田野里黄的植被、绿的青菜随处可见，整个村庄被大山围着，所有出入的人及物品都要乘船及小舟从溶洞内出入。我们迫不及待地踏上了进村的石径小路。路边开着茂盛的紫色的花朵，那花朵呈三角形开放着，花蕊也是三朵粉色的株，正在痴痴地呆望，深圳的朋友走来对我说：这是三角梅。哦！原来这紫色的花朵叫三角梅？那紫色的花朵开得真美丽！向前走去，就看到一栋栋造型各异的农家小楼。朋友说：中央电视台边疆万里行节目专题报道过“坝美村”。对坝美村是这样介绍的：坝美村，一个呈狭长形的坝子，东高西低，四面环山，地形奇特。百余人家的壮族村寨坝美村，是坝子里唯一的村子。位于云南省省级历史文化名城广南县城东北部，距离县城43千米。多少年来，这一方水土滋养繁衍着这里一代又一代。从古到今，坝子里与山外的联系，靠的全是坝子东西两端那两个幽长深暗、流水不断的山洞。坝美村现有119户，600余人，全为壮族。据说两三百年前村民里的黄姓、黎姓汉族先祖为躲避战乱，从广东湖广府一带历经艰险跋涉，不知怎么的居然找到了这一小片与世隔绝的乐土。他们在这里开荒垦殖，辛勤耕耘，逐渐繁衍，并与原本就住在坝美的十几户壮族和山外的其他壮族通婚，渐渐都演变成了壮族，一代一代过上了自给自足、和谐平安的生活。坝美村是二十一世纪中国大地上罕见的“世外桃源”。我和朋友是踏着央视脚步的后尘前去坝美村、去看现代版的绝美的世外桃源。

走在坝美村的路上,我们在寻找着央视报道组曾下榻过的农家小院“望江楼”，终于找见了这个二层的农家小院。二层的小楼临街而立,高耸的瓦檐及木墙墙壁上雕梁画栋，一个木牌上书着三个红色的大字“望江楼”。牌子下的木框上挂着黄的玉米棒及大红灯笼,我三步并二步走到楼上,见有人上来,一位青年问我有什么事。我说：有住房吗？青年对我说:我这里住满了，你去其他农家乐看看吧！刚走到楼下，就听见一个人对我说:住我家吧,我家就在他们对面。抬头望去我看到一个横挂在墙上的木牌，上书“大榕树农家乐”几个字。我们一行随这家主人走进他家，谈好价，放好行力，便到了黄昏时。主人问我们吃什么。我们从他的菜谱中点了几样野菜和一只土鸡。主人说：是真正的土鸡，做好需一小时左右，你们可先去村子里走走。出了农家乐就看见远处村庄中央有个亭台楼阁，亭子下面就是那一处清澈见底的溪流，从远处望去非常诱人，那小溪潺潺地流淌着，溪边一位年轻的女人弯腰在洗着什么。小溪里三三两两的鸭子在游弋,不远处还有位老者在钓鱼，这么美的景使我不由自主地向那木亭走了过去。站在木亭上，望着清澈见底的溪水，溪水边洗衣的女人，不远处钓鱼的老者。还有四周环绕的青山、竹林、野花、绿树，此时正是夕阳西下。举目远眺红红的夕阳已隐在青山翠林中，缕缕红霞如烟似霞的飘在天上。叮叮咚咚，叮叮咚咚，远处响起了悦耳的铃声，循声望去从远处绿色田野的路上走来了一群黄色的牛，那叮叮咚咚的声音是牛脖子上发出的声响，真是一幅好牧归图，这一切都是来自坝美村的自然景象。向东望去村中央的一块场地上一些人在忙碌着，我走了过去，快走到时碰上也是一对旅游的男女，就闲聊了几句，得知他俩是夫妻，从广东深圳来的。问到场子中央在忙什么？男的对我说："这是中央电视台《相约》节目组，明天有个对话节目在这里举办，场地是在为《相约》节目搭台。"他们夫妻是专程来看这个节目的，已经在坝美村住了好几天了。原来如此！我说那些人在忙什么。

我们绕过场地，沿着溪水流淌的地方向前而行。一个小女孩紧紧地跟着问我："叔叔，你住宿了没有？要不要住宿？要住就住在我家吧？"我说："我们已经住下了。"小女孩瞪着双天真的眼睛又问我："你们住在哪家"？我对她说："住在大榕树下,你知道吗？"小女孩唉了声，说："我知道,下次来住我家呵。"我对天真的小女孩说了声好。我不知道还有没有下次，就是有真能住在她家吗？看来坝美村的孩子，已经有了经商的意识，不知是对这美丽的村子里上学的孩子是件坏事还是好事？

离开小女孩，继续沿着溪水走去，走不多远就在一片绿色的树丛中隐隐约约地看到了一个小湖坝。穿过树丛,眼前静静地呈现出一汪小小的湖。这湖泊是我们看见的哪个湖吗？怎么更清澈、更湛蓝？有哗哗哗的水声传进了耳朵。循声望去，就看见溪水的上游水面上泊着一只小船，小船上有一个人在打捞着什么？我拨开树丛，沿着小溪走了过去，就看见船上一个小伙用渔网在网鱼。船上的小伙子也看见了我，友好地向我招手打招呼。我对船上的小伙子说："能不能上你船上坐坐?"他听后对我说："可以。"我即招呼朋友过来，我们一起上了他的船。他对我们说：你们坐稳了，不要紧张。我划船到前面去拉网！船在水面上划着，四周一片寂静，真是青山无语，溪水无声，只能听到哗哗哗划船的水声。不大会功夫，船就泊了下来。船上的小伙子说："你们看，网在下面。"透过清澈的水面向下望去，就看见船下的网，网里的鱼。网拉了起来，然而网里的鱼不多，一会儿看见一二条网在网上的鱼，鱼也不大，手掌般大小。我问他："你网了多长时间了？"他说："几个小时。我们这里的鱼小，一斤几十元，很好吃，村里的农家乐吃的鱼都是从这条溪水里网的。"我又好奇地问他："你们这里是怎么被人发现的？"小伙子听后对我说："是几年前从外地回到村里的一个村干部，把我们坝美村介绍出去的，后来经过媒体的宣传及中央电视台的节目，我们这里才火了起来。我以前在外地打工，现在在家门口就可以挣钱了。"说到此时，小伙子又兴奋地对我们说："在坝美村，最具风采的应该是坝美河了，坝美河的美就是坝美坝子的美。坝美河在流经坝美村前的时候，自自然然地分流成了两条河流潺潺而行，不久便又会难舍难分地走到一起，一切都是那么无拘无束，一切皆是那样漫不经心。人们把这段河流叫作'鸳鸯河'，左为女人河，右为男人河。夏日的夜晚，在月光繁星的陪伴下，劳作一天的人们相约来到这露天的浴场，洗刷一天的疲劳，让‘鸳鸯河’的清凉河水把困顿的男人、女人带进恬静的梦乡。这就是坝美的美，更是坝美河的美。”是的，坝美村是美的，坝美村因这条河更美。

时间已不早了。小伙子用船将我们送到湖坝旁。我们向小伙子道谢时问他，要不要付费用给他。他笑着向我们摇了摇手，一转身，瞬间船已顺溪流而上。这时我们才想起“大榕树”农家乐里的美味的土鸡还等着我们。我相信那土鸡的美味，一定会和坝美村的奇美景色一样留在我们的记忆里……

（选自2015年第4期《乡土文学》）

1980：梦若磐石

无　为

一

那是年轻时代的事儿了。

那时候高考恢复不久，我读的虽说是乡下的初中，却算是个尖子生，由此就生出了“豹子胆”，要考县城里的平凉二中，竟然给考上了。平凉二中是重点中学。在乡里人看来，到平凉二中就读基本是大学生苗子了。我当时也觉得，自己的一只脚似乎已经从我们那个山沟沟里跨出来了。

到二中上学是我头一次进城。

最初那半年间，上课学习之外，我最感兴趣的一件事情就是逛街。我从就近的盘旋路开始，先试着往解放路走，再去新民路，后来一个人能摸索着到南门口和西门坡，差不多能摸索着逛完整个平凉城了。我还从伙食费里省出几角钱，进了一次电影院，去澡堂子里“扑腾”过一次，在泾河岸上溜达时，无意中还看到了谈恋爱的男女抱住亲嘴儿。

在学校里，我还很稀奇地发现，城里学生下雨天穿雨鞋打伞，衣服里边还有衬衣背心，鞋里头还衬着绣花的垫子，而我们村里和我一样大的毛头小子，当时连裤衩都没的穿。记得有位同学请我到他家吃过一次饭，当时他父母给我碗下面垫了一个好看的塑料垫儿。当时我就想，城里人咋过得这么讲究呀。说起来真是惭愧，虽说和我一起住校的同学，大多也是家在农村的，但他们家里不是有人在村里当干部，就是有人在城里当工人，像我这样，靠着爹妈土里刨食的并不多。城里的生活，令人新鲜却又倍觉艰难。每顿饭我连五分钱的洋芋丝都吃不起。我们喝的汤，是炒完菜的大铁锅里倒进一大桶水烧开的，上面漂几只油花儿，差不多就是刷锅水。这汤是不要钱的，而且不常有，遇着了我就把肚子灌得又鼓又圆。一次有消息说，有一匹死马躺在城外的泾河畔上。我和一些住校生就提了刀具寻过去，卸下条马腿找地方煮熟美餐了一顿。事情传到了班里，与我同桌的城里的女同学，立马捏着鼻子哭喊着不跟我坐了，说是死马身上有病，只有野狗才吃这东西。那个时候，我这位乡下娃恨不得找个老鼠窝钻进去。

这样的一段城里生活，让我的“豹子胆”反倒增大了不少。

小的时候就听村里人说过，农村就像煮熟的一锅捞面，那些筋道的面条都被公家捞走了，然后把他们变成了干部呀工人呀解放军什么的上等人，让他们享福去了。剩下的那些捞不起来的烂面条，就变成了咱们这些在土里刨食的庄稼汉，长年受苦受累，还吃不饱穿不暖，过熬煎日月。听了他们的这些个牢骚，我不由得唉声叹气。我常常在夜里把被子蒙在脑瓜子上，幻想长大后在城里当个工人，在乡里娶个漂亮媳妇，每年回家过年时，肩膀上背上几大帆布提包，迈着八字步朝家门口走，让一村子的人都瞅着流口水……我知道这想法是不能对外说的，有人会笑我“癞蛤蟆想吃天鹅肉”。我却想，就算是“癞蛤蟆”，也比“土鳖”强，好歹还知道朝天蹦跶几下呢。

二

“五一”过后，父亲来城里给我送了一次伙食费。父亲那时候是生产队里的丁壮劳力，他出门时虽说换了件新些的衣服，可还是敞胸露怀的，一副下地干活的架势。父亲在操场上喊我的小名，猫啊狗啊的扯个嗓子叫个不停。在同学们没听明白前我的脸已经红了。当他们知道是叫我后，都戏弄和讥笑我，我的头就抬不起来了。当时我们住校睡的是通铺，父亲到我的住处转了一圈儿，刚进门时笑眯眯的，说是这房住着就是比窑好，进去后脸色就开始不大好看，出门后就把我一通训斥，嫌我把家里带来的一条新花布床单不折起来铺，而是散开铺到了其他同学的身下。

父亲进城其实是要给我谈一件重要事情的。他先问我班里能考上几个大学生，我说按每年的情况看，大专以上能有四五个，中专能考七八个。父亲问我能不能考上，我说离那个畔儿不远，就是乡下没英语老师，弄得现在有些掉队，下功夫学上一年多差不多能考上中专。

当时中专毕业就能分配为国家干部。父亲听完接着就来了一句:“那就别念了吧。”

我一下子愣住了，明白父亲的意思后，额头上当时就冒汗珠子。

后来我一直很后悔，怪自己不聪明，心想当时为啥没有吹个牛，说自己考个大专是小菜一碟呢！这样的话，我后来的路或许就通向了金光大道。家里一下子有了几十亩地，父亲兴奋得每天都跟多喝了几碗老酒似的，嘴巴子也变得能说会道起来。他给我讲了他不让我再上学的理由，说是这事儿既然跟要钱赌博一样没啥把握，就还不如回家种地来得实在。说是现在家里搞了土地联产承包，一大堆活儿没人干。说如果是以前，高中毕业回乡，弄不好还能推荐上个农大，上不了也有希望混个公社的半脱产干部，或者碰个煤矿森林招工啥的，也能吃份儿商品粮，实在不行爬到村队干部，也能端上个轻巧饭碗。又说现在招工人都是儿子顶老子班，跟养猪一样，都成了传槽子，公社干部全变成了饿狗，大队和生产队也都塌火了。我觉得父亲的话不对，是农民没有文化和眼光的表现，可又拿不出道理来反驳他。

三

一放暑假我的心里就忐忑不安。回家后看到，两个小妹妹早已经辍学在家了。

小妹之间相差一岁多，一起上一年级才没几天，名字还没学会写，怎能不念书呢？父亲看到我的态度，显出一脸的不满，就气呼呼地说：“你来当这个家看看？”

我有些不服气，可家里眼前的境况，的确是让我再没法说出话来。一头牛拴在父母住的窑里，几只羊夜里在我睡的炕旁边打呼噜，犁地时父亲和他窑里的牛并肩爬行在地里。母亲说，土地承包后，家里七口人分到了半头牛，两只半羊，还有山塬二十多亩地。卖掉了一家全年的口粮，又东凑西借，才把一头全牛和三只全羊牵回家。母亲又说，没有牛圈羊圈，可以先跟人在一个窑里凑合一下，可几十亩田地东一条西一绺地摆在好几个山头上，又没了拖拉机，全靠肩挑背扛，靠他们俩哪能侍弄得过来。还说我和弟弟养在学堂里，啥忙也帮不上。大妹虽说能当帮手，可马上就是人家的人了，两个小妹能认出自个儿名字也就行了，不回来当下手，这耕种割碾一大摊子农活儿谁干呢？我听完只能瞅着妹妹们叹气。接下来就甩开膀子操起农具疯狂地干活，恨不得一个暑假能把一年的农活儿干完，好让父亲能打消让我退学回家的念头。

我们家在陇东的草峰塬上，塬地少山坡地多，耕种艰难。以前生产队里集体劳作，除过牛倌羊倌外，也就三十多个丁壮劳力，出山劳动就像是一群麻雀爬到了大树上，听着有些动静，却很难看到踪影。这年的暑假却不同了，满山遍野到处都是人影儿，其中多是娃娃们的嬉笑声。由于分到各家的牲畜多为半个一个，犁地下种时凑不成对儿，就有了夫妻二牛抬扛，父子驴驮马牵的稀奇事儿。虽说是人暂时干上了畜生的活计，生产也有些往“刀耕火种”倒退的架势，可农民给自家干起活儿来，心气儿是绝不比早先“农业学大寨”那场面差的，只是没插红旗没架高音喇叭罢了。到了地里，才发现劳动的大半儿人手是辍学的学生。就连十岁出头的耍娃娃，都赶几只羊在山坡上嬉闹了，还有不少适龄儿童，干脆也不进学校门了。问起为啥不上学了，他们都和我爹是一个说法。而且还笑我不会算这个账，都起哄耻笑我进了几天城，喝了几天洋墨水，把脑子给喝潮了。

四

离开学剩三天了，父亲还没有给我学费的意思，而且在前一天夜里出了远门，看来是让我磕头都找不着庙了。

我急得偷偷哭了好几次，母亲看到后，睡觉前坐在炕头上给我说话了。她告诉我，父亲步行到几十里外的姑姑家借钱去了。说这次如果借不上百儿八十的回来，家里就没法再买一头牛回来，也没法跟分来的那头牛配成一对儿犁地，冬麦下种的种子和化肥也就没了着落。又说，村里的娃娃多半都不上学了，大些的女娃娃都急着找了婆家，嫁过门的也有好几个，都为的是收几个彩礼钱解困。母亲还叹息说，村里接着要分没承包完的山坡地，这些地都是曲里拐弯的，丈量起来账很难算，现在的人都自己顾自己，家里没个有文化的恐怕得吃冷亏。

母亲好像还要说什么，沉默了半天，终于还是没有说出口，叹着气回自己窑里睡觉去了。

夜里我失眠了，家里的境况一幕幕在眼前过电影似的。吃大锅饭的时候，由于我们兄妹五个吃闲饭，父母拼着浑身力气挣工分养家糊口，就吃尽了苦头。现在按人口分地，到手的三十亩田，连接起来的话，能占半个山坡。眼看好日子要来了，可缺人手缺牲畜缺农具缺种子化肥，不要说致富奔小康，来年的生活都成问题了。以前社员劳动，扛个铁锨或锄头出门就行，现在土地承包后家庭成了生产单位，麻雀虽小五脏得齐全。有在外面挣工资的人家都没太多的困难，村队干部大多都留了些后手，到头来还是我们这些老实疙瘩没了指望。这个时候我还去念那烧钱的书，不是太自私了吗?

第二天一早，我咬着牙对母亲说：“我不念书了。”

我那时候的伤心是没法用言语来形容的。

有位著名作家说他失学后，牵着牛经过学校门口时没勇气抬头往里看，我失学后干脆不去校门口，多年来也不和当时的同学交往见面。后来我经常做辍学的噩梦，有时还会哭喊着醒来。现在我年近半百了，有时还有这样的梦境，醒来后常常苦笑几声，又不免一声叹息。

那年的秋天，好多农村学校的教室都空了大半儿。校长老师上山扒洼地找，将学生往回劝，也没劝回去几个。我想我们一个乡的父母们可能都被饿肚子的日子整傻了，他们似乎忘了土地里只能种粮食而不能种金子，他们更没意识到有比自家那几十亩承包地更宽广的天地。

五

学校都开学了。我的一些同学还是去了学校，这让我眼热而气闷。郁闷之余，倒也有争脸的时候。那是我跟随父亲去参加生产队里的后续分家。具体来说，就是分配一些不起眼的坡地林地，还有些树木柴草农具和公用物品。几十户人家在一个锅里搅了几十年的勺子，值钱的家当没有多少，折筷子烂碗总是有一堆的。亲兄弟分个家还时不时打得头破血流呢，几十户人家分家能容易吗？父亲一生性格软弱而固执，犟牛尽挨冷皮鞭，所以母亲就把这次不吃亏的希望，寄托到我这个“有文化”的儿子身上了。我虽说是跟在父亲的身后，说起话算个账，还真如诸葛亮刚出山一般，今天想起来还心存得意。父亲就像得了良相的“刘皇叔”，底气足了好多，腰杆子也挺直了不少。

其实，当时只有十七岁的我，虽说肚子里有了些墨水，对眼前的事情还是醒不过闷儿来——一些“成份”不好的人开始态度蛮横，让把平整地块分给他们，说是他们老祖宗留的，不答应就骂祖宗三代。大姓家族的老人们也站出来护犊子了，说话竟然比工作组还顶用。乡村开始没了王法，山野里的大树，一夜之间就没有了影儿，公路边上的成年老树，没过个把月时间就变得稀稀拉拉。营务了多年的大队林场，没几天就被剃成了光头，据说那时候来盗伐的贼，一拨儿一拨儿碰面了还相互借火点烟呢。马车牛车拆散了，机井电磨倒塌了，梯田全挖倒了土塄，灌溉用的水管都抢了个精光。许多农民重新下深沟挑水，推石磨磨面了。想当年我们生产队出钱出力出粮，帮相邻队里通了电，谁知道轮到帮我们了，却赶上了承包，竟没人再管了。后来差不多十年里，村里的几十户人家，都是点煤油灯过日子的。几十年吃大锅饭，好歹也还有个摊子呢，这下可好，一夜之间就糟蹋成了烂摊子似的。

先前割“资本主义尾巴”时，没收了好多农家门前窑后的树木。我家的几棵大柳树被没收了，生产队修粮库时砍伐下来做了房梁，一搞承包粮库没了用场，被几户腰杆儿硬的人家低价买走了。那些没收后还没来得及砍伐的树木，这时候也就自动“平反”了。队里曾经想把这些树木按公产平分给各户，可树主提刀要拼命，也就不了了之了。家里为这事儿愤愤不平，父亲还想跟他们拼刀子。母亲说我有文化，让我找公社领导打官司讨公道，还鼓励我说，能把那几根大柳树钱讨要回来的话，马上就给我盖房娶媳妇。我往乡上村上反反复复地跑了好多次，可没讨回一根柳树的枝条。父亲又怨我“书白念了”，我气鼓鼓地和他争竞，说，还没读到打官司的书，你就不供我了。

六

初冬时节，争争吵吵的“分家”和一年庄稼的营务都结束了。我开始每天赶着几只羊，迎着冰冷的北风，在向阳的荒坡上溜达。羊迈着慢步认真地吃草，我仍蹲在崖根下认真地看书。一起的放羊娃们问我：“看这能开飞机吗？”我说：“能开汽车。”他们就瞅着我笑，那意思我明白，你连自行车都没有一辆，吹吹。那时我还没读过《陈涉世家》，不知道什么“燕雀鸿鹄”之类。被笑话了，虽说道不出啥豪言壮语，倒也没臊眉耷眼，躺在荒草坡上，还是琢磨着有啥办法能逃出这个山村。咱家手上虽说有了几亩地，可就凭家里那几个人，肩扛牛耕地弄事情，最多也就填饱肚子罢了，想要跟城里人的生活一样，或者是像课本上说的实现农业现代化，就是白日里做梦了。那个时候，还没兴起外出打工，农村这一锅面条，能捞走的只有当兵这一条路了。当时南疆正在自卫反击，收音机里整天都讲这个。我听了几次广播后，心里的热血突然沸腾起来了。十月份征兵的风声一来，我心里就有了一个念头：参军当兵。没几天这种念头就变得很冲动，冲动得像一头刚放出栏的牛犊子，谁也别想拦住。

听到我的打算时，父亲就恶声恶气的，明摆着是不放我走。说是混着穿两套黄军装，回来了怎么办？媳妇都没个着落。母亲也哭哭啼啼地不愿意，她听到收音机里整天播打仗的事情，怕我一去丢了性命。邻里亲戚也劝我别去，说从古到今哪有家里老大出去当兵的，说就算被公家捞上当个大头兵，碰上这茬口准得上战场，就算没送命，还得复员回来修理地球。说得我母亲的眼泪流了几长行。这时村里一位老教师来我家串门，听了这事儿就劝母亲说：“自古富贵险中求，这娃脑子灵光，出去当兵或许能闯出个好路子。”母亲这才不哭了。

这年十月底我参军入伍了。为了入伍，我把年龄报大了一岁。初检时我心跳紧张，血压偏高，复检前我听了一个“偏方”，为此偷偷地喝完了一大碗醋。

我想保卫祖国是光荣的事情，或许还能给自己寻找一条出路。就算是上战场牺牲了，那也是英雄，也比在山沟里营务这二亩地有出息得多。

七

当兵走是母亲和弟弟给我送的行。临行的前一夜，是睡在武装部铺麦草的水泥地上过的。汽车开动时母亲拉着车门不松手。路上接兵干部分发面包，说没定量，可以随便吃。面包都能随便吃，这真是神仙过的日子了。只要吃不发愁，好好努力一定会干出点名堂来。

军营在宁夏黄河灌区，早晨头伸出墙头能看到女人蹲水渠边洗脸。新兵训练很苦，管束很严厉。一次休息的时候，我拿出高中课本看，班长问我看这干什么，我说想考军校。他问我高考多少分，我说高中没读完。他一把夺过我手上的书就扔了好几丈远，说高中没毕业能考个鸟儿。我当时就哭了。副班长悄悄给我说，班长高中毕业入的伍，连考两年都没考上，前两天刚把一箱子书隔墙扔到了营房外面的河沟里。

家里来信，笔迹是弟弟的，口气却是父亲的。先是骂我太愚蠢，改大了一岁当了兵，便宜了那些够年龄的，多种了两季庄稼。说我父亲心太急，冬麦种得太早，地上冻前就拔节出了穗，一场暴风雪来就成了一地枯草。我听着心揪，就把刚领到手的八元津贴费全寄回了家。弟弟来信问我在部队干啥工作，我怕他们不懂，就说干的是电影《永不消失的电波》里发电报的那个活儿。村里人知道了，有人说这活儿好，不用上前线。我母亲听着就很高兴。又有人说这活儿和美帝能说上话，弄不好就抓起来了。母亲知道我生性好奇又胆大，就经常偷偷地哭泣。

这时候部队正兴培养军地“两用”人才。战士们都争着学当打字员厨师电焊工，我却报名学养猪。吃饭时连长问我你真学这个？以前没喂过猪？我说家里穷，连猪都没见过。战友们听到就在旁边故意学猪哼哼，问我是什么的鸟叫，我说好像是狗叫，他们就笑喷了饭。连长就瞅了桌子上一盘荤菜感慨地说：“日子都太苦了，真还有吃过猪肉没见过猪走的兵呢。”说还真没人教这个，只能自个儿去团养猪场去学了。我一听高兴得偷着乐了好几晚上。其实我是撒了个谎，我学养猪是假，想凑去团里高考补习班听课是真，因为这个班就开在团养猪场的草料库里。我早早地去帮着铲猪粪清猪尿，然后就凑在后面旁听。我觉得又在平凉二中上课了。旁边的猪哼哼，曾让我忍不住在心里说，平凉二中的小子们，你们哼哼了吧，让你们小看我！求饶呢！说完自己也忍不住咧嘴笑了起来，不知道为啥竟想出这一句。

父亲还是隔三岔五来信劝我退伍回家，还威胁说再不回来给他帮忙，家里就只好先给我弟弟修窑庄娶亲了。我回信说不要管我，我回去了睡寒窑当光棍。

1983年年底，军区突然要办教导队，有高中学历就行，毕业合格就提干，还发中专文凭。我是报务班长，打硬的奖状有好几张，立马成了选拔对象。政审干部问我为啥考教导队，我说家里尽是山沟，种田填不饱肚子，上教导队为提干，提了干淘厕所也成。人家听了，说我这个没理想。连长就训斥我说："你这兵优点是实在，缺点是太实在。"他帮我说了一箩筐好话，才过了关。

八

一晃三十多年过去了。我不敢说干成了什么事情，可躺在故乡枯草坡子上做的梦，倒好像"圆"了——先是从教导队毕了业，提了"干"，也算是成了被"公家"捞出的一条"筋道"面。到转业时，肩上的中校军衔也扛了好多年了。2004年，我从部队转业后走了"自主择业"的道儿，定居南国滨海城市北海，也有了一份属于自己的事业。父母也曾被我接来小住两年，衣食应算无忧，生活称得上幸福。

去年我再次回到故乡，眼前的情景恍如隔世。

父亲走路腰弯成了九十度，母亲手抖得饭盛不到碗里。聊起家里的生活，只说是以前肚子饿，现在吃得饱。在乡下做工程的弟弟也显老态，说过几年他随儿女进城住的话，我再回来就不知道该进谁的门了。我听了不由得后背一阵发凉。到几个妹妹家去，门上都挂着锁，听邻家说是进城当了保姆，外出打了工。村里人烟不多，鸡犬少鸣。守着种地的人，竟然大多是当年跟我错前错后辍学回家的那一批人。问起生活，都和我父亲一样的口气：政策好得很，白面馍馍尽饱吃。问起种地的成绩，都指着村里说，修旧窑挖新窑，又修土房盖砖房，现在都空着成了摆设，又给城里的儿孙凑买房钱，一辈子净弄这事情了。问种地又累又不赚钱，为啥还要死命地种，都说是打工太老，等死太早，不干这活儿再没啥干头。问起种粮为啥不嫌钱，都说是粮价太低。还反问我说：你当过干部，听说还有文凭，你说说咱们穿开裆裤的时候，生产队里的粮食不够吃，黑市上麦子一斤就要卖五毛钱，现在改革开放了几十年，麦子怎也就顶多卖个一块多，可我们乡里人要用的东西倒都卖成了天价啦？我说咱当过干部没错，文凭也是真的，可这事儿还真不知道。我劝他们出去找个轻松点儿的活，强比种庄稼。他们就打哈哈说：干长了就有些丢不下这些柴柴草草了，就像你们当官的舍不得那官位一样。还有些话里似乎含着一股子怨气，说嫁出去的女人都想娘家呢，你们这些走了的人，就不想老家？我说想。想了这不才回来的嘛。

那么都像你一样屁股一拍走了，咱们这村子不就没了？

我喉咙里突然有些噎，半天了没再续上话来。

回到弟弟的屋里说这事情。弟弟说别说人家了，你去把咱们老爹劝住我就算你本事大了。我这才知道，父亲多年来一直是瞒着我，种着别人撂荒的十多亩山坡地。听说有一年他全种了麦子，收割时节腰病犯了，躺在医院里动不了，家里人都轮着守护。那年大旱，阳坡麦子也就亩产二百斤，雇人收割打碾，工钱远比粮钱高，还要受折腾。家人亲戚就劝让丢给养羊的当草场，落个人情算了。父亲却要死要活地出钱收了回来，据说倒贴了好几百块。我到家后很生气地问父亲为啥要种，没吃没喝吗？父亲说他见田地爱得狠，见撂荒了就心疼。说电视上讲的，他们城里人连野狗都牵回家喂，他把没人管的田地侍弄侍弄犯了哪条法了？我说那也不能弄亏本的事情啊！他一听更来了气了，扯着脖子上的青筋训斥我说："人老祖辈的，谁按亏盈种庄稼？账都算得那么精，都不种了，你们城里人吃啥？"父亲的脾气真是越老越大了，黑着脸发猛火，把我弄了个大红脸。

这次回乡，因为爹发的这一通火，弄得我失眠了好几个夜晚。

原来，在乡亲们的心里，我们这些拼着命侥幸逃离的人，是有了某种罪过的。

人生多不过百年，好些人都向往"天堂"。我们这些从山野里爬出来的人，骨子里向往的还是故乡。

如果真的有灵魂，百年后我们的灵魂一定是回归故乡了。而未来的故乡会是荒山野岭中野兽出没的一片废墟吗？这事儿以前从没想过。

（选自2015年3期《中国作家》）

团　圆

宁　雨

那饺子真好看，像一群洁白的鸽子，扑棱一只、扑棱一只，从姥姥的手上飞出，落在圆圆的葶秆盖帘上。

姥姥包饺子的规矩，要从盖帘外缘一圈一圈挨着往里放。到中间的圆心，用两片剂子包一个圆圆的馅盒子放进去。这样，一盖帘饺子才算收拾停当。

我愣怔怔盯着姥姥棺材后边那个素白的花圈。一朵挨一朵纸扎的白花，也是密匝匝一圈又一圈从外往里排列，最中间，却是一个白底黑字的“奠”。

灵旁，人影绰绰，屋外，人声嘈杂。

“咕呜——”“咕呜——”透过嘈杂的人声，空中有鸽子在呼喊。鸽子对伴侣的呼喊总是那么深沉凄切，给人的耳鼓撞出一种撕裂般的疼。

“二才，赶快去找木匠做块灵牌，得给你小锅大伯请灵牌。”族长高亢的声音，顿时把一院子的嘈杂压了下去。

1

小锅，是姥爷的乳名。

除了族长，姥爷的乳名，村里没几个人知道。就算大号郭秋甫，也没几个人知道。现在，姥爷那茬人走得差不多了。

姥姥，人称“喜她娘”，灵位上则写“郭府齐老太君”。姥爷那茬人的女人，娶进门就没有了自己的名字，随男人名号称为“某某家”。我却从不记得有人管姥姥叫“小锅家”，她的长辈和同辈，都叫她“喜她娘”。喜，是母亲的乳名。

那一年，姥姥24，姥爷才21。姥爷离家抗日去了。一去56年。

娘说，姥姥和姥爷的婚姻，全凭媒妁之言。

姥姥的爹在东北行医、跑小买卖。姥姥的娘，是大家主儿的闺女，过日子有娘家人接济，闲时还会有挂着銮铃的大马车接去娘家小住。身为长女，姥姥年少时，没受过半点委屈。

姥爷却不行。虽顶着郭秀才之孙的名分，但秀才爷早早就作古了。别说爷爷，爹和娘，也早早撒手人寰，只留下姥爷和他的姐姐、妹妹，以及古稀之年的秀才奶奶。17岁少年，背负着一个稀松二五眼的家，把姥姥娶进门。

姥姥23岁，生了娘。娘出生的前一年，抗战全面爆发。

1939年麦收之后，娘半岁多，已经长出几颗乳牙，除了吃奶，也能吃下些嚼碎的食物了。娘长得欢眉喜眼，人们都说，真是小锅脱了个影。亲戚本家、邻居街坊都待见娘。姥爷也待见娘，却没工夫稀罕她。姥爷在外边忙，白天种地，晚上开会。家里的事都靠给了姥姥。

有一天，姥爷破天荒没去外边忙。吃过早饭，他到街上溜达了一圈，返身就回来了。在果子瑞的铺面上，他头一遭出手阔绰地为娘买了全套麻花、烧饼、大果子。回家，从姥姥怀里接过自己的女儿，又是亲，又是逗，还把麻花嚼碎，一口一口喂她，那耐性，也是破天荒。连秀才奶奶都说，呵，看我这孙子兴的，这是太阳打西边出来了。

太阳没打西边出来。第二天，姥爷却不见了。他参加八路军，跟着队伍走了，一声没吭，就走了。

临走，他托了村里管事的，也就是我们的老族长，把300斤米票转交到姥姥手上。300斤米，是村里发给一个抗日青年家属的补贴。

河对岸泊庄，鬼子修了岗楼。

“鬼子快进村了。”姥姥脸上擦了锅底灰，头发搓上掺着黄土的柴火屑，怀里抱着她的独养女儿，跟随乡亲们朝着相反的方向奔逃。

“鬼子撤了。”姥姥抱着孩子回到村里，跟妇救会的人一起，半宿半宿做军鞋、缝军袜。

姥爷有信儿来：队伍从太行山转回来了，驻蠡县鲍墟，要鞋一双，最好连夜送到。亲手为姥爷做一双鞋，根本来不及，姥姥粜了几升粮食，买了鞋，央求村里脚力好的壮汉给送去。

这是姥爷唯一，也是最后的家信，口传的。

姥姥没有跟随送鞋人去鲍墟。前邻后舍，都骂她傻。我姥姥后来也悟出了自己的傻。我懂事以后，姥姥还多次讲起。“唉，我那时候怎么就那么傻呢。豁出来把孩子撇给老奶奶看着，赶他一宿夜路，也能走到鲍墟呀。”每次，她总是这么结束她的讲述，叹一声，又咻咻笑一下。“咳，谁知道他回不来了，还以为去去就回来呢。”

娘9岁，肃宁县已经解放。秀才奶奶去世，姥姥却买不起棺材葬埋。纵是最便宜的柳木棺材，也买不起。

有叔伯婆婆婶子帮着出主意，姥姥一个头磕到老族长跟前。族长似乎无动于衷，他慢腾腾从藤椅上站起身，摸到里屋，窸窸窣窣地翻找什么。好一阵子出来，手里攥了一张发黄的毛边纸。族长抬眼皮撩一眼跪着的姥姥，慢腾腾地说：“起来吧，叫上小喜，我领你们娘俩到县政府讨口棺材。”

这一次，姥姥手里又有了一张米票，是500斤的。500斤米票，没出县城，换成了葬埋秀才奶奶的木棺。族长手里的毛边纸，是姥爷的阵亡证明书：烈士郭秋甫，1942年牺牲于抗日战争，地点为山西省右玉县龙须沟。证明书上扣着八路军某部的大红印戳。

从1942年到1947年，这张阵亡证明，已经在族长手中压了整整5年。

族里老少爷们儿，有人挺身而出追问族长，为什么一直瞒着小锅牺牲的事。族长理直气壮：“还用问，我怕喜她娘出门走呗。她走了，谁伺候秀才婆？啊，你们说说，谁伺候？她真走了，一个家不就塌了。”

“出门走”就是改嫁。这是我家乡无数丧夫女人走过的路。1947年，姥姥32岁。她为秀才奶奶养了老，送了终，却无比坚定地选择了守寡。

很多人劝姥姥，朝前迈一步儿。好心的婆婆婶子说：“你这么守着，什么时候是个头儿？”姥姥的娘也劝：“你这个情况，迈一步儿，不丢人。”

姥姥主意很正，坚决不走。姥姥说：“不是有人怕我出门走么？我才不走呢，我就守着烈士证过日子。我倒要试试，他死了，我们娘俩能不能堂堂正正混出个人样儿。”

2

我出生时，姥姥刚51岁。

51岁，多么温煦的年华。可是，我印象中，姥姥又干又瘦，稀疏花白的头发，梳成一个小发纂儿，一身毛蓝布的斜襟褂子缅裆裤，完完全全旧式妇女打扮。

后来，姥姥自己回忆，32岁到50岁那段时间，她有多一半的日子在生病。先是腿疼，在地里干一天活，饭也不吃就赶紧躺到炕上，那腿疼得扛不住，一宿一宿地疼。后来，又添了怪病，肚子胀得像一面鼓，连肋条缝都胀得生疼。喝泡过蝎子的地瓜烧酒，喝泡过蜈蚣、癞蛤蟆的高粱烧酒，喝中药，一服又一服的中药。喝什么，也不见多少起色。政府发的遗属补助，有一半变成了姥姥的酒、姥姥的药，喝到肚子里。姥姥指着家里那口盛水的大黑瓮说，我喝下去的药汤子啊，这么一百瓮恐怕也盛不下。

我一出生，姥姥腿疼、肚胀的毛病，却奇迹般遁形。姥姥的日子，过起来那叫带劲。家里的小菜园、小花园，就是姥姥标志性的“日子工程”。

土屋西边的空闲地上，种了玉米、花生、扁豆、千穗谷，院子的南墙下种了北瓜，东边的老枣树下种了丝瓜。墙角，种了艾蒿和薄荷；房前，栽了槐树和枣树。院子里最显眼的地方，是两棵家常的桃树。桃树周围，植对叶菊、草茉莉、草芙蓉、鸡冠子花、染指甲花。姥姥一高兴，就采下新鲜的染指甲花瓣，砸碎，掺了白矾，制成染指甲膏儿，为我涂指甲。

姥姥喜欢栽树，喜欢侍弄花花草草。她把所有的树冠都修理得很圆范，栽花，也常一圈一圈的。到了花季，围绕着圆形树冠的桃树，今天一圈草茉莉吹起玫紫色的喇叭，明天一圈草芙蓉点燃金色的灯盏。姥姥的花草，像圆形的花坛。

逢年过节，姥姥总要蒸一个很大的枣花糕。枣花糕一层底儿一层红枣，底是圆的面皮，枣也是从外到里一圈一圈安置。整座枣花糕，就是一件圆形花坛面塑作品。枣花糕是姥姥用来上供的，供神，供先人。

姥姥很崇拜圆。她跟我说：“所有圆的东西，都保佑咱们想的事圆圆满满；保佑咱们这个家团团圆圆。”

她不喜欢动物，更不喜欢鸽子。每年春天，村庄的上空随时会有鸽子“咕呜——”“咕呜——”的喊声。姥姥皱着眉头把门一摔：“鸽子叫真难听，像哭丧。”那时候，我还不知道，鸽子们是正忙着谈恋爱。但姥姥一定知道。她还知道，姥爷在的时候，是喜欢养鸽子的。姥爷养过鸽子，是姥姥一直保守的秘密。这个秘密，她从没跟我道破。

姥姥保守着关于鸽子的秘密，安安静静过日子。我们上学，娘下地，姥姥一个人在家里，给我和妹妹做棉裤、棉袄，擀面条，罗面，捡粮食里的小坷垃，一待就是大半天儿。她不出去串门，反而常把栅栏门上了插子。她安静地守着我们日渐丰腴的家，把针线活儿缝制得针脚绵密，把花花草草打整得精神十足。

像久旱的庄稼遇到风调雨顺，拼着全部的力气拔节、开花、结实，姥姥在追赶一季的收成。她又像是跟一个看不见的对手博弈，那棋局始终是雾蒙蒙的，让人心情晦暗，可是，天空突然就撕裂了一道口子，霞光万朵。姥爷养过的鸽子，在霞光中“咕呜——”“咕呜——”地呼喊。姥姥心里暗想：“别瞎叫唤。你死了，我们也能堂堂正正混出个人样儿。”

姥姥时常抚摸着我的头发，轻轻叨念："孩子，好好念书。不蒸馒头争口气。"

3

姥姥迷信。尤为迷信师素庙里供着的药王爷。

娘小的时候，生天花。天花是要人命的。姥姥一步一个头，磕到师素庙许愿。后来，她给药王爷还愿，挂了一匹绸子布做红袍。姥姥请药王爷保佑老郭家的独苗平平安安，瓜瓞绵绵。药王爷见姥姥这个寡妇婆子行得正、坐得端，就同意了，就赐福了。

姥姥一辈子笃信这一点。

"那个人不顾惜俺们娘俩，可这个家没败在我手上，比他在都强。"姥姥端坐在炕头上，端着娘给冲的一碗奶粉。奶香跟着碗上的热气儿在空中迤迤逦逦，朝着房顶上走。

"俺爹要在，说不准都当大官了。把你接到城里享福，当官太太，那多好。"娘故意逗她。

"哼，你想跟着你爹当大小姐吧，俺可没那命。他要在城里当了大官，早娶别人了，还有工夫搭理我。"姥姥嗞溜喝了一口奶粉，鼻子里的气儿哼出来，把碗上冒的热气冲得一溜跟头。

正是寒衣节，娘吃完饭要去坟上给她的秀才婆老奶奶，还有从未谋面的爷爷奶奶送寒衣。姥姥把娘喊下："你爹的那份，别在坟上烧，坟上还没他的地方呢。你得在大道口上烧，好好叨念叨念，托那边的邮差给捎到山西去。""知道，知道。多少年老规矩，早记住了。"娘并不停脚，呱嗒一放门帘，只把一帘阳光给姥姥留在了屋里头。

姥姥双手背撑着炕，两只小脚在地上找到鞋。她并不把鞋提上，趿拉着，到了迎门柜那儿。蹲下，开门，拽出一个包。那包里有几双鞋，姥姥用黑色电光纸糊的鞋。这些鞋，我早几天就见她糊好了。我抄起姥姥手里包着鞋子的包，像一支箭一样把自己射到屋外，我得去追娘。"唉，真是老糊涂了，这忘性大的。"姥姥的叹息搭着一阵风追上我。姥姥每年寒衣节都要给姥爷做鞋，纸鞋。

我不知道，姥姥给姥爷捎去那么多鞋，是因为姥爷走路多、费鞋，还是希望姥爷穿了这些鞋，好赶回家的路。姥姥嘴上说着不待见姥爷，却年年给他准备烧纸，准备纸糊的鞋。

姥姥的迷信，集中体现在过年。年三十晚上吃饭，桌子上多出好几副碗筷，也得空出好几个位子。姥姥说，那是先人的饭碗、先人的位子，过年了，要把他们请回家来团圆。娘问她：“那我爹回来过年吗？”“谁知道呢，反正也给他预备好了筷子碗，预备好了吃喝，回不回，那是他自己的事。”姥姥过年的心气儿，总被娘无意中给释放那么一点点。我从小跟姥姥好，我替姥姥不高兴。

不过，多数年景，姥姥过年请先人回家团圆，娘是没有机会揶揄的。家乡习俗，常住娘家的闺女，在过年的时候，要拖儿带女去婆家，所谓“初一的饺子没外人”。娘带着我们，去跟爷爷奶奶、大伯大娘、小姑姑过团圆年。有时候，爸爸也从青海赶回来过年。

姥姥帮着娘收拾好包袱，有孩子、大人的穿戴，有给公公、婆婆、小姑子的礼物。姥姥牵着我的手，一直把我们送出大门，送到村边的西土岗子。过了西土岗子，向北，穿过一条小河沟，就是奶奶的村庄。一路送，姥姥一路嘱咐我。“记得替我问你爷爷奶奶好！”“见人要打招呼，要大大方方的。可别怵辈子畏人的孱头样，让你奶奶村的人笑话你。”我只慌着过年，慌着去跟堂姐们一起玩，去看大娘摊炉糕，看奶奶点蜡台，看爷爷和三爷拉弦子唱戏，哪里把姥姥的话记在心上。

姥姥在家，过一个人的年。她恭请先人回家过年。

4

姥姥走的时候，斜襟大袄，素罗裙，跟她当年娶进郭家的装束相似。只是，当年的红装，换作一身青蓝。

姥姥的葬礼，热闹而风光。

乡里、村里都为这位80岁的烈士遗属送了花圈，侄辈、孙辈送葬的队伍足足排了一条街。街上，要停下来祭灵。族长站在队伍最前高呼：“合族老少脱帽，举哀。”

合族脱帽举哀，在家乡，是一个人最大的哀荣。

我一手扶着姥姥的棺，一手搀着娘。姥爷的灵牌，跟姥姥在同一辆车上。管事的女总理反复对我耳语：“别光哭你姥姥，得连你姥爷一起哭，喊他的魂儿赶回来，好跟你姥姥团圆。”

姥爷的魂儿还在吗？如果在，这50多年，他都在哪里待着？现在姥姥没了，我们一哭，他就星夜兼程往回赶，对此，我真的没有半点把握。姥爷的灵牌，刚才是我抱到车上的，它很轻，真的很轻。

（选自2015年第1期《长城》）

十六岁的秦腔

侯炳茂

日近黄昏，远山含黛，落日熔金，从秦岭吹过来的秋风略带寒意，却吹不干我脸上的热汗；渭河哗啦啦的流水声，浇不灭我心头的焦灼。8天来我在秦岭山区奔波寻觅。侯志强——我的战友，抗美援朝的英烈，你的家究竟在哪里？此时，我隐约听到了几句秦腔，划破了这黄昏的寂静。

在人头涌动的周至二曲镇，我找到一位侯姓的乡党，老人惊异地说："志强，他是我堂兄，我叫志岗。"

我欣喜地说："可找到你们家啦！"

让我意想不到的是，志岗一开口先说："志强哥从小跟民间秦腔老艺人拜师学艺，每日曲不离口，在家乡他是小有名气的秦腔武生，不仅唱腔洪亮，扮相也英俊，一招一式真真切切，可讨乡亲们喜爱哩！"

我问："志强家现在有几口人？"

他又伤感地说："志强的父母、大哥都不在了，只有嫂子还健在。"说着便主动带我来到秦岭脚下镇丰村南关巷志强嫂子家。这是一个普通的农家院，新盖的二层小楼古朴雅致，门前还有郁郁葱葱的果树、葡萄架。81岁的老人，在堂屋与我们见面。只见老嫂子虽已白发苍苍，满脸皱纹，但身板很硬朗。

我恭敬地说："老嫂子，我受战友们委托来看望您老人家。"老人感到很意外又很惊讶，瞬间打开思念的闸门："志强参军时，我刚过门。记得他临走时，将一个唱戏的马鞭道具递在老父手中，因父亲双目失明，尽管看不到儿子的面容，但摸着这件珍贵戏具马鞭，如同儿子常伴在他身边。父亲还特意给儿子一顶草帽，并嘱咐：'孩子你带上它，热天用它遮太阳，雨天用它防雨淋。'志强说：'好，爹，我带上。'他一边答应，一边把草帽斜挎背上。他又双目凝重地注视着哥哥说：'哥，我要上前线了，父母就托付给您照应。'志强转身骑上乡亲送他的大红马，胸前佩戴着大红花，一身新军装更显英俊，他吼了一声高调叫板秦腔：啊爹娘呀！乡亲们呀！哦（我）参军上战场了，安哎……”这声音飞向天空，回响在秦岭山谷。

老嫂子回忆说：两年多后，有一天政府来通知，说志强在朝鲜光荣牺牲，那段时间父亲每日抚摸马鞭，痛苦的心情久久不能平静。

说到这儿，老嫂子泪流满面……

从秦岭回来，我们几个战友相聚在当年文工团舞蹈队86岁的老队长张士维家中，分享我拜访志强家人的见闻。战友张文华带来珍藏多年的侯志强的照片。老战友们看着一张张照片感慨不已，这些照片永远把志强定格在16岁的青春年华。

张队长指着一张照片回忆起侯志强随团慰问演出遇到的一次险情。那天在一个山谷茂密的松林隐蔽伪装下，文工团给两个营的官兵演出，部队也邀请了附近朝鲜老乡观看。志强用秦腔演唱《四郎探母》，他扮演杨宗保，开腔一唱立刻震惊全场：“叫一声众三军，细听分明……”把古代历史英雄人物演绎得活灵活现。演出中，几架敌机蹿到山谷上空盘旋俯冲，轰鸣声震荡山谷，气流冲弯树梢，有些老乡特别是小孩子们恐慌不安。现场指挥员赶紧站起来，边喊边用双手反复示意“不要动，不要动”。这时如果有人跑出树林，那就可能暴露目标，后果不堪设想。在这关键时刻，侯志强大吼一声：“跟我上！”他纵身跃起，展腿伸臂，从舞台左后侧一下飞越到台前，郝克心等7人紧跟其后，成扇形围着他，随着乐队的音乐节奏舞动，侯志强如同一个强大的磁场把所有人的注意力一下子都凝聚到舞台上。人们被这突如其来的精彩表演定住了神儿，一个个伸长脖子睁大眼睛，一动不动地盯住台上。险情过去了，部队首长来到后台，特意抱住侯志强说：“你们的演出，稳定了群众，鼓舞了斗志，谢谢你们。”

几天后，万万没想到，志强随文工团到部队慰问演出，遇到敌机空袭，不幸光荣牺牲。群峦肃立，山风呜咽，战友们悲痛欲绝！在烈士墓前，副班长贺介辉、黄卫康饱蘸热泪在一块青石板刻上了碑文。碑正面是“中国人民志愿军文艺战士钱任重、侯志强之墓”，背面是“你们永在我们心里”。

泪水打湿了流逝的岁月，隔千山，隔万水，隔不断铭心刻骨的战友情。团聚会上，张队长眼含泪水，朗诵缅怀战友的诗文：“志愿军之子，侯、钱二少年。入朝拼生死，血溅誓师言。慰问遭空袭，长眠异国山。五庚梦战友，朝醒泪如泉！”

战友杨家宝声情并茂地唱起了秦腔《拾黄金》的唱段，有人问：“听你唱的秦腔，怎么和志强唱的一个味儿？”

杨家宝说：“这是志强教给我的。不论在什么时候，只要我一开口唱秦腔，就觉得好像志强的生命在我身上延续。”

听着老战友那原汁原味的秦腔，我的心久久不能平静。侯志强和我同姓同乡，共同经历朝鲜战场炮火的洗礼。他走了，我还活着，此时此刻，我十分怀念葬在朝鲜黄海南道山坡上的侯志强，多么想听他唱家乡的秦腔呵。永远不变味的秦腔，已经融进我的血脉，浸透我的灵魂。

（选自2015年10月19日《解放军报》）

百　德

黄长江

百德，原名百屯，是属于兴仁县大山区的一个乡，每逢星期六赶场。在我的记忆中，自我三四岁开始记事起，百屯就已经是大山区的区委、区政府所在地了。所以它比周边的马场、大山、田湾、新元等几个赶场的乡都热闹繁华。自20世纪70年代末起开始有了两层的平顶楼房，方圆几十里的老百姓都闻讯赶来观赏；百德唯一的一座三层楼房区政府大楼建成，顶层设为电影院，使得方圆几十里闻讯而来观看的老百姓们欢欣鼓舞。没有钱，现卖鸡蛋、水果或蔬菜，或者干脆现借也要借一角钱来上区政府三层的电影院去看一场电影。于是，百德的逸闻趣事就无穷无尽地演绎出来了。

在我们那里，抽烟的人都知道用马子壳套在竹鞭一端做烟斗很好，竹鞭倒是好弄，只要进到竹林一挖遍地都是，马子壳是什么？从哪里来？大家都问，才得知马子壳就是子弹壳，打枪的时候，子弹的子儿射出去了，马子壳就会掉下来。

那时的电影大多是战斗片，所以许多抽烟的人买票都尽量地往前面买，或者，待影片中的战斗打响时，坐在后边的也从过道猫着腰跑到前边去，在屏幕两边等着，待战斗刚刚结束或电影放完一卷时，便一哄而上到屏幕下弯腰寻找马子壳。也有不待影片中的战斗结束便等不及弯腰往屏幕下蹿的。这时往往会有人——多是电影院的工作人员拦住，说：“你找死呀？没看到在打枪吗？”引得哄堂大笑。到屏幕下去捡马子壳的人也是徒劳的。他们走到屏幕下弯腰找一阵回来后，都会异口同声地说：“电影里头打的枪是假的，打了这么多枪没有打出马子壳。”稍有点知识、懂得其中奥妙的人都会摇头暗笑。

场坝上有两三家杂货店是常年开放、天天经营着的。其中有一家姓姚，是从外地去的，据说他的老家是四川或是广东吧。人们老背里叫他老姚，当面称他姚伯伯。他整天乐呵呵地满嘴的“好好好”。如今说来，他家可算是百德的店铺商业之父吧。他家是百德最早的一家铺面商店。由于他家卖的货品种较全，老姚自己守铺面，总是满嘴的“好好好”，人们想买点什么东西，尽管星期六赶场可以到场坝上买，但还是总爱到他家去买。

走到老姚家柜台前，只要说“姚伯，买支铅笔”，就会听到他说：“好好好”，便拿出了铅笔，然后你问：“好多钱？”他就会告诉你：“三分。”当你掏出三分钱来付时，他就会边接边说：“呵呵呵。”

也有过路到百屯去喝点散装白酒的，去到老姚家门口，说：“姚伯，来两角钱的酒。”他便一边“好好好”，一边取碗揭开酒坛打酒。当来人喝完酒掏出一元钱来付时，老姚就一边接钱来找一边乐呵呵地说：“呵呵呵，一块退八角。”

20世纪80年代下半叶，当地政府请来一群外地建筑工人在百屯建起了唯一的一座黄色外观的三层办公大楼，点缀并引导着百屯的发展。紧接着，烤烟办公楼等也建了起来，百屯乡改成了百德乡。随后，百德通往大山、田湾，百德通往马场、九盘，百德通往新元三大方向的公路两侧均以百德为中心鳞次栉比地林立起各式办公楼和住宅楼房。百德通往上述三个方向的坑坑洼洼的公路得到整改和修补，百德开往县城兴仁、州府兴义的公共汽车虽已全成为私家承包，却比以前发得勤了许多，随时可以进城了。甚至从百德到省城贵阳并机动地兼开往广东东莞、广州，广西南宁、柳州、桂林，云南昆明等城市的公交车也开通了。

似乎是在瞬间，百德多了许多电视机，百德说普通话的人越来越多，原来那些地地道道的乡巴佬口音也开始向普通话转向。百德成了一座位于城乡之间的小城，正逢国家拆区并乡建镇的政策，原来的兴仁县大山区百德乡改成了兴仁县百德镇。镇政府办公点就是原来的区政府办公点。随后，为了促进经济发展，政府部门作出了缩短交易周期、振兴市场经济的战略，把原先每星期六赶一次场的百德、大山、田湾、新元等处均像马场一样改为每六天赶一次场。

20世纪90年代中期以来，百德镇逐步实现了村村通公路、村村通电、村村通自来水的“三通”现代化理想。

如今的百德，大学文化人员逐渐增加，到县城兴仁、州府驻地兴义，乃至省城贵阳和省外工作的人员越来越多；外出打工而在外地发展起了自己的事业，又把事业带到家乡百德来发展的人更是不少。商铺林立，各种商品琳琅满目，村村有了彩电、电话，并且大多数人家安起了闭路电视。百德已经成为一座现代化小城了。

（选自2015年6月20日《中国建筑报》）

龙山问禅

陈　雪

一

我最先知道六祖惠能名字不是在《六祖坛经》，也不是在南华寺，而是在苏东坡的一首《答周循州》的诗上：

蔬饭藜床破衲衣，
扫除习气不吟诗。
前生自是卢行者，
后学过呼韩退之……

周循州即是周彦质，这位时任惠州最高行政长官的周太守常常接济衣食犯窘的苏东坡。苏东坡把自己比作卢行者，在惠州过着吃素饭，睡藜床，穿破衣的苦行僧生活，这里说的卢行者就是六祖惠能。

恕我孤陋寡闻，在去新兴之前，我去过南华寺，听过法性寺，知道六祖惠能的大名，却真不知道新兴龙山既是他的出生之地又是他的圆寂之地。新兴，称之为新州的历史要比新兴久远得多，它的名字更迭频繁，历史沿革及辖属更是令人眼花缭乱。据《新州县志》记载，远在东晋南北朝时期，就已有了新州之称谓，此名一直沿袭至明末清初才定制为新兴县。

我们对新兴的兴趣不单是因为它的历史悠久和风光绮丽，更因这个偏处一隅的山区小县孕育出一个伟大的禅宗大师。对于六祖惠能的平生经历，几乎所有的新兴人都能说出个大概：年幼失父，目不识丁，山民樵夫，闻经顿悟，和尚资助，黄梅拜师，东山作偈，五祖授钵，南归隐匿，剃度光孝，讲经宝林，圣诏入京，托疾婉辞，至年老时，逐起叶落归根之意，回归故里新兴祖屋，建报恩寺、报恩塔，植荔、挖井，直至圆寂如此。逐得五代皇帝敕匾加谥，王维、柳宗元、刘禹锡等一代文坛大师亲撰铭文碑刻。

六祖惠能的平生经历，本身就充满着神话般的传奇色彩，“闻经顿悟”的故事说的是六祖惠能在圩镇卖柴之时，偶听和尚诵读《金刚经》，一个目不识丁的山民樵夫竟能听懂禅经并顿悟成佛，这实在是一种无法解释的奇特现象。

《金刚经》的原名是梵文，汉语译作《金刚般若波罗蜜经》。顾名思义，金刚就是坚硬明净和快利的意思。因此佛法中用“金钢”来形容破执断惑，无坚不摧般若智为“金刚智”，把禅的最高境界称作“金钢禅”自有其深刻寓意。

我曾不止一次地找来《金刚经》，并逐字逐句地诵读半晌，始终如读天书，不得其解。据说这还是一部经过分段注解的《金刚经》。而《金刚经》的原始译文是一部没有段落标点的连续经文，5234个汉字一气呵成，文义次第更加生涩难懂。据史料记载，最早为此文注解的是梁武帝的长子萧统，这个本来可以继位做皇帝的太子却遁入佛门，潜心研究起《金刚经》，并把它分为三十二章，每章都用标题点明。至今流传的《金刚经》正是经过萧统分段注解的版本。

《金刚经》的“色空”、“六如”偈文中，强调“不应住色生心，不应住声、香、味、触法生心、应生无所住心”，经过了多少代人的诵经修禅和反复诠释，我才粗略知道它在追求精神层次的超悟，也是劝诫人们不为物欲主宰和驱使，归心于自性，避免堕入无边的烦恼之中。惠能的慧根可以被《金刚经》的玄妙圣火点燃，便有了一条直通天书的灵觉和顿悟。更令人惊奇的是，他“广学多闻识此本心，达诸佛理和光接物”，可是从《老子》的“和其光同其尘，是谓玄同”一句化解延译出来的，这是多么令人匪夷所思的事情？由此可知，成就一代禅宗大师，重要的是天才，慧根和佛缘。至于勤奋、激情、恒心等，是多么的微不足道。

二

天才、慧根、佛缘是成全宗教领袖的先天基础，但还须有后天的机缘和条件。六祖惠能能成为一代宗师，起码与两个人的关键作用密不可分。第一个是资助惠能东山拜师的新兴和尚，另一个是授钵于六祖的五祖弘忍。他们先后充当了“伯乐相马”的历史角色。

是不是可以作出这样的推测？新兴买柴的和尚也是个虔诚的佛教徒，他为了物色一个有慧根和佛缘的人早就开始关注惠能了，并一直默默地充当着惠能的启蒙老师。那一回看似是偶然的诵读《金刚经》，其实是对惠能的慧根和悟性再作一次全面的测试。当他确信惠能的佛缘是如此深厚时，才决定全力资助惠能去黄梅深造。他知道惠能是个孝子，若是没有足够的储备来维持惠能母亲的基本生活。惠能即便是再想出家也是难以成行的。十两银子，这在当时可不是个小数目，按贞观年间的币值计算，购一斗米只需五文钱，而一两银子可以折算成1000文钱，可购米200斗。十斗为一石，每一石的重量为59千克，如此算来，十两银子足可供惠能母亲食用数十年。正因为新兴和尚的巨额资助让他彻底解决了最为揪心的后顾之忧，惠能才能义无反顾地踏上遥远而艰辛的参禅之路。

惠能千里迢迢抵达湖北黄梅之后，被派在碓房里踏碓舂米。命运的转机出现在短短的八个月之后。这一天，弘忍要作出一项重大的决策，这是一次决定禅宗传承和未来命运的历史选择。在数百僧侣的东山寺里，用什么方法来挑选六祖？弘忍一定苦费心思，反复考虑之后才决定用偈文作为试卷来选定接班人的。

谁都不会否认神秀的天才和慧根，谁也不会怀疑五祖弘忍存有丝毫的偏袒或私心。令五祖无比惊讶的是，惠能的后作偈文确实在神秀的基础上有了空灵的超越。“菩提本无树，明镜亦非台” 展示出“心即是佛”的质朴大智慧，这与他一贯主张的“禅无处不在，关键在于顿悟”的禅思何其冥合！弘忍正是通过此偈把五祖的衣钵毫不犹豫地授予一个资历特浅的勤杂工。此举若是在今天也会遭到诸多的非议和责难，何况是在极讲论资排辈的寺庙禅院。谁也没有想到，惠能却在东山寺的七百僧贤中脱颖而出。

若是没有五祖弘忍的慧眼识珠，若是没有不拘一格降人才的气度和胆魄，惠能的命运，佛教的前景又将会是哪一种情景？

我没有到过黄梅的东山寺，但站在龙山山顶的荔枝树下，举目向北远眺，似乎看到了葱茏的群山簇拥之下的那座红墙黛瓦的古老寺庙。幽静的曲廊中不时传来磬鼓咚咚，梵音袅袅。书写在墙壁上的偈文仍清晰可见。昏黄的灯光下，透过木格窗棂，隐约看见弘忍手捧五祖衣钵郑重地交到惠能手中。接着就有了星光下夺路而逃的师徒身影，那影子渐行渐远，最后融进了长江的浩渺和苍茫之中。

三

佛教自东汉明帝（公元67年）传入中国之后，至惠能年代已经走过了近600年的历史。在中国历史上，佛教也曾遭到强烈的抵制和排斥。因为它与传统儒家存在着一定的分歧和悖误。比如说不讲君臣父子，就背离了孝悌的伦理；出家人不娶不嫁，绝嗣无后，更是违背父母意愿的大不孝表现。到了北朝和晚唐，曾掀起过大规模的禁佛灭佛运动，一时间毁寺、杀僧、焚经、烧像的暴力行为此起彼伏。佛教史把这些血腥的镇压称之为“三武一宗之厄”或“三武一宗之法难”。

无论何时，神权都很难游离于王权之外。当佛教的禅道法理与当权者的统治理念相悖时，也一样难逃厄运。诸多佛门领袖为改善这种紧张关系，寻求佛教的生存空间，作出了许多努力甚至是妥协和迎合。比如有佛门头人提出“太祖明睿好道，即是当今如来，沙门理应尽礼”。这种观点无非是说皇帝是佛的化身，跪拜皇帝也是拜佛而不是拜皇帝。六祖惠能不推崇这种观点，他不是一味地奉承和曲意地迎合，但他又懂得“权变”的重要性。他的智慧是从中国的皇权思想，从儒家的传统文化孝、悌、廉、耻中吸纳精华，创新禅理。《六祖坛经》“恩则孝养父母，义则上下相怜，让则尊卑和睦，忍则众恶无喧”的佛学教义，既可以让朝廷认可，又普遍为民间所接受。这一改革和创新为中国佛教拓宽了生存发展空间，并因有“助王化于治道”的社会功能而备受推崇。从武则天到宋神宗，历朝皇帝的敕匾加谥，充分地证明了这一点，也使南禅宗教走向了全盛时期。而惠能的平民思想更是深入人心，他成为一个伟大的先哲圣人和宗教领袖。

中国有句老话叫滴水之恩当以涌泉相报。惠能从24岁出家，历尽艰辛，辗转南北，潜心参禅。当他年逾古稀思谋落叶归根之时，便在家乡建起了报恩寺和报恩塔。这一寺一塔在感恩父母报答故里乡亲的同时，一定还寓示着对那位资助银两的新兴和尚及授钵的五祖弘忍的永恒纪念。

武则天题写的“敕制国恩寺”的牌匾高悬在大雄宝殿的门楣上，唐代著名诗人王维为六祖惠能撰写的墓志铭立在堂前。铭文记道：“至某载月日，忽谓门人曰：吾行矣，俄尔异香满室，白虹属地，饭食讫而敷坐，沐浴毕而更衣。弹指不流，水流灯焰，金身永谢，薪尽火灭，山崩川竭，鸟啼徒鸣……”这是一段精准而至情的文字，记叙了公元713年八月初三日，惠能在国恩寺吃完斋饭，沐浴完毕回到僧房后的事。他知道，这是最后一次和弟子讲经说法了，三更时分他忽对弟子说：“我走了。”坐化圆寂，无疾而终，享寿76岁。

报恩塔高高地耸立着，一串风铃挂在塔角，轻风吹拂，清脆的铃声幽远而绵长。我在国恩寺的长廊中流连徘徊，一个凡间俗者企图从这九曲长廊的禅界中悟出些什么？

“直指人心，见性成佛”是六祖禅宗的核心思想。当我们徜徉在惠能的出生地和圆寂之地，当我们理解了《坛经》中对“三无”含义的诠释，我们的灵魂会很快得以荡涤而明净。人若无染无杂，自然就纯正，清净、圣洁，并出现善良的本性。人心向善，人皆如此，便生和谐，无染无杂之境孕育人类共存的感恩心和报恩心……

不知如此冥想，是否也是参禅？也在顿悟？

（选自2015年5月21日《云浮日报》）

品味两代开闽王

少木森

福建历史上有过两代的“开闽王”。第一代“开闽王”是无诸,西汉时期他成为闽越国的第一位国王,也就是福建历史上有文字记载的第一位统治者。无诸姓驺氏,为越王勾践的十三世孙。他带到福建的是吴越文化,使被称“南蛮”的福建展现出一派“吴越气象”“江南风情”。第二代“开闽王”是王审知，王审知本琅琊人，出身名门望族，秦将王翦三十四代孙。唐代末年，“四海尽疲于征战,中原正苦于伤残”，王审知随其兄王潮入闽拓疆，五代十国时期,被梁太祖封为闽王，闽国正式建立。他从河南来，把中原文化、农耕文化带入福建，治闽兴闽，造福黎民。唐代之前，福建的经济、文化落后，乃至五代、宋，却经济繁荣，社会安定，人文荟萃。尤其福州，一派盛世景象，号称“海滨邹鲁”。福建迈向文明之邦的历史大转折，始于王氏三兄弟率义军入闽，平定闽疆。

两代“开闽王”对福建有大功，所以，福建人写无诸、写王审知的文章很多，我此次写“两王”时，下笔觉得甚为艰难，似乎哪个角度都被人写过，都没有新意了。只好一遍遍翻检史迹文字，好不容易读出两代“开闽王”虽相隔千年，却有一些相通之处，他们似乎都是性情中人，一样的性情，一样的可爱。读其史迹，似乎能品读出许多真情真性真趣来，让人不禁抿嘴一笑。

自然，说一个政治人物，尤其是一个一呼百应、铁腕制人的“王爷”是性情中人，得格外小心，稍不留心，就会被抓住“话柄”，闹出笑话。但历史上，确实不乏成功的政治人物，甚至是帝王将相是性情中人。《三国演义》中的曹操可算一个，煮酒论英雄，望梅止渴，横槊赋诗，都可见其性情。还有“冲天一怒为红颜”的吴三桂，《长恨歌》中的唐玄宗李隆基，也都可以算性情中人。我们做个假设，如果他们不是政治人物，他们的这一些举动一定会让人觉得很“文艺”、很诗意的。那么，他们是政治人物，是帝王将相，难道就不能说他们的这些举动很性情，很可爱吗？当然，政治人物就是政治人物，他们之所以能成功，肯定不是靠性情，而是靠铁腕，等等。所以，政治人物的真性情总是难得一见的，甚至即便他们是真性情的流露，也可能被解读成阴险狡诈，假惺惺的。比如，曹操的煮酒论英雄与望梅止渴，长期以来是不被解读为性情、可爱，而解读为奸诈、阴险的。于是，挖掘政治人物，尤其是帝王这一级的政治人物的真性情，解读他们的性情与可爱，就颇有一点意思。

那么，无诸和王审知这两代“开闽王”有哪些真性情的展露呢？

先品一品无诸吧。秦二世元年（公元前209年）的一天，闽地武夷山的一块开阔地上，人山人海，有荷戈执矛的，有挂刀弯弓的，兵将列队，马车辚辚，点将高台以一张供桌为核心，供桌上，有羊有猪，有米饭馒头，有果品蔬鲜，香火缭绕。站在供桌前的，是一位穿王服的壮汉，豪气冲天，握剑祭天，而后一剑斩了公鸡头，以歃血盟誓。但是，他没有像人家那样编排敌对方有多少不仁不义，多少罪；自己的这一方又有多少正义，多少仁德，而是直截了当地说：我们本来自己是一个国家 (闽越国)，秦始皇统一中国后，兼并了天下，我都被废为郡长了，我们的地盘只成为“闽中郡”了。我们的地被夺了，我们吃块肉都难了(“秦夺其地，使其社稷不得血食”——见《史记·东越列传》)。所以，趁陈胜、吴广起义，我带你们也反了，去争一块肉吃吧！他说得多好玩，多可爱，多性情呀！

无诸就这样起事了，率闽中甲兵随刘邦入武关 (今陕西商洛西南)，战蓝田，攻析、郦，直捣咸阳。闽中甲兵“以阻悍称”，为灭秦做出了重大贡献。然而，那时候执掌政令的项羽以其“诸侯上将军”身份凌驾各路诸侯之上，分封十八路诸侯王，对在这次反秦斗争中建立历史功勋的闽越军队领袖无诸却仍然“废而弗立”，无诸再次与闽越王位无缘，也就是说项羽仍然没有让无诸吃到他想吃的肉。他火了，他对项羽发出了狠话——听好啦，你不能让我跟着你老受委屈，老是“不得血食”。他再次起兵，成为刘邦抗楚的中坚力量之一，为汉王朝的建立立下了汗马功劳。倒是刘邦聪明，一即帝位，就想到了一心想吃“王位”这块肉的无诸，“复立无诸为闽越王，王闽中故地，都东冶”。(《史记·东越列传》) 闽越国是刘邦首个复立的越族王国，无诸也成为西汉初期首封的少数民族国王。

刘邦也颇可爱，据说，在派使者专程前来册封无诸时，还带话给无诸说：我让你吃到肉了，你应该筑个高台铭记这惠泽呀！(“惠泽东南，当高台以记”。) 当时无诸驻扎福州，为了迎接朝廷册封使者，就专门在如今的福州台江区南台江边找一座山，名曰惠泽山，于这山上建筑高台，作为举行册封仪式的场所。册封后，此高台被称为“越王台”。后人为纪念无诸，在台旁建有闽越王庙，俗称“大庙”，故惠泽山又叫“大庙山”，成为闽越国的最重要遗迹之一。而且，台江“大庙山”的名称也一直沿用到了今天。山上竖有一碑，摹刻宋代著名书法家米芾的题记：“全闽第一江山”，充分体现这一古迹的历史含义，不仅让人读出了刘邦、无诸等古人的历史功绩，似乎也读出了他们的许多可爱之处，使得这些古人似乎离我们更亲更近。

再品一品王审知吧。王审知从天复元年（公元901年）被唐昭宗封为琅琊王后，福建就已经成为相对独立的诸侯国了。梁开平三年（公元909年），他又被梁太祖封为闽王，闽国正式建立了。从他被封王到唐庄宗同光三年（公元925年）十二月，他病殁于任上，皇上赐谥忠懿时，他在王爷位上坐了二三十个年头。由于他实行“睦邻保境，轻徭薄赋，与民生息”的政治方略，巩固边疆海防，使福建免遭战乱之灾，百姓免受繁役苛赋之苦，福建一时间民富兵强，威压东南一隅，大有霸主之势。而那个时代，是“五代十国”的时代，“四方窃据”，“有枪便是草头王”，他的一些左膀右臂的大臣们也难于免俗，也想做宰相、大将军什么的，所以几度轮番劝进，欲扶其称帝。他可没有像我们后来看到的袁世凯那样，拿捏装腔，假推实就，最终穿上龙袍，登上龙座。他笑谓左右大臣说：我可是“宁为开门节度使，不作闭门天子”啊！王审知可不做嘴上一套，实际里又一套的事，不像《三国演义》里的曹丕、司马炎，或后来的袁世凯那样，其实心底早就觊觎着帝位，表面上又一让再让，那只是假退假让，做足姿态，最终为的是真进真受。他一开始就来真的，力排众议，拒不称帝，终其一生仍然来真的，始终不渝地坚持他的“本分”。王审知拒绝了帝位的诱惑，真心实意地尊奉拥有中央政权的唐王朝和之后的后梁王朝，“致君愈勤，述职无怠。万里输贡，川陆不系其赊；一心尊戴，风雨不改其志”。单就这一点看，就不难品出王审知的真性情，不难品出王审知的人生境界，不难品出王审知的可敬与可爱之处。

王审知按照他自己的思路来开闽治闽，成效显著，勋劳卓显，因而代颂其功，史不绝书，尤其是新、旧《唐书》和《资治通鉴》，对他有许多的文字记载与品评。从这些文字中，也让人读出了王审知不少性情之处，可爱之处。

他承袭其兄王潮、仲兄王审邽治闽时的做法，在福州、泉州等地设“招贤馆”，接纳中原各地避乱的知识分子。他对知识分子以诚相待，推心置腹，或委重任，或作幕僚，或使以执教；也就赢得了他们以心换心，恪尽职守（据《十国春秋》载：王审知“怀尊贤之志，宏爱客之道，四方名士，万里咸来”，而来者“功惟理乱，志在尽忠；安不忘危，常为持险之诫；小当事大，罔违与国之道……”）你看，抓生产建设的，实干而有创见。他们劝农耕修水利，发展农业生产，还利用社会初得安定时，庞大军队在恢复生产上所能发挥的作用，组织了“竹排营”，驻扎在福州台江一带，以插竹栖围垦为主要使命，把江域的沙洲垦地连成一片，促进农业生产面积的扩大，多增粮食，并把此经验推向闽界全省。在当时的生产力条件下，十几年时间里，就兴建或扩建了福清、长乐的沿海大堤，泉州的六里陂和九溪十八坝，连江东湖和晋江40余华里灌渠，以及疏浚了受益幅员可达25平方公里的福州西湖等一大批骨干水利工程，这真不是容易的事。同时，在王审知亲自主持下，一批知识分子鞍前马后，调查研究，形成了一整套因地制宜的发展思路与方案：在沿海围海造田，扩大耕地；在平原推广双季稻；在武夷山区开垦茶园，种植茶树；还利用各个不同地区的不同资源优势，发展纺织、陶瓷、冶金、铸造等手工业生产。再看，管教育文化的，倾心传播中原文明，倡导文教，兴办学堂，培养人才，教化黎民，达到了府有府学，县有县学，乡间有私塾。此举对后世影响极大，到宋代时，“闽省已成文风昌盛之地，才俊辈出之乡，状元亚魁、进士及第，超于中原，名臣贤相、仁人志士层出不穷。”《十国春秋》称：“此乃审知兴教之功也。”而管商品贸易的，也很有创见和作为。他们鼓励发展商业和海外贸易，免除杂税，奖励通商。许多人躬身踏察海湾，修建码头，辟建港口。扩展了福州城区，疏通了闽江水道，台江码头从此诞生，并不间断地发展，到了后世，台江码头最最繁荣时，绵延十多里，共有六个大码头。随着时光推移，最早被开发的鸭姆洲一带也早已成为福州台江区商贸业最繁荣的地带，素有“黄金宝地”之称。福州、泉州从那时候起，逐渐成为我国东南沿海的重要港口，也是当时中国最大的两个港口。海上航线北至新罗（今朝鲜），南至南海诸岛，以及印度和阿拉伯地区。泉州城市规模也一再扩大，吸引很多阿拉伯商人和伊斯兰教徒来此经商或定居。到宋、元时代，泉州成为与亚历山大港齐名的世界一流大港。活跃的海外贸易，为福建经济文化繁荣和社会进步注入了巨大活力。从这些史料看，王审知治下的那整个的闽国，政治是一派清明，当权当事者，各司其职，意气风发，几乎可称之为一个“激情燃烧的时代”啊！

史书还称颂王审知“常衣袖绔败，乃取酢袋而补之”。你看，多有意思，一个王爷，一个威倾东南的诸侯国王，常常穿着缝缝补补的破旧衣服，不可想象，却着实让人更感到亲近与可爱。有一次，有一个使者献一玩物 (史无记载为何物)，王审知不顾使者的脸面，把东西“自掷于地”，对左右一班大臣生气地说：“好奇尚异，乃奢侈之本。”他那种不尚奢华的品格，以及他当着使者面也那样不加矫饰地流露出真性真情，着实有许多可敬与可爱之处。

史料说，王审知弟兄理政兴闽，福泽闽邦，使“强者抑而弱者抚，老者安而少者怀”，“一年而足食足兵，再岁而知礼知义。方隅之内，仰止攸同”，“鸡犬相闻，时和年丰，家给人足，版图既倍”，自然有其铁腕政治手段的作用，无疑也与他的性情有关。他“外涵大度，内用小心，慎刑既及于精详，举事悉从于简略，犯则不赦，令比秋霜之严；恩本无私，惠如冬曰之暖。惟民教化，吏以法绳”。这没有真性情，没有足够的自信力和行动力不行啊！他“非正词不入于聪，非公事不宣于口，居无声色之乐，平生以礼义自守。念十家之产者，躬行节俭……”这没有真性情，没有一点“舍得”的精神与境界，是难于做到的呀！他“兴崇儒道，好尚文艺，建学校以训诲”，“独振古风，郁更旧俗”。这没有真性情，没有学识素养，没有人文精神，也做不到或做不好啊……

自然，品读古人，其实最终都是为了鉴照当今。品读这两代闽王的故事，无诸的性情，无疑更多的是一种武夫的直率，却也蕴含一定人文精神；王审知的性情可说是一种文人的理想，那更是深深涵蕴着人文情怀了。就因为有这样的人文精神、人文情怀，两者就有了一个重要的共同点，那就是对人（对其臣下与民众）的“真诚”。治国平天下，讲究的是人和，讲究的是得人心者得天下。没有一点性情，不见一点真诚，一味地作秀欺众，人心民心又从何而得呢？这恐怕对我们如今和谐社会的建设也是有鉴照意义的呀！

（选自2015年第141期《福建乡土》）

“野败”的美丽之寻

孟允云

最近，我参与《三亚史》编纂。当笔耕奉献“天涯文化”功勋最著者袁隆平先生时，就想起了他研究杂交水稻获得成功，其中“野败”是科学研究的一次重大发现，有必要来一次“野败”的美丽之寻！

一

史料记载，7400多年前的沅水岸畔沅陵，“神农氏”把稻种送给了人们，并教会人们如何播种和收获，人们称他是一个解民疾苦的圣贤。7400年后的1961年7月，沅水岸畔安江农校的稻田里，有一株“鹤立鸡群”的特异稻，株高、穗大、粒多。次年，袁隆平把它选种试验，望“种”成龙。岂料，抽穗时却高的高，矮的矮，生长期长短不一。袁隆平陷入了困惑与迷茫。

面对窘境，三十岁刚出头的袁隆平不气馁，不却步，他果敢地打破了遗传学理论的传统禁区，把研究方案调整为用远缘野生稻与栽培稻进行杂交的新设想，并写了《水稻的雄性不孕性》论文，发表在中科院第17卷第4期《科学通讯》上，吹响了“第二次绿色革命”的号角！

然而，远缘野生稻在何方？

“茫茫九派流中国”的华南以及云贵高原，因数千年沧桑更替，野生稻寥若星寒。怎么办？唯一奔赴海南岛的“天涯海角”。那里，受海洋气候影响，高温多雨，冬不严寒，日照充足，光能率高，原生态农作物品种繁多，是野生稻深根厚植的故乡。

在古龙《天涯•明月•刀》写道：

天涯远不远？不远！人就在天涯，天涯怎么会远？

1970年10月至1971年4月，袁隆平带领湖南省一个协作小组，南下海南黎族苗族自治州南红良种场（今三亚市南红良种场）进行培育杂交水稻方面的研究，当时，全国有十几个单位派员跟班学习。南红农场也派技术员冯克珊、符策豪参加。期间，袁隆平上北京求教之际，他吩咐了助手李必湖和南红农场技术员冯克珊去田野采集雄性败育的野生稻。

二

小草，是值得歌颂和赞美的。

但是，长年累月生在湿地的野生稻如何？也许农夫与渔人从未把它看上一眼。不要说它与高雅华贵的奇花异草媲美，就是与身旁的萍姐藻妹都显得寒碜。谁能想到，谁也不会想到，这株生长在湿地的“野败”弱草，英文叫“WA”，以它拥有的母卵子基因和栽培稻杂交结合，能把内心的美献给人间，为人类的餐桌献上香甜白嫩的大米饭！

一个午后斜阳，我邀请了当年和李必湖寻找“野败”的冯克珊，一同驱车去踏访那株“野败”生长的地方。漫步阡陌，四望漫漫，身如一叶。我们伫立浊水沟沿，冯老触景生情地回忆起“野败”被发现的那一幕：

时为1970年11月30日，稻穗扬花时节，由冯克珊引路，冒着海风夹着微寒，“游魂”似的来到农场附近机场公路与铁路相交湿地。啊！好一条浊水沟畔，杂草拥尽缠绵。其间，败育野生稻花粉散馥，无声地证实着自己的存在。此刻，李必湖和冯克珊涉足沟水，深一脚浅一脚地向深处走去。但见三五成群的疟蚊嗡嗡飞舞，爬在臂背上聚餐。浑浊的水中，黄褐色蚂蟥，听见水响，蠕动噬齿，凶残吸血。然而，李必湖和冯克珊视若无睹，寻觅、寻觅……

倏忽间，李必湖圆睁双眼盯住面前一株野生稻，看得分明的是一株结出了3个雄花异常的野稻穗子。李必湖凭借多年辨析雄性不育株的模样和姿态，断定它是一粒种子萌生的不同分蘖。这时候，李必湖弯下腰，双手顺着禾茎慢慢摸捏到根部。当一股臭不可闻的腐秽气味升腾而起时，他嚷了起来：“找到了！找到了！”当下，李必湖和冯克珊合力，小心翼翼地把那结有3个穗子野稻连根带泥挖出来。尔后，冯克珊用牛皮纸裹住了稻根垅，像抱婴儿那样，踏着牛羊粗鲁突兀的脚印，一口气赶回到场部实验田……

三

踏访归来，我和冯克珊到豪威麒麟大酒店怡园茗茶。

茶座上，冯克珊踏兴未尽地说，自“野败”安顿在小田后，李必湖天天提水浇灌。随后，他头顶烈日，汗流浃背地守株待“花”，每开一朵就用镊子夹着栽培稻雄花与之传粉，大概坚守5天完成65朵小花授粉作业。这时候，袁隆平老师从北京归来，他听了实验情况汇报后，高兴地拍了大腿直呼“高级！高级！”

坐在美人靠上，冯老一边啜茶，一边讲述袁隆平搞水稻培育试验的艰辛。他们远离大城市来到天涯蛮荒之处结庐，在山野清风徐来的稻田里搞杂交稻培育。为了防风、防雀、防鼠的侵袭破坏，就用树枝撑高稻穗，罩住了牛皮纸袋。晚上，把自己的铺盖搬到实验田埂，守望月光如水，聆听蛙鸣协奏，最终收获了5粒金灿灿的杂交种子。听之，我兴奋地插话：这5粒种子就揭开了杂交水稻的神秘面纱？冯老兴致勃勃地说，1971年春，袁隆平先生用无性繁殖方法将“野败”扩大到46蔸，分别送给全国13个省市科研单位协助攻关，扩大选择概率。1974年，袁隆平率先育成了中国第一个强优势组合“南优2号”。1981年袁隆平以籼型杂交水稻获得我国第一个特等发明奖。2004年李必湖和我获第三届袁隆平农业科技奖。

冯老一席谈，语言中透着一种朴实的自豪感。最后，他还兴趣盎然地讲了一个逸闻：自杂交水稻被推广种植后，前来“北种南育”的科研人员络绎不绝。他们还到“野败”生源地参观，都未见到“野败”的踪影。

此时此刻，我以最亲密的一次接触，对他笑着说：“你们对‘野败’的发现，不仅为袁隆平搞杂交水稻‘三系’配套打开突破口做出了重大贡献，而且还被人们堪称‘千年等一回’的美丽之寻！”

（选自2015年10月第1版《天涯情》）

湘 西 散 记

泰　然

我对湘西那块神奇神秘的地方神往已久，每每看到或者听到有关湘西的人、事、景，都会在内心暗涌着一种冲动，就如初恋之人很想见到那日思夜想的情人。这次，应湘西朋友小宋之邀，约上了几位好友，终于踏上了圆梦之旅。

我们是自驾车前往湘西的。路上我难抑激动之情，内心充满兴奋和期待。连续数日，我们马不停蹄，一路游览了凤凰古城、芙蓉镇、张家界、乌龙山等地。从电影《芙蓉镇》中我粗略认识了已有两千年历史的人称挂在飞瀑上的古镇，但这次给我留下深刻印象的并不是壮观的飞瀑和沧桑的石道，而是历史上曾经名噪一时高度自治的土司王朝及其文化。张家界作为世界级的自然文化遗产，其千姿百态的石林、飘逸如仙境的云海,早在十年前就已吸引着我。此去，很想来个深度游览，无奈地广景多,不得不有所取舍。我们赏览了天子山、袁家寨、天下第一桥、天门洞等几处有代表性的景点，还首次体验了建在山中的“世界第一梯”和嵌在峭壁上令人心惊肉跳的玻璃栈道。芙蓉镇和张家界各具魅力,各领风骚,固然叫我陶醉,但此行最让我萦绕心怀的是凤凰古城和土家寨子。

最恋人文典雅的凤凰城

我们到达魂牵梦萦的湘西僻隅凤凰古城时已是晚上8点。进入凤凰城，呈现于面前的是淡淡秋意下闪烁耀眼的灯光、此起彼伏的歌声、嬉笑穿梭的游客、盛装的苗妹，这一切似乎掩饰了那抹古韵，汇聚成了一片繁华，应和着潺潺奔流的水声，让人怦然心动。如果不是预先知道，你会觉得那根本不是一座历经风雨沧桑的古镇，简直就是一座生机勃勃的现代小都市。眼前穿城而过的沱江两岸，依山傍水、错落而建的吊脚楼，缀满灯饰的飞檐斗拱，傲立江面的雪桥，美轮美奂的招牌，在霓虹灯的装扮下，如同镶嵌在夜空，舞动在山边，透出了一种古朴而又新潮的身姿，它们与在沱江中的倒影交相辉映，萃成了一幅流淌着的摄人心魄的动画。我到过闪烁的夜上海，看过明灯映照的北京城，见过夜灯下风韵犹存的秦淮河，但我觉得山城凤凰的夜色典雅、秀气，恰似洞房之夜的新娘，散发着无与伦比的韵味。我兴奋至极，用手机拍下了这初识的凤凰夜色。

凤凰的夜景让我难眠，凤凰的早晨让我迷恋。我们住的是临江的旅馆，小城清早的诱惑促使我天蒙蒙亮就起了床。当我轻轻推开窗户，窗外透进了一丝淡淡的清凉。我朝窗外望去，整座城已全部褪去了灯红酒绿的夜色，全然没有了夜间的喧哗，还原了本来的清新，显得十分静谧安详。不远处被浓雾笼罩的小山，紧紧地围护着古城的一片天。对岸错落的吊脚楼也蒙上了一层若隐若现的薄纱，使古城宛如少女般轻盈、剔透，魅力活现。对面一处低矮的烟囱冒出了一缕袅袅炊烟，好像在传递着生活的香甜。散落在江边那七八个洗衣服的妇女，优美地晃动着双肩。划着小木船忙于在江面打捞垃圾的两个老汉，勤劳里透出了悠闲。此情此景触动了我的情思，勾起了我踏足的琴弦。

匆忙洗漱后我便独自走到外面。江边的空气比我想象的要好得多，我轻轻地踏着成千上万人踩过的有些不平的石板路，迎着略夹寒意的微微细雨，顺着水流的方向优哉游哉地散着步。这时，对岸码头一字排开停靠着十几条木船，岸上已聚集了约莫三十个人，看得出那是排队坐船赶早出去饱览古城晨韵的游客。我想到对岸看看，便小心翼翼地踩上了由一根根立在江中，为连接沱江两岸用石柱建造的石路，一步一步跨过脚下哗哗的流水，无意中让我找到了小时候山中戏溪流的情景。就在我边走边忆时，码头那边木船上忽然传来了一位中年妇女嘹亮的歌声，继而是男声的对唱。我知道那是苗族民歌，对歌是苗族人快乐生活的一部分。那声音清晰、悦耳、欢快，在宁静的早晨，穿透了幽静的空气，穿越了初醒的古城，与我脚下的水声相互应和着，就像大自然和人共同演奏的一支美妙的乐曲。

过了桥，上了岸，早早开门迎客的餐饮店飘溢出了扑鼻的香辣味，让我这个怕吃辣的人也直咽口水。在古貌犹存的石板街上我随意转悠，感觉街很小很小，但众多木结构的吊脚楼的确渗出了古色古香，呈现出古建筑的特色和韵味，古城楼、古宅院、古博物馆、古河堤，无不铭刻着岁月沉重的印记，眷写着小城古早的辉煌，记录着世代城民的快乐与辛酸。我一边走一边在脑海里极力搜索记忆中沈先生笔下描写凤凰的只言片语，不觉登上了傲然横跨沱江的雪桥。沱江两岸从水边开始依山而建，一排一排向高处延伸，飞檐凌空，斗拱交错的吊楼筑成的古城，在薄雾轻绕，细雨霏霏的早晨显得淡定、安然。这青山丽水与特色建筑相互映衬的古城，自然情韵与人文特质相得益彰，让人无不联想到古城先民的勤劳与智慧、幸福与甘甜。看着面前不过是大城市一角的小巧的古城，我忽然又想起郭沫若的诗《凤凰涅磐》，我知道郭老写这首诗跟此处的凤凰并无关系，但我觉得这座历经沧桑、负载沉重历史的小城就像是涅磐的凤凰，浴火重生，向人们诉说着千百年的故事，讲述着今日重铸的辉煌。

正在我陷入漫无边际的沉思时，远处传来了一阵较长的爆竹声，这声音打断了我的思绪，那声音惊醒了清早的古城，似是雄鸡啼唱，通报着新一天的到来。回旅馆的路上，我碰到迎面走来的两个苗族姑娘，她们长得玲珑剔透、清莹俊秀、充满朝气，身着以蓝色为主色调的裙装、头戴光亮的银冠、胸挂厚重的银项圈，整个装扮浓艳而高雅，是谁见了都会惊羡她们令人心眩的美丽。我曾经在媒体上看到过有关苗族的风俗、文化，尤其是独具特色的服装、银饰，今日终于能近距离地欣赏，自然也就禁不住多瞄了几眼，也免不了厚着脸皮上下打量苗家少女绰约的身姿。看着那勤劳尚美的苗族女郎，望着这让人心灵释放的恬静古城，我又不由自主地从储存并不太多的大脑中搜寻，寻觅那湘西边城远去的历史故事，追忆那聚沙成塔的深厚人文。

最爱淳朴好客的土家人

龙山是继凤凰古城行程之后的重要一站。史称“湘鄂川之孔道”的龙山，群山连绵耸立，峰峦高低起伏，酉水曲折穿流，是一片神奇而又美丽的土地。

我们到龙山并不是去赏览美景，也不是去探寻千年“匪洞”，而是专程去靛房镇宋家湾小宋家做客的。从圩镇到小宋家只有一条山路，好在前不久刚铺好了水泥，虽然仅有一条车道，还算好走。听小宋介绍，以前这里的路很难走，他上学时就需要攀山越岭。因进出十分不便，他们住在山里的人就像与外面的世界隔绝一般。我们驱车沿着盘旋曲折的山路行驶，路上没有见到别的汽车，也没遇到几个行人，映入眼帘的除了山还是山，零落的房子也远远才能见到一处，确是名副其实的山区。“八山半水一分田，半分道路加宅园”这句话就全面概括了这里的状况。眼前所能看到的每一座山树木倒是长得郁郁葱葱，很有原生态的味道，可山下的溪流已见不到太多流水了。路面一侧多是悬崖，在车上往下看让人毛骨悚然。我想，如此穷山僻野，在过去交通十分不便的年代，小宋他们这些祖祖辈辈都在山里的人该是如何生活的呀？

一路摇晃，我们来到了小宋家，车未停稳，一阵响亮的爆竹声在山谷中传来，那是小宋的父母在迎接我们这帮远方来的客人。那声音悠长、回荡，那声音醇厚、热烈，好像是小山村里在过大节日一样。我们还没下车，就已被主人家的热情好客所感染，心底也都真的是把自己当贵客了。小宋家还是用木材建造的房子，据说他们村只有三十几户人家，都是姓宋的土家族人，以前村里所有的住房都是木的，近些年有个别在外面挣到钱的也回去建了砖土房。进入小宋家，看着已有些年头的木屋，觉得没有路上来时想象的那么好，当然也不是很差。主屋旁的厨房间里，小宋的父母和几位亲戚已在不亦乐乎忙着杀鸡宰羊，准备宴请我们了。

一阵主客寒暄后，我听说小宋邻居家的老阿婆已98岁高龄，很想拜访她，便独自走到她家。虽然彼此都不能完全听懂对方的话，但还能沟通，聊得很好。这位老阿婆身体康健，精神矍铄，走路稳捷，耳聪目明，手脚麻利，还很健谈，除了山里人风吹日晒显露出的独特沧桑，真不敢相信她已是近百高龄的老人。她很热情，也很淳朴。在闲聊中，我得知她一生从未走出过大山，一直在这山里生活，享受着大自然的赐予，耕耘着贫穷而又快乐的日子。现在她的年纪这么大了，每天都还在做家务，有时还上山砍柴，其体力、毅力和勤劳的精神让我十分敬佩。一位老人还这么能干，这么勤劳，得益于健康的体魄，更来自于勤劳的习惯，来自于朴素的本质，也许就是大山的孕育。出于对她的尊敬，我掏出了一百元塞到她手上，她起初硬是不肯收下，经多方劝说才接受。可能是她觉得不能无端拿人家的钱，或许本来就是山里人纯真的感情，她敏捷地从口袋里掏出了一大把野生的栗子，塞给了我。盛情难却，我笑纳了，而且跟她说我一定要带回家里给家人品尝。

太阳的余晖已渐渐消退，夹杂丝丝寒意的山风拂过这一片山谷，天色慢慢暗下来了。小宋家人已在家门口摆好了两两相拼的四张小台，围了两圈长短高矮不一的小凳，台上摆满了香味四溢的土的、野的各式肉菜，非常丰盛，很能调动人们的食欲。在露天，坐小凳，围着吃，还有茂林为屏，清风做伴，虫声应和，那种自然，那种惬意，是我多年来未曾体验过的。这使我不由得回忆起童年时期在老家农村吃饭的场景，那般相似，那般甜美。而且这次还是在远离尘杂的山里，在大自然孕育的山村做客，更是别有一番滋味。一起吃饭的有小宋的亲戚和邻居，包括那位老阿婆，还有特地来陪我们的当地领导和专程从恩施赶过来的小宋的同学，这使我们十分感动。在这山村，在这木屋前，和亲朋同欢、畅饮言情的场面甚是热闹。主客推杯换盏的气氛相当热烈。席上白酒、红酒、洋酒齐上阵，男女老少尽情喝。主人家没有豪言壮语的热情、没有刻意雕琢的淳朴，深深地感动了我们这帮“贵客”。我这个平常就不能喝酒的人，在那种氛围下，也开怀畅饮，跟着人家来回敬酒，全然不顾是否醉倒。小宋一半是因为难得有那么多朋友到他家做客而激动，一半是因为他的父母含辛茹苦把他培养成才送出了大山而百感交集，或许还加上点酒精的催化，喝着喝着他竟当众哭了起来。我也是父母辛苦养育，也是从贫穷的农村走出来的，很有同感，很能理解他此时此刻的心情，竟至于也跟着流出了眼泪。这一餐吃了很长时间，大家也都喝了不少酒 。主客喝到酒酣耳热时，握手拥抱 ，互道祝愿，好一幅悠然快乐的山村醉饮图。山风徐来，山上不时传来鸟啼声，山谷显得更加幽静，木屋前飘散着酒的芳香，闹腾着众人的醉脸，我也已醉了个七八成。我们生怕打扰主人太久，只好道别，可他们就是不舍得让我们走，总牵着我们的手不肯放，说不完祝福我们的话和再来做客的邀请。

木屋前又响起了热烈的鞭炮声，我们在主人含泪的欢送中依依不舍地告别了山村，告别了真情的木屋，告别了情真意切的土家亲友。回程中，我一直回放在宋家湾的情景和所受到的礼遇，回放山里的生活环境和山里人朴实的感情，心里有一种难以言表的滋味。便自吟作《作客宋家湾》："路涉湘西久心倾，泪洒龙山恨缘轻。土楼土味土为媒，人生人伦人有情。青山丽水意长远，茂林修竹韵自清。最难群朋幽谷乐，更喜父老伴我行。"我为此行感受山里乡亲们的真情而激动，我为他们的热情招待而感恩，我为那里的青山而感叹，我为山里的繁荣和乡亲们的幸福生活而期待。

这次湘西之行，使我饱览湘西山水之美，更让我读懂湘西人文人情之美，有机会我还要再到湘西做客。

（选自2015年9月总第671期《青海湖·文学》）

梦幻天堂湖

郑能新

一

走进天堂湖那一刻的内心感受，实在是无法形容，只依稀觉得人仿佛置身于梦幻之中，就像一个渴望已久的梦想突然变成现实一样。

一场夜雨把大别山主峰天堂寨洗涤得干干净净，大地收尽了连日的暑气，天地间一片清凉，湿漉漉的气息在满目苍翠、无比爽洁的世界里弥漫，到处都是清新、鲜活的意味。天堂湖氤氲在薄雾轻云之中，从山上远望，就像蒙上了一层面纱的仙女，显得圣洁而又神秘。

挨近她看，湖面丝丝向上散发着热气，那一缕缕缥缥缈缈的气雾袅袅蒸腾，上升到一定的高度后，逐渐形成了一层乳白色的云带，在这个万山围捧的盆谷里悠悠飘荡，把个天堂湖装扮得仙气郁郁。置身她身边，恍然如梦，仿佛也沾了仙气，飘然若仙起来。若是运气好，还可以看到云带形成前不断变化的各种图案，千奇百谲，美不胜收。不过，这样的机会说是秋季雨后放晴才可以碰到，很多人为了一睹那千载难逢的美景，经常在这里蹲点守候，有的一守就是十天半月呢。

人说，天堂湖之所以声名远播，是纳了千山百川之灵气，把万种风情聚于一身。而且，天堂湖不光优美的自然风光让人心醉，众多的神奇传说更是令人着迷。引领我们游湖的船老大一点儿也不掩饰内心的自豪，他神秘兮兮地说，天堂湖方圆十几公里的区域内，有十三处风水宝地，每一处宝地都有众多的传说。他指了指我们刚才上船的地方，说那就是“骆驼卸宝”，曾是著名军事家林彪的祖坟地。这是大别山区人们耳熟能详的故事，在我小的时候父亲绘声绘色的讲述，至今尤贮存脑海印象深刻。回首这方山水，细细品味，“天堂”之名的确神形兼备，妙不可言也。

二

湛蓝的湖水清澈透碧，没有一丝杂质，看着就口舌生津。恨不得捧起来喝个够。几只白鹤不远不近地跟船随行。白鹤是灵性之物，对生态环境要求非常之高，有它栖息之处，绝非等闲之地。

船行二三里，此时湖雾尽散，天地豁然开朗，远处的笔架山昭然入目。一抹薄薄的云带缠绕在山腰，立时给它增添了无限神韵。笔架山“一山三景”，初看，雄厚浑圆的“山”字形笔架，大气磅礴，先声夺人。往左细瞧，那山形又活脱脱是一个“睡美人”形象，她头东脚西仰卧在天地之间，长发飘垂，小腹微隆，神态安详，惟妙惟肖也。再往右看，整个山体就是一尊佛像，大佛体态丰盈，神情肃穆，双目微垂，像是在默默注视脚下的芸芸众生。在众人的惊叫中，我兀自感叹大自然神奇的造化，把这么一处鬼斧神工的绝妙之作，放在了景绝三楚的天堂湖边，硬是给美轮美奂的天堂湖再添无限光彩。

天堂湖不仅风光奇特，历史文化底蕴亦丰富厚重。据考证，历史上的“鸠鹚古国”就是以这一带为中心。相传，盛于春秋战国时期的“鸠鹚国”，商贾云集，经济繁荣，有“亭台千座、楼榭万幢，车流如水，美女如云”之誉。在大山深处立国，定有不同凡响之处。只是，后来人们慢慢把“鸠鹚”衍变为今天的九资。现如今，只要到过九资河古镇的人们，无不被这里的历史文化和自然风光所吸引，一批又一批的寻梦人如过江之鲫拥向这里，把这里视为“世外桃源”。甚至有人向这一块迁徙，目的除了要享受这里的美景和宁静，还有不少人就是冲着“笔架山”来的，说是“门对笔架山，代代出文官”。择吉而居，要的就是一个美好的盼头。

也许是笔架山对文人太有吸引力了。站在船头一直拍个不停的摄影家协会主席江耀龙先生，此时放下相机，向我招手：“作家，来，背靠笔架山，书写大文章！”我连忙钻出船舱，依在船头的围杆上，立马，面前快门响成一片。一群摄影家把我那一幅幅眼睛笑得只有一条缝的形象，永远定格在了底片上。

三

天堂湖清丽秀美，其形嵯峨，状如舞动的飘带。主湖虽不足十公里，但湖汊延绵，非百十数所能及也，那层次分明、曲里拐弯的岸线本身就是一道优美的风景。间或有垂钓者静坐其上，优哉游哉享受着那份乐趣那份怡然，有如仙人一般！一只小狗在人迹少至的岸线旁，执着的静静地守望着水面，不知作何图谋？这样的生活场景确实令我们这一船作家艺术家们感动，大家纷纷拿起相机狂拍不止。

船至鸳鸯峡，水面忽地逼仄起来，这是一个非常幽静的处所，据说这里是鸳鸯聚栖之处。我们张大眼睛四处搜寻，可惜没有发现那象征爱情的灵物。有熟知其性情的人说，这个季节，它们还在迁徙的途中。看来此次是无缘一睹芳容了。

七弯八拐，曲径通幽，快艇行了十多分钟，又到了一处开阔水面。但见一山伸入湖中，其形怪异，隐约如龟，头颈纤细溜光，龟背浑圆高厚，其上还有绿色植被。一问，果曰“金龟下海”。大家异口同声：“活像”。有人又曰“绿毛龟也”，一时笑声四起。

原路回返，至峡口，见对面群峰起伏，状如蝙蝠展翅。问船老大，再次得到证实，此亦宝地！蝙蝠蝙蝠，福之谓也。

回到主航道继续前行。须臾，湖中一岛，兀自伏立。上建住房一栋，有人悠然生活其上。好奇问之，得曰：此乃“金龟戏水”，又是一处风水宝地。还说，岛上有叶姓人家祖坟，只要湖上发一次洪水，水淹岛一次，叶家就要发迹一次。呜呼，难怪有人乐居这个孤岛之上，想必是守护宝地灵气耳。

环游一周，天堂湖的湖光山色尽收眼底，大家兴致极高，个个啧啧有声。市文联主席陈训金先生即兴赋诗一首：“水映青峰照碧空，梦游仙境百花丛。春风拂面云中画，胜景天堂四季同。”引来不少人应和。

四

夜宿湖边古镇九资河，一色的农家土菜，绿色环保，味道鲜美。一行人个个狼吞虎咽，成了饕餮之徒。

古镇不大，依山傍势建在一条小河的两岸，清一色的徽派建筑，马头墙，百叶窗，朱红门，水墨画，看着就赏心悦目。镇上的人们都很悠闲、淡定，就连小狗们也秉承了这种天性，它们对人友好，但无论怎么引逗，它都宠辱不惊，这种心态确实令我们感动不已。

睡了一宿好觉。清晨，推开窗门，一股更加清新的空气扑面而来，顿觉神清气爽。真的睡得太香了，夜里下了一场雨，自己竟浑然不知。好在现在雨过天晴了，一行人便相互吆喝着出门，赶紧驱车去看天堂湖的云海和日出。

雨后的柏油马路漆黑如墨，一尘不染，顺着湖边飘带一样向前延伸。那蓝得可以摄人魂魄的湖水，就像刚刚烧热又揭了盖子的锅一样，向上散发着缕缕的气雾。天堂湖的雾与众不同，不是铺天盖地的大雾，而是丝丝缕缕，欲断还连。颇像湖面生长的棵棵白色水草，单等太阳出来收割。

此时，湖两岸的山腰上已经集结了厚厚的云带，因是万山错落有致，那云海铺排得也就格外生动灵韵。露在云海上面的万千峰头，早已失却了往日的峥嵘，脆生生平添了无限秀气，放眼望去，“万岳朝天，四海一景”。那种磅礴之气，真的令人震撼。

人群中响起惊呼声，这哪里是人间，这分明就是仙境啦！是的，都有同感，站在云海之上，我们顿觉天风拂衣，缥缥缈缈，人幸福昏眩得就要窒息一般。

人群再一次轰动。太阳出来了！这个亿万年的精灵，先是在云海中羞羞答答露了一个粉脸，俄而，紧挨着它的云层立刻被染成了金黄。随着光晕慢慢扩大，它挣脱了云层对它的缠绵，一下子跳将出来，瞬间，天地沐浴一片金色的祥光之中。

就是这一刻，我才真的感受到自己思维愚钝、笔力不济，那么令人炫目、令人震慑的美景，却在自己笔下显得苍白，了无生机，真是愧对作家之头衔也。

天堂湖的景色是绝美的，它至今让我魂牵梦绕！我曾经跟友人说，要在天堂湖边买一处房子，在那里写作生息颐养天年。友人笑了，他是知我的，但他也知道我目前还没有这个精力和实力。长埋心底的愿望不能实现，人生最大的遗憾莫过如此也。

（选自2015年2月第3期《南风·燕鼎》）

安多之夜

钟法权

十月的西藏安多，少雨少雪，白天天高云淡，夜晚繁星闪烁，气候寒冷，风在五六级左右，有风的夜晚更显缺氧。

凌晨不到四时，我艰难地从床上爬了起来，不为赶路，也不为失眠，而是因为缺氧，心慌、头疼、呕吐，让我实在无法继续赖在床上。起床之后的第一件事就是想找一个氧气瓶。我走出房间，透过过道的窗子，整个安多沉浸在梦乡之中。走廊里灯光暗淡，院子里的大操场上，别说有人，就连一只野狗、野猫都没有。营房四周的山冈，因为天黑的缘故，像似比白天矮了许多。长长的一栋房子，我不知道哪个房间里住的有人，哪个房间没有人，更不知道哪个房间里有氧气瓶，所以我不敢贸然去寻找自已需要的氧气。万般无奈的我只好重新回到被窝里，像虾米一样蜷在床上，后脑勺像有针扎一般，我真担心血压陡然增高、血液变稠，血管里的血停止流动，就此壮烈牺牲在雪域高原。

安多隶属于西藏那曲地区，地处西藏北部，位于著名的唐古拉山脉南北两侧，是西藏地区的北大门。安多是一个县，看街道上的规模，与内地一个镇子差不多，如果与南方繁华的镇子相比，可能还有差距。当天抵达安多的时候，同行的中国作协范党辉处长也与我一样有了明显的高原反应，来自成都的凌仕江建议取消当晚食宿安多的原有计划，继续前行到海拔较低的当雄。凌仕江在西藏当兵近十年，他熟悉西藏的地形和气候，知道只要翻过头儿九山和桑卡山，高原缺氧造成的身体不适便会减轻。当时，随行保障我们的总后青藏兵站部的何科长说，要改变计划，还得请示兵站部领导同意。我想，部队有规矩，我们已经从唐古拉山五千二百多米的高度下降到了只有四千七百多米的安多，缺氧可能会大大得到缓解。出于侥幸的心理，我对何科长说，既然请示领导很麻烦，就不改行程了，住安多吧。

做出夜宿安多的决定后，我们将行李提到早已安排好的房间。不知是心情稍好的原因，还是海拔下降身体在恢复的过程中，晚餐虽有了食欲，但不敢多吃一口。吃完晚饭顿觉精神好多了。出食堂门，见战士们在简易娱乐活动室进行各种娱乐活动，我便走了进去，与安多兵站的几个老兵打了几局台球。天很快黑了，月色婆娑，站里的教导员依据安排为我找来了一个叫李奔的访谈对象。李奔是兵站里的炊事班长，三级士官，人长得精干，干活麻利，能做一手好菜。李奔是四川人，性格开朗，十分健谈，他给我讲了冰冻层栽树、打狼等很多有趣的故事，还给我讲了自己几次恋爱失败的经过。他说在高原身体透支太厉害，年纪轻轻的患上了高血压，心脏也不好，还时常头疼。让人奇怪的是，每次回到老家，不仅血压正常，而且心脏也没问题，头也不疼了。我对他说："你很了不起，在高原已经干满了十三年，完全有理由申请复员回到家乡。"

我住的房间里有两个氧气瓶，一个摆在外间的办公桌旁，一个摆在卧室的床头柜旁。因为天冷，无法坐在办公桌前看书写作，只得早早钻进被子里；因为缺氧，心慌气短，无法连贯性地思考问题，只能闭目养神。房间的闹钟咔嗒咔嗒地向前走着，不到十二点，刚刚进入梦乡，挂在鼻子下的氧气突然没了。我在心里想，离天亮六点，也就六个小时，我一定能熬过去。没过多长时间，我开始心闷气短，开始恶心，开始剧烈的头疼，开始一次次软弱无力地爬起来到卫生间里呕吐。我只好到外间去搬氧气瓶，那氧气瓶比我人还高，有五十多公斤，圆滚溜溜的，搬是搬不动的，我只好将氧气瓶斜置，人抱着氧气瓶滚动前移。费了九牛二虎之力，好不容易才将氧气瓶弄到了一墙一门之隔的卧室内。躺在床上，吸着氧气正准备安心入睡，氧气的嗞嗞声又突然停止了。我昏沉沉地爬起来，一看，氧气瓶里又没了氧气。面对窗外漆黑的世界，面对缓慢移动的时钟，面对两个冒不出一丝氧气的瓶子，在漆黑的世界里，我感到自己在不停地往下坠落，向着深不见底的深渊坠落，心里在祈祷期盼难熬的长夜快点结束，哪怕只要露出一点曙光，我都可以马上逃脱这个让我万分难受生不如死的地方。

房子里的窗帘一直拉开着，天空月色暗淡，像被拉上了黑色的帘布。我急切地盼望着黎明的曙光到来。煎熬之中，时钟的时针到了五时，身体的不适，使我实在无法继续坚持。我顾不得颜面，敲开了凌仕江的房间，问他房间有没有氧气，他说："没有"；我再敲开司机的房间，司机说："我们上高原，从不用氧气的。"我敲响了住在一墙之隔的范党辉与李艳艳住的房门，"有氧气瓶吗"？她们共同回答说："有，进来吧。"我走进门，打开氧气瓶拼命地吸了起来。随着氧气的充足，我不再恶心，不再头疼，不再心慌气短。享受之中，天渐亮了，到了我们出发的时间，我庆幸终于出发了。

（刊于2015年11月26日星期四《陕西日报》第15版秦岭副刊）

淮宝支队

施向平

在淮安区流均镇合兴村，矗立着一座威严的纪念碑——陆军新编第四军淮宝支队挺进淮宝区抗日阵亡将士纪念碑。它始建于1943年11月，1946年10月遭到国民党部队还乡团毁坏。新中国成立后，淮安市、区人民政府先后多次拨款进行重建，今年又在民政部门的支持和流均镇人民的踊跃捐款下重新修建。纪念碑印记着抗日战争时期淮宝支队抗日将士可歌可泣的光辉业绩，印记着发生在淮宝地区那段辉煌的抗战历史，印记着抛头颅、洒热血的勇士们的壮举。

淮宝支队建立于1942年3月。1941年10月，十八旅52团从江南撤出，经丹北渡江首先抵达靖江，休整半个月，向西进入江都地区，在高邮、宝应、兴化一带活动。在1941年6月，惠浴宇等率领一批党政军骨干进入该区进行较大的恢复开展工作，十八旅52团来到江都后就进一步巩固和发展这一区域，在原有的基础上帮助地方开展工作，建立了良好的党、政、军、民关系。1942年3月，刘先胜接替江渭清当旅长，成立了一分区，并划归三师领导。一分区以52团为主要武装力量，在淮安、宝应一带活动，后将此部队称为淮宝支队。淮宝支队在反伪斗争中经过艰苦努力，在这块地区收复了一千个保。

1942年12月，精兵简政后，刚刚从党校学习回来的彭冲担任五十二团政治处副主任。整编后的五十二团奉命南下，经过高邮时，刘先胜旅长电请军部将五十二团留下。由彭冲、赵熊等带领两个连到安丰一带开辟根据地。他们来到地处淮安、宝应、阜宁三县交界处的流均合兴村。该村又叫王家墩，本是荡中的一块高地，四面环水，东临受成荡，南靠绿草荡，北面马家荡，西面也是一片荡田，叫八十荡。这里河渠交错，芦苇丛生，一望无际，为我军出奇制胜歼灭敌伪提供了有利条件。就在我军到来之际，因王家墩的护庄队缴了几名荡匪的枪，马家荡土匪在匪首赵连生的带领下前来报复。他们准备了多只油桶，在庄门外叫喊要荡平马家荡。彭冲带领战士们打跑了荡匪，使王家墩的人民免遭灭顶之灾，得到了这里人民的拥戴。

彭冲带领部队进驻这里后，以此为根据地向周围拓展不断扩大建立根据地。淮宝支队一边作战，一边发展壮大队伍。彭冲详细分析了当时的斗争形势，认为应该将统一战线工作放在突出位置，争取一切可以争取的进步力量，将斗争矛头指向敌伪顽势力。彭冲很快将目光注意到闲居在安丰的原国民党阜宁县保安团团长黄公正。经了解，黄公正是一个爱国志士，他的旧部400余人打着117师五支队旗号，驻守青沟，是可以团结的抗日力量。为了争取这支队伍，彭冲同志根据我党“积极发展进步势力，争取团结中间势力，孤立打击顽固势力”的斗争策略，前往黄公正的住处，带去我党有关抗日的文件给他阅览，并对他的生活予以资助，在与他交谈中，向他传播一些革命道理。三顾茅庐，彭冲这一天又来到黄公正的住处。在交谈中黄公正说出了自己的顾虑，他说：“我已经年近五十，你们新四军都是青年干部，我恐怕不能适应。”彭冲一听这话立即说：“抗日不分男女老少，我对你能为抗日出力是充满信心的。”接着对黄公正说：“我们的锦绣河山正遭受日寇的铁蹄践踏，如果任他们在我们的中华大地上烧杀抢掠，无恶不作，我辈视而不见，坐视不管，怎么能算一个热血男儿呢？”听了彭冲的一席话，黄公正想到老百姓无家可归，到处是萧条、凄凉的景象，拍案而起：“这国难家仇，如若不报，是我辈军人的奇耻大辱！”彭冲同志见时机已经成熟，便就起义的事宜与他进行研究，最后商定：为了便于召集旧部，对外仍保留117师第五支队番号，以当时的安丰区招西乡为集结地点。

黄公正很快行动起来，安排手下深入敌人内部，对一些据点的伪军进行策反工作。通过旧部左以太争取了杨桥据点的一个伪军大队反正。这样，五支队很快扩展到五六百人，成了一支在敌后打着国民党旗帜进行抗战的部队。为了建设好这支队伍，彭冲从淮宝支队和地方干部中抽调了人员，对部队加强思想政治工作，加强抗日宣传、纪律教育，使大多数战士懂得自己是为抗日而战，为人民而战，思想觉悟有了一定的提高。1943年3月12日，黄公正宣布起义，取消五支队番号，服从新四军改编，加入淮宝支队。

随着队伍的壮大，开展的战斗规模也越来越大。他们不断打击从车桥、泾口、曹甸据点出来扫荡的日伪军。1943年春天，正在下小秧的时候，这时从东面绿草荡开来了两艘挂着血腥的太阳旗的汽艇。在田里看小秧的一个小孩赶紧跑向村里。由于我军在溪河尾子打了大坝，汽艇停了下来。日军用手雷炸开坝，又继续前行，直奔合兴村。离村庄很近时，汽艇上的小钢炮开始向村庄开炮，日伪军开始登岸。岸上的地雷炸响了，在南北水荡中出现了我军无数条小船，子弹和手榴弹在敌群中开了花。敌人机枪开始扫射，小船立即不见了踪影。当敌人的机枪响声停下来，小船又出现了，枪声、手榴弹声又响起来。汽艇上的日军怕战斗久了，汽艇被炸坏，便命令撤退。敌人拖着多具尸体开着汽艇溜走了。这一仗，打出了淮宝支队的威风，震慑了马家荡的荡匪。

1943年4月，淮宝支队派出一个营的兵力攻打日伪仇桥圩子。夜里10点多钟，20多名敢死队成员带着冲锋枪，身上绑满了手榴弹，悄悄来到圩子前，埋伏下来。圩子的炮楼上，站岗的两个鬼子端着枪晃来晃去的。“开始！”随着命令的下达，敢死队员们扔出手榴弹，在硝烟中冲过壕沟，冲进圩子，消灭了机枪手，枪声、手榴弹爆炸声、敌人鬼哭狼嚎的叫声响成一片。等敌人清醒过来，部队已冲进圩子，一举消灭了这里的200多名日伪军。1943年5月的一天，淮宝支队尖刀连连长程特青带领战士们在泾口石桥头与前来扫荡的日伪军战斗。经过血战，打退了敌人的进攻，保护了设在准堤庵的泾口乡政府。1943年秋，淮宝支队派出两个连攻打日伪望石岗据点。部队出发了，战士们在据点外的东湖芦荡中整整埋伏了一天，到了夜里战斗打响了，打得敌人四处溃散，消灭了100多名日伪军。由于据点外的伪军马团长带领大批伪军前来支援，我军迅速撤出战斗。

由于淮宝支队建立了稳定的根据地，为车桥战役提供了交通方便和大量的粮草物资供给。在1943年9月，淮宝支队响应粟裕和刘先胜的号召，在曹甸、宝应地区发动群众有计划地改造水网地区的地形，在河道中筑明坝、暗坝、交通坝等，使敌人的汽艇难以通行，而我军可以来往自由，这样为新四军一师千里突袭车桥并取得辉煌战绩创造了条件。

“淮宝支队血战之功不可没，阵亡将士忠勇精神岂可泯。”淮宝支队经过一年多时间的战斗，先后解放了被日寇侵占的安丰、曹甸、泾口、车桥、仇桥、益林、射阳等地。在抗击日伪、地方反动武装的历次战斗中，淮宝支队全体将士不畏强暴，英勇杀敌，前仆后继，表现出同仇敌忾的民族精神，其中参谋赵熊、王和兴、汪战等五十八名指战员为了民族解放献出了自己宝贵的生命。1943年11月，为纪念淮宝支队抗日阵亡将士，解放区的政府和人民在合兴村关帝庙旧址建立抗日阵亡将士纪念碑。为了防范敌人的骚扰破坏，筹建工作一直是秘密进行的。在严密封锁，充分做好准备的基础上，一夜之间，一座高约五米、碑顶屹立着一位持枪杀敌姿势的战士塑像(用石灰、麻丝和糯米汁制成)的抗日阵亡将士纪念碑出现在关帝庙前。纪念碑正面朝东，碑身第二层四面均有当时淮宝地区党政军领导的题词石刻。东面韦一平(二分区地委书记)题：“精神不死”；南面惠浴宇(二分区专员)题：“功在吾民”；西面黄公正(五团团长)题：“革命楷模”；北面刘诚(一师二旅旅长)题：“英气犹存”。碑的底层三面有石刻碑文：东(正面)为：“陆军新编第四军淮宝支队挺进淮宝区抗日阵亡将士纪念碑”；南面是：“抗日阵亡将士英名一览(计58人，名单略)”；西面碑文记载了挺进淮宝地区的背景以及淮宝支队建立的功勋：“自暴敌入寇，抗日军兴，韩部困扰安平、曹甸以来，人民呻吟于横征暴敛之下久矣。及至今春，敌寇‘扫荡’，韩部不战溃退，加之敌伪肆虐，盗贼蜂起，奸宄附逆，重苦吾民，使惨遭敲骨吸髓之痛，生命朝不保夕。壮士流亡于四方，老弱辗转乎沟壑，田园废耕而荒芜，庐舍空虚而无烟。民生之凋敝，秩序之紊乱。至此极矣!当是时也，我新四军淮宝支队本抗敌救民之旨，裹粮携饷，涉水渡荡，挥戈北向，挺进斯土。破敌伪，镇奸宄，招抚流亡，稳定人心，重建社会秩序。其中英勇作战，杀敌致果，为国捐躯者，有指战员赵熊、王和兴、江战等，是皆新四军之英萃，民族之精华。而今人民生活逐渐改善，自卫武装蓬勃兴起，宵小匿迹，盗贼不兴，敌伪困守，抗日民族根据地因此奠基，比之往昔，何啻天壤耶!饮水思源，淮宝支队血战之功不可没，阵亡将士忠勇精神岂可泯者!是为碑铭曰：生为精英，死为至灵。镇压奸宄。解放吾民；凛然正气，竹帛留青。”

当地群众见了此碑，油然而生敬意。然而，敌人见此碑却是闻风丧胆，怀恨在心。1946年10月，国民党部队再度占领淮安，伪区长林顺如率领还乡团回来，看到这座巍巍的纪念碑，恨得要命，立即拉来了好几条耕牛，用好多的粗绳，一头系在烈士碑塑像的颈上，一头套在牛背上，再加上一班亡命之徒，用火钩拉，把碑顶的塑像拉倒了，但碑身仍然屹立不动，我淮宝支队的抗日功勋是撼不动的，共产党和新四军与人民群众建立的血肉关系是撼不动的。

阳光总在风雨后。1953年，在当地政府和人民的努力下纪念碑得到重建，之后当地政府和人民又对纪念碑进行了多次重建，那碑顶一个持枪杀敌的战士形象仍高高地屹立着，彰显着新四军战士英勇威武的高大形象，并散发出耀眼的光芒!

在纪念抗战胜利70周年之际，让我们重温淮宝支队这段辉煌的历史，拜祭抗日战争中的烈士们，珍惜今天来之不易的和平、幸福日子，为中华民族的兴旺发达、不受侵略而英勇奋斗!

（选自2015年第9期《雨花》）